韩孟诗派群体接受史论

◉刘磊 著

济南大学古典文学研究丛书

HANMENGSHIPAI QUNTI JIESHOU SHILUN

齊魯書社

本书获得

山东省社会科学规划研究项目资助

济南大学出版基金资助

Publishing Foundation Project of University of Jinan

总 序

这套《济南大学古典文学研究丛书》的问世，是济南大学文学院“中国古代文学”重点学科建设结出的一颗硕果。作为省级重点学科，近年来，中国古代文学学科在校、院两级领导的大力支持下，积极引进高层次人才，构建学术梯队，强化科研意识，学术水平不断提高，目前已经形成了一支年龄结构层次合理、充满生机与活力的学术队伍。先秦文化与诗学、宋代文学、近代文学是学科中较为突出的几个研究方向。我们策划出版这套丛书，目的就是为本学科高层次学术成果提供一个良好、有效的发展平台，希图进一步积攒力量，夯实基础，扩大影响，为学科的未来发展作出更大的贡献。

这套丛书的作者都是本学科的学术骨干和学术梯队的核心成员，他们绝大部分具有博士学位，有的还曾进入博士后流动站从事过研究工作。这些成果凝结了作者数年来的心血，同时也将是其未来学术之路的重要奠基石。

在进入二十一世纪的今天，传统的学术研究早已走出单一、狭窄、封闭的格局。作为中青年学者，既要秉承传统学术方法的熏陶与滋养，又须具备接受新观念、新理论、新方法的灵敏触角，唯其如此，才有希望开辟出一个学术研究的新纪元。从这一点出发，本套丛书选题的中心虽是中国古典文学研究，但是其实际涉及面较为广阔：既有传统的作家作品或某一时期文学的个案研究，又有宏观的综合文化研究。文学发展从本质上来说是无法与社会历史文化割裂的，以往的文学史研究常常习惯于将社会历史文化作为文学的背景，这样，被关注的对象就只能是一条纵向的线式“文学史”。我们在这套丛书中就力图突破这种观念，将思想、哲学、艺术、宗教等纳入“大文学史”的范畴，在一定程度上还原文学存在的本真面目。这在我们来说，目前还只能是一种尝试。相信在不久的将来，我们会取得更大的成绩。在研究方法上，既有社会历史学的考据论证和理论阐发等传统学术研究方法，又不乏诸如诠释学、传播学、接受美学等新理论、新方法的尝试运用。总之，力求做到兼容并蓄，多方面开拓研究视野。

为了这套丛书的出版，济南大学的相关领导给予了殷切的关怀，有关部门提供了出版基金，在此谨对他们表示最诚挚的谢意！齐鲁书社的陈修亮编辑积极策办丛书的出版事宜，其敬业精神令人钦佩。

随着济南大学各个学科的突飞猛进的发展，文学院中国古代文学学科正在一步一步地向着光辉的顶点攀登。与兄弟院校的同行们相比，我们还有很长的路需要走。但我们有充足的信心和勇于开拓的进取精神。“千里之行，始于足下”，相信未来之路是无限光明的。

序

尚永亮

在唐代诗史上，首屈一指的大家无疑是被后人誉为双子星座的李白和杜甫；但从诗歌创新及对宋诗风貌产生重大影响的角度看，韩愈及其麾下的韩孟诗派，乃是更值得注意的作家和群体。清人叶燮《原诗》有言："韩愈为唐诗之一大变，其力大，其思雄，崛起特为鼻祖。"便准确揭示了韩愈在唐诗发展史上的地位和功用。似乎也是缘于此一认识，围绕韩愈和韩孟诗派，在历史上形成了一个经久不衰的研究热点。据粗略统计，仅20世纪以来，大陆相关专著即有近百部，论文近两千篇。可以说，这是一个令人目眩的数量，在这样一个数量面前，新的研究者若想进入此领域并取得大的成就，恐怕就要另出手眼了。

于是，近些年来，便有不少学者从接受学入手，由传统的作者、作品之两维视野转向读者之第三维，希望借助观照视角的转变，考察一个作家"是什么时候成为'重要作家'的，是什么人把他们视为'重要作家'，根据的又是什么样的标准"（宇文所安：《他山的石头记》，江苏人民出版社2003年版），以期在理解的历史进程中发现作者和作品尽可能多的意义。然而,任何事情,一旦众目所向,形成热潮,其弊端也就随之出现。诸如研究理路的模式化,研究成果的同质化,研究方法的单一化,在接受理论上唯西方马首是瞻,缺乏学理创新和规律探寻,便是时下接受史研究中存在的较为显著的几大问题。这些问题,似已形成一个瓶颈,困扰着众多此一领地的跋涉者,同样也困扰着韩愈接受史的研究者。

大概正是鉴于以上两种情形,刘磊博士知难而进,一方面大胆跨入韩愈研究这一早已热闹非凡的领域,另一方面则注目韩孟诗派,希望从群体接受史的角度另辟蹊径。经过多年努力,终于完成了这部即将由齐鲁书社出版的三十多万字的《韩孟诗派群体接受史论》。我在为之感到高兴的同时,也想略谈几点读后的感想。

与此前相关论著比,刘著的一大特点是视野开阔、选题独到。作者研究接受史,不再仅仅局限于作家个体,而是由个体扩展到群体,由聚焦于韩愈延展到整个韩孟诗派,将“点”与“面”结合,进行“线”的梳理,从而既大大丰富了研究内容,也在一定程度上开辟了接受史研究的新视域。在具体考察过程中,作者不是从先在的理念出发,预设框架,而是依据研究对象的特点,将韩孟诗派的接受史概括为三种基本模式,即“个体—个体”的点对点模式,“群体—个体”或“个体—群体”的点群对应模式,“群体—群体”的群体对应模式。这样一来,其关注点和意义重心较之纯个体接受的研究,已发生了明显的转移;具体的接受内容和接受效应也随之得到大的扩充和提升。以北宋欧阳修、梅尧臣等人对韩、孟之称扬、效仿以及欧、梅间的推名、唱和、联句、拟作而言,即属典型的群体对群体的接受。因为“从接受动机、方式和效果等方面看,其关注点重点在接受对象的群体美学特征与主要成员的深交厚谊，重在接受群体间的相互推举和同气相应，重在由此造成的群体氛围和社会影响”。至于这种接受方式给其创作带来的一些始料不及的弊端，如导致个体创作方向的改变甚或个性的扭曲，作者也都一一指出，由此显示出立论的客观。

刘著的另一个特点，是在坚持群体接受的大框架下，提出了群体内部自我接受的新理念。韩孟诗派是中唐诗坛引人注目、内部联系颇多的一个创作群体，其成员如孟郊、卢仝、李贺、贾岛、马异、刘叉、皇甫湜、刘言史等人，先后曾数度聚集韩门，相互过往，作诗赠答，由此形成彼此间的渗透和影响。而作为诗派领袖的韩愈，更以其在文坛的地位和鲜明的创作个性，对群体中人既推荐奖掖，又予以诗歌创作方向上的肯定和导引，由此加大了诗派成员间的趋同意识，形成诗学理论和创作中的共性追求。作者认为：从接受角度看，韩孟诗派这种美学风格上的自觉趋同，很大程度上即缘于成员间的自我接受，而在其开展过程中，时常能见到社会心理学所说的“从众现象”（conformity），亦即出于集团的吸引力、号召力，诗人对之产生某种归属感和依赖感，导致进一步消除个性、追随群体的风格。应该说，这一概括是有新意的，也较为符合韩孟诗派自我接受的实际情况。

在结构布局上，刘著细密周详，纵横交错，而又主线突出。全书共分七章二十八节，其中既有典型个案的微观剖析，又有纵览全局的宏观审视；既涉及群体认同和自我接受，又关注郊岛与韩孟在接受史上的关系离合；既倾力于重点读者的阐释评论及其创作接受，又涉及传播接受中效果史的考察。而在其总体思路和框架中，一方面，突破此前研究者惯常使用的断代方式，而将韩孟诗派之接受史自中晚唐一直延伸至清末和现当代，由此展示出一个动态的发展全景，另一方面，在纵向呈示发展脉络的同时，又不时横向展开，关注同一时代接受者之间的关联影响，以及接受心态、诗学倾向、审美思潮和社会背景，以尽量凸显接受者的主体情怀和隐于背后的思想文化因素。简言之，这里采用的是一种“横—纵—横”的方法，或先横后纵，或纵中有横，将“共时性”与“历时性”在分别、交织中，形成点、线、面的关合，深化了对研究对象的多时段、多层面认知。

在接受学理论的吸纳和运用上，刘著也颇具新意，在关注第一读者开先河功用的同时，还将视线转向第二读者，强调其在第一读者之后深化理解、改变接受方向的独特意义。以韩愈诗歌的接受为例，自司空图、欧阳修以来多就以文为诗、雄奇恣肆等表现手法、艺术风貌方面进行阐释，着眼于诗歌艺术的个体和内部要素，而清人叶燮却从诗史发展走向的角度着眼，揭示出韩愈“大变唐诗”的价值，给后人以巨大影响。又如在李贺诗接受史上，刘辰翁对杜牧以来颇为流行的李诗“少理”说予以纠正，明确认为“贺所长正在理外”，极力肯定李贺诗歌主观师心、奇思妙想的特色，这对明清人的相关评说也不无引领作用。因而，叶燮、刘辰翁即可视为韩、李诗的“第二读者”。平实而论，“第二读者”概念的提出，对现有的接受学理论是一种补充和丰富，是具有创新价值的。

此外，刘著还常能于考察中发现一些人们经常忽略的重要问题。如对韩愈《南山诗》与杜甫《北征》阐释史的比较，对孟郊《游子吟》文化内涵不断积累的体认，对形成“贾岛现象”之社会文化原因的揭示，都能别出心裁；对明人徐渭、清人钱载及“宋诗派”在韩孟诗派接受史上的意义，也都有深入的阐释；至于韩、孟等人别集之整理与传播，其作品在历代诗歌选本中的收录与变化，均有专节论述，并附以定量分析的方法，从而使其结论获得数据支撑，较为稳妥可信。

从质量上看，这部书稿能达到目前这个程度，与作者在学术上一丝不苟、精益求精的态度是有关系的。早在20世纪90年代中叶，刘磊即负笈西上，在古都西安从我读硕；我调赴武汉大学工作后，他又毅然辞去了江南高校的教职，来到珞珈山从我读博，并将韩孟诗派接受史定为其博士学位论文的题目。其间我们曾多次就相关问题切磋、商讨，又经他数度修订，得以完稿，并在答辩会上受到答辩委员的一致肯定。此后，该文与洪迎华博士的刘柳接受史研究、我的元白诗派接受史研究一起，汇为《中唐元和诗歌接受史的文化学考察》，付梓出版，获得了学界较高评价和多项奖励。按理来说，这一研究至此即可画上一个句号了。可是，在此后的几年中，刘磊仍坚持不懈，一方面扩大搜集资料的范围，一方面补充并修订此前的缺失和漏误，在原有基础上，新增《韩孟诗派作品接受史例析》《"郊岛"与韩孟群体接受史离合关系之嬗变》《韩孟诗派多元文化传播接受管窥》《新、旧〈唐书〉接受韩孟诗派之比较》《诗歌接受主导下的韩、孟分论现象》《金末怪奇诗派对韩孟诗派的群体接受》等章节，并对韩孟诗派的自我接受、"韩门弟子"与韩孟诗派的关系、元和诗坛与韩孟诗派相关的"并称"现象、接受史上"人格精神"和"诗歌艺术"之关联等问题，进行了更深细的论述，从而使得此一成果在广度和深度上均有了新的拓展和提升。

当然，接受史研究在国内还是一个新兴的领域，而韩孟诗派的接受史则是一个牵涉面颇为复杂丰富的课题。如果以更高的标准来要求，这部书稿也还存在若干问题，诸如在接受理论与接受实际的吻合度上，在接受规律的探寻和概括上，都有进一步提升的空间；而在对接受对象之创作史及其特点、价值的把握上，尤其需要用力。因为接受史与创作史是文学研究最为重要的两翼，二者不可偏废，倘若对创作史缺乏深入的解会，接受史的研究也难以真正深入下去。国内接受史研究的先行者、友人陈文忠教授说得好:"接受史与创作史,相对又相连。二者的关系,打个比方,创作史是作家的'生前史',也是作品生命的诞生史;接受史则是作家的'身后史',也是作品生命的延续史。……生前史是身后史的基础,身后史则是生前史的升华和延续。"(《为接受史辩护》,安徽师范大学出版社 2014 年版)就此而言,在研究韩孟诗派身后之接受史的时候,一项须首先完成的学术任务,便是对其生前的创作史深入考察,潜心体悟,只有这样,才能打牢基础,培养特识,对不同接受者的接受行为及其是非正误形成更准确的判断。提出此点,借以与刘磊仁弟共勉。

乙未秋草于珞珈山麓

目录

总　序……………………………………………………………… 1
序 ……………………………………………………………… 尚永亮 1
引　言……………………………………………………………… 1
一、韩孟诗派研究现状和问题的提出 ………………………… 1
二、接受美学的引入与古典文学接受史研究的展开 …… 4
三、从作品、作家接受史到群体接受史……………………… 7
四、本书的研究思路和说明 ………………………………… 9
第一章　韩孟诗派的群体认同和自我接受 ………………… 13
第一节　以韩愈、孟郊为中心的交游群体之形成………… 14
一、初识:长安应试时期 ………………………………… 15
二、发展:以汴州为中心的交游时期 …………………… 18
三、高峰:由长安至洛阳的聚会时期 …………………… 19
第二节　韩孟诗派的自我接受 ………………………… 21
一、诗派成员间的作品传播与创作互动………………… 21
二、诗派成员间的互相推崇意识和诗歌理论
主张的自觉…………………………………………… 24
三、创作实践中的诗歌风格自觉趋同………………… 27

四、韩孟诗派与"韩门弟子"考辨 …………………… 30
第三节　元和诗坛背景下的韩孟诗派群体接受 …………… 32
一、元和诗坛上与韩孟诗派相关的"并称"现象 ……… 32
二、张籍：韩孟、元白两大诗派的联结者 ………………… 35
三、韩孟诗派与"元和体"之关系 ……………………… 38
四、柳宗元、刘禹锡、王建与韩孟诗派 ……………… 41
第二章　韩孟诗派的传播和效果史述论 ………………… 45
第一节　韩孟诗派的历代传播接受背景和宏观态势 …… 46
一、中晚唐五代时期 …………………………………… 46
二、两宋时期 …………………………………………… 50
三、金元时期 …………………………………………… 52
四、明清时期 …………………………………………… 53
五、近代以来 …………………………………………… 55
第二节　韩孟诗派主要别集的整理与传播 ……………… 56
一、韩愈诗集的整理与传播 …………………………… 58
二、孟郊集的整理与传播 ……………………………… 67
三、李贺集的整理与传播 ……………………………… 70
四、贾岛集的整理与传播 ……………………………… 75
第三节　历代诗歌选本中的韩孟诗派 …………………… 78
一、入选诗歌数量的分析 ……………………………… 79
二、入选篇目的分析 …………………………………… 83
三、韩孟诗派选本传播接受的内在特征 ……………… 89
四、合选与合集 ………………………………………… 90
第四节　韩孟诗派多元文化传播接受管窥 ……………… 92
一、由史实向传奇小说、神话传说的演变 …………… 93
二、以绘画为主要载体的图像传播 ………………… 101
三、声名传播的重要途径——祭祀、崇拜和

地方文化遗存 …………………………………… 108
第三章　韩孟诗派作品接受史例析 ………………… 111
第一节　韩孟联句接受史 ………………………… 111
一、晚唐皮陆联句对韩孟联句的效仿接受 ……… 113
二、宋金元时期对韩孟联句的接受 ……………… 115
三、明清时期韩孟联句接受的游艺化倾向 ……… 117
第二节　《南山》与《北征》:比较过程中的阐释史 ……… 119
一、《南山》的创作过程、观念和动机 …………… 119
二、宋代的《南山》阐释:提出问题 ……………… 121
三、明清近代时期:为《南山》正名 ……………… 124
第三节　孟郊《游子吟》接受史中的文化内涵 ……… 128
一、宋人对《游子吟》价值的发现 ……………… 128
二、《游子吟》接受的文化延伸 ………………… 131
三、《游子吟》成为名篇的原因规律 …………… 134
第四章　历代重点读者对韩孟诗派的阐释评论(上) …… 135
第一节　中晚唐五代时期对韩孟诗派的阐释评论……… 135
一、孟诗韩笔 …………………………………… 136
二、晚唐诗人对韩愈诗歌的阐释 ………………… 138
三、杜牧:长吉诗的"第一读者" ………………… 140
第二节　两宋时期对韩孟诗派的群体阐释…………… 147
一、新、旧《唐书》接受韩孟诗派之比较 ………… 147
二、北宋前期的尊韩与论韩 ……………………… 150
三、诗歌接受主导下的韩、孟分论现象 ………… 152
四、南宋:韩、孟接受态势的转变 ……………… 155
五、李贺在宋代遭受的冷遇 ……………………… 159
第三节　苏轼对韩孟诗派的权威阐释……………… 163
一、诗格之变,自退之始 ………………………… 164

二、郊寒岛瘦 …………………………………………… 168
第四节 两宋之交的分化趋向与多层面阐释………… 172
一、黄庭坚、陈师道的理论贡献………………………… 172
二、"以文为诗"之争的起源及其反映的诗坛动向 …… 178
第五章 历代重点读者对韩孟诗派的阐释评论(下) …… 194
第一节 金元时期对韩孟诗派的阐释评论……………… 194
一、金元北方士人阐释韩孟诗派的不同倾向 ………… 194
二、方回等元代南方士人对韩孟诗派的理论阐释 …… 199
第二节 明清时期从整体角度对韩孟诗派的
阐释评论…………………………………… 200
一、对韩孟诗派交往关系和整体诗风的概括 ………… 201
二、诗史地位:中唐诗变最重要的代表………………… 211
第三节 明清时期对韩孟诗派诗人个体的阐释评论…… 214
一、对韩愈诗歌特色的细密阐发和宏观历史定位 …… 214
二、挖掘孟郊诗"寒涩"中的理致韵味 ………………… 230
三、对李贺奇诡诗风的持续纷争 ……………………… 235
第四节 20世纪韩孟诗派阐释研究史概述 …………… 239
一、20世纪韩孟诗派整体研究概况 …………………… 239
二、诗人个体研究概况 ………………………………… 244
第六章 历代重点诗人对韩孟诗派的创作接受………… 254
第一节 晚唐诗人对韩孟诗派的创作接受
——以小李杜、皮陆唱和为中心 ………… 255
一、晚唐诗人对韩愈、孟郊的创作接受………………… 255
二、晚唐时期李贺诗风的影响与新变 ………………… 257
第二节 欧阳修、梅尧臣对韩、孟的群体接受………… 260
一、明确的群体接受观念 ……………………………… 261
二、群体接受的形式:推名、唱和、联句、拟作 ……… 266

三、群体接受的内容与效应 …………………………… 275
四、群体接受的文化背景与深层原因 ………………… 284
第三节 王安石、王令对韩孟诗派接受之异同 ………… 290
一、矛盾表象下的暗中袭承:王安石对韩诗的接受…… 291
二、旗帜鲜明、倾心模仿:王令对韩孟诗派的接受 …… 294
三、二王交谊与接受韩诗 ……………………………… 299
四、王安石、王令接受韩诗之差异的诗史意义………… 303
第四节 苏轼、黄庭坚、陈师道对韩孟诗派的
创作接受………………………………………… 304
一、苏轼:"唐音"到"宋调"的成功转型 ……………… 305
二、黄庭坚:因求新而好险趋奇………………………… 307
三、陈师道:"身作贾孟行诗图" ……………………… 309
第五节 金元时期李贺、韩愈诗风的高涨 …………… 311
一、南宋遗民谢翱对韩孟诗派的尊崇与模仿 ………… 312
二、金末怪奇诗派对韩孟诗派的群体接受 …………… 316
三、元代盛行的崇贺之风 ……………………………… 319
四、杨维桢"铁崖体"受李贺诗风的影响 …………… 325
第六节 明代诗人对韩孟诗派的创作接受
——以徐渭为中心…………………………… 331
一、明代诗人因承韩孟诗派概观 ……………………… 331
二、徐渭的生平、人格精神和创作态度………………… 334
三、徐渭学韩派的创作体现 …………………………… 336
四、徐渭在韩孟诗派接受史上的意义 ………………… 339
第七节 清代诗人对韩孟诗派的创作接受…………… 341
一、接受韩孟诗派雄豪险怪、瑰奇诡谲
诗风的寒士诗人 ………………………………… 343
二、钱载和清代"宋诗派"诗人对韩诗

“以文为诗”的创作接受 …… 356
第七章 “郊岛”与韩孟群体接受史离合关系之嬗变 …… 367
第一节 晚唐五代时期对贾岛的接受及其社会文化原因 …… 367
一、接受贾岛的诗人群体与接受内容概观 …… 368
二、“贾岛现象”的社会文化原因 …… 373
第二节 宋代:“郊岛”与“贾姚”的分合嬗变 …… 376
一、“郊岛”说的产生与定型 …… 376
二、北宋时期对贾岛诗歌价值之论说 …… 379
三、“贾姚”说的盛行以及南宋后期对贾岛的接受 …… 380
第三节 金元明清时期对郊、岛的接受 …… 387
一、金元时期对郊、岛寒苦诗风的冷落 …… 387
二、明清时期对郊、岛地位高下的重视 …… 389
三、明清时期对贾岛幽僻诗风的不同评价 …… 391

余 论 …… 394
主要参考书目 …… 397
后 记 …… 415

引　言

一、韩孟诗派研究现状和问题的提出

以唐代贞元、元和年间为主体的“中唐”，是中国诗歌发展史上极重要的一段时期。此之谓重要，非仅因中唐诗歌的创作成就，更因其对诗歌发展走向的巨大影响。清人叶燮强调说中唐“乃古今百代之‘中’，而非有唐之所独得而称‘中’者也”①。堪称至论。近人陈衍、沈曾植亦分别有“三元”（开元、元和、元祐）、“三关”（元祐、元和、元嘉）之论，其中均含元和。

中唐元和诗歌的重要地位和巨大影响力源于其两大特质：一是突出的创新求变特点和诗史转折意义。“在乎文章，弥患凡旧。若无新变，不能代雄。”②处在盛唐诗歌高峰之后的元和诗人们，以巨大魄力在诗歌国度里开疆拓土、力辟新境，使中唐诗歌成为“唐音”又一高峰，同时开启“宋调”之先河。二是明

① 〔清〕叶燮：《百家唐诗序》，见《己畦集》卷八，《四库存目丛书》本，集部244册，第82页，齐鲁书社1997年版。

② 〔梁〕萧子显：《南齐书·文学传论》，中华书局1972年版，第908页。

确、自觉的流派意识及其带来的群体声威。中唐是中国古典诗歌流派开始自觉形成的时期。元和诗人现存诗歌中,交往诗所占比例远高于前人,凸显其强烈的群体归属意识、旺盛的群体创作热情和良好的群体接受环境。①

关于这两大特质,韩孟诗派都是最具代表性的。

首先,就创新求变意识和诗史转折意义而言。韩愈高举文学创新的旗帜,首倡"唯陈言之务去",要求"惟古于词必己出,降而不能乃剽贼"(《南阳樊绍述墓志铭》)。除力倡遣词用句创新外,韩愈更追求诗境的雄奇险怪:推崇李、杜诗歌"巨刃摩天扬"而欲"拔鲸牙""酌天浆"(《调张籍》)的胆力气魄,称赞孟郊诗"冥观洞古今,象外逐幽好。横空盘硬语,妥帖力排奡"(《荐士》),评价贾岛诗"狂词肆滂葩,低昂见舒惨。奸穷怪变得,往往造平淡"(《送无本师归范阳》),说自己与孟郊、张籍等人的诗是"险语破鬼胆,高词媲皇坟"(《醉赠张秘书》),着眼点均在力量的雄大、词语的险怪和造境的奇特,力求带给读者强烈的审美冲击。孟郊的创新意识更多体现在以"苦吟"来锻字炼句、设语造境,力主弃旧图新、独辟蹊径,获取惊人耳目的艺术效果。韩、孟自觉在创作中贯彻这些主张,形成了雄奇险怪、独造生新的共同风格,影响了整个诗派。在创作题材日常化与生活化、以文为诗、以谐趣入诗、苦吟炼字等方面,韩孟诗派对宋诗影响颇大,正如钱锺书所言:"唐之少陵、昌黎、香山、东野,实唐人之开宋调者。"②

其次,就流派意识和群体效应而言。韩孟诗派以韩愈、孟郊

---

① 参见尚永亮师《开天、元和两大诗人群交往诗创作及其变化的定量分析》,载《江海学刊》2005 年第 2 期。

② 钱锺书:《谈艺录》,中华书局 1984 年版,第 2 页。

为核心，阵容齐整，交往密切，诗歌观念和创作风格类似，一时颇显声威。一般认为，除韩愈、孟郊外，韩孟诗派的成员还包括李贺、贾岛、卢仝、马异、刘叉、皇甫湜、刘言史等人，更有张籍、李翱、樊宗师、沈亚之、欧阳詹、张彻、张署等人游离在外围。主要成员韩愈、孟郊、李贺、贾岛皆可入唐代著名诗人之列，其余各人也都有鲜明的艺术个性。韩愈、孟郊作为诗派领袖与核心，其诗歌观念和创作风格对诗派整体影响颇大。

韩孟诗派地位如此重要，故历来研究者多有关注。但是，恰因其突出的创新求变特点与盛唐诗歌尤其是山水田园诗所确立的“主流”诗美风格产生了较多偏离，故而其人其诗在千余年的接受评价中常有冷热不均、褒贬两极分化之现象。这些现象背后有许多深层次的问题需要思考。

据我们不完全统计，20 世纪以来，大陆关于韩孟诗派群体及诗人个体的研究专著有近百部，论文近两千篇①，成绩颇丰。就群体研究而言，突破性进展是在新时期以来的三十多年里，此间研究成果的质和量都有大幅度提高：专著有萧占鹏《韩孟诗派研究》(1999)、毕宝魁《韩孟诗派研究》(2000)、姜剑云《论唐代怪奇诗派》(2002)、孟二冬《韩孟诗传》(2003)等，论文亦不下百篇。放眼海外，美国学者斯蒂芬·欧文(中文名“宇文所安”)著有《韩愈和孟郊的诗歌》(1975)，较早涉入此研究领域；此外还有我国台湾学者李卓藩《韩孟诗派阐微》(2001)、李建昆《韩孟诗论丛》(2005)等。综而观之，这些论著的研究内容比较全面，对许多重要问题的研究亦颇深入，如：在群体研究观念下探讨韩孟诗派成员的交游和相互影响过程；细密分析中唐诗风流变的复杂状况，借以凸现诗派的共同特点；结合宏阔的文化背景

① 详见本书第五章第四节。

探讨诗风、诗派的成因。但总体来看，诗派的整体研究还嫌薄弱，甚至一些基本问题如韩孟诗派的成员归属、风格界定、承传流变等，都还需要进一步解决。① 更有论者云："文学流派的产生，在过去的文学史上往往是后人的一种追认。"②诗派靠"追认"才得以成立，反映的虽仅是部分事实，但是这种认识问题的角度给人以重要启示。韩孟诗派各诗人风格同中有异、各富特色，后世批评褒贬、趋摹者众多，在衍变起伏过程中又呈纵横交错之势。这一过程中，维系着诗派的共同审美属性究竟是怎样存在着的？有没有其他文化因素对这个诗派的意义进行促合或解构？在不同读者眼里，韩孟诗派作品中哪些属于"好诗""名诗"或代表作，标准也不尽统一，个中原因何在？这个诗派特有的美学本质属性，对于中国诗歌史的研究、对将来文学的发展有何启示？如此种种，都是值得思考的问题。

基于这种研究现状，我们认为，有必要尝试转换一种研究视角，借鉴接受美学的理论和方法，将历时性读者接受与共时性美学探究相结合，系统考察韩孟诗派在各时期读者视野中的发展嬗变及其背后的文学史、文化史因素，对韩孟诗派在历代传播接受情形进行一番梳理剖析，在历史与美学的统一中进一步探究其诗美特质的形成流变，这样或许能更深一层地把握一些规律性认识，将韩孟诗派研究推进一步。

二、接受美学的引入与古典文学接受史研究的展开

文学接受史研究是在接受美学的启示下自觉产生的。德国

① 关于这一问题，可参见郑柏彦《论"韩孟诗派"在文学史论述中的建构方法及其意义》，载《东华人文学报》第14期，2009年1月。

② 童庆炳主编：《文学概论》，北京大学出版社2007版，第504页。

学者 H·R. 姚斯 1967 年发表《文学史的方法及其研究目标是什么》①,标志着接受美学的正式建立。此后接受美学逐渐由德国传播到全球,成为 20 世纪后期影响最大的文学理论流派之一。与传统文论专注于作者、作品即"创作史"相比,接受美学首次从本体论高度提出了读者和阅读接受的问题,强调读者的中心地位、重视阅读经验,向传统的文学史研究发出了挑战。我国对接受美学的译介、研究工作始于 20 世纪 80 年代初。80 年代后期,周宁、金元浦译《接受美学与接受理论》(1987)、刘小枫选编《接受美学译文集》(1989)、朱立元《接受美学》(1989)等译著、论著的出版,有力推动了国内接受美学研究的全面展开。接受美学的引入,为古典文学接受史研究提供了重要理论借鉴。

从另一角度看,我国传统文论中也存在着源远流长的接受学思想,"的确我们古代没有'接受美学'这个词,但其思想幼芽和资料则比比皆是"②。仅就 20 世纪而言,在西方接受美学引入我国之前,即存在着许多以辨析源流影响、融汇诠释品评等传统方法为主的文学接受研究,如钱锺书在《谈艺录》中对陶渊明、韩愈、李贺等人被接受情形的细致入微考察,便是突出一例。③ 新时期以来,这一类研究成果数量逐渐增多,对后来蓬勃

---

① 这是姚斯 1967 年 4 月 13 日在康斯坦茨大学发表的就职演说。演说稿后来更名为《文学史作为向文学理论的挑战》(1967),后又缩略为《作为挑战的文学史》(1970)正式发表。最早的中文译本是周宁、金元浦根据英文版论文集《走向接受美学》译出,收入《接受美学与接受理论》(辽宁人民出版社 1987 年版)一书。

② 童庆炳:《邓新华〈中国古代接受诗学〉序》,武汉出版社 2000 年版,第 1 页。

③ 参见尚永亮师《论钱锺书对韩愈李贺诗的艺术发微》(载《中国诗学》第八辑,人民文学出版社 2003 年版)、《从接受学角度看钱锺书的韩愈研究》(载《中国人民大学学报》2004 年第 3 期)。

发展的接受史研究产生了多方面影响。

20世纪80年代末以来，随着接受美学经典著作中译本的普及，许多学者受其理论影响，开始自觉将中国文学史研究与接受美学结合起来，很多传统论题在转变观照视角后又显露出巨大的探索空间。陈文忠《中国古典诗歌接受史研究》(1998)从理论、方法层面上对古典诗歌接受史研究做了非常有价值的探索，并以多个经典作品、艺术原型为个案进行了接受史撰述的尝试。古典诗人接受史，以我国台湾杨文雄《李白诗歌接受史》(2000)为滥觞。此后一段时间内，古典诗人传播接受史研究论著如雨后春笋般破土而出，更成为古代文学专业博士、硕士学位论文的选题热点。

近几年，一些学者对接受史研究中的庸俗化倾向提出质疑和批评。平心而论，在当前浮躁、功利化的学术生态环境中，的确出现了一些缺乏独立学术判断、贸然跟风选题、缺乏问题意识、研究方法粗糙等方面的不良现象，有人将接受史研究当作一种"学术避难所"，为研究而研究。但是，若以此来完全否定接受史研究的学术意义和价值，也有矫枉过正之嫌。问题的关键在于，接受史是一种研究方法和视角，而非研究本体，其目的仍然是为了解决学术问题。因此，学界大可不必"谈接受史色变"，而是要具体问题具体分析，持平和心态与客观立场来鉴别学术品质。①

较之传统文学史以作家、作品为中心的表述立场，接受史更多关注读者及其阅读接受经验的能动作用、再创造意义，因此能

---

① 关于近年来文学接受史的研究和争论情况，可参见陈文忠《20年文学接受史研究回顾与思考》(载《安徽师范大学学报》2003年第9期)、《走出接受史的困境——经典作家接受史研究反思》(载《陕西师范大学学报》2011年第4期)等文。

从文学史原生态的层面上把握艺术特质的产生、流变过程，从而对文学史做深入一层的了解与探析。“历史的过程得由价值来判断，而价值本身却又是从历史中取得的。”①这正是对接受史研究价值的准确描述。

三、从作品、作家接受史到群体接受史

在接受美学兴起、发展和引入中国并付诸研究实践的过程中，有一个问题很值得注意。西方的接受美学，无论是创始者姚斯本人，还是后来的诸多派别，乃至借鉴其理论的一些接受史研究，都是以作品为考察对象的，但近些年来的古典文学接受史研究，基本上都属于经典作家接受史。按照接受美学的学术理念，这种过渡与进展当然是合理的。姚斯曾对接受史研究提出过展望：“从个别作品的接受史到整个文学的接受史。”②作家接受史当然是其中不可缺少的重要一环。但问题是，大多数作家接受史研究者对此并无充分的理论自觉，他们在接受美学先驱者们的作品接受理论的指导下，进行着作家接受史研究。而实际上，作家接受史较之作品接受史毕竟有其特殊之处，如人格精神、文学思想、整体创作风格等要素，这都是单纯的作品接受研究不易涉及的。这一问题近几年也引起了部分研究者的重视。③

进一层看，以作家群体和流派为接受对象的群体文学接受，较之个体文学接受，呈现出更为复杂的形态。概括来说，作家文

---

① 〔美〕勒内·韦勒克、奥斯汀·沃伦著，刘象愚等译：《文学理论》，江苏教育出版社2005年版，第308页。

② 〔德〕姚斯、〔美〕R·C. 霍拉勃著，周宁、金元浦译：《接受美学与接受理论》，辽宁人民出版社1987年版，第340页。

③ 陈文忠《走出接受史的困境——经典作家接受史研究反思》对作家接受史做总结反思，并提出了一个比较明晰的理论框架。

学接受史大致包括以下几个层次：第一层是“个体→个体”的点对点式接受；第二层是“群体→个体”和“个体→群体”模式；第三层是“群体→群体”模式，它是在一定的群体意识下，通过不同形式的群体文学活动，一个文学群体整体接受另一个文学群体的现象。当然，文学接受史的实际情况十分复杂，这仅是框架轮廓而已。狭义的群体接受仅指第三层次，广义的则可包括第二层次。本书所提出的“群体接受”，取其广义。

综合来看，接受史中的“作品—作家—群体（流派）”三个层次必须有机结合到一起，根据文学接受的实际，展开综合性、多层次的研究。前两者是群体接受研究的基础，群体接受则是作品、作家接受的延伸。对于群体接受而言，从接受动机、方式和效果等方面看，往往有其特殊之处：一是接受对象的群体美学特征与主要成员的深交厚谊，二是接受群体间的相互推举和同气共应，三是由此造成的群体氛围和社会影响。可见，较之个体接受，群体接受的重心和意义往往有明显区别。

检视近年来从接受美学角度进行的韩孟诗派传播接受史研究，发现相关成果主要集中于韩愈、李贺的个体接受研究，且多为断代、零散的研究成果，缺少系统性、完整性。近十年间出版的相关专著有杨国安《宋代韩学研究》（2006）、谷曙光《韩愈诗歌宋元接受研究》（2009）、胡淑娟《历代诗评视野下的李贺批评》（2009）、查金萍《宋代韩愈文学接受研究》（2010）、李德辉《李贺诗歌渊源及影响研究》（2010）等多部，这些著作角度不同、各具特点，共同推进了韩愈、李贺的接受史研究。当然，其中也难免有研究内容和方法路数的交叉甚至重复之处。对孟郊、贾岛等人的接受研究也出现了，如白爱平《姚贾接受史》（2006年博士论文）。

在当前学术研究趋于多元化、综合化的背景下，尽快加强文学接受史的群体性研究，是必然的发展趋势。韩孟诗派的渊源影响、诗派成员之间互动关系等话题虽然历来为研究者所关注，但系统的韩孟诗派群体接受研究，还是一个空缺的学术领域。本书正是在这一亟待拓展的研究领域中进行的一次学术创新尝试。

四、本书的研究思路和说明

本书的主要研究思路和框架布局，大致可用“横—纵—横”来概括。这里的“横”和“纵”，意近“共时性”和“历时性”。前之“横”，是从千年韩孟诗派群体接受史的整体出发，分不同角度，将群体接受史大致分为传播效果史、阐释评论史、创作影响史几大板块，有重点地分别加以考察；中间之“纵”，是在每一板块内部，大致按照时间顺序，对其具体接受状况做历时性考察；后之“横”，则是在具体的接受者或曰“点”上，尽量与其他部分里的相关内容进行呼应，展现出一个接受者应有的完整面目。整体上，追求接受研究中历史与美学的统一。

除了群体接受史这一“大判断”外，在一些具体问题的“小结果”上，本书也想以之为关注重点，多做些努力的尝试。如：

（一）关于宋代的“第一读者群”现象。按照接受美学的传统观点，某一读者对文本的理解为后人广泛接受，其阐释评价，开后人之先河，并成为后世论者不断加以再诠释、补充、修正的对象，“在一代又一代的接受之链上被充实和丰富”①，一定程度上左右了经典作品作家接受史的走向，就可称之为“第一读者”。韩愈诗歌接受史中的欧阳修，李贺接受史中的杜牧，孟

① 〔德〕姚斯、〔美〕R·C. 霍拉勃著，周宁、金元浦译：《接受美学与接受理论》，辽宁人民出版社 1987 年版，第 25 页。

郊、贾岛接受史中的苏轼，他们的阅读经验和诠释观点被后代读者继承并进一步充实、发展，影响极为深远，都堪称“第一读者”，值得重点研究。

宋代在唐诗接受过程中有其特殊意义。在唐诗高峰之后，宋人必须在诗歌领域中开疆拓土，在题材、手法、意境各方面力辟新路；而创新的前提是继承，因此宋人在唐诗的文本整理、评点诠释、理论阐发、创作继承等方面都能开风气之先，在整个唐诗接受史中起到了奠基作用。值得注意的是，对韩孟诗派许多艺术特质的阐释，如韩愈的“以文为诗”、雄奇险怪，韩愈文章的“集大成”，孟郊、贾岛诗歌的“郊寒岛瘦”等，虽在宋代以前就曾有萌芽，但真正深入阐释并为后人广泛接受即“第一读者”的效应，基本上都在宋代。其实放眼整个唐诗接受史，情况也基本如此。大量的唐诗“第一读者”集中出现在宋代，这些“第一读者”相互间密切沟通，热烈讨论诗歌风格技巧，甚至有苏轼、欧阳修这种集多个唐诗“第一读者”于一身、对唐诗艺术发明多所创获的诗坛巨擘，形成了独特的唐诗接受中的“第一读者群”现象。比较有代表性的事例如：欧阳修、梅尧臣等人对韩孟诗派的群体接受①，沈括、吕惠卿等人“馆下谈诗”对韩愈“以文为诗”特点的辨析发明等。从创作影响的角度看，宋代诗歌创作的发展基本是在“师唐”和创新两条路线之间变化摇摆，创新成果的结晶是有别于“唐音”的“宋调”。宋以后各代都没有形成本朝独特的诗风，而大多是在宗唐、宗宋之间徘徊。这种诗史发展格局的奠定，也属于宋代唐诗读者的贡献。这种“第一读者群”现象背

---

① 欧阳修、梅尧臣经常在一起论诗，《六一诗话》中多有反映。对韩愈诗歌善于用韵这一特点的发现，欧、梅都堪称“第一读者”（见《六一诗话》“退之笔力”条）。详见本书第六章第二节。

后的文学史、文化史原因，值得我们重视。

（二）关于“第二读者”现象。“第二读者”也是从“第一读者”的概念引申而来。“第二读者”是指文学接受史中，那些能突破“第一读者”诠释见解的影响和约束、转换接受角度，并同样可以引导接受方向的读者。由于其能够摆脱陈言、自出新见，发现、揭示“第一读者”巨大影响之下造成的接受盲区和误区，从更广阔、更多元的范围和角度，对作品作家的美学意义进一步加以丰富，因此，“第二读者”也应引起我们的重视。如：韩愈诗歌的接受历史，自司空图、欧阳修以来就以文为诗、雄奇恣肆等表现手法、艺术风貌方面进行阐释，着眼于诗歌艺术的个体和“内部”要素，而清人叶燮却从诗史发展走向的角度着眼，揭示出韩愈“大变唐诗”的价值，给后人巨大影响。因此，叶燮堪称韩诗接受史上的“第二读者”。

（三）关于诗派群体接受中的诗歌审美特质与人格精神、思想道德、人事交游及其他文体作品接受的关系处理问题。作家、群体接受史区别于作品接受史的最大之处，是“人”的因素即人格精神、思想道德等方面。就中国文学传统来看，“人”与“文”两种因素很难截然分离。源于西方的接受学理论重点在于文学作品文本的接受，况且，对文学本质的认识，西方与我国传统之间一直存在不同①；这恐怕也是当下古典文学接受史研究直接套用西方接受美学理论带给人“生吞活剥”印象的原因之一。对于中国古代文学接受史而言，的确应当有一种“还原”意识，

① 这是一段长期聚讼纷纭的公案了，近年来仍时有讨论。2015 年 8 月，《光明日报》“国学争鸣”栏目又对“中国文学本位”问题展开讨论，刊发了方铭、徐志啸等学者的文章，可参看。这种“本位”的尺度如何把握，究竟应该在多大限度上与世界文学进行概念接轨，相关讨论可能还会继续进行下去。

紧密结合其实际状况，充分考虑接受史中存在的“人”的因素进行考察。对于群体接受而言，情况更为复杂。因为不同诗派成员之间的人事交游、思想观念的异同等，都是作家个体接受之外的因素。“韩门弟子”与“韩孟诗派”长期被混同一谈，就是一个很典型的例子。韩孟诗派的盟主和领袖韩愈，其诗歌创作主张、诗艺特点在诗派中具有代表意义。在后世的评价中，许多重要诗论家如张戒、赵翼都认为韩愈是唐代诗人中仅次于李、杜的第三人，可见韩愈在接受者心目中的重要地位。但同时，韩愈更主要的身份与角色，是一代文宗、排佛立儒的思想斗士，这在很大程度上提高了接受者对他的关注度，但同时也造成了思想、文章接受与诗歌接受交互并存的复杂局面。

当然，这些都是研究者自身的努力目标和构想而已。一部韩孟诗派群体接受史，研究对象庞杂、历时久远，研究体量庞大，可用文献资料多寡不一，很大程度上影响了还原接受史本来面目的精确性甚至真实性，再加上研究者学识水平的限制，最后达到的程度定然距离理想目标相差甚远。不管怎样，在某些地方小有创获也罢，论述间的偏差谬误也罢，都算是通往将来的铺路石，为韩孟诗派研究贡献一点微薄之力，这样笔者也就略感欣慰了。

第一章 韩孟诗派的群体认同和自我接受

按照今天的认识，诗派是指在一定历史时期内，思想观念、艺术倾向和创作风格相同或相近的诗人，自觉或不自觉地结合成的诗歌派别。但古代作者并没有今天这样自觉的诗派观念，而且距今越久远，文学派别的形成过程越缺乏自觉意识。这种情形到了中唐时期发生了改观。贞元、元和年间，受共同人生际遇、思想性格、诗美理想的驱使，韩愈、孟郊、李贺、贾岛等人聚合成一个有明确诗坛盟主（韩愈）、大致相同诗歌主张和艺术风格的诗人群体，尽管还没有宋代江西诗派“宗派图”那样严密的成员界定，但从其自身的“门属”观念和外围对之的认同来看，已具备了明显的诗派性质。

可以认为，作为一个文学范畴，韩孟诗派是在其被接受的过程中不断被建构、形成的。在不同时代，读者对这一诗派的成员组成、创作观念、美学风貌、诗史地位等的认识常有不同取向，连李贺、贾岛是否应归入韩孟诗派，都时常存在异见。因此，这些问题应历史地、动态地去看待。考察韩孟诗派内部交游创作过程和群体认同、自我接受状况，是其接受史研究的逻辑起点。

在对韩孟诗派交游创作过程与自我接受的讨论中，立足点是诗派成员的人事、文学往来和评论、创作实践。具体来说，当从以下几个方面入手：一是对韩孟诗派人事交游和诗歌赠酬往来状况的考察，二是诗歌创作中表现出的美学特质异同，三是各诗人在创作理论和诗歌群体方面的趋同意识，四是韩孟诗派与当时重要诗人们的关系。

第一节 以韩愈、孟郊为中心的交游群体之形成

韩孟诗派的主要成员如何相识、交往，如何在诗歌活动中影响互动进而自觉趋同，形成共同的创作理念和诗歌风格，这恐怕是研究韩孟诗派时必须正本清源的一个问题。①

韩孟诗派以韩愈（768～824）、孟郊（751～814）冠名，说明二人在诗派的中心地位。诗派成员中以韩、孟二人交往时间最长，诗歌唱酬数量最多，在当时影响也最大。韩愈、孟郊订交于贞元八年（792），由此直到元和九年（814）孟郊去世的27年间，二人一直情深义重，诗酒唱和，影响了周围一大批诗人，形成了特色鲜明的共同诗风。可以说，韩、孟交往的这段时期，是诗派由兴起至高峰的主体发展阶段，韩、孟之间的关系是整个诗派人

① 国内较早的一批研究韩孟诗派的论著，如刘曾遂《论韩孟诗派的复古与尚奇》（载《浙江学刊》1986年第6期）、贾晋华《论韩孟集团》（载《唐代文学研究》第5辑）、萧占鹏《韩孟诗派研究》、毕宝魁《韩孟诗派研究》等，都重点探究了这一问题。斯蒂芬·欧文的《韩愈和孟郊的诗歌》（耶鲁大学出版社1975年版；田欣欣中文译本，天津教育出版社2004年版）则重在探讨韩、孟二人的诗风演进和相互影响。

事交游往来的主导线索。

韩孟诗派的群体交往,以贞元后期韩愈、孟郊、张籍的汴州之会和元和前期诗派全体成员的洛阳集会为重要标志点,大致可以从三个时段来考察。

一、初识:长安应试时期

韩愈与孟郊交游的最初阶段,是贞元八年至十二年(792～796)以长安为中心的应试时期。

贞元七年(791)秋,41岁的孟郊从家乡湖州赴长安应进士试,此前他一直过着做隐士、幕僚的落寞游离生活。韩愈此年刚24岁,却已在长安度过了六年光阴,三次应试皆未中第,在长安权贵间奔走拜谒,饱尝社会下层文士的辛酸苦楚。贞元八年(792)春试,孟郊落第;而韩愈终于登进士第,但次年始参加吏部博学鸿词科考试,又是连续三次失败。从二人集中现存作品看,韩愈贞元八年春有诗《长安交游者一首赠孟郊》,后来孟郊东归,又有《孟生诗》荐孟郊于徐州刺史张建封,孟郊也有《答韩愈李观别因献张徐州》,这说明至迟在此年春天二人已订交。由于有近似的生活基础,加之个性相投,韩、孟二人很快互相引以为知己,《新唐书》本传称孟郊"性介,少谐合。愈一见为忘形交"①。

这一期间,韩、孟二人相处时间并不多。孟郊贞元八年东归后,次年初,来长安应试,再下第,旋即又赴湖湘一带漫游;直至贞元十一年(795)年底才又来长安应试,终于在次年初登进士第,时年已46岁。韩愈则大部分时间在长安,偶至凤翔投谒或

---

① 〔北宋〕欧阳修、宋祁:《新唐书》,中华书局1975年版,第5265页。

回河阳老家，贞元十一年五月，在孟郊回长安之前，便起身东归；次年七月，入宣武军节度使董晋幕，后任观察推官。因此，韩、孟二人这一时期更多通过诗书赠酬相往来。

在交往之初，韩愈、孟郊之间就体现出韩推崇孟的倾向。韩愈《孟生诗》（贞元九年）品评孟郊说："孟生江海士，古貌又古心。……作诗三百首，窅默咸池音。……奈何从进士，此路转岖嵚。异质忌处群，孤芳难寄林。谁怜松桂性，竞爱桃李阴。……清宵静相对，发白聆苦吟。"同年作的《长安交游者一首赠孟郊》云："陋室有文史，高门有笙竽。何能分荣悴？且欲分贤愚。"① 可见，韩愈之所以倾心叹慕孟郊清冷孤直的诗风，更多源于二人此时落第失意、不满时俗、好古非今的共同心理基础。在对孟郊高洁古朴个性的尊崇中，包含着韩愈自己对社会不平的愤激之情。孟郊《长安羁旅行》（贞元八年）也反映了这种心态："万物皆及时，独余不觉春。失名谁肯访，得意争相亲。"②不过，因年龄、性格、阅历毕竟有差别，所以二人心态并不完全一致：韩愈个性拗强，愈挫愈勇；孟郊落寞无奈，心态凄凉消极。

不过，孟郊其人其诗还充溢着一种中唐以来就存在的带有复古色彩的理想主义倾向。斯蒂芬·欧文说："孟郊早期诗歌中的气势通常来自两个对立世界的强烈冲突，而且这是一种无法调和的冲突。"③孟郊不无愤激色彩的理想主义气质及其诗歌中的冲突和气势，很容易引起青年科考失意者们的共鸣。在之后韩愈对孟郊的推崇、举荐中，一直将对孟诗的评价与对其古朴

① 以上二诗分别见钱仲联《韩昌黎诗系年集释》，上海古籍出版社1984年版，第12、10页。

② 华忱之等：《孟郊诗集校注》，人民文学出版社1995年版，第4页。

③ 〔美〕斯蒂芬·欧文著，田欣欣译：《韩愈和孟郊的诗歌》，天津教育出版社2004年版，第48页。

高茂人格的赞赏结合在一起，其他韩派文人推扬孟诗的时候也多以“古”为重心，如“五言高处，在古无二，其有平处，下顾两谢”①，“郊为五言诗，自前汉李都尉、苏属国及建安诸子、南朝二谢，郊能兼其体而有之”②。由此可见，韩门文人对孟郊诗风的推崇，在一定程度上反映出他们不满现实、向往古道的群体心态。孟郊也常以古道理想来勉励韩愈。韩愈贞元十二年（796）入董晋幕，孟郊在长安作诗赠之：“志士感恩起，变衣非变性。亲宾改旧观，僮仆生新敬。坐作群书吟，行为孤剑咏。始知出处心，不失平生正。”（《送韩愈从军》）③在祝贺韩愈从军的同时，孟郊仍不忘以刚正不阿的“出处心”来勉励韩愈继续实现自己的理想抱负。

从创作角度看，由于孟郊此时诗风已基本形成，韩愈方步入诗坛不久，所以这一时期里韩愈诗歌创作受到孟郊的一定影响，如《青青水中蒲三首》（贞元九年），盎然有古趣，带有孟郊诗的色彩，清代朱彝尊认为此诗“语浅意深，可谓炼藻绘入平淡”④。不过，从群体的声名效应看，韩、孟这时在诗坛上还没有大的影响。

这段同病相怜的生活成为韩愈、孟郊一生友谊的起点，他们孤傲拗直的个性也因找到了共鸣点而更加张扬，这为他们诗歌创作风格的融合、转变奠定了共同的生活基础。

---

① 〔唐〕李观：《上梁补阙荐孟郊崔弘礼书》，见《全唐文》，中华书局1983年版，第6册，第5421页。

② 〔唐〕李翱：《荐所知于徐州张仆射书》，见《全唐文》，中华书局1983年版，第7册，第6417页。

③ 华忱之等：《孟郊诗集校注》，人民文学出版社1995年版，第362页。

④ 钱仲联：《韩昌黎诗系年集释》卷一《青青水中蒲三首》下所引，上海古籍出版社1984年版，第23页。

二、发展:以汴州为中心的交游时期

贞元十三年至十五年初(797～799),韩愈、孟郊同在汴州(今河南开封)。韩愈在宣武军节度使董晋幕下任观察推官的微小官职;孟郊则依宣武行军司马陆长源,寄居在汴州。这一时期二人虽然地位不高,名亦不显,但生活压力已不像此前那样大,心态也相对平和了一些,相互间切磋诗艺的机会较多。尤其值得关注的是,孟郊在贞元十三年介绍张籍(766?～830?)与韩愈订交,互有赠答诗篇,再加上李翱(774～836)等人,已小有群体规模。

这段时间里,由于韩愈得董晋倚重,地位声名日隆,诗文创作日趋活跃。但在韩、孟群体的诗歌交游活动中,仍多以孟郊为主导。贞元十四年(798),孟郊意欲离开汴州南下,韩愈在《醉留东野》诗中,表达了对孟郊的敬意,并以李白、杜甫作为自己和孟郊的榜样,标举、自矜之意非常明显:

> 昔年因读李白、杜甫诗,长恨二人不相从。吾与东野生并世,如何复蹑二子踪?东野不得官,白首夸龙钟。韩子稍奸黠,自惭青蒿倚长松。低头拜东野,原得终始如駏蛩。东野不回头,有如寸莛撞巨钟。我愿身为云,东野变为龙,四方上下逐东野,虽有离别何由逢?①

此时期内韩愈、孟郊、李翱共作的《远游联句》②,是他们群体创

---

① 钱仲联:《韩昌黎诗系年集释》,上海古籍出版社1984年版,第58～59页。

② 钱仲联:《韩昌黎诗系年集释》,上海古籍出版社1984年版,第44～45页。

作、切磋诗艺的产物。诗的一开始,孟郊首先出一联,韩愈紧跟一联;孟郊再出一联,李翱紧跟一联;然后孟郊抒发惜别之意,情感一发不可收,竟然连出四联;韩愈也不示弱,连跟五联;此后孟、韩二人你来我往,李翱竟然再无插话之处,最后以韩愈作结。这篇联句充分展示了韩愈、孟郊逞才斗勇的创作互动场面,其中有"观怪忽荡漾,叩奇独冥搜"(孟郊)、"魍魅暂出没,蛟螭互蟠蟉"(韩愈)之句,无论是联句这一创作形式还是喜好怪奇的审美趋向,都为他们后来在元和年间创作的一系列长篇联句开了先河。虽然在诗艺方面还是以韩愈向孟郊学习为多,但韩愈在艺术上自觉追新的成分也明显有所增加,如《嗟哉董生行》《此日足可惜一首赠张籍》等诗,在散体化、用韵等方面特色已然比较突出。

总的来说,韩愈、孟郊汴州共处两年左右,时间虽然不长,但交游密切、切磋深入,与张籍、李翱等人一起,初具群体规模,诗歌主张和创作风格也进一步趋同,这是向诗派活动高峰的发展、过渡期。

三、高峰:由长安至洛阳的聚会时期

贞元十五年(799)二月汴州兵乱后,韩愈先后在徐州、洛阳、长安等地任职或闲居。贞元十九年(803)冬在监察御史任上,因上表论天旱人饥而被贬阳山令,直到元和元年(806)六月才回到长安。孟郊此间则在江南游历,后被选为溧阳尉,又辞官家居,元和元年也来到长安,与韩愈、张籍等人重逢。此后,从元和元年至六年(806～811),韩孟诗派的大多数成员在长安和洛阳先后聚会,尤其是李贺、贾岛、卢仝的加入,使韩孟诗派得以正式形成,创作活动臻于极盛,一时声势颇大。

元和元年(806),韩愈、孟郊经过多年分离后,重新会合于长安。此年韩愈 39 岁,正处盛年;孟郊 56 岁,已显老态。韩愈

经历了阳山之贬，生活阅历进一步丰富，个体心性经受了前所未有的锤炼，审美趋好和文学创作风格也因之有了一定变化；而孟郊也经历了担任溧阳尉、后又因沉湎于作诗而请辞的风波，思想心态在矫激不平之余更有一种“君子固穷”式的坚定与自信，诗艺技巧也更加成熟老到。韩愈与孟郊、张籍在长安创作了一系列联句诗，这些诗铺张扬厉，光怪陆离，逞才斗学，韩愈《南山》诗更是其中的代表。元和二年（807），韩、孟先后到了洛阳，韩愈官职递升、名望渐起，而孟郊仍然过着官职卑微的平淡寄居生活。

这六年左右的时间，是韩孟诗派创作交游活动的高潮期。除了韩愈、孟郊外，卢仝（795？~835）于元和五年来洛阳；李贺（790~816）元和五年参加河南府试；贾岛（779~843）也于本年来洛阳，欲谒见孟郊而未能，次年拜见韩愈①。此外还有马异（生卒年不详）、刘叉（生卒年不详）、皇甫湜（777~835）、刘言史（约850~812）等人汇集韩门。

由于韩愈在文坛声望已很高，他诗歌创作中奇险、怪异的新变因素与原有的拗硬风格结合在一起，迎合了当时下层士人中激躁、变异的心态和审美趣味，因而韩诗便成为众人模仿追趋的对象；这反过来又刺激、鼓励韩愈在主观上更加追求险怪，使得这种诗美风潮愈演愈烈，达到了韩孟诗派艺术个性的极致。韩愈在诗中说：“险语破鬼胆，高词媲皇坟。至宝不雕琢，神功谢锄耘。”（《醉赠张秘书》，元和四年）“狂词肆滂葩，低昂见舒惨。奸穷怪变得，往往造平淡。”（《送无本师归范阳》，元和六年）②从这种对审美理想的描述中可以看出，韩愈在追求险怪恣肆的

---

① 齐文榜认为韩愈、贾岛早在贞元十七年（801）就已订交。见《贾岛研究》，人民文学出版社2007年版，第93~102页。

② 钱仲联：《韩昌黎诗系年集释》，上海古籍出版社1984年版，第391、820页。

同时,也强调一种自然、平淡的美学境界,不过在当时"尚怪"的习气中,后者并没有在创作中体现出来。赵璘《因话录》云:"元和中,后进师匠韩公,文体大变。"①揭示出当时趋新求变的时代诗风。

元和六年(811),韩愈回长安任职,韩、孟二人再次分离,诗派交游活动开始从高峰下落;元和九年(814),孟郊去世;元和十一年(816),李贺去世;此后,贾岛、韩愈和张籍尚在长安交往,至长庆四年(824)韩愈去世,诗派交游宣告结束。虽然创作主体的交游创作活动结束了,但是文学意义上的韩孟诗派才刚迈出了接受史的第一步。

第二节 韩孟诗派的自我接受

创作主体的自我接受,主要体现在自我评论和坚持创作风格的自觉程度上。韩孟诗派的自我接受,可从三个主要方面考察:一是诗派主要成员相互间的创作熟悉程度和互动情况,二是从诗派成员间的互相赠答、评论中看出他们创作理论上的明确性,三是从诗歌创作中窥探其风格自觉趋同的程度。

一、诗派成员间的作品传播与创作互动

考察韩孟诗派的自我接受,不妨先思考这样一个问题:对一个诗人而言,诗派内的诗友是他最重要、最忠实的读者吗?反过来说,一个诗人创作时,诗友们的"期待视野"是否会发挥重要影响?在赠答、唱和、联句等社会化写作的交往诗中,答案一般是肯定的。按照这种思路,我们的第一步,先要细致考察一下韩

① 〔唐〕赵璘:《因话录》,上海古籍出版社1979年版,第82页。

孟诗派内部交往诗创作的情况。

我们根据吴汝煜主编《唐五代人交往诗索引》和有关别集，选择韩孟诗派九名主要成员（包括边缘成员张籍在内），将他们内部相互间的交往诗数量进行统计，借以了解韩孟诗派诗歌交往互动情况：

表1　韩孟诗派主要成员内部交往诗数量统计表

B \ A	韩愈	孟郊	李贺	贾岛	卢仝	马异	刘叉	皇甫湜	刘言史	张籍
韩愈		25	2	6	6		1			8
孟郊	22			5	1		2		2	2
李贺										
贾岛	4	3								4
卢仝	2	2		1		1	1			
马异					1					
刘叉										
皇甫湜	3		4	1		1				
刘言史		1								
张籍	25	4		7						

说明：A栏指交往诗的创作者，B栏指唱和赠酬的对象。

通过表格可以看出：韩孟诗派的主要成员之间的交往诗分布面比较广泛；从数量来看，韩愈、孟郊写给对方的交往诗分别为22、25首，说明其密切的交往关系和活跃的创作态势；韩愈、孟郊二人与其他成员的交往互动最多，说明其在诗派中居于核心地位；李贺虽然创作成就较高，但其因年龄小又寿夭，加之性格内向，所以与其他诗人的交往互动情况不太活跃。

据统计，韩愈、孟郊、李贺、贾岛四位主要诗派成员，其现存诗集中，交往诗占诗作总数的比例分别为58.01%、46.37%、

17.7%、71.75%①,除李贺外,比例都比较高。这意味着韩孟诗派诗歌创作的社会化程度较高,其创作心理和审美趋向常常会顾及"目标读者"的喜好,期待能获得他们的称赏。

除了交往诗,韩孟诗派主要成员的其他散篇作品,周围诗友也应当都是较早、较重要的读者。诗人们的作品有时也被结集传播,又可分为两种情况:生前结集、身后被系统整理后结集。后者我们将在第二章里详细考察,这里主要考察前一种情况。

韩愈的诗篇曾广为传播。韩愈是文坛盟主和诗派领袖,尤其是中晚年,声望极高,影响很大,很多人慕名传阅其作品。加之韩愈交游广泛、经历丰富,本人又有一种刚直自信之心态,期待获得别人认可,或有主动结集传播的现象。生前的作品结集流传,比较重要的是潮州人赵德编集的《文录》,这是一部诗文集,收诗数量不多(详见第二章第二节)。此书大约在长庆年间成于赵德之手,因赵德在潮州,当时与中原接触不广,此书不一定会被韩愈的诗友们看到。

孟郊、李贺、贾岛皆属苦吟诗人,游历各地,应有随身携带诗集且随时进行修改整理的习惯。孟郊在长安初见韩愈时,韩愈就曾有"作诗三百首,窅默咸池音"之句,应该就是读了孟郊的诗集。李贺以古破锦囊缀句成篇,"王、杨辈时复来探取写去"(李商隐《李贺小传》),马上传播开来。但由于李贺与诗派其他成员接触不很密切,故而其作品的受众面可能不广。贾岛也常常整理诗集,据唐人记载:"贾岛常以岁除,取一年所得诗,祭以酒脯,曰:'劳吾精神,以是补之。'"②贾岛苦心作诗,对自己心血

① 参见尚永亮师《开天、元和两大诗人群交往诗创作及其变化的定量分析》,载《江海学刊》2005年第2期。

② 〔唐〕冯贽:《云仙杂记》卷四引《金门岁节》,《丛书集成新编》本,第86册,第174页,台湾新文丰出版公司1985年版。

凝成之物也颇有自矜之意，曾携带诗集拜谒韩愈、张籍，有《携新文诣张籍韩愈途中成》一诗："袖有新成诗，欲见张韩老。青竹未生翼，一步万里道。"①可见其心态之急切。刘叉举止狂放、洒脱不拘，但也有诗集，"生涩有百篇，谓是琼瑶辞"（《答孟东野》）。他结识孟郊为同道，便将诗集拿给孟郊读，听到孟郊的赞美之词，刘叉非常高兴。

这些事例说明，韩孟诗派的大部分成员彼此之间读到很多诗作，互为重要读者，说明他们相互间的诗歌评论和反馈，是建立在充分的作品接受效果基础上的。

二、诗派成员间的互相推崇意识和诗歌理论主张的自觉

韩愈重视友情并乐于奖掖后进，随着他政治地位和名望的升高，这一点体现得愈加明显。他在对孟郊、李贺、贾岛等人的推崇、举荐、评价中，蕴含着十分强烈的群体观念和风格标举意识，常给予他们热情的勉励、颂扬和期盼。总的来看，韩愈标举的主要是雄奇、险怪、硬峭等审美范畴。如评价孟郊时说："有穷者孟郊，受材实雄骜。冥观洞古今，象外逐幽好。横空盘硬语，妥帖力排奡。敷柔肆纡余，奋猛卷海潦。荣华肖天秀，捷疾逾响报。"（《荐士》）②评价贾岛说："无本于为文，身大不及胆。吾尝示之难，勇往无不敢。蛟龙弄角牙，造次欲手揽。众鬼囚大幽，下觑袭玄窞。天阳熙四海，注视首不颔。鲸鹏相摩窣，两举快一啖。夫岂能必然，固已谢黯黮。狂词肆滂葩，低昂见舒惨。

---

① 齐文榜：《贾岛集校注》，人民文学出版社 2001 年版，第 53 页。

② 钱仲联：《韩昌黎诗系年集释》，上海古籍出版社 1984 年版，第 528 页。

奸穷怪变得,往往造平淡。风蝉碎锦缬,绿池披菡萏。芝英擢荒蓁,孤翮起连菼。”(《送无本师归范阳》)①可以看出,韩愈对孟郊、贾岛的雄奇险怪诗风持认同、赞赏的基调,具体包括:对客观物象的穷搜深掘和天马行空的丰富想象力,美学风貌上力倡雄奇险怪,讲求锻字炼句、风格拗硬,但又在怪奇、拗硬的基础上推崇“妥帖”“平淡”这种至刚化柔的审美理想。类似的审美理想在韩愈的赠答诗中还可常常见到,如“东野动惊俗,天葩吐奇芬”“今我及数子,固无莸与薰。险语破鬼胆,高词媲皇坟。至宝不雕琢,神功谢锄耘”(《醉赠张秘书》),“雕刻文刀利,搜求智网恢”(《咏雪赠张籍》)②,“我愿生两翅,捕逐出八荒。精诚忽交通,百怪入我肠。刺手拔鲸牙,举瓢酌天浆。腾身跨汗漫,不着织女襄”(《调张籍》)③,追求“惊俗”的强烈“陌生化”审美效果,但又是浑然天成的“天葩”。“险语”和“不雕琢”——这些似乎有些矛盾的审美追求,反映了韩愈高度理想化的创作目标。当然,韩愈本人的诗歌思想也有发展演变的过程,这里所举各篇,大都是元和年间诗派活动高峰时期的作品。韩愈晚年写的《南阳樊绍述墓志铭》(长庆三年)似乎有了新的认识:“然而必出于己,不袭蹈前人一言一句,又何其难也!必出入仁义,其富

① 斯蒂芬·欧文认为,孟郊的《戏赠无本二首》和韩愈这首《送无本师归范阳》,都有嘲笑、劝诫贾岛之意。因为贾岛刻意模仿怪奇诗风投来诗篇,而彼时韩、孟的主张已由雄奇险怪回归了传统(《韩愈和孟郊的诗歌》,天津教育出版社 2004 年版,第 147 ~ 149 页)。他思考问题的角度值得欣赏,但因对韩愈某些重要诗歌作品的编年不一定准确,因而其具体结论还有待于商榷。

② 钱仲联:《韩昌黎诗系年集释》,上海古籍出版社 1984 年版,第 161 页。

③ 钱仲联:《韩昌黎诗系年集释》,上海古籍出版社 1984 年版,第 989 页。

若生蓄，万物必具，海含地负，放恣横从，无所统纪，然而不烦于绳削而自合也。”①以作者内在的主体心性和思想修养为依托，再与词句锻造生新相结合，便可达到“不烦于绳削而自合”的理想化境。这虽然是论樊宗师的文章，但反映了韩愈包括诗文在内的创作观的变化。这一点为黄庭坚等宋代文人广泛接受。作为诗派盟主，韩愈赠答诗中的这些标举和描述，常得到诗友们的附和，具有很大的传播影响力，可以视作诗派的共同审美追求。

在其他诗派成员相互间的推崇评价中也同样显示出这种诗派意识和共同追求。如孟郊《戏赠无本二首》：“拾月鲸口边，何人免为吞。燕僧摆造化，万有随手奔。补缀杂霞衣，笑傲诸贵门。”②是对贾岛诗歌奇险恣肆风格的肯定。“诗骨耸东野，诗涛涌退之”，孟郊将自己与韩愈并列，一“耸”一“涌”，突出展示了二人诗作的特点及孟郊心目中的派系观念。诗的末联“可惜李杜死，不见此狂痴”，表现出和韩愈类似的将自己和诗友们的成就上接李、杜的观念，含有标举、自矜之意。刘叉《答孟东野》说：“酸寒孟夫子，苦爱老叉诗。生涩有百篇，谓是琼瑶辞。百篇非所长，忧来豁穷悲。唯有刚肠铁，百炼不柔亏。退之何可骂，东野何可欺。文王已云没，谁顾好爵縻。生死守一丘，宁计饱与饥。万事付杯酒，从人笑狂痴。”③酸寒的生活处境，苦涩硬峭的诗风，这是刘叉的自况，又何尝不是踜蹭潦倒于人生道路上的韩孟诗派诗人的集体写照呢？

---

① 刘真伦、岳珍：《韩愈文集汇校笺注》，中华书局 2010 年版，第 2575 页。

② 华忱之等：《孟郊诗集校注》，人民文学出版社 1995 年版，第 300 页。

③〔清〕彭定求等编：《全唐诗》（增订本），中华书局 1999 版，第 4458 页。

在创作心理方面,韩孟诗派的突出特点是标举"不平则鸣"和"笔补造化"。韩愈在《送孟东野序》中提出"大凡物不得其平则鸣"的观点,揭示出言为心声、有感而发的创作心理,这对于地位低下、生平困顿的孟郊、李贺、贾岛等人来说,显然触及了根本。"笔补造化"缘于李贺的诗句"笔补造化天无功"(《高轩过韩员外愈皇甫侍御湜见过因而命作》),强调创作主体的主观性、抒情性,这在韩孟诗派诗人中也是一个普遍特点。

在相互评论、标举的理论自觉中,"诗派"的群体意识也自然随之高涨。以盟主韩愈来看:"为此座上客,及余各能文。君诗多态度,蔼蔼春空云。东野动惊俗,天葩吐奇芬。张籍学古淡,轩鹤避鸡群。阿买不识字,颇知书八分。诗成使之写,亦足张吾军。"(《醉赠张秘书》)①此诗乃是元和元年韩愈贬谪阳山、移江陵初回长安时,至张署家饮酒所作,孟郊、张籍亦在场。远贬回京,众友久别重逢,大家自然兴致十分高涨,纷纷作诗以庆。这些诗歌不但有着"天葩""古淡"等不同凡俗的特点,甚至还需要阿买用古朴的"八分"书来书写,才能达到诗、书相得益彰的效果。"各能文""张吾军",都展现了韩愈极强的群体、派别意识。

三、创作实践中的诗歌风格自觉趋同

在诗歌创作的具体实践中,韩孟诗派也体现出艺术风格的自觉趋同,尤其是在赠答、唱和、联句、拟作等创作形式中,趋同意识更为明显。赠答、唱和诗前文已有论及,韩孟联句诗在第三章中有专门讨论,这里着重探讨拟作。

---

① 钱仲联:《韩昌黎诗系年集释》,上海古籍出版社 1984 年版,第 390~391 页。

韩孟诗派在赠答唱和诗、联句诗中其实也存在不同程度的仿效行为，尤其是后进诗人如李贺、贾岛投赠给韩愈等人的行卷之作。但这里所说的"拟作"，是指在诗题中明确标示的模拟仿效之作。与其他诗人相比，韩孟诗派的诗人们实际上不怎么喜欢写拟作诗。除了韩愈的《与张十八同效阮步兵一日复一夕》《月蚀诗效玉川子作》外，题目中包含"拟、效、仿"等字的作品，韩孟诗人一首都没有。韩愈这首"效"卢仝同题诗而作的《月蚀诗效玉川子作》却有重要意义。

韩愈对卢仝雅好古道、狷介耿直的思想个性非常尊敬、推崇，类似于他对孟郊的态度。但他对卢仝的诗歌作法，态度似乎有所保留。韩愈《寄卢仝》（元和六年）一诗，长达 66 句，仅"往年弄笔嘲同异，怪辞惊众谤不已"两句是评其诗，还属贬讽之语。韩愈《月蚀诗效玉川子作》对卢仝原诗，虽名曰"效"，其实是一种删改行为，宋人对此颇多议论。如：

> 韩退之有《效玉川子月蚀》诗，读之有不可晓者。既谓之"效"，乃是玉川子诗，何也？亦常闻叶大经云：玉川子既作此诗，退之深爱之，但恨其太狂，因削其不合法度处，而取其合者附于篇，其实改之也。退之尊敬玉川子，不敢谓之"改"，故但言"效"之耳。①

有的韩诗版本，诗题中的"效"作"删"，更加印证了这种观点。通过这种删改加工诗歌的行为，韩愈一方面对这种风格怪奇、散文化的创作趋向给予认可，另一方面又纠正其偏颇，这实际属于

① 〔南宋〕何薳：《春渚纪闻》卷五"玉川昌黎月蚀诗"条，见《宋元笔记小说大观》，上海古籍出版社 2007 年版，第 3 册，第 2407 页。

诗友间深层次的诗艺切磋行为，是其诗派群体意识的极佳显现。

从接受角度来看，这种美学风格上的自觉趋同，就是对自身的肯定。值得强调的是，韩愈晚年诗风趋向于平淡和缓，如《早春呈水部张十八员外二首》《南溪始泛三首》等，较之元和年间长篇怪肆之作收敛了许多，体现出向诗歌传统回归的趋向。① 其主要原因可能在于：创作主体的处境、心态发生了较大变化；时代审美思潮也发生了一定的改变②；由于孟郊等人的去世，创作环境缺少必要的竞争气氛等。但韩愈的这种改变，与白居易晚年对与元稹长篇唱和、争奇斗胜之作的抱悔态度，存在一定差异。③

诗歌群体的形成和接受过程中，时常能见到社会心理学所说的“从众现象”（conformity）④：出于集团的吸引力、号召力，诗人对之产生某种归属感和依赖感，导致进一步消除个性、追随群

---

① 斯蒂芬·欧文认为韩愈和孟郊早在“806 年～814 年间也受到这种风尚的影响时，他们自己创作的险怪诗歌却非常少。这些诗歌，通常是写给他们年轻的崇拜者的”（《韩愈与孟郊的诗歌》，天津教育出版社 2004 年版，第 207 页）。似乎将这种转变定得太早。直到元和十一年（816），韩愈还在《调张籍》诗中以诸多雄奇险怪之语称扬李白、杜甫，显示其心目中仍然存在这种追求雄奇的诗歌理想。

② 《唐语林》：“文宗好五言诗，品格与肃、代、宪宗同，而古调尤清峻。……李珏奏曰：‘……宪宗为诗，格合前古，当时轻薄之徒，摛章绘句，聱牙崛奇，讥讽时事，尔后鼓煽名声，谓之元和体。’”（周勋初：《唐语林校证》，中华书局 1987 年版，第 149～150 页。）皇帝的喜好对时代诗风的确有重要影响。以此来理解元和、长庆时期的诗风变化，也不无合理性。

③ 白居易《酬微之》诗中说：“满帙填箱唱和诗，少年为戏老成悲。”（《白居易集》，中华书局 1979 年版，第 503 页。）他作于大和二年（828）的《因继集重序》也表露了类似意思。

④ 参见郭英德《中国古代文人集团与文学风貌》，北京师范大学出版社 1998 年版，第 229 页。

体风格。这在韩孟诗派的自我接受过程中有一定程度的体现。

韩孟诗派的自我接受是后世传播接受史的起始点，也是一个重要的基点。后人对其诗义的诠释、诗美特质的总结、诗史地位的评价，无不与之有密切的关联。

四、韩孟诗派与"韩门弟子"考辨

古人的话语体系中，对韩孟诗派的认识和表述，时常包含在"韩门弟子"中。但"韩门弟子"与韩孟诗派在内涵、外延上都有不同，属于两个概念。在接受史中二者常被混淆，因此有必要对之略加考辨。

首次提出"韩门弟子"一词的是中唐李肇的《唐国史补》："韩愈引致后进，为求科第，多有投书请益者，时人谓之韩门弟子。愈后官高，不复为也。"①这里"韩门弟子"内涵很明确："为求科第"而"投书请益者"。因为韩愈乐于奖掖后进，当时前去"投书请益者"极多，鱼龙混杂，所以这个界定比较宽泛，也没提具体人名。

《新唐书·韩愈传》精简了"韩门弟子"的范围。"愈性明锐，不诡随。与人交，终始不少变。成就后进士，往往知名。经愈指授，皆称'韩门弟子'……至其徒李翱、李汉、皇甫湜从而效之，遽不及远甚。从愈游者，若孟郊、张籍，亦皆自名于时。"②界定人员比较明确，再加上附传里的孟郊、张籍、皇甫湜、卢仝、贾岛、刘叉，合并起来，共计八人。唯独李贺被归于《文艺传》，不在此列。《新唐书》这一说法后来广为通行。

① 〔唐〕李肇：《唐国史补》，上海古籍出版社1979版，第57页。

② 〔北宋〕欧阳修、宋祁：《新唐书》，中华书局1975年版，第5265页。

但《新唐书》这一界定包含了两种情况："从而效之"（李翱、李汉、皇甫湜）和"从愈游者"（孟郊、张籍），附传中的卢仝、贾岛、刘叉，未说明何因，但也不外乎这两种情况。北宋马永卿《懒真子》就此分辨道："以仆观之，郊、籍非辈行也。东野乃退之朋友，张籍乃退之为汴宋观察推官日所解进士也，而李翱、皇甫湜则从退之学问者也。……而《唐史》乃使东野与群弟子同附于退之传之后，而世人不知，遂皆称为韩门弟子，误矣。"①此论从问学求道、帮助科考这一狭义角度来界定"韩门"，今天看来未免迂腐，但在当时并非没有道理。所以后人赞同此说者不少。不过从广义看，统称为"韩门"，也未尝不可。此后历代对"韩门弟子"的认识，大致未出此范围。

"韩门弟子"与韩孟诗派两个概念关联十分密切，但其区别也不容忽视：

一是定义的角度、着眼点不同。"韩门弟子"侧重于师承关系、道义精神、科考仕进推举、提拔奖掖等方面，韩孟诗派则立足于诗歌交游、创作观念和风格类似等角度。

二是具体成员组成有差别。当然，如上面的分析，"韩门弟子"基本将诗派成员囊括在内，但细加分析，仍有一定区别，主要体现在孟郊、卢仝和张籍三人。孟郊、卢仝是诗派核心成员，虽然交游密切且常受到韩愈奖掖提携，但与韩愈是友人关系，深得韩愈敬重，而非弟子；张籍曾受韩愈举荐考试，属于弟子，但非韩孟诗派正式成员，只可视为边缘人物。其他如樊宗师、欧阳詹、李汉等参与古文运动的人物，也不属于韩孟诗派。

① 〔北宋〕马永卿：《懒真子》卷四，见《宋元笔记小说大观》，上海古籍出版社 2007 年版，第 3 册，第 3172 页。

第三节 元和诗坛背景下的韩孟诗派群体接受

韩孟诗派的形成和创作活动虽然从贞元一直持续到长庆年间，但集中展现于元和时期。元和诗坛繁荣的体现，除了韩孟诗派以外，还有白居易（772～846）、元稹（779～831）、张籍、王建（766～?）等人组成的元白诗派，以及柳宗元（773～819）、刘禹锡（772～842）等长期被贬谪在外的重要诗人。这些诗人与韩孟诗派一起，成为韩孟诗歌最初的一批重要接受者。由于这些接受者也是成就很高并富有特色的诗人，且与韩孟诗派诗人有不同程度的交游往来，在人事、思想、古文、诗歌等各方面存在密切联系，在同一时代氛围影响下创作，因而这种接受具有非同寻常的意义。

一、元和诗坛上与韩孟诗派相关的“并称”现象

在中国文学史和文学批评史上，作家的并称，是一种很值得注意的现象。这实际是时人或后人的一种重要接受行为。无论被并称者之间是何种关系、他们因何被并称，我们都可以从这种现象背后寻绎出接受者的立场、看法及其深层的文学史意义。从同一文坛背景下各种不同的并称现象中，更可以看出某一作家或群体的意义、价值和文学史坐标。

元和诗坛上，有关韩孟诗派的并称现象主要是“韩孟”“韩张”“韩李”。

首先看“韩孟”。韩愈、孟郊是诗派核心成员，他们不但自己有强烈的结盟标举意识（《醉留东野》），而且周围诗友也有此共识。放眼到整个文坛，看法却未必尽然。据时人记载：“韩文

公与孟东野友善。韩公文至高,孟长于五言,时号孟诗韩笔。”①这是韩、孟首次被并称。韩愈欲凭借诗歌与孟郊齐名,共蹑李、杜之踪,然而时人却以“孟诗韩笔”共称。二者角度不同,反映的却都是实际。

其次看“韩张”。张籍《祭退之》回忆二人交往过程说:“公文为时师,我亦有微声。而后之学者,或号为韩张。”韩愈、张籍交游甚久、友情笃厚,虽然诗风倾向有所不同,但在提倡古道、振兴古文等方面也颇有相同处,被时人并称“韩张”,也是情理中事。宋人有时过于拘泥,对此还曾提出质疑:“张籍《哭韩退之》诗云:‘而后之学者,或号为韩、张。’退之日,籍、湜辈者,学者曰韩门弟子,不曰韩、张也。”②邵博怀疑张籍借与韩愈并称以抬高自己名声,从张、韩二人的交情及在当时的影响来看,恐怕张籍无此必要。

再次看“韩李”。这又分两种情况,即韩愈分别与李观、李翱并称。李观与韩愈同榜登第,孟郊初识二人时,就曾将之并提:“故人韩与李,逸翰双皎洁。”(《答韩愈李观别因献张徐州》)陆希声《唐太子校书李观文集序》:“贞元中,天子以文化天下,天下翕然兴于文。文之尤高者,李元宾观、韩退之愈。”③但李观去世较早,后来李翱成就渐高,韩愈又被与李翱并称:“习之悄然谓蕃曰:‘翱昔与韩吏部退之为文章盟主,同时伦辈,惟柳仪曹宗元、刘宾客梦得耳。’”(刘禹锡《唐故中书侍郎平章事韦公

---

① 〔唐〕赵璘:《因话录》,上海古籍出版社1979年版,第82页。

② 〔北宋〕邵博:《邵氏闻见后录》,中华书局1983年版,第109页。

③ 〔唐〕陆希声:《唐太子校书李观文集序》,见《全唐文》,中华书局1983年版,第9册,第8550页。

集纪》)①《旧唐书》传赞云:“韩、李二文公,于陵迟之末,遑遑仁义,有志于持世范,欲以人文化成,而道未果也。”②此处虽是贬抑之词,但也是并称之举。

由此可见,元和诗坛当时的并称情况,与后世的主流认识有所不同。后世流行的并称,如“韩柳”“杜韩”“郊岛”等,大都是稍晚后兴起的。

赵璘曾将韩愈、柳宗元和皇甫湜、李翱并提:“元和中,后进师匠韩公,文体大变。又柳柳州宗元、李尚书翱、皇甫郎中湜、冯詹事定、祭酒杨公、余座主李公,皆以高文为诸生所宗,而韩、柳、皇甫、李公皆以引接后学为务。”③但这里尚将韩、柳置于众人之间。更明确突出“韩柳”二人独特地位的是杜牧:“李杜泛浩浩,韩柳摩苍苍。近者四君子,与古争强梁。”(《冬至日寄小侄阿宜诗》)④不但并称“韩柳”,而且将其与李、杜齐肩并举。“杜韩”并称,也是杜牧首振其端:“杜诗韩集愁来读,似倩麻姑痒处搔。”⑤稍后,李商隐《樊南甲集序》(大中元年十月十二日)也有类似提法:“十年京师寒且饿,人或目曰:韩文、杜诗、彭阳章檄,樊南穷冻人或知之。”⑥“郊岛”并称亦在晚唐,后文将详述。“韩柳”“郊岛”“杜韩”的提法,都是晚唐五代发端,北宋时经穆

① 〔唐〕刘禹锡:《唐故中书侍郎平章事韦公集纪》,见陶敏、陶红雨《刘禹锡全集编年校注》,岳麓书社2003年版,第1225页。

② 〔后晋〕刘昫等:《旧唐书》,中华书局1975年版,第4215页。

③ 〔唐〕赵璘:《因话录》,上海古籍出版社1979年版,第82页。

④ 〔唐〕杜牧:《冬至日寄小侄阿宜诗》,见《樊川诗集注》,上海古籍出版社1978年版,第61页。

⑤ 〔唐〕杜牧:《读韩杜集》,见《樊川诗集注》,上海古籍出版社1978年版,第147页。

⑥ 刘学锴、余恕诚:《李商隐文编年校注》,中华书局2002年版,第1713页。

修、欧阳修、梅尧臣、苏轼、陈师道等一批重要文人阐释、接受，后人再不断加以丰富，产生“滚雪球”效应，遂成为文学史的主流认识。由此亦可见这些宋代文人组成的“第一读者群”在唐代文学接受史上的重要性。

二、张籍：韩孟、元白两大诗派的联结者

张籍、王建并称“张王”，因张籍乐府诗关注现实、通俗流易，近于元白讽喻诗，故一般被归于元白诗派。但张籍与韩孟派诗人也过从甚密。韩愈、孟郊与张籍都有深厚友谊，一起交游往来，共同切磋诗艺，所处时间之长、关系之密切，远超李贺、卢仝、马异、刘叉等韩孟诗派诗人。而实际上历来论者也常把张籍归入韩门弟子。如《新唐书》将孟郊、张籍、皇甫湜、贾岛、刘叉附于《韩愈传》后；梅尧臣《依韵和永叔澄心堂纸答刘原甫》“退之昔负天下才，扫掩众说犹除埃。张籍卢仝斗新怪，最称东野为奇瑰”①，显然将张籍与卢仝、孟郊并列于韩愈一派；刘克庄《蒲领卫诗》“唐元和大历间，诗人多是韩门弟子。如湜籍，如翱老，旧皆直呼其名，虽称卢仝玉川先生，然语意多谐谑，惟于孟郊特加敬”②，明确认为张籍是“韩门弟子”。因为张籍的这种横跨中唐两大诗派的特殊文学地位，我们在探讨韩孟诗派与其他类型诗风的关系时，应当给予张籍特别的注意。

张籍《祭退之》一诗对张、韩二人相识、相交过程有明确记载：

---

① 朱东润：《梅尧臣集编年校注》，上海古籍出版社 1980 年版，第 800 页。

② 辛更儒：《刘克庄集笺校》，中华书局 2011 年版，第 10 册，第 4606 页。

籍在江湖间，独以道自将。学诗为众体，久乃溢笈囊。略无相知人，黯如雾中行。北游偶逢公，盛语相称明。名因天下闻，传者入歌声。公领试士司，首荐到上京。一来遂登科，不见苦贡场。观我性朴直，乃言及平生。由慈类朋党，骨肉无以当。坐令其子拜，常呼幼时名。追招不隔日，继践公之堂。出则连辔驰，寝则对榻床。搜穷古今书，事事相酌量。有花必同寻，有月必同望。为文先见草，酿熟偕共觞。新果及异鲑，无不相待尝。到今三十年，曾不少异更。公文为时师，我亦有微声。而后之学者，或号为"韩张"。①

从这首诗可以看出：第一，张籍在与韩愈、孟郊诗酒唱和、切磋诗艺之前，已是"学诗为众体"，有了相当的创作积累，但尚未知名，后因韩愈称赏，才"名因天下闻"的；第二，韩愈荐举张籍参加科考并及第；第三，韩愈、张籍在生活、文学创作中相处甚密，"事事相酌量""为文先见草"，相互颇有影响；第四，开始阶段，张籍的诗名小于韩愈，但到了后来，张的诗名渐大，乃至有"韩张"之称。由此看来，张、韩关系之密切远逾常人，而张籍对韩愈"为时帅"的文坛地位也是充分肯定的。

元和元年(806)，张籍补太常寺太祝，在长安开始与白居易有密切交往，诗歌往还甚多。从诗作题材和诗风方面看，张籍更倾向于元白一派，而与韩孟则颇有距离。这一方面缘于他的性格更近于白居易的平易通脱，而不大同于韩愈的激切镵刻，另一方面与他关注民生，多作乐府，早年和王建共同切磋诗艺所形成的古淡风格相关。在与韩愈、孟郊订交后，张籍虽也参加了联句

① 徐礼节、余恕诚：《张籍集系年校注》，中华书局 2011 年版，第 913 页。

创作,但仍难融入韩、孟的怪奇诗风。在审美观点上,张、韩亦有不同。在《上韩昌黎书》中,张籍劝韩愈“绝博塞之好,弃无实之谈”,对韩愈的以文为戏很有意见,体现了他思想中的儒家传统诗教观。另外,韩愈、白居易虽然都对张籍诗有所评骘,但二者倾向有所不同。韩愈对张诗虽有“古淡”之誉,但更欲以“刺手拔鲸牙,举瓢酌天浆”(《调张籍》)的雄豪气势矫变之①;白居易评张诗则曰“尤工乐府诗,举代少其伦。……风雅比兴外,未尝著空文”(《读张籍古乐府》)②,对其创作内容和所达到的成就极尽赞赏。“空文”二字,意为雕琢字句,讲求形式,缺少“风雅比兴”的充实内容,此即张籍曾劝诫韩愈的“无实之谈”,这显然是两大诗派的重要差别。

考察张籍与韩孟诗风的关系,元和早期(806~811)是一关键。元和元年(806),韩愈自阳山贬所回到长安,与孟郊等诗友共同创作了十余篇险怪恣肆、争胜斗奇的联句诗。其中《会合》联句有张籍、张彻参与,但他们较之韩、孟二人,才力明显不济;其余绝大部分联句诗都为韩、孟两人所作,可见张籍与韩、孟诗歌风格趋向之不同。随后几年间,韩孟诗派在洛阳聚会,而张籍则在长安。这时的诗歌潮流发生了剧烈变革,韩孟诗派的活动达到了高峰。从这一点讲,张籍虽曾早在汴州、徐州时即与韩派诗人有过聚会创作,但基本没参与元和诗会,诗风亦与韩、孟诸人颇有差异,故实难将其完全归入韩孟诗派。但换一个角度看,

---

① 《苕溪渔隐丛话·前集》引《雪浪斋日记》:“退之参李、杜,透机关,于《调张籍》诗见之。自‘我愿生两翅,捕逐出八荒’以下,至‘乞君飞霞佩,与我高颉颃’,此领会语也。从退之言诗者多,而独许籍者,以有见处可以传衣钵耳。”(人民文学出版社 1981 年版,第 108 页。)现代学者亦有如此论者。

② 以上二诗分别见《白居易集》,中华书局 1979 年版,第 2、502 页。

张籍诗歌也曾受到韩孟诗派古硬风格一定程度的影响。韩愈评张诗:“文章自娱戏,金石日击撞。龙文百斛鼎,笔力可独扛。”(《病中赠张十八》)①《四库全书总目》说张诗“骨体实出王建上”②,明确说明张诗富于骨力的特点,而这种骨力的获得,当与韩、孟等人的影响直接相关。

由于张籍与韩愈非同寻常的关系,故张诗在受韩诗影响的同时,也反过来给予韩诗一定影响。韩愈称张籍诗“古淡”,称贾岛诗“往往造平淡”(《送无本师归范阳》),称孟郊诗“妥帖力排奡”(《荐士》),说明韩愈也早已发现古淡平易诗风的优长之处,只是因性格和境遇的关系,还不能立即付诸实践;到了晚年,韩愈壮盛之气渐减,在朝地位日隆,总体诗风开始向平淡流易一路转变,而这种转变,恐难以排除张籍等人影响的因素。

三、韩孟诗派与“元和体”之关系

“元和体”乃是元稹、白居易所作,以长篇排律和小碎篇章为主的流行诗体③,讲求形式技巧、风格新奇浓艳,在元和、长庆年间风行一时。白居易自己曾说:“制从长庆辞高古,诗到元和体变新。”④句下注曰:“众称元白为千字律诗,或号元和格。”可见其所指“变新”之“体”主要就是这类“元和体”诗歌。这种诗歌的风行,一方面可以归因于当时趋新尚奇的社会风气,另一方

① 钱仲联:《韩昌黎诗系年集释》,上海古籍出版社1984年版,第63页。

② 〔清〕永瑢等:《四库全书总目》,中华书局1965年版,第1290页。

③ 对于“元和体”的内涵理解,历代颇有分歧,当以元稹、白居易的相关记述中所指之意义为确。参见尚永亮师《唐代诗歌的多元观照》(湖北人民出版社2005年版)的相关论述。

④ 〔唐〕白居易:《余思未尽加为六韵重寄微之》,见《白居易集》,中华书局1979年版,第503页。

面，元、白刻意迎合广大读者的期待视野，竞相攀比创作，将此新奇巧艳诗风变本加厉，也极大地增强了诗歌的传播效果。“元和之风尚怪”的形成，有深层的社会文化原因，也与这种刻意追求轰动效应的创作心理有关。

在尚奇、尚怪的社会氛围中，韩孟诗派的许多创作心理都与元、白相近。韩、孟在元和年间大量联句诗的问世，明显体现出了其炫耀才学、求名沽誉的心理。元和前期的洛阳之会，韩、孟诗歌的雄奇、怪异、险崛、议论等风格已经基本确定，联句诗也作了许多，这些都比“元和体”的风行要略早一些，故其名声、影响均在元、白之前达到一定程度。然而，相比之下，他们的诗歌却未能像元、白诗那样成为社会各阶层读者竞相追趋、模仿的对象。究其个中缘由，主要有两点：

一是从创作主体和文本角度看，韩孟诗派诗歌的求奇趋于险怪一路，主观化异常强烈，常于奇想中制造光怪陆离之境，在当时难以大范围引起读者的欣赏兴趣和接受冲动；而“元和体”题材多为“杯酒光景间”（元稹《上令狐相公诗启》）之事，多消遣之趣、香艳之风，加上一些格律精巧、穷极声韵的排律诗，故而易于得到受众的喜爱和仿效。

二是从受众的身份构成看，“元和体”的读者开始主要是“江湖间新近小生”（元稹《上令狐相公诗启》）、“巴蜀江楚间洎长安中少年”（元稹《白氏长庆集序》），可见此一群体年龄偏轻，好尚前卫，而以文化娱乐为中心。相比之下，韩孟诗派诗人长期位居社会下层，所作诗多崇尚高古，不满时风，愤激多于艳冶，怪奇生涩多于通俗圆融，由此导致其读者主要是一批落寞不遇而有一定文化修养的文士，而江湖小生、长安少年恐怕不会对之产生太大兴趣。由此可见，虽同具尚奇、新变的特点，韩孟诗派与元白诗派无论在诗风上，还是在影响度上，都是很不相同的。

从地域角度看，元和前期，元和体诗风盛行于长江流域和长安，而韩、孟以洛阳为核心，二者的直接冲突面不大；但元和六年(811)秋，韩愈赴长安任职后，面对元白诗派歌诗在长安广泛传播的热闹局面，两派诗风又截然不同，以韩愈倔强、好胜的个性，不可能无动于衷，要么改弦易辙，要么固守壁垒。表面上，他当然会选择后者(如《调张籍》以雄奇诗风推崇李杜，暗含贬斥元白之意)，但事实上他的创作风格也逐渐从雄奇险怪最高峰开始下落。

除了从“元和体”角度考察韩孟诗派在当时诗坛的境况外，还可单独看白居易、元稹对韩愈的接受态度。白居易和韩愈的道德品行和政治理念在本质上其实差别不大，但二人个性迥然不同：白居易洒脱不拘，韩愈刚直偏激。二人大部分时间里交往不是很多，直到长庆年间，他们同在长安为官，加之张籍的协调，相互了解有所深入，留下几首唱酬诗。[①] 如韩愈《早春与张十八博士籍游杨尚书林亭寄第三阁老兼呈白冯二阁老》《同水部张员外籍曲江春游寄白二十二舍人》，诗题中即明确交代了张籍的居中地位，而从诗的内容看，二人的关系甚为疏淡，很难算是真正意义上的友人。白居易在给韩愈的《久不见韩侍郎戏题四韵以寄之》诗中写道：“近来韩阁老，疏我我心知：户大嫌甜酒，才高笑小诗。”[②]语气颇微妙。从中可知：其一，韩愈对白居易采取疏远的态度，白居易对此心知肚明；其二，所谓“户大”“才高”，一方面是对韩愈地位之高与韩诗才力之大的肯定，另一方

① 韩愈晚年与白居易交往情况，朱琦、王鹭鹏等学者分析得较为详细。参见朱琦《论韩愈与白居易》(见《唐代文学研究》第四辑，广西师范大学出版社 1993 年版，第 182 页)、王鹭鹏《长庆前后韩愈与白居易交游探微》(载《北京教育学院学报》2005 年第 3 期)。

② 〔唐〕白居易：《白居易集》，中华书局 1979 年版，第 416 页。

面也在戏谑的语气中流露出对韩愈轻视自己的不满；其三，以"才高"与"小诗"对举，自谦中显示出他对二人诗风不同的明确认识，也见出两派间的距离。

与白居易相比，元稹与韩愈来往较早，但关系亦不甚密切。元稹《见人咏韩舍人新律诗因有戏赠》诗云："喜闻韩古调，兼爱近诗篇。玉磬声声彻，金铃个个圆。高疏明月下，细腻早春前。花态繁于绮，闺情软似绵。轻新便妓唱，凝妙入僧禅。欲得人人伏，能教面面全。延之苦拘检，摩诘好因缘。七字排居敬，千词敌乐天。殷勤闲太祝，好去老通川。莫漫裁章句，须饶紫禁仙。"①这首诗约作于元和十年(815)元稹初到通州之际，其中主要对韩愈后期的近体诗发表意见，有些赞赏之意，但更多的是调侃。因韩诗向以古体著称，至后期律体渐多，在元稹看来，韩诗似已突破旧时营垒，向圆润轻新方向转变。而这一方向，正是自己与白居易一贯坚持并追求的，故对韩诗此种转变，以胜利者的姿态表示欢迎和赞赏。

四、柳宗元、刘禹锡、王建与韩孟诗派

柳宗元、刘禹锡与韩孟诗派的关系，主要表现在与韩愈的交往上。柳、刘虽与韩愈在政治、哲学观点上有一定的分歧，但私交并不差，相互间也不乏唱和往还之作。

柳宗元与韩愈交情甚笃，有多篇诗文往来。柳宗元临终时托孤于韩愈，足见信任之深；韩愈为柳宗元撰写《柳子厚墓志铭》，情深义重，传为名篇。二人在力倡古文方面向称"韩柳"，不过哲学观点上也有明显分歧。章学诚认为："韩、柳虽以文章

① 杨军：《元稹集编年笺注》(诗歌卷)，三秦出版社 2002 年版，第648 页。

互相推重，其出处固自不同，臭味亦非投契。”[①]确为有见。但这并不排除二人在文学观念等方面有近似之处。如柳宗元在《读韩愈所著〈毛颖传〉后题》中评价《毛颖传》说：“若捕龙蛇，搏虎豹，急与之角而力不敢暇，信韩子之怪于文也。世之模拟窜窃，取青媲白，肥皮厚肉，柔筋脆骨，而以为辞者之读之也，其大笑固宜。”[②]一反时俗之论，肯定韩愈雄奇怪诞的审美追求。

柳诗的主体艺术风格与韩诗有较大不同，这一点历来为论家所认可。苏轼有言：“柳子厚诗在陶渊明下、韦苏州上，退之豪放奇险则过之，而温丽靖深不及也。”[③]张戒《岁寒堂诗话》云：“柳柳州诗，字字如珠玉，精则精矣，然不若退之之变态百出也。使退之收敛而为子厚则易，使子厚开拓而为退之则难。意味可学，而才气则不可强也。”[④]苏、张评诗的倾向性虽有不同，但对韩、柳两家诗风之异的概括可谓经典之论。韩愈诗集中有《答柳柳州食虾蟆》诗，但在柳集中找不到原作。[⑤] 此诗诙谐风趣，铺叙直白，以文法入诗，表现出韩诗的一贯风格，难以看到与柳诗风格趋近的痕迹。因此，韩愈通过此诗向柳宗元传达的信息，似应兼顾内容、诗风两方面。清人程学恂认为此诗“盖所以惊

① 〔清〕章学诚：《文史通义》，辽宁教育出版社 1998 年版，第 232 页。

② 〔唐〕柳宗元：《柳宗元集》，中华书局 1979 年版，第 569 页。

③ 〔北宋〕苏轼：《苏轼文集》，中华书局 1986 年版，第 5 册，第 2109 页。

④ 〔北宋〕张戒：《岁寒堂诗话》卷上，见《历代诗话续编》，中华书局 1983 年版，第 459 页。

⑤ 刘克庄认为：“退之有《答柳柳州食虾蟆诗》，是柳倡而韩和矣。今柳集乃无此作。唐家数诗，往往一集可采者止一二首，余皆不必传而传。”（《后村诗话后集》卷一）

子厚者,不仅在食物也"①,有一定的道理。

刘禹锡与韩愈的关系复杂而微妙。他赞韩愈曰:"鸾凤一鸣,蜩螗革音。手持文柄,高视寰海。权衡低昂,瞻我所在。三十余年,声名塞天。"(《祭韩吏部文》)②虽然主要是从古文着眼,但也包含了对韩诗的评价。刘禹锡《韩十八侍御见示〈岳阳楼别窦司直〉诗因令属和重以自述故足成六十二韵》诗云:

今朝会荆蛮,斗酒相宴喜。为余出新什,笑抃随伸纸。晔若观五彩,欢然臻四美。委曲风涛事,分明穷达旨。洪韵发华钟,凄音激清徵。羊濬要共和,江淹多杂拟。徒欲仰高山,焉能追逸轨?③

此诗创作背景和语气有些微妙,但对韩诗"新什"仍有赞美之词。此诗本身描述楚地风物,风格雄豪恣肆,如"怒激鼓铿訇,蹙成山岿硊。鹍鹏疑变化,罔象何恢诡",与韩愈诗风亦有相近处。后来在巴州贬所,刘禹锡写有《始至云安寄兵部韩侍郎中书白舍人二公近曾远守故有属焉》一诗,其中有"阴风鬼神过,暴雨蛟龙生"之句④,可见新异自然景象对其心灵的触动,而在表现形式上与韩愈初贬南地时笔下的诸多险怪意象颇多相通。刘禹锡和韩愈的矛盾也不容回避,除其《天论》在哲学观点上与韩愈针锋相对外,他口述的《刘宾客嘉话录》关于韩愈的记载也基本是贬讽之语。

---

① 转引自钱仲联《韩昌黎诗系年集释》,上海古籍出版社 1984 年版,第 1142 页。

② 〔唐〕刘禹锡:《刘禹锡集》,中华书局 1990 年版,第 604 页。

③ 〔唐〕刘禹锡:《刘禹锡集》,中华书局 1990 年版,第 513 页。

④ 〔唐〕刘禹锡:《刘禹锡集》,中华书局 1990 年版,第 417 页。

不过从总体上看，柳宗元、刘禹锡于永贞革新失败后长期谪居荒僻之地，在元和诗歌创新最为繁荣的时期，二人却远离政治中心和文化中心，失去了感受这种气氛的机遇，因而其诗歌风格自成一路，与韩孟、元白等均不相类；同时，也未能对韩、孟等人的诗歌创作产生大的影响。

柳宗元、刘禹锡之外，与张籍并称而以作乐府、宫词闻名的王建，也与韩愈有交往。王建《寄上韩愈侍郎》向韩愈表达了崇敬之情："重登大学领儒流，学浪词锋压九州。不以雄名疏野贱，唯将直气折王侯。咏伤松桂青山瘦，取尽珠玑碧海愁。叙述异篇经总别，鞭驱险句最先投。"①"咏伤"一联对韩诗镵刻万物、雄豪奇险风格的形容，与他对孟郊诗"吟损秋天月不明"(《哭孟东野》)的评价极为相似，表现了他对韩孟诗派风格的认识和肯定。

综而论之，韩孟诗派在元和诗坛最繁荣的时候，一方面以其雄豪奇峭、戛戛独造的诗歌美学风貌独辟蹊径，在当时重要诗人中产生了较大影响，另一方面也因过于追求险僻怪异而难谐流俗，不易获得广泛认同。某种意义上可以说，韩门诗人的声势，相当一部分是由韩愈本人的文坛声望以及他的推崇、引介带来的。

---

① 〔唐〕王建：《王建诗集》，中华书局1959年版，第52页。

第二章 韩孟诗派的传播和效果史述论

“效果史研究，即考察作品审美效果的嬗变衍化和成因规律，包括读者群的构成及其变迁，不同时代读者对作品的接纳反应及作品的显晦声誉，进而透过作品效果史探寻文艺风气和审美趣味的演变轨迹等等。”①相比于以重点读者为主体的阐释评论史和创作影响史，效果史研究着眼于宏观接受背景和一般读者的接受效果②，考察其升降演变规律，并探寻背后之成因，是接受史研究的基础层面。效果史重在探寻文学作品实际存在的历史形态，因此与文学传播存在着密不可分的关系。

上述定义主要是针对作品效果史而言。至于作家和群体效果史，情况要复杂许多。群体效果史大致涵盖三个层面：一是作

① 陈文忠：《中国古典诗歌接受史研究》，安徽大学出版社 1998 年版，第 14 页。

② 一般读者，是指没有特定身份属性、文化水平、文学素养和具体时空环境的普遍意义上的读者。它是相对文学史上的评论家、诗人、学者等“重点读者”而言的。

品层面。又包括每首作品的效果史、一个作家的作品序列(指其重要性、代表性和影响力)演变史、群体的作品序列演变史等。二是作家层面。除文学创作方面的影响力大小外,还有功业成就、道德品行、人格魅力等。三是群体层面。包括不同作家的交游关系,及其合力形成的群体观念、艺术特质、影响力等。

考察韩孟诗派在历代的传播和一般读者效果史,需要从与其相关的各类史料(理论上包括物质形态和非物质形态)的搜集、爬梳、分析入手,包括总集、别集、诗文评、笔记、戏曲小说、金石书画、民俗传说等。当然,接受对象的不同,其接受史料的多寡分布规律也不同。本章主要运用历史社会学方法,以接受背景和宏观态势、总集和别集传播效果、多元文化视野下的传播效果为重点,从一般读者的层次角度来考察历代韩孟诗派的传播接受效果,侧重宏观全景,描述出其大致的消长变化。但限于史料留存状况和资料搜集能力,恐怕仅能做到管中窥豹、以点带面,更详细的考察则俟诸来日。

第一节 韩孟诗派的历代传播接受背景和宏观态势

一、中晚唐五代时期

从社会发展的总体情况看,自中唐至晚唐、五代,各种矛盾不断积累,最后集中爆发并导致长期社会动荡。这一时期里,国势日趋衰微,社会生产受到抑制,人们的生存处境日益险恶。不过,在思想、宗教、士人心态、文化艺术等领域,中唐以来的发展中却潜藏着许多富有转型、创新意义的因素,直接影响了宋代及以后的漫长时期。处于这种社会文化环境中的各层次读者,作

为韩孟诗派的接受主体,其期待视野必然在很大程度上受制于这些时代因素。具体包括:

(一)士人心态和审美趣味的多次转变。中唐士人在政治上曾一度有“中兴”的强烈憧憬,显现出在危难中以天下为己任的责任意识,他们积极参政,通过行动实践自己的理想。在这一背景下,刘禹锡、柳宗元参与的永贞革新,韩愈谏迎佛骨,白居易、元稹的新乐府运动,韩、柳等人发起的古文运动,都具有积极、理性的入世心态和儒家的殉道精神。但因社会矛盾已积重难返,在残酷的现实面前,士人们在精神上多融合儒、释、道思想,追求个体人格和社会责任的统一,以期获得心灵的平和。这以白居易晚年的儒释互补心态最为典型,他建立起的人格模式对后代文人影响极为深远。此外,也有大批沉沦于社会中下层的寒士,蔑视正统礼法和旧有规范,以狂放、怪诞的形式来释放内心积聚的心理能量。

步入晚唐,在无力回天、大厦将倾的国势下,士人们多怀着“夕阳无限好,只是近黄昏”(李商隐《登乐游原》)的末世心态,在避世、彷徨中努力寻找个人心灵的暂时和谐。这种心态在唐末五代的战乱中进而转化为朝不保夕的忧惧感,或自我麻痹的虚幻满足感。在审美趣味方面,李肇称“贞元之风尚荡,元和之风尚怪”①,大致概括了贞元、元和时期崇尚流荡、怪异的审美趣味;长庆以后,幽僻、艳冶的风格又渐为士人所尚;到了唐末五代,弥漫士林的多为卑弱、浮靡、枯淡气息。当然,这只是就整体而言,实际上中唐以后的审美趣味也有多元化、地域化、群体化等倾向,个中流变比较繁杂。这一时期的读者处于这种衰微、低沉的社会整体氛围中,又受到怪诞、幽僻、艳冶等审美风气的影

① 〔唐〕李肇:《唐国史补》,上海古籍出版社 1979 年版,第 57 页。

响，自然产生对以怪奇特色而著称的韩孟诗派的审美期待。韩孟诗派对中晚唐诗坛能产生较大影响，与这种士人心态、审美趣味的特点是分不开的。①

（二）诗歌观念方面的新变。中晚唐五代文学的发展渐趋多元化，古文、传奇小说、曲子词的繁荣，分离了诗歌的一部分文学、社会功能，诗歌创作中主观、唯美、苦吟等倾向愈加突出，自觉的创作观念也很明确。从诗歌创作自身的发展轨迹看，在盛唐诗歌繁荣过后，中唐诗人从诗歌的思想内容到艺术形式都在进行自觉的探索和尝试，并取得了巨大成就，变革、创新成为中唐诗坛的主题。后世的许多文学史家认为，元和诗歌在唐代诗歌史乃至整个中国诗歌史上都有非常重要的地位。从一般读者接受的角度来看，诗歌是一种抒情言志的载体，更是展现才华、追趋时尚的工具。中晚唐时期，盛唐诗歌的典范地位尚未广泛确立，大部分读者更易于接受那些展现时代精神、迎合时代审美趣味、具有新变特征的诗歌。李肇说："元和已后，为文笔则学奇诡于韩愈，学苦涩于樊宗师。歌行则学流荡于张籍。诗章则学矫激于孟郊，学浅切于白居易，学淫靡于元稹。"②从中可见元和诗歌整体的传播接受效果。不过这只是描述了元和后不久的情形，到晚唐五代，极端化的跟风趋向日益明显，学贾岛、张籍、白居易的诗风更为普遍。

（三）读者的范围、层次、结构。由于盛唐诗歌所铺垫下的社会基础，唐代中后期社会存在着非常适合诗歌发展的土壤。而作者们也大都有意识地强化自己诗歌的传播能力，重视诗名

---

① 参见孟二冬《韩孟诗派与中唐文化趋向的关系》，载《中国社会科学》1989 年第 4 期。

② 〔唐〕李肇：《唐国史补》，上海古籍出版社 1979 年版，第 57 页。

及其影响，使得诗歌这种原来由文人阶层所把持的文艺活动，进一步向社会各阶层渗透、扩展，并相应导致读者范围的扩大、层次的降低和结构的丰富。这种现象与中唐以后文人阶层日益世俗化的总体趋势也是一致的。韩孟诗派的作品一般具有重主观、尚怪奇的风格，相对于多数以欣赏为目的的读者而言，较易与之产生共鸣。

（四）文学的书面传播逐渐成为主流方式。中晚唐时期，文学传播的主要手段除了题壁、传唱、传抄、诗筒等传统的单篇散传手段外，也有了一定规模的纸抄本。此时印刷术虽已发明，但尚未普及，主要为宗教、政治服务，印刷品多为佛经、历书。虽然有以印刷取代抄写的文学传播方式出现①，但未成规模。到了五代宋初，由于政治上的支持，蜀地才出现了大规模的文学印刷活动。韩愈、贾岛的诗集就曾在蜀地刻印流传。从总体来看，手抄和印刷本传播的比例要大于口头传播，这对诗歌的非音乐化、书卷气息等特点的形成有深刻的影响，并进而为宋诗开了先河。至于口头传播，则更多地被词、说话等通俗文学体式所采用。

这一时期里，一般读者阅读、接受韩孟诗派的作品，受时代、地域等物质因素影响较大，存在小众化、不均衡、不稳定的迹象。具体表现在：选本对韩孟诗派整体的选入率不高，但对贾岛别有所好；韩孟诗派某些单篇诗作在一定范围内影响较大，如孟郊悼念亡子的《杏殇》诗，曾在洛阳广泛流传；韩孟诗派作品集的传播面很不均衡，韩愈因其高涨的古文名声，作品集传本众多，贾岛也有众多拥趸，诗集广为传布，但李贺的诗则主要在小圈子中

---

① 元稹《白氏长庆集序》云：“然而二十年间，禁省、观寺、邮候墙壁之上无不书，王公、妾妇、牛童、马走之口无不道。至于缮写模勒，炫卖于市井，或持之以交酒茗者，处处皆是。”自注云：“杨、越间多作书模勒乐天及予杂诗，卖于市肆之中也。”可见元、白之诗曾被“模勒”印制，广为传播。

流行,诗集长期不为人所知,孟郊诗集更是到了宋代才被系统整理;在笔记小说中,韩孟诗派的许多奇闻逸事被不断虚构、演绎,并可能以通俗文艺形式广为传播,一定程度上提高了他们在一般读者中的名声。

二、两宋时期

宋代紧承唐、五代而来,但社会基础、文人心态、审美趋好都与唐代有较大的区别。不过,从宏观视野的历史流变来看,宋代社会文化发展中产生变化的诸多因子,却可以追寻到中唐时期。陈寅恪指出:"唐代之史可分前后两期,前期结束南北朝相承之旧局面,后期开启赵宋以降之新局面,关于政治、社会经济者如此,关于文化学术者亦莫不如此。"①吕思勉也认为:"唐中叶后新开之文化,固与两宋当划为一期者也。"②据此可知,由中唐至宋,两者在政治经济制度、哲学思想、宗教、文化艺术等许多方面都呈现出了延续性和共通性。

韩孟诗派产生于中唐的社会文化土壤,其文化观念、诗歌创作等既包含着此前文化艺术的长期积淀,又呈现出与前代有别而开启宋代的独特的中唐面目。因此,宋代在韩孟诗派接受史上有其特殊意义。

(一)从审美心理看,宋代文人整体心态趋于内敛、宽和,这使他们对于怨激、怪异等一类风格的文艺作品容易产生排斥和反对。综观整个宋代,崇文抑武的开国政策导致了文人地位的上升,知识的膨胀导致了文人群体的庞大,各种社会因素的综合

---

① 陈寅恪:《论韩愈》,见《金明馆丛稿初编》,生活·读书·新知三联书店2001年版,第332页。

② 吕思勉:《隋唐五代史》,上海古籍出版社1984年版,第1236页。

作用，使得中国古代文人群体在宋代走向了士大夫化。虽然对国事与现实忧患的关注依然强烈，但生活条件的优越和儒道互补的精神调节方式，导致了宋代文人崇尚中庸的思想倾向和浅斟低唱的生活作风，而在审美趋向上偏好于淡雅、含蓄、平和，而对于气量狭小、怨怼急躁的人格不无拒斥，对于天马行空、怪怪奇奇的审美倾向也不是很赞赏。这样一种审美心理，在对韩孟诗派的接受过程中得到明显展示。孟郊的怨激、清苦诗风，被苏轼嘲之为“寒虫号”；李贺在从宋初到南宋中期的漫长时期里，一直受到冷落，只是到了南宋中后期审美风潮有了变化，才出现了接受热潮；至于韩愈，其名头在宋代甚是响亮，但宋人推崇韩愈，很大程度上是对其道学地位、古文成就的尊崇。从北宋初中期的诗文革新运动开始，一大批道学家、文人如柳开、穆修、石介、欧阳修、苏轼等人将关注的目光转向韩愈，韩愈的道学和古文成为文人心目中高高在上的楷模，这在相当程度上影响了文人们对韩诗的接受。但就韩愈诗歌本身而言，那种铺张、乖戾、怪奇的风格并没有激起普遍的共鸣，反而常遭到“粗疏”的指责。

（二）从文艺发展规律来看，宋人处于唐人诗歌、绘画、书法、音乐、舞蹈等文艺形式发展的高峰之后，而宋代士人整体文化素质较高，社会文化氛围极其浓厚，因此文人们在文艺上有着极其强烈的自觉继承、创新意识。这使得他们与以创新为最大特色的韩孟诗派在逻辑上存在着共鸣之处。这一点在欧阳修、王安石、苏轼、黄庭坚等北宋诗人那里表现得最为明显。

（三）从传播媒介等物质条件看，宋代造纸、印刷技术飞速发展，书籍流通速度加快，公私藏书急剧增加，由此导致宋代文学传播在质和量两个方面都得到了大的发展转变。传播工具的发达和手段的提升使诗歌传播接受的范围更大，效果更好，尤其是南宋时期书籍商品化的发达,给诗歌传播带来了更大的影响。

整体来说,宋代一般读者无论是通过总集选本还是别集,对韩孟诗派的阅读经验大为丰富,且常通过文人间对韩孟诗派其人其诗的议论辩难、掌故趣闻传播,提高了接受效果。另外,宋代思想文化、金石书画、俗文学的发达,更是形成了韩孟诗派多元化、多维度的立体接受环境。但从起伏消长的接受规律来看,宋人对韩孟诗派的接受较为复杂,因诗学立场、具体情境的不同,而表现出对不同个体迎拒有别的接受态度。

三、金元时期

金人灭北宋后,占据了人文荟萃的中原地区,与南宋对峙长达百余年,有较长时间的政治稳定。虽然北宋灭亡时文人大多随朝廷南迁,但由于金朝统治者采取"以文而不以武"①和"借才异代"的治国方略,故其文学创作也取得了一定成就。金朝诗歌前半期基本沿袭北宋的影响,后半期尤其是贞祐(1213~1217)之后,渐渐"以唐人为指归"②,与南宋后期诗坛的趋唐倾向相呼应。在这种诗学背景下,金朝文人对韩孟诗派的接受,基本未超出北宋文人的识见,大致崇尚韩愈诗的雄豪、菲薄孟郊、贾岛的寒苦;对于李贺的奇诡诗风,前期的重要文人对之大多持贬意,后期李贺诗风开始迅速升温,为元代崇贺之风开了先河。

元代文人地位普遍不高,许多文人生活在压抑、扭曲的精神世界里,很容易滋生退隐、消极的心态,或隐于朝市,或隐于山林,经世致用的愿望难以实现,只有"致力于文字之

---

① 〔元〕脱脱等:《金史》,中华书局1975年版,第8册,第2713页。

② 〔金〕元好问:《杨叔能小亨集引》,见《元好问全集》,山西人民出版社1990年版,第37页。

间,以为不朽"①。这种状况之下,文艺作品也大多成为曲折反映现实、表述心志的工具。

元代对韩孟诗派的接受,基本延续金、南宋而来崇尚韩愈、李贺而贬抑孟郊、贾岛的风气,尤其是元代后期李贺诗风的大规模盛行,承续了韩孟诗派重主观、尚奇诡的特点,堪称韩孟诗派群体接受史上的奇观。

四、明清时期

明、清两代是中国古代社会的最后阶段,中国古典诗学也在此走向终结与成熟。尽管明、清社会思想文化和文学有许多不同处,但就韩孟诗派传播接受这一个案来看,两代却有颇多共通点,如:传播接受的范围和层次大幅扩张、分化;诗歌批评的繁荣热烈与诗歌创作的沉闷因袭相映成趣;诗学派别众多、褒贬倾向起伏多变,却不乏从宏观诗史高度出发的深刻见解。明清时期接受韩孟诗派的背景特点,可概括为以下几个方面:

(一)社会文化整体状况。明、清两代的社会经济在宋、元基础上又有发展变化。专制集权统治继续加强,封闭的政治生态不断趋于僵化、腐朽。在传统的农业经济主体之外,手工业、商业更趋发达并促进了城市化的进程,社会结构也随之发生巨大变化,城镇市民成为一个重要的社会阶层。这种社会结构变化对文学传播接受有多方面影响。由于小说、戏曲等俗文学体式的繁荣,诗、词、文等传统"雅"文学也面临来自俗文学的挑战,文体重心的转移使诗歌渐渐丧失了自我革新的基础和动力,因而多在接受前代诗人遗泽的圈子里纵横腾挪、变化发展。

① 〔元〕余阙:《杨君显民诗集序》,见《青阳集》卷二,影印文渊阁《四库全书》本,第1214册,第380页,上海古籍出版社1989年版。

（二）思想潮流和文人心态。明代思想的一个突出特点是心学的兴起与壮大，创作主体的"性灵"得到空前重视，但也形成了学风空疏的弊病；清代则在封建专制文化政策之下，形成了乾嘉学派为代表的朴学亦即考据学的发达，为古典学术的整理总结做出了很大贡献，但这种学风在思想上容易导致保守、落后，限制了进步思想的发展，直到鸦片战争之后，在列强入侵的外在刺激之下，才有了新思想的觉醒。

（三）诗学思想状况。明清时期的文学批评、理论比较发达，流派纷呈，相互之间抵牾较多。据郭绍虞统计，明代的文人集团就有 176 个。[①] 诗学流派往往与地域、学术派别有密切的联系，文人之间的论争除了通过论著直接表达出来外，还通过编辑诗歌选本的形式加以表现，以期传播编者的诗学主张，获得更大的影响与声势。

贯穿于明清诗学观念中的两条主导线索是复古与反复古之争、宗唐与宗宋之争，但在具体观点上又很纷繁复杂。大致来说，明代前、中期基本是在宗唐、复古的风气笼罩之下，尤以前、后七子为代表，后期公安派、竟陵派提倡抒发性灵，但又流于浅率、幽峭之弊；清代在平衡唐、宋的基本状态下，中后期宗宋之风更重一些。韩孟诗派属于中晚唐诗人，又对宋诗产生了巨大、直接的影响，所以在明清人的诗学论争中，韩孟诗派常常处于风口浪尖的位置，由此导致的直接后果便是褒贬失衡、矫枉过正。不过，这些流派纷争中有时也能产生许多客观的评论意见，更有一些具备远见卓识的论者能够摆脱门户之争，以比较客观中肯的态度来论诗，因而富有理论价值。

---

① 郭绍虞：《明代的文人集团》，见《照隅室古典文学论集》，上海古籍出版社 1983 年版，第 518～610 页。

（四）诗歌读者状况。由于经济的发展、社会结构的变迁，加之文学传播手段的进一步丰富发展，明、清两代诗歌读者范围扩大，层次也有所扩展。首先，因为科举考试的发展成熟，读书人的群体极为庞大，他们易于接受前代诗学思想的熏陶，阅读重要作家的别集，构成了重点读者的基础群体；其次，诗歌选本的发达和文化产业的发展，造就了庞大的普通读者群体，一些启蒙读物的传播功能非常巨大；再次，读者分布的范围扩大，但仍具有一定的地域性色彩，群体性特征比较明显。

（五）诗歌文本与诗人声名的传播状况。明清时期诗歌传播方式较之宋元时期更为发达、多样。第一是别集，韩孟诗派的别集已经比较普遍，尤其是韩愈，因为他在古文方面所取得的高度成就，其文集几乎是读书人必读之书，而韩集在清代之前基本上是诗文合刊的，诗歌因之得以广泛传播。第二是选本，明清时期的诗歌选本在诗学观念活跃、商业气氛浓郁的环境中得以迅速发展，像《唐诗别裁》《唐诗三百首》这样的普及型选本，为诗歌带来了大量的普通读者。我国古代唐诗选本的四次高潮，其中有三次出现在明清时期。① 第三是诗话、评论等数量繁多，对诗人、诗篇的传播造成了有利条件。此外，小说、戏曲等俗文学中关于诗人逸事的传播与渲染，显然也提高了诗人在普通读者中的声名。

五、近代以来

近代以来，尤其是进入 20 世纪，随着西学东渐和巨大的文化转型，韩孟诗派的接受背景在沿袭传统的同时，也发生了一定

---

① 孙琴安：《唐诗选本提要》，上海书店出版社 2005 年版，第 6 ~ 8 页。据孙氏所论，我国古代唐诗选本的高潮出现在以下四个时期：南宋；明嘉靖、万历年间；清康熙年间；清乾隆年间。

程度的变化。主要表现在：

（一）政治、时代文化思潮对韩孟诗派接受影响巨大。尤其是韩愈，在近代到现代的历史转型期里，因其儒学道统地位而被视为传统旧势力代表，遭到新派人物的否定和批评；同时，桐城派、同光体等旧派人物却对韩愈推崇有加。二者形成鲜明对比。政治思潮的影响更为极端。20世纪50～70年代，韩愈在“儒法斗争”中被视为“反动”儒家代表而遭到贬斥，李贺却因领袖的个人喜好而成为接受热点。近年来，对传统文化的发扬，尤其是地方文化建设的进展，又将韩孟诗派传播接受推向新阶段。

（二）现代学术观念的影响。进入20世纪，传统文学观念受到西方文学理论的冲击，逐步向现代文学理论转型。在此影响下，对韩孟诗派的阐释评论和研究，总体上更为科学、系统。同时，许多相关别集、选本、普及读物的出版传播，对一般读者的接受效果起到推动作用。

（三）文学传播方式更加多元化，传播范围更广阔。除戏曲小说、民俗传说等传统文学传播方式外，广播、影视、网络等新媒体的加入，更起到推波助澜之势。中西文化交流日益频繁、深入，韩孟诗派在域外的传播接受也逐渐成为值得关注的课题。

第二节 韩孟诗派主要别集的整理与传播

诗歌作品传播的物质载体多种多样，最重要者莫过于总集、别集。章学诚说：“自挚虞创为《文章流别》，学者便之，于是别聚古人之作，标为别集。”①别集即为“别聚”单个文人作品的集

---

① 叶瑛：《文史通义校注》，中华书局1985年版，第296页。

子。唐代以后由于文人群体的士大夫化、造纸印刷等传播手段的进步、作品存传意识的增强等原因，文人编纂别集蔚然成风。就作者而言，可通过别集使自己的作品流传久远，扩大名声、得以“不朽”；就读者而言，通过别集来阅读全部诗歌作品，是深入了解、研究一个诗人的最基本途径。因此别集的衍变流传，是影响诗歌传播接受的极重要因素。

相对于总集而言，别集只收录单个作家的作品，一般情况下，其存佚多寡情况与作家地位高低、名声升降有直接关联；但偶然性因素也很多。宋初柳开有感于卢仝诗集流佚难觅，感慨道：“世所好而用者，未必为久而存也；世所不好而弃者，未必为终而泯息也。皆莫可极而定之矣。然其善者胜耳。”①《四库全书总目》论别集云：“唐宋以后，名目益繁。然隋唐《志》所著录，宋《志》十不存一；宋《志》所著录，今又十不存一。新刻日增，旧编日减，岂数有乘除欤？文章公论，历久乃明。天地英华所聚、卓然不可磨灭者，一代不过数十人，其余可传不可传者，则系乎有幸有不幸，存佚靡恒，不足异也。”②这两段话都将别集的生存延续概括为必然、偶然两种原因。尽管有偶然性因素存在，但通过对别集流传衍变过程中版本数量多寡、流布范围大小、校注评点情况、名家序跋情况等因素的梳理考察，还是能大致揭示出别集流传与作品内在价值的某种对应关系，反映出作家作品在不同时期内地位高低、名声大小等接受效果的变化。

本节我们以韩孟诗派主要成员韩愈、孟郊、李贺、贾岛四人别集为核心，探讨其历史传播接受情形。与一般意义上的

---

① 〔北宋〕柳开：《与韩洎秀才书》，见《河东先生集》卷九，《四部丛刊》初编本。

② 〔清〕永瑢等：《四库全书总目》，中华书局 1965 年版，第 1271 页。

文献学研究不同，从接受史角度进行的研究，有以下侧重点：重视别集编纂流传的宏观历史样态，较少从技术角度考证各版本在细节上的差别；重视从传播角度考察别集流变，及其与总集、选本、评论和创作风气的关联，力图对传播接受效果做综合考察。①

一、韩愈诗集的整理与传播

韩愈诗文兼擅，声名甚著，又因其倡导儒学的功绩和骨鲠勇烈的品格而被称扬于后世，故而是一个被人从多角度接受的人物。从文体角度看，韩愈别集可分为诗文合集、文集和诗集三种类型。在实际流传过程中，清代以前的韩集大多数都是诗文合集，因其更偏重于古文，故而一般统称为"韩文"；清代才出现了流传较广的韩愈诗集。

（一）中晚唐五代时期

早在韩愈生前，其文章声誉就已广为流传，可考的传播方式有多种。除了韩愈本人的主动传播，以及那些作为诗文赠酬对象的友人弟子们的传播外，还有其他一些传播者。刘禹锡曾记载当时唱和诗传播的情形："其会面必抒怀，其离居必寄兴，重酬累赠，体备今古，好事者多传布之。"（《彭阳唱和集引》）②不管这些"好事者"出于何种目的，客观上的确促进了诗文作品的传播。除手抄传诗外，韩愈有些诗作还被刻到碑石上。刘真伦曾考索出 11 种韩诗刻碑的情况，其中有些就可能是韩愈生前或

---

① 万曼《唐集叙录》（中华书局 1980 年版）对唐人别集版本流变情形论述较为详备，本节多有参考。

② 陶敏、陶红雨：《刘禹锡全集编年校注》，岳麓书社 2003 年版，第 1174 页。

去世不久被刻石的。①

各篇章在以碑刻、手抄等方式单篇传播的同时，也出现了一些集本，最为后世所知名的是赵德编集的《文录》，它也“是问世最早的一部韩愈作品集”②。赵德，潮州人，韩愈贬潮州刺史时与之订交，对其“心平而行高，两通《诗》与《书》”（《别赵子》）的品行才学很是赏识。《文录》是一部诗文合选集，收录作品75篇。刘真伦辑本共64篇，其中多为古文，诗歌仅7篇。赵德在《文录序》中说：“僻处无备得，以所遇次之为卷，私曰《文录》，宝以师氏为请益依归之所云”③，说明他并不是要编集完备的韩愈文集，因此没有去极力搜求，只是“得以所遇”采编而成。赵德作为韩愈的同时代人，对后世潮州韩学的盛行产生了深远影响。另外，据刘真伦考证，宋代曾流传一种“李汉定本之前流传的另一种编次的韩愈集”，被称为“古本”，多家韩集注本曾据之引校，南宋时期尚存。④ 明人陈宏绪说韩愈曾经自选过古文集：“韩退之自选生平所为文二十六篇，题曰《韩子》，今不知二十六

---

① 如《郓州溪堂诗》（首见《金石录》著录。注曰“韩愈撰，牛僧孺书”，长庆二年十月二十五日立）、《题寿阳驿》、《镇州归》（《邵氏闻见后录》载，北宋末或南宋初在寿阳出土此二诗石碑，上有“唐人跋”。后来下落不明）。参见刘真伦《韩愈集宋元传本研究》，中国社会科学出版社2004年版，第569～574页。刘著考论细密，介绍韩集宋元传播情况甚详。

② 原书在南宋时期大约就已亡佚。今人刘真伦有《昌黎文录辑校》，华中科技大学出版社2002年版。从两宋文献中钩稽出大量资料，使此书原貌可以大致窥见。

③ 〔唐〕赵德：《文录序》，见刘真伦《昌黎文录辑校》，华中科技大学出版社2002年版，第1页。

④ 参见刘真伦《韩愈集宋元传本研究》，中国社会科学出版社2004年版，第226～228页。

篇之目为何。”不知何据。①

据今所知，韩愈的完整别集最早是长庆四年（824）韩愈去世后由门人李汉编集而成的。李汉《昌黎先生集序》云：“长庆四年冬，先生殁。门人陇西李汉辱知最厚且亲，遂收拾遗文，无所失坠。得赋四、古诗二百一十、联句十一、律诗一百六十、杂著六十五、书启序九十六、哀词祭文三十九、碑志七十六、笔砚《鳄鱼文》三、表状五十二，总七百，并目录合为四十一卷，目为《昌黎先生集》，传于代。”②值得注意的是，李汉在此序文中强调自己与韩愈“最厚且亲”的关系，增强了“遂收拾遗文，无所失坠”的可信性，并将各体裁篇目数一一列出，有立正绝伪之意。陈振孙也以为这是“惧后之人伪妄，辄附益其中也”③。这也旁证了韩愈生前当有一些作品集流传。不过，从后世传播的韩集看，大都来自李汉辑本这一系统。晚唐杜牧“杜诗韩集愁来读”（《读杜韩集》）之“韩集”，大概即为李汉辑本。

韩愈的诗歌基本上是按照李汉所集的数量保存下来的。晚唐司空图在《题柳柳州集后》中说：“愚常览韩吏部歌诗数百首”，与李汉所集的共 381 首之数大致相当，司空图所读的也应是李汉辑本。方崧卿《韩集举正·叙录》“唐令狐氏本”条记载：“右唐令狐绹之子澄所藏本，咸通十一年书，止有诗赋十卷。苏魏公子容尝得之于蔡文忠家。”④令狐澄出身文学世家，其家藏

---

① 〔明〕陈宏绪：《寒夜录》卷上，《丛书集成新编》本，第 89 册，第 62 页，台湾新文丰出版公司 1985 年版。

② 马其昶：《韩昌黎文集校注》卷首，上海古籍出版社 1986 年版，第 2 页。

③ 〔南宋〕陈振孙：《直斋书录解题》，上海古籍出版社 1987 年版，第 475 页。

④ 刘真伦：《韩集举正汇校》，凤凰出版社 2007 年版，第 562 页。

韩愈集很是正常,此本也应出自李汉本,但不知是原本即为诗赋单行本,还是方崧卿见到时仅存诗赋十卷。

五代时期的韩集有两种重要传本:南唐保大本、三馆本。前者与李汉本属不同系统,极可能成书更早,但宋初就已是残卷;后者是韩集最早的刻本,五代或宋初刻于蜀中,曾对欧阳修等人产生重大影响。① 由此可见,唐末五代时期,韩集在相对稳定繁荣的南唐和西蜀仍有较广泛流传,尤其是被雕版印刷,考虑到当时刻书成本较高的因素,说明韩愈仍在一定区域、在中上层文人中有较大的影响力。不过在中原地区,韩集流传面不会太广,由于辗转传抄的缘故,形成了许多种抄本传世,在战乱中又变得零乱不堪,渐渐为人所冷落。

(二)两宋时期

到了宋初,经过五代的战乱,韩愈别集虽然没有亡佚,但已相当罕见,也变得残破不全、次序散乱了。

宋代古文运动先驱,同时也是极力尊韩的代表人物柳开,曾对韩文进行过一番整理编定②,但因柳氏用世之心激切,常以己

---

① 参见刘真伦《韩愈集宋元传本研究》,中国社会科学出版社 2004 年版,第 231 ~233 页。

② 柳开《东郊野夫传》:"年始十五六,学为章句。越明年,赵先生指以韩文,野夫遂乐得而诵读之。当是时,天下无言古者,野夫复以其幼,而莫有与同其好者焉。但朝暮不释于手,日渐自解之。"(《全宋文》,上海辞书出版社、安徽教育出版社 2006 年版,第 6 册,第 391 页。)吴曾《能改斋漫录》卷一〇"古文自柳开始"条:"本朝承五季之陋,文尚俪偶,自柳开首变其风。始,天水赵生,老儒也,持韩愈文数十篇授开,开叹曰:'唐有斯文哉!'"(中华书局 1960 年版,第 282 页。)

意“或笔削其韩文之繁者”①，缺乏客观、中肯的态度，所以韩集仍未摆脱散乱芜蔓的面貌。柳开《韩文公双鸟诗解》云：“余居东郊，府从事高公独知予。开宝中，授以昌黎诗三百首。开与之会，即赓诵评其尤至者。”②可见，宋太祖开宝年间（968～975），韩愈诗歌或有一独立编集，数量约三百首，与李汉所集、司空图所见近似，可能略有散佚。如果不算唐代韩集传本中的一些夹注，为韩愈《双鸟诗》作注的柳开，是第一个为韩诗专门作注的人。柳开整理的韩集，南宋还有流传，但校订韩集者少有采择其成果者，与柳开整理态度不严谨有关。

穆修《唐柳先生集后序》云：“予少嗜观二家之文，常病柳不全见于世。……韩则虽其全，至所缺坠，忘字失句，独于集家为甚。志欲补其正而传之。多从好事访善本，前后累数十，得所长，辄加注窜。遇行四方远道，或他书不暇持，独赍韩以自随，幸会人所宝有，就假取正。凡用力于斯，已蹈二纪外，文始几定。”③欧阳修《记旧本韩文后》也说：“予少家汉东……州南有大姓李氏者，其子尧辅颇好学。予为儿童时，多游其家，见有弊筐贮故书在壁间，发而视之，得唐《昌黎先生文集》六卷，脱落颠倒无次序，因乞李氏以归。……举进士及第，官于洛阳，而尹师鲁之徒皆在，遂相与作为古文。因出所藏《昌黎集》而补缀之，求人家所有旧本而校定之。……集本出于蜀，文字刻画颇精于今世俗本，而脱缪尤多。凡三十年间，闻人有善本者，必求而改

① 〔北宋〕柳开：《补亡先生传》，见《全宋文》，上海辞书出版社、安徽教育出版社2006年版，第6册，第391页。

② 曾枣庄、刘琳主编：《全宋文》，上海辞书出版社、安徽教育出版社2006年版，第6册，第375页。

③ 〔北宋〕穆修：《河南穆公集》卷二，《四部丛刊》初编本。

正之。"①由此可见,在宋代前期,韩集基本处于版本众多、系统散乱、错讹严重的状态,穆修、欧阳修都曾花费很大气力对韩集进行整理、推广。韩文得到系统整理并产生巨大影响,是在欧阳修、尹洙、苏舜钦进行古文运动之后才实现的。

欧阳修是北宋诗文革新的领军人物,也是当时的文坛盟主,他对韩集的校订整理,对后世产生了很大影响。"韩文自欧阳文忠公校故本于泯没二百年之后,天下所共传而有也。"②除校订韩集外,欧阳修本人在诗文理论创作方面也成为宋代最重要的韩愈接受者之一,他对有宋一代学韩风气产生了巨大的促动作用,在韩愈接受史上更具有深远意义。欧阳修与梅尧臣等人"群体接受"韩孟诗派,堪称韩诗接受史上的第一读者。在与尹洙、苏舜钦等人倡导诗文革新运动的过程中,欧阳修一直对韩集进行整理。正是受诗文革新运动的影响,北宋中后期整理韩集已成为一种风气。晁公武《郡斋读书志》著录"《韩愈集》四十卷,集外文一卷",并云"其集屡经名人是正,其讹舛绝少"③。晏殊、宋庠、宋祁、尹洙、曾巩、黄庭坚、张耒、陈师道等文章名公都曾参与韩集的校理。

南宋文人继续对整理研究韩集保持高涨热情。莆田人方崧卿《韩集举正》,以其渊博宏富的引证校理而成为宋人校勘韩集的集大成式成果;在方本基础上产生的朱熹《韩文考异》更成为后世韩愈研究的权威性文本。值得注意的是,在北宋校理韩集的高潮后,从南宋早期开始,为韩文作注释的工作又盛行起来,

---

① 〔北宋〕欧阳修:《欧阳修全集》,中国书店出版社 1986 年版,第 536 页。

② 〔南宋〕张敦颐:《书韩文后》,转引自屈守元等《韩愈全集校注》,四川大学出版社 1996 年版,第 3081 页。

③ 孙猛:《郡斋读书志校证》,上海古籍出版社 1990 年版,第 876 页。

著名的韩集注本有樊汝霖《韩集谱注》、文谠《新刊经进详注昌黎先生文集》、祝充《音注韩文公文集》、韩醇《新刊诂训唐昌黎先生文集》等。南宋末年，韩集的整理校释版本已经非常丰富且各有所长，又由于韩愈在文化知识阶层中持久而重要的影响，为读者编纂一部集大成式的韩集综合校注本已经成为学界和市场的共同需求，于是应时而生了魏仲举《新刊五百家注音辨昌黎先生文集》，成为这类集注本的代表。《四库全书总目》称魏仲举本"大抵虚构其目，务以炫博，非实有其书"。其实，魏仲举本征引著述达 173 家、石本 14 种①，虽其"五百家注韩"的口号确实有自夸炫耀之嫌，但此本收集保存了如此丰富的资料，确有巨大贡献。辗转抄撮魏仲举本而来的王伯大《朱文公校昌黎先生文集》以及又抄王本而来的廖莹中世彩堂本《昌黎先生集》，虽然因其刊刻精美、善于营销而广为传布，不无功绩，但其简陋浮夸、错讹百出的缺点也是不容否认的。

总之，两宋时期对于韩愈别集的整理做出了决定性的贡献，这是以后各朝代所无法比拟的。韩愈在宋代的巨大声誉、对宋人思想和文学的巨大影响，都与其作品的广泛流播息息相关，共同形成了宋代"韩学"的兴盛局面。据学者统计，流传到今天的韩愈集宋元传本共 13 种，而确认已经失传的宋元韩集传本约 102 种。② 不过，其中真正对后世产生较大影响的又只是朱熹《韩文考异》等少数几种，其原因就在于朱熹作为程朱理学的代表而在宋代之后封建社会意识形态中占有崇高的地位。

宋代欧阳修、祝充、韩醇、方崧卿、樊汝霖、朱熹等各家韩集

① 刘真伦：《韩愈集宋元传本研究》，中国社会科学出版社 2004 年版，第 214 页。

② 刘真伦：《韩愈集宋元传本研究》，中国社会科学出版社 2004 年版，第 35 页。

整理、谱注、评注者，既有传布韩集之功，同时又是“重点读者”。除大名鼎鼎的欧阳修、朱熹影响后世极大外，其他人虽声名不彰，但其通过文本处理而对韩诗传播接受的潜在巨大影响，仍不容小觑。

（三）元明清时期

由于韩愈被宋代理学尊为儒学道统中的先哲，而元代之后理学又上升为统治地位的意识形态，所以元明清时期的韩集流传非常广泛。但元代、明代对韩愈别集的整理很少有新的突出贡献。元代杨士弘在其唐诗选本《唐音》的“凡例”中提到“李、杜、韩诗，世多全集，故不及录”，说明韩诗已通过韩集的广泛流传而比较普及，甚至都可以忽略选本了。

韩集在明代的流播过程中，甚可注意的是“东雅堂”韩文天下独尊的情形。这个本子是明代万历时期徐时泰根据南宋廖莹中世彩堂本《昌黎先生集注》翻刻的，如上文所述，廖莹中本基本沿袭魏仲举本、王伯大本而来，又增不少错讹，确非善本。章学诚认为此本“约既不精，博又不尽，所求非其所用，所志非其所为，世传以为佳本，相与矜之，诚不知其何所取也”①。后来中华书局《四部备要》也以东雅堂本为底本刊刻韩集。东雅堂本独尊的原因大约有二：一是廖莹中本在宋椠集注本中所出较晚，名义上兼采朱熹、魏仲举两种本子，又承袭了王伯大本，虽然增删整理工作多有不当，但在形式上似较为完备；二是廖氏刊书纸墨极为精善、字迹清雅，东雅堂本据之翻刻，保持了原本精美的外观。尽管章学诚从专业角度批评东雅堂本在资料方面“约既

① 〔清〕章学诚：《东雅堂校刻韩文书后》，见《章学诚遗书》，文物出版社1985年版，第113页。

不精,博又不尽”,疑惑为何“世传以为佳本”,但是,明代书籍已广泛商品化、大众化,在辨别力不是太高的一般读者看来,这个本子已经较为完备、精美了。

清代韩集流播的一个重要现象是文集和诗集的分刊。万曼称:“韩集一向诗文合刊,而且多半偏重韩文,单刊韩诗殊不多见。”①这种现象说明韩愈在大部分时间里被视为一个思想家和古文家,其次才是一个诗人。清代这种情形大有改观,出现了数种韩诗专集,其中最著名的是顾嗣立《昌黎诗集注》和方世举《韩昌黎诗编年笺注》(中华书局2012年排印出版)。韩集诗文分刊与清人诗学理论的成熟是分不开的。韩愈诗歌自此才能摆脱古文附庸的地位,而呈现出自身的独到价值。钱仲联称:“清代学者,出其治学绪余,旁治韩集,成绩远出宋、明人之上。”②可见清人在韩集校注方面的贡献。

(四)近现代时期

现代集注韩诗的最佳本子是钱仲联《韩昌黎诗系年集释》,上海古籍出版社1957年初版,1984年又出修订本,流传甚广。此书在前人注释、评论韩诗的基础上,搜罗资料广博,并加入一些自己的心得,为研究韩诗提供了极大的便利。但在推求诗歌作意、征引前人评论方面还有一些美中不足之处。③ 其他影响较大的全集校注本有:童第德《韩集校诠》(此书完成于1969年,中华书局1986年初版),屈守元、常思春主编《韩愈全集校

① 万曼:《唐集叙录》,中华书局1980年版,第182页。

② 钱仲联:《韩昌黎诗系年集释·前言》,上海古籍出版社1984年版,第6页。

③ 钱锺书:《〈韩昌黎诗系年集释〉书评》,载《文学研究》1958年第2期。

注》(四川大学出版社 1996 年初版)。韩文单行本有：马其昶《韩昌黎文集校注》，闫琦、周敏《韩昌黎文集注释》(三秦出版社 2004 年初版)，刘真伦、岳珍《韩愈文集汇校笺注》(中华书局 2012 年初版)等。

总而言之，韩愈别集经宋人的整理注释而发扬光大，流播范围极为广泛，元明清时期创获不大，只是诗文分刊显现出清人诗学观念的明确性以及整理工作的自觉性。整个历史流程中，韩愈诗歌的传播接受几乎没有遇到别集文本失传的阻碍。在诗文合刊的过程中，诗歌常被笼罩在“韩文”的光环之下，诗歌文本随之得以广泛传播，但另一方面也影响了读者对韩诗艺术特质的认识。

二、孟郊集的整理与传播

孟郊作诗态度极其认真、刻苦，注重锻字炼句，不断对诗歌进行艺术加工，因此他平时应该很注意留存诗歌。韩愈在长安初识孟郊时，就曾读到他的诗集，赞其“作诗三百首，窅默咸池音”(《孟生诗》)。由于孟郊生前诗名较高，诗篇散布范围较广，很可能也有各种作品小集在读者当中流传。对于当时的名公大家来说，这是比较正常的。元和九年(814)孟郊去世时，友人韩愈、张籍、樊宗师等都还健在，对其作品的编辑整理应不会不加过问，因而其诗集应该具有系统流传的条件。但这些情况，现已很难寻觅踪迹。

诗友王建、贾岛悼念孟郊的诗中，曾提到孟诗的传播情形。王建《哭孟东野二首》其二：“老松临死不生枝，东野先生早哭儿。但是洛阳城里客，家传一本杏殇诗。”①贾岛《哭孟郊》：“家

① 〔唐〕王建：《王建诗集》，中华书局 1959 年版，第 75 页。这首诗中的“本”字，《唐音统签》卷三五二引作“首”。一字之差，意义相去甚远。如是“本”，说明孟郊生前已有流传很广的诗集出现；如是“首”，仅证明《杏殇》诗的家喻户晓。

近登山道，诗随过海船。"《吊孟协律》："集诗应万首，物象遍曾题。"①这些悼念之作，虽有一定虚夸成分，但确乎说明了孟郊诗在当时的广泛传播。从贾岛"集诗应万首"中的"应"字看，当时还没有对孟郊诗歌总数的确切统计。这种情形给孟郊别集的整理工作带来一定难度。唐末，邵谒《览孟东野集》诗云："哲人归大夜，千古传圭璋。圭璋遍四海，人伦多变改。"②说明其时已有孟集流传，且受到很高评价。

孟郊诗集在晚唐五代宋初的具体流变过程很模糊。北宋前期书目中，《新唐书·艺文志》著录"孟郊诗集十卷"，而《崇文总目》著录"孟郊诗五卷"，说明孟集已有人整理、流传，且版本可能不止一个。万曼认为《崇文总目》所录五卷"不是完书"，或是据刘攽《中山诗话》所言："孟东野诗……今世传郊集五卷，诗百篇。又有集号《咸池》者，仅三百篇，其间语句尤多寒涩，疑向五卷是名士所删取者。"③但刘攽也仅是推断而已。

北宋中叶，宋敏求根据当时所见的各种孟集异本，重新加以整理编次，第一次为孟郊诗编成了完备本。诗集后序云："东野诗，世传汴吴镂本五卷，一百二十四篇；周安惠本十卷，三百三十一篇；别本五卷，三百四十篇；蜀人蹇濬用退之赠郊句纂《咸池集》二卷，一百八十篇；自余不为编秩，杂录之，家家自异。今总括遗逸，擿去重复，若体制不类者，得五百一十一篇。……

---

① 以上二诗分别见齐文榜《贾岛集校注》，人民文学出版社 2001 年版，第 107、141 页。

② 〔清〕彭定求等编：《全唐诗》（增订本），中华书局 1999 年版，第 7049 页。

③ 〔北宋〕刘攽：《中山诗话》，见《历代诗话》，中华书局 1981 年版，第 288 页。

合十卷。"①可见宋氏见到的各本卷数、诗篇数量的差异相当大，缺失、重复情况严重，体例颇为混乱，这似又可证明中晚唐时期孟集流传的非系统性。

关于《咸池集》这一名称，诸家有不同的记载。除上述宋敏求有所提及外，刘攽说"又有集号《咸池》者，仅三百篇"；元代辛文房《唐才子传》说孟郊"有《咸池集》十卷行于世"，所指应为宋敏求的十卷整理本。但是清代陈景云提出一个令人疑惑的问题："苏子容诗：'孟郊篇什况咸池。'自注云：'唐人题孟郊诗三百篇为《咸池集》，取退之诗义。'刘贡父诗话亦云：'孟有集号《咸池》，仅三百篇。'至宋次道跋东野诗，却云：'蜀人蹇濬用退之赠郊句纂成《咸池》二卷，一百八十篇。'与苏、刘之说不同，未详孰是？"②这也极可能是两种本子名称混淆的结果。原始的《咸池集》由蜀人蹇濬编纂而成，应该是晚唐五代时流传的孟集异本之一。

北宋之后，孟郊集向以宋敏求本为祖本，后世各本虽略有变动，但幅度不大。南宋时期国成德宰武康时刊行《孟东野诗集》，即据宋氏本覆刻；明代嘉靖年间武康知县秦禾、明末乌程人凌濛初又各据国氏本翻刻印行。这个版本系统带有鲜明的地域色彩，有推扬乡贤的目的。后来清代康熙年间武康县令韩逢庥又刊刻孟集，直至当代浙江古籍出版社 1995 年出版"两浙作家文丛"《孟东野诗集》（韩泉欣校注），仍然延续了这个传统。另外还有一个南宋书棚本系统，后来衍化出明代弘治年间杨一清刊本、汲古阁刊本、《四部丛刊》本等。

---

① 华忱之等：《孟郊诗集校注》附录，人民文学出版社 1995 年版，第 694 页。

② 钱仲联：《韩昌黎诗系年集释》卷一《孟生诗》下引陈景云《韩集点勘》，上海古籍出版社 1984 年版，第 14 页。

因为孟郊诗集的版本种类不多,且带有一定地方色彩,故而其流传的数量、范围都受到了限制。杨一清刊本《孟东野诗集》强晟序云:“顾其辞意伤于晦涩,无盛唐大家雄浑蕴藉之风,亦器量使之然哉。提学杨按察邃庵先生以全集不多见,出所抄本属商州梓行之。”①可见时至明代,孟郊的全集仍然不多见。大多数阐释评论孟诗者,都是根据选本。

孟郊集向无校注本,近世以来才出现。除上述韩泉欣本之外,还有华忱之、喻学才《孟郊诗集校注》(人民文学出版社 1995 年初版)、郝世峰《孟郊诗集笺注》(河北教育出版社 2002 年初版)等。华、喻的校注本更为通行。

总而言之,孟郊诗集的版本系统显得比较简单,基本上是从宋敏求本发源,一直流传到现在的。孟郊别集的接受情形虽然有些冷清,但因其诗坛名声和韩愈的影响,历代的读者都没有将之忘记。相对于他诗集中绝大多数寒瘦枯涩的诗篇而言,他的乐府小诗《游子吟》等却通过选本而达到了家喻户晓的程度。

三、李贺集的整理与传播

李贺享年不永,但他创作态度极其认真,李商隐《李贺小传》中关于李贺锦囊集句、呕心作诗的记载在历代读者中广为流传。因为他创作时间短,作诗态度又极为认真,故而留给后世读者的诗歌数量只有二百二三十首。这个数量虽然不算太少,但如果我们将作者亲手编集的因素考虑进去,再与同样是亲编诗集的白居易的传诗数量(2800 余首)做一对比,就会发现这可以成为李贺诗集的一个特点,即少而精。

---

① 华忱之等:《孟郊诗集校注》附录,人民文学出版社 1995 年版,第 695 页。

关于李贺诗集最初的编纂，杜牧《李贺集序》说得比较明确：

大和五年十月中，半夜时，舍外有疾呼传缄书者。某曰："必有异。"亟取火来，及发之，果集贤学士沈公子明书一通，曰："吾亡友李贺，元和中义爱甚厚，日夕相与起居饮食。贺且死，尝授我平生所著歌诗，离为四编，凡千首。数年来东西南北，良为已失去。今夕醉解，不复得寐，即阅理箧帙，忽得贺诗前所授我者。思理往事，凡与贺话言嬉游，一处所，一物候，一日夕，一觞一饭，显显焉无有忘弃者，不觉出涕。贺复无家室子弟得以给养恤问，尝恨想其人、咏其言止矣。子厚于我，与我为《贺集》序，尽道其所来由，亦少解我意。"某其夕不果以书道不可，明日就公谢，且曰："世为贺才绝出前。"让。居数日，某深惟公曰："公于诗为深妙奇博，且复尽知贺之得失短长。今实叙贺不让，必不能当君意，如何?"复就谢，极道所不敢叙贺，公曰："子固若是，是当慢我。"某因不敢辞，勉为贺叙，然其甚惭。①

虽然沈子明本是源自李贺临终时所托，但也未必全部囊括了李贺歌诗。李商隐《李贺小传》中说李贺作诗每当成篇时，"王、杨辈时复来探取写去。长吉往往独骑往还京洛，所至或时有著，随弃之，故沈子明家所余四卷而已"②。可见李贺诗当时也广为流传，即使有些诗篇因自己不满意而未编入诗集，但也可能已传播

① 〔唐〕杜牧：《樊川文集》，上海古籍出版社 1978 年版，第 148 页。因诗仅被厘为四编，《文苑英华》本"千首"作"二百二十三首"，当是。

② 刘学锴、余恕诚：《李商隐文编年校注》，中华书局 2002 年版，第 5 册，第 2265 ~ 2266 页。

到读者那里。

另外还有一种流传较广的说法，说是李贺表兄将李贺诗集投入溷中，以至于诗集很不完整："李藩侍郎尝缀李贺歌诗，为之集序，未成。知贺有表兄，与贺笔砚之旧者，召之，见托以搜访所遗。其人敬谢，且请曰：'某尽记其所为，亦见其多点窜者，请得所葺者视之，当为改正。'李公喜，并付之。弥年绝迹。李公怒，复召诘之。其人曰：'某与贺中外，自小同处，恨其傲忽，常思报之。所得兼旧有者，一时投于溷中矣。'李公大怒，叱出之，嗟恨良久。故贺篇什流传者少。"①据朱自清《李贺年谱》考证，李藩死在李贺之前，所以认为"张固所叙亦妄言之耳"②。但这个传说之所以能够产生并广为流传，个中自然有因：首先，李贺生前即有随身背着锦囊收集好句，经常整理、修改诗篇的习惯。可以推断，他的诗集的确是本人有目的、有倾向性地收集整理而成的。但他没有收入的诗篇，也可能在当时社会上流传，后来的整理编纂者将之补入诗集，就给人一种亡佚诗篇还有很多的感觉。其次，"李藩投诗"的传说也反映出接受者对李贺现有诗篇艺术魅力的认可。正因为精品比例较高，才容易使人怀疑还有许多作品没有收进来。

中晚唐时期的诗坛受李贺影响很大，因而关于他诗集流传的记载就多一些。但到了北宋，李贺因其诗风诡诞怪异、幽深密艳，受到了士大夫文人的普遍冷遇。《新唐书》著录"《李贺集》五卷"；晁公武《郡斋读书志》著录"李贺集四卷，外一卷"，并注明"外集予得之梁子美家。姚铉颇选载《文粹》中"；何焯《跋李

---

① 〔唐〕张固：《幽闲鼓吹》，中华书局1991年版，第2页。

② 朱自清：《朱自清古典文学论文集》，上海古籍出版社1981年版，第511页。

贺歌诗编明刻本》云:“集外诗往往见于《文苑英华》《唐文粹》中,《英华》多下注‘集作某’,意本是集中所有,而此所编四卷,失之耶?”①说明宋初之前可能存在多个版本系统。

北宋后期至南宋通行的李贺集版本,根据南宋吴正子等人的记载,主要有京本、蜀本、会稽本、宣城本、上党鲍氏本五家,分布地域较为广泛。其中,宣城本同于上党鲍氏本,曾由贺铸整理过,刊于北宋大观戊子年(1108),这可能是现知最早的李贺诗集刻本。在李贺诗遭受普遍冷遇的时代,贺铸对之别有倾心,其擅以健笔写柔情的密丽词风,与长吉歌诗渊源颇深。但在此前,李贺诗集可能流传并不广。苏轼《与陈季常九书》云“近得李长吉二诗,录去,幸秘之”②,可为一证。

南宋时期,李贺在诗坛上的影响逐渐加大。南宋末年吴正子为李贺诗作笺注,是今知注李贺诗的第一人。③ 李贺诗风素以奇丽怪谲著称,常被视为“少理”,在宋代大部分时间里遭到冷遇。吴注首次对李诗之典故史实、辞句渊源进行较全面的疏证,虽少有诗情义理之诠解阐发,但切实可据,使宋代长期对李贺诗妄加曲解的倾向得到了纠正。吴注后来与刘辰翁评点李贺诗合刊,影响极为深远。

宋末元初,刘辰翁(1231 ~ 1297)对李贺诗集的评点,使得读者对素以妙奥难解的长吉歌诗有了更深一层的了解,并促使李贺集广为传播。辰翁之子刘将孙在《刻长吉诗序》中说:“自

---

① 吴企明:《李贺资料汇编》,中华书局 1994 年版,第 290 页。

② 〔北宋〕苏轼:《与陈季常书》之七,见《苏轼文集》,中华书局 1986 年版,第 1567 页。

③ 关于吴正子其人,历来所知甚少。今可考,吴正子生于 1200 年前后,卒于宋恭帝德祐元年(1273)。参见拙文《南宋吴正子卒年考》,载《江海学刊》2014 年第 6 期。

是传本四出，近年乃无不知读长吉诗，效昌谷体。”①诗集传播、阅读阐释、效仿创作，其中的先后因果顺序十分了然。《四库全书》收入的《笺注评点李长吉歌诗》，即为吴正子笺注、刘辰翁评点本，说明这两家的解读阐释对后世的巨大影响。《四库全书总目》云：“正子此注，但略疏典故所出，而不一一穿凿其说，犹胜诸家之淆乱。辰翁论诗，以幽隽为宗……惟评贺诗，其宗派见解，乃颇相近，故所得较多。”②对这一评注本评价颇高。

与此同时，与南宋对峙的金、元，出现了李贺集另一种新刻本。此本有赵衍题识，王国维考证其刊刻于元代蒙哥六年(1256)，所据之本原是耶律楚材之子耶律铸所藏，传是司马光旧物。元代至元年间(1277)年还有一个复古堂刻本，应是源于上党鲍氏本而来。

明清时期评注李贺诗非常兴盛。《四库全书总目》之《笺注评点李长吉歌诗》提要云：“注李贺诗者，明以来有徐渭、董懋策、曾益、余光、姚佺五家本；又有邱象升、邱象随、陈愫、陈开先、杨研、吴甫六家之辨注；孙枝蔚、张恂、蒋文运、胡廷佐、张星、谢启秀、朱潮远七家之评。王琦又采诸家之说，作为《汇解》。递相纠正，互有发明。”基本将明至清中叶的李贺评注本框架勾勒出来。此谓“六家”“七家”，皆明末复社中人。姚佺明末客居吴下，与复社诸名士相会，有《昌谷诗笺》，此六人、七人为之辨注、评论，后来合刊，称为《昌谷集句解定本》。这是一种值得关注的群体接受现象。

清代的评注本除了王琦的《汇解》可称集大成外，较重要的

① 〔元〕刘将孙：《养吾斋集》卷九，影印文渊阁《四库全书》本，第1199册，第80页，上海古籍出版社1989年版。

② 〔清〕永瑢等：《四库全书总目》，中华书局1965年版，第1293页。

还有姚文燮《昌谷集注》、方扶南《李长吉诗集批注》，后经上海古籍出版社合为《三家评注李长吉歌诗》刊行，影响较大，成为现当代最通行的李贺诗注本。清代还有黄淳耀、黎简的批本，民国六年(1917)扫叶山房曾将之合并印行，亦有一定影响。

李贺诗集传统上都是"正编四卷，外集一卷"的编排方式，此系沿自唐代；日本内阁文库藏有高丽版《李长吉诗集》，却是以类编排，共分为歌类、引类、行类、曲类、乐类、寄和送赠酬答类、景物类、地理类。[①] 按此书名"诗集"而非"歌诗"，料非古本，应是明清时期的重编本。该书分类标准有的按体裁，有的按内容，并不统一，可见其粗糙处。但此集为李贺诗在海外传播之例证，亦有一定价值。

近现代以来，吴汝纶《评注李长吉诗集》(1922 年吴闿生刻印)，叶葱奇疏注的《李贺诗集》(1959 年初版)，尤其是吴企明《李长吉歌诗编年笺注》(中华书局 2012 年版)将 90% 的长吉诗进行了编年，分别代表近现代不同时期里李贺诗集的整理研究成果。

四、贾岛集的整理与传播

贾岛生前其作品就已编结成集。宋代龚鼎《贾浪仙祠堂记》云："浪仙由长江徙官安岳，而卒于会昌三年，凡为编次其诗者二人：许彬者，谓之《小集》；而天仙寺浮屠无可，谓之《天仙集》。当时之人有可名者，岛俱请之赞。"[②]可见，《小集》《天仙集》这两个集子都成于贾岛离世前，而且得到了贾岛的认可，并

---

① 参见吴企明《李长吉歌诗编年笺注》，中华书局 2012 年版，第 11 页。

② 〔明〕曹学佺：《蜀中广记》卷三〇，影印文渊阁《四库全书》本，第 591 册，第 369 页，上海古籍出版社 1989 年版。

且他还极力请人推扬。无可《吊从兄岛》:“蜀集重编否?巴仪薄葬新。”也证明了这点。但当时贾岛诗歌广泛流传,他自己又有过毁诗的行为,因此很可能有一部分散在集外。《艺风藏书续记》引何义门曰:“浪仙身没远外,又无子嗣,莫能收拾其遗文,虽孤绝之句流传人口,然散佚多矣。”①晚唐贾岛追随者们的诗中,对贾岛集的情况也有记载。李洞《题晰上人贾岛诗卷》:“贾生诗卷惠休装,百叶莲花万里香。供得半年吟不足,长须字字顶司仓。”②齐己《读贾岛集》:“遗篇三百首,首首是遗冤。知到千年外,更逢何者论。”③从“百叶”“三百首”的概数来看,当时集本流传的贾诗大约三百首。

从宋代公私藏书目来看,《新唐书》著录贾岛集云:“《长江集》十卷。又《小集》三卷。”今人齐文榜说:“宋仁宗天圣前后,蜀人掇拾《天仙集》和《小集》,及当时所能见到的贾岛诗歌,都为一集十卷,诗三百七十九首,名之曰《长江集》上版刊行。”不知何据。④ 如此说来,《新唐书》著录的三卷《小集》已非唐人许彬所编的《小集》,那么这凭空多出来的三卷诗,好像出入太大;抑或《新唐书》所录《长江集》即《天仙集》?这一问题还待详考。

---

① 〔清〕缪荃孙:《艺风藏书续记》,中华书局1993年版,第325页。

② 〔清〕彭定求等:《全唐诗》(增订本),中华书局1999年版,第8381页。

③ 〔清〕彭定求等:《全唐诗》(增订本),中华书局1999年版,第9590页。

④ 齐文榜:《贾岛集校注·前言》,人民文学出版社2001年版。另参看其《长江集版本源流考述》(载《文献》1999年第1期)。李嘉言《长江集新校·前言》却根据《唐人八家诗》本王远《后序》而断言“贾岛自名其诗集曰《长江集》”。

《崇文总目》著录:“《贾岛集》十卷。《贾岛小集》三卷(阙)。”① 与《新唐书》所录近似。《郡斋读书志》《直斋书录解题·诗集类上》都著录贾岛集为十卷。吕南公《书长江集后》云:“此诗有许、柳为序者,其篇第与今众本不同,又特不多。盖余所收集本已三百八十篇云。”②这都说明贾岛集在北宋中期已经形成了一个统一的十卷本流传。

到了南宋,王远为长江县贾岛祠堂诗碑作《后序》云:“游君虞臣,好古工书,采他山之石为十五碑,尽书其三百七十九篇,未讫工而去。予倦游,就养子舍。适县尹嘉祥卫君京督成其事,因以旧传、墨制,及苏绛所撰《墓志铭》,《唐书·本传》与韩公送行诗并刻之。本末备具,可为无穷之传。”③可见当时贾岛诗有379首,且被刻于碑石。后来遂宁府刊刻贾岛诗集,即是根据碑刻而来,方回《瀛奎律髓》称之为“蜀碑本”。南宋另外一个本子是书棚本《贾浪仙长江集》,根据北宋蜀刻本翻刻。这两个本子成为明清各本的源头。从晚唐五代贾岛诗歌在蜀地结集、刊刻,到南宋遂宁“蜀碑本”,贾岛集在蜀地的广泛传播现象值得关注。

明清时期翻刻和传抄的贾岛诗集有许多种。据齐文榜《贾岛集校注·前言》,明、清各有七种版本产生,这里不一一罗列。此外,还有日本江户时代所刊刻的一个宋代书棚本的翻刻本。近现代的贾岛诗集校理本,主要有李嘉言《长江集新校》,此书

① 《崇文总目》一书成于北宋庆历年间,但南宋绍兴年间曾经加以修补,于当时已无所搜求之书目下加“阙”字(见《四库全书》之《崇文总目》提要)。

② 〔北宋〕吕南公:《书长江集后》,见《全宋文》,上海辞书出版社、安徽教育出版社2006年版,第109册,第279页。

③ 齐文榜:《贾岛集校注》附录三,人民文学出版社2001年版,第577页。

完成于20世纪60年代,上海古籍出版社1983年初版。

与孟郊一样,贾岛诗的评注在近现代之前一直没出现,这与其浅切的语言、枯瘦单薄的诗境有关。① 陈延杰《贾岛诗注》首开注贾之先河,但有过略之嫌。近年有齐文榜《贾岛集校注》(人民文学出版社2001年初版)和黄鹏《贾岛诗集笺注》(巴蜀书社2002年初版)两种新注本面世。

综观韩愈、孟郊、李贺、贾岛四人的别集传播接受情形,可以发现它们之间较为明显的不平衡性:韩愈、李贺的别集版本繁杂,注释、评点者也较多,而孟郊、贾岛则要冷清许多。从宏观态势看,这基本反映出了四人诗歌受到的重视程度,不过在各时代的具体环境中,别集的传播流变又受到一些时代性、偶然性因素的影响。

第三节 历代诗歌选本中的韩孟诗派

选本是诗歌传播接受过程中的一种重要载体,对于难以完整接触大量诗歌别集的一般读者来说,选本删汰繁芜、凸显菁华,有其不可取代的引介作用。即使是专业读者,也能从选者的取舍标准与诗义诠释中得到一定启示。选本又是选家诗歌批评观念的一种实践,是对文学环境的反映,同时也能对一时的欣赏趣好、创作风气,甚至是深层的诗歌审美心理产生重大影响。②

---

① 沈德潜《唐诗别裁集》对贾岛诗的评点中曾提到有谢氏者为贾诗作注,但不见流传。

② 学界对选本的批评意义已多有重视。张伯伟《中国古代文学批评方法研究》将选本作为一种批评方式单辟一章来论述;邹云湖《中国选本批评》(上海三联书店2002年版)以专书来研究选本批评,有理论建构的意义。

因此，选本的传播、批评功能及其产生的效果，是影响诗歌传播接受的一种极其重要的因素。本节拟从部分唐诗选本的定量分析入手，探析选本中反映出的韩孟诗派的一般接受效果，以期对韩孟诗派的文学特质有深一层的了解。

一、入选诗歌数量的分析

历代出现的唐诗选本数量极其繁多。据今人孙琴安《唐诗选本提要》统计，自唐至晚清一千二百年间出现的唐诗选本即有六百余种①；如果再加上近现代以来各种各样的普通选本、评注本、今译本、绘图本以及外译本，估计总数几近千种。此外，还有一时难以计量的通代选本，唐诗往往也是其中的重要角色。

由于唐代以来诗歌选本数量极其众多，且多有散佚不传者，难以全部统计，因此只能做抽样调查、分析。我们从中唐以来的诗歌选本中选取了15种作为样本。为了使其具有足够的代表性，这些选本均衡地分布于各个时代：晚唐五代2种、宋代3种、金代1种、元代1种、明代2种、清代3种、现当代3种，而且都具有很强的影响力（起码在一个时代里来说是如此）②。然后统计韩孟诗派主要成员韩愈、孟郊、李贺、贾岛在每种选本中被选录诗歌的数量，并计算出占这种选本所收唐诗总量的百分比，制成表格如下：

---

① 孙琴安：《唐诗选本提要》自序，上海书店出版社2005年版，第1页。

② 对于诗歌选本影响力的评估，由于资料匮乏，我们无法确切得知它们流播范围的大小和刊刻印刷数量的多少，但从版本的多寡和后人的注释、模仿、评论等活动中我们仍可大致窥其端倪。

表2 韩、孟、李、贾在部分唐诗选本中入选量统计表

选本名称	编选时代	编选者	所收唐诗总量	入选量及其占所选唐诗总量的比例							
				韩愈		孟郊		李贺		贾岛	
《又玄集》	五代前蜀	韦庄	297	2	0.67%	1	0.34%	3	1%	5	1.68%
《才调集》	五代后蜀	韦縠	1000	0	0	1	0.1%	1	0.1%	7	0.7%
《唐百家诗选》	北宋	王安石	1266	/	/	0	0	0	0	23	1.82%
《千家诗》	南宋	谢枋得	144	3	2.08%	0	0	0	0	2	1.39%
《三体唐诗》	南宋	周弼	460	0	0	0	0	0	0	8	1.74%
《唐诗鼓吹》	金	元好问	597	0	0	0	0	0	0	1	0.17%
《唐音》	元	杨士弘	1341	/	/	16	1.19%	23	1.72%	8	0.6%
《唐诗品汇》	明	高棅	5769	63	1.09%	55	0.95%	32	0.55%	38	0.66%
《唐诗解》	明	唐汝询	1500	10	0.67%	3	0.2%	0	0	4	0.27%
《唐诗别裁》	清	沈德潜	1920	43	2.24%	13	0.68%	10	0.52%	8	0.42%
《唐诗合选》	清	刘文蔚	368	2	0.54%	1	0.27%	0	0	2	0.54%
《唐诗三百首》	清	孙洙	313	4	1.28%	2	0.64%	0	0	1	0.32%
《唐宋诗举要》	现代	高步瀛	619	22	3.55%	0	0	5	0.81%	5	0.81%
《唐诗选》	当代	社科院文学所	630	13	2.06%	5	0.79%	17	2.7%	5	0.79%
《唐诗鉴赏辞典》	当代	萧涤非等	1105	20	1.81%	9	0.81%	38	3.44%	8	0.72%
合计	/	/	17329	182	1.05%	106	0.61%	129	0.74%	125	0.72%

需要说明的是，各选本在选录动机、标准、范围、规模、影响等方面的具体情形是多种多样的，因此很难完全一概而论。例如：王安石《唐百家诗选》中未录韩诗，这是因为他在《四家诗选》（已失传）中已经把韩愈和杜甫、李白、欧阳修一起列为大家而专门选入了，这恰恰说明他对韩诗的格外重视；与此类似，杨

士弘《唐音》也因当时韩集流行颇多而未录韩诗。这种特例,我们在数据分析时是有所注意的。

从表2中我们可以看出,这15种选本所收唐诗的数量差别很大:最多的《唐诗品汇》达5769首,最少的《千家诗》仅收144首,大部分在300~1500首之间。因此,衡量一种选本对某个诗人的重视程度,就不能看它所选诗歌的绝对数量,而应以入选比例作为标准。通过对表格数据的分析,我们可以得出以下结论:

(一)韩孟诗派四位诗人在各时代不同选本中的诗歌入选比例,明显呈现起伏变化的不稳定特征。这一点在韩愈、李贺那里表现得最突出。15种选本中,除《唐百家诗选》和《唐音》这两个特例外,选录韩愈诗最多的是《唐宋诗举要》,占其所选唐诗总量的3.55%,其次是《唐诗别裁》(2.24%)、《千家诗》(2.08%)和《唐诗选》(2.06%),最少的《才调集》《三体唐诗》和《唐诗鼓吹》竟然一首未选;关于李贺诗,《唐诗鉴赏辞典》选录比例高达3.44%,其次是《唐诗选》(2.7%),而《唐百家诗选》《千家诗》《唐诗三百首》等七种选本竟也一首未选,几乎占这15种选本的一半!从总体趋向看,古代选本中韩愈、李贺的升降变化较大,而现当代选本中,韩、李二人诗歌地位较高,基本稳定。另外,贾岛诗的入选比例在五代和宋代的几种选本中相对较高,分别为1.68%、0.7%、1.82%、1.39%和1.74%,宋以后一般居于0.8%之下;而孟郊诗在绝大多数选本中的入选比例不及1%,呈现出较为凄凉的境况。

(二)作为同一诗派的成员,韩愈、孟郊、李贺、贾岛在同一种选本中所受到的关注度,往往是不均衡的。按理说,韩愈作为诗派盟主,理应在入选量上占据首位,但实际上看,在这15种选本中,《又玄集》《才调集》《唐诗鼓吹》《三体唐诗》中以贾岛诗的入选量最高,《唐诗选》《唐诗鉴赏辞典》又以李贺的入选量最高。《才调集》未录韩诗，孟诗、李诗也仅录一首，却录贾诗 7 首；《唐百家诗选》在漠视孟、李的同时，却选了贾岛的 23 首诗。这说明，在不同时代人们的心目中，对韩愈、孟郊、李贺、贾岛作为一个诗派的观念认同可能存在着较大差异，所以才会出现这种此高彼低的情形。不过，从历代选本的合计数据上看，韩愈诗的入选率为 1.05%，比其他三人都要稍高一些，这使我们感觉到，从长时间跨度的宏观视角才更容易解读出文学接受的真正规律。

（三）在大部分唐诗选本中，韩孟诗派的诗歌入选率与他们在唐诗中实际应有的地位似有不称。如：《才调集》共收 1000 首诗，而韩、孟、李、贾四人总共才入选 8 首，同为中唐诗人的元稹却选得 57 首，白居易也有 27 首，其入选率之悬殊让人惊异。《三体唐诗》《唐诗鼓吹》都是专选近体诗的选本，这与韩孟诗派多以古体诗占优的体裁特点存在偏差，因此这两种选本对韩愈、孟郊、李贺的诗一首未选。对于贾岛，《三体唐诗》《唐诗鼓吹》分别选了 7 首、1 首诗，占全书总量的 1.74%、0.17%。总体来看，15 种选本中共收唐诗 17329 首，其中韩、孟、李、贾诗有 542 首，占 3.13%，不足 1/30，这个比例的确有点小了。

入选量的大小是诗人在选家心目中地位的直接反映，也是时代文学思潮的风向标。韩孟诗派在历代诗歌选本中处境的起伏变化，与各时代的诗歌理论批评、审美趣好、创作习气都有密切关系。晚唐五代之际，幽独凄清、苦吟瘦硬的贾岛诗深得末世士人的喜好，故而《又玄集》《才调集》选贾诗较多。两宋时期，韩愈经欧梅推崇、苏黄习承而扩大影响，“五百家注韩”道尽一时趋韩之风；李贺则备受冷落，《唐百家诗选》《三体唐诗》等选本中竟无他的片席之地。元代李贺地位提高，在《唐音》中他占入选唐诗总量的 1.72%，这在古代的各选本中占据鳌头。明清时期，众多诗派在论诗观点上纷争不断，其中的主线便是有关唐、宋诗孰优孰劣和初盛、中晚唐诗歌孰为正宗的问题。韩孟诗派是中晚唐诗歌的重要代表，又与宋诗有密切关联，因而它常常处于论争的风口浪尖。众多诗家以编录诗选的方式来阐明自己的诗歌立场，韩孟诗派的遭遇自然也就随之变得起伏不定。现代以来，对韩孟诗派重要地位的认识虽已趋于统一，但有时也会受到政治风气的一些影响。

总的来说，韩孟诗派在历代唐诗选本中的入选量可用“起伏不定”来形容。当然，由于选家的选录标准各异，大多数诗人包括李白、杜甫在内，也都曾受到过冷热不均的遭遇，但就起伏之大、关注之不均、整体之冷遇而言，韩孟诗派在唐代诗人中少有其偶。

二、入选篇目的分析

唐诗选本虽多，但各选本在传播时空范围和传播强度上存在差异，因此在效果研究中不可等同视之。几近千种的唐诗选本，真正具有较强传播功能的只是其中一小部分，这些选本值得我们特别重视。一般来说，那些选录标准客观、目标读者群较大、版本众多、注释者众多、数量适中的选本传播效果最好，如著名的《千家诗》《唐诗别裁》《唐诗三百首》等。

一个诗人的所有诗作，从接受角度看，存在着名篇与普通诗篇的差别。有时因为某一名篇过于强大的影响，致使大部分读者以点代面，将之当成作者的整体诗风，忽略了其他绝大部分未获选诗歌的存在。从这个意义上讲，在读者对诗人诗风进行再定位的过程中，选本也通过其选录行为起到了极为重要的中介作用。

如何来界定名篇呢？这是一个标准比较模糊的问题。大致来说，一首诗歌知名度的高低与以下因素有关：首先是作品主题情感必须能够获得广泛共鸣，同时又具有较高的艺术表现能力和明白晓畅的语言等，这属于内在因素；再者是一些外在因素，诸如与之相关的评论、奇闻逸事、和作、拟作等数量的多寡，以及在选本中的入选率高低和所入选本传播能力的大小。内在因素是决定性的，但外在因素的影响也不可小视。

这样，我们就可以将著名选本与名篇结合到一起来研究了。二者之关系，简要来说，选本是促成名篇的重要因素，而名篇又是构筑选本的重要基础。下面我们从选本的定量分析出发，结合诗歌的内在因素，来探析韩孟派诗歌中的若干名篇及其对诗人整体传播接受效果的影响。

表3　韩、孟、李、贾部分诗篇在若干著名选本中的收录情况统计表(古代)

诗人	诗作	《又玄集》	《唐百家诗选》	《千家诗》	《唐音》	《唐诗品汇》	《唐诗别裁》	《唐诗三百首》	《唐诗合选》	《唐诗选》(王闿运)
韩愈	《左迁至蓝关示侄孙湘》	√		√			√			
	《晚春》"草木知春久不归"			√						√
	《山石》					√	√	√		
	《赠同游》					√			√	
孟郊	《游子吟》				√	√	√	√		
	《秋怀》					√				
	《古别离》					√	√		√	
李贺	《金铜仙人辞汉歌》				√	√	√			√
	《南园》"男儿何不带吴钩"						√			√

（续表）

诗人	诗作	《又玄集》	《唐百家诗选》	《千家诗》	《唐音》	《唐诗品汇》	《唐诗别裁》	《唐诗三百首》	《唐诗合选》	《唐诗选》(王闿运)
贾岛	《题李凝幽居》	√	√		√	√				√
	《剑客》					√				
	《寻隐者不遇》			√		√	√	√		

表4　韩、孟、李、贾部分著名诗篇在一些著名选本中的收录情况统计表（现当代）

诗人	诗作	《唐诗大系》（闻一多）	《唐诗选》（社科院）	《唐诗鉴赏辞典》
韩愈	《左迁至蓝关示侄孙湘》			√
	《晚春》“草木知春久不归”		√	√
	《山石》	√	√	√
	《赠同游》			
孟郊	《游子吟》	√	√	√
	《秋怀》	√		√
	《古别离》	√		√
李贺	《金铜仙人辞汉歌》	√	√	√
	《南园》“男儿何不带吴钩”	√	√	√
贾岛	《题李凝幽居》	√	√	√
	《剑客》		√	√
	《寻隐者不遇》			√

表3和表4是从韩愈、孟郊、李贺、贾岛诗歌中选取的一些较为著名的篇目，并选出几种传播面较大的唐诗选本，分析其选录情况。为了更容易看出古今选本选录倾向的侧重，特意分成“古代”与“现当代”两个表格，二表所选的篇目完

全相同。为了考察各选本的选诗趋好,我们有意选了这些不同风格的名篇,既有能呈现韩孟诗派雄奇、孤峭、以文为诗等特色的长诗,如《山石》《秋怀》《金铜仙人辞汉歌》,又有平易和畅的小诗,如《晚春》《游子吟》《南园》《剑客》。至于选本,则选那些影响较大、流传较广、富有代表性的本子。将二表综合分析后,不难发现:

(一)《千家诗》《唐诗三百首》等少数几种具有极大影响力的选本,对名篇的形成起到了重要促进作用。例如韩愈《左迁至蓝关示侄孙湘》《晚春》《山石》三诗分别入选《千家诗》和《唐诗三百首》,其知名度比《赠同游》("唤起窗全曙,催归日未西。无心花里鸟,更与尽情啼")似乎大些,尽管后者也入选了《唐诗品汇》和《唐诗合选》等选本;孟郊的《游子吟》和《古别离》("欲去牵郎衣,郎今到何处?不恨归来迟,莫向临邛去")的入选次数差不多,但后者未入《唐诗三百首》,显然二者的知名度也存在明显的差异。

如果从选录动机出发,可将唐诗选本约略分为三种:一是选家借选本突出自己的诗歌观点,为自己的门派张目;二是出于个人审美趣味而选辑,有自娱自赏的因素;三是向大众普及的一般选本,尤其是一些童蒙读物。从诗史研究来说,这三类选本各有其意义,但从传播效果的角度看,前两种选本因拘于一家之见,选诗标准难免流于偏颇,时过境迁,易为不同趣好者取代,影响力大打折扣;而童蒙读物大多立场客观,选取浅俗易懂而又雅俗共赏的诗篇,故而其传播力要大得多。《唐诗三百首》的编选者蘅塘退士孙洙在其序言中说"世俗儿童就学,即授《千家诗》,取其易于成诵,故流传不废",即说明了这一点。至于《唐诗三百首》的编选意义,孙洙说:"因专就唐诗中脍炙人口之作,择其尤要者,每体得数十首,共三百余首,录成一编,为家塾课本,俾童而习之,白首亦莫能废,较《千家诗》不远胜耶?”①此语道出了一个规律,那就是在人们童年时期所读诵的诗歌,会在一生中牢牢留在心灵深处,不断产生潜在影响。由此可见此类选本对于读者接受的重要性。当然,无论是《千家诗》还是《唐诗三百首》,其实际传播效果早已远远超出了编选者最初的主观动机,而成为了雅俗共赏的大众读物,它们对民众文学素质的提高、对民族诗歌审美心理的形成,都有潜在而深刻的影响。

(二)选载名篇的选本大多篇幅有限,所选诗歌难以将诗人的整体风格涵盖全面,因此在读者中会导致将少数名篇理解为诗人整体诗风的现象。名篇的形成与选本传播的时空范围、传播能力有重要关系,而约束选本传播能力的一个因素便是其所选诗数量。如果卷帙过繁,便不易在有限时间内轻松读完;如果篇目太少,又不免有遗珠之憾,降低了选本的价值。在历代著名诗歌选本中,《千家诗》226 篇②,《唐诗三百首》313 篇,《唐诗合选》368 篇,近年来也有各种层出不穷的“一百首”“三百首”系列选本,这都说明,诗歌选本的数量在一百到一千首左右的范围内,最易于在大众中传播。这样,每个诗人可以入选的诗歌数量就十分有限了。在大诗人成百上千首多姿多彩的诗歌中,就很难选出完全富有代表性的篇目。如果说《唐诗三百首》中所选韩愈的《山石》《八月十五夜赠张功曹》《谒衡岳庙遂宿岳寺题门楼》《石鼓歌》四首诗尚可代表韩诗的主流,那么孟郊的《游子吟》、贾岛的《寻隐者不遇》显然就难以代表郊、岛寒枯瘦硬的主体诗风了。孟郊的《秋怀》诗十五首极有特色,但入选率很低;

---

① 金性尧:《唐诗三百首新注》蘅塘退士原序,上海古籍出版社 1993 年版,第 1 页。

② 此为《千家诗》的选诗总数,其中唐诗有 144 首、宋诗 82 首。

贾岛的《题李凝幽居》也是幽深枯寂、孤峭瘦硬诗风的代表，其入选率高，恐与“鸟宿池边树，僧敲月下门”的著名“推敲”典故有一定关系。

（三）五代宋元时期选本所选篇目与明清通行选本所选篇目存在着一定歧异；现当代选本则尽量取其所长，搜罗全面。表3中的“√”星罗棋布，分布极不均匀，说明不同时期选本的选录情形的差别较大；而表4中三种选本的选录情形就要均衡、全面得多，尤其是《唐诗鉴赏辞典》，基本上完全选入了这些诗篇。再举《又玄集》和《唐诗三百首》为例，这两部影响力较大的选本，前者成于五代，后者成于清代中叶，二者所选的韩、孟、李、贾诗，竟然无一重合，充分说明了时代审美趣好的不同。以上主要是从选本传播因素来分析名篇的形成。当然，一首诗歌之所以能成为名篇，更重要的还是由于它的内在文学特质，选本的选录只是起到了加速传播、扩大影响的催化作用。

名篇的形成对诗人声名传播的促动作用是显而易见的：人以诗名，其诗又不在量多而在名大。但有时名篇也会对诗人整体诗歌的传播接受产生负面影响。名篇的流行，遮掩了诗人其他大部分的诗歌，使其受到人们的冷落，其文本的潜在意义难以得到发掘的机会；同时也给读者造成了诗人风格单一的印象，难以了解其多样化的美学风格。

此外，选本以及名篇的流行也涉及读者群的不同层次的问题。对普通读者而言，他们主要靠选本（尤其是通行选本）来接触诗歌中的名篇，对其进行一般意义上的解读；而专业读者则可以阅读大型选本或别集，对诗歌总体进行深层诠释和剖析。在诗歌接受过程中，二者各自有其重要的意义。

三、韩孟诗派选本传播接受的内在特征

诗歌在通过选本进行传播接受的过程中，涉及四个重要因素：文本、作者、选者和读者。传统的接受美学只重视读者的再创造意义，而没有给予选者充分的重视。选者实际上具有双重身份：对于诗歌原作者来说，他们是接受者；同时他们又将自己的理解与感悟通过选本表现出来，为其他更为广泛的读者所接受。但归根结底，选本的再创造是通过对诗歌文本的选辑行为而实现的。贯穿在诗歌传播接受过程中的主线，本质上是诗歌文学特质的发生、演变。韩孟诗派在历代诗歌选本中的传播接受情形，实际上与其诗歌内在特质有深刻关系。

首先，韩孟诗派的诗歌在各方面都呈现出强烈的创新性，如以文入诗，风格怪奇，语言古硬，与传统诗美范畴有较大的偏离，难为一般读者所接受等。对于一般选本的选录标准而言，这显然是一个消极因素，因此在历代选本中韩孟诗派的总体入选率偏低。另一方面，所谓“传统诗美”期待视野的形成，又与选本对读者审美观的熏陶滋养有重要关系。面向普及的选本如《唐诗三百首》，虽然选入了韩愈 4 首七古，但李贺诗一首未入，孟、贾也仅选入《游子吟》《寻隐者不遇》这样通俗易懂、意境空灵和淡的诗篇；《千家诗》则选了韩愈《左迁至蓝关示侄孙湘》和《晚春》，也是从童蒙和一般读者的审美层次出发的。

其次，韩孟派诗人在创作中大多强调主观表现，着重向内心深处的情感世界掘进，“精诚忽交通，百怪入我肠”（韩愈《调张籍》），以非常的艺术手段表现出非常的主观情感。他们显然更注重抒写自我，宣泄其内心“不平”的情感积聚，对诗歌的传播效果则不太重视，与同时期的元白诗派形成了鲜明的反差。韩孟诗派这种重主观的艺术特点，一方面加强了其诗歌的抒情深

度，为读者提供了更多的理解与诠释空间，另一方面却也与读者拉开了一定的距离，为大众接受造成了一定的困难。李贺诗没被选入流传较广的《千家诗》《唐诗三百首》和《唐诗合选》，就说明了这一点。

除此之外，韩孟诗派多古体诗，气势阔大而不拘细节，语言结构洒脱不羁，这与宋代以来诗歌趋于严整精细的方向不同，且又不便于记诵，无助于科举考试，因而易为选本所冷落。南宋以来，许多诗歌选本是按体裁来选录的，如洪迈《万首唐人绝句》单收绝句，周弼《三体唐诗》仅收五律、七律和七绝，元好问《唐诗鼓吹》专收七律，《千家诗》也只收律绝，韩孟派诗歌在体裁上明显是古体诗占据大多数，近体诗的选录范围狭小，因而在这类选本中的选录数量也就相对少些。

总的来说，从历代选本对韩孟诗派的选录情形来看，这个诗派一些突出的艺术特点，如雄奇怪异，重视主观表现，多古体诗等，不利于作品在选本中的传播与接受，造成了选入量偏少、篇目不均衡等特征。另一方面，选本的传播也使一般读者对韩孟诗派的审美接受产生一定偏差，名篇并不能完全代表其主体风格。这种现象的形成，是韩孟诗派诗歌的艺术特质与选本因素共同造成的。

四、合选与合集

除了一般性选本外，在集部中还有一类较为特殊的选本，即出于某种动机，将若干诗人的诗作加以不同程度的编选、整理后合刊而成的作品集，如唐褚藏言编《窦氏联珠集》、宋刘辰翁选评《王孟诗评》、清高宗御选《唐宋诗醇》、清曾国藩选《十八家诗钞》等。这一类文集虽然属于选本，但它们所收诗人数量较少、作品全面而丰富，所以又有些别集的性质；倘若规模再大些，如清席启寓编《唐诗百名家全集》，则又具有一个时期作品总集的性质。正因为其目录学属性较为模糊，所以它们作为选本的批评价值往往遭到忽视。许多著述将这类作品集宽泛地作为“合集”而论列，但实际上，其中大部分集子是“合选”。对诗派群体接受研究来说，合选、合集都具有重要意义和价值。

韩孟诗派在历代合选本中常处于重要地位。北宋时期，王安石编《四家诗选》，选杜甫、韩愈、欧阳修、李白四家诗，韩愈位置仅次于杜甫；南宋后期，“四灵”之一赵师秀在崇尚贾岛、姚合的观念支配下，编了一部《二妙集》，选入贾、姚诗若干首。明清时期，在诗派纷争和商业出版的背景下，各家为了标举诗学宗尚或迎合诗歌时代潮流，常通过编选合集、合选本的手段来达到目的，合选本一时大为兴盛。尤其是明末清初崇尚中晚唐诗的潮流中，韩孟诗派受到合选本编者的较多关注。据我们粗略统计，明清时期的合选本中，选入韩愈的有欧阳景《唐四家诗》（韩愈、柳宗元、王维、孟浩然）、汪森《韩柳诗选》（韩愈、柳宗元）、陈明善《唐八家诗钞》、梁运昌《杜韩诗细》（杜甫、韩愈）、清高宗《唐宋诗醇》、曾国藩《十八家诗钞》等；选入孟郊的有毛晋《五唐人集》（孟浩然、孟郊、李绅、韩偓、温庭筠）；选入李贺的有王锡衮《陶李合刊》（陶渊明、李贺）、毛晋《唐四名家集》（窦常、李贺、杜荀鹤、吴融）、佚名《唐四家诗》（李贺、朱庆余、释皎然、释灵一）。更值得注意的是集中选入韩孟派诗人的合选本，群体接受意识更强，如黄之隽《三家诗选》（韩愈、孟郊、李贺）、岳端《寒瘦集》（孟郊、贾岛）、佚名《四家诗钞》（李白、杜甫、韩愈、李贺）等。

合选本的传播接受功能与批评价值参差不齐，这在很大程度上取决于编选者的动机和目的。从商业利益出发的合选本，往往成为反映当时诗学风尚的镜子；出于留存诗作目的的合选本，则具有很高的版本、校勘价值；更为重要的是那些张扬体现自己诗学观点的合选本，这对于考察当时的诗歌流派观念有一定参考价值。

将别集、选本、评论、创作这几种诗歌传播接受方式综合起来看，它们在传播接受中存在密切关系：首先，选本相对于别集来说，前者重点在于"选"，后者重在"全"，而选辑行为往往是在对全部作品通读后再进行的，后者是前者的基础。其次，对别集进行过整理、校注等工作的人往往能对这个作家做出深入的评论，一般以点评、注释、序跋等形式表现出来；而对大多数研究者来说，通读别集则是他们对某个作家进行中肯、全面的阐释评论的前提条件。① 再次，别集的传播接受使得后世作家能充分汲取前人的创作经验，承变扬弃，在创作上接受前人的影响。另一方面，读者通过选本对某个作家发生兴趣进而阅读别集、评论者的意见和作家的创作风气使别集的整理带有时代、个人色彩等现象，也表明选本、评论、创作等因素对别集传播接受的影响。

第四节 韩孟诗派多元文化传播接受管窥

有学者认为，传统中国社会文化有三个干流：统治阶级的上层文化，市民的中层文化，底层的民间文化即广大农民所创造和

---

① 正如赵翼《瓯北诗话·小引》所说："少日阅唐、宋以来诸家诗，不终卷，而已之才思涌出，遂不能息心凝虑，究极本领，不过如世之选家，略得大概而已。晚年无事，取诸家全集，再三展玩，始知其真才分、真境地，觉向之所见，犹仅十之二三也。"（《清诗话续编》，上海古籍出版社 1983 年版，第 1137 页。）

传承的文化。[1] 换个角度讲,“上层文化”又可称为“精英文化”,“中层文化”和“民间文化”可概括为“大众文化”。

文学的创作与接受,当然不是文人雅客、学者、评论家等“精英”们的专利。不可否认,历代诗人、学者、评论家作为“重点读者”,在诗歌接受历程中发挥着非常重要的作用:他们不但阐释诗歌的主题意蕴和艺术特质,通过创作沿承作品的艺术因子,而且经常充当“意见领袖”的角色[2],通过各种文学普及传播渠道,为一般读者接受诗歌提供帮助和导向。但除“重点读者”外,数量更为庞大的历代“一般读者”,也不可忽视。基于一般读者的身份、地位、文化素养和知识水平,他们的文学欣赏趣味、喜好、侧重,有受重点读者影响的成分,也存在自己的特点。

从接受史料来看,经史子集等主流传世文献,往往是重点读者和精英文化的产物,反映了他们的接受状况;但如果挖掘一些史料细节的背后,也常能发现隐藏着的一般读者和社会普通民众的接受情形,尤其是笔记杂史、金石书画、方志族谱等。此外,小说戏曲、出土文献、民俗传说等,也是文学接受的重要史料来源,它们更多反映一般读者的接受情形。

韩孟诗派千余年来的多元文化接受,内容十分丰富庞杂,本节仅在有限的资料条件下,做这方面的尝试性研究。

一、由史实向传奇小说、神话传说的演变

韩孟诗派成员的言行举止、性格才华,本来就多有异于常人

---

① 钟敬文:《话说民间文化》,人民日报出版社1990年版,第3页。

② 此概念系借鉴现代传播学而来。美国传播学家拉扎斯菲尔德(Paul Lazarsfeld)20世纪40年代提出“意见领袖”一词,指在人际传播网络中,常为他人提供信息同时对他人施加重要影响的人,在大众传播效果中起重要的中介或过滤作用。

之处，又加上他们常常主动为自己营造一种奇特的形象，诗风也以雄奇险怪著称，所以在与其相关的一些史实记载中，即显露出奇异化倾向。在许多文化因素影响下，又逐渐演变为虚构色彩浓厚的传奇小说，甚至是神话传说。这里试举两例。

（一）韩湘子形象演变过程及其与韩愈接受史之关系

韩湘是韩愈侄子韩老成之子，是韩愈的侄孙，其生平事实概略不难考证。[①] 但后来他成了中国家喻户晓的“八仙”之一——韩湘子。他的“成仙”过程充满了偶然、巧合、附会和讹传，表面看起来荒诞不经，但从接受史来看，尤其是与韩愈接受史对照来看，其中暗含着民间文化和精英文化的交互影响，甚至是碰撞交锋，对韩愈接受史研究也很有启示价值。

元和十四年(819)，韩愈因谏迎佛骨而触怒唐宪宗，被贬潮州，心情非常沮丧。行至秦岭蓝关，侄孙韩湘前来，韩愈作《左迁至蓝关示侄孙湘》一诗示之。后来韩湘一路随行。因为韩愈当时声望很高，谏迎佛骨而遭贬一事影响非常大，所以后来这首诗也就很流行。最早流传的一些韩愈作品小集如《文录》和早期选本如《又玄集》，都将之选入，可见影响之大。韩湘应该也随着韩愈之贬和这首《左迁至蓝关示侄孙湘》而声名渐起，但这些都还在史实范围内。韩湘后来长庆三年(823)进士及第，做过幕府从事之类的小官，一生波澜不惊，也没见有他信奉道教的记录。

最早记录韩湘仙化的是段成式(？~863)。《酉阳杂俎》记

① 张清华：《韩愈家世考：韩湘考》，载《周口师专学报》1999年第4期。

载，韩愈有“疏从子侄自江淮来”，能以法术使牡丹冬天开花，而且花有众色，最奇异的是花“每朵有一联诗”，有广为人知的“云横秦岭家何在？雪拥蓝关马不前”之句。[①] 究其实，这是将韩湘之事与韩愈《赠族侄》诗中提到的一个“自云有奇术，探妙知天工”的远方侄子混淆在一起的结果[②]，加之韩愈喜爱牡丹，曾有《戏题牡丹》诗，所以会被演绎出这样一个故事。显而易见，这个故事出自“好事者”之口，面向的接受对象也是一般民众。

如果说这个故事中的奇异之处还仅仅局限于园艺技术的现实生活层面的话，后来杜光庭(850～933)《仙传拾遗》则真正迈出了神异化的一步。[③] 这个故事主人公身份变成了韩愈的“外甥”，有韩愈贬潮、“外甥”冒雪相送、韩愈赠之以诗的情节，说明这一形象脱胎于韩湘。重要的是，主人公信奉道教，有神奇的预言术——早在韩愈贬潮作诗之前，此人就将诗句暗置于牡丹花上了。而且，故事中的韩愈也出现了向往道术的倾向。这很值得注意。说明时人对韩愈对待佛、道的态度很感兴趣。这与韩愈“服硫磺”而死的说法，以及韩愈和大颠之间的关系的争论，都是有联系的。据敦煌遗书《湘祖白鹤紫芝遁法》“韩湘子阐扬大教，广发慈悲……今以仙术留传于世”的记载，在唐末、五代初，韩湘形象已与道教产生了关联，韩湘成了一位修道成仙者。[④]

---

① 〔唐〕段成式：《酉阳杂俎》前集卷一九《草篇》，见《唐五代笔记小说大观》，上海古籍出版社2000年版，第701页。

② 此诗见于遗集，亦不无可疑之处。

③ 《太平广记》卷五四引杜光庭《仙传拾遗》。因原文较长，兹不具引。

④ 参见王进玉《“八仙”与敦煌遗书》，载《人文杂志》1992年第4期。

《仙传拾遗》的这个故事在宋代被广泛征引收录，影响极大。后来，刘斧《青琐高议·前集·韩湘子》将韩湘成仙的故事最终完整化、定型化，在故事最后，作者还杜撰了两首韩愈、韩湘互相赠别的诗，显示韩愈最后被度脱、信奉了道教。

南宋以后，韩湘子成仙的故事在小说、戏曲、道情、宝卷、弹词等俗文学中越来越多并广为流行①，韩愈成了其中的一个重要陪衬角色，此不具论。

值得关注的是，南宋以后，韩愈在正统文人、"精英读者"那里被接受的轨迹，与民间戏曲小说中"大众读者"的接受轨迹，二者并行发展的同时，也常出现交互影响甚至碰撞交锋的现象。一方面，一般民众对韩湘子及"八仙"故事喜闻乐道、大为欢迎，另一方面，"精英读者"在主流文献中对这些关于"韩文公"的荒诞不经故事，不断提出严肃的质疑、反驳和澄清。

元代理学家陈栎（1252～1334）观览韩愈蓝关题材的绘画，有感于流行的韩湘子传说，为韩愈辩解："山岭重叠，雪景模糊，人马行其间，俱有畏寒凌兢状，观之令人凄然。公学正识卓，守坚论严，欲水火佛骨，忤宪宗意，谪为此行。雨雪霏霏，仆痡马瘏，亦良苦矣。……又怪夫后来好事因此诗所云，傅会谓湘有仙术，开顷刻花于牡丹上，现前诗二句。按唐史及讳行录，湘字北渚，擢长庆三年进士第，官至大理丞，不闻其好仙也。味公此诗，略无花上尝现诗句意，观者其无惑于无稽之言。"（《跋韩昌黎画图》）②陈

① 关于韩湘仙化的过程，浦江清、陈尚君、吴光正等学者多有考辨。参见浦江清《八仙考》（载《清华学报》1936 年第 11 卷第 1 期）、陈尚君《韩湘子成仙始末》（载《古典文学知识》2012 年第 1 期）、吴光正《八仙故事系统考论——内丹道宗教神话的建构及其流变》（中华书局 2006 年版）。

② 〔元〕陈栎：《跋韩昌黎画图》，见《定宇集》卷三，影印文渊阁《四库全书》本，第 1205 册，第 196 页，上海古籍出版社 1989 年版。

栎维护韩愈正统形象，斥韩湘牡丹诗句预言的传说是“无稽之言”。再如明人金雍评《左迁至蓝关示侄孙湘》诗云：“千遍吟此，便知《列仙传》胡说可恨。”①所指应也是韩湘子传说。

这体现出韩愈形象在精英文人和民间大众这两种环境下的不同接受境遇，其背后则隐约反映出理学思想在正统文人和民间的不同影响。作为理学鼻祖之一的韩愈，在韩湘子故事的流传演变中，俨然成为理学正统思想的符号与化身，经受着民间文学中“屈服于命运”的形象演绎甚至是“被度脱”的嘲弄，同时也被正统文人们极力维护与尊奉。

（二）李贺“成仙”记及其接受史意义

李商隐《李贺小传》是最早的一篇李贺传记。据作者说，他通过采访李贺的姐姐，记录了李贺生平创作情景和临终前的一些细节：

> 京兆杜牧为《李长吉集序》，状长吉之奇甚尽，世传之。长吉姊嫁王氏者，语长吉之事尤备。长吉细瘦，通眉，长指爪，能苦吟疾书，最先为昌黎韩愈所知。所与游者，王参元、杨敬之、权璩、崔植为密。每旦日出，与诸公游，未尝得题然后为诗，如他人思量牵合以及程限为意。恒从小奚奴骑距驉，背一古破锦囊，遇有所得，即书投囊中。及暮归，太夫人使婢受囊，出之，见所书多，辄曰：“是儿要当呕出心始已耳。”上灯与食，长吉从婢取书，研墨叠纸足成之，投他囊中。非大醉及吊丧日，率如此。过亦不复省。王、杨辈时复

① 《贯华堂选批唐才子诗》引，见《金圣叹全集》，江苏古籍出版社1985年版，第253页。

来探取写去。长吉往往独骑往还京雒,所至或时有著,随弃之。故沈子明家所余四卷而已。

长吉将死时,忽昼见一绯衣人,驾赤虬,持一版,书若太古篆或霹雳石文者,云当召长吉,长吉了不能读,欻下榻叩头,言:"阿瓕老且病,贺不愿去。"绯衣人笑曰:"帝成白玉楼,立召君为记。天上差乐,不苦也。"长吉独泣,边人尽见之。少之,长吉气绝。尝所居窗中,勃勃有烟气,闻行车嘒管之声。太夫人急止人哭,待之如炊五斗黍许时,长吉竟死。王氏姊非能造作谓长吉者,实所见如此。

呜呼,天苍苍而高也,上果有帝耶?帝果有苑圃宫室观阁之玩耶?苟信然,则天之高邈,帝之尊严,亦宜有人物文彩愈此世者,何独番番于长吉,而使其不寿耶?噫!又岂世所谓才而奇者,不独地上少,即天上亦不多耶?长吉生二十四年,位不过奉礼太常中,当世人亦多排摈毁斥之。又岂才而奇者,帝独重之,而人反不重耶?又岂人见会胜帝耶?①

在这篇小传里,作者李商隐一再强调"语长吉之事尤备""边人尽见之""王氏姊非能造作谓长吉者,实所见如此",以消除读者的怀疑,提高文字的可信性。但是,李贺临死见仙人一段,已然有了想象加工的成分(这种成分不一定来自于李商隐,有可能是王氏姐姐或转述者添加的,当然他们本人应该相信此事)。后来,小说家张读在《宣室志》中,借此进一步加工渲染,演绎成了一篇更富神异色彩的文字:

---

① 刘学锴、余恕诚:《李商隐文编年校注》,中华书局 2002 年版,第 5 册,第 2265 ~ 2266 页。

> 陇西李贺字长吉，唐郑王之孙。稚而能文，尤善乐府词句，意新语丽。当时工于词者，莫敢与贺齿。由是名闻天下。以父名晋肃，子故不得举进士。卒于太常官，年二十四。其先夫人郑氏，念其子深。及贺卒，夫人哀不自解。一夕梦贺来，如平生时，白夫人曰："某幸得为夫人子，而夫人念某且深，故从小奉亲命，能诗书，为文章。所以然者，非止求一位而自饰也，且欲大门族，上报夫人恩。岂期一日死，不得奉晨夕之养。得非天哉！然某虽死，非死也，乃上帝命。"夫人讯其事。贺曰："上帝神仙之居也。近者迁都于月圃，构新宫，命曰'白瑶'。以某荣于词，故召某与文士数辈，共为《新宫记》。帝又作凝虚殿，使某辈纂乐章。今为神仙中人，甚乐。愿夫人无以为念。"既而告去。夫人寤，甚异其梦。自是哀少解。①

《宣室志》记述的这个故事发挥了合乎人情的想象，让李贺托梦给其母，道出了"得非天哉"的无奈和"甚乐"的现状，给李贺母亲同时也给读者以宽慰。故事的大部分内容显然都属虚构，但它与李商隐《李贺小传》的承传痕迹比较明显。② 尽管这个神异故事没有史料价值，但具有文化和接受史研究价值。与此相关，《宣室志》卷二也有一个韩愈将死、梦见神人召他起草诏书的故事，这显然是受到了李贺故事的影响。

李贺故事中的事实和虚构部分，在后世被从不同方向加以接受：史学家如宋祁《新唐书·李贺传》采纳了李商隐《李贺小

① 《太平广记》卷四九引《宣室志》，中华书局 1961 年版，第 304 页。
② 李德辉《李贺诗歌渊源及影响研究》（凤凰出版社 2010 年版）第 175～179 页对此有详细分析。

传》前半段更可信的叙述，后面的神异情节未取；但宋元之后的笔记小说，对《宣室志》的虚构神异情节更感兴趣，“白玉楼”成了李贺相关的重要典故、传说。宋代人虚构的一个“书仙”故事里，也借李贺来“客串”了一下：

> 俄闻仙乐飘空，异香满室，家人惊异共窥，见朱衣吏持玉版朱书篆文，且曰：“李长吉新撰《玉楼记》就，天帝召汝写碑，可速驾无缓。”家人曰：“李长吉，唐之诗人，迄今三百年，焉有此妖也。”女笑曰：“非尔等所知，人世三百年，仙家犹顷刻耳。”女与生易衣拜命，举步腾空，云霞烁烁，鸾鹤缭绕，于是观者万计。以其所居地为书仙里。①

《青琐高议》内容庞杂，不全是刘斧自撰，很多故事录自前人的传奇类著述，具有很强的大众“俗”文学色彩。由此故事可见，由唐入宋，李贺为天帝撰白玉楼记的情节，已然深入人心。

总起来看，李贺由青年苦吟诗人到“成仙”的演变过程，尽管有大众趋奇尚异、喜好趣闻的促动作用，但其深层也反映了人们对李贺多方面的接受事实：一是对李贺天才早逝的同情，民众通过对李贺死后美好结果的想象，得到一种心理底层的满足和补偿；二是“为天帝作记”情节的形成，反映了一般读者对李贺杰出诗歌才华的认可；三是通过“书若太古篆或霹雳石文”“意新语丽”“玉版朱书篆文”等情节营造或表述，体现出人们对李贺奇丽高古诗风的认识。

除以上两例外，关于韩孟诗派的其他奇闻逸事还有不少。

---

① 〔北宋〕刘斧：《青琐高议·前集》卷二《书仙传》，见《宋元笔记小说大观》，上海古籍出版社 2007 年版，第 1 册，第 1025 页。

如旧题柳宗元《龙城录》载："退之常说：少时梦人与《丹篆》一卷，令强吞之，傍一人抚掌而笑。觉后亦似胸中如物噎，经数日方无恙。尚由记其上一两字，笔势非人间书也。后识孟郊，似与之目熟。思之，乃梦中旁笑者。信乎，相契如此。"①这则故事一方面渲染了韩愈、孟郊"相契如此"的深厚友谊似乃天注定，另一方面，"笔势非人间书也"与李商隐《李贺小传》中的"书若太古篆或霹雳石文"类似，反映时人对韩孟诗派其人其诗高古不俗特点的强烈关注。

二、以绘画为主要载体的图像传播

诗歌是文学艺术，以语言文字为物质载体，但在中国传统中，诗歌与绘画、书法等视觉艺术形式关系非常密切。从传播接受角度看，诗歌常成为绘画的题材来源，同时又借助绘画题跋得以保存流传；同一作品中，诗歌、绘画在内容意境等方面有相通之处，实际上是相互间的一种阐释。因此，在诗歌传播接受过程中，绘画及书法作为特殊的传播媒介和阐释资料，起到一种图像传播的效应。文学艺术的图像传播是一个很大的研究课题，其中有一些深层理论问题需要考察。这里仅根据搜集到的一些资料，对韩孟诗派接受史中的图像传播问题略做考察。

（一）与韩愈相关的绘画及题画诗

中晚唐时期，韩孟诗派其人其诗是否曾入画，不得而知。以文人掌故或作品意境为题材的中国传统绘画，五代、北宋时期才开始大量出现。北宋沈括《梦溪笔谈》云：

---

① 〔唐〕柳宗元：《龙城录》，见《唐五代笔记小说大观》，上海古籍出版社2000年版，第142页。

世人画韩退之，小面而美髯，着纱帽，此乃江南韩熙载耳。尚有当时所画，题志甚明。熙载谥文靖，江南人谓之“韩文公”，因此遂谬以为退之。退之肥而寡髯。元丰中，以退之从享文宣王庙，郡县所画，皆是熙载，后世不复可辨，退之遂为熙载矣。①

韩愈形象被误画为韩熙载，说明此前韩愈本人画像较少，否则不会出现这种以讹传讹的事情。北宋中后期，绘画中的韩愈形象逐渐增多，这跟韩愈配享孔子庙有关系。沈括言韩愈被误画为韩熙载之事，一直影响至今。屈守元、常思春《韩愈全集校注》封面所采用的南薰殿旧藏“圣贤画册”之韩愈像，就属于“小面而美髯”之貌。相形之下，孙昌武《韩愈选集》（上海古籍出版社1996年版）、卞孝萱等《韩愈评传》（南京大学出版社1998年版）采用的“《永乐大典》卷一八二二二”韩愈画像，倒可能更接近韩愈“肥而寡髯”的真实相貌。

宋代文人画发达，经常从古人作品或逸事趣闻中选择创作题材。在后世的一些绘画著录和相关文献中，可以发现不少有关韩愈题材的绘画，如“蓝关图”“石鼎联句图”“盘谷图”“大颠图”“祭鳄鱼图”等，或源于著名作品，或源于生平功业中的突出事迹。下以“蓝关图”“石鼎联句图”为例，稍加探讨。

1. 蓝关图

如前文所述，韩湘子传说盛行，韩愈是其中重要角色。据浦江清等学者考察，韩湘子和“八仙”传说流传演变的一个重要载体就是绘画。“《蓝关图》是普通的，《蓝关图》早时以文公为主，

① 胡道静：《梦溪笔谈校证》，上海人民出版社2011年版，第163页。

但亦必以韩湘为陪，而八仙画者画韩湘或即采《蓝关图》以为摹本。"①南宋以后《蓝关图》渐多。原画当然已很难见到，但存留下不少《蓝关图》题画诗或题跋文字，可窥原画之一斑。以我们所见，录目如下：

元代：王恽《风雪蓝关图》二首、吕诚《题韩文公蓝关雪骑图》、沈禧【满庭芳】《为施克明题雪拥蓝关图》、陈栎《跋韩昌黎画图》、程文海《跋雪拥蓝关图》、郑元佑《题雪拥蓝关图》。

明代：释道衍《题雪拥蓝关图》、沈周《蓝关图》、吴宽《韩文公度蓝关图》、夏寅《韩子昌黎蓝关图》、丘濬《题蓝关图后》、徐有贞《题韩退之度蓝关图》、王鏊《韩文公蓝关图·为陈以严赋》。

清代以后，当有更多。

这些诗文所咏的《蓝关图》，当然不会是同一幅。从这些题画诗来看，《蓝关图》中的韩愈形象，大多是一种面对困境坚毅顽强、凛然不屈的姿态和神情。这和一般文人心目中的韩愈形象是符合的。不过，也有一些题画诗受韩湘子传说的影响，与历史事实不符。如：元代沈禧【满庭芳】《为施克明题雪拥蓝关图》是一首檃括词，基本是檃括《左迁至蓝关示侄孙湘》而成，但词的最后云："早悟花间诗意，免教□、至此仓皇。频分付，瘴江落日，吾骨好收藏。"②明代丘濬《题蓝关图后》："道次蓝关值雪，忽见湘至，公始悟向之诗意，遂足成篇。好事者因而绘为《蓝关图》。"③这两篇作品提及韩愈"悟花间诗意"，显然掺入后来有关韩湘子度脱韩愈的神异之说。从中可看，神话传说已经对文

---

① 浦江清：《八仙考》，载《清华学报》1936 年第 11 卷第 1 期。

② 唐圭璋编：《全金元词》，中华书局 1979 年版，第 1043 页。

③ 〔明〕丘濬：《重编琼台稿》卷二一，影印文渊阁《四库全书》本，第 1248 册，第 421 页，上海古籍出版社 1989 年版。

人产生了影响,“精英文化”和“大众文化”这时界限已不再分明,呈现互相影响交融之势。

《蓝关图》不仅是文人画的题材,更多见于祠观庙堂、风景名胜等场所。陕西铜川药王山凌虚阁就曾有一幅。据当地明代方志载:“凌虚阁三间。阁下廊三间。廊壁上中画《真人伏虎图》,东壁画《黄粱梦图》,西壁画《韩退之雪拥蓝关图》。盖元人画,画入神品。”①说明那里即有蓝关图壁画。因为纪念韩愈的建筑广泛存在,“雪拥蓝关”又是韩愈生平中极重要的事件,据此估计,各种湮没无闻的《蓝关图》当有很多。

2. 石鼎联句图

《石鼎联句》是韩愈一首很奇特的诗。诗前序言类似小说,情节奇特、精彩,引人入胜。因此宋人颇疑此诗中“轩辕弥明”乃韩愈杜撰,实际上就是韩愈本人。诗歌特色明显,又有此神异、故事因素,所以《石鼎联句》题材也颇受画家青睐。

宋代谢薖有咏画诗《题戴嵩石鼎联句图》。所题之图,说是戴嵩所画。② 此诗前半首按照韩愈诗序述说联句过程,后面评论道:“借问舐笔摹者谁,定是盘礴真画师。退之斯文有妙处,丹青写尽初无遗。弥明学道如不死,应在衡山深处栖。端能过我挑诗敌,与君周旋吾敢辞。”③可见此画摹写人物神态生动,能

---

① 〔明〕乔世宁辑:《五台山志》,见《中国地方志集成·陕西府县志辑》,凤凰出版社 2007 年版,第 27 册,第 413 页。

② 戴嵩是唐代画家,生卒年不详,但他是韩滉(723~787)弟子,韩滉镇守浙西时,嵩为巡官。如此其生年去韩滉不远,应和韩愈是同时人。戴嵩擅画牛,《宣和画谱》著录戴嵩画作 38 种,皆为牛图。谢氏所见《石鼎联句图》果然是唐人戴嵩所画?还是宋人伪托戴嵩所作?抑或宋代另有一画家戴嵩?待考。

③ 北京大学古文献研究所编:《全宋诗》,北京大学出版社 1995 年版,第 24 册,第 15784 页。又见《两宋名贤小集》卷三七《竹友集》。

得韩愈序文之妙。

北宋著名画家李公麟也曾绘有《石鼎联句图》,影响很大,真迹清代犹存,后世多家画目曾著录①,有不少人写过咏画诗和题跋。南宋林希逸(1193~1271)的诗和明代李东阳的跋文很详细地记录了此图的形态体制:

一几共三人,弥明喜师服。赓酬夜何其,漏箭在银烛。谁如豕腹胀,谁作龙头缩。始胡为颉颃,末胡为屈伏。彼既鼻撩天,避席徒局束。去者俄翩然,二子睡正熟。爹户问童奴,晓云凄古木。质之昌黎篇,段段皆实录。用意岂不精,或者疑近俗。我闻文章家,同工而异曲。或如骏历险,千里在一蹙。或寸步不遗,句句必连属。在诗则乐天,在文则永叔。画品恐亦然,愿言宝此轴。毋使叹巧心,受嗤于拙目。(林希逸《石鼎联句图》)②

右《石鼎联句图》一卷,凡八段。每段摘韩文公序语,分书其次。纸缝有小御书印。后有宋学士跋语,定为宋思陵书,李公麟画。观其苦吟傲睨、潜行怅望,风神意态,各极其妙。而笔势圆活,若真有契会然者。谓为麟真迹固宜。(李东阳《书石鼎联句图卷后》)③

---

① 著录李公麟《石鼎联句图》者有明代张丑《清河书画舫》和清代《佩文斋书画谱》《石渠宝笈》等。

② 北京大学古文献研究所编:《全宋诗》,北京大学出版社 1998 年版,第 59 册,第 37236 页。

③ 周寅宾点校:《李东阳集》,岳麓书社 1984 年版,第 3 册,第 213 页。

据此可见，李公麟画卷分为八段，每段图文相配，属于连环画性质，强调故事性，而且人物神态极为逼真，艺术水平很高。值得注意的是林希逸“用意岂不精”以下的那段话，说明有人因为这种“连环画”的特点而认为画作太“俗”，林希逸为之辩解：绘画和诗文“同工异曲”，有的善于集中表达，有的则讲究顺序，虽然艺术形式不同，但也有相通的艺术规律。

李公麟此画南宋时就出现了很多摹本。周必大《跋弥明石鼎联句图》：“昌黎诗中有画，李伯时画中有诗。此虽临本，亦可见‘吴生远擅场’之意。”①刘克庄《跋石鼎联句图》：“此必是临李伯时、周忘机本子。其模写侯、刘二子，始而倨傲，继而倡酬，俄而起立，又俄而伏屈，又俄而避席鞠躬，欲罢不能，末而困睡，睡起觅道士不见。与道士终始雍容崛强之状，极得韩序之意，余欲记以一诗，未暇也。”②从画中人物形象细腻传神的动作表情来看，说明虽为临摹之作，水平也非常高。绘画的情节安排、主题内蕴都完全符合《石鼎联句》诗意。

元明之际，也常有人咏《石鼎联句图》。因为李公麟的画在南宋时已属于稀见品，元、明人所见应该都是摹本或后人同题之作。相关题画诗有元代刘因《石鼎联句图》、王恽《石鼎联句图》，明代刘基《为韩克铭题画石鼎联句图》、吴承恩《石鼎联句图题词》等。

除“蓝关图”“石鼎联句图”之外，通过有关题跋文字和诗作，还可发现韩愈有关的其他画作的线索，如“盘谷图”“大颠图”“祭鳄鱼图”等。“盘谷图”源于韩愈《送李愿归盘谷序》一

① 曾枣庄、刘琳主编：《全宋文》，上海辞书出版社、安徽教育出版社2006年版，第230册，第297页。

② 曾枣庄、刘琳主编：《全宋文》，上海辞书出版社、安徽教育出版社2006年版，第329册，第280页。

文，可考辨的画者有：北宋的文同、张敦礼、犹子弃，南宋的赵祖文、刘鼎臣，元代的赵孟頫等，相关题咏文字甚多，兹不赘引。“盘谷图”开始时全依韩愈文意而绘，但后来逐渐演化为广受文人喜爱的赞颂羡慕隐逸生活的主题。“大颠图”多为僧人所绘，源于韩愈见大颠之事，关涉韩愈与佛教之关系，观金代段克己《退之留别大颠图》、金代李俊民《大颠图》、元代胡祇遹《跋韩文公问大颠图》等题画诗可知其概貌。“祭鳄鱼图”颂韩愈在潮州驱赶鳄鱼、造福乡民之事，宋末郑思肖《韩昌黎祭鳄鱼图》通过咏画诗赞之。

（二）与其他诗人相关的绘画及题画诗

韩愈作为在多个领域有重大影响的文化巨人，与其相关的图像传播形式和作品数量，都比较丰富。诗派内其他成员都难以与韩愈相比。其他韩孟诗派诗人中作品、轶事入画者，远少于韩愈。大致搜检，略得如次：

关于李贺的有《高轩过图》（北宋赵令穰绘）、《高轩过图》（北宋赵士暕绘，陈师道、僧道潜有题画诗）、《李贺醉吟图》（元代刘因有同名题诗）、《李贺晚归图》（宋代吕子广藏，画学博士李生所绘，徐俯有同名题画诗）等。

关于孟郊的有《东野听琴图》（绘者不详，南宋楼钥有《题孟东野听琴图因次其韵》题画诗）、《孟东野平陵图》（绘者不详，元代牟巘、赵孟頫有题画诗）等。

关于卢仝的有《卢仝煎茶图》（绘者不详，明代唐寅有同名题画诗）。

关于贾岛的有《贾岛推敲图》（绘者不详，明代凌云翰有同名题画诗）。

综上可见，相关绘画一般都选取诗人们富有个性和奇异色彩的作品、逸事作为创作主题。诗、画交相辉映,互做主题阐释、意境烘托,强化了读者对诗人诗作的接受效果。

除绘画外,宋代以后的书法家们也常以唐诗作为创作题材。作品一经名家书写,相当于被赋予了更强的传播能力。书风、诗意若有机交融,也能获得相得益彰之效。韩孟诗派作品被写入书法者也应该有很多,但流传至今的名家作品已十分罕见。最著名者或属元代鲜于枢书写的韩愈《石鼓歌》《送李愿归盘谷序卷》《进学解》等作品,皆为行草书,书风浑雄朴茂而又酣畅淋漓,时露棱锋而又不失法度,诗文、书法意蕴相通,因而被后人奉为珍宝。

三、声名传播的重要途径——祭祀、崇拜和地方文化遗存

中国古代向来有立祠祭祀纪念祖先、先贤的传统。早在晚唐,皮日休(838 ?~883?)《请韩文公配享太学书》将韩愈纳入孔子以来的儒家道统,提出尊韩愈、配享太学孔子庙堂的建议,虽未被采纳,但对后人影响很大。经宋代柳开、石介等人大力提倡,北宋尊韩之风达到顶峰,元丰年间终于实行韩愈从享孔庙的制度。王祎《孔子庙庭从祀议》:“孔子庙庭从祀者凡百有五人。……及宋元丰七年,复增荀况、扬雄、韩愈,以世次先后从祀左丘明二十一人之间。”①此后,历代皆遵此制。这极大提高了韩愈在儒家官学道统和文化史中的重要地位,也使韩愈作为诗人的声名得以大幅度提高。

除从享孔庙外,各地专门祭祀纪念韩愈的韩祠也有很多,尤

---

① 王祎:《孔子庙庭从祀议》,见《全元文》,江苏古籍出版社 1998 年版,第 55 册,第 367 页。

其是与韩愈生平经历相关的地方，韩祠已成为地方文化的重要组成部分，比较著名的有广东潮州、江西袁州、陕西蓝田、陕西商州、河北昌黎、陕西商州、河南孟州等地的韩祠。相形之下，韩孟诗派其他诗人的纪念祠堂较少，且规模地位、名声影响都远不如韩祠。孟郊家乡浙江武康和曾做过县尉的江苏溧阳，此二地有孟郊祠；北京房山、四川大英和安岳有贾岛祠；河南济源有卢仝祠。

如果说立祠祭祀还是一种基于历史事实的纪念行为的话，那么韩愈被奉为土地神，则就多少有些荒诞了。因韩愈在儒学中地位较高，韩文广受帝王、翰林院文人的推崇，韩愈因韩湘子传说而被神话化等因素的影响，明清时期韩愈被尊为翰林院土地神，并进而在民间被作为土地神崇拜。①

在地方风土文化中，韩愈、孟郊等人也有丰富多彩的表现。韩愈一生经历丰富，尤其是被贬潮州刺史任上，发展农桑，兴办学校，驱赶鳄鱼，释放奴婢，造福乡民，功绩显著，留下不少佳话。至今，潮州等地的地方文化还有许多深受韩愈影响的痕迹，以致有“潮州山水皆姓韩”的说法。韩愈经历、创作过的许多风景名胜，后来常将韩愈诗歌刻于碑石，诗歌与景物、事迹相得益彰，形成一道独特的风景。据考察，仅宋代的韩诗刻石就有《谢自然诗》（在果州，何时所立不详，南宋中期尚存）、《陪杜侍御游湘西寺》（在潭州。张舜民《浮休南迁录》：“癸丑，独过湘西寺，即潭州湘水之西也，寺有韩退之诗刻”）、《合江亭诗》（宋代张栻所书石刻，在衡阳合江亭）、《宿衡岳寺门楼诗》（南宋初年至清末，衡阳衡岳寺有此碑）、《岣嵝山》（南宋隆兴年间，岣嵝山法轮寺有

① 参见潘务正《明清翰林院祠祀韩愈考》，载《中华文史论丛》2011年第2期。

此碑)、《符读书城南》(南宋淳祐年间,江苏吴县有此碑。明代被移到府学,清代嘉庆年间尚存)、《读皇甫湜公安园池诗书其后二首》(朱熹引“或云”“世有石本”)、《昭王庙诗》(北宋末庄绰《鸡肋编》载其“亲到宜城”见到此碑,应在北宋以前)、《送李尚书赴襄阳八韵》(据唐庚、韩醇记载,襄阳有此诗石刻)等。①

孟郊在后世文化史中的影响力远不如韩愈,但在孟郊的家乡湖州武康,也曾有不少关于他的遗迹,如孟郊祠、孟保、孟井等。②

综而论之,祠堂祭祀、神仙崇拜、地方风土文化遗存等现象,除文学之外,还包含思想史、文化史、民俗、地理、宗教等诸多复杂因素,具有十分重要的研究价值。因为这些文化民俗传播渠道中,误导、扭曲甚至歪曲历史事实的现象时常存在,所以从诗歌阐释史、影响史的角度来看,这些史料、信息的研究价值不高,但如果从诗人声名传播史、一般读者效果史的角度看,还是非常值得注意的。比起总集、别集等文学传播途径,普通民众和一般读者或许更多从这些文化民俗渠道接受到诗人的名声。

---

① 参见刘真伦《韩愈集宋元传本研究》,中国社会科学出版社 2004 年版,第 569 ~ 579 页。

② 参见国成德《孟东野诗集 · 序》,见华忱之等《孟郊诗集校注》附录,人民文学出版社 1995 年版,第 695 页。

第三章 韩孟诗派作品接受史例析

作品接受史是文学接受史最为基础、本质的层面。西方的文学理论,从诠释学、接受美学到后来的各种读者反应批评,基本上都是以作品为中心的。群体接受史的研究架构中,从作品到作家,再到流派,是一个不可或缺的完整过程和体系。因此,在韩孟诗派群体接受史研究中,诗派的代表性、经典作品的接受史是一重要组成部分。

虽然整个诗派的诗歌作品数量非常多,理论上讲每首作品都有自己的接受史,但实际上,读者对同一类型风格的作品接受情况有很大的类同性。从纯粹的美学意义上讲,诗派的群体接受实际上是一种审美类型或风格的接受史。因此,我们在实际操作中完全没有必要逐一考察每一首诗歌的接受史,只需找出其代表即可。本章选了韩孟诗派少数几种代表性作品,当然远不能完全代表诗派的全部审美风格类型,仅以之为例,说明作品接受的重要意义及其与诗人、诗派接受之间的密切关系。

第一节 韩孟联句接受史

唱和与联句作为传统的诗人集体创作活动,在文学史上由来已久。它们是文人间的应酬、交游手段，也是切磋诗艺的有效方式。韩愈、孟郊的联句创作，在中国古代联句诗发展史上具有划时代的意义。在他们之前，陶渊明、何逊、杜甫等人也写过联句诗，但未形成规模。大历年间，颜真卿任湖州刺史，曾与周围众多诗人联句唱和，孟郊后来也受过影响。① 湖州联句规模、声势虽大，但重在交游娱乐，风格亦以清新雅致为主。像韩孟联句这样鸿篇巨制、风格奇特的联句创作，此前从未有过。

韩孟联句主要作于元和前期，现存 13 首。其中，韩集收入 10 首，风格恣肆怪奇，大致近韩；孟集收入 3 首，高古硬峭，风格似孟；并无交集者。这是一个很有意思的现象。② 在联句诗的各单联、单句中，虽然也有诗人各自本色的体现，但在共同创作、相互配合、争胜斗奇的创作心理下，整首诗的风格总是大致统一的。清人赵翼曰："凡昌黎与东野联句，必字字争胜，不肯稍让；与他人联句，则平易近人。可知昌黎之于东野，实有资其相长之功。……要之二人工力悉敌，实未易优劣。"③准确揭示了韩、孟通过联句诗相互影响的情形。

---

① 参见贾晋华《大历年浙西联唱：〈吴兴集〉考论》，载《宁波大学学报》1991 年第 1 期。

② 钱仲联云："韩、孟联句见韩正集者不入孟集，见孟集者韩正集亦未收。其载于韩正集者，体格纯是韩，见孟集者，体格亦纯是孟，所未解也。"（《韩昌黎诗系年集释》，上海古籍出版社 1984 年版，第 615 页。）何新所对这种现象的推测解释是"这三首联句（引者按：即入孟集的三首）写的是私人情怀，篇幅短小，也没有大的事件作为背景，流传不广，故只可能被孟集收录"，似仍不能令人完全信服，有待进一步研究。从接受史的角度看，这恰恰提出一个重要问题：作品集的编纂，究竟在多大程度上受编纂者审美观念的左右影响？而在这种影响下编成的作品集，可否成为后人归结诗人艺术风格的完全依据？

③ 〔清〕赵翼：《瓯北诗话》，见《清诗话续编》，上海古籍出版社 1983 年版，第 1165 页。

韩孟联句作于诗派活动的高峰期，韩、孟才力相当、争奇斗胜，使得联句诗恣肆奥衍、语奇韵险，极尽夸耀之能事，特色极为突出，加之韩孟道义相交、情谊深厚，也成为文人交游之佳话，因此，韩孟联句对后世文学、文化史影响极大。从群体接受研究的角度看，韩孟联句诗无疑是一个极为重要的考察领域。

一、晚唐皮陆联句对韩孟联句的效仿接受

唐懿宗咸通十一年到十二年（870～871）间，皮日休、陆龟蒙（？～881）等人在苏州交游、唱和、联句，是晚唐诗坛值得注意的一次群体性创作活动。皮陆联句，正是以韩孟联句为效法对象的。

皮日休不但在理论上认识到韩孟联句的难度，而且明确表达自己和陆龟蒙的效仿意愿："如联句则莫若孟东野与韩文公之多，他集罕见，足知为之之难也。陆与予窃慕其为人，遂合己作，为杂体一卷。"①他们通过创作，体验到联句之难，且"慕其为人"，所以将联句诗结集留存，说明他们效法韩孟联句，既因钦佩韩、孟之才力，又因其交谊之佳话。

皮日休、陆龟蒙的联句诗主要有《寒夜联句》《开元寺楼看雨联句》《北禅院避暑联句》《独在开元寺避暑颇怀鲁望因飞笔联句》《寂上人院联句》《药名联句》《寒夜文宴联句》《报恩寺南池联句》等篇。皮、陆在内容、体式、风格方面都明显效法韩孟联句。但皮陆联句基本上每人一联或两联，规规矩矩，不像韩、孟那样激情澎湃、愈演愈烈、逞才斗巧，有时候一个人连续写很多联。即使如《北禅院避暑联句》《开元寺楼看雨联句》这样描

① 〔唐〕皮日休：《杂体诗序》，见《全唐诗》（增订本），中华书局 1999 年版，第 7153 页。

摹风雨的绝佳斗险题材，也依然规矩，风格也清新雅致一些。试看《开元寺楼看雨联句》：

海上风雨来，掀轰杂飞电。登楼一凭槛，满眼蛟龙战。（陆）须臾造化惨，倏忽堪舆变。万户响戈鋋，千家披组练。（皮）群飞抛轮石，杂下攻城箭。点急似摧胸，行斜如中面。（陆）细洒魂空冷，横飘目能眩。垂檐珂珮喧，搔瓦珠玑溅。（皮）无言九陔远，瞬息驰应遍。密处正垂緪，微时又悬线。（陆）写作玉界破，吹为羽林旋。翻伤列缺劳，却怕丰隆倦。（皮）遥瞻山露色，渐觉云成片。远树欲鸣蝉，深檐尚藏燕。（陆）残雷隐辚尽，反照依微见。天光洁似磨，湖彩熟于练。（皮）①

皮、陆似乎对写江南苦雨别有所好，除此联句外，他们还有多首苦雨唱和诗。最极端的是皮日休《吴中苦雨因书一百韵寄鲁望》、陆龟蒙和诗《奉酬袭美先辈吴中苦雨一百韵见寄》。清人李重华说："诗家奥衍一派，开自昌黎……后此陆鲁望颇造其境。"②咏苦雨诸诗堪当此评。这些联句诗专用五言（不似大历联句三言至七言皆有），每人一韵二句、二韵四句或三韵六句，成为定式。诗的篇幅虽不如韩孟联句长，但较之大历浙西唱和，已算长篇。

皮陆联句的文人意趣更浓，带有较强的游戏色彩，如《药名联句》，这是皮、陆另外受元白、大历联唱影响的综合结果。从

① 〔清〕彭定求等：《全唐诗》（增订本），中华书局 1999 年版，第 9020 页。

② 〔清〕李重华：《贞一斋诗说》，见《清诗话》，上海古籍出版社 1999 年版，第 932 页。

中唐到宋诗，皮、陆是非常重要的过渡；同样，从联句诗体式的沿承发展来看，后人打着效法“韩孟”旗号的一些联句诗创作，其实也有不少皮陆唱和的影子。

二、宋金元时期对韩孟联句的接受

从宋人对韩孟诗派的整体评论阐释来看，韩孟联句是一个关注热点。宋人不仅注意到联句诗是韩愈、孟郊二人交谊的突出象征，而且喜欢比较韩、孟才力的高低上下。有人认为韩、孟在联句诗中才力相当：“东野与退之联句诗，宏壮博辨，若不出一手（引者注：与孟郊其他寒涩诗相比）。”①“公与东野联句，词意雄浑，极其情态，间以人才为喻，两皆杰作，真欧阳文忠所谓‘韩孟于文词，两雄力相当’者也。”②“及观《城南》诸联句，豪健险怪，其笔力略相当。使李、杜复生，未必不引避路鞭也。……又知二公心相知，气味相得，至欲相与为云龙，而不忍有离别，真可谓古之善交者。”③也有人认为韩、孟才力存在差别。多数人认为韩强于孟，如：“王深父云：退之容有润色也。”（《中山诗话》）“退之与孟郊联句，前辈谓皆退之粉饰。恐皆出退之，不特粉饰也。”④当然，也有少数人认为孟强于韩，如：“退之安能润色

---

① 〔北宋〕刘攽：《中山诗话》，见《历代诗话》，中华书局 1981 年版，第 288 页。

② 〔宋〕何汶：《竹庄诗话》引《集注》，中华书局 1984 年版，第 153 页。

③ 〔南宋〕王十朋：《送喻叔奇尉广德序》，见《王十朋全集》，上海古籍出版社 1998 年版，第 961 页。

④ 〔南宋〕朱翌：《猗觉寮杂记》卷上，《丛书集成新编》本，第 11 册，第 319 页，台湾新文丰出版公司 1985 年版。

东野？若东野润色退之，即有此理也。”①这些论述往往没有用诗歌分析作为例证，只是一种印象式的评论。我们甚至可以推测，这是韩愈古文道学地位蔓延至诗歌接受领域的显现，与唐人的认识和实际情况恐有不同。不管这些评论的具体观点如何，以才力为标准来评价韩、孟在联句中的表现，这本身就反映出论家对韩孟诗派才力富赡这一共同特点的认可。

宋代诗坛上联句创作也时有出现。宋初魏野与王衢、僧用晦等人，北宋中期的欧阳修与范仲淹、滕宗谅，苏舜钦与苏舜元，北宋后期杨杰与郭祥正等人，苏轼与苏迈，赵鼎臣与杨时可等人，南宋黄公度与陈应求等人，都留下了一定数量的联句诗。实际上，据相关文集、笔记等关于联句活动的记载，未留存下来的即兴联句诗创作应该有更多。

宋代的联句诗分为两类风格：一类受韩孟联句影响很大，长篇定格，虽然达不到韩、孟那样的程度，但追求奥衍恣肆、奇语险韵的趋向比较明显。如：苏舜元、苏舜钦兄弟的紫阁寺等联句，欧阳修曾称誉为“无愧韩孟”（《诗话》）；欧阳修与范仲淹、滕宗谅的《剑联句》《鹤联句》；杨杰、郭祥正的《治平三年秋七月当涂郭功父招无为杨次公会于环峰时五云叟陈德孚以诗寄吾二人因联句酬之》等。从现存宋代联句诗数量来看，此类风格大约占三分之二。另一类更多沿承韩孟以前的体制风格，篇幅适中，语言和淡，竞争意识不是很强。如苏轼父子的《夜坐联句》、朱熹与张栻的《登岳麓赫曦堂联句》等，联句的游乐意义更明显一些。

金元时期的联句活动总体看来比较流行，尤其是元代中后

---

① 《童蒙诗训》引黄庭坚语，见郭绍虞辑《宋诗话辑佚》附辑，中华书局1980年版，第588页。

期，出现了一些值得注意的联句作品。如：袁桷、袁裒兄弟创作的《东湖》《远游》《秋雪》诸联句，马祖常分别与袁桷、王继学、宋本等人合作的《秋雪》《鹦鹉》《松鹤》《天庆寺纳凉》《南城校文》诸联句，释大欣与张翥、李孝光等人的《龙翔寺联句》，皆五言长篇，比较明显地继承了韩孟联句的艺术风格。元末明初，以杨维桢为核心的"铁雅诗派"和以顾瑛为核心的"玉山雅集"文人群体，盛行东南文坛数十年，也有不少联句诗，但其篇幅一般不长，多用七言，语词平易流丽，与韩孟联句有一定差别。

三、明清时期韩孟联句接受的游艺化倾向

明清时期的论者对韩、孟共同创作的联句诗也有较多关注。在此之前，宋人就给予了韩孟联句诗较多注意，但宋人大多是从关注韩、孟二人才力富赡、争奇斗胜的共同点出发，陷入到了韩、孟才力孰高孰低的争论之中。与之相比，明清时期有关韩孟联句诗的评论能摆脱无谓的争论，以高出一层的眼光对联句诗的创作手法和艺术倾向进行价值判断，而且挖掘得更细致，角度也更多样化，体现出阐释的进步和深入。以赞美口吻论之者如胡震亨《唐音癸签》："韩与孟郊为敌手，各极才思，语多奇崛，尤可喜。"①方世举《兰丛诗话》："韩、孟联句，是六朝以来联句所无者，无篇不奇，无韵不险，无出不扼抑入，无对不抵挡住，真是国手对局。"②以贬抑之辞批评者，如宋长白《柳亭诗话》："'蔓涎角出缩，树啄头敲铿。'韩、孟《城南》诗也。镂心铄肾，固自不

① 〔明〕胡震亨：《唐音癸签》，上海古籍出版社 1981 年版，第 103 页。

② 〔清〕方世举：《兰丛诗话》，见《清诗话续编》，上海古籍出版社 1983 年版，第 781 页。

无,然亦何至冥搜若此,蛙翻蚓死,谓非二公之作俑耶?"①此外,也有一些折中的看法,如沈德潜(1673～1769)《说诗晬语》云:"韩、孟联句,可偶一为之。连篇累牍,有伤诗品。"②不管怎样,韩孟联句作为韩孟诗派极端化诗风之代表,虽然不能为大多数读者欣赏,但它们毕竟是一种诗歌艺术的探索尝试和审美追求,因此得到明清论者较多关注。

明清联句创作更趋兴盛。就韩孟联句的接受来看,呈现出以下倾向:一是韩孟联句的影响力较之以前更大,基本上成为联句的代名词。二是伴随着文人的群体化和结社现象的增多,联句创作在形式上更趋于游艺化、社交化。三是韩孟联句的艺术特质被定型化,成为一种特殊的诗歌体式,引发诗人效仿,以致有许多由个人独立创作的诗歌,也标以"韩孟联句体"。清代这种现象尤其突出,如吴锡麒、吴清鹏、孙原湘、王汝霖、乐钧、谢元淮、贝青乔、董文焕等人,都创作过"韩孟联句体"诗歌。真正的联句创作,清代的宋诗派等注重才力一派的诗人比较活跃。朱彝尊和查慎行合作的《水碓》《观造竹纸》联句,被赵翼誉为"层次清澈,而体物之工,抒词之雅,丝丝入扣,几无一字虚设。恐韩、孟复生,亦叹以为不及也"③。类似韩孟联句风格的诗,在朱彝尊集中有很多。清代许多学者型诗人在诗题中明确标出"用韩孟联句韵",如杭世骏、万光泰、程晋芳、王鸣盛、钱大昕、王汝璧、汪远孙等人及其诗友的创作。此风从乾嘉持续到同光时期,

---

① 〔清〕宋长白:《柳亭诗话》卷三"联句"条,《丛书集成续编》本,第201册,第487页,台湾新文丰出版公司1989年版。

② 〔清〕沈德潜:《说诗晬语》,人民文学出版社1979年版,第208页。

③ 〔清〕赵翼:《瓯北诗话》,人民文学出版社1963版,第31页。

一直没有断绝。[1] 尤其是林寿图、王轩、谢章铤三人于同治九年(1870)年初在陕西西安相聚,游览长安城南名胜、诗酒唱酬,逐一效仿、步韵韩孟联句原诗(《长安赠别并订游武夷倒叠会合韵》则是反其韵而步之),虽然是一种突出的接受韩孟联句的现象,但其文人化、游艺化色彩已十分明显。

综观韩孟联句接受史,可以发现其中一个明显规律:由对内在才力、雄奇奥衍诗风的关注,逐渐过渡到关注韩、孟二人交谊,后来形成文人交游之间的一种游艺形式,成为一种佐料、点缀和助兴之物。联句的体裁、形式和文化意义,逐渐超越了自身内在的艺术表现手段和特点。清代诗人常有以效仿韩孟联句为能事者,有的慕其才力富赡,更多的则是为韩孟友情、文人情趣所吸引,带有文人社交游乐的色彩,已不是纯粹的文学范畴。

第二节 《南山》与《北征》:比较过程中的阐释史

《南山》是韩愈奥衍恣肆一派诗歌的代表作。《南山》在历代的总体接受态势起伏极大、差别明显,一定程度上反映了韩诗甚至是韩孟诗派的整体接受境遇。

一、《南山》的创作过程、观念和动机

《南山》作于元和元年(806)秋。韩愈贞元十九年(803)十二月因上表论天旱人饥,遭谗被贬阳山令,永贞元年(805)移江陵法曹参军,次年(806)六月诏拜回京任国子博士。韩愈作此诗时刚回京不久,同时期作品还有《城南联句》《秋怀诗》等。韩

---

① 参见范新阳《韩孟联句接受史论》,载《学海》2015 年第 4 期。

愈10～12岁时，曾从长兄韩会在韶州住过一段时间。这次贬阳山是他成年后首次南游岭南，对一路所见所闻的新奇怪异之物印象更深；同时又因政治处境，心态起伏颇大。回京后，其诗风在原有基础上，明显有向求新尚怪一路转变的趋向。《南山》就是其中一首重要作品。

南山即终南山，广义上包括西起眉县东至蓝田100余公里的秦岭山脉。对于关中平原——这个中国历史上周、秦、汉、唐等许多重要王朝赖以为王畿的地域，拱卫于其南面的终南山，具有特殊的文化意义。终南山宏伟壮丽，奇花异草、珍禽异兽繁多，也是众多隐士高人的栖身之处，常被赋予一种雄奇、宏大、神秘的宇宙想象。终南山被写入文学作品中也由来已久，如《诗经》即有《南山》之篇，汉代司马相如的《上林》赋，也是写位于终南山北麓的汉代皇家园林。韩愈《南山》与这种文学意义上的"南山"传统，有密切的联系。

标榜"余事作诗人"的韩愈，创作《南山》这种鸿篇巨制是何动机呢？诗的一开始说："吾闻京城南，兹维群山囿。东西两际海，巨细难悉究。山经及地志，茫昧非受授。团辞试提挈，挂一念万漏。"显然，韩愈并不是以写抒情小诗的观念来写《南山》的，而是出于一种考察实地、弥补史阙的用意，所以诗中才有如此之多的铺张描绘。诗的最后说："尝闻于祠官，芬苾降歆嗅。斐然作歌诗，惟用赞报酭。"①赋予诗歌一种神圣化、正统化含义，而不仅仅是个人抒情言志的载体。这说明，韩愈在当时并没有非常明确地意识到"诗应当是什么"，甚至诗文之间的界限也不十分明确。从江湖初回庙堂之上的韩愈，心情十分愉快、放

① 钱仲联：《韩昌黎系年集释》，上海古籍出版社1984年版，第432～435页。

松，也充满了政治上的宏伟抱负，此时他需要借助于这种诗歌创作模式，表达他对自然、人生、世界的系统性思考，同时也有树立形象、展露才学之意。① 可以说，从创作观念、动机来看，《南山》即已表现出与其他诗歌的不同，完全不同于传统。

二、宋代的《南山》阐释：提出问题

唐人对《南山》的评价已不可见。王建《寄上韩愈侍郎》言"咏伤松桂青山瘦，取尽珠玑碧海愁"，所指应当就是《南山》这种奥衍诗风。北宋欧阳修、梅尧臣对韩愈极其关注，然对此诗也未置评，显示他们对此种奥衍诗风不甚喜好。

最早对《南山》予以阐释的是黄庭坚。以他为代表，北宋后期至南宋初，出现了几种论《南山》的观点：

（一）《南山》与《北征》的比较：工巧和风雅

杜甫、韩愈并称，北宋后期已非常流行：韩愈集古文之大成，杜甫集诗歌之大成。《南山》也被拿来与《北征》比较优劣：

> 孙莘老尝谓老杜《北征》诗胜韩退之《南山》诗，王平甫以谓《南山》胜《北征》，终不能相服。时山谷尚少，乃曰："若论工巧，则《北征》不及《南山》；若书一代之事，以与《国风》《雅》《颂》相为表里，则《北征》不可无，而《南山》虽不作未害也。"二公之论遂定。②

---

① 对于《南山》的创作动机和艺术特点，斯蒂芬·欧文《韩愈和孟郊的诗歌》第183～193页、川合康三《终南山的变容》第70～80页，都有精彩分析。

② 〔北宋〕范温：《潜溪诗眼·山谷论诗文优劣》，见《宋诗话辑佚》，中华书局1980年版，第327页。

这次争论很可能发生在熙宁四年至七年(1071～1074)之间。此时黄庭坚(1045～1105)才20多岁,孙莘老、王平甫都比他大27岁。孙、王二人争论《南山》《北征》二诗高下,不知其具体理由为何,但有一点可以肯定:他们都认为这两首诗具有可比性,无论是因为两诗的作者地位相近,还是因为它们都属于才力宏博的五言长篇。曾季狸《艇斋诗话》:"韩退之《南山》诗,用杜诗《北征》诗体作。"似乎印证了这一观点。而黄庭坚则从风格、作法等具体处着眼,指出两首诗各自的长处——"工巧"和"书一代之事",让众人暂时信服。进一步看,"工巧"侧重形式表现,"书一代之事"侧重反映现实。黄庭坚貌似没有给两首诗判别胜负,但联系唐代以来的诗歌主流观念,实际《北征》已胜出。若结合当时风行的关于韩愈诗"以文为诗"的争论来看,这两场争论似乎有一定的联系,即文体界限的打破与辨析。

(二)文体界限的打破:以赋为诗

除常以"以文为诗"评韩愈诗外,事实上,宋代用"以赋为诗"论《南山》的观点也不少:

> 读谢灵运诗,知其揽尽山川秀气。读退之《南山》诗,颇觉似《上林》《子虚赋》,才力小者不能到。①

这是首次将《南山》与汉大赋《上林》《子虚》联系起来诠释,着眼点在于"才力"的宏富,对此予以认可。赞同此观点者颇多,如:

---

① 〔北宋〕胡仔:《苕溪渔隐丛话·前集》卷二《国风汉魏六朝下》引《雪浪斋日记》,人民文学出版社1981年版,第8页。

“此诗似《上林》《子虚》赋，才力小者，不可到也”①，“昔韩昌黎赋《南山》诗，极其形容，笔力殆过《子虚》《上林》，而论者谓曾不若杜少陵《北征》诗，为有补于世”②，“古人作诗，无一篇无源流，无一字无法度。退之虽豪健奔放、绝少刀尺，而缘情寄兴、依声用韵，未尝不本诸古。《南山》诗则司马相如《上林赋》也”③。以上皆从肯定、赞美角度论《南山》的“以赋为诗”特点。

(三)“工巧”的具体表现

宋代有更多人注意到《南山》强大的表现力和丰富的表现技巧。当然，对这些技巧的使用是否“过度”，各家观点不一。这些具体技巧包括：

其一，“或”字连用。如朱翌《猗觉寮杂记》云：“退之《南山》诗，每句用‘或’字。‘或连若相从，或蹙若相斗’而下五十句，皆用‘或’字。《诗·北山之什》，自‘或燕燕居息’而下，用‘或’字廿有二，此其例也。”④朱翌一方面注意到了《南山》中“五十句皆用‘或’字”的独特表现方法，另一方面又将此手法的源头追溯到《诗经》，这是受江西诗派“无一字无来历”思想的影响，也透露出当时可能有人借此来菲薄、指责《南山》。刘克庄也对《南山》“或”字连用给予认可：“韩《南山》诗，设‘或如’者

① 钱仲联：《韩昌黎诗系年集释》引洪兴祖语，上海古籍出版社1984年版，第459页。

② 〔南宋〕刘宰：《书尤季端游山志后》，见《漫塘集》卷二四，影印文渊阁《四库全书》本，第1170册，第618页，上海古籍出版社1989年版。

③ 〔南宋〕吴泳：《张仁溥诗稿跋》，见《鹤林集》卷三八，影印文渊阁《四库全书》本，第1176册，第376页，上海古籍出版社1989年版。

④ 〔南宋〕朱翌：《猗觉寮杂记》卷上，《丛书集成新编》本，第11册，第316页，台湾新文丰出版公司1985年版。

四十有九,词义各不相犯,如缫蛹茧,丝出无穷。”①

其二,善用叠字。范晞文《对床夜语》:“退之《南山》诗云:‘延延离又属,夬夬叛还觏。……’连十四句皆用双字起,盖亦古诗‘青青河畔草,郁郁园中柳’之意。”②范氏拈出《南山》的叠字用法,并且将之上溯到《古诗十九首》,表示肯定。

其三,善于刻画形容。如朱熹《韩文考异》评“前低划开阔,烂漫堆众皱”句云:“此最为善形容者。非登高山,临旷野,不知此语之工也。”③以“善形容”“语之工”肯定《南山》的强大表现力。

其四,善于章法布局。如:“《南山》诗险语层出,合看其布置处。”④

综合起来看,宋人诠释《南山》的过程中体现出了一种探本究源、立体为正的倾向。虽然认识到了《南山》的才力和“工巧”,但通过与杜甫《北征》比较,又怀疑其是否符合诗歌的本质要求。周裕锴提出宋人解诗有一种“知识主义”的倾向⑤,这在《北征》《南山》之争中也有所显现。

三、明清近代时期:为《南山》正名

明清以来,诗评家对《南山》的阐释观点,仍局限于宋代提出的问题框架之内,大多是有针对性地赞同或反对宋人的观点,

---

① 〔南宋〕刘克庄:《后村诗话》,中华书局1983年版,第64页。

② 〔南宋〕范晞文:《对床夜语》卷四,《知不足斋丛书》本。

③ 〔南宋〕朱熹:《昌黎先生集考异》,上海古籍出版社、安徽教育出版社2001年版,第12页。

④ 〔南宋〕黄震:《黄氏日钞》卷五九,影印文渊阁《四库全书》本,第708册,第463页,上海古籍出版社1989年版。

⑤ 周裕锴:《中国古代阐释学研究》,上海人民出版社2003年版,第244~248页。

但更具有深度和总结性。

(一)《南山》与《北征》:“着意铺排”与“随情披写”之别

明清文人受黄庭坚影响,也常将《南山》与《北征》进行比较,提出了一些有新意的观点。“穷搜极想,语多生气炎炎,故能绚人耳目而不厌。少陵《北征》,随情披写;《南山》诗,则着意铺排矣。”①“着意”,是人工之美;“随情”,则是出于自然之美。联系陆时雍重神韵的诗歌观念,显然对《南山》的“着意”有所不满。

持类似观点者还有清初的吴乔、朱彝尊。吴乔《围炉诗话》:“诗贵出于自心,《咏怀》《北征》,出于自心者也;《南山》,欲敌子美而觅题以为之者也。山谷之语,只见一边。”②吴乔是从“诗贵出于自心”的对诗歌本质特征的认识出发,认为韩愈是有意“欲敌子美而觅题以为之”,并非出于自心,这种对韩愈创作本意的探求,并未说明根据,但显然比较偏颇。朱彝尊曰:“此诗雕镂虽工,然有痕迹,且费排置。若《北征》则出之裕如,力量固胜。”③贬意也很明显。

(二)对《南山》诗体特征的质疑与辩护

《南山》奥衍恣肆,着意铺排,以赋为诗,在主张神韵、性灵者看来,不近于诗,但在重才力、质实者看来,则自是一派,有其

---

① 〔明〕陆时雍:《诗镜·唐诗镜》卷三八评《南山》,河北大学出版社2010年版,第960页。

② 〔清〕吴乔:《围炉诗话》,见《清诗话续编》,上海古籍出版社1983年版,第518页。

③ 转引自钱仲联《韩昌黎诗系年集释》,上海古籍出版社1984年版,第460页。

独到价值。

质疑《南山》诗体特征的如："韩退之《南山》诗，如烂砖碎瓦，堆垒成丘耳，无生气，无情致，无色泽，宋人乃举以敌杜老《北征》诗，可怪之甚。若以退之此诗为诗，则退之文将不可为文，有是理耶？知退之之文之佳，则知《南山》诗之不佳矣。"①此论的潜在逻辑是否定《南山》的诗体特征，将之等同于韩文，因"无生气，无情致，无色泽"而否定其作为诗歌的艺术价值。沈德潜也认为"以赋为诗"应当受到贬抑："昌黎《南山》用《北征》之体而张大之，下五十余'或'字。然情不深而侈其词，只是汉赋体段。"②也因"情不深"而认定《南山》不具备诗歌特征，只是赋体。赵翼反对黄庭坚"工巧"之说："《南山》诗古今推为杰作。……究之山谷所谓工巧，亦未必然。凡诗必须切定题位，方为合作；此诗不过铺排山势及景物之繁富，而以险韵出之，层叠不穷，觉其气力雄厚耳。世间名山甚多，诗中所咏，何处不可移用，而必于南山耶！而谓之'工巧'耶！则与《北征》固不可同年语也。"③赵翼认为，《南山》之"工巧"只是一种形而下的技法而已，并未"切定题位"、深入到诗歌典型意境的营造，所以并非佳作。

清代中期以来，许多诗论家对《南山》的讨论进行总结，站在较为客观、中肯的角度，阐述其诗体特征和"自为一体"的诗坛地位。最具有代表意义的是方世举：

---

① 〔清〕庞垲：《诗义固说》，见《清诗话续编》，上海古籍出版社 1983 年版，第 738～739 页。

② 〔清〕沈德潜：《说诗晬语》，人民文学出版社 1979 年版，第 192 页。

③ 〔清〕赵翼：《瓯北诗话》，见《清诗话续编》，上海古籍出版社 1983 年版，第 1168～1169 页。

《南山》《北征》，各为巨制，题义不同，诗体自别，固不当并较优劣也。此篇乃登临纪胜之作，穷极状态，雄奇纵恣，为诗家独辟蚕丛。无公之才，则不能为，有公之才，亦不敢复作。固不可无一，不可有二者也。近代有妄人讥其曼冗，且谓连用"或"字为非法，不知"或"字本《小雅·北山》，连用叠字本屈原《悲回风》《古诗十九首》，款启寡闻，而轻有掎摭，多见其不知量也。①

方世举从创新求变、自具一体的角度，对《南山》全面肯定：把《南山》之"赋体"视作五言长篇的一种体裁，也是昌黎"以文为诗"的一种显现，"诗体自别"，从诗体意义上肯定其独到价值；认为《南山》"穷极状态，雄奇纵恣"是一种有价值的表现手法创新，有其独到价值；连用"或"字，以及用叠字，都是前人已经用过的手法，不值得大惊小怪。这是对《南山》艺术价值最有力的肯定，后人颇多认同。

近人徐震又在方世举基础上，更加全面地总结、提升《南山》的艺术价值："昌黎《南山》，取杜陵五言大篇之体，摄汉赋铺张雕绘之工，又变谢氏轨躅，亦能别开境界，前无古人。顾嗣立谓之光怪陆离，方世举称其雄奇纵恣，合斯二语，庶几得之。自宋人以比《北征》，谈者每就二篇较絜短长。予谓《北征》主于言情，《南山》重在体物，用意自异，取材不同，论其工力，并为极诣，无庸辨其优劣也。"②此语颇可代表现代学界之定论。

① 〔清〕方世举：《韩昌黎诗集编年笺注》，中华书局2012年版，第215页。

② 转引自钱仲联《韩昌黎诗系年集释》，上海古籍出版社1984年版，第462页。

纵观唐、宋至近现代的《南山》接受史，我们可以发现：《南山》在后人眼里，几乎一直与黄庭坚的“《北征》比较论”纠结在一起，后人无论是否赞同，接受、思考的向度总是受其一定程度的遮蔽；而近几十年来的学者（尤其是海外学者），从多向度还原韩愈创作《南山》的具体情境，对其做出了颇具新意的阐释。这是值得注意的一种接受史规律。

第三节 孟郊《游子吟》接受史中的文化内涵

孟郊事母至孝。贞元十六年（800），孟郊在洛阳应铨选，选为溧阳县尉后，迎养其母于溧上，写下了千古名篇《游子吟》。《游子吟》是乐府旧题，最早表达外出游子的羁旅之苦和对家乡、亲人的思念，曲调哀伤深沉。在传为苏武、李陵所作的赠答诗中，即有“请为游子吟，泠泠一何悲”之句；盛唐诗人储光羲也有“不见长裾者，空歌游子吟”（《霁后贻马十二巽》）、“恻恻苦哉行，呱呱游子吟”（《升天行贻卢六健》），说明《游子吟》流传比较广泛。与孟郊时代相近的顾况、李益也有《游子吟》诗。不过，千百年来为读者接受、欣赏并奉为经典的，还是孟郊这首《游子吟》。

一、宋人对《游子吟》价值的发现

中唐人以“高古”评孟诗，但侧重点在于人格品行；晚唐到南宋，论家又多以“清奇僻苦”或“寒瘦”来形容孟诗。曾有一段时间，《游子吟》淹没在孟郊几百首思苦语涩的诗篇中，并未引起诗人和诗评家们的特别注意。现存各种唐人选唐诗中，除选录范围较广的五代韦縠《才调集》外，其余皆未选孟郊诗，但《才调集》选孟郊诗亦仅一首《古结爱》。王安石《唐百家诗选》是北宋最著名的诗歌选本,也没选孟郊《游子吟》。

今见最早在诗歌中化用《游子吟》诗句的,是北宋诗人文同(1018~1079):"高堂今远郡,须念报春晖。"(《送夏殿直》)"壮岁虽可恃,荣科亦宜早。勉自报春晖,高堂亲发老。"(《送杨议卿赴举》)①都是以"春晖"喻母爱。稍后的其他诗人,也偶有化用者:"薄宦牵挛不得已,此心何以报春晖。"(孔武仲《次韵和堂父发越州》)"锦衣养志归来早,报了春晖已独贤。"(黄裳《陈达野母氏恭人挽辞》)②北宋末年诗人李新(1062~?)有一首诗,题为:"彦升索《春晖亭诗》。予昔登亭上,见凡赋诗,率比兴于寸草,如东野初语。予疑命名者意在春晖育物如慈母之贤,欲彦升朝夕视亭名,必有得矣。今无负于春晖,予是以有作也。"③从诗题中可见,当时化用孟郊《游子吟》"比兴于寸草"者,已是普遍现象,李新在此更是明确点出"命名者意在春晖育物如慈母之贤"。上述诗例说明,孟郊《游子吟》至迟在北宋后期,已在文人中产生较大影响,"谁言寸草心,报得三春晖"已成为歌颂母爱的名句,常被诗人化用。

南宋初年,曾季狸首次从理论上明确《游子吟》"精确宛转"的艺术风格:"孟郊诗精深难窥耳。孟郊诗如《游子吟》《列女操》《薄命妾》《古意》等篇,精确宛转,人不可及也。"④这是对苏

① 文同两诗分别见《全宋诗》,北京大学出版社1992年版,第8册,第5341、5356页。

② 以上两诗分别见《全宋诗》,北京大学出版社1995年版,第16册,第10902、11109页。

③ 北京大学古文献研究所编:《全宋诗》,北京大学出版社1995年版,第21册,第14156页。

④ 〔南宋〕曾季狸:《艇斋诗话》,见《历代诗话续编》,中华书局1983年版,第324页。

轼“郊寒岛瘦”等流行观点的重要纠正与补充。曾季狸将《游子吟》与《列女操》等诗并列，在“精确宛转”特点之外，伦理主题和高古意境似乎也是其重要着眼点。

在一般读者眼里，《游子吟》也有很大影响。南宋景定年间（1260～1264），马光祖在建康立“先贤祠”，孟郊被供奉其中，与李白、颜真卿等同列，这在一定程度上反映了其声名的高涨和地位的提高。《孟郊赞词》云：

> 扰扰今人中，贞曜心独古。披搜三百篇，顿挫五七语。其中春草心，浩荡报慈母。原道接圣传，当时一韩愈。駏蛩互前后，云龙相上下。永怀洁其长，畴若视所与。一尉何荒凉，千年仰清苦。①

这首赞词中涉及孟郊诗歌之语，仅“披搜三百篇，顿挫五七语。其中春草心，浩荡报慈母”四句。前两句为总括，后两句指《游子吟》。这说明，在当时一般读者看来，《游子吟》在孟郊诗歌的序列中已居于首要位置。

宋末元初，刘辰翁将《游子吟》的地位推崇到了极致：“全是托兴，终之悠然，不言之感。复非睍睆寒泉之比。千古之下犹不忘，谈诗之尤不朽者。”②“睍睆”，乃清和圆转之意，与曾季狸所说的“精确宛转”有相似处；“寒泉”，无非苏轼所云“郊寒”之意。可见，刘辰翁这段话有一定的针对性，他不同意对孟郊诗“睍睆寒泉”之类的主流看法，强调其“托兴”“悠然”的高古、含蓄、语

① 《景定建康志》卷三一，《宋元方志丛刊》本，第 2 册，第 1853 页，中华书局 1990 年版。

② 〔明〕高棅：《唐诗品汇》“五古”卷二〇，上海古籍出版社 1982 年版，第 232 页。

浅情深等特点，给予极高评价。

二、《游子吟》接受的文化延伸

刘辰翁对《游子吟》的推崇，对后人影响很大。元代之后，《游子吟》一诗已成为赞颂母爱、抒发游子情怀的情感代码，渗透到读者深层的内心世界，许多人以"春晖""春草""草心"等命名建筑物，用以纪念母亲、表达思忆之情，并留下很多诗作和记述文章。试举元人吴师道(1283～1344)《春晖堂》一诗为例："草心何此报春晖？游子远游归更迟。甘旨高堂日娱养，愿君不识孟郊诗。"①这些现象说明，读者对《游子吟》的接受已超越了单纯的文学意义，而具有了某些文化层面的因素。

在元代，南宋遗民和一些深受理学影响的南方汉族士人们，是这类文章作者的主体。这一现象具有深层的历史文化意义，大致包括两方面：

第一，许多遗民借母爱为喻，表达民族文化心理的创伤，和寻求精神庇护与寄托的诉求。如：

> 我行荒野间，风埃苦浩浩。嗟汝后生者，惟恐不见老。世事如霜木，颜色尽枯槁。愁来不即死，反为命所恼。今人真小儿，语话尚痴倒。不辨亲与仇，得食即为好。焉知父母心，茹痛伤怀抱！难报三春晖，满地皆芳草。(郑思肖《苦怀六首》其一)②

---

① 〔元〕吴师道：《礼部集》卷九，影印文渊阁《四库全书》本，第1212册，第88页，上海古籍出版社1989年版。

② 北京大学古文献研究所编：《全宋诗》，北京大学出版社1998年版，第69册，第43424页。

箧中出故衣，络纬声四壁。昔年慈母线，一一手所历。眷眷游子心，恻恻虚堂夕。逝水不返流，孤云杳无迹。空令揽衣人，一线泪一滴。衣弊奈有时，母恩无穷期。终怜寸草心，何以报春晖？朝寒纵砭骨，念此不忍披。且复返所藏，永寄霜露思。（林景熙《故衣》）①

前诗揭示了亡国之后许多愚民丧失民族气节、苟且偷生的真实情景，抒发诗人郑思肖内心的悲愤和怀念故国之情。此诗以“茹痛伤怀抱”的“父母心”喻故国，以“满地皆芳草”喻遗民百姓，较之孟郊原诗“谁言寸草心，报得三春晖”更翻转一层，主题新变的同时，也加深了情感力度。后诗表面借“故衣”引发思念慈母之情，实际暗藏着感怀故国的深沉、悲痛情感。章祖程评此诗曰：“此篇虽明思亲之意，然而思君之义亦不外是。”②

第二，以《游子吟》的感怀母恩主题为切入点，展现理学家们对文学作品中儒家伦理纲常内涵的空前重视。今见元代为“春晖堂”题记、作诗者，大部分是深受理学思想浸染的士人，如程钜夫、任士林、刘岳申、吴师道、李存、郑元祐等。试以郑元祐《春晖堂记》为例：

至乎唐之诗人，其于三百篇虽未必一本乎性情之正，然有关乎世教，则其义一也。故孟贞曜之诗曰：“难将寸草心，报答三春晖。”其曲尽人情，发明人子之于父母，恩犹天地，深婉微密，亦何异乎“欲报之德，昊天罔极”者乎！去之

① 陈增杰：《林景熙诗集校注》，浙江古籍出版社 1995 年版，第 3 页。

② 〔元〕章祖程：《白石樵唱注》卷一评，转引自陈增杰《林景熙诗集校注》，浙江古籍出版社 1995 年版，第 4 页。

数百年，讽咏叹息，要与《蓼莪》《陟岵》相表里，是则诗之为教，有关乎人心俗化如此。①

这段话将“人子之于父母恩”视为天经地义之理，肯定《游子吟》“曲尽人情”“讽咏叹息”“关乎人心俗化”的特点，将《游子吟》和《诗经》中类似主题的作品并列，极大提升了《游子吟》的地位。理学家们的切入点虽然与一般读者有所差异，但他们揭示出的这些诗歌创作规律与道理，在后来的《游子吟》接受史中也得到了印证。如明末钟惺评《游子吟》：“仁孝之言，自然风雅。”②《唐风定》评《游子吟》曰：“仁孝蔼蔼，万古如新。”③都是从道德、人性角度置评的。

元代《游子吟》接受的高涨情况，还可从选本角度来看。以宗尚盛唐诗为主的杨士弘《唐音》，选入孟郊诗 13 首，其中就包含《游子吟》。尽管《唐音》选诗共 1341 首，规模较大，传播、流行程度有限，但这是《游子吟》自唐、宋以来首次被流行选本选入，意义非同一般。

明清时期，《游子吟》的接受仍保持高涨态势。较之宋元诸人，清代贺裳对《游子吟》评价更高：“真是《六经》鼓吹，当与退之《拘幽操》同为全唐第一。”④这一观点虽然受贺裳崇尚中晚唐诗的诗学背景影响，但按照明清以来广大一般读者对《游子吟》

① 李修生主编：《全元文》，江苏古籍出版社 1998 年版，第 38 册，第 684 页。

② 〔明〕钟惺：《唐诗归》卷三一，《续修四库全书》本，第 1590 册，第 199 页，上海古籍出版社 2002 年版。

③ 转引自陈伯海主编《唐诗汇评》，浙江教育出版社 1995 年版，第 1868 页。

④ 〔清〕贺裳：《载酒园诗话》“孟郊”条，见《清诗话续编》，上海古籍出版社 1983 年版，第 352 页。

一诗的热衷程度，“全唐第一”的评价似乎并不过分。乾隆年间，蘅塘退士孙洙编选的《唐诗三百首》收入《游子吟》，更使其成为家喻户晓的名篇。时至当代，1992 年在香港举办的“最受欢迎的唐诗选举”中，《游子吟》名列榜首①，说明这首诗对当代读者的巨大影响力。

三、《游子吟》成为名篇的原因规律

《游子吟》能成为“名篇”，有其必然性。从内容来讲，《游子吟》的主题是对世间至高至纯母爱的热情赞颂，具有最广泛的读者接受基础。而且，母爱也常被引申为对家乡、故国、民族的情感象征，在特定情境下成为一种群体记忆和心理寄托。《游子吟》在香港成为“最受欢迎的唐诗”，与此地以移民为主的族群结构、长期的文化“游子”心态有一定关系。

从形式来讲，《游子吟》篇幅短小，语言平易、简洁、明快但意蕴深厚、情韵悠长。正如刘辰翁所云：“若平生父子兄弟、家人邻里间，意愈近而愈不近，著力政难。有能率意自道、出于孤臣怨女之所不能者，随事纪实，足称名家。即名家尤不可得，或一二语而止。如孟东野‘慈母手中线’‘归书但云安’，极羁旅难言之情。……古今甚深密义，得之浅易。”(《陈生诗序》)②

从外在因素看，《游子吟》被刘辰翁等名家点评标举、被《唐诗三百首》等流行选本选入传播，也是它成为“名篇”的重要原因。

---

① 参见金开诚《漫谈香港的“唐诗选举”》，载《群言》1993 年第 1 期。

② 〔南宋〕刘辰翁：《刘辰翁集》，江西人民出版社 1987 年版，第 205 页。

第四章　历代重点读者对韩孟诗派的阐释评论(上)

与一般读者效果史不同,在效果史之基础上,一部分重点读者,主要是诗人、评论家、学者等,或因其较大的社会影响力,或因其突出的创作成就,或因其独到深刻的观点,在韩孟诗派作品的主题内涵、艺术特征,诗人的个性特点和风格,群体总体印象或风格等方面给予阐释、评论,并对后世产生一定影响而形成的阐释评论史,是接受史的另一重要组成部分。阐释评论史与"研究史"有交叉重叠之处,但它更重在考察阐释、评论的过程性和主观性,及其与一般读者效果史和创作影响史的互动关系。阐释评论史与创作影响史关系尤为密切,有时难以截然区分。为了保持论述的相对完整性,我们大致采取如下处理方式:对那些在阐释评论方面贡献突出的读者,放在本章和第五章讨论;对那些在创作接受方面成绩比较突出的诗人,则放在第六章讨论。

第一节　中晚唐五代时期对韩孟诗派的阐释评论

晚唐国势颓微,士人心灵往往趋于内敛、隐蔽、退守,诗歌创作也难以恢复盛唐的自信和中唐的坚韧,而只能面对昔日的繁盛,在遥望、叹息中转向对艺术表现的讲求和小巧意境的营造,不过,其时距元和诗坛不远,韩孟、元白等人的余温还可触摸得到。因而,对晚唐多数诗人来说,还很难摆脱新变纷呈、传颂颇广的元和诸家诗歌的影响。

韩孟诗派在中唐至晚唐五代的传播接受,总体来看较为高涨。但从贞元、元和到晚唐,再到五代、宋初的这近一个半世纪的时间里,无论是诗派整体还是成员个人,其接受状况也经历了一些起伏变化的复杂过程。

贞元后期至元和年间,是该诗派的形成、整体声势最为壮大的时期。关于这一时期韩孟诗派内部自我接受和同时代其他重要诗人的接受情形,第一章已有详述。

长庆四年(824),韩愈去世,除了孟郊、李贺、刘言史已先去世之外,诗派其他部分成员仍在。卢仝、皇甫湜活到大和九年(835),马异、刘叉生卒年不详,贾岛又在诗坛上活跃了近二十年,直到会昌四年(843)才去世,但韩孟诗派作为一个诗歌群体,声势较之全盛时已下降颇多,诗派各诗人的接受,明显呈分途之势:韩愈在大部分情况下被视作文坛领袖和古文巨匠,其诗歌受到很大程度的忽视;在"诗章"领域带来"矫激"之风的是诗名甚高的孟郊;贾岛、李贺则呈现自立门户之态势,各有一批追随效仿者。

一、孟诗韩笔

"韩孟"此时虽然齐名,但更多从其人事交游着眼。就文学创作而言,已是"孟诗韩笔"各有侧重了。赵璘《因话录》有言:"韩文公与孟东野友善。韩公文至高,孟长于五言,时号孟诗韩笔。”①这一称谓虽然有南朝时期“沈诗任笔”(钟嵘《诗品》)等传统的影响,但也可见在诗名上,韩在一段时间内的确逊色于孟,或者说是韩的文名遮盖住了诗名。唐末张为(874年前后在世)《诗人主客图》以孟郊为“清奇僻苦主”,韩愈却根本未能入“图”②,便是一突出例证。

孟郊在中晚唐的群体接受中呈现一种过渡状态。一方面,他还没有走出韩愈等同时代友人的推崇颂扬给他带来的诗歌声誉,另一方面,随着人们对他诗歌内容艺术特点的深入了解,“清奇僻苦”诗风给人的印象越发深刻。

孟郊在中晚唐诗坛诗名甚高,但这与韩愈等人的推扬有直接关系。韩愈、李观等人推崇孟郊诗歌的高古、险怪、镵刻等特点,王建也说孟郊“吟损秋天月不明,兰无香气鹤无声。自从东野先生死,侧近云天得散行”(《哭孟东野》),突出了孟诗深掘物象、瘦硬通神的艺术特色。晚唐诗人邵谒也持类似态度:“蚌死留夜光,剑折留锋芒。哲人归大夜,千古传珪璋。珪璋遍四海,人伦多变改。题花花已无,玩月月犹在。不知天地间,白日几时昧?”(《览孟东野集》)③以“哲人”评孟郊其人,以“珪璋”喻孟郊其诗,凸显孟诗的思想性和伦理性,表达了对孟郊的感佩之情,此诗艺术风格也近似孟诗。

张为《诗人主客图》是孟郊接受史的一个重要节点:此前人

① 〔唐〕赵璘:《因话录》,上海古籍出版社1979年版,第82页。

② 李调元认为《诗人主客图》中所选之人“于唐代诗人中未及十分之三四,即所引诸人之诗,亦非其集中之杰出者,或第就其耳目所及而次第之”。按:此图所录诗人多为中晚唐人,代表选者对当时诗人的大致看法,应非严格的诗学理论著作。

③ 〔清〕彭定求等:《全唐诗》(增订本),中华书局1999年版,第7049页。

们多以“穷苦”论孟郊身世,而以“高古”评其诗风,或者说,人之“穷”还没有延伸到诗之“穷”,但张为《诗人主客图》开始以“清奇僻苦”作为孟诗的特色,此后之人在孟郊诗格和人格的评价中大都带有了“穷苦”的成分。

在晚唐人眼里,孟郊与贾岛一样,以穷困的处境、苦吟的作诗态度、凄清硬峭的诗风而吸引了一批倾心者。孟郊的影响力虽不如贾岛,但也获得了不少贾岛追随者的推扬,如:“东野子何之,诗人始见诗。清刳霜雪髓,吟动鬼神司。举世言多媚,无人师此师。因知吾道后,冷淡亦如斯。”(贯休《读孟郊集》)“今体雕镂妙,古风研考精。何人忘律韵,为子辨诗声。贾岛苦兼此,孟郊清独行。”(齐己《览延栖上人卷》)①郊岛并称的趋势已初显。

二、晚唐诗人对韩愈诗歌的阐释

韩愈在晚唐虽然主要以文名世,但有一些眼光独到的重点读者,也发现了韩诗的重要价值,如杜牧、李商隐、司空图和皮日休。

杜牧(803～852)、李商隐(813?～858)都对韩愈的古文成就、文坛声望十分仰慕。杜牧首次提出并称“韩柳”“杜韩”的说法,影响后世深远:“李杜泛浩浩,韩柳摩苍苍。近者四君子,与古争强梁。”(《冬至日寄小侄阿宜诗》)“杜诗韩集愁来读,似倩麻姑痒处搔。天外凤凰谁得髓?无人解合续弦胶!”(《读韩杜集》)②将韩愈的文章与李白、杜甫的诗等同看待,视作有唐一代

---

① 二诗分别见《全唐诗》(增订本),中华书局 1999 年版,第 9426、9541 页。

② 以上二诗分别见《樊川诗集注》,上海古籍出版社 1978 年版,第 61、147 页。薛雪《一瓢诗话》云:“曾见善本《樊川集》:‘杜诗韩笔愁来读。’‘笔’字何等灵妙!俗本刻作‘杜诗韩集愁来读’,神韵顿损。”

之高峰。李商隐著名的《韩碑》诗云："公之斯文不示后，曷与三五相攀追？愿书万本诵万过，口角流沫右手胝。"①表现出对韩愈文章的极力推崇、倾慕，以致此诗在艺术表现上也明显留有学习韩诗的痕迹。韩碑被磨一事，在韩愈接受史中具有重要意义，反映当时对韩愈褒、贬者皆大有人在。有学者认为李商隐此诗誉韩口吻有些夸张，甚至带有"讽刺"之意，这种理解似乎略有偏颇。可以认为，杜牧、李商隐对韩愈的诗、文都是钦慕的，只是相比之下，更突出其古文的地位而已。

杜牧重视韩孟一派的拗硬诗风，有明确的针对性，他欲借此矫正"元和体"轻软艳冶之流弊。杜牧在《唐故平卢军节度巡官陇西李府君墓志铭》中借李戡之言表述了自己的观点："尝痛自元和已来有元、白诗者，纤艳不逞，非庄士雅人，多为其所破坏。流于民间，疏于屏壁，子父女母，交口教授，淫言媟语，冬寒夏热，入人肌骨，不可除去。吾无位，不得用法以治之。"②这里的"流于民间""淫言媟语""纤艳不逞"等说法，显然包含有李戡、杜牧瞧不起元、白诗而夸大其辞的个人感情成分，但元、白诗特别是"元和体"在晚唐的流播、泛滥，也确是事实。宋人刘克庄《后村诗话》认为："牧于唐律中，常寓少拗峭以矫时弊。"③"时弊"即指元、白诗。值得注意的是，杜牧"矫时弊"所用之"拗峭"手法，恰是与元白并世而立且诗美追求迥然不同的韩孟一派，个中深意，颇耐寻思。

唐末司空图（837～908）是首位通读韩愈诗集后从美学风貌上对之做出正式评价的读者。他在《题柳柳州集后》中说：

① 刘学锴、余恕诚：《李商隐诗歌集解》，中华书局2004年版，第909页。

② 〔唐〕杜牧：《杜牧集》，岳麓书社2001年版，第136页。

③ 〔南宋〕刘克庄：《后村诗话》，中华书局1983年版，第17页。

作者为文为诗,格亦可见,岂当善于彼而不善于此耶!思观文人之为诗,诗人之为文,始皆系其所尚,既专则搜研愈至,故能炫其工于不朽,亦犹力巨而斗者,所持之器各异,而皆能济胜,以为勍敌也。愚常览韩吏部歌诗数百首,其驱驾气势,若掀雷抉电,撑抉于天地之间,物状奇怪,不得不鼓舞而徇其呼吸也。①

最后这段形容文字,很好地概括了韩诗雄奇恣肆的总体艺术特点,对后世产生了深远影响。而且,司空图将韩愈和柳宗元并提,认识到他们在创作上的一个重要共同点:都兼擅古文和诗歌,并且有机结合,根底则在其共同的创作基础和作家修养才能。司空图借此初步认识到了韩愈“以文为诗”的特点。他本以提倡“味外之旨”著称,但此处对韩愈怪奇之风也不乏赞赏之意。

同一时期的皮日休,首次将韩孟联句诗作为重点关注对象。皮日休和陆龟蒙的“皮陆唱和”,是继中唐元白唱和、韩孟唱和之后的又一突出的集中互动创作现象。前文已述,此不赘论。

三、杜牧:长吉诗的“第一读者”

李贺诗歌在当时有不少追随效仿者,但阐释评论文字稍后才出现。沈亚之在《序诗送李胶秀才》中说:“余故友李贺,善择南北朝乐府故词。其所赋亦多怨郁凄艳之功,诚以盖古排今,使为词者莫得偶矣。惜乎其终亦不备声弦唱。贺名溢天下,年二

① 祖保泉、陶礼天:《司空表圣集编年笺校》,安徽大学出版社2002年版,第196页。

十七，官卒奉常。由是后学争踵贺，相与缀裁其字句以媒取价。”①沈亚之是李贺好友，是当时最熟悉李贺诗歌的人之一。他归纳李贺诗歌特点为“善择故词”“怨郁凄艳”，给予“盖古排今”“莫得偶”的高度评价，同时也描述了时人对仿效李贺诗风的热衷，并指出“后学”们只“缀裁其字句”而未能师其精髓的缺点。这是今见最早评论长吉诗风的文字。

如果说作为长吉好友的沈亚之的评价多少有些主观色彩的话，那么赵璘《因话录》的记载更能反映当时对李贺诗歌的普遍看法：“张司业籍善歌行，李贺能为新乐府，当时言歌篇者，宗此二人。”“进士李为作《泪赋》，及《轻》《薄》《暗》《小》四赋。李贺作乐府，多属意花草蜂蝶之间，二子竟不远大。文字之作，可以定相命之优劣矣。”②从这两段话中我们可以解析出当时人们对长吉诗的三点认识：一是“新乐府”“歌篇”的文体属性；二是“属意花草蜂蝶之间”，即题材过于狭窄、艳冶，给人不大气的感觉；三是将诗风与命运联系起来的宿命论观点（这在唐宋时期比较流行）。这种认识显然有些片面，甚至有一点猎奇色彩，没有深入到诗歌作品深层。我们有理由怀疑，当时大多数人很难读到李贺的诗集，仅仅根据流行的少数作品来概括李贺诗歌的风格特点，或者干脆就是人云亦云。

从接受史角度看，杜牧、李商隐是晚唐时期李贺诗最重要的读者。他们对李贺生平、创作个性的记述评论，对其诗艺内涵的解读阐释，对其诗风的模仿传承，对之后的李贺接受史影响极大。尤其是杜牧，堪称李贺接受史上的“第一读者”。

---

① 肖占鹏：《沈下贤集校注》，南开大学出版社 2003 年版，第 176 ~ 177 页。

② 〔唐〕赵璘：《因话录》，上海古籍出版社 1979 年版，第 82、85 页。

《李贺集序》是杜牧评论长吉诗最重要的文献。大和五年(831),杜牧应李贺之友沈述师(字子明)之托,为李贺诗集写下了这篇序言。此时距李贺去世已15年,但据杜牧所叙,李贺自编的诗集在交给沈子明后尚未广泛流传。《李贺集序》在概述了作序的大致来历缘由后,以占全文大半的篇幅来形容李贺诗歌的艺术风貌。因原文较长,我们仅录其后半段:

> ……云烟绵联,不足为其态也;水之迢迢,不足为其情也;春之盎盎,不足为其和也;秋之明洁,不足为其格也;风樯阵马,不足为其勇也;瓦官篆鼎,不足为其古也;时花美女,不足为其色也;荒国陊殿、梗莽丘垅,不足为其恨怨悲愁也;鲸呿鳌掷、牛鬼蛇神,不足为其虚荒诞幻也。盖《骚》之苗裔,理虽不及,辞或过之。《骚》有感怨刺怼,言及君臣理乱,时有以激发人意。乃贺所为,无得有是。贺能探寻前事,所以深叹恨,今古未尝经道者,如《金铜仙人辞汉歌》《补梁庾肩吾宫体谣》,求取情状,离绝远去笔墨畦径间,亦殊不能知之。贺生二十七年死矣。世皆曰:"使贺且未死,少加以理,奴仆命《骚》可也。"①

作此序时,杜牧在沈述师之兄沈传师幕府中任职,因此他对沈述师很尊重,但年轻气盛、自视甚高的杜牧,又不愿刻意逢迎、说违心之话。明白了这一点,我们才容易理解杜牧在序文前半段里那种闪烁其词的语气。②

---

① 〔唐〕杜牧:《樊川文集》,上海古籍出版社1978年版,第149页。

② 杜牧一直在强调自己不愿写序,因为他对李贺诗风并不完全认同。但迫于沈述师的面子,实在不好推脱,"固不敢辞,勉为贺叙,然其甚惭",这几句过于客气、夸张的话,能透露出这种意味。

从《李贺集序》中我们可以看出,杜牧对李贺诗的接受体现在:

第一,客观上首次概括总结了李贺歌诗的整体艺术风貌,具有开辟之功,尽管他并不完全认同这种诗风。从序文可以得知,李贺的诗集流传面极小,沈述师本人也藏在书箱子里,几乎忘记了。此前没有人对李贺诗风进行全面描述。即使韩愈、皇甫湜等较为亲密的同诗派成员,也未必能读到更多的李贺诗。事实上,李贺是韩孟诗派中唯一没有得到诗友赠酬诗的人(参见第一章第二节表1)。杜牧作序之前,沈亚之对长吉诗有一些印象式的描述,但过于简略。杜牧此序从"态""情""和""格""勇""古""色""恨怨悲愁""虚荒诞幻"等九个方面浓墨重彩地形容、渲染了李贺歌诗带给读者的审美愉悦,且处处以"不足为"来强调、突显这种不可言说的艺术境界。

但是我们也应该看到,杜牧这段描述性文字有夸张、言过其实的成分,而且这种过于形象化的描述似有感性、模糊之嫌,作为诗歌评论来说,还欠准确。钱锺书认为这段话"徒事排比,非复实录""且按之先后,殊多矛盾",又引清代贺贻孙"唐人作唐人诗序,亦多夸词,不尽与作者痛痒相关"来说明①,不无道理。分析整篇序言的语气,杜牧对李贺诗风实际上是褒中含贬的,宇文所安甚至认为这段话"既可以理解为赞赏也可以理解为讽刺"②。

第二,认为李贺诗重"辞"少"理"。宇文所安认为,杜牧不赞赏李贺的诗歌,是因为认为它"空洞",缺少"理","'严肃'的

① 钱锺书:《谈艺录》,中华书局1984年版,第47、369页。这种夸张化、感性化、模糊化也正是当时诗歌批评的特点所在,钱氏多有引证。

② 〔美〕宇文所安著,贾晋华、钱彦译:《晚唐:九世纪中叶的中国诗歌(827~860)》,生活·读书·新知三联书店2011年版,第159页。

杜牧不得不摒弃李贺的诗歌世界,因为李贺的诗歌从杜牧的唐代意义上来看不'严肃'"①。但杜牧的诗歌创作暗地里受到了李贺的影响。"杜牧从未模仿过李贺,但李贺诗中精彩段落的片段不时地回到他的脑海里,有时还带着原始文本的强烈意味。"②杜牧《张好好诗》末尾,明显受到了李贺《金铜仙人辞汉歌》影响。

李贺诗是否有"理"? 何谓"理"? 这一直是历代争议的焦点。尤其是在宋代,文人对李贺的冷落,主要就是因为认定其诗具有"少理"的缺陷。杜牧认为长吉诗少"理",与他"求高绝,不务奇丽,不涉习俗"(《献诗启》)的诗歌观点有关。对诗歌之"理"的要求,在当时是普遍现象。据《北梦琐言》记载:"进士高蟾,诗思虽清,务为奇险,意疏理寡,实风雅之罪人。薛许州谓人曰:'倘见此公,欲赠其掌。'"③薛能不满高蟾诗歌"意疏理寡",竟然到了要挥拳动手的地步,其态度之严厉更甚于杜牧。

第三,涉及李贺诗的具体表现手段和艺术特点。"探寻前事所以,深叹恨,今古未尝经道者""求取情状,离绝远去笔墨畦径间,亦殊不能知之",都指出了李贺诗具有多从历史取材、角度独特、情感幽深、意境朦胧等特点。

第四,认为李贺诗是"骚之苗裔",指出其艺术渊源。尽管有"理虽不及"的前提,但能以楚辞来比况李贺诗,发现其内在关联,体现杜牧艺术见解之深刻。序文最后"世皆曰"的那几句:"使贺且未死,少加以理,奴仆命《骚》可也。"其实就是杜牧

① 〔美〕宇文所安著,贾晋华、钱彦译:《晚唐:九世纪中叶的中国诗歌(827~860)》,生活·读书·新知三联书店 2011 年版,第 159~160 页。

② 〔美〕宇文所安著,贾晋华、钱彦译:《晚唐:九世纪中叶的中国诗歌(827~860)》,生活·读书·新知三联书店 2011 年版,第 180 页。

③ 〔唐〕孙光宪:《北梦琐言》,中华书局 2002 年版,第 165 页。

本人的观点。“世皆曰”只是杜牧的夸张辞令而已。

杜牧对李贺诗以上几个方面的阐释评论，都对后人产生了巨大影响。无论赞同、补充、修正还是反对，实际上都是在杜牧确定的这个方向进行，因此杜牧可谓李贺接受史上的“第一读者”。

受杜牧《李贺集序》的影响，李商隐作了一篇《李贺小传》，对长吉生平、作诗情状有细致描述，重点是“古破锦囊”呕心作诗、上帝召长吉赋白玉楼这两个细节。李商隐在传记中对李贺这种呕心作诗的方式表示理解、同情和惋惜，这种感情源于李商隐在生平处境、性格心态等方面与李贺的相似之处。“锦囊作诗”和“白玉楼”两个故事广为后人传颂，反映出历代读者对李贺创作方式、天才品质的关注或认同①；李商隐的慨叹与同情，更激起了广大沉沦于社会下层、落魄不遇文士的共鸣。唐末陆龟蒙又接着《李贺小传》，抒发更深一层的感慨：“吾闻淫畋渔者，谓之暴天物。天物既不可暴，又可抉擿刻削、露其情状乎？使自萌卵至于槁死，不得隐伏，天能不致罚耶？长吉夭、东野穷、玉溪生官不挂朝籍而死，正坐是哉！正坐是哉！”（《书李贺小传后》）②较之李商隐对李贺的同情与惋惜，陆龟蒙更多的是感慨、激愤、凄凉和无奈，内在情感气脉其实是先后相承的。陆龟蒙将李贺、孟郊、李商隐联系在一起，发掘其“天物”般的才华与“不挂朝籍而死”的命运之间的惊人关联，为后世“诗人少达而多穷”（欧阳修《六一诗话》）的宿命论观点开了先河。

晚唐五代时期，李贺经常被与李白并称。如：“李白亡，李

① 〔南宋〕陈振孙《直斋书录解题》卷一九《李长吉集》之下曰“世多喜言其人”，说明李贺的生平遭遇、掌故传闻在宋代常为人所乐道。上海古籍出版社 1987 年版，第 565 页。

② 〔唐〕陆龟蒙：《唐甫里先生文集》卷一八，《四部丛刊》初编本。

贺死，陈陶赵睦寻相次”（李咸用《读修睦上人歌篇》），“李白李贺遗机杼，散在人间不知处”（齐己《还人卷》），“长吉才狂太白颠，二公文阵势横前”（齐己《谢荆幕孙郎中见示乐府歌集二十八字》）等。皮日休更将李白、李贺、刘言史同举，视其诗为同一类风格：“百岁有是业者，雕金篆玉，牢奇笼怪，百锻为字，千炼成句，虽不追躅太白，亦后来之佳作也。有与李贺同时者刘枣强焉，先生姓刘氏，名言史，不详其乡里，所有歌诗千首，其美丽恢赡，自贺外，世莫得比。”（《刘枣强碑》）①通过赞美刘言史，间接赞美了李贺。吴融《禅月集序》云：“国朝能为歌诗者不少，独李太白为称首，盖气骨高举，不失颂咏风刺之道。厥后白乐天为讽谏五十篇，亦一时之奇逸极言。……至于李长吉以降，皆以刻削峭拔、飞动文彩为第一流，有下笔不在洞房蛾眉、神仙诡怪之间则掷之不顾。迩来相教学者，靡漫浸淫，困不知变。呜呼！亦风俗使然。”②这段话受杜牧《李贺集序》影响，突出了李贺歌诗“刻削峭拔、飞动文采”的艺术特色，但不满其题材狭窄、少有咏颂讽喻的缺点，同时也批判了后学者刻意摹肖、“困不知变”的弊病。值得注意的是，李贺在晚唐已被与“鬼”联系起来：“诗同李贺精通鬼，文拟刘轲妙入禅。”（齐己《酬湘幕徐员外见寄》）虽然这里并无贬意，但李贺“诗鬼”的绰号在宋代以后很快流行了起来。

总之，中晚唐五代时期对韩孟诗派重要诗人及其艺术风格虽有不同程度的评论阐发，为后人奠定重要的接受基础，但“韩孟诗派”这一整体概念还比较模糊。唐末张为《诗人主客图》

---

① 〔唐〕皮日休：《皮子文薮》，上海古籍出版社 1981 年版，38 ~ 39 页。

② 〔北宋〕李昉等：《文苑英华》，中华书局 1966 年版，第 5 册，第 3688 页。

中,共有六个“标目”,各列“主”“客”若干人,李调元认为“宋人诗派之说实本于此”(《诗人主客图序》)。然而,韩孟诗派诸人中,孟郊为“清奇僻苦主”,李贺为“高古奥逸”之“入室”,贾岛为“清奇雅正”之“升堂”,卢仝为“广大教化”之“升堂”,其余人包括韩愈都未列入。这充分说明,中晚唐五代时期对韩孟诗派诗歌的共同艺术特质并未形成广泛共识,人们更多从交游、个性、品质等角度来认识“韩门弟子”。

第二节 两宋时期对韩孟诗派的群体阐释

宋代对韩孟诗派的接受总体上呈高涨态势,但在诗派成员构成、主流风格等问题上,认识分歧较大。如果在韩孟诗派的统一风格下,再按诗风倾向之不同,大致可将“韩孟”“郊岛”视作两个“亚诗派”,孟郊横跨其间,李贺则相对独立。两个“亚诗派”在两宋时期接受态势的消长起伏、关注视角均有明显不同,李贺则总体处于被冷落的处境。

一、新、旧《唐书》接受韩孟诗派之比较

众所周知,后晋时期成书的《旧唐书》和北宋嘉祐年间成书的《新唐书》,作为两部唐代正史,是后人了解唐代历史最重要的史料来源。两唐书在成书背景、体例、内容、行文风格等方面都存在一定差异,关于韩孟诗派的记载也是如此。在韩孟诗派诸人的立传分布、史料采择、评论态度等方面,两唐书都有明显不同。因为两唐书都属于官修史书,所以这些不同之处,在一定程度上反映了晚唐五代和北宋时期人们对韩孟诗派总体接受态度的差异。在由唐入宋这一关键的文化转型期内,这种接受差

异很值得关注。为了便于分析,我们将新、旧《唐书》中韩孟诗派诸人(包括张籍)列传的分布情况、主要评论文字,列于下表:

表5 新、旧《唐书》韩孟诗派记载情况对照表

	《旧唐书》	《新唐书》
分布情况	卷一六〇:韩愈、张籍、孟郊 卷一三七:李贺	卷一七六:韩愈(附:孟郊、张籍、皇甫湜、卢仝、贾岛、刘义①) 卷二〇三:李贺
韩愈	性弘通,与人交,荣悴不易。少时与洛阳人孟郊、东郡人张籍友善。……大抵以兴起名教弘奖仁义为事。 愈所为文,务反近体,抒意立言,自成一家新语。后学之士,取为师法。当时作者甚众,无以过之,故世称"韩文"焉。然时有恃才肆意,亦有盭孔、孟之旨。	愈性明锐,不诡随。与人交,终始不少变。成就后进士,往往知名。经愈指授,皆称"韩门弟子",愈官显,稍谢遣。凡内外亲若交友无后者,为嫁遣孤女而恤其家。嫂郑丧,为服期以报。 每言文章自汉司马相如、太史公、刘向、扬雄后,作者不世出,故愈深探本元,卓然树立,成一家言。其《原道》《原性》《师说》等数十篇,皆奥衍闳深,与孟轲、扬雄相表里而佐佑《六经》云。至它文造端置辞,要为不袭蹈前人者。然惟愈为之,沛然若有余,至其徒李翱、李汉、皇甫湜从而效之,遽不及远甚。从愈游者,若孟郊、张籍,亦皆自名于时。 赞曰:……自愈没,其言大行,学者仰之如泰山、北斗云。
孟郊	少隐嵩山,称处士。……性孤僻寡合,韩愈一见以为忘形之契,常称其字曰"东野"。与之唱和于文酒之间。	郊为诗有理致,最为愈所称,然思苦奇涩。李观亦论其诗曰"高处在古无上,平处下顾二谢"云。

① "义"应是"叉"之误。关于刘叉名字,异文甚多。参见傅璇琮《唐才子传校笺》,中华书局1989年版,第2册,第278页。

(续表)

	《旧唐书》	《新唐书》
李贺	韩愈为之作《讳辨》,贺竟不就试。手笔敏捷,尤长于歌篇。其文思体势,如崇岩峭壁,万仞崛起,当时文士从而效之,无能仿佛者。其乐府词数十篇,至于云韶乐工,无不讽诵。	辞尚奇诡,所得皆惊迈,绝去翰墨畦径,当时无能效者。乐府数十篇,云韶诸工皆合之弦管。为协律郎,卒,年二十七。与游者权璩、杨敬之、王恭元,每撰著,时为所取去。贺亦早世,故其诗歌世传者鲜焉。
贾岛	(未立传)	时又有贾岛、刘义,皆韩门弟子。 岛为诗自伤。……当其苦吟,虽逢值公卿贵人,皆不之觉也。
卢仝	(未立传)	(韩)愈为河南令,爱其诗,厚礼之。仝自号玉川子,尝为《月蚀诗》以讥切元和逆党,愈称其工。
马异	(未立传)	(未立传)
刘叉	(未立传)	亦一节士。少放肆为侠行,因酒杀人亡命。会赦,出,更折节读书,能为歌诗。然恃故时所负,不能俯仰贵人,常穿屐、破衣。闻愈接天下士,步归之,作《冰柱》《雪车》二诗,出卢仝、孟郊右。
皇甫湜	(未立传)	湜即请斗酒,饮酣,援笔立就。……湜尝为蜂螫指,购小儿敛蜂,捣取其液。一日命其子录诗,一字误,诟跃呼杖,杖未至,啮其臂血流。
刘言史	(未立传)	(未立传)
张籍	性诡激,能为古体诗,有警策之句,传于时。……以诗名当代,公卿裴度、令狐楚,才名如白居易、元稹,皆与之游,而韩愈尤重之。 籍为诗,长于乐府,多警句。	

通过对比分析，我们不难看出，新、旧《唐书》对韩孟诗派的接受差别主要在于：

第一，相比起《旧唐书》，《新唐书》对韩孟诗派的关注程度更高、群体观念更强。在韩孟诗派10人中，《旧唐书》仅为4人立传；《新唐书》则为8人，而且除了李贺之外，其他6人都以“附传”形式列于韩愈之下，号为“韩门弟子”，统系意识比较明确。不过，两唐书都将李贺独立出去，置于《文学传》《文艺传》中，是其一致性。

第二，《新唐书》对韩孟诗派总体评价更高。最典型的是针对韩愈。《旧唐书》虽然肯定了“韩文”，但认为韩愈“时有恃才肆意，亦有盭孔、孟之旨”；《新唐书》则誉之为“泰山、北斗”，态度高下立判。

第三，《新唐书》对韩孟诗派诗歌的评价具有一定的自觉意识，《旧唐书》基本是载录原始史料，没体现出对诗歌的特别关注。比如评价孟郊诗，《新唐书》：“郊为诗有理致，最为愈所称，然思苦奇涩。”透露出对其“思苦奇涩”之风的贬抑倾向。《旧唐书》仅强调孟郊与韩愈的交游唱和往来，作为韩愈之附属，对其诗歌未予置评。再如论李贺，《旧唐书》虽然肯定李贺诗歌“手笔敏捷”、文思雄奇，但这并非其诗风最本质的特点；《新唐书》则接受杜牧观点，认为长吉诗“辞尚奇诡，所得皆惊迈，绝去翰墨畦径”，显然更为准确。

《新唐书》编撰时，文人多不满《旧唐书》的体例观念，尊韩意识高涨，文人间群体活动风气昌盛。上述诸种差异的存在，有深刻的时代背景原因。

二、北宋前期的尊韩与论韩

柳开（947～1000）是宋代最早提倡韩愈道统的人。作为一个道学家,他在不遗余力地推崇韩愈的同时,在诗歌创作中也刻意模仿韩诗。柳氏《河东集》仅存诗五首,《全宋诗》另辑三首。七古长篇《赠梦英诗》《讽虞嫔诗》恣肆夸张、思奇语涩,明显有学韩的痕迹。但是他的几首短篇诗歌流畅且有意趣,有晚唐格调。七绝《塞上》流传很广,被钱锺书选入《宋诗选注》。柳开还为韩愈《双鸟诗》作注,也有开辟之功。但是,柳开对宋代韩愈接受更重大的意义还是在于道统思想的树立。在他的影响下,孙复、石介等人言必称韩愈,极尽推崇之能事。

北宋初、中期道学家们出于对韩愈道统思想的推重,常将韩愈置于中唐文坛的中心地位,由此导致的诗人归属、诗派划分等也显得粗疏随意,缺乏人际交往、文学理论和创作特色上的充分根据。如石介(1005～1045)说:"韩吏部愈应期会而生……爱而喜、前而听、随而和者,唯柳宗元、皇甫湜、李翱、李观、李汉、孟郊、张籍、元稹、白乐天辈数十子而已。……先生如果欲有为,则请先生为吏部,介愿率士建中之徒为李翱、李观。先生唱于上,介等和于下,先生击其左,介等攻其右,先生掎之,介等角之。"(《上赵先生书》)①欲以韩门文人为效法榜样,群体标举意识很强。这里将元稹、白居易视作对韩愈"爱而喜"的随和者,显然并不符合实际,概括得过于主观。石介其他表述也有大体符合实际的一面,如谓:"韩吏部则有皇甫湜、孟郊、张籍、李翱之徒,随之而师,皆能受其师之道,传无穷已。"(《上孙少傅书》)②将韩门弟子类比于孔子、孟子、扬雄、王通等儒家先贤的门弟子,为韩愈承继儒家道统服务。"李唐元和间,文人如鑫起。李翱与

---

① 〔北宋〕石介:《徂徕石先生文集》,中华书局 1984 年版,第 137～139 页。

② 〔北宋〕石介:《徂徕石先生文集》,中华书局 1984 年版,第 173～174 页。

李观，言雄破奸宄。孟郊及张籍，诗苦动天地。持正不退让，子厚称绝伟。元、白虽小道，争名愈弗已。卒能霸斯文，昌黎韩夫子。”（《赠张绩禹功》）①这些言论，体现出石介作为道学家欲极力为韩愈张目的急切愿望，而这种从道德文章角度来论述韩门文人的现象，在北宋是比较普遍的。

道学家虽然尊崇韩愈，但核心是其儒家道统地位和古文，至于诗歌，虽然古体诗在当时也属于“文”的一部分，但道学家们并不真心喜好。一旦从道统意义的“尊韩”语境中解放出来、直面诗歌艺术时，他们对韩诗也提出了不满意见，如苏颂（1020～1101）认为韩诗是“有章韵文”②。

与道学家们相呼应，以提倡韩愈、柳宗元的古文来矫正五代以来浮靡雕琢的文风，也成为穆修、苏舜元、尹洙等古文家的急切愿望。穆修（979～1032）不但整理刊行了韩愈的别集并极力加以推广，而且首次将革新的矛头指向了盛极一时的西昆体。道学家和古文家的强烈标举意识和亲身努力，使韩愈渐为宋代士人关注，并由此获得盛名，为此后的广泛接受做了有力铺垫。

三、诗歌接受主导下的韩、孟分论现象

从群体接受角度看，纵观北宋开国之初的六七十年里，道学家、古文家都偏重于“韩柳”古文，诗歌意义上的“韩孟”处于接受低谷。即使有韩、孟并提的现象，孟郊的身份也大多属于道德文章意义上的“韩门弟子”之一，而非韩愈的亲密诗友（彼时孟郊诗集尚未经宋敏求编次，流传情况也比较散乱）。单论孟郊

---

① 〔北宋〕石介：《徂徕石先生文集》，中华书局1984年版，第17页。

② 〔南宋〕孙奕：《履斋示儿编》卷一六引苏颂云：“韩退之不可谓之诗，有章韵文也。”《丛书集成》初编本，商务印书馆1935～1937年版，第161页。

诗歌的话,北宋人更习惯把他和贾岛放在一起,并称为"郊岛"。在当时人看来,诗文并未分论,尊"韩文"便也包括韩愈古体诗歌在内(实际上韩孟诗派除贾岛外,都主要作古体诗)。

宋代初期诗坛沉浸在晚唐五代的余波里,直到宋仁宗庆历年间欧阳修(1007~1072)、梅尧臣(1002~1060)等人发起诗文革新,这种面貌才有了较大改观。欧、梅以扫除卑弱浮靡诗风为己任,在诗论和创作方面极力开辟雄健、畅达的新诗风,他们常以韩愈、孟郊相标尚,将自己与周围的其他诗坛同好比作韩愈、孟郊、张籍、卢仝等诗人,显现了明确的群体接受意识。欧、梅肯定韩愈诗的强大表现力,对韩诗雄豪恣肆的美学风貌大加提倡,并在诗歌创作中卓有成效地模仿学习,对宋代文人产生巨大影响。

孟郊是韩愈极力推崇的对象,而韩愈在宋代地位甚高,因此孟郊在宋代也有一定的名声。但宋人给孟郊的这种声誉往往只停留于表层,并未建立在对孟郊诗风深入认识的基础上。欧、梅虽将贾岛、孟郊合论,但对孟、贾诗歌中的寒苦之气多有不满,对李贺也少有论及。由此可见,以欧、梅为代表的一批读者虽已自觉将韩孟诗派作为一个整体来接受,但其中心仍然是韩愈,孟郊、李贺、贾岛的奇诡、寒瘦之风并不真正为人所好。

苏轼(1037~1101)在韩孟诗派接受史中有极为重要的地位。他首次从诗史角度肯定了韩诗的"诗变"意义,还身体力行,付诸诗歌创作实践。苏轼对韩诗的学习,除了以文为诗、议论化、才学化这些宋诗较典型的特点外,更将韩诗与自己豪放飘逸的个性结合到一起,形成了畅快、雄奇、洒脱的诗风。但苏轼与欧阳修一样不喜欢孟郊、贾岛,有经典的"郊寒岛瘦"之评,也明显地呈现出将韩孟、郊岛分为两个"亚诗派"的倾向,对后人影响极大。苏轼虽不喜孟郊诗的艺术风貌,却能深刻地剖析孟诗的精髓。苏轼在《读孟郊诗二首》中对孟郊诗做出了细致入微的阐释，说明孟诗中反映出的寒士心理、生活体验，还是能够激起宋人一些共鸣的。

从北宋中期开始，随着诗文革新的完成，逐渐出现一种新趋向：古诗、古文不再被笼统称之为“文”，人们对诗歌、散文文体特征的认识越来越深入。在这种背景下，在原来韩、孟诗歌分论之外，韩愈的古文、诗歌也被分而论之：人们在肯定韩文成就的同时[①]，对韩诗却出现了质疑。质疑之处主要有二：一是“粗疏”，二是“以文为诗”。关于“以文为诗”是非的讨论，本章第四节详论，这里先看前者。许多人认为，韩诗虽然笔力雄豪，但有“粗疏”“无含蓄”等弊端：“有大才，作小诗辄不工，退之是也”（吴可《藏海诗话》）[②]；“退之亦有寄诗杂诙俳”，原因在于“材力豪迈有余，而用之不尽，自然如此”（黄彻《䂬溪诗话》）[③]；“韩文公诗号‘状体’，谓铺叙而无含蓄也。若虽近不亵狎，虽远不背戾，该于理多矣”（晁说之《晁氏客语》）[④]；“韩退之诗，山立霆碎，自成一法，然譬之樊侯冠佩，微露粗疏”（蔡絛《西清诗话》）[⑤]等。当然也有人为韩愈辩护。“馆中一日会茶，有一新进曰：‘退之诗太孟浪。’时贡父偶在座，厉声问曰：‘风约一池萍，

---

① 北宋中后期评价韩文极高，有“集大成”之说。如秦观《韩愈论》：“杜氏、韩氏，亦集诗、文之大成者欤？”见《秦观集编年校注》，人民文学出版社 2001 年版，第 480 页。

② 〔南宋〕吴可：《藏海诗话》，见《历代诗话续编》，中华书局 1983 年版，第 337 页。

③ 〔南宋〕黄彻：《䂬溪诗话》，见《历代诗话续编》，中华书局 1983 年版，第 395 页。

④ 〔北宋〕晁说之：《晁氏客语》，岳麓书社 2005 年版，第 12 页。

⑤ 〔南宋〕胡仔：《苕溪渔隐丛话》后集卷三三“张芸叟”条引《西清诗话》，人民文学出版社 1981 年版，第 258 页。

谁诗也?’其人无语。”(无名氏《道山清话》)①刘攽不满后生小子讥讽韩诗“孟浪”,引韩愈《独钓四首》“风约一池萍”(今本“一”作“半”)之句加以反驳。

也有人对韩、孟两家诗都加以贬斥。如苏辙(1039~1112)《诗病五事》认为韩愈《元和圣德诗》描述刘辟之死一段过于血腥残忍,“而退之自谓无愧于雅颂,何其陋也”;认为孟郊诗风寒苦,“虽天地之大无以安其身,起居饮食有戚戚之忧”,不如古人颜回安贫乐道,韩愈、李翱却还推崇孟郊,故而讥讽“唐人工于为诗,而陋于闻道”②。苏辙这两种观点在宋代颇具代表性,对后人影响也很大。平心而论,韩愈诗下笔狠重,虽与其木讷倔强、求胜好奇、褊狭激进之个性相关,但确实常有“粗疏”之处,宋人尤难接受;孟郊苦吟,因个性心态矫激,与宋人亦难合拍。但苏辙论诗究竟还是从思想道义等外部因素着眼,而非诗歌艺术特质的内在考虑,与乃兄之论颇有不同。

四、南宋:韩、孟接受态势的转变

南宋诗坛对韩诗的接受明显冷落下来。南渡之后,诗人们愈加不满江西诗派末流产生的呆板、滞重等弊端,诗人们渐渐以晚唐诗风或师法自然来纠正之,对重视人工锻造、笔力奇险的韩诗少有涉及。倒是一些文论家如陈善、张戒等人,从评论“以文为诗”的角度对韩诗做了较深入的阐释,可以视作北宋学韩的总结。南宋后期刘克庄(1187~1269)指出:“韩诗沉着痛快,可

① 《宋元笔记小说大观》,上海古籍出版社 2007 年版,第 3 册,第 2921 页。

② 吴文治:《宋诗话全编》,江苏古籍出版社 1998 年版,第 1 册,第 899 页。

以配杜。但以气为之,直截者多,隽永者少。"①刘辰翁说:"子厚古诗,短调沉郁,清美闲胜,长篇点缀清丽,乐府托兴飞动。退之故当远出其下,并言韩、柳,亦不偶然。"②认为韩愈诗歌远不如柳宗元,是站在重情韵比兴诗学立场的结论。但"韩柳"向因古文并称,而非诗歌,须溪此处理解有偏差。这些对韩诗的批评,反映了宋人在诗歌审美心态上趋于含蓄、平淡一路风格的倾向。

反观孟郊诗,自北宋后期以来,在延续贬斥之音的同时,却逐渐出现一些好评。如黄裳(1044～1130)《读罗隐、孟郊集》:"罗隐寓以骂,孟郊鸣其穷。始读郁吾气,再味濡我胸。如何志与气,发作瓶瓮中。大见无贤愚,大乐非穷通。"③认为孟郊诗能代言自己的肺腑之音。《四库全书总目》说黄裳"诗文俱骨力坚劲,不为委靡之音"④,他的许多诗中都寓有骨鲠之气,近似孟郊。一代抗金名臣李纲(1083～1140)也高度评价孟郊诗:"吾读东野诗,因知东野心。穷愁不出门,戚戚较古今。肠饥复号寒,冻折西床琴。寒苦吟亦苦,天光为沉阴。退之乃诗豪,法度严已森。雄健日千里,光铓长万寻。乃独喜东野,譬犹冠待簪。韩豪如春风,百草开芳林。郊穷如秋露,候虫寒自吟。韩如锵金石,中作《韶濩》音。郊如击土鼓,淡薄意亦深。学韩如可乐,学

---

① 〔南宋〕刘克庄:《后村诗话·新集》卷五,中华书局 1983 年版,第 222 页。

② 吴文治:《韩愈资料汇编》,中华书局 1983 年版,第 2 册,第 573～574 页。

③ 北京大学古文献研究所编:《全宋诗》,北京大学出版社 1995 年版,第 16 册,第 11028 页。

④ 〔清〕永瑢等:《四库全书总目》之《演山集》提要,中华书局 1965 年版,第 1336 页。

郊愁日侵。因歌遂成谣,聊以为诗箴。"①李纲此诗,不但将孟郊身世与其诗风联系起来,强调其寒苦之中所蕴深意,而且有意将韩、孟诗歌对举,认为它们如同"春风"与"秋露","金石"与"土鼓"一般,不管让人"可乐"还是"愁侵",都属于独立的诗歌审美类型。

南宋之初,与江西诗派渊源颇深的曾季狸在其《艇斋诗话》中针对苏轼评孟郊的观点说:"东坡性痛快,故不喜郊之词艰深。要之,孟郊、张籍,一等诗也。唐人诗有古乐府气象者,惟此二人。但张籍诗简古易读,孟郊诗精深难窥耳。孟郊诗如《游子吟》《列女操》《薄命妾》《古意》等篇,精确宛转,人不可及也。"②充分表现了曾氏对孟郊诗风的重视,一改前人纯以感性趋好来贬抑孟诗的倾向,尤其是他对孟郊《游子吟》等意境高古一类诗歌价值的发现,在孟诗接受史上也有重要意义。张戒《岁寒堂诗话》指出:"郊之诗,寒苦则信矣,然其格致高古,词意精确,其才亦岂可易得。"③持论比较中肯,在唐人"高古"评价和宋人"寒苦"评价之间找到了平衡点。

到了南宋后期,随着诗坛上扬弃江西诗派之风的兴起,中晚唐诗日渐被重视。除了贾岛、李贺诗的风行外,孟郊诗的价值也得到了客观上的高度认可。刘克庄说:"如东野诸诗自出机杼,无一字犯唐人格律。如鹖弁短衣中,见古人衣冠,如盆盎中见罍

---

① 〔北宋〕李纲:《读孟郊诗》,见《李纲全集》,岳麓书社 2004 年版,第 98 页。

② 〔南宋〕曾季狸:《艇斋诗话》,见《历代诗话续编》,中华书局 1983 年版,第 324 页。

③ 〔北宋〕张戒:《岁寒堂诗话》,见《历代诗话续编》,中华书局 1983 年版,第 459 页。

洗,退之岂阳尊而谬敬之哉?"①又说:"当举世竞趋浮艳之时,虽豪杰不能自拔,孟生独为一种苦淡不经人道之语,固退之所深喜。"②对孟诗的高古、苦淡之风评价极高。与刘克庄同为江湖派中人的戴复古(1167～?)在《戏题诗稿》一诗中说:"冷淡篇章遇赏难,杜陵清瘦孟郊寒。黄金作纸珠排字,未必时人不喜看。"③也对孟郊因诗风寒瘦而受到的冷落深鸣不平。宋末刘辰翁对孟郊《游子吟》的推崇,更是孟郊诗歌接受的一个新高峰。

当然,南宋后期仍然有人因寒苦而讥嘲孟郊的诗歌。如严羽(1192?～1245?)曰:"孟郊之诗刻苦,读之使人不欢。"④并认为孟诗"憔悴枯槁",不理解韩愈为何极力称道之。又说:"孟郊之诗,憔悴枯槁,其气局促不伸。退之许之如此,何邪?诗道本正大,孟郊自为之艰阻耳。"⑤都对孟郊激躁、狭隘、峻直的性格及其类似的诗风抱有成见。这与严氏崇尚盛唐诗风的立场有关。持类似观点的还有程珌(1164～1242):"苍颉制字,鬼夜哭,龙潜藏,岂非东野平生穿天心,出月胁,固宰物者之所不恕邪?士之侥幸逢辰,取数已盈,而犹叹于不遇者,亦可以自警矣。少陵之材有怒霓抉石,复有鸾辂纡徐,有廊庙雍容,复

① 〔南宋〕刘克庄:《蒲领卫诗》,见辛更儒《刘克庄集笺校》,中华书局2011年版,第10册,第4606页。

② 〔南宋〕刘克庄:《后村诗话》后集卷一,中华书局1983年版,第49页。

③ 北京大学古文献研究所编:《全宋诗》,北京大学出版社1998年版,第54册,第33607页。

④ 郭绍虞:《沧浪诗话校释·诗评》,人民文学出版社1961年版,第181页。

⑤ 郭绍虞:《沧浪诗话校释·诗评》,人民文学出版社1961年版,第195页。

有佩剑磊魄。郊有是乎？一于寒且迫而已。”(《跋孟东野集》)①

五、李贺在宋代遭受的冷遇

与“韩孟”不同,李贺在宋代大部分时间里遭受冷遇。北宋诗坛名家欧阳修、梅尧臣、王安石、苏轼、黄庭坚等人都很少论及李贺。到了南宋中后期,随着诗坛上对江西诗派弊端的矫正和学习晚唐体风气的兴起,渐渐有人重视李贺诗歌的美学特质,肯定其价值,在创作中也有所模仿。宋人不喜李贺诗之处,大约有两点:

一是认为李贺诗“少理”。这一评价始自杜牧,被重视思理的宋人广泛接受。宋初孙光宪《北梦琐言》云:“愚尝览《李贺歌诗》篇,慕其才逸奇险,虽然,尝疑其无理,未敢言于时辈。”②李纲《读李长吉诗》:“长吉工乐府,字字皆雕锼。骑驴适野外,五藏应为愁。得句乃足成,还有理致不?”③认为李贺诗有愁郁之气和精巧的炼句之功,但在“理致”上有所欠缺。张戒针对杜牧对李贺诗“少理”的评价,虽认为“牧之论太过”,但仍觉得李贺诗诡怪,理致的成分少了些,他拿李白来做比较说:“贺诗乃李白乐府中出,瑰奇谲怪则似之,秀逸天拔则不及也。贺有太白之语,而无太白之韵。元、白、张籍以意为主而失于少文,贺以词为主而失于少理,各得其一偏。故曰:‘文质彬彬,然后君子。’”④

---

① 曾枣庄、刘琳主编:《全宋文》,上海辞书出版社、安徽教育出版社2006年版,第297册,第390页。

② 〔五代〕孙光宪:《北梦琐言》,中华书局2002年版,第166页。

③ 〔北宋〕李纲:《李纲全集》,岳麓书社2004年版,第98页。

④ 〔北宋〕张戒:《岁寒堂诗话》,见《历代诗话续编》,中华书局1983年版,第462页。

二是李贺诗奇诡的艺术特点。贬斥李贺奇诡诗风最极端的,以张表臣为代表:“(篇章)以平夷恬淡为上,险怪蹶趋为下。如李长吉锦囊句,非不奇也,而牛鬼蛇神太甚,所谓施诸廊庙则骇矣。”①明确表达了重平淡、轻险怪的审美趣好,道出李贺在宋代受冷遇的重要原因。

另一方面,对李贺诗歌的才力,宋人并不否认。如梅尧臣:“李贺诸王孙,作诗字欲飞”(《答仲源太傅八日遗酒》)②,让人联系到韩愈所说的“字向纸上皆轩昂”(《卢郎中云夫寄示送盘谷子诗两章歌以和之》)。张耒诗云:“少年词笔动时人,末俗文章久失真。独爱诗篇超物象,只应山水与精神。”(《岁暮福昌怀古四首·李贺宅》)③也道出李贺诗歌想托天外、主观化极强的艺术个性。但宋人一方面承认其诗歌天赋,另一方面贬斥其“鬼”气,常以“鬼才”论李贺。如:“李白为天才绝,白居易为人才绝,李贺为鬼才绝。”(钱易《南部新书》)④“太白仙才,长吉鬼才。其余不尽记也。然长吉才力奔放,不惊众绝俗不下笔。”(宋祁语)⑤这种将李白与李贺并举、以“鬼才”论长吉的说法,显然受唐人影响,有贬意,但更赞赏其才华。北宋后期开始,还有许多绘画以李贺吟诗作为题材。

南宋中期以后,随着诗学思潮的变化,李贺诗风的价值取向

---

① 〔北宋〕张表臣:《珊瑚钩诗话》,见《历代诗话》,中华书局 1981 年版,第 455 页。

② 朱东润:《梅尧臣集编年校注》,上海古籍出版社 1980 年版,第 636 页。

③ 〔北宋〕张耒:《张耒集》,中华书局 1990 年版,第 427 页。

④ 〔北宋〕钱易:《南部新书》卷丙,见《宋元笔记小说大观》,上海古籍出版社 2007 年版,第 308 页。

⑤ 转引自《永乐大典》卷八二三,中华书局 1986 年版,第 1 册,第 270 页。

开始被重新认定。尤其是南宋末年,诗坛竞趋李贺之风,李贺的地位也上升到极致。在诸家评论者中,薛季宣、刘克庄、严羽、刘辰翁尤其值得注意。

薛季宣(1134~1173)曾在北宋多个版本的基础上整理校订过李贺诗集,对长吉歌诗传播有不小贡献。其《李长吉诗集序》云:"其诗著矣,上世或讥以伤艳,走窃谓不然。世固有若轻而甚重者,长吉诗是也。他人之诗,不失之粗,则失之俗,要不可谓诗人之诗,长吉无是病也。其轻扬纤丽,盖能自成一家,如金玉锦绣,辉焕白日,虽难以疗御寒饥,终不以是故不为世宝。"① 薛季宣反对前人鄙薄长吉诗的态度,特意赞其为"诗人之诗"而非"粗、俗"之诗,似是受当时"以文为诗"之争的影响,后者甚至就是指韩愈诗。薛氏还总结长吉诗特点为"轻扬纤丽""如金玉锦绣",虽然还不够全面,但"自成一家"的总体评断,还是比较客观的。这篇序言对提升李贺诗的地位当会起到很大作用。

南宋后期,李贺诗得到的评价更高。刘克庄云:"长吉歌行,新意语险,自有苍生以来绝无。樊川一序,极骚人墨客之笔力,尽古今文章之变态,非长吉不足以当之。……使吾有中表如贺,当濯蔷薇水薰玉蕤香,方敢开卷。"②严羽《沧浪诗话》也有多处论及李贺:"大历以后,吾所深取者,李长吉、柳子厚、刘言史、权德舆、李涉、李益耳。""人言太白仙才,长吉鬼才。不然。太白天仙之词,长吉鬼仙之词耳。""玉川之怪,长吉之瑰诡,天地间自欠此体不得。"③这些观点既有个人爱好成分,更有对长吉

① 张良权点校:《薛季宣集》,上海社会科学院出版社 2003 年版,第 442 页。

② 〔南宋〕刘克庄:《后村诗话》,中华书局 1983 年版,第 243 页。

③ 郭绍虞:《沧浪诗话校释·诗评》,人民文学出版社 1961 年版,第 163、178、180 页。

诗深入细致的艺术阐发,并为长吉遭贬抑而鸣不平,"自有苍生以来所绝无者""天地间自欠此体不得",可以说已是极高的评价了。如果说严羽将李贺由"鬼才"提升为"鬼仙"的话,姚勉(1216~1262)则更进一步,彻底摘掉了"鬼"的帽子,将李贺与李白并称"两诗仙":"李家自古两诗仙,太白、长吉相后先。蟠螭屈曲作妙语,到今气焰干云天。"(《赠行在李主人二子》)①

宋末刘辰翁对李贺的评价较之前人更进一步:"旧看长吉诗,固善其才,亦厌其涩。落笔细读,方知作者用心,料他人观不到此也。是千年长吉犹无知己也。……千年长吉,余甫知之耳。诗之难读如此,而作者尝呕心何也。樊川反复称道形容,非不极至,独惜理不及骚,不知贺所长正在理外,如惠施坚白,特以不近人情而听者惑焉,是为辩。若眼前语,众人意,则不待长吉能之。此长吉所以自成一家与。"(《评李长吉诗》)②刘辰翁一反前人对李贺诗的不公态度,虽然"千年长吉犹无知己""余甫知之"略显夸张,但他的确能从"知心"角度解读李诗反映的精神世界,这在他对李贺诗集的评点中也多有显现。对于杜牧以来为世人所公认的李贺诗"少理"的缺点,刘氏非但不同意,而且明确认为"贺所长正在理外",极力肯定李贺诗歌主观师心、奇思妙想的特色,体现了刘氏对诗歌抒情本质的深刻认识,这对明清人产生了不小的影响。鉴于此,将刘辰翁称为杜牧之后李贺歌诗的"第二读者",亦无不可。

综而言之,在宋代对韩孟诗派的整体接受中,北宋倾向于韩愈、孟郊一派,南宋则更热衷于李贺、郊岛一派的诗风。这一特

---

① 北京大学古文献研究所编:《全宋诗》,北京大学出版社 1998 年版,第 64 册,第 40510 页。

② 〔南宋〕刘辰翁:《刘辰翁集》,江西人民出版社 1987 年版,第 211 页。

点的形成,与宋代诗歌的具体发展、衍变过程密不可分。从这个意义上讲,宋代对韩孟诗派的诠释与接受出现了重大的偏离与分裂,受韩愈才学化、散体化等特点影响的江西派诗风,和郊、岛一派幽僻清寒的诗风,成为北宋后期至宋末诗歌流变的钟摆的两极。[①] 这说明,宋人虽然对韩孟诗派群体接受的历史定位有重要作用,但往往忽略了韩孟诗派成员间一些共通性的文学特质。

第三节 苏轼对韩孟诗派的权威阐释

在北宋文坛富有统系色彩的背景下,继欧阳修之后,苏轼成为新一代文坛盟主。他以卓荦的天资和超脱不群的艺术个性,成为宋代文学一个巍然而立的高峰。苏轼不但创作方面的成就非常完备,而且论诗观点见解深刻,对后世有极大影响。他在艺术渊源上融汇百家、自成一体,对前代诗人有明确的批评、接受意识,因此,苏轼在古典文学接受史尤其是唐诗接受史上是一个非常重要的读者。

受北宋文坛崇尚韩愈的风习浸染和欧阳修等人的直接影响,苏轼对韩愈等人有较多的自觉关注。他在中唐之后首次对韩愈、孟郊的诗歌进行了富有理论色彩的阐发,其观点对后世影响深远;在创作中,他吸收了韩孟诗歌艺术特点中的长处,并加以创造发展;在审美心理上,苏轼与欧阳修近似,也明显将韩愈与孟郊、贾岛的诗歌视为两种不同的审美范畴。以下,我们分两部分对此进行考察。

---

① 这种比喻来自钱锺书,见《宋诗选注》,人民文学出版社 1989 年版,第 160 页。

一、诗格之变,自退之始

钱锺书说:“韩昌黎之在北宋,可谓千秋万岁,名不寂寞者矣。欧阳永叔尊之为文宗,石徂徕列之于道统。……子瞻作碑,有‘百世师’之称;少游进论,发‘集大成’之说。”①在苏轼之前的北宋前期,韩愈已经在思想、古文、诗歌等领域产生了极大影响,无论是尊韩还是贬韩,文人们都已经难以摆脱韩愈的笼罩。苏轼是欧阳修的门生,而欧阳修又是极力崇韩之人,加上苏轼之父苏洵也是古文家,这使苏轼在早年便受到了韩愈的巨大影响。

苏轼对韩愈的整体评价非常高。他盛赞韩愈“文起八代之衰,而道济天下之溺;忠犯人主之怒,而勇夺三军之帅”(《潮州韩文公庙碑》)②,从文章道德各方面充分肯定了韩愈的价值;他还将欧阳修的文坛盟主地位喻为“今之韩愈”(《六一居士集序》),也可见其对韩愈的尊重。不过,单就道统思想说,苏轼也有一些观点与韩愈有所抵牾,他反对韩愈的人性三品论(《扬雄论》),认为“韩愈之于圣人之道,盖亦知好其名矣,而未能乐其实。……然其论至于理而不精,支离荡佚,往往自叛其说而不知”(《韩愈论》)③,的确击中了韩愈道统思想的要害。苏轼也曾有过与韩愈类似的身世之感,《东坡志林》载:“退之诗云:‘我生之辰,月宿直斗。’乃知退之磨蝎为身宫,而仆乃以磨蝎为命,平生多得谤誉,殆是同病也。”④苏轼接受韩愈人格品行,有一个过程。苏轼青年时期尊韩,多是由于外在原因,内心未必与韩愈

① 钱锺书:《谈艺录》,中华书局1984年版,第62页。

② 〔北宋〕苏轼:《苏轼文集》,中华书局1986年版,第509页。

③ 〔北宋〕苏轼:《苏轼文集》,中华书局1986年版,第114页。

④ 〔北宋〕苏轼:《东坡志林》卷一“退之平生多得谤誉”条,中华书局1981年版,第21页。

亲近;但后来他遭受政治迫害,乃至被贬岭南,对韩愈当年的贬谪经历感同身受,所以对韩愈更多了几分理解与同情。

欧阳修、梅尧臣有宋以来第一次对韩诗做出较高评价,并以之为学习榜样,但是欧、梅对韩诗的接受大多着眼于笼统的美学风貌或具体表现手法技巧,如赞叹韩诗的笔力雄奇、表现力较强、善于用韵等(《六一诗话》)。创作承传方面,多是在唱和赠答诗中刻意学韩,多数诗作展示的还是自家特点。在诗歌艺术之外,欧、梅对韩、孟的道义相交极为推崇,以此作为当下现实中欧、梅关系的对应。总的来说,欧、梅虽对推崇颂扬韩诗颇有贡献,但无论其评论还是创作中的仿习,都还基本处于微观角度,停留在感性的、技法的层次上。

苏轼对韩诗的评价就比欧、梅前进了一步。虽然其评价多散见于只言片语,但颇为精练确当,显示了苏轼的高度洞察力和理论眼光。如:

> 子厚诗,在陶渊明下,韦苏州上;退之豪放奇险则过之,而温丽靖深不及也。所贵乎枯淡者,谓外枯而中膏,似淡而实美,渊明、子厚之流是也。若中边皆枯,亦何足道。①

将韩、柳诗作比较,认为韩诗“豪放奇险”过于柳,“温丽靖深”却不及柳;而苏轼本人是喜好“外枯而中膏,似淡而实美”的柳诗的,认为“欲令诗语妙,无厌空且静”(《送参寥師》)②。如果单从诗风欣赏品位上来讲,苏轼并不是最喜欢韩愈的豪放奇险,但

---

① 〔北宋〕苏轼:《评韩柳诗》,见《苏轼文集》,中华书局 1986 年版,第 2109 ~ 2110 页。

② 〔北宋〕苏轼:《苏轼诗集》,中华书局 1982 年版,第 906 页。

他看到了韩诗在诗歌发展中的重要转折、开辟作用：

> 书之美者，莫如颜鲁公，然书法之坏自鲁公始；诗之美者，莫如韩退之，然诗格之变自退之始。①

对韩诗的变格之举予以深刻揭示，切中了要害。苏轼从宏观角度论文艺之变还有另外一则著名材料：

> 故诗至于杜子美，文至于韩退之，书至于颜鲁公，画至于吴道子，而古今之变，天下之能事毕矣。（《书吴道子画后》）②

综合来看可知，苏轼将杜甫和韩愈作为诗歌转折中的两个关键点。需要辨析的是，既说"诗格之变，自退之始"，又说"诗至于杜子美……古今之变，天下之能事毕矣"，这两种评价是否矛盾？其间又是一种什么样的关系？

回答这一问题，首先要了解"诗"与"诗格"、"书"与"书法"的区别。"诗""书"指诗歌和书法的整体艺术风貌；"诗格""书法"则更多指向具体的表现手法。诗歌发展到杜甫，在表现题材、意境营造、格律句法等方面已非常成熟，很难再有腾挪变化；书法发展到颜真卿，笔力遒劲、风格雄浑，对传统的二王书体是一种超越，堪称唐代书风楷模。从这个意义上讲，杜诗、颜书达到了前所未有的顶点，可说是"古今之变，天下之能事毕矣"。

---

① 〔南宋〕胡仔：《苕溪渔隐丛话·前集》卷一七引，人民文学出版社1981年版，第109页。

② 〔北宋〕苏轼：《苏轼文集》，中华书局1986版，第2210页。

《苕溪渔隐丛话》所引“诗之美者，莫如韩退之”中的“美”，主要指豪放奇险、健美富赡等美学风貌，这在当时为众人所推崇，此处所云“莫如韩退之”乃是当时的一种普遍看法。[①]“诗格之变”主要指韩诗在散体化、才学化、议论化等方面的创新求变。苏轼将此“诗格之变”与颜真卿的“书法之坏”相类比，反映了他在诗歌、书法的发展中对这种“变”的重视[②]，也反映了他从诗歌发展角度对韩诗变革开辟之功的深刻认识。

其次，还应了解苏轼既推崇韩愈，更推崇杜甫，他虽给予韩愈高度评价，但并没有把他凌驾于杜甫之上。其所以认为“诗之美者，莫如韩退之”，一方面缘于当时文人对韩诗才学宏富的推崇；另一方面则是为了强调后面的“诗格之变，自退之始”。《苕溪渔隐丛话》引苏轼的这些话，没有注明出处，但从激烈的语气、前后排比的语势看，好像是与人讨论时所说。倘若如此，口头陈述的观点就难免有些不准确。苏轼对韩诗的肯定，与对杜甫诗歌的推崇有所不同，更多是从“变”的历时角度来着眼的。

总的来说，苏轼对韩愈的诗史地位给予了很高评价，认为他可以比肩李白、杜甫：“追逐李杜参翱翔，汗流籍湜走且僵。”(《潮州韩文公庙碑》)有趣的是，他这里为了夸赞韩愈的才力，竟以谐趣口吻拿张籍、皇甫湜来做陪衬。苏轼有时将韩、杜并提或对举，

---

① 当然也有批评者，如陈师道《后山诗话》云：“退之于诗，本无解处，以才高而好尔。”《冷斋夜话》中沈括、王存亦有“退之诗，押韵之文耳，虽健美富赡，然终不是诗”的说法，但需注意：陈师道、沈括在批评韩诗“无解处”“不是诗”的时候，已有“才高而好”“健美富赡”的前提，这说明当时的文人们对韩诗雄博富赡的特点是服膺的，只是不满其“以文为诗”而已。

② 苏轼评价颜真卿的“书法之坏”并非贬语，详参陈新璋《从接受美学看苏轼对韩愈诗歌的评价》，载《华南师范大学学报》1992年第2期。

如谓:"退之惊笑子美泣,问君久假何时归。世间好句世人共,明月自满千家墀。"(《次韵孔毅父集古人句见赠五首》之一)①"退之身外无穷事,子美樽前欲尽花。"(《留题徐氏花园二首》之二)②可见在苏轼心目中,韩愈、杜甫的位置是大体相当的。

苏轼对韩愈诗歌的接受,继承了欧阳修、梅尧臣诗文革新以来的学韩路线,并加以发展创造,对形成宋诗新质做出了决定性的贡献。苏轼在接受韩诗时超越欧阳修、梅尧臣之处,既表现在对韩诗"诗格之变"的阐释评论方面,也表现在他成功接受韩诗"以文为诗"的影响、开创宋调的诗歌创作实践方面。比起欧阳修对韩诗气势、用韵等具体层面的褒扬,苏轼认为韩诗最大价值在于其开辟新风的变革意义,从诗史角度确立了韩愈大变唐诗的地位,这对清代叶燮影响较大。

二、郊寒岛瘦

孟郊的诗歌在中唐得到了很高的评价。但是自晚唐以后,贬斥的意见居多。即使是对韩孟诗歌整体上非常推崇的欧、梅,在单论孟郊时,也不喜欢其"苦涩"诗风。但是,他们对孟郊的评论较为零碎,缺乏系统性。苏轼尽管也不喜孟郊,可他对孟诗特点的把握却较前人更准确,所论也更为深入,从而为后人接受孟诗提供了一个重要平台。从接受史的角度看,苏轼也可算得是孟诗的"第一读者"了。

苏轼对孟郊的评价集中显现在《读孟郊诗二首》中:

夜读孟郊诗,细字如牛毛。寒灯照昏花,佳处时一遭。

① 〔北宋〕苏轼:《苏轼诗集》,中华书局1982年版,第1156页。
② 〔北宋〕苏轼:《苏轼诗集》,中华书局1982年版,第2524页。

孤芳擢荒秽,苦语余诗骚。水清石凿凿,湍激不受篙。初如食小鱼,所得不偿劳。又似煮彭蜞,竟日持空螯。要当斗僧清,未足当韩豪。人生如朝露,日夜火消膏。何苦将两耳,听此寒虫号。不如且置之,饮我玉色醪。

我憎孟郊诗,复作孟郊语。饥肠自鸣唤,空壁转饥鼠。诗从肺腑出,出辄愁肺腑。有如黄河鱼,出膏以自煮。尚爱《铜斗歌》,鄙俚颇近古。桃弓射鸭罢,独速短蓑舞。不忧踏船翻,踏浪不踏土。吴姬霜雪白,赤脚浣白纻。嫁与踏浪儿,不识离别苦。歌君江湖曲,感我长羁旅。①

仔细分析这两首诗,可以发现苏轼对孟郊的主要看法有以下几点:

一是孟郊诗虽然有些好处,但更多的是"寒虫号"般的"苦语",诗味浅薄,读起来"所得不偿劳",在阅读心理上处于一种压抑状态。后人往往认为苏轼不喜孟诗,其根据主要在于此。这里面既有审美的原因,也有苏轼对孟郊人生态度不满的因素。

二是苏轼虽然不喜读孟诗,却非常理解他的创作处境,客观上揭示了孟郊的创作心理:"诗从肺腑出,出辄愁肺腑"——悲苦的生活和心理酿制了苦涩的诗句,苦涩的诗句反过来愈发加剧了诗人的悲苦情怀。苏轼一生多历苦难,虽然表面豪放豁达,内心也常充满苦闷,故对孟郊的创作情境颇能理解,对孟郊发自内心肺腑的穷苦之言也多能体悟,并在一定程度上肯定了孟诗抒写内心情感的艺术价值。联系到杜甫所谓"愁极本凭诗遣

① 〔北宋〕苏轼:《苏轼诗集》,中华书局1982年版,第796~797页。

兴，诗成吟咏转凄凉”①，可以对此获得深一层的认知。

三是苏轼对孟郊所作古体及其表现的古朴特点的评价。从“尚爱《铜斗歌》”至篇终，是对孟郊《送淡公十二首》第三、四、五、六诸首的概括。在苏轼看来，这些诗“鄙俚颇近古”，即不假雕琢、朴质自然，由此可见苏轼对自然古朴一类诗的喜好。进一步看，苏轼说“歌君江湖曲，感我长羁旅”，说明这些诗颇能引发苏轼缘于羁旅之感的共鸣，由此也见出这类孟诗具有感发人意的特点。

从苏轼对孟诗的基本态度看，是有贬有褒、贬多于褒的。除上引二诗外，苏轼还在几处评价了孟郊诗。“白露入肝肺，夜吟如秋虫。坐令太白豪，化为东野穷。”（《中秋月寄子由三首》）②以孟郊之“穷”来映衬自己喜好的李白之“豪”，褒贬之意自然可见。“小诗试拟孟东野，大草闲临张伯英。”（《赠葛苇》）③“长笑右军称草圣，不如东野以诗鸣。乐天自爱吟淮月，怀祖无劳听角声。”（《次韵致远》）④“诗如东野不言寒，书似留台差少肉。”（《书林逋诗后》）⑤总之，都是以“寒”“穷”“小诗”“以诗鸣”之类字词来形容孟诗，指出了其审美特色，其中虽有讥嘲孟诗寒苦的诙谐之意，但也不无自我解嘲、同病相怜的成分。

对于贾岛，苏轼评论不多，且常与孟郊并论。其《祭柳子玉文》有言：“元轻白俗，郊寒岛瘦。嘹然一吟，众作卑陋。”以“寒”评孟，以“瘦”评贾，并与元、白之“轻”“俗”并列，总以“众作卑

① 〔唐〕杜甫：《至后》，见《杜诗详注》，中华书局1979年版，第1199页。

② 〔北宋〕苏轼：《苏轼诗集》，中华书局1982年版，第860页。

③ 〔北宋〕苏轼：《苏轼诗集》，中华书局1982年版，第1372页。

④ 〔北宋〕苏轼：《苏轼诗集》，中华书局1982年版，第1255页。

⑤ 〔北宋〕苏轼：《苏轼诗集》，中华书局1982年版，第1344页。

陋”作结,可见含有贬意;但就对其诗风特点的总体把握看,“寒”“瘦”二字又是恰当的。它一方面概括了孟诗意境凄清造语寒涩与贾诗题材狭窄情感单一的不同点,另一方面将孟、贾身世与创作紧密结合起来,将人和诗打成一片,颇有识见。所谓“遥想后身穷贾岛,夜寒应耸作诗肩”①,着眼点就在于与“瘦”相关的身世之“穷”上。此外,苏轼还以“清”评孟、贾诗,如前引《读孟郊诗二首》说孟郊“要当斗僧清,未足当韩豪”,其意即谓孟诗不足以与韩之“豪”比并,却足可与曾为僧人之贾岛共一“清”字,可见“清”是对孟、贾的共同评价。这种评价是带有理论眼光的。相对于晚唐五代宋初崇贾者只顾模仿而难得跳出一步予以理论审视,苏轼能从客观的、较为超脱的角度,对孟、贾诗做出“寒”“瘦”“清”的评价,标举出郊、岛诗的风格和神韵,可谓简约确当,影响后世,洵为深远。

对于李贺,苏轼与北宋大多数文人一样,表现出比较淡漠的态度。他很少提及李贺,但偶尔提及,也有肯定,如谓:“能诗李长吉,识字扬子云。”(《复次前韵谢赵景贶陈履常见和兼简欧叔弼兄弟》)②将李贺与善“识字”的扬雄并提,视作擅诗之人。苏轼对李贺关注较少的原因,除了北宋诗坛上整体漠视李贺的氛围影响之外,据苏轼《与陈季常九书》“近得李长吉二诗,录去,幸秘之”③的话推测,可能与当时李贺诗集流传不广有关。

综而论之,苏轼个性豪放旷达,对人生的曲折苦难多出以平和淡然的应对态度,在诗歌创作中则更喜行云流水、笔墨纵横,

---

① 〔北宋〕苏轼:《是日宿水陆寺寄北山清顺僧二首》,见《苏轼诗集》,中华书局1982年版,第391页。

② 〔北宋〕苏轼:《苏轼诗集》,中华书局1982年版,第1792页。

③ 〔北宋〕苏轼:《与陈季常书》之七,见《苏轼文集》,中华书局1986年版,第1567页。

故与孟郊诗的忧戚怨愤、贾岛诗的窄狭单一多有不合拍处。即使就韩愈而言,苏轼虽给予了较高评价,但在人生态度和思想倾向上,苏轼常出入于儒释道之间,其灵活性和包容性均与韩愈的木讷孤直、时露愤激有所不同,故苏轼在称赏韩诗的同时并未达到深层融入。不过,他能对韩愈、孟郊、贾岛等人从理论上总结其诗歌要点,凸现其美学价值,并在创作中大量吸收韩诗特点又予发展,这在北宋时期对韩孟诗派的接受中是很突出的。从接受史的角度看,苏轼在韩孟诗派传播接受史中占据重要地位,同时也成为宋代文人接受韩诗的典型代表。

第四节 两宋之交的分化趋向与多层面阐释

从欧阳修、梅尧臣到王安石、苏轼,在对韩诗的接受中,"宋调"逐渐形成。到了北宋中后期,"宋调"在黄庭坚那里达到了顶点。继而出现的以黄庭坚为宗师的江西诗派,成为北宋末、南宋初笼罩诗坛几十年、对后世影响极为深远的诗歌流派,这是当时最重要的诗歌现象。两宋之交对韩孟诗派的接受,也与江西诗派的风行存在密切关系。

黄庭坚、江西诗派与韩孟诗派的关联,大致可从以下两方面来看:一是江西诗派宗主黄庭坚、陈师道对韩孟诗派的直接接受;二是在江西诗派刺激下产生的与韩愈诗相关的深层思考,主要是对"以文为诗"的争议。这些思考不但深化了对韩诗的接受,而且对南宋诗论家总结宋诗总体特色产生了直接影响。

一、黄庭坚、陈师道的理论贡献

黄庭坚与苏轼并称"苏黄",同为宋诗最本色的代表。在黄庭坚成长的诗歌环境中,韩愈的影响可谓无所不在。他的父亲黄庶是庆历诗歌革新时的著名诗人,《四库全书总目》评价黄庶"庭坚之学韩愈,实自庶倡之。……(庶)集中古体诸诗,并戛戛自造,不蹈陈因,虽魄力不及庭坚之雄阔,运用古事,镕铸剪裁,亦不及庭坚之工巧,而生新矫拔,则取径略同。先河后海,其渊源要有自也。"①"生新矫拔"是二人学韩的内在相通处。黄庶诗集中有些古体诗颇具韩诗风貌,如《拟欧阳舍人古篆》《大孤山》等篇。据《洪驹父诗话》载:"山谷父亚夫诗自有句法。山谷书其《大孤山》《宿赵屯》两诗,刻石于落星寺。两诗警拔,世多见之矣。"②可见山谷对其父"警拔"一类的诗是很赞赏的。另外,黄庭坚的岳父谢景初是梅尧臣的内侄,与梅多有诗歌唱酬,渊源颇深;黄庭坚在诗歌上也受到谢的一些影响,自认为"卒从谢公得句法"③。由此可见,黄庭坚在诗歌启蒙上与苏轼一样,是承继庆历诗歌革新而来的,因此他的诗学观念自然具有潜在而浓厚的学韩倾向。

与王安石、苏轼类似,黄庭坚在诗文中并没有对韩诗过多的直接评论,但是在诗学理论、创作实践中处处显露着韩愈影响的痕迹。

在前代诗人中,黄庭坚最推重陶渊明和杜甫,对韩愈则不甚在意,这与苏轼对韩愈诗史地位的重视存在一定差别,但黄庭坚的诗学背景决定着他在诗歌创新理论上难以摆脱韩愈的潜在影响。我们知道,黄庭坚诗论的灵魂是创新,他强调"文章最忌随

---

① 〔清〕永瑢等:《四库全书总目》,中华书局1965年版,第1315页。

② 《洪驹父诗话》"山谷父亚夫诗"条,见《宋诗话辑佚》,中华书局1980年版,第428页。

③ 〔北宋〕黄庭坚:《黄氏二室墓志铭》,见《全宋文》,上海辞书出版社、安徽教育出版社2006年版,第108册,第114页。

人后”（《赠谢敞、王博喻》），张耒也说他“不践前人旧行迹，独惊斯世擅风流”（《读黄鲁直诗》）①。在唐诗盛极难再的压力下，在从欧阳修、梅尧臣开始的宋诗发展道路上，如何创新一直是诗人们所关注的中心问题。正因如此，中唐最富创新精神的韩孟诗派才成为普遍的接受对象。然而，在北宋中后期学韩已十分普遍的情形下，一味约束在韩愈诗歌的框架内，反而成了创新道路上新的局限。黄庭坚比同时其他诗人思考得更深一步，他一方面发展韩诗的散体化、议论化、才学化等特色，另一方面更从内涵、理致、修养、才学等方面对诗歌加以综合要求。

第一，黄庭坚认为诗歌要诗意高远、富含理致，反对故作奇语，推崇“不烦绳削而自合”的境界，而诗意必须有精博的才学作为基础。在《与王观复书一》中，黄庭坚说：“所送新诗，皆兴寄高远，但语生硬，不谐律吕，或词气不逮初造意时，此病亦只是读书未精博耳。‘长袖善舞，多钱善贾’，不虚语也。……好作奇语自是文章病，但当以理为主，理得而辞顺，文章自然出群拔萃。观杜子美到夔州后诗，韩退之自潮州还朝后文章，皆不烦绳削而自合矣。”在给王观复的第二封信里，他又不厌其烦地强调：“所寄诗多佳句，犹恨雕琢功多耳。但熟观杜子美到夔州后古律诗，便得句法。简易而大巧出焉，平淡如山高水深，似欲不可企及，文章成就，更无斧凿痕，乃为佳作耳。”（《与王观复书二》）②将“好作奇语”视为文章之病，可见他是反对形式主义的，他认为有了渊博的才学、充沛的诗思，自然能够达到“理得而辞顺”“不烦绳削而自合”的境界。这里所拈举的典范是杜甫

① 〔北宋〕张耒：《张耒集》，中华书局1990年版，第407页。

② 前后二书信见《全宋文》，上海辞书出版社、安徽教育出版社2006年版，第104册，第296～297页。

和韩愈,而且是夔州后之杜诗和自潮州返回后的韩文,说明他对杜、韩后期诗文特别重视。除杜诗、韩文外,黄庭坚认为陶渊明的诗歌也达到了这种境界:"宁律不谐,而不使句弱,用字不工,不使语俗,此庾开府之所长也,然有意于为诗也。至于渊明,则所谓不烦绳削而自合。"①

正因如此,黄庭坚对韩愈集中那些险怪恣肆、雕琢弄巧的诗篇并不喜好,而更钟情于韩愈晚年悠游闲雅一类的诗风。《王直方诗话》云:"洪龟父言山谷于退之诗少所许可,最爱《南溪始泛》,以为有诗人句律之深意。"②

第二,因为诗意无穷而人才有限,黄庭坚又创造出一套"点铁成金"和"夺胎换骨"的创新之法。作为江西诗派的始祖,黄庭坚的诗论中最被后人重视的是"点铁成金"和"夺胎换骨"。前者出自《答洪驹父书三》:"自作语最难,老杜作诗,退之作文,无一字无来处,盖后人读书少,故谓韩、杜自作此语耳。古之能为文章者,真能陶冶万物,虽取古人之陈言入于翰墨,如灵丹一粒,点铁成金也。"③后者出自惠洪《冷斋夜话》的转载:"诗意无穷,而人之才有限;以有限之才,追无穷之意,虽渊明、少陵,不得工也。然不易其意而造其语,谓之换骨法;窥入其意而形容之,谓之夺胎法。"④

对于这两种诗法,后人往往以形式主义、剽窃等加以理解,实际上并未得其精髓。相对于字词语句等外在形式,黄庭坚似

① 〔北宋〕黄庭坚:《题意可诗后》,见《全宋文》,上海辞书出版社、安徽教育出版社2006年版,第106册,第187页。

② 郭绍虞辑:《宋诗话辑佚》,中华书局1980年版,第88页。

③ 曾枣庄、刘琳主编:《全宋文》,上海辞书出版社、安徽教育出版社2006年版,第104册,第301页。

④ 〔北宋〕惠洪:《冷斋夜话》,中华书局1988年版,第15页。

乎更重视作诗者心灵中内在的“诗意”,而形式只不过为表达内容服务而已。在处理二者的关系时,黄庭坚并没有本末倒置。他虽然因“自作语最难”而赞叹杜诗韩文的“无一字无来处”,强调学力的重要性,但他更着重强调作者“陶冶万物”的能力,即内在的创作才性,如果有了这一点,那么即使借用古人之陈言,也会变得非常鲜活生动、富有表现力。

《冷斋夜话》所引之言说得更加明白。正因为“以有限之才追无穷之意”的艰难,所以要在“意”与“才”的关系处理上做文章。所谓“换骨”,乃是“不易其意而造其语”,即是沿着别人的“诗意”,而选用更含蓄、更富意味、更耐琢磨的词句来表达,以得到“雄深雅健”、文质彬彬的效果。这虽是强调才学的重要性,但它是服务于“意”的。所谓“夺胎”,即“窥入其意而形容之”,继承别人的立意,然后用自己的手段“形容之”,发展、营造出具有自家面目的诗歌境界。黄庭坚在这里虽然强调“意”的重要性,但因为“诗意无穷”,所以对于大多数才力有限而难以另辟新意的人来说,就只有用“夺胎换骨”的法子来创新,这显然是渴求创新的一种勉强的做法。江西诗派诸人对黄庭坚趋之若鹜,正是因为这种诗法为大多数“有限之才”的人指出了一条创新之路。所以从本质上讲,黄庭坚对创新的要求是高者在意,次者在法。

此外,黄庭坚在审美风貌上欣赏质实、硬峭的诗风,这是通过多用典、多锻字炼句而达到的。他认为杜甫“用一事如军中之令,置一字如关门之键”(《跋高子勉诗》),这里虽未提及韩愈,但在其用字、用事及创造硬朗诗风方面,也隐然包含有韩愈的影响因子。

如果将黄庭坚与苏轼加以比较,可以看出,二者接受韩诗存在明显不同。苏轼强调韩诗在诗史上开风气之先的转变意义,识人得其大者,取其精要,这对后世诗歌的开拓、创新有很大的贡献;黄庭坚则更重视在诗法技巧层面汲取韩诗,由此或隐或显地构成江西诗派的若干法门。倘若以统系意识看,苏轼对韩诗的接受来自欧阳修、梅尧臣一路,黄庭坚则与王安石承继关系更为明显。而从本质上看,从杜甫到韩愈再到苏轼、黄庭坚,贯穿其中的一条诗歌创新主线则是散体化、议论化和才学化的创作倾向。只不过在杜、韩那里,这种特征是散见的,而在苏、黄这里,已更多的带有普遍性、群体性,成为宋诗的主要特征之一了。

陈师道(1053~1102)是江西诗派中唯一地位可与黄庭坚比肩的诗人,他对苏轼、黄庭坚非常尊崇,作诗观念受黄庭坚的影响尤其大。他在《答秦觏书》中说:"仆于诗初无师法,然少好之,老而不厌,数以千计;及一见黄豫章,尽焚其稿而学焉。"①所以他的《后山集》中保存下来的诗歌大多是结识黄庭坚之后的作品。

陈师道也主张向杜甫学习,以才学、修养而求奇创新。他在《赠秦觏兼简苏迨二首》中说:"文章从古不同时,诗语惊人笔亦奇。"②《后山诗话》云:"学诗当以子美为师,有规矩,故可学;退之于诗本无解处,以才高而好尔。渊明不为诗,写其胸中之妙尔。学杜不成,不失为工;无韩之才与陶之妙而学其诗,终为乐天尔。"③以杜甫、陶渊明作为崇尚目标,将学杜的理由归结为"有规矩",认为韩愈诗"以才高而好"、渊明诗"写胸中之妙",这些

---

① 〔北宋〕陈师道:《后山居士文集》,上海古籍出版社 1984 年版,第 542 页。

② 冒广生:《后山诗注补笺》,中华书局 1995 年版,第 90 页。

③ 《后山诗话》作者旧题陈师道,但在南宋就有人提出质疑,认为可能是伪托后山之名。郭绍虞《宋诗话考》中对此作了详细的辨证,得出结论为"师道确有诗话,但未成书,其为人亦不免有自负习气,故易为人所依托。意者原稿未及刊行,他人得之复加增益,遂致事实抵牾,启人疑窦"(见《宋诗话考》,中华书局 1979 年版,第 17 页)。此书内容虽然杂糅,却能真实反映北宋末到南宋前期诗学思想的流变情形。

观点都十分近似于黄庭坚。

陈师道虽然创作主张与黄庭坚相近，其诗歌创作环境却与黄有较大差异。师道个性孤僻、耿直，生活穷苦，虽然他能够以淡泊的态度来对待，但生活阅历的限制，的确使他诗境较为狭窄，所写最多、最好的是生活中的个人情感。黄庭坚曾半开玩笑地说他是“闭门觅句陈无己”（《病起荆江亭即事十首》之八）①，可谓一语中的。陈师道自己认为：“此生精力尽于诗，末岁心存力已疲。”（《绝句》）②将毕生精力倾泻到诗歌中来，以诗为自我实现的途径，这是苦吟派诗人的共同点。

二、“以文为诗”之争的起源及其反映的诗坛动向

“以文为诗”之争是韩愈诗歌接受史衍生出的一段公案，在中国古典诗论中具有重要意义，影响深远。近千年来，有关乎此的讨论可谓争讼纷纭、莫衷一是。在完成现代学术转型的20世纪里，也依然如是。③“以文为诗”之争始于北宋后期，与江西诗派的兴起有密切关系，但从更广角度看，它的背景是唐宋人对诗、文文体的不同理解。

关于这一方面的研究，朱自清发表于1947年的《论“以文为诗”》一文即已展开。朱先生认为：“大概宋以前‘诗’一直包在‘文’里，宋人在理论上将诗文分开了，事实上却分不开，无论对于古人的作品或当时人的作品都如此。这种理论和事实的不一致，便引起许多热烈的讨论”，而韩愈的“以文为诗”，“按宋代说，固可以算他‘以文为诗’，按唐代说，他的诗之为诗，原是不

① 刘尚荣点校：《黄庭坚诗集注》，中华书局2003年版，第520页。

② 冒广生：《后山诗注补笺》，中华书局1995年版，第153页。

③ 可参阅拙文《20世纪“以文为诗”研究述论》，载《中州学刊》2004年第5期。

成问题的"[1]。近年来,又有学者在此基础上做了进一步的研究。郭鹏《"以文为诗"辨》一文认为[2],在宋代诗、文分论的背景下,由于诗歌创作受到整体文学观念含混的影响,导致了诗歌革新中审美趣味的游移不定和诗学思想中复古倾向的蔓延。但有些现象还需要进一步解释,如:"以文为诗"创作实践在古体、近体诗中不同步的特点及其原因的探讨;从文化学层面看,由唐至宋,文人士大夫的主体文化精神与人生态度发生了明显转向,而诗歌在其中所承载的文化功能也有一定程度的转变。

(一)中唐:古文运动前后的诗、文观念及其内涵变化

韩愈所在的元和时期,不仅诗歌发生了巨大变化,由韩、柳倡导的古文运动也已达到高潮,并产生了较大的社会影响。其时诗、文的文体观念,与古文运动有着密切关联。

中唐古文运动之前,唐人文体观念中的"诗",大都还笼统地包含在"文"或"文章"之中,南朝"文笔之辨"所确定的"文"之范畴被继续沿承着。如:陈子昂《与东方左史虬修竹篇序》云"文章道弊五百年矣",李白"蓬莱文章建安骨,中间小谢又清发"(《宣州谢朓楼饯别校书叔云》),杜甫"王杨卢骆当时体,轻薄为文哂未休"(《戏为六绝句》)、"文章千古事,得失寸心知"(《偶题》),其中的"文"或"文章"都包含诗歌在内。

到了中唐时期,在许多地方仍然延续了这一观念。如:元稹《唐故工部员外郎杜君墓志铭并序》云"时山东人李白,亦以奇

---

① 朱自清:《论"以文为诗"》(原载 1947 年 6 月 5 日济南《大华日报·学文周刊》),见《朱自清古典文学论集》,上海古籍出版社 1981 年版,第 96~97 页。

② 郭鹏:《"以文为诗"辨》,载《北京大学学报》1999 年第 1 期。

文取称,时人谓之李杜。予观其壮浪纵态,摆去拘束,模写物象及乐府歌诗,诚亦差肩于子美矣”①,明确道出“乐府歌诗”亦属于“文”的范畴。古文运动的领袖韩愈本人亦是如此:“李杜文章在,光焰万丈长”(《调张籍》)之“文章”即指李白、杜甫之诗歌。“诗”既然属于“文”,也就与“文”一样被赋予了“经国之大业”之类的崇高教化意义,较古文运动稍晚而起的新乐府运动,正是以这一观念作为基础的。

与“文”相对应的是“笔”,即在内容上较少性灵情思、在形式上较少审美因素的文字。韩愈的古文创作得到当时及后人的认可,被后世称作“韩文”,中晚唐人却常称之为“韩笔”。如:“子长在笔,予长在论”(刘禹锡《祭韩吏部文》);“元和已后,为文笔则学奇诡于韩愈,学苦涩于樊宗师。歌行则学流荡于张籍。诗章则学矫激于孟郊;学浅切于白居易;学淫靡于元稹”(李肇《唐国史补》);“韩文公与孟东野友善。韩公文至高,孟长于五言,时号孟诗韩笔”(赵璘《因话录》)。与此形成对比的是,韩柳古文运动的追随者们往往称这种新兴的散体文为“文”或“古文”。如:“又思我友韩愈,非兹世之文,古之文也;非兹世之人,古之人也”(李翱《与陆傪书》);“昌黎公,圣人之徒欤!其文高出,与古之遗文不相上下”(赵德《文录序》)。《旧唐书·韩愈传》载:“愈所为文,务反近体,抒意立言,自成一家新语。后学之士,取为师法。当时作者甚众,无以过之,故世称‘韩文’焉。……时谓愈有史笔,及撰《顺宗实录》,繁简不当,叙事拙于取舍,颇为当代所非。”②可见直到五代之时,虽已有“韩文”之

① 〔唐〕元稹:《唐故工部员外郎杜君墓志铭并序》,见《元稹集》,中华书局1982年版,第601页。

② 〔后晋〕刘昫等:《旧唐书》,中华书局1975年版,第13册,第4204页

称,但对于《顺宗实录》等史传文字,还是称为“史笔”,与“文”分列而论,显示出诗、文分体观念中的一种长期混淆、过渡状态。

中唐古文运动中,韩愈等人号召向先秦两汉时期包括史书经传、诸子杂说等各种古文学习创作,在文体观念方面阻断了南朝以来“文、笔之辨”的明晰化进程,呈现出复古和回归的态势。于是,在古文运动的提倡者和追随者的文学观念中,“文”开始渐渐地将“笔”也容纳进来,并付诸写作实践。古文家们以“笔”的手法来进行“文”的写作,把讲究形式华美的骈俪对偶之文改造为浅近直白、流畅易懂的散体文。也正是在此时,“诗”作为“文”的一部分,也在创作实践中渐渐融入了一些“笔”即古文的成分,韩愈的在诗歌创作中融入散文手法的艺术创新尝试,就是最突出的代表。而在诗、文分论观念下的宋人来看,这就是打破诗体畛域的“以文为诗”行为了。

在“以文为诗”的创作实践中,还存在一个需要进一步考察的重要问题。韩愈“以文为诗”的创作主要发生在古体诗中,在近体律绝和乐府歌诗中却很少见。如《山石》《醉赠张秘书》《南山》《陆浑山火》等“以文为诗”的名篇,皆为古体诗;而作于“元和诗变”高峰期间的那些律诗、绝句,如元和五年所作的《感春五首》七律等作品,就很难发现“以文为诗”的痕迹。元代袁桷《书括苍周衡之诗编》说:“滥觞于唐,以文为诗者,韩吏部始然。而春容激昂,于其近体,犹规规然守绳墨,诗之法犹在也。”①也指出了这一现象。个中原因何在?我们认为,可以从两个方面对之进行探讨:

第一,在文学观念方面,相对于后起的近体诗而言,古体诗

① 李修生主编:《全元文》,江苏古籍出版社 1998 年版,第 23 册,第 347 页。

在传统诗教观中更接近于“文”的范畴,因而在“古文运动”而被首先付诸“以文为诗”的实践。就“诗”的内部文体划分来说,唐代之“诗”大致包括古体诗、近体诗、乐府三类。从坚持儒家传统诗教观、讲求“风雅比兴”的角度来看,古体诗中的“选体”诗的地位似乎最高①,其次是乐府和七言诗,再次才是自南朝“永明体”萌芽、至盛唐而发展成熟的近体诗。韩孟诗派善于作古体诗,诗集中也以古体诗为多。韩愈集中的古体诗远多于近体诗,孟郊诗歌也以“高古”而为人所称,李贺诗集中亦少有近体诗。元稹《见人咏韩舍人新律诗因有戏赠》一诗云:“喜闻韩古调,兼爱近诗篇。”也透露出韩愈近体诗不如古体诗的信息。对于“高古”的向往,与古文运动的观念是有内在关联的,表达出的也有对现实文学环境的不满。后人在探究韩诗少有近体的原因时,多以为韩愈不善于作近体诗。宋人刘攽就说:“韩吏部古诗高卓,至律诗虽称善,要有不工者,而好韩之人,句句称述,未可谓然也。”(《中山诗话》)②吴可《藏海诗话》也说:“有大才,作小诗辄不工,退之是也。”其实,韩愈并非写不出富于韵味兴象的诗篇,如《秋怀》《早春》等诗,都是脍炙人口之作。究其实,韩愈采取古体诗的形式进行“以文为诗”的创作实践,乃有意而为之。

第二,在创作实践方面,近体诗在篇幅、格式方面的限制较

① “选体”之称谓,存在着不确定性。严羽《沧浪诗话·诗体》说“选体”因“选诗时代不同,体制随异,今人例谓五言古诗为选体,非也”。虽然《文选》包括许多种诗体,但其主流是汉魏以来发展起来的文人五言诗,所以,将“选体”理解为“五言古诗”是有一定道理的,本书暂从此说。从严羽话中可见,宋代持此论者不在少数,也多少说明了这一情况。

② 〔北宋〕刘攽:《中山诗话》,见《历代诗话》,中华书局1981年版,第285页。

古体诗更多,其形式要素因与声调音乐的关联较多而与古文距离较远,因而没有被首先纳入“以文为诗”。元结《箧中集序》曾说“近世作者,更相沿袭,拘限声病,喜尚形似,且以流易为词,不知丧于雅正。”①可见,在崇尚复古者的眼里,近体诗“拘限声病,喜尚形似”,属于一种弊端。而到了宋代,尤其是苏、黄之时,“以文为诗”更趋于普遍化,近体律诗、绝句中便也渗透入了散文的字法、句法、章法和艺术精神。

在韩愈这里,与“文”不断接近于“笔”的趋势相一致,“诗”也成为“余事”,更接近于生活,甚至是采取“以诗为戏”的态度。韩愈曾自道“多情怀酒伴,余事作诗人”(《和席八十二韵》),将“六经之首”的诗歌创作视为“余事”,用来抒写日常生活中的人情物态、嬉笑怒骂,在艺术手法方面追求险怪、散文化,这的确是诗歌观念的一大转变,对后世尤其是宋人产生了巨大影响。韩愈将各种“非诗”之手段、观念融入诗中,推行了一种“新诗体”,这种诗歌范式在当时也有卢仝等一批韩门诗人效仿而作。其实,韩愈这种“余事作诗”的创作态度也表现在文章创作中。裴度在《寄李翱书》中曾经严肃批评韩愈道:“故文人之异,在气体之高下、思致之浅深,不在其磔裂章句、隳废声韵也。……昌黎韩愈,仆识之旧矣。中心爱之,不觉惊赏,然其人信美材也。近或闻诸侪类,云恃其绝足,往往奔放,不以文立制,而以文为戏,可矣乎!可矣乎!”②此处的“以文为戏”或指韩愈《毛颖传》一类的戏谑文字,但与其作诗态度也是相通的。张籍也有类似批评。裴度、张籍都是韩愈好友,他们都如此批评、规劝,可见当时

① 〔唐〕元结:《箧中集序》,见《唐人选唐诗新编》,陕西人民教育出版社1996年版,第299页。

② 〔清〕董诰等:《全唐文》,中华书局1983年版,第5462页。

文坛对韩愈的这种怪奇文风的确存在一种比较强烈的抵触意见。

韩愈《寄卢仝》一诗写道："昨晚长须来下状，隔墙恶少恶难似。每骑屋山下窥阚，浑舍惊怕走折趾。凭依婚媾欺官吏，不信令行能禁止。先生受屈未曾语，忽此来告良有以。嗟我身为赤县令，操权不用欲何俟。立召贼曹呼五百，尽取鼠辈尸诸市"①，卢仝遣人告知韩愈，有恶少窥宅骚扰，身为县令的韩愈好像便欲发狠将恶少们捉拿治罪、斩首弃市。许多人解读此诗时，常谴责韩愈的暴戾残忍，殊不知韩愈采取"以文为戏"的作诗态度，所以这首诗也是半开玩笑的口吻，大可不必当真。

（二）晚唐至北宋后期："以文为诗"之争由模糊到明确的发生历程

最早从"文人为诗"角度论及韩诗特色的，是晚唐司空图。在《题柳柳州集后》中，司空图指出了"文人之为诗，诗人之为文"的交叉创作现象及其特点，的确富于理论识见，并以陶渊明、柳宗元之诗歌作为参照系，总结韩愈诗歌险怪恣肆的壮美特色，认为这是有别于传统的另一种诗美风格。值得注意的是，司空图此处已将韩愈身份定性为"文人"，韩诗是"文人之诗"，其观念、手法是"以文为诗"，只是由于当时古文创作观念尚未普遍，诗文尚未分论，故而难以提出"以文为诗"的命题。

北宋前期，作为诗文革新运动领袖的欧阳修，继承了司空图论韩诗之说，在批评观念和创作实践中都进一步发挥、演绎了韩诗"文人之诗""余事作诗"的特点。在诗歌批评方面，欧阳修评

① 钱仲联：《韩昌黎诗系年集释》，上海古籍出版社 1984 年版，第 782 页。

价韩诗为“退之笔力,无施不可,而尝以诗为文章末事,故其诗曰‘多情怀酒伴,余事作诗人’也”(《六一诗话》)。对这种“文人之诗”的强大表现能力持赞赏态度,而且在文体观念中将“诗”与“文章”分开,这是宋代诗、文分论的重要起点。在创作实践方面,通过欧阳修的大力提倡,北宋诗歌革新的一个重要内容便是学习韩愈这种“文人之诗”的创作方式,逐渐形成了有别于唐诗的新的诗歌范式。

宋诗发展到苏轼、黄庭坚,达到了追求诗歌艺术创新的极致。毋庸置疑,苏轼本人的诗歌创作带有鲜明的“以文为诗”特点。清代赵翼说:“‘以文为诗’自昌黎始,至东坡益大放厥词,别开生面,成一代大观。”①至于黄庭坚,其诗歌无论在艺术手法层面还是精神意脉层面,也无不浸透着“以文为诗”的精神。《王直方诗话》记载:“山谷论诗文不可凿空强作,待境而生便自工耳。每作一篇先立大意,长篇须曲折三致意乃成章耳。”同书又引黄庭坚语曰:“作诗正如作杂剧,初时布置,临了须打诨,方是出场。”②可见山谷对诗歌章法文脉和结构次序的强调。可以说,在以苏、黄为代表的北宋后期诗坛,宋诗的散文化、议论化、才学化等特色已趋于炉火纯青,“以文为诗”在诗人们的观念和文艺实践中的影响也已比较广泛,但在这时,有人提出了“以文为诗”是否应当的问题。

关于韩愈的“以文为诗”,在北宋中后期文人中产生了广泛争议,几乎所有重要诗人都曾参与了这场讨论。根据现存文献的记载,比较集中的讨论,一是“馆下谈诗”,二是《后山诗话》所

① 〔清〕赵翼:《瓯北诗话》,见《清诗话续编》,上海古籍出版社 1983 年版,第 1195 页。

② 郭绍虞:《宋诗话辑佚》,中华书局 1980 年版,第 4、14 页。

载的几则评韩愈诗之语。

首先来看“馆下谈诗”的相关记录。魏泰《临汉隐居诗话》曰:

沈括存中、吕惠卿吉父、王存正仲、李常公择,治平中,同在馆下谈诗。存中曰:“韩退之诗乃押韵之文尔,虽健美富赡,而格不近诗。”吉父曰:“诗正当如是,我谓诗人以来未有如退之者。”正仲是存中,公择是吉父,四人交相诘难,久而不决。公择忽正色谓正仲曰:“君子群而不党,公何党存中也?”正仲勃然曰:“我所见如是,顾岂党邪? 以我偶同存中,遂谓之党,然则君非吉父之党乎?”一坐大笑。予每评诗,多与存中合。①

这则著名的“馆下谈诗”典故在两宋之际流传甚广,其他几种重要诗话也有记载。惠洪《冷斋夜话》所载与此大致相同,并加上自己的看法:“予尝熟味退之诗,真出自然,其用事深密,高出老杜之上。”②后来《苕溪渔隐丛话》《诗人玉屑》都有转录。

关于这则“馆下谈诗”的故事,四处文献的记载略有异文,其中所反映出来的诗学思想的变迁,确实是个颇有兴味的话题。③ 从魏泰的这则记载可以看出,在宋英宗治平年间(1064 ~ 1067),“以文为诗”已经是一个文人比较热衷的话题。这时欧阳修还未去世,苏轼、黄庭坚等才刚刚崭露诗坛,因此我们可以认为,引起“馆下谈诗”的正是欧阳修在诗歌革新中所倡导的学

---

① 〔北宋〕魏泰:《临汉隐居诗话》,见《历代诗话》,中华书局 1981 年版,第 323 页。

② 〔北宋〕惠洪:《冷斋夜话》,中华书局 1988 年版,第 23 页。

③ 参见吴淑钿《“馆下谈诗”探析》,载《复旦学报》2002 年第 6 期。

韩风气。细致分析魏泰与惠洪的记录,都是由事实描述和按语两部分组成。事实描述显然是转载的,只是稍有异文。由“一坐大笑”可以看出,四人谈话气氛比较随便,但也显露出宋人热衷议论、有时较真的情形,反映出宋人头脑中深刻的“党”的意识。按语部分则是魏泰、惠洪二人的个人观点,代表了北宋末期文人对“以文为诗”的看法。结果是:沈、吕、王、李的争论中两两相对,而魏泰和惠洪的观点也恰好相反。可见当时对韩诗的争论是很激烈的。在承认韩诗“健美富赡”特色的前提下,争论焦点是:这种“押韵之文”是否还算诗歌?这反映出宋人对诗歌本体这一重大理论问题的自觉意识,但“馆下谈诗”只是开始,还远未得出结论。

其次来看《后山诗话》所载的几则评论:

> 黄鲁直云:“杜之诗法出审言,句法出庾信,但过之尔。杜之诗法,韩之文法也。诗文各有体,韩以文为诗,杜以诗为文,故不工尔。”
>
> 退之于诗,本无解处,以才高而好尔。
>
> 退之以文为诗,子瞻以诗为词,如教坊雷大使之舞,虽极天下之工,要非本色。今代词手,唯秦七、黄九尔,唐诸人不迨也。①

我们知道,《后山诗话》并不完全是陈师道所著,而是掺入了南

① 这三条记载分别见陈师道《后山诗话》,见《历代诗话》,中华书局1981年版,第303、304、309页。

宋人的观点。但这里直接引述黄庭坚的话，应该还是可信的。黄庭坚认为“诗文各有体”，认为韩愈的“以文为诗”“不工”，但还是“诗”。中间一则从“诗”的角度完全否定了韩愈诗，认为“本无解处”，只因“才高”，才具有某种值得肯定的价值；显然，作者认为依靠雄文博学、“以文为诗”而作的诗歌只能算作“异化”品。后则记载与馆下谈诗有相承之处，在承认“极天下之工”的前提下，认为韩诗“非本色”。怎样的诗歌才算“工”“本色”呢？作者没有直接回答。但可以看出，江西诗派虽然在许多方面学韩，但是在本质上对韩诗的“诗”性特征产生了怀疑。

北宋后期，以韩愈诗歌为切入点，还有不少诗家介入到了“诗应如何作”“何为诗美”类似话题的讨论中，这与“以文为诗”的观念都有或多或少的关系。如晁说之《晁氏客语》云：“韩文公诗号状体，谓铺叙而无含蓄也。若虽近不亵狎，虽远不背戾，该于理多矣。”①“状体”即“铺叙而无含蓄”，这是传统诗歌表现手法“赋比兴”中“赋”的扩展，在晁说之这里，它却因与以“风雅比兴”“含蓄”为宗尚的传统诗美观产生了冲突，而被视为异端之作。还有范温《潜溪诗眼》关于黄庭坚论杜甫《北征》和韩愈《南山》优劣的著名记载：“若论工巧，则《北征》不及《南山》；若书一代之事，以与《国风》《雅》《颂》相为表里，则《北征》不可无，而《南山》虽不作，未害也。”②也反映出，杜甫《北征》所代表的“与《国风》《雅》《颂》相为表里”的传统诗教标准和以韩愈《南山》为代表的“工巧”即刻琢、锻造人工之美的诗歌观念，在当时已经产生了对立。“赋体为诗”和“才力工巧为诗”，都可视

---

① 〔北宋〕晁说之：《晁氏客语》，岳麓书社 2005 年版，第 12 页。

② 〔北宋〕范温：《潜溪诗眼 · 山谷论诗文优劣》，见《宋诗话辑佚》，中华书局 1980 年版，第 327 页。

作“以文为诗”延伸出来的争论。

从文体观念衍变的角度分析北宋后期“以文为诗”争论的原因,我们可以看出:因为此时欧阳修领导的诗文革新运动已成功完成,文风为之发生转变,古文已占据了观念和创作两重意义上的主导地位,文体语言有了大的发展变化,所以北宋后期文学观念中的“文”,已经是新流行的散体“古文”。正因如此,韩诗在形式语言、表现手法层面的“以文为诗”现象,才引起了很多人的不解和争议。此时“以文为诗”的“诗”之范围,则基本涵盖了包括古体诗、乐府和近体诗在内的所有诗体。诗歌被进一步社会化、人文化,已内化为文人士大夫生活意趣中的一部分。因为有词体文学作为替代,近体诗也已逐渐丧失了“声诗”的音乐属性①,成为徒诗,与传统的“选体”五言古诗并无质的区别。在诗人们的创作观念和实践中,“以诗为余事”“以诗为戏”更加普遍了,这种观念、意趣、底蕴层面的“以文为诗”,亦即“余事作诗”,已经普遍存在于诗人们的创作活动中,不过,这一层意义是当时的诗人们不易觉察到的。总之,诗歌已不再承载如唐代那么多的社会教化功能,从“文”的范畴中彻底剥离了出来,成为文人社会生活和人生意趣的一部分,这种现象已经是无可逆转的事实了。

总体来看,北宋后期对韩愈“以文为诗”的激烈讨论,与当时诗、文分体观念的流行有直接关系,也反映了文人们对诗歌“本色”的自觉探求,引出了对宋诗特色的总结与反思。这些问题到了南宋文人那里,有了更加深刻的认识。

(三)南渡前后至宋末:争议过后的理论提升

随着江西诗派创作风气的转变,从北宋末到南宋初,对“以

① 刘祁《归潜志》云:“唐以前诗在诗,至宋则在长短句,今之诗则俗间俚曲也。”此处之“诗”,实际仅代表“歌诗”而已。

文为诗"的讨论也逐渐摆脱了意气用事、偏执一端的门户之见,开始更深一层地从"诗""文"文体特质的角度进行评判。这其中最有代表性的论家应推陈善和张戒。

韩以文为诗,杜以诗为文,世传以为戏。然文中要自有诗,诗中要自有文,亦相生法也。文中有诗,则句语精确;诗中有文,则词调流畅。谢元晖曰"好诗圆美流转如弹丸",此所谓诗中有文也;唐子西曰"古人虽不用偶俪,而散句之中暗有声调,步骤驰骋亦有节奏",此所谓文中有诗也。前代作者皆知此法,吾谓无出韩、杜。观子美到夔州以后诗,简易纯熟,无斧凿痕,信是如弹丸矣。退之《画记》,铺排收放,字字不虚,但不肯入韵耳。或者谓其殆似甲乙帐,非也。以此知杜诗韩文,阙一不可。世之议者,遂谓子美无韵语,殆不堪读,而以退之之诗但为押韵文者,是果足以为韩、杜病乎?文中有诗,诗中有文,知者领予此语。(陈善《扪虱新话》)①

韩退之诗,爱憎相半。爱者以为虽杜子美亦不及,不爱者以为退之于诗本无所得。自陈无已辈,皆有此论。然二家之论俱过矣。……退之诗,大抵才气有余,故能擒能纵,颠倒崛奇,无施不可。放之则如长江大河,澜翻汹涌,滚滚不穷。收之则藏形匿影,乍出乍没,姿态横生,变怪百出,可

① 〔南宋〕陈善:《扪虱新话》上集卷一,《丛书集成》初编本,商务印书馆 1935~1937 年版,第 3 页。关于陈善其人,《四库全书总目》云"善,南北宋间人,其始末不可考。观其书颠倒是非、毫无忌惮,必绍述余党之子孙,不得志而著书者也"(中华书局 1965 年版,第 1093 页)。但其论诗之见识,不可一概抹杀。

> 喜可愕,可畏可服也。苏黄门子由有云:“唐人诗当推韩、杜,韩诗豪,杜诗雄,然杜之雄亦可以兼韩之豪也。”此论得之。(张戒《岁寒堂诗话》)①

可以看出,陈善、张戒对韩诗“以文为诗”的评价都比较客观中肯,摆脱了单纯的个人好恶,而且将之作为一种内在的诗歌创新机理来认识,体现出一种理论的提升。尤其是张戒对韩诗奇崛恣肆特色的推崇,这在当时江西诗派讲求趣味深远、章法谨严的背景下,是有特别意义的。王十朋《读东坡诗》:“春容大篇骋豪怪,韵到窘束尤瑰奇。韩子于诗盖余事,诗至韩子将何讥?”②意思与张戒有相通处,是对当时菲薄韩诗之人的驳斥,但其深刻程度远不如张。

南宋后期,在对江西诗派进行反思的基础上,诗论家们开始从深层诗学理论上对有宋一代诗歌的艺术特点加以有意识的总结,其中成就最突出的是刘克庄、严羽。

刘克庄是江湖派诗人,但他一生中前后生活环境变化较大,其诗论、创作都能在一定程度上摆脱江湖派诗人的限制。其《竹溪诗序》云:

> 唐文人皆能诗,柳尤高,韩尚非本色。迨本朝则文人多,诗人少。三百年间,虽人各有集,集各有诗,诗各自为体,或尚理致,或负材力,或逞辨博,少者千篇,多至万首,要

---

① 〔北宋〕张戒:《岁寒堂诗话》,见《历代诗话续编》,中华书局 1983 年版,第 458 页。

② 北京大学古文献研究所编:《全宋诗》,北京大学出版社 1998 年版,第 36 册,第 22856 页。

皆经义策论之有韵者尔,非诗也。①

刘克庄的这种观点正是北宋以来关于“以文为诗”讨论的继续和深入,而已经将关注重心由韩诗的“非本色”转移到本朝的“文人之诗”上来了,从整体上否定了这种“经义策论之有韵者”,把它们排除在了“诗”的范围之外。这是北宋后期“以文为诗”讨论中“否定一派”的延续。我们可以注意到,刘克庄这种“文人之诗”的提法始自司空图,在内涵方面有一定的相承性,皆指韩、柳和宋代大多数文人那类诗文兼善的学者型诗人的诗歌创作;而在价值取向上,刘克庄所持之论已经大异于司空图。对于刘克庄的观点,刘辰翁提出了不同之见:

后村谓文人之诗与诗人之诗不同,味其言外,似多有所不满,而不知其所乏适在此也。吾尝谓诗至建安,五七言始生,而长篇反复,终有所未达,则政以其不足为文耳。文人兼诗,诗不兼文也。杜虽诗翁,散语可见。惟韩、苏倾竭变化,如雷霆河汉,可惊可快,必无复可憾者,盖以其文人之诗也。诗犹文也,尽如口语,岂不更胜彼一偏一曲自擅,诗人诗局局焉、靡靡焉,无所用其四体,而其施于文也亦复恐泥,则亦可以眷然而悯哉。②

究其实,刘辰翁与刘克庄所关注的是“文人之诗”这一问题的两个方面:须溪的意见代表了中唐以来在“诗犹文也,尽如口语”

---

① 曾枣庄、刘琳主编:《全宋文》,上海辞书出版社、安徽教育出版社2006年版,第329册,第92页。

② 〔南宋〕刘辰翁:《刘辰翁集》,江西人民出版社1987年版,第172页。

的“以文为诗”创作实践中取得成功的一派，后村则将着眼点放在“以文为诗”创作实践中那些失败的例子上面了。

严羽在其以禅喻诗、强调“妙悟”的论诗立场下，对“以文为诗”的韩诗也不以为然，认为其不合“本色”。《沧浪诗话》云：“孟襄阳学力下韩退之远甚，而其诗独出退之之上者，一味妙悟而已。惟悟乃为当行，乃为本色。”“韩退之《琴操》极高古，正是本色，非唐诸贤所及。”①严羽对韩愈大部分诗歌不以为然，只肯定了《琴操》“极高古”，实际上是对韩诗“以文为诗”、强调学力的主体风格做出了“非本色”的否定，这些论断都是从“本朝诗”价值评判的角度做出的。

从总体的发生、演变历程来看，由诗、文分体观念催生的“以文为诗”之争，在诗歌创作和批评层面都产生了巨大影响。在创作层面，“以文为诗”对宋诗特色的形成起到了极大的推动作用，并在苏、黄那里形成了高峰，这一点众所周知。而在南宋时期，针对江西诗派和宋诗发展带来的弊端，诗坛上又产生了回归唐诗的趋向，这不能不说也与“以文为诗”之争所引起的反思有很大关联。在批评层面，“以文为诗”之争可以看作是持续千年的“唐宋诗之争”的发端，并成为后者的核心话题；同时，在另一个向度上，也促使诗论家们对诗歌美学进行深入探讨，影响了严羽《沧浪诗话》等重要诗论著作。

总起来看，“以文为诗”的讨论与宋诗化进程紧密相关，最初是以韩愈诗为论题，后来扩展到对宋诗整体的反思，这其中昭示了韩愈诗歌与宋诗本色存在着密切的联系。正因如此，宋末以来绵延近千年的“唐宋诗之争”中，也总能看到韩诗的影子。

---

① 郭绍虞：《沧浪诗话校释》，人民文学出版社 1961 年版，第 12、187 页。

第五章　历代重点读者对韩孟诗派的阐释评论(下)

第一节　金元时期对韩孟诗派的阐释评论

金、元两代对韩孟诗派的接受特点,大致来说,金、元文人多崇尚韩愈雄奇豪迈和李贺奇丽诡怪之风,而普遍冷落、贬斥孟郊、贾岛之寒瘦苦涩诗风。

一、金元北方士人阐释韩孟诗派的不同倾向

韩孟诗派在金代的接受高潮在贞祐南渡之后(1214～1234),亦即习惯上所称的金代后期。主盟金朝后期文坛的是位高名重的诗人赵秉文(1159～1232)和喜欢奖掖后进、在士子中声望甚高的李纯甫(1185～1231)。杨云翼曾以韩愈、欧阳修赞喻赵、李二人的文坛盟主地位:“礼部天下士,文盟今韩、欧。”(《李平甫为裕之画系舟山图,闲闲公有诗,

某亦继作》)①

“程学盛南苏学北。”(翁方纲《书元遗山集后》)赵秉文在诗学思想上承袭苏轼较多,对韩孟诗派的接受态度,也颇近苏轼。其《答李天英书》云:“然杜陵知诗之为诗,未知不诗之为诗。而韩愈又以古文之浑浩溢而为诗,然后古今之变尽矣。”②可见赵秉文对韩愈“不诗之为诗”“以古文之浑浩溢而为诗”的变革意义是充分肯定的,甚至从诗歌开拓创新的角度认为韩愈可以超越杜甫。这一观点完全承袭苏轼“诗之美者莫如韩退之,然诗格之变自退之始”而来。“古今之变尽矣”与“诗格之变自退之始”,是对韩诗变革意义的不同角度的表述。但赵秉文崇尚中和之美,反对求奇倾向,所以他对当时许多人学李贺、卢仝的做法很不满:“其余老昏殊不可晓,然此迄今大成,不过长吉、卢仝,合而为一,未能以故为新、以俗为雅,非所望于吾友也。”(《答李天英书》)在《竹溪先生文集引》中他还说:“惟欧阳公之文不为尖新艰险之语”“非务奇之为尚”③,也显示了对奇诡、险怪之风的排斥。不过,赵秉文文学观念通达,不拘一格,广泛师法古人尤其是唐人,对陶渊明、韦应物、李贺、卢仝都有意识地学习过,如《拟李长吉击毬行》一诗,学李贺之奇想、流丽,只是没有幽深诡怪的色彩。

李纯甫的诗学倾向与赵秉文大不相同。他为文“雄奇简古”④,诗歌重个性,认为“人心不同如面”,提倡“字字皆以心为师”(《为蝉解嘲歌》)。在李纯甫影响之下,当时形成了一个宗尚怪奇的诗歌集团。韩孟诗派因为重主观、尚个性的特点,所以

---

① 〔金〕元好问:《中州集》,中华书局1959年版,第219页。
② 〔金〕赵秉文:《闲闲老人滏水文集》卷一九,《四部丛刊》初编本。
③ 〔金〕赵秉文:《闲闲老人滏水文集》卷一五,《四部丛刊》初编本。
④ 〔元〕刘祁:《归潜志》,中华书局1983年版,第6页。

成为李纯甫一派最为心仪、推崇的对象。李纯甫"诗不出卢仝、李贺"①,有时流于恣肆、狂怪,赵秉文批评他"文字最硬,可伤!"②但李纯甫实际上并不赞同那种一味因袭模仿、丧失个性本心的诗歌,他针对江西诗派末流的弊端批评道:"黄鲁直天资峭拔,摆出翰墨畦径,以俗为雅,以故为新,不犯正位,如参禅着末后句为具眼。江西诸君子,翕然推重,别为一派。高者雕镌尖刻,下者模影剽窜。公言韩退之以文为诗,如教坊雷大使舞。又云:'学退之不至,即一白乐天耳。'此可笑者三也。"③比李纯甫稍后,元代初期崇效李贺之风仍然存在,对李贺诗风的阐释也有新意。金末元初诗人吕鲲认为:"穷天地之大,竭万物之富,幽之为鬼神,明之为日月,通天下之情,尽天下之变,悉归于吟咏之微。逮长吉一出,会古今奇语而臣妾之。……过《楚辞》远甚。……贺之乐府,观其情状,若乾坤开阖,万汇濈濈,神其变也,欻骇人耶!"④吕鲲对李贺评价极高,尤其是赞李贺诗"会古今奇语而臣妾之……过《楚辞》远甚",显然针对杜牧"稍加以理,可奴仆命《骚》"而来,可见此时人们已视"奇语"价值更高于"少理",摆脱了杜牧论点的影响。

元好问(1190~1257)是金朝诗歌的集大成者,他的诗歌主张倾向于学杜甫,在仿杜甫《戏为六绝句》而来的《论诗三十绝句》中,有多首论及韩孟一派的诗人。首先是对韩愈诗歌的豪迈风格称赏有加:"有情芍药含春泪,无力蔷薇卧晚枝。拈出退

① 〔元〕刘祁:《归潜志》,中华书局1983年版,第87页。

② 〔元〕刘祁:《归潜志》,中华书局1983年版,第88页。

③ 〔金〕元好问:《中州集》卷二《刘汲小传》引李纯甫语,中华书局1959年版,第78页。

④ 〔元〕赵衍:《李贺歌诗编后序》引,《四部丛刊》初编本《李贺歌诗编》卷尾。

之《山石》句，始知渠是女郎诗。"[①]前两句引自秦观的《春日》诗。少游诗因颇具柔婉妩媚之风，而被元氏讥为"女郎诗"，用来对比韩愈《山石》诗的阳刚雄豪之气。"东野穷愁死不休，高天后地一诗囚。江山万古潮阳笔，合在元龙百尺楼"[②]，将孟郊比作"诗囚"，认为韩愈的文章远在孟郊之上，从中可见元好问对韩诗的喜好，但他对韩诗之怪奇特色没有论及。与崇尚韩诗形成鲜明对比，元好问对李贺、孟郊、贾岛、卢仝等人贬斥有加。如："切切秋虫万古情，灯前山鬼泪纵横。鉴湖春好无人赋，岸夹桃花锦浪生。"[③]此诗以"秋虫""山鬼"喻孟郊、李贺，贬斥之意自不待言。"万古文章有坦途，纵横谁似玉川卢！真书不入今人眼，儿辈从教鬼画符。"讥讽卢仝也甚为严厉。[④] 可见，元好问对韩孟诗派的总体评价趋向与苏轼极其相近。在诗歌创作方面，与赵秉文类似，元好问也有《赠答张教授仲文》这样酷似李贺的诗作，诗后还有注曰："七言长诗，于中独一句九言，韦郎有此例，长吉亦有此例。"[⑤]可见他也偶有学习李贺的情形。

元代前、中期，北方文坛主流上反对金末怪奇之风，崇尚雅

---

① 郭绍虞：《元好问论诗三十首小笺》，人民文学出版社 1978 年版，第 76 页。

② 郭绍虞：《元好问论诗三十首小笺》，人民文学出版社 1978 年版，第 71 页。

③ 郭绍虞：《元好问论诗三十首小笺》，人民文学出版社 1978 年版，第 70 页。宗廷辅《古今论诗绝句云》云："此当指长吉，下二句亦就诗境言之。"

④ 对此诗也有不同理解。钱振锽《谪星三集笔谈》谓："遗山诗三分是韩、杜，三分是玉川，故其论诗曰：'万古文章有坦途，纵横谁似玉川卢。'推挹之至。"郭绍虞力主"贬斥"说，并引元氏其他文字为证。见郭绍虞《元好问论诗三十首小笺》，人民文学出版社 1978 年版，第 69 页。

⑤ 〔金〕元好问：《元好问全集》，山西人民出版社 1990 年版。第 92 页。

正,但另一方面在创作中也无法完全避免学李贺的时代风气影响,郝经、刘因便是显例。

郝经(1223～1275)是一位性格十分刚直的诗人,《四库全书总目》说他"生平大节,炳耀古今"①,诗歌也有奇崛之风。受理学思想的影响,在诗论上郝经主张高古雅正。他认为"近世又尽为辞胜之诗,莫不惜李贺之奇,喜卢仝之怪,赏杜牧之警,趋元稹之艳",与诗歌的"性情风雅"有所背离,晚唐之下的诗歌更是"病风丧心"②,显得有些偏激。不过,他的实际创作往往超越这种观点限制,有多篇诗歌明显效仿李贺而作。刘因(1249～1293)受元好问影响较大,鄙薄晚唐诗风,认为"学温李之尖新,拟卢仝之怪诞,非所以为诗也"(《叙学》)③,但受时代风气影响,他对李贺诗风却倾慕有加。青少年时代,刘因就以人称己为"刘昌谷"而感到自豪。④ 他在《李贺醉吟图》一诗中称誉李贺诗道:"心肝未了人间春,庞眉尚作哦诗颦。太平瑞物不易得,昌黎仙人掌中珍。北方潇潇吹野麟,千年泪雨埋青云。"⑤表现了自己对李贺诗风的极度推崇,而且此诗的风格也十分近似李贺。

---

① 〔清〕永瑢等:《四库全书总目》之《陵川集》提要,中华书局 1965 年版,第 1422 页。

② 〔元〕郝经:《与撖彦举论诗书》,见《全元文》,江苏古籍出版社 1998 年版,第 4 册,第 167 页。

③ 〔元〕刘因:《静修先生文集》卷一,《丛书集成》初编本,商务印书馆 1935～1937 年版,第 7 页。

④ 刘因《呈保定诸公》诗中曰:"斯文元李徒,我当拜其旁。呼我刘昌谷,许我参翱翔。"(《静修先生文集》卷六,《丛书集成》初编本,商务印书馆 1935～1937 年版,第 115 页)

⑤ 〔元〕刘因:《静修先生文集》卷七,《丛书集成》初编本,商务印书馆 1935～1937 年版,第 123 页。

二、方回等元代南方士人对韩孟诗派的理论阐释

由南宋入元的一批遗民诗人,因坚守民族节操而不愿出仕,过着隐居江湖的生活。这些人在诗学上承宋末风习而来,方回(1227~1307)即其代表。

方回编有《瀛奎律髓》一书,选唐、宋近体诗并加以评论,显现出欲以推崇江西诗派来纠正宋末四灵、江湖流弊的诗学思想。方回提出著名的江西诗派"一祖三宗"之说,对韩孟诗派也不无精辟见解。如《瀛奎律髓》评韩愈《送桂州严大夫》诗为效张籍体,并谓:"昌黎门人有孟郊、贾岛、张籍、卢仝、李贺之徒,诗体不一,昌黎能人人效之。"①这里大致界定了韩门诗派的范围,凸现了韩愈不拘一格而能兼众体的宏大诗才。对韩诗这一特色的论述还体现在《跋吴古梅诗》中:"或问:昌黎门人诗孰优?贺,春圃之丽日也;□,□涛怒之风也;籍,秋场之丰年也;岛,黄花寂历,秋则晚矣;郊,冰崖霜壑,生意不露者也。然则孟优矣,视韩何如?曰:月口星心,犹有斧凿;昌黎《南溪始泛》诸篇,西山真公选以入《正宗》者,惟韦、柳可以近之;十《琴操》,亦诗耳,虽韦、柳不能近也,而况于诸人乎?故曰:昌黎备四时之气。以文章大体言,天地同流,万物皆备;以诗一端言,舒之不如翕也,腴之不如瘠也,丽之不如质也。自会者不求知,自得者不用力也。"②这段话分别对韩门诸人的诗风特点加以辨析,重点指出韩愈"备四时之气""自得者不用力"的创作特点,不为无见。再如《瀛奎律髓》评《广宣上人频见过》曰:"昌黎大手笔也。此诗中四句却只如此枯槁平易,不用事,不状景,不泥物,是可以非诗

① 李庆甲:《瀛奎律髓汇评》,上海古籍出版社1986年版,第156页。
② 〔元〕方回:《桐江集》卷三,影印《宛委别藏》本,江苏古籍出版社1988年版,第245~246页。

訾之乎？此体惟后山有之，惟赵昌父有之，学者不可不知也。”①《跋无名子诗》曰：“然必具道眼识诗法者，始知昌黎为善立言，譬之曾点舍瑟，异乎三子者之撰也。”②方回在强调韩愈才力恣肆的同时，也不忘记诗歌创作中的锤炼工夫。《瀛奎律髓》评《春雪问早梅》曰：“学者作诗，谓不思而得，喝咄叫怒即可成章，吾不信也。”③总之，方回对韩诗的阐释评论，典型地体现了江西诗派重视才力学理、寓硬峭于平淡等诗学观念。

此外，元人对韩愈变革诗法、以文为诗的特点也有明确论述。袁桷（1266～1327）对中唐诗歌的创新特色有充分认识，他说：“诗至于中唐，变之始也。”（《书汤西楼诗后》）④《书括苍周衡之诗编》中又说：“滥觞于唐，以文为诗者，韩吏部始然，而春容激昂，于其近体，犹规规然守绳墨，诗之法犹在也。”⑤认为其近体诗“诗之法犹在”，而“以文为诗”的古体诗则“春容激昂”，由是强调其古体诗变革诗法的意义。

第二节 明清时期从整体角度对韩孟诗派的阐释评论

明、清两代是我国古典文学批评理论发展比较成熟的阶段，

① 李庆甲：《瀛奎律髓汇评》，上海古籍出版社 1986 年版，第 1738 页。

② 〔元〕方回：《桐江集》卷四，影印《宛委别藏》本，江苏古籍出版社 1988 年版，第 245～246 页。

③ 李庆甲：《瀛奎律髓汇评》，上海古籍出版社 1986 年版，第 749 页。

④ 〔元〕袁桷：《清容居士集》卷四八，《丛书集成》初编本，商务印书馆 1935～1937 年版，第 811 页。

⑤ 〔元〕袁桷：《清容居士集》卷四九，《丛书集成》初编本，商务印书馆 1935～1937 年版，第 832 页。

这一时期里,人们对韩孟诗派的认识较之前代颇有进展,既有对诗派整体艺术风格的细密梳理与阐发,又有宏观角度的诗史地位意义之总结,提出的各种见解也更具理论眼光。但另一方面,海量的文献中,老调重弹、借古说今的现象也很普遍,正如罗宗强先生所说:"大量的理论批评,多属陈词滥调,前人已反复言说,明人再说一遍,并无新意,亦无理论价值。"①

一、对韩孟诗派交往关系和整体诗风的概括

自中唐至元末,读者对诗歌流派意义上的"韩孟诗派"并未有明确、普遍的认同,仅是从人事交游和创作活动角度称之为"韩门文人",或采取"韩孟""郊岛"等并称的形式。对这一文学集团成员构成的理解,分歧也比较大。到了明清时期,这种状况有所改变。读者从诗歌风格的角度对韩孟诗派有了较为明确的认定,并进一步对其群体诗风的异同展开分析、评骘,对诗派的盟主和成员、创作观念、主体风格、相互影响、诗歌渊源等问题也有不同程度的涉及。

(一)从诗歌角度关注成员之间的人事交游

与前代一样,明清时期大多数论者还是从人事交往、文学活动的角度描述评论韩孟诗派,但这些论述有许多是在诗歌观念的统领之下,因而"诗派"的意蕴也就得以深化。明末胡震亨(1569~1645)《唐音癸签》云:

诗道须前后辈相推引。李、杜两大家,不曾成就得一个

① 罗宗强:《明代文学思想史·后记》,中华书局2013年版,第889页。

> 后辈来,殊可惜。惟昌黎公有文章官位声名,任得此事。公又实以作人迪后担子一身肩承,史称其奖借后辈,称荐公卿间,寒暑不避。而会其时,所曲成其业与其身名如孟郊、李贺、贾岛其人者,又皆间出吟手,能偕公翻斗新异,换夺一世心眼传后。以故继诸人而起者,复灯灯相继续不衰,追颂公亦因不衰。终唐三百年,求文章家一大龙门,非公其谁归?①

这段话明确了韩愈作为"韩门诗派"盟主的地位,誉之为"文章家一大龙门",称誉颇高,虽然着眼点主要是"文章官位名声",但全段话是统领在"诗道"前提之下的,而且提到的孟郊、李贺、贾岛三人,也都是以"间出吟手,能偕公翻斗新异,换夺一世心眼传后"的诗歌成就而著称的,因此可看作是对韩孟诗派的理性梳理。

清人从此角度立论者也不乏其例。如余成教《石园诗话》曰:"顺宗时,孟郊、贾岛、张籍、王建、李贺、卢仝、欧阳詹、刘叉俱从韩愈游,谓之韩门诗派。李翱、皇甫湜学古文于韩公,俱不能诗。"②这段话全面集结了韩孟诗派的成员,并明确之为"韩门诗派",按照是否"能诗"的标准,将传统上归属于"韩门文人"的李翱和皇甫湜排除在外。这对"韩孟诗派"概念的正式形成和认定,意义十分重要。但将王建也归进"韩门诗派",无论是人事往来还是诗风上,都找不到切实根据。

① 〔明〕胡震亨:《唐音癸签》,上海古籍出版社 1981 年版,第 268 页。

② 〔清〕余成教:《石园诗话》,见《清诗话续编》,上海古籍出版社 1983 年版,第 1784 页。

(二)对韩孟诗派整体诗风的分析总结:“奇”字之中,各有不同

韩孟诗派的代表诗人韩愈、孟郊、李贺、贾岛虽然在诗歌艺术特点上有其相同之处,但长期以来,接受者大多出于其他因素而将其分列,或“韩孟”,或“郊岛”,而较少从诗派整体高度总结其共同诗风。明清时期的接受者以其多元化的审美视野、宏观的诗史发展意识、宽容的接受心态,对韩孟诗派的雄奇险怪风格能有大致相同的认识,同时也对诗派成员各自的诗风进行了具体细致的阐发。

明代后期胡应麟(1551~1602)《诗薮》从体裁、时代角度对韩孟诗派有较多的论述,对韩门各诗人之间诗风的相似性有非常明确的体认。如:“唐七言歌行……昌黎而下,门户竞开,卢仝之拙朴,马异之庸猥,李贺之幽奇,刘叉之狂谲,虽浅深高下,材局悬殊,要皆曲径旁蹊,无取大雅。”①这段话意在批判韩门之下的各种左道旁门,但统系意识明显,将韩孟诗派与“元白”“钱刘”“张王”等并列递论,群体观念和代际意识都很强烈,体现了胡氏的宏观诗史观。

胡应麟还对卢仝、孟郊、李贺、马异等韩派诗人,从个体诗风流变及其纵横联系着眼,不论褒贬如何,皆有精到之论:“玉川拙体非自创,任华与李、杜同时,已全是此调,特篇什不多耳。长吉险怪,虽儿语自得,然太白亦滥觞一二。马异与卢同时,诗体正同。张碧差后长吉,亦颇相似。”②“东野之古,阆仙之律,长吉乐府,玉川歌行,其才具工力,故皆过人。如危峰绝壑,深涧流

① 〔明〕胡应麟:《诗薮》,上海古籍出版社1979年版,第50页。
② 〔明〕胡应麟:《诗薮》,上海古籍出版社1979年版,第56页。

泉，并自成趣，不相沿袭。"①"卢仝、马异，孟郊、贾岛，并出一时。其诗体酷类，已为奇绝，其名皆天生的对，尤为奇也。"②"李贺鬼仙，卢仝乡老，郊、岛寒衲。"③胡应麟的这些论述，虽未在理论上明确地归结出何为韩孟诗派的"共同风格"，但他多次从诗歌艺术的角度将韩孟一派诗人集中论述，且注重其"诗体酷类"之处，显示出胡氏胸中明确的"诗派"意识。进一步看，胡应麟一方面列举出韩孟诗派"幽奇""险怪""拙怪"之类大率相同的风格范畴，另一方面，也分述了各诗人"并自成趣，不相沿袭"的个体特点，从整体与个体的不同层面阐发了韩孟诗派的诗风特点。尽管胡氏的阐发尚过于模糊、笼统，而且认为韩派诗人属于"曲径旁蹊"而不是正音"大雅"，不无贬抑之词，但他对韩孟诗派特点的宏观总结是颇具眼光的。

除了《诗薮》这部诗学专著外，胡应麟还在《清源寺中戏效晚唐人五言近体二十首序》中指出："唐律元和后卑卑甚矣，韩、柳、元、白振代之才，弗能挽颓波而力遡之古面，贾簿、姚监辈，实始以清新奇僻，阐别派于五言。"④肯定了贾岛、姚合一派五言律诗的独到价值，从诗风流变的角度，对韩孟派诗歌的发展及新变予以标举。

明末胡震亨《唐音癸签》针对胡应麟的"李贺鬼仙，卢仝乡老，郊、岛寒衲"之言，加按语云："自张文昌、郊、岛、长吉以至卢仝、刘叉，并一时游韩公门，长声价。公首推郊诗，与籍游宴无间，岛、贺亦指诱勤奖，若仝与叉，第以好奇，姑收之尔，非真许可

① 〔明〕胡应麟：《诗薮》，上海古籍出版社1979年版，第187页。

② 〔明〕胡应麟：《诗薮》，上海古籍出版社1979年版，第203页。

③ 〔明〕胡应麟：《诗薮》，上海古籍出版社1979年版，第188页。

④ 〔明〕胡应麟：《少室山房类稿》卷四一，《丛书集成续编》本，第146册，第307页，台湾新文丰出版公司1989年版。

若籍辈也。”①俨然已经为韩门诗派各成员划分了层级与阵营：韩愈为盟主；孟郊、张籍与韩愈关系最密切，又受韩愈的尊敬和重视；贾岛、李贺作为后辈诗人而接受韩愈的“指诱勤奖”；卢仝、刘叉只是“姑收之尔”，属于边缘人物。虽然胡氏认同“好奇”是韩孟诗派精神上的重要凝聚点，不过，这种划分的内在依据仍然侧重于人事交游而非诗歌特点。

从传播的角度看，清代初期出现了一种专选韩愈、孟郊、李贺三家诗的选本，这种以编选选本的形式明确诗派观念并加以传播的做法很值得注意。关于此一选本的概况，编者黄之隽(1668～1748)在《韩孟李三家诗选序》中有所说明：

> 夙嗜古诗，博观汉魏六朝之制，自谓有得。既购长吉集读之，奇而艳；既又读东野诗，奇而古；继又读昌黎诗，奇而肆。三子者之业虽不同，其奇一也。其奇虽不同，其源于《三百篇》一也。乃共抄撮为一部，颜曰《三家诗选》云。抑非独三子而已，由源以疏其委，则于宋得谢翱，于元得杨维祯，于明得徐渭，复汇而钞附之。夫其鲸呿鳌掷，掏胃擢肾，汗澜卓踔，俾寸颖尺幅之间，幻于鬼神仙灵而不可思议，变于蛟龙风雨而不可捉搦，邃于天根月窟而不可登诣，尚得以世俗传习声病之学与之较分刌而剂法度哉！盖嗜之者有年，自顾材力庸谫，缒幽而未至，伐险而仅获，乃去而洋溢于他人之津域，以自宽纵而不受约束，于数君子者又有年，外借诗贵和平广大不宜镵刻剥削之说，以文所不及。其实缒

① 〔明〕胡震亨：《唐音癸签》，上海古籍出版社1981年版，第67页。

幽伐险之难,非筌蹄之谓也。①

黄氏这篇序文对韩孟诗派做了全面的总结、论述:首先辨析了韩愈、孟郊、李贺三人的诗风异同,相同点是“奇”,不同点是“肆”“古”“艳”;其次肯定了他们共同诗风的价值,认为其“源于《三百篇》”,属于正统,并以大量笔墨描述了这种怪奇诗风的艺术魅力;再次,梳理了韩孟诗派在历代的影响,并将后继者谢翱、杨维桢、徐渭之诗并抄入诗集。黄氏自己说这样做的目的是为了改变那些世俗传习的“声病之学”。由以上分析可见,这篇序文表现出的对韩孟诗派各方面的认识已经达到了比较成熟的地步,在韩孟诗派接受史中意义重大。钱锺书对黄氏的观点分析道:“黄氏能以东野与退之、昌谷齐称,可谓具眼。然谢、杨、徐三人,实不关韩孟事,只可配享昌谷耳。”②肯定了黄之隽提炼韩孟诗派诗风共同点的不凡眼力,只是“谢、杨、徐三人,实不关韩孟事”的判断未免有些绝对化。黄之隽集中有《鸿门歌》一诗有意学习李贺,诗前序言曰:“唐李贺、宋谢翱、元杨维桢皆咏鸿门事,词意崛奥,鼎峙千古,然俱左袒隆准翁。予谓是项王仁厚不杀,故作歌以定此案。”③据此可见,黄之隽不仅在理论上标举李贺,而且在创作中也曾身体力行,自觉地继承谢翱、杨维桢以来的学贺传统,并力图在诗意创新方面超越前人。黄之隽科场蹭蹬,五十多岁才中举,生平经历类似孟郊。他晚年整理自己集子时说:“未入名家官样编,心声辛苦一生传。次山文杂山林体,

① 〔清〕黄之隽:《庑堂集》卷五,《四库存目丛书》本,集部271册,第267~268页,齐鲁书社1997年版。

② 钱锺书:《谈艺录》,中华书局1984年版,第47页。

③ 〔清〕黄之隽:《庑堂集》卷三六,《四库存目丛书》本,集部271册,第573页,齐鲁书社1997年版。

东野诗多草野篇。”(《自校集目》)①明确以孟郊自喻。总之,黄之隽在韩孟诗派接受史上实应占重要一席之地。

清代中叶的翁方纲(1733～1818)也对韩孟诗派的诗风异同表示了明确意见:

> 韩门诸君子,除张文昌另一种,自当别论。皇甫持正、李习之、崔斯立皆不以诗名。惟孟东野、李长吉、贾阆仙、卢玉川四家,倚仗笔力,自树旗帜。盖自中唐诸公渐趋平易,势不可无诸贤之撑起。然诗以温柔敦厚为教,必不可直以粗硬为之。此内惟长吉锦心绣口,上薄《风》《骚》,不专以笔力支架为能。其余若玉川《月蚀》一篇,故自奇作;阆仙五律,亦多胜概。外此则如东野、玉川诸制,皆酸寒幽涩,令人不耐卒读。刘叉《冰柱》《雪车》二诗,尤为粗直伧俚。而韩公独谓孟东野“以其诗鸣”,则使人惑滋甚矣!②

翁氏于此将张籍从韩孟诗派中分离出去,颇具卓识。他一方面充分肯定韩、孟、李、贾、卢诸家之“笔力”及其对唐诗“渐趋平易”之风气扭转上的功用,另一方面又反对其缺乏“温柔敦厚”的“粗硬”,鄙薄孟、贾,推崇李贺。表现出了明显的个人好恶。凡此,既与所受前人影响相关,也在某种程度上反映了翁氏的个人性情和诗学态度。

朱庭珍(1841～1903)《筱园诗话》论唐人七古,则力辨韩愈、李贺诗风之异:

---

① 〔清〕黄之隽:《㕑堂集》,《四库存目丛书》本,集部271册,第693页,齐鲁书社1997年版。

② 〔清〕翁方纲:《石洲诗话》,见《清诗话续编》,上海古籍出版社1983年版,第1389～1390页。

> 韩退之特从奇伟处，力造光怪陆离之境，欲自辟生面，力树赤帜，实则仍系得杜一体，不过扩充恢张，略变面目耳，非能外李、杜而另创壁垒，以期凌跨也。长吉奇而篇幅局势不宽，退之奇而堂庑意境甚阔。长吉奇伟，专工炼句；退之奇伟，兼能造意入理。长吉求奇，时露用力之痕；退之造奇，颇有自得之致。长吉专于奇之一格；退之则奇正各半，不止一体。此退之才力大于长吉，学养深于长吉处，所以能与李、杜鼎足而立，为古今大家也。若卢仝辈，则无理求奇，而怪诞过甚，大乖雅音。①

李、韩诗就意境言，一不宽，一甚阔；就表现言，一专工炼句，一造意入理；就奇致言，一用力，一自得，一专此一格，一奇正各半。由此见出韩之才力、学养较李为优。这是对韩愈、李贺诗风异同的集中比较，所论颇中肯綮。

此外，在以“奇”为韩孟诗派共同诗风的观念统系之下来分论各人诗风者，还有一些例证。如王士禛（1634～1711）所谓：“尝戏论唐人诗……韩愈英雄语，李贺才鬼语，卢仝巫觋语。”②尽管带有个人偏嗜的褒贬色彩，但所做的形象化比况的确较为贴合。李调元（1734～1803）谓：“《诗》三百篇有正有变，后人学焉而各得其性之所近。《楚骚》之幽怨，少陵之忧愁，太白之飘

① 〔清〕朱庭珍：《筱园诗话》，见《清诗话续编》，上海古籍出版社1983年版，第2384页。

② 〔清〕王士禛：《带经堂诗话》，人民文学出版社1963年版，第42页。

艳,昌谷、玉川之奇诡,东野、阆仙之寒俭,从乎变者也。"①虽以"奇诡""寒俭"论李、卢、孟、贾,但将四人与楚辞、李白、杜甫并论为《诗经》之"变者",则无异于将之抬到了一个较高的诗史位置,同时,对其主导诗风也给予了明确的张扬。

(三)对韩、孟在诗派中地位的强调

韩、孟并称由来已久。韩孟诗派既是以韩愈、孟郊二人命名,则韩孟在诗派的中心地位自不待言。但古人将韩、孟并论,常常是因为韩、孟的个人交谊,而不完全是今天所持有的诗派观念。明清时期,对韩愈、孟郊在诗风上的异同点以及他们在韩孟诗派中的核心地位,都有比较集中、明确的论述,或关注其相同处、结合处,或关注其分歧点。

高棅(1350~1423)在《唐诗品汇·五言古诗叙目》中更多关注到了韩、孟之间的不同点:"若韩退之、孟东野,生平友善,动辄唱酬,然而二子殊途,文体差别。今观昌黎之博大而文,鼓吹六经,搜罗百氏。其诗骋驾气势,崭绝崛强,若掀雷决电,千夫万骑,横骛别驱,汪洋大肆,而莫能止者。又《秋怀》数首及《暮行河堤上》等篇,风骨颇逮建安。但新声不类。此正中之变也。东野之少怀耿介,龌龊困穷,晚擢巍科,竟沦一尉。其诗穷而有理,苦调凄凉,一发于胸中而无吝色,如《古乐府》等篇,讽咏久之,足有余悲。此变中之正也。余合二公之诗为一卷,所以幸其遗风之变,犹有存者,故曰正变。"②分别定位韩诗、孟诗为五言古诗之"正中之变""变中之正",说明高氏对韩、孟诗歌之异同

---

① 〔清〕李调元:《雨村诗话》,见《清诗话续编》,上海古籍出版社1983年版,第1530页。

② 〔明〕高棅:《唐诗品汇》,上海古籍出版社1982年版,第51页。

关系非常重视。高棅的评论之辞虽然比较平稳、中肯,但基本是沿承前人之见,发明之处不多。

许学夷(1563～1633)《诗源辨体》云:“退之奇险豪纵恣于博,故长篇为工;东野矫激琢削归于约,故短篇为胜。……孟之于韩,庶几相匹,或称‘郊岛’,则非其伦矣。”又云:“古人自许不谬。东野诗云:‘诗骨耸东野,诗涛涌退之。’以涛归韩,以骨自许,不谬。但退之非不足于骨,而东野实不足于涛。”①自宋人以来,多在诗歌上扬韩抑孟,至元遗山“元龙百尺楼”之论而达极致。许氏此论,一方面肯定了孟郊与韩愈的诗坛地位几于等同,另一方面则指出韩孟诗风在气象格局上的差异,判定了韩上孟下的地位之分。

赵翼(1727～1814)《瓯北诗话》着重探究了“韩、孟并称”的背景与原因:“游韩门者,张籍、李翱、皇甫湜、贾岛、侯喜、刘师命、张彻、张署等,昌黎皆以后辈待之。卢仝、崔立之虽属平交,昌黎亦不甚推重。所心折者,惟孟东野一人。……盖昌黎本好为奇崛矞皇,而东野盘空硬语,妥帖排奡,趣尚略同,才力又相等,一旦相遇,遂不觉胶之投漆,相得无间,宜其倾倒之至也。……至今果韩、孟并称。”②在韩门诗人的整体观念之下,对韩、孟的特殊关系尤为重视。这种重视与前人总拘泥于韩对孟的人格尊重有所不同,而是将注意力置于诗歌观念的趋同上,所以对韩、孟关系的认识程度就深入一层。

刘熙载(1813～1881)《艺概》云:“昌黎、东野两家诗,虽雄富清苦不同,而同一好难争险。惟中有质实深固者存,

---

① 〔明〕许学夷:《诗源辨体》,人民文学出版社 1987 年版,第 256、257 页。

② 〔清〕赵翼:《瓯北诗话》,见《清诗话续编》,上海古籍出版社 1983 年版,第 1164～1165 页。

故较李长吉为老成家数。”①概括了韩、孟“好难争险”的共同点,又以其“质实深固”而与李贺区分开来,也对韩、孟之关系另眼看待。

二、诗史地位:中唐诗变最重要的代表

明代中前期基本是提倡“雅正”,推崇初、盛唐诗的台阁体风气在左右着诗坛,韩孟诗派作为中唐之变体,在总体上所得评价不高。高棅《唐诗品汇》说:“下暨元和之际,则有柳愚溪之超然复古,韩昌黎之博大其词,张王乐府,得其故实,元白序事,务在分明,与夫李贺、卢仝之鬼怪,孟郊、贾岛之饥寒,此晚唐之变也。”②此论能将韩愈“博大其词”的诗风与柳、张、王、元、白同等论列,还算大体准确;而对韩孟诗派其他成员李贺、卢仝、孟郊、贾岛的诗风,则以“鬼怪”“饥寒”概括之,贬斥之意已不待言。高棅选诗、论诗受元代杨士弘《唐音》的影响很大,将韩孟诗派等中唐诗人视为“变”体,但这种“变”并不是苏轼所说的“诗格之变”,而是强调在艺术特质的整体上由高峰向衰退的变异,因而对韩孟诗派大致持不满的态度。高氏的观点对明代诗坛影响甚大,以“前、后七子”为代表的复古诗派,对中唐诗歌的态度更加偏激,更加无视盛唐以后诗歌的价值,不能不说与高氏之论有一定关联。

与高氏持论近似的还有许学夷,他在《诗源辨体》中综论元和诗坛:“元和间,韩愈、孟郊、贾岛、李贺、卢仝、刘义、张籍、王建、白居易、元稹诸公群起而力振之,恶同喜异,其派各出,而唐

---

① 袁津琥:《艺概注稿》,中华书局2009年版,第310页。

② 〔明〕高棅:《唐诗品汇》总序,上海古籍出版社1982年版,第9页。

人古、律之诗至此为大变矣。亦犹异端曲学,必起于衰世也”,“元和诸公如异端曲学,多纵恣变幻、资性高明者,未识正变而遽读之,不免为惑耳”①。虽在客观上肯定了元和诗歌“大变”唐诗的功绩,但又将其视作“异端曲学”,言语之间充斥着不满,其原因便在于许氏崇尚盛唐之“师古”思想。

清代诗论家以叶燮论韩最具代表性,我们将在下文论及。叶氏之后,赵翼在其《瓯北诗话》中不仅为韩、白设置了专题,而且集中对韩孟、元白两大诗派做了对比论述:“韩、孟尚奇警,务言人所不敢言,元、白尚坦易,务言人所共欲言。试平心论之,诗本性情,当以性情为主。奇警者,犹第在词句间争难斗险,使人荡心骇目,不敢逼视,而意味或少焉。坦易者,多触景生情,因事起意,眼前景、口头语,自能沁人心脾、耐人咀嚼。此元、白较胜于韩、孟。世徒以轻俗訾之,此不知诗者也。”②推崇元、白之眼前景、口头语,而对韩、孟之争难斗险稍有不满,显现了赵翼性灵派的诗论立场。

韩孟诗派大变唐诗的意义不仅表现在对盛唐诗歌模式的偏离,还表现在对“宋调”的开启意义上,明清时期有些具备较强诗史观念的诗论家对此有所重视,无论出于褒、贬,都花费了浓墨重彩来强调。全祖望(1705～1755)云:“盖李、杜之诗不可几,其神明魄力足以尽诗之变,而不善学者袭之,亦足以失诗之真。自是而还,昌黎、东野、玉川、阆仙、昌谷,以暨宋之东坡、山谷、诚斋、东夫、放翁,其造诣之深浅,成家之大小不一,要皆李、杜之别子也。然而流弊所极,丛篇长语,或为粗厉噍杀之音,或

---

① 〔明〕许学夷:《诗源辨体》,人民文学出版社 1987 年版,第 248 页。

② 〔清〕赵翼:《瓯北诗话》,见《清诗话续编》,上海古籍出版社 1983 年版,第 1173 页。

为率易曼衍之调，吊诡险诞，无所不至。"①着重强调了韩、孟、卢、贾、李五人上承李杜、下启苏黄宋调的诗史地位，对其本身的诗歌价值虽未予否定，但激烈批判了其所带来的"流弊"。

清末王闿运（1833～1916）也十分强调韩孟诗派的"变"及其对宋诗的影响："韩门诸子郊、岛、仝、贺各极才思，尽诗之变，然罕能兼之"，"韩愈入议论矣，苦无才思，不足运动，又往往凑韵，取妍钓奇，其品益卑，骎骎乎苏、黄矣"②。显然，王氏出于其崇唐抑宋的诗学观点，而将韩愈与苏、黄联系起来，否定其议论化、技巧化的新变，又以"击缶喧呼，口言忠孝"的"壮夫"形象来形容韩愈，显得较为偏激。

从以上所引明清诸家之论可以看出，韩孟诗派的诗史地位最重要处即在于一"变"字，这种追求诗美新变的努力，推动了诗歌的发展，却必然要付出一定的代价。明清人正是站在数百年的时间距离之外，从唐宋诗之因变的总结评价中，给予了韩孟诗派诗史地位较为准确的判断。而就总体来看，此一时期对韩孟诗派的阐释评价虽然仍带有一些中国古典诗学所特有的模糊性、印象性，但在诗史地位的界定、诗风异同的分析等方面都已比较深入，尤其是清代的论家，相对于明人立场更为公允、客观，见解也更趋成熟，更富于理性色彩。

---

① 〔清〕全祖望：《春凫集序》，见《鲒埼亭集》外编卷二六，《续修四库全书》本，第1430册，第6页，上海古籍出版社2002年版。

② 〔清〕王闿运：《湘绮楼说诗》，见《王闿运诗文集》，岳麓书社1996年版，第2217、2161页。

第三节 明清时期对韩孟诗派诗人个体的阐释评论

韩孟诗派的群体接受与个体接受,往往是杂糅在一起进行的,而且在很大程度上,对个体的接受较之群体接受更为突出,也更具体。明清时期对韩孟诗派诗人个体的阐释评论,是群体接受的重要背景和依托。

一、对韩愈诗歌特色的细密阐发和宏观历史定位

明、清两代对韩愈诗歌的认识较之前代更加全面、深入,但在价值评判中仍然褒贬不一,诗艺诠释的具体着眼点也相对分散,这与明清时期诗歌流派之间的理论纷争和诗歌思想的复杂流变有密切关系。这些阐释评价大致可以统合归纳为如下几个方面:

(一)对“以文为诗”的持续争议

“以文为诗”是韩愈大变唐诗、诗歌发展由唐入宋的关键所在,明清时期诗坛上的“唐宋诗之争”大多与此有牵连。赞成者认为这种手法能够打破诗之常体,开拓诗之新境;反对者则认为韩愈“于诗本无所解”。

明代前期的诗坛崇尚古雅典丽之体,对怪奇、奥衍、硬涩的诗风大多持排抑倾向。李东阳(1447～1516)《麓堂诗话》曰:“昔人论诗,谓‘韩不如柳、苏不如黄’。虽黄亦云‘世有文章名一世,而诗不逮古人者,殆苏之谓也’,是大不然。汉魏以前,诗格简古,世间一切细事长语,皆著不得。其势必久而渐穷,赖杜诗一出,乃稍为开扩,庶几可尽天下之情事。韩一衍之,苏再衍

之，于是情与事，无不可尽。而其为格，亦渐粗矣。然非具宏才博学，逢原而泛应，谁与开后学之路哉？”①这段话认识到了韩愈在开拓诗歌表现题材方面的重要意义，虽然付出了诗格“渐粗”的代价，但其“开后学之路”之功不可没。这可能对清代叶燮《原诗》中的类似观点产生了一定的影响。这里所提到的“诗格”概念，实际上就是在探讨诗文界限和“以文为诗”的问题。

明代中期，“前、后七子”提出“诗必盛唐”等崇唐的诗学主张，作为大变盛唐之诗格的韩愈，当然为其所不容。“后七子”之翘楚王世贞（1526～1590）的贬韩观点最具代表性：“韩退之于诗本无所解，宋人呼为大家，直是势利他语。”②不过，王氏这种偏激的说法却少有人和同，反而常遭到反对。如许学夷《诗源辨体》云：“元和诸公之诗，其美处即其病处，乐天谓‘所长在此，所病亦在此’是也。然学者必先知其美，然后识其病。今浅妄者于退之五七言古实无所解，遽谓其诗不足观，闻者宁不绝倒！”③便是对王世贞说法的激烈反讽。韩愈作为元和诗歌大变的代表性人物，在诗歌创新的背后也不可避免地付出了一些代价，以致为后人诟责。许氏此处提出的“其美处即其病处”“必先知其美，然后识其病”之论，从关注诗艺创新的角度看，实在深刻精警。

清代对韩诗的评论，仍然难以摆脱评者的诗学立场、个人好恶，但在气度上较之明人更宏阔，更注意从诗风的细密分析考

---

① 〔明〕李东阳：《麓堂诗话》，见《历代诗话续编》，中华书局 1983 年版，第 1386 页。

② 〔明〕王世贞：《艺苑卮言》，见《历代诗话续编》，中华书局 1983 年版，第 1011 页。

③ 〔明〕许学夷：《诗源辨体》，人民文学出版社 1987 年版，第 250 页。

察。清初王夫之(1619～1692)《姜斋诗话》论韩诗曰:"若但于句求巧,则性情先为外荡,生意索然矣。……若韩退之以险韵、奇字、古句、方言矜其饾饤之巧,巧诚巧矣,而于心情兴会,一无所涉,适可为酒令而已。"①认为韩诗仅是卖弄技巧,而无"心情兴会",虽是出于船山一贯崇尚古雅的诗学立场,但"适可为酒令"之论也未免过于极端。持类似观点的还有毛先舒(1620～1688):"《石鼓歌》全以文法为诗,大乖风雅。唐音云亡,宋响渐逗,斯不能无归狱焉者。陋儒哓哓颂韩诗,亦震于其名耳。"②"大乖风雅"的评价未必妥当,但认为韩诗推动了"唐音"至"宋响"的转变,这是符合实际的。显然,这也是毛氏崇唐抑宋之诗学偏见的反映。贺贻孙《诗筏》云:"昌黎文章,元气深浑。独其诗篇刻露,稍伤元气,然天地间自少此一派不得。彼盖别具手腕,不独与他家诗不相似,并自与其文章乐府绝不相似。……彼谓'昌黎以文为诗'者,是不知昌黎者也。"③所谓"刻露",正是对韩诗铺张扬厉、穷形尽相特征的概括,贺贻孙引用南宋严羽"天地间自少此一派不得"之语,对这种独特的诗歌价值有了一定的认可,较之王、毛二家眼界稍阔。但贺氏这种认可的逻辑前提是否定了韩诗"以文为诗"特点的存在,实际上也是在变相贬抑"以文为诗"。

与这些整体方面的诗风评价不同,清代有些论者着重于在句法细节方面探讨韩诗的"以文为诗"。顾嗣立(1665～1724)

---

① 〔清〕王夫之:《姜斋诗话》,见《清诗话》,上海古籍出版社1999年版,第14页。

② 〔清〕毛先舒:《诗辨坻》,见《清诗话续编》,上海古籍出版社1983年版,第49页。

③ 〔清〕贺贻孙:《诗筏》,见《清诗话续编》,上海古籍出版社1983年版,第177～178页。

曾为韩诗作笺注,对后世影响极大,他对韩诗的评骘常能从细微处入眼。顾氏《寒厅诗话》云:“韩昌黎诗句句有来历,而能务去陈言者,全在于反用。……学诗者解得此秘,则臭腐化为神奇矣”,又谓韩诗“此中机括,仿佛见作文用笔之妙”、善用“反衬法”“深一步法”①,都是对韩诗创新之处的肯定。翁方纲《石洲诗话》云:“韩文公‘约《六经》之旨而成文’,其诗亦每于极琐碎、极质实处直接《六经》之脉。盖爻象、繇占、典谟、誓命、笔削记载之法,悉醞入《风》《雅》正旨,而具有其遗味。”②翁氏之言带有强烈的“肌理派”主观诗学立场,因而有将韩诗“以文为诗”夸大为“以经为诗”之嫌。

清代桐城派以论文起家,但其后学方东树将论文之理融入诗学,对于诗文兼善、以文为诗的韩愈,多具新见。如:“康乐乃是学者之诗,无一字无来处,率意自撰也,所谓精深;但多正用,则为陈言。退之乃一革之,每用必翻新,而一切作料字面悉洗净去之,文字一大公案,古今一大变革也。”③“杜、韩有一种真率朴直白道,不烦绳削而自合者。此必须先从艰苦怪变过来,然后乃得造此。”④由此可见,方东树论韩诗的观点和思路与清后期的“宋诗派”十分接近。它如“《杜集》《韩集》皆可当一部经书读”“韩公诗,文体多,而造境造言,精神兀傲,气韵沉酣,笔势驰骤,

① 〔清〕顾嗣立:《寒厅诗话》,见《清诗话》,上海古籍出版社1999年版,第86页。

② 〔清〕翁方纲:《石洲诗话》,见《清诗话续编》,上海古籍出版社1983年版,第1389页。

③ 〔清〕方东树:《昭昧詹言》,人民文学出版社1961年版,第131页。

④ 〔清〕方东树:《昭昧詹言》,人民文学出版社1961年版,第220页。

波澜老成,意象旷达,句字奇警,独步千古,与元气侔”①之语,也都表达了近似看法。

(二)对韩诗“奥衍恣肆”风格的阐释与纷争

在明代中后期,普遍崇尚复古、性灵的状况下,韩诗的许多艺术特质虽能博得论家的认可,但是其奥衍恣肆、以文为诗、缺乏韵致的特点常被当作讥讽贬斥的把柄。胡应麟《诗薮》云:“昌黎有大家之具,而神韵全乖,故纷拏叫噪之途开,蕴藉陶镕之义缺。”②非常尖锐地指出了韩诗缺少“神韵”而带来的“纷拏叫噪”缺点。胡震亨《唐音癸签》曰:“韩公挺负诗力,所少韵致,出处既掉运不灵,更以储才独富,故犯恶韵斗奇,不加拣择,遂致丛杂难观。得妙笔汰用,瑰宝自出。第以为类押韵之文者过。”③虽反对将韩诗视为“押韵之文”的意见,却也深刻指出了韩诗“犯恶韵斗奇”“丛杂难观”的缺点。陆时雍(1585?~?)《诗镜总论》对韩诗的“气”有所非议:“诗之所以病者,在过求之也,过求则真隐而伪行矣。……昌黎之不真也为气使。人有外借以为之使者,则真相隐矣”,又认为韩诗“不免有蹶张之病”④。以上诸论,莫不是以盛唐诗为宗之立场的反映。

明人上述观点在清代仍有延续,但评论的宽容度、深刻度有所上升。作为乾隆时期的两大诗学流派,格调派、性灵派对韩诗的评论大多能反映出它们各自的诗学立场。格调论代表人物沈

---

① 〔清〕方东树:《昭昧詹言》,人民文学出版社 1961 年版,第 216、219 页。

② 〔明〕胡应麟:《诗薮》,上海古籍出版社 1979 年版,第 71 页。

③ 〔明〕胡震亨:《唐音癸签》,上海古籍出版社 1981 年版,第 65 页。

④ 〔明〕陆时雍:《诗镜总论》,见《历代诗话续编》,中华书局 1983 年版,第 1417、1421 页。

德潜(1673～1769)虽然师承叶燮，大致肯定了韩诗的诗史地位，但也指出了好尽欠巧的缺点："昌黎豪杰自命，欲以学问才力跨越李杜以上，然恢张处多，变化处少，力有余而巧不足也。"①"善使才者当留其不尽，昌黎诗不免好尽。要之，意归于正，规模宏阔，骨格整顿，原本《雅》《颂》而不规模于风人也。品为大家，谁曰不宜！"②他还在《重订唐诗别裁集序》中指出："新城王阮亭尚书选《唐贤三昧集》，取司空表圣'不著一字，尽得风流'，严沧浪'羚羊挂角，无迹可求'之意，盖味在盐酸外也。而于杜少陵所云'鲸鱼碧海'，韩昌黎所云'巨刃摩天'者，或未之及。余因取杜、韩语意，定《唐诗别裁》，而新城所取，亦兼及焉。"③将韩诗的"巨刃摩天"视作唐诗"神韵"之外的另一种审美范畴而加以重视，算是一种相对开通的态度。性灵派核心人物袁枚(1716～1797)对韩诗则是贬斥多于肯定："欲作佳诗，先选好韵。凡其音涉哑滞者、晦僻者，便宜弃舍。……昌黎斗险，掇《唐韵》而拉杂砌之，不过一时游戏，如僧家作盂兰会，偶一布施穷鬼耳。然亦止于古体、联句为之。"④虽然主要是从斗押险韵、炫耀才学方面否定韩愈的古体诗，但这代表了袁枚对韩诗的总体看法，因为韩诗的主流特色便在于古体诗。对此袁枚其实也有认识，谓"昌黎少近体，善藏其短"。不过，袁枚的诗歌创作也曾从韩诗中得过助益。⑤

---

① 〔清〕沈德潜：《说诗晬语》，人民文学出版社 1979 年版，第 211 页。

② 〔清〕沈德潜：《唐诗别裁集》，中华书局 1975 年版，第 56 页。

③ 〔清〕沈德潜：《唐诗别裁集》，中华书局 1975 年版，第 2 页。

④ 〔清〕袁枚：《随园诗话》，人民文学出版社 1982 年版，第 186 页。

⑤ 袁枚："吾乡王文庄公际华与余有总角之好。余游粤西，借其手抄《韩昌黎集》，久假不归；诗学因之大进。"(《随园诗话》卷一六，人民文学出版社 1982 年版，第 555 页。)

此外，与沈德潜、袁枚时代相近的李重华（1682～1755），论诗观点与两派皆有不同，“能尽吸诸家之长而无其偏执”①，他说：“诗家奥衍一派，开自昌黎；然昌黎全本经学。次则屈、宋、扬、马亦雅意取裁，故得字字典雅。后此陆鲁望颇造其境。今或满眼陆离，全然客气；问所从，则曰我韩体也。且谓四库书俱寻常闻见，于是专取说部，摭拾新奇，以夸繁富。”②对韩愈本人的诗史拓新意义予以认可，但对从其流者带来的“专取说部，摭拾新奇，以夸繁富”的弊端则深表不满，似有融合叶燮诗史观与沈德潜格调论的痕迹。

韩诗才学富赡、追求险怪拗涩的特点，极大地冲击了传统诗美范畴，因而评价殊多歧异。清代中后期，受“肌理派”、宋诗派的影响，诗歌创作方面趋韩成风，与之相应的是，对韩诗地位的评价也趋于高涨。马位《秋窗随笔》为韩诗遭受贬斥而辩护：“退之古诗，造语皆根柢经传，故读之犹陈列商、周彝鼎，古痕斑然，令人起敬；时而火齐木难，错落照眼，应接不暇；非徒作幽涩之语，如牛鬼蛇神也。”③这里实际上已经承认了韩诗中“幽涩之语”的负面因素，意图以古奥、富赡一类作品的思想价值来确立韩诗的地位。这个时期对韩诗的褒评，常常结合于韩愈在儒学、古文方面的地位成就，实际上已经偏离了论诗的中心。如阙名《静居绪言》有谓：“昌黎氏意在砥柱颓流，扶挟斯道，故其诗歌斟酌古今，吐纳巨细，力出险峻，用意深微，具抗古之才，运经世

① 郭绍虞：《清诗话》前言，上海古籍出版社 1999 年版，第 27 页。

② 〔清〕李重华：《贞一斋诗说》，见《清诗话》，上海古籍出版社 1999 年版，第 932 页。

③ 〔清〕马位：《秋窗随笔》，见《清诗话》，上海古籍出版社 1999 年版，第 830 页。

之学,实李、杜后一人而已。”①彭邦畴《朱竹垞何义门批韩诗序》:“读诗如行路然。……即太白之奇境别开,少陵之中峰独峙,然皆有门户之可倚、崖径之可寻。惟韩诗如高山乔岳,无不包孕,洪波巨浸,莫可端倪,局声调者病其艰涩,蹈空虚者厌其精详。”②不但将韩愈与李、杜两家相提并论,更有以韩凌驾于李、杜之上的意味。

(三)以“奇崛”为中心的阐释

从诗歌创作主体的角度出发,韩愈等人注重向心灵深处开掘诗思,并将对心灵的表现与对客观事物的夸张性、极端性描写融为一体,形成了奇崛、险怪的艺术特点,造成给人强烈感官冲击的艺术表现效果。吴乔(1611～1695)《围炉诗话》云:“于李、杜后,能别开生路自成一家者,惟韩退之一人。既欲自立,势不得不行其心之所喜奇崛之路”,“(七言古诗)盛唐人山奔海立,掩前绝后。此体忌圆美平衍,又不可槎枒狰狞。初唐圆美,白傅加以平衍,昌黎稍槎枒,刘叉狰狞,卢仝牛头阿旁,杜默地狱饿鬼”③。既对韩诗的“奇崛”不无肯定,又对奇崛过度而导致的“槎枒狰狞”予以贬责。刘熙载却能认识到韩诗这种特点的特有美学意义,他称其为“往往以丑为美”④,下语精警,发前人所未发。

---

① 〔清〕阙名:《静居绪言》,见《清诗话续编》,上海古籍出版社 1983 年版,第 1642 页。

② 转引自钱仲联《韩昌黎诗系年集释》,上海古籍出版社 1984 年版,第 1350 页。

③ 〔清〕吴乔:《围炉诗话》,见《清诗话续编》,上海古籍出版社 1983 年版,第 560、527 页。

④ 袁津琥:《艺概注稿》,中华书局 2009 年版,第 308 页。

晚清沈曾植(1850～1922)论及韩愈《游青龙寺赠崔群补阙诗》云:“从柿叶生出波澜,烘染满目,竟是《陆浑山火》缩本。吾尝论诗人兴象与画家景物感触相通。密宗神秘于中唐,吴、卢画皆依为蓝本。读昌黎、昌谷诗,皆当以此意会之。”论《陆浑山火》诗曰:“作一帧西藏曼荼罗画观。”①将佛教绘画的奇幻形象、浓烈色彩与韩诗的奇崛险怪联系到一起,可谓颇有识见。此论对后人颇有影响,如今人陈允吉即在此基础上,对韩诗所受佛教绘画影响进行更深入、更详尽的研究。② 与沈氏同为同光体诗人的陈衍(1856～1937)也从色彩的视觉角度来比拟韩诗之奥衍、奇崛特点:“纷红骇绿,韩退之之诗境也。”③用“纷”“骇”二字提摄韩诗,尤为传神之笔。

(四)叶燮在韩诗接受史中的“第二读者”意义

清代康熙年间的叶燮(1627～1703),以其宏阔的论诗眼光,力变明代以来菲薄、贬斥韩诗的风气,从诗史衍变的角度极力肯定韩愈“大变唐诗”的意义。在其诗学名著《原诗》中,叶氏这样说道:

> 唐诗为八代以来一大变。韩愈为唐诗之一大变;其力大,其思雄,崛起特为鼻祖。宋之苏、梅、欧、苏、王、黄,皆愈为之发其端,可谓极盛。而俗儒且谓愈诗大变汉魏,大变盛

---

① 〔清〕沈曾植:《海日楼札丛》,中华书局1962年版,第280、281页。

② 参见陈允吉《“牛鬼蛇神”与中唐韩孟卢李诗的荒幻意象》(载《复旦学报》1996年第3期)、《论唐代寺庙壁画对韩愈诗歌的影响》(载《复旦学报》1983年第1期)。

③ 陈衍:《石遗室诗话》,人民文学出版社2004年版,第357页。

唐,格格而不许。何异居蚯蚓之穴,习闻其长鸣,听洪钟之响而怪之,窃窃然而议之也!且愈岂不能拥其鼻、肖其吻,而效俗儒为建安、开、宝之诗乎哉!开、宝之诗,一时非不盛;递至大历、贞元、元和之间,沿其影响字句者且百年,此百余年之诗,其传者已少殊尤出类之作,不传者更可知矣。必待有人焉起而拨正之,则不得不改弦而更张之。愈尝自谓"陈言之务去",想其时陈言之为祸,必有出于目不忍见、耳不堪闻者。使天下人之心思智慧,日腐烂埋没于陈言中,排之者比于救焚拯溺,可不力乎!而俗儒且栩栩然而俎豆愈所斥之陈言,以为秘异而相授受,可不哀耶!故晚唐诗人,亦以陈言为病;但无愈之才力,故日趋于尖新纤巧。俗儒即以此为晚唐诟厉,呜呼,亦可谓愚矣!①

韩诗无一字犹人,如太华削成,不可攀跻。若俗儒论之,摘其杜撰,十且五六,辄摇唇鼓舌矣。……韩诗用旧事,而间以己意易以新字者;苏诗常一句中用两事三事者,非骋博也,力大故无所不举。然此皆本于杜。……诗而曰作,须有我之神明在内,如用兵然,孙、吴成法,懦夫守之不变,其能长胜者寡矣。驱市人而战,出奇制胜,未尝不愈于教习之师。故以我之神明役字句,以我所役之字句使事,知此方许读韩、苏之诗。②

综合来看,叶燮《原诗》中对韩诗的论述主要包括以下几点内容:

① 〔清〕叶燮:《原诗》,人民文学出版社1979年版,第8~9页。
② 〔清〕叶燮:《原诗》,人民文学出版社1979年版,第51页。

一是韩诗在诗史上的重大转换、变革意义。叶燮将韩诗定位为“唐诗之一大变”、宋诗之鼻祖，充分说明他对韩愈作为诗史一大转换关捩之意义的重视。

二是韩诗“力大”“思雄”“陈言之务去”的特色。客观地说，这些特色是叶燮对前人论韩诗的总结，并不是他的发现，但叶氏能从诗史演进的角度来认识这种特色，并做出积极、正面的评价，则是其贡献所在。

三是对“俗儒”非议韩诗观点的批判。韩诗常因其在表现手法、语言、艺术风貌等方面对汉魏、盛唐传统诗美的变革而受到非议。叶燮不拘细节，从宏观角度来认识这些变革，认为这恰是韩诗对诗歌发展的贡献。

叶燮在韩诗接受史中具有非常重要的意义。对韩诗之变的认识，叶燮并不是开端，但是前人往往未能充分发掘出其诗史价值。司空图《题柳柳州集后》中推崇韩诗气势之雄豪，涉及了“文人之诗”的概念；欧阳修《六一诗话》中对韩诗的论述，服膺其才力宏大、表现力超强、用韵自如洒脱，较司空图大为拓展，而且自觉将韩诗特色融入自己的诗歌创作中来；苏轼将韩愈定位于“诗之变者”，但苏轼本身是宋诗的代表，他对韩诗之变的认识，多是出于艺术感悟力和创作实践的心得，无法从唐宋诗之变的宏阔视野来考察韩诗的历史地位。自唐至明末的绝大部分读者，都是将韩诗视作雄豪、险怪、以文入诗一类风格的代表，明人更将韩愈视为传统诗美的破坏者而加以贬斥。叶燮从其诗学体系出发，将韩愈与杜甫、苏轼同视为诗史发展中的三大关键点，详细论述了韩诗的诗史地位、创新价值，使人为之眼前一亮。后世的许多论韩诗者，大都受到叶燮观点的影响。孔尚任《叶星期过访示〈已畦〉诸集》一诗评价叶燮为“未解深心扶古雅，若为刻论吓时贤。少陵已化昌黎朽,谁能探奇拨雾烟?"①可以看出叶燮那振聋发聩般的论诗气魄。叶燮《原诗》成书后不久,他推崇杜、韩、苏的观点就开始流行,对当时诗人们的观念、创作产生了巨大影响,正如方世举所描述:"康熙己卯(1699)、庚辰(1700)以后,一时作者,古诗多学韩、苏。"②

总体来说,相对于司空图、欧阳修对韩诗表现特征、艺术风貌的首次阐发,叶燮对韩诗之变的历史定位可以看作是韩诗艺术特质和价值的再发现,因此,我们可以从历时接受的角度称叶氏为韩诗接受史上的"第二读者"。

"第二读者"是从接受史上的"第一读者"概念引申而来的。在以往的接受史研究中,"第一读者"的地位、意义得到了研究者广泛的重视。"第一读者"对文本的美学意义首次做出阐发,影响了接受走向,因而显得特别重要。但是,"第一读者"的观点在不断被丰富、充实的同时,也为后世接受者直接阅读文本带来了遮蔽、干扰的负面作用。在这种情况下,必须得有深思独见的"第二读者"才能另辟蹊径,发前人所未发,转换阐释评论的角度,开辟新的接受走向。叶燮在韩诗接受史中的意义即是如此。

(五)对韩诗特色的综述与总结

清代学术具有会通融合的特点,诗学思想也同样如此。对于韩愈诗歌来说,叶燮是一位里程碑式的接受者,此外,其他清代诗论者对韩诗也有一些综述、总结性质的评述。

清高宗弘历主持编选的大型诗歌合选本《御选唐宋诗醇》

① 〔清〕孔尚任:《湖海集·己巳存稿》,见《孔尚任诗文集》,中华书局 1962 年版,第 136 页。

② 〔清〕方世举:《辍锻录》,见《清诗话续编》,上海古籍出版社 1983 年版,第 1942 页。

将韩愈作为诗歌大家列入,其中对韩诗在历史上所遭受的褒贬予以综述:

> 韩愈文起八代之衰,而其诗亦卓绝千古。论者常以文掩其诗,甚或谓于诗本无解处。夫唐人以诗名家者多,以文名家者少,谓韩文重于韩诗可也,直斥其诗为不工,则群儿之愚也。大抵议韩诗者,谓诗自有体,此押韵之文,格不近诗,又豪放有余,深婉不足,常苦意与语俱尽。盖自刘攽、沈括,时有异同。而黄鲁直、陈师道辈,遂群相訾謷。历宋、元、明,异论间出。此实昧于昌黎得力之所在,未尝沿波以讨其源,则真不辨诗体者也。……今试取韩诗读之,其壮浪纵恣、摆去拘束,诚不减于李;其浑涵汪茫、千汇万状,诚不减于杜;而风骨崚嶒、腕力矫变,得李、杜之神而不袭其貌,则又拔奇于二子之外而自成一家,夫诗至足与李、杜鼎立,而论定犹有待于千载之后。甚矣!诗道之难言也。①

这段话列举了前人对韩诗的主要贬斥观点,以作品的艺术分析为立足点,跳出无谓的唐宋诗之争和诗歌正变观的束缚,从比较的角度对韩诗艺术做出了一个恰当的分析和评价,从诗史角度对韩诗做了一个系统、客观的总结。

赵翼论韩诗虽有贬词,但也能出乎性灵派的藩篱,从细密、沉实处分析韩诗之"变",进而肯定其在诗歌发展中的意义。《瓯北诗话》云:

---

① 〔清〕爱新觉罗·弘历:《御选唐宋诗醇》卷二七,影印文渊阁《四库全书》本,第1448册,第534~535页,上海古籍出版社1989年版。

韩昌黎平生所心摹力追者，惟李、杜二公。顾李、杜之前，未有李、杜，故二公才气横恣，各开生面，遂独有千古。至昌黎时，李、杜已在前，纵极力变化，终不能再辟一径。惟少陵奇险处，尚有可推扩，故一眼觑定，欲从此辟山开道，自成一家。此昌黎注意所在也。然奇险处亦自有得失。盖少陵才思所到，偶然得之；而昌黎则专以此求胜，故时见斧凿痕迹。有心与无心异也。其实昌黎自有本色，仍在文从字顺中，自然雄厚博大，不可捉摸，不专以奇险见长。恐昌黎亦不自知，后人平心读之自见。若徒以奇险求昌黎，转失之矣。①

这是对韩诗的总论，在接下来的篇幅里，赵翼还从诗思、体式、用韵、句法等方面细密分析韩诗的创新所在，颇有说服力。赵翼与叶燮一样从诗史角度来肯定韩诗的创新意义，但赵氏更多从细节处入眼，与叶燮从宏观体势上入论有所不同。

与赵翼同时的格调派诗家沈德潜也对韩诗有较为准确的诗史定位：“昌黎从李、杜崛起之后，能不相沿习，别开境界，虽纵横变化不逮李、杜，而规模堂庑，弥见阔大，洵推豪杰之士。”②由此可见，沈氏与叶燮、赵翼一样也充分认识到了韩诗在李、杜之后自开一途的诗史地位。时期稍后的鲁九皋（1732～1794）也间接表达了类似看法：“吾由汉迄明，其间得大宗五人焉：曰曹子建、陶渊明、李太白、杜子美、韩昌黎。其他支分派别，

① 〔清〕赵翼：《瓯北诗话》，见《清诗话续编》，上海古籍出版社 1983 年版，第 1164 页。

② 〔清〕沈德潜：《唐诗别裁集》，中华书局 1975 年版，第 108 页。

各有攸属。"①视韩愈为李、杜之外唯一能开创千年诗史之大宗派的唐代诗人,这一观念可与叶燮之论前后呼应。

从叶燮到《唐宋诗醇》和赵翼、沈德潜,反映了清代康熙至乾隆年间宏观研究、通盘思考的一种学术风气,寓含着深刻的诗史意识。

(六)对韩愈"非主流"诗歌的评述

韩愈作为唐诗大家,尽管诗歌特色非常突出,但也具有多样化的艺术特点。从接受史的实际情形看,雄奇险怪、奥衍恣肆之风成为了韩诗的接受主流。而那些"非主流"的诗歌,如细腻、平淡、古雅一类风格的作品,在不同接受阶段中也呈现出明显的高低沉浮态势。

韩诗的主要风格是雄奇险怪,着重于大格局、大气象,但其中同样有一些摹写细致、表现巧妙的诗篇、诗句。明清时期有些论者便注意到了此类诗歌的价值。如李东阳云:"韩退之《雪》诗,冠绝今古。其取譬曰:'随风翻缟带,逐马散银杯。'未为奇特。其模写曰:'穿细时双透,乘危忽半摧。'则意象超脱,直到人不能道处耳。""李长吉诗有奇句,卢仝诗有怪句,好处自别。若刘叉《冰柱》《雪车》诗,殆不成语,不足言奇怪也。如韩退之效玉川子之作,斫去疵类,摘其精华,亦何尝不奇不怪?而无一字一句不佳者,乃为难耳。"②虽然是论"奇",但从"意象超脱"的角度论言辞之妙,与超越常人审美接受力的"怪奇"有所不同。这里,怪奇与"无一字一句不佳者"达到了完美

① 〔清〕鲁九皋:《诗学源流考》,见《清诗话续编》,上海古籍出版社1983年版,第1359页。

② 〔明〕李东阳:《麓堂诗话》,见《历代诗话续编》,中华书局1983年版,第1384、1392页。

的统一。

清代钱谦益则对韩诗中并不占主流特色的《秋怀》诗情有独钟。他在《秋怀倡和诗序》中说:“子读韩退之之《秋怀》乎?叹秋夜之不晨,悼萧兰之共悴,此悲秋者之所同也。‘清晓卷书坐,南山见高棱。’‘归愚识夷涂,汲古得修绠。’此四言者,退之之为退之,俨然在焉,亦思所以求而得之乎?夫悲忧穷蹇,蛩吟而虫吊者,今人之秋怀也;悠悠亹亹,畏天而悲人者,退之之秋怀也。求秋怀于退之,而退之之秋怀在焉;求退之于秋怀,而退之在焉。”①在《题遵王秋怀诗》中他又强调道:“余苦爱退之《秋怀》,诗云:‘清晚卷书坐,南山见高棱。’高寒凄警与南山相栖泊,惊绝于文字之外。能赏此二言,味其玄旨,斯可与谈胎性之说矣。”②从钱氏所举诗例及评说看,他所欣赏的,正是体现于《秋怀》诗中那种平淡、古雅而真切的美学特色。

韩诗中的《琴操》诗富有古雅意味,是那些反对险怪风格的论者赞赏韩诗的主要着眼点。如《唐诗归》钟惺总评韩愈云:“唐文奇碎,而退之春融,志在挽回。唐诗淹雅,而退之艰奥,意专出脱。诗文出一手,彼此犹不相袭,真持世特识也。至其乐府,讽刺寄托,深婉忠厚,真正风雅,读《猗兰》《拘幽》等篇可见。”③王渔洋云:“退之《琴操》上追三代。李观之言曰:孟郊五言,其有高处,在古无上,其平处下顾二谢。李翱亦云:苏属国、李都尉、建安诸子、南朝二谢,郊皆能兼其体而有之。今人号为学唐诗者,语以退之《琴操》、东野五言,能举其

① 〔清〕钱谦益:《牧斋初学集》,上海古籍出版社 1985 年版,第 963 页。

② 〔清〕钱谦益:《牧斋有学集》卷四七,《四部丛刊》初编本。

③ 〔明〕钟惺、谭元春编:《唐诗归》卷二九,《续修四库全书》本,第 1590 册,第 179 页,上海古籍出版社 2002 年版。

目者盖寡矣。"①《琴操》诗被清代前期时人冷落,正反映了其不占接受"主流"的地位。另如乔亿《剑溪说诗》:"退之《琴操》《罗池庙诗》,李、杜不能作,何论子厚!"②牟愿相(1760~1811)《小澥草堂杂论诗》:"韩退之诗有论气,'风雅'二字都用不着。其《琴操》诸作,浸淫向汉、魏上去矣。"③都对韩愈《琴操》系列诗评价甚高。以上诸家所论,或有失偏颇夸张之处,但大都能够充分重视到《琴操》诗的特有价值,丰富了韩诗的艺术认识和接受向度。

清代中期之后的诗坛格局基本是宗宋派占据主导地位,但也有很多持宗唐观点的诗人,在其时的诗学背景下,他们的论韩观点也较值得注意。如施补华(1835~1890)《岘佣说诗》从唐代五古、七古发展的诗歌体裁角度对韩诗做了充分肯定:"退之五古,横空硬语,妥帖排奡,开张处过于少陵,而变化不及。中唐以后,渐近薄弱,得退之而中兴","七古盛唐以后,继少陵而霸者唯有韩公。韩公七古,殊有雄强奇杰之气,微嫌少变化耳"④。所说大体准确,只不过观点平平,难以超越康、乾时期诸诗家。

二、挖掘孟郊诗"寒涩"中的理致韵味

明清时期,孟郊诗除了常被当作韩愈、贾岛诗的参照物而提及外,与其相关的阐释评论总体上还是沿袭了苏轼所提出的

---

① 〔清〕王士禛:《带经堂诗话》,人民文学出版社1963年版,第754页。

② 〔清〕乔亿:《剑溪说诗》,见《清诗话续编》,上海古籍出版社1983年版,第1085页。

③ 〔清〕牟愿相:《小澥草堂杂论诗·杂论诗》,见《清诗话续编》,上海古籍出版社1983年版,第919页。

④ 分别见〔清〕施补华:《岘佣说诗》,见《清诗话》,上海古籍出版社1999年版,第982、988页。

“郊寒”指向,认为孟诗的基调是穷酸、寒陋,与其穷困身世密切相关;不过,与宋人较多的贬斥之辞相比,明清人多能发现“郊寒”背后的独有价值,对孟诗趋于肯定。如强晟《孟东野诗集序》即谓:“孟东野以诗鸣于中唐之间,极为昌黎韩子所称重。至如联句诸作,与韩公角奇争隽,不肯相下,可谓雄矣!先辈且有东野润色退之之说,虽未必然,要其所成就,终非翱、湜辈所可班。”①这是比较有代表性的看法。稍加爬梳,重要的关注点有如下几端:

(一)孟郊诗歌的高古之气和“穷而有理”

明代前中期的格调、复古诗学派别,对孟郊诗歌表现出的中晚唐衰飒之音虽有不满,但是对其奇古之气颇有肯定。如高棅云:“其诗穷而有理,苦调凄凉,一发于胸中而无吝色,如《古乐府》等篇,讽咏久之,足有余悲,此变中之正也。”②高棅认为孟郊五言古诗为“变中之正”,与评韩愈的“正中之变”相映成趣。谢榛(1495~1575)《四溟诗话》云:“予夜观李长吉、孟东野诗集,皆能造语奇古,正偏相半,豁然有得,并夺搜奇想头,去其二偏。险怪如夜壑风生,暝岩月堕,时时山精鬼火出焉;苦涩如枯林朔吹,阴崖冻雪,见者靡不惨然。”③高、谢之论虽然指出了孟诗的短处,但也强调了“有理”“奇古”之特点,都算是中肯的见解。

孟郊诗在中晚唐之际多被颂为“高古”,张为《诗人主客图》将之列为“清奇僻苦主”,孟郊诗名甚至压过了韩愈;而北宋苏

---

① 转引自华忱之等《孟郊诗集校注·附录》,人民文学出版社 1995 年版,第 695 页。

② 〔明〕高棅:《唐诗品汇》,上海古籍出版社 1982 年版,第 51 页。

③ 〔明〕谢榛:《四溟诗话》,见《历代诗话续编》,中华书局 1983 年版,第 1217 页。

轼“郊寒”之论出,风向便发生逆转,贬孟之词延续不绝。这反映了苏轼作为“重点读者”的强大影响力。但在明清,尤其是清代中后期,读者们又渐渐重新发现了孟诗的价值;只是“郊寒”之余绪一时尚不能扫清。清人延君寿(1765~?)的一段话或可说明此点:“浅人多浅视郊、岛两家诗,初未尝深究之也。东坡不甚喜东野诗,其天才雄迈,不能如此之吃苦耳。……后之学东野甚多,却要说是学杜、韩撑门面,最是可笑。”在同书另一则记载中,延君寿结合时人之论,更具体地阐释孟郊诗艺特点:“李松溪云:‘前在京师晤部郎方铁船元鹍,称昌黎诗似大银饼,东野则如碎金子,更令人可爱。’此解人语也。东野五古,学者当览其全集方妙。五律《送远吟》一首云:‘河水昏复晨,河边相送频。离杯有泪饮,别柳无枝春。一笑忽然敛,万愁俄已新。东波与西日,不惜远行人。’有此种诗,昌黎安得不视为畏友!拗折生辣,气厚力健。第四句陡然作一拓笔,令人不测。结二句‘东波’‘西日’,常语也,一经锤炼,真有声泪俱尽之妙。此等五律,工部而外,真无两手。”①延氏以“气厚力健”评孟郊并不擅长的五言律诗,且与杜甫并论,此前尚不多见。所引方元鹍“银饼碎金”之论,虽嫌过于简单、主观,却也颇为别致。持与延君寿类似立场的还有潘德舆:“予论唐诗,小与人异。东野《独愁》诗云……《洛桥晚望》云……笔力高简至此,同时除退之之奥、子厚之淡、文昌之雅,可与匹者谁乎?而人犹以退之倾倒不置为疑。”②

---

① 以上两则分别见〔清〕延君寿《老生常谈》,见《清诗话续编》,上海古籍出版社1983年版,第1798、1842页。

② 〔清〕潘德舆:《养一斋诗话》,见《清诗话续编》,上海古籍出版社1983年版,第2149页。

(二)对孟诗寒苦硬峭诗风的不同解读

苏轼"郊寒"之论影响千古,但因其文辞过于简练,具体如何诠释此处之"寒",诸家取向多有不同。

明代后期,竟陵派对孟郊诗有较高的评价。钟惺云:"东野诗,有孤峰峻壑之气,其云'郊寒'者,高则寒,深则寒也,勿作贫寒一例看。"谭元春云:"诗家变化,自盛唐诸家而妙已极,后来人又欲别寻出路,自不能无东野、长吉一派。"①竟陵人以"高""深"来诠释"寒",强调其高古硬峭的特色,正是"高处不胜寒"之意,符合前人评价孟诗的"高古"之词,不失为脱俗之论。清代刘熙载说:"孟东野诗好处,黄山谷得之,无一软熟句;梅圣俞得之,无一热俗句。"②其实也是借黄庭坚、梅尧臣来表现孟诗"硬""寒"、脱俗生新的特点。

许学夷从文体角度出发,评价孟郊诗也比较中肯。《诗源辨体》云:"退之奇险豪纵恣于博,故长篇为工;东野矫激琢削归于约,故短篇为胜。""东野五言古,不事敷叙而兼用兴比,故觉委婉有致,然皆刻苦琢削,以意见为诗,故快心露骨而多奇巧耳。"③"以意见为诗"即多牢骚之语,与苏轼"听此寒虫号"的论调大体一致。

清人叶矫然云:"刘梦得评柳文'端而曼,苦而腴,佶然以生,癯然以清'。识者谓其已嚼出柳文佳处。予请移此语以评

① 〔明〕钟惺、谭元春编:《唐诗归》卷三一,《续修四库全书》本,第1590册,第199页,上海古籍出版社2002年版。

② 袁津琥:《艺概注稿》,中华书局2009年版,第310页。

③ 以上两条分别见〔明〕许学夷《诗源辨体》,人民文学出版社1987年版,第256、255页。

孟郊诗为确。"①认为孟郊诗似苦而实腴，有耐人寻味之致。而翁方纲的意见却恰好相反："谏果虽苦，味美于回。孟东野诗则苦涩而无回味，正是不鸣其善鸣者。不知韩何以独称之？且至谓'横空盘硬语，妥帖力排奡'，亦太不相类。此真不可解也。苏诗云：'那能将两耳，听此寒虫号。'乃定评不可易。"②可见，争论的焦点在于"寒苦"中是否有"回味"。叶、翁两家所论，在孟诗接受史中的褒、贬倾向中颇有代表性。

孟诗的阐释评论史中，除了苏轼的"郊寒"，便以元好问"诗囚"之说影响最大。而苏、元皆豪迈旷放之人，与孟郊之性情不类，所以有此贬讽语。清人多有为孟郊鸣不平者。如施补华《岘佣说诗》："孟东野奇杰之笔，万不及韩，而坚瘦特甚。譬之偪阳之城，小而愈固，不易攻破也。东坡比之'空鳌'；遗山呼为'诗囚'，毋乃太过！"③程恩泽也说："赋才雄奡合低头，无本相随逐未休。为问坡仙与元子，漫劳辛苦谤诗囚。"④都意在反对苏轼、元好问于孟诗之讥。对孟诗的多元化解读，有助于后世读者更深入地把握其艺术精髓。

---

① 〔清〕叶矫然：《龙性堂诗话》初集，见《清诗话续编》，上海古籍出版社 1983 年版，第 948 页。

② 〔清〕翁方纲：《石洲诗话》，见《清诗话续编》，上海古籍出版社 1983 年版，第 1389 页。

③ 〔清〕施补华：《岘佣说诗》，见《清诗话》，上海古籍出版社 1999 年版，第 983 页。

④ 〔清〕程恩泽：《徐廉峰仁弟诗律精密才笔华整得唐贤三昧顷以问诗图相属因取问唐贤意仿遗山绝句奉答略举数端挂漏正不少也》，见《程侍郎遗集》卷五，《续修四库全书》本，第 1511 册，第 256 页，上海古籍出版社 2002 年版。

三、对李贺奇诡诗风的持续纷争

明清时期对李贺的接受，与唐宋金元时期一样经历了大起大落的过程。明代前中期，雅正诗论占据主流，李贺诗多受抑制。中期以后，公安派崇尚性灵的自由抒发，竟陵派对孤寒幽峭诗境的追求，都促使了对李贺诗接受的兴趣。清代整理、注释李贺诗集非常盛行，对李贺诗的评论也达到了高峰，各种观点趋向于褒、贬两个极端，但褒之者居大多数。无论所持态度如何，这种关注热度的本身便可反映出李贺诗歌的魅力所在。

明清时期对李贺诗艺的阐释评价，大致包括两大方面：

（一）以“奇”为中心

明代前中期的诗论家论李贺诗之“奇”有肯定，亦不乏否定。高棅《唐诗品汇》云：“若长吉者，天纵奇才，警迈时辈，所得离绝凡近，远去笔墨畦径。时人亦颇道其诗。”①李东阳《麓堂诗话》云：“李长吉诗，字字句句欲传世，顾过于刿钵，无天真自然之趣。通篇读之，有山节藻棁而无梁栋，知其非大道也。”②王世贞《艺苑卮言》：“李长吉师心，故尔作怪，亦有出人意表者。然奇过则凡，老过则稚，此君所谓不可无一，不可有二。”③王世贞推重盛唐诗，对中晚唐诗多有偏见，但此处论李贺倒还公允，尤其是“师心”之语，极尽长吉诗法之妙；对于奇诡之风，王氏也并未反对，而是强调“不可有二”。叶燮对王世贞的观点极为赞

---

① 〔明〕高棅：《唐诗品汇》，上海古籍出版社 1982 年版，第 269 页。

② 〔明〕李东阳：《麓堂诗话》，见《历代诗话续编》，中华书局 1983 年版，第 1381 页。

③ 〔明〕王世贞：《艺苑卮言》，见《历代诗话续编》，中华书局 1983 年版，第 1010 页。

同:"'奇过则凡'一语,尤为学李贺者下一痛砭也。"对李贺本人,叶燮评论道:"李贺鬼才,其造语入险,正如苍颉造字,可使鬼夜哭。"①叶氏弟子薛雪也认为王氏所论是"赤文绿字,亦可谓微妙法音"②。李贺接受史中,王世贞是继杜牧、刘辰翁之后的又一重要读者,"师心作怪"之语启发后人颇多。

竟陵派对李贺、郊岛之风颇为推崇。钟惺评李贺曰:"长吉奇人不必言,有一种刻削处,元气至此,不复可言矣。亦自是不寿不贵之相。宁不留元气,宁不贵不寿,而必不肯同人,不肯不传者,此其最苦心处也。"③这是从创作心理上对李贺诗刻意求奇特点的揭示,在当时对"前、后七子"的拟古之风尤有针砭意义。

此外,许多论家还对李贺的乐府诗给予了较多的关注。毛先舒指出:"大历以后,解乐府遗法者,唯李贺一人。设色秾妙,而词旨多寓篇外,刻于撰语,浑于用意。中唐乐府,人称张、王,视此当有郎奴之隔耳。"④以设色秾妙、旨寓篇外评李诗,颇具法眼,但由此过抑张籍、王建,则稍嫌失当。

始于宋人的李贺是否"鬼才"之争,明清时期仍有人替长吉抱不平。如明人屠隆谓:"人言太白仙才,长吉鬼才,非也。如长吉清虚缥缈,又加以奇瑰,政是仙才。人但知仙才清虚,不知

① 〔清〕叶燮:《原诗》,人民文学出版社 1979 年版,第 66 页。

② 〔清〕薛雪:《一瓢诗话》,见《清诗话》,上海古籍出版社 1999 年版,第 690 页。

③ 〔明〕钟惺、谭元春编:《唐诗归》卷三一,《续修四库全书》本,第 1590 册,第 204 页,上海古籍出版社 2002 年版。

④ 〔清〕毛先舒:《诗辨坻》,见《清诗话续编》,上海古籍出版社 1983 年版,第 49 页。

神仙奇瑰。……太白烟火仙人语,长吉不食烟火仙人语。”①表面上这是在为李贺争取“仙才”之名,实际是在为“奇瑰”诗风能否跻身入正统诗学之范畴而讨一说法。

(二)李贺诗是否有“理致”

自杜牧提出李贺诗歌“少加以理,奴仆命《骚》可也”的观点后,宋人曾普遍赞同这一说法。对于这一重要问题,明清时人却产生了较为激烈的争论。联系明清诗学思想背景看,对李贺诗是否“少理”的争论,其深层原因是“重政教”与“性灵”两种思潮的消长起伏。

明代李维桢在为曾益注李贺诗集所作《李贺诗解序》中说:“杜樊川序谓骚之苗裔,令未死且加以理,可奴仆命骚,未为不知长吉,亦未为深知长吉者。诗有别才,不必尽出于理。”②认为杜牧持论虽不至误但没有认识到李贺诗歌的独特艺术价值,这是对宋末刘辰翁“贺所长正在理外”之论的应和。

清初贺裳在《载酒园诗话》中这样说道:“杜牧序贺曰:‘……少加以理,奴仆命骚可也。’宋人贬之,以为贺诗之妙,正在理外。余细观贺诗,二说俱谬。贺诗诚不能悉合于理,此词人皆然,不独贺也。”③这就从根本上摆脱了原来争论的局限,而升华为“词人皆然”的诗歌创作特性问题,从这个角度肯定了李贺的“词人”身份。贺裳还对世人常有訾议的“鬼仙”、艳诗等话题作了辨正,认为李贺诗中也常有“清新俊逸”“情深语秀”之作。

---

① 〔明〕屠隆:《鸿苞》卷一七“论诗文”条,《四库存目丛书》本,子部第89册,第236页,齐鲁书社1997年版。

② 转引自吴企明《李贺资料汇编》,中华书局1994年版,第198页。

③ 〔清〕贺裳:《载酒园诗话》,见《清诗话续编》,上海古籍出版社1983年版,第353页。

清代中后期的诗论中,对李贺诗整体上趋于肯定。如乔亿《剑溪说诗》云:"昌谷歌行,不必可解,而幽新奇涩,妙处难言,殆如春闺之怨女,悲秋之志士与?"①翁方纲《石洲诗话》云:"李长吉精才绝艳,锵宫戛羽,下视东野,真乃蚯蚓窍中苍蝇鸣耳。虽太露肉,然却直接骚赋。更不知其逸诗复当何如?此真天地奇彩,未易一泄者也。"②阙名《静居绪言》云:"创奇出怪以极鬼工者,李昌谷之幽思也。"③虽然三家具体立足点不同,但都能触及李贺诗的艺术特质。

李贺诗具有"少理"、虚无缥缈、隐晦难懂之特性,为之作笺注难度较大。明清之际李贺诗集的评、注本不下十余种,但各注家的倾向、方法不一,因而也引发了有关长吉诗"是否可解"的评论。明末张岱《昌谷集解序》云:"长吉诗自可解。有解长吉者,而长吉遂不可解矣。刘须溪以不解解之,所谓吴质懒态,月露无情,此深解长吉者也。……余之解长吉也,解解长吉者也。"④话说得好似有些玄妙,但的确切中长吉诗艺特色之肯綮。长吉诗极具"师心"的主观性,正非一般的钩稽事实、探求本事的笺注所能"解",而需要以心灵去体会、品读。清代姚文燮等人也认为长吉诗"可解",但是倾向与张岱相反。姚氏云:"世间安得有奇,亦安得有不可解者。余谓昌谷无奇处,原

① 〔清〕乔亿:《剑溪说诗》,见《清诗话续编》,上海古籍出版社 1983 年版,第 1085 页。

② 〔清〕翁方纲:《石洲诗话》,见《清诗话续编》,上海古籍出版社 1983 年版,第 1389 页。

③ 〔清〕阙名:《静居绪言》,见《清诗话续编》,上海古籍出版社 1983 年版,第 1642 页。

④ 转引自吴企明《李贺资料汇编》,中华书局 1994 年版,第 223 页。

无不可解处。”①其书多取时事以附会,曲解李贺诗意,钱锺书在《谈艺录》中对此有详细分析。与姚文燮类似,朱轼在《笺注李昌谷诗集序》中也认为李贺诗“可以兴、观,可以群、怨”,欲发掘其中的本事,自然也属不妥,但朱氏“愿世之读长吉诗者,各以己之精神迎之,亦将各得一长吉焉”②之语,从接受学的角度来看,也包含了一定的合理成分。

第四节 20世纪韩孟诗派阐释研究史概述

20世纪以来,现代学术理念影响下的韩孟诗派阐释与研究,较之古代各时期更为自觉化、系统化、学理化,不少问题得以澄清、定型,但在其过程中,关注度的冷热起伏、价值评判的褒贬不一,仍与之前有类似处。

一、20世纪韩孟诗派整体研究概况

(一)20世纪前80年

20世纪前80年中,明确地对韩孟诗派进行整体研究的成果极少,多是在各种文学史和综合性著作中笼统提及,方法上也大致是对多位诗人诗歌特点的简单概括或个别辨析,很少能从整体角度分析其共同特点、探悉其源流演变、考察其形成原因。在几种有影响的文学史中,20年代胡适《白话文学史》将孟郊、

---

① 〔清〕姚文燮:《昌谷诗注·凡例》,见《三家评注李长吉歌诗》,上海古籍出版社1998年版,第204页。

② 〔清〕朱轼:《笺注李昌谷诗集序》,见《朱文端公文集》补集卷二,转引自吴企明《李贺资料汇编》,中华书局1994年版,第281页。

卢仝、韩愈诗歌的共同特色概括为“说话式的诗”。30 年代初郑振铎《插图本中国文学史》极力肯定韩愈在诗歌艺术上的求新求变意识,认为韩诗是“一个崭新的创作”,而李贺则是“并有退之之奇与建、籍之艳者”,开晚唐温、李绮艳一路。产生于 30 年代末 40 年代初的钱基博《中国文学史》和苏雪林《唐诗概论》,在论述韩孟一派诗人时要详尽、深刻一些。钱氏着力从诗歌流变的角度来探讨韩、孟、李、贾之间的异同,高度评价了韩诗“参李、杜之长,融裁以别开一派”的地位,认为其风格大抵是“笔力蕲于雄矫,意境务为诙诡”;而孟、李、贾皆“衍韩愈而别出一体”,各自呈现出独特的面貌。此书兼顾各人诗风的异同,熔裁历代评价,简练精到,颇中肯綮。与此传统风格相比,苏雪林《唐诗概论》则受现代文学观念较大启示。她将韩诗的特点总结为“以散文的方法作诗”“以字书入诗及以作赋方法作诗”和以丑为美(比喻韩诗为法国罗丹的雕刻),充分肯定韩愈大变唐诗、自成“奇险一派”的诗史功绩。对于李贺,则名之为“唯美派”,视为晚唐绮艳密丽一派的先锋。可见,她更多注意的是李贺与韩孟的不同点。

初版于 40 年代的刘大杰《中国文学发展史》基本沿承了苏著内容,态度却大不一样。刘氏认为韩孟“用作散文的方法作诗”“用奇字、造怪句”,属于“技巧主义”;韩诗走得更为极端,因此“诗中没有性情”“有大半简直不是诗”;韩愈在诗坛上的地位“不仅比不上李、杜,也还比不上孟郊、张籍和白居易。”他也将李贺视为“唯美派”,肯定其艺术性,却极力贬低其思想内容。此书后来几度修改,1957 年和 1976 年的两次改本全受当时政治风气影响,1962 年改本对韩愈的态度与初版本迥异,少了激切与刻薄,立论相对冷静、客观,认为韩愈是继陈子昂、李白、杜甫之后又一次大变唐诗的诗人。这部文学史的数次“变脸”是那几十年研究情形的大致缩影。

以上这些著作虽然态度与着重点不一,却也大都涉及了韩孟诗派的共同诗风,不乏总结性或比较性的精到论述,但更多的还是对个人诗风的独立评价,缺乏整体研究的观念,而且对诗派的群体认同较为模糊,尤其是李贺,基本游离于韩孟诗派之外。这在20世纪前80年中很有代表性。50年代到"文革"结束,韩孟诗派的诗歌价值多遭到漠视(除李贺外),更罕有人整体研究这个诗派,对韩愈周围文人的整体研究几乎都是从古文运动方面进行的,这种特点在几种集体编著的文学史中不同程度地存在着,直到70年代末80年代初才出现了改观。

(二)20世纪80年代以来

20世纪80年代以前,韩孟诗派还不是一个固定、严格的概念。后人多出于人事交游关系,统称为"韩门"诗人。但在具体成员的划分上又有一些争议,遂使韩孟诗派这一概念还存在着一定的模糊性。20世纪80年代后,随着研究的强化和深入,这种情况有了一定的改观。

20世纪80年代以来,韩孟诗派的整体研究得到了突飞猛进的发展,研究成果的质和量都有了大幅度的提高。我们通过《隋唐五代史论著目录》(江苏古籍出版社1985年版)、《中国古典文学研究论文索引》系列(中华书局)、1982以后各年度《唐代文学研究年鉴》等书目索引资料大略统计,专著已有十余种,论文不下上百篇。内容大致包括如下几个方面:

首先,在群体研究的观念下探讨韩孟诗派成员的交游和相互影响过程。如陈新璋《论韩孟诗派的产生及其诗歌艺术风格》首次涉及韩孟诗派的具体形成发展过程,将之分为三个时段论述,并总结其共同诗风;贾晋华《论韩孟集团》从韩孟集团两次重要的集会——汴徐之集和京洛之会入手，对集团的形成、相互影响、诗风流变做出具体分析，使得这一诗派中许多模糊问题得以明晰。①

其次，细密分析中唐诗风流变的复杂过程，借以凸现诗派的共同特点。如陈贻焮《从元白和韩孟两大诗派略论中晚唐诗歌的发展》、罗宗强《论唐贞元至元和年间尚怪奇、重主观的诗歌思想》、刘曾遂《试论韩孟诗派的复古与尚奇》、马承五《中唐苦吟诗人综论》、刘明华《刻苦与创造——论苦吟》②等。其中，陈文综合论述了中唐诗派的创新特点及对后世影响，认为“韩孟诗派诸人，无一不奇，而风格迥异”，“人知李贺得韩愈而闻名，罕知韩愈所开诗派得李贺而大盛”，李贺“浮想联翩，构思精巧，意境绮丽”的特色正是由韩孟诗派“奇”的特点发展出来的。罗文认为韩、孟、李、贾等诗人在个人风格上虽各具特色，但有“尚怪奇、重主观”的共同倾向，并从心态构成角度分析这种倾向形成的原因，颇有说服力。刘明华文从“苦吟”这一韩孟诗派的共同创作特点入手，探析其对于诗美创造的重要意义。

再次，结合宏阔的文化背景探讨诗风、诗派的成因。这类成果最为丰富，其中贡献突出的是孟二冬、陈允吉、萧占鹏、许总等人的系列论著。孟二冬《韩孟诗派的创新意识及其与中唐文化趋向的关系》③从中唐时代艺术、宗教等文化趋向的背景出发，对韩孟诗派“不平则鸣”与“笔补造化”的创新意识做了深入的

① 分载《华南师范大学学报》1988 年第 4 期、《唐代文学研究》第 5 辑。

② 分载《中国古典文学研究论丛》第 1 辑、《古代文学理论研究丛刊》第 9 辑、《浙江学刊》1987 年第 6 期、《文学遗产》1988 年第 2 期、《西南师大学报》1998 年第 1 期。

③ 载《中国社会科学》1989 年第 6 期。

探讨。陈允吉《“牛鬼蛇神”与中唐韩孟卢李诗的荒幻意象》①论述了在中印文化交流大背景下,佛教祭坛上的狞恶鬼神形象随佛法传播而与韩、孟、卢、李诗歌发生感触相通,成为他们诗歌中的“牛鬼蛇神”,促成了韩孟诗派求奇尚怪的风气。陈氏还有几篇从佛教影响角度研究韩诗和探究李贺深层心理的文章(下文详及),对韩孟诗派研究有独特的贡献。萧占鹏《皎然诗论与韩孟诗派诗歌思想》《审美时尚与韩孟诗派的审美趋向》《佛教与韩孟诗派诗歌思想》《韩孟诗派的精神世界及其诗歌的深层意蕴》②等文,分别从文学背景、时代审美风尚、宗教背景、内在精神世界等角度,对韩孟诗派予以较全面的考察,其中论佛教洪州宗“狂禅”之风和皎然诗学思想对韩、孟等人影响尤多创见。许总《论韩孟诗派的思想倾向和文体观念》《论韩孟诗派主体心性的强化与艺术表现的变异》③等几篇文章重点从韩孟诗派的思想倾向、心性特征和不同文体观念出发探析了其诗风形成的内在原因,也颇有见地。

近些年来编撰的几种较有影响的文学史著作对韩孟诗派的论述,大多吸纳了新时期以来的研究成果。袁行霈主编《中国文学史》对韩孟诗派形成过程、“不平则鸣”和“笔补造化”的理论主张、崇尚雄奇怪异的审美取向均做出较明晰的阐释,进而评述其“由重诗的社会功能转向重诗的抒情特质,转向重创作主体内心的展露和艺术创造力的发挥”的诗史价值。这一论述大致可以视为新时期韩孟诗派研究的总结和提升。

除上述集中探讨韩孟诗派共同点的文章外,新时期也出现

---

① 载《复旦学报》1996 年第 3 期。

② 分载《文学遗产》1989 年第 4 期、《文学遗产》1992 年第 1 期、《江海学刊》1992 年第 4 期、《晋阳学刊》1993 年第 1 期。

③ 分载《求索》1995 年第 2 期、《东岳论丛》1997 年第 1 期。

了一些重在探讨诗派成员不同诗风的论文,其中对把贾岛和李贺统归于韩孟诗派提出质疑的几篇文章最引人瞩目。如胡中行《略论贾岛在唐诗发展中的地位》认为:贾岛和韩愈诗歌没有明显的师承关系,贾与韩多属人事交往,而在诗风上受孟郊影响较多,后来自成一派,“在白、韩两大势力之间,贾岛是以第三种力量的代表出现的”。赵剑《贾岛新论》也指出贾岛诗风有一个从“气象峥嵘”到“乃造平淡”的衍化过程,不应属于韩派。至于李贺,因其诗风更独特,向来就有将之列为“唯美派”的做法。房日晰《李贺诗派及余波》认为李贺与刘南史、庄南杰等人因具有“浓艳之辞采与拗峭而流畅之格调”,非韩孟一派所能容括,故可自成一派。① 在关注韩孟诗派诗人“同中有异”的同时,有些文章更多地从诗史实际出发,对孟郊和贾岛这两位长期被并称而又不同程度被忽视的诗人重新加以认识。如景凯旋《孟贾异同论——兼论中晚唐诗歌的分期》认为:孟、贾二人诗异大于同,分别代表了中唐与晚唐风气;尹占华《论郊岛与姚贾》则认为贾岛虽然学习孟郊的苦吟,但“怪奇之极反归平淡”,所以“孟是典型的韩派诗人,贾诗较孟已不知平易多少”,而姚合诗风平易得更靠近白居易,贾、姚实为连接韩、孟和元、白的桥梁。② 总的来看,这类研究成果不仅有助于我们进一步认识中晚唐时期诗风承传流变的复杂情形,也从另一角度更深刻地透视了韩孟诗派及其特点,对韩孟诗派的整体研究不无裨益。

二、诗人个体研究概况

比起整体研究,百年间的韩孟诗派个体研究更为充分,其中

---

① 分载《复旦学报》1983 年第 3 期、《唐代文学研究》第 1 辑、《文学遗产》2000 年第 3 期。

② 此二文均载《文学遗产》1995 年第 1 期。

又以韩愈、李贺的研究成果最多，孟郊、贾岛相对较少。鉴于有关韩愈、李贺研究的综述已经不少，此处仅择其要者做一补充。

（一）韩愈诗歌研究

长期以来，韩愈研究的重点一直是其思想和古文运动，他的诗歌因创新求变成分较多而常受褒贬，研究景象也远不及前者繁荣。从数量上看，20 世纪中国大陆韩愈研究论文近 900 篇，其中论韩文及其思想者多达 500 余篇，而单论韩诗者仅 178 篇，其差距是显而易见的。

1. 20 世纪初至 70 年代末。这一时期的韩愈研究，集中在其思想、生平、人格、文论和古文创作上，诗歌则受到很大的忽视。尤其是新中国成立至“文革”结束期间产生的文学史，对韩诗大多持不以为然甚至完全否定的态度。

综论韩愈的论文中，陈寅恪的《论韩愈》①是一篇具有划时代意义的文章。此文高度评价了韩诗的地位及其“以文为诗”的成绩：“既有诗之优美，复具文之流畅，韵散同体，诗文合一，不仅空前，亦恐绝后。”虽然当时曾因此而引发一场关于韩愈评价的争论，并成为此后数次关于韩愈争论的引线，但今天看来，这些争论既引起了人们对韩诗的关注，也为日后更深入地研究韩诗奠定了基点。

专论韩诗的文章以钱锺书的《谈艺录》（初版于 1948 年）最为杰出。钱氏论韩，既以诗人之心从细微处体察诗歌的深层意蕴，尽力还原作者的真正作意，又对韩诗在后世尤其是宋代的影响和接受状况予以细密发微，将宋人对韩诗在语言、作意、风格等方面的接受，一一做了准确揭示，其针脚之细密、眼光之敏锐，

---

① 载《历史研究》1954 年第 2 期。

一时堪称独步;而就方法而言,则无疑是一种富于传统特色的诗歌接受研究的早期范例。

专著方面,钱仲联的《韩昌黎诗系年集释》(初版于1957年)最值得重视。该书是对韩愈诗歌进行系统系年、集释的集大成之作,并加入了大量著者的新见解,在全面继承前人成果的基础上,使韩诗的考释又向前跨出了一大步。该书是迄今为止韩诗的最佳注本,在韩愈研究史上具有重要意义。

2. 20世纪八九十年代。新时期以来,韩诗研究呈现出少有的繁盛景象。涌现出近四十种韩愈研究和整理性著作,对韩诗都有足够的关注,阎琦《韩诗论稿》①则是研究韩诗的专著。论文更是丰富多彩,单论韩诗和综论韩愈其人其诗者约300篇,相当于以前近八十年的总和。这些论著大致涉及以下几个方面:

(1)综论韩愈及其诗。针对历次政治运动影响下的贬韩、批韩,不少学者痛定思痛,认真反思,写了一批总结、翻案性质的文章,如江辛眉《论韩愈诗的几个问题》细致辨析了"以丑为美""以文为诗"等几个长期为人诟病而实则包含创新的诗学现象;舒芜《论韩愈诗》从整体上论述了韩诗的源流、艺术特质、影响,认为其特质在于"艺术的夸张",即对"不美之美"和"非诗之诗"的追求。80年代以后,研究视野更为开阔。余恕诚《变奏与心源——韩诗大变唐诗的若干剖析》否定单从形式技巧上论韩诗,力求统一美学观点与历史观点,从历史使命和"心源"出发探讨韩诗的深层特征及其对意象、结构、语言的影响,颇具深刻性和说服力。②

① 陕西人民出版社1984年版。

② 分载《中华文史论丛》1980年第1辑、《中国社会科学》1982年第5期、《江淮学刊》1990年第3期。

(2)关于"以文为诗"的讨论。新时期之初，围绕韩诗"以文为诗"的特点展开了一场讨论，可看作是50年代陈寅恪和黄云眉之间争论的深入和延续。其中比较重要的文章有程千帆《韩愈以文为诗说》、李健章《韩愈"以文为诗"辨》、阎琦《论韩愈的以文为诗》①等。这次讨论到80年代中叶渐渐平息，得出的一个基本结论是："以文为诗"是韩愈诗歌的重要特征，也是他对诗歌发展的贡献，之所以常为人诟病，主要原因在于韩愈在具体创作中走向了极端。

(3)韩诗风格、艺术特点形成的背景原因及其先后承传。如陈允吉《韩愈的诗与佛经偈颂》《论唐代寺庙壁画对韩愈诗歌的影响》②二文从佛教影响角度研究韩诗，深入地解释了韩诗某些艺术特色的形成原因。葛晓音《从诗人之诗到学者之诗——论韩愈诗之变化的社会原因和历史地位》认为韩愈作为一个封建道统和文统以及学者之诗的创始人，其道统学说的形成对学者之诗的产生具有深刻而直接的影响；尚永亮师《韩愈的潮州之贬及其心性变化》具体考察了韩愈潮州之贬的过程以及在政治重压之下的复杂心性，对韩愈在逆境中的精神生活状态予以深细的揭示，并从心理学角度对其《履霜操》等诗做出新的阐释。③

(二)李贺研究

李贺历来是研究热点，但因其诗意诡奇密丽，故而歧义纷

① 分载《古典文学理论研究丛刊》第1辑、《武汉大学学报》1979年第6期、《西北大学学报》1983年第2期。

② 分载《中国古典文学丛考》第1辑、《复旦学报》1983年第1期。

③ 分载《学术月刊》1982年第4期、《第三届潮学国际研讨会论文集》(花城出版社2000年版)。

解,显得有些不成系统。近百年来的李贺研究仍然持续繁荣,在广度和深度上也有较大开拓,但有时受非艺术因素的影响较大,呈现出不稳定的面貌。

1. 新中国成立之前的李贺研究,在方法上已能不拘一格,既有传统笺释学的发展,又受到现代学术观念的影响。朱自清《李贺年谱》和王礼锡《驴背诗人李长吉》①是李贺生平传记方面具有代表性的成果。诗歌研究大多从文本出发,或直观感悟其色彩,或细密分析其手法,认定其在中晚唐诗坛上戛戛独造的地位。各种文学史大多从"唯美"角度论李贺,虽然从整体上把握了长吉诗的情感主脉,但对其诗法手段命意等更深刻的问题缺乏进一步的系统认识。

钱锺书《谈艺录》中论李贺的篇章可谓20世纪前半期李贺诗歌艺术研究的顶峰。此书集中论述中唐诗人的共有14则文章,其中论李贺一人者就有9则。钱氏对以"索隐"手法研究李贺诗的倾向作了批判,更多地从诗境、字法、修辞等具体艺术角度来论李贺诗,多有发明之处,如:长吉诗好取金石硬性物作比喻,而"其每分子之性质,皆凝重坚固;而全体之运动,又迅疾流转。故分而视之,词藻凝重;合而咏之,气体飘动",可谓鞭辟入里之论;又如用"曲喻"概念论李贺诗"以一端相似,推而及之于初不相似之他端"的修辞技巧,后人也颇多称引。

2. 新中国成立之初的几年间,李贺虽然仍是关注的重点,但因过度强调阶级性、人民性,多否定其诗歌成就;随后又引起了一场争论,出现了一些客观介绍李贺的论文。"文革"中,李贺被冠以"法家诗人"的名号,成为畸形研究中的热点,没有多大

① 分载《清华学报》第10卷第4期(1935年)、《文学周报》第7卷第23期(1928年)。

学术意义。进入80年代以后,李贺研究依旧繁荣,但关注目光已更多地转向其人其诗不同寻常的心理、气质和艺术风格,研究方法也变得多元化。据统计,1980~2000年间,李贺研究的论文共388篇,其中总论58篇,论生平者20篇,论性格心理者42篇,论诗歌艺术者268篇,由此可以看出大致态势。专著虽有数种,但多是浅近的介绍性作品。这些成果主要在以下几个方面比较值得注意:

(1)李贺性格心理与其诗歌的关系。这类成果中最具代表性的是陈允吉的系列论文,主要有《论李贺〈秦王饮酒〉中的“狞”——兼谈李贺的美感趣味和心理特征》《〈梦天〉的游仙思想与李贺的精神世界》《李贺:诗歌天才与病态畸零儿的结合》①等。前二文通过《秦王饮酒》和《梦天》二诗分析李贺沉迷于幻想中的满足同时又恐惧生命流逝的复杂心理;后文则通过透视李贺短暂而崎岖的一生,认为李贺是历史上罕见的诗歌天才与病态畸零儿的结合体,其诗歌虽有“理不胜辞”的弱点,却能猛力发掘自己的灵魂,将深藏内心的幽暗面充分展现于读者面前。

(2)李贺诗歌某一方面艺术特色的深入探讨。这类文章多将目光凝定在比喻、想象、结构、用韵、诗理、色彩运用等艺术手法上,不无新见。如陶尔夫《李贺诗歌的童话世界》认为李贺诗是“出自一个智能超常并带有某种反常心理和特殊病理的乖张诗人所幻构出的扑朔迷离的童话世界”;芝生《李贺诗韵考》将李贺诗用韵与《广韵》比较,总结出其爱用奇韵险韵且用韵宽广、常以口语语音入韵、常有仄韵上去二声杂用等特点,认为这更接近宋代音韵的特征;陶文鹏《论李贺诗歌的色彩表现艺术》

① 分载《复旦学报》1984年第3期、《文学评论》1983年第1期、《复旦学报》1988年第6期。

指出李贺诗善于“先色夺人”和“借色点睛”,赋予色彩以象征性、情感性和个性,营造出梦幻瑰奇之境。①

(3)李贺诗歌的渊源、影响和比较研究。李贺诗风独特,其渊源探讨历来为研究者关注,新时期里也有多篇此类文章。如吴企明《长吉诗艺术渊源》认为李贺诗受楚辞、汉魏六朝乐府影响最大,同时也受到了历代诸多诗人及其他文学体式的影响,再熔古铸今、独辟蹊径,形成自己的特色。② 尤振中《昌谷诗影响概述》、袁行霈《长吉歌诗与词的内在特质》等文则重点探讨李诗在后代的影响。③ 此外,还有一些论文将李诗与外国诗歌进行比较研究,拓宽了李贺研究的领域和视角。

(三)孟郊、贾岛研究

长期以来,与韩愈、李贺研究的热闹情形相比,孟郊、贾岛显得“清苦”不少。近百年对孟、贾的研究多集中在三四十年代和新时期以来的这两个时段里,据我们统计,研究孟郊的80余篇文章中,三四十年代约10篇,新时期以来即有60多篇;研究贾岛的60篇论文中,三四十年代也仅10篇左右,新时期以来有48篇。总体态势上呈现出明显的“马鞍”形态。

20世纪最早对孟郊诗的研究,是陈衍在无锡国专的一次演讲,后由丁舜年整理,发表于《国专季刊》1933年5月号。此文重在矫当时文风之弊,时代色彩颇强。此后相继出现的一些论著,多从基础层面入手,或考察行迹,或概论诗风,对此后孟郊研

---

① 分载《文学评论》1991年第3期、《重庆师范学院学报》1994年第2期、《文学评论》1997年第6期。

② 载《文学遗产》1997年第6期。

③ 分载《苏州大学学报》1984年第1期、袁行霈《中国诗歌艺术研究》(北京大学出版社1996年版)。

究有奠基之功。钱基博《中国文学史》认为孟诗“以质出炼,拗直成峭,短于蓄势,而善使劲;不能运气,而为炼格”,语短识卓,耐人回味。40年代初,闻一多认为孟郊诗“以破口大骂为工,句多凄苦”,“始终走着文学与人生合一的大路”,要强过“仅喊喊口号”的白乐天,其诗格和“向丑中求美”的表现倾向对宋诗影响很大。① 这些观点虽新颖,但可惜没有展开论述。总体来说,三四十年代的学界虽然给予孟郊较大关注,但大多没有深入到孟诗的内在特色中去探讨,有些论诗观点尚未尽脱古人藩篱。

三四十年代的贾岛研究,以李嘉言、岑仲勉二人关于诗人生平的考辨和闻一多对贾岛诗艺的阐发为代表性成果。李、岑二先生围绕贾岛生平中一些长期模糊的问题进行细致考订、辨别,深化了对贾岛生平的研究。闻一多《唐诗杂论·贾岛》认为贾岛诗风包括惯用五律和色调灰暗两个方面,并将之与时代背景紧密联系起来考察,肯定了贾岛诗显现末世情调的类型意义,论点虽不十分严密,却不乏新意和精彩。

新中国成立后至80年代初的孟郊研究颇显冷清,进入新时期后,孟郊研究获得较大发展,出现了一些颇具深度的论著。如马承五《孟郊诗歌的艺术特色》围绕孟诗“奇”的特色,从构思、抒情、比喻、语言方面展开论述,指出其诗“奇而不怪,峭而不险”;尚永亮师《论孟郊诗的风格及其形成原因》从孟诗解析入手,联系中唐社会背景、诗人经历及主观心性、与韩愈交互影响等方面,深入探讨了孟郊诗风的“奇硬”特色及成因;施蛰存《说孟郊诗》认为孟诗特点是“寒酸”而非“古淡”,真正代表其诗风

① 参见郑临川述《闻一多先生说唐诗》(下)(续),分载《社会科学辑刊》1979年第5期、1980年第1期。

的不是《游子吟》,而是《寒溪九首》《长安早春》等。① 这些成果都使长期以来较为模糊的孟郊诗风逐渐变得清晰起来。

20 世纪最后的二十几年,贾岛研究也渐趋深入、系统,贾岛更多地被作为一个特立独行的诗人来看待。胡中行《略论贾岛在唐诗发展中的地位》认为贾岛提倡苦吟,但又变险怪为清奇,"创造了一种较韩诗平易的风格"。专论贾岛诗歌的文章观点大多平平,倒是一些比较研究的文章却时见精彩之论,如尹占华《论郊岛与姚贾》认为贾岛"将想象之景当作实景来写",所以他虽然重主观裁夺,诗境却不如孟、李恣肆怪奇。

除了上述四个主要诗人外,20 世纪学界对韩孟诗派其他诗人的关注就非常少了。相比之下,卢仝研究倒稍显突出。胡适《白话文学史》较早注意到卢仝,认为他和韩愈都是在七言诗里用说话体作诗的"大功臣";其《月蚀诗》的诗体"是从民间的佛曲鼓词出来的",观点新颖独到。此后一直到 80 年代,才又出现了 10 篇左右研究卢仝的文章,涉及生平、诗风,大多是对此前论点的怀疑与辨析。董乃斌《天地间自欠此体不得——论卢仝、马异、刘叉的诗》以卢仝为主,较全面地论述了卢、马、刘三人诗歌的内容倾向、艺术特色、形成原因,具有一定深度;张天健《刚肠侠诗话刘叉》既辨刘叉生平,又论其诗歌内容和手法上的反传统特点,是一篇醒人眼目的文章。②

总之,20 世纪的韩孟诗派阐释与研究,可谓潮起潮落、步履艰难,但总体上还是取得了长足的进展,尤其是最后二十年。但也还存在一些问题,如:诗派整体研究还嫌薄弱;大家过热、小家

---

① 分载《唐代文学论丛》第 3 辑、《陕西师范大学学报》1985 年第 2 期、《名作欣赏》1986 年第 2 期。

② 分载《中国古典文学论丛》第 1 辑、《社会科学研究》1989 年第 3 期。

过冷,研究力度很不均衡。至于选题重复、创新不足、学风浮躁等现象,已是当前学术界共有的痼疾与乱象,此处无需多言。

文学的阐释、接受实际上并不存在一个理想的"顶峰"或终点。"阐释可能走多远,文学就可能伸展多远。文学并非脱离我们的意识孤立地存在。只存在解释过、经验过的事实,这种观点对于文学研究是相当适合的。"①此语颇可概括文学阐释史的意义。对韩孟诗派阐释史而言,也将是一个没有完成时的持续过程。

---

① 南帆:《研究方法、过度阐释与二元对立》,载《中华读书报》2010年2月10日。

第六章 历代重点诗人对韩孟诗派的创作接受

文学接受史中的创作影响史部分,研究的是文学对后世创作影响的历史。一篇作品有其影响史,一位诗人、一个诗派也有其独特的影响史。根据文学影响主体、客体的不同特点,影响的性质、方式、范围、层次也都有不同。就性质言,有自觉、不自觉之分;就方式言,有的明言效仿,有的暗中承袭;就范围言,有的偶尔效之,有的风格全似;就层次言,有的只是遣词用语,有的是意象或修辞手法,有的则是整体意境格调。钱锺书所言"偷语、偷意"和"偷势"①,意思近之。

宏观来看,影响史与阐释史联系密切,都是某一时期文学思想的折射。但具体到每个接受者,有人长于理论阐释,有人长于创作中的感性接受,重心有所不同。影响史范围极其宽泛,涉及内容、材料极为丰富。但从学术角度看,不同的创作接受者,其影响史研究价值并不等同。"重点诗人"即较早师法某人并进

① 钱锺书:《谈艺录》,中华书局1984年版,第70页。

行一定创新，进而影响更多后人者，仍是研究重点。反之，有些诗人刻意模仿古人甚至达到惟妙惟肖的境界，但未见自家性情面目，诗艺亦无创新发展，又无诗史影响，这些诗人对创作影响史也就没有太大的研究价值。

第一节　晚唐诗人对韩孟诗派的创作接受——以小李杜、皮陆唱和为中心

晚唐是韩孟诗派创作影响史的第一个高峰。与韩孟诗派在此时期的阐释评价态势大致相对应，李贺、贾岛各有一派追随，相对集中；韩愈、孟郊的影响则较分散。贾岛一派，后节专论，本节主要以杜牧、李商隐、皮日休和陆龟蒙为对象，讨论他们对李贺、韩孟诗歌的创作接受。

一、晚唐诗人对韩愈、孟郊的创作接受

杜牧、李商隐都是熔铸众家、自成一体的杰出诗人，在诗歌创作上既师法盛唐李白、杜甫，也受到元和诗歌或明或暗的各种影响。杜牧《献诗启》有云："某苦心为诗，本求高绝，不务奇丽，不涉习俗，不今不古，处于中间。既无其才，徒有其奇，篇成在纸，多自焚之。"①可以看出他在诗歌创作上立志高远，避免"奇丽""习俗"风气的努力。与杜牧相比，李商隐则将创作引向对内在心灵的全力表现，加剧了诗歌主观化、隐约化、典雅化的气息。所有这些，都不同程度地与其对韩愈、李贺等人的效法相关，从而形成晚唐五代韩孟诗派接受史中颇为引人瞩目的现象。

① 〔唐〕杜牧：《樊川文集》，上海古籍出版社 1978 年版，第 242 页。

杜牧、李商隐诗集中都有若干首近似韩孟诗派的诗作。杜牧主要是在律诗中以拗硬奇峭之语显现出一种力度,如《早秋》:"疏雨洗空旷,秋标惊意新。大热去酷吏,清风来故人。樽酒酌未酌,晓花嚬不嚬?铢秤与缕雪,谁觉老陈陈?"①诗思之奇、设语之怪,与韩孟诗派诗人息息相通。方回评此诗曰:"大暑如酷吏之去,清风如故人之来。倒装一字,便极高妙。晚唐无此句也。牧之才高,意欲异众,心鄙元、白,良有以哉。尾句怪。"②杜牧《冬至日寄小侄阿宜诗》与韩愈《符读书城南》都是教子诗,虽然该诗不如韩诗直露,但内在也有脉络可循。李商隐著名的《韩碑》诗明显留有学习韩诗的痕迹。贺裳《载酒园诗话》认为:"《韩碑》诗亦甚肖韩,仿佛《石鼓歌》气概,造语更胜之。"③可谓具眼。除《韩碑》外,《偶成转韵七十二句赠四同舍》豪迈恣肆,也颇有韩风。

皮日休和陆龟蒙的"皮陆唱和",是继中唐元白唱和、韩孟唱和之后的又一突出的集中互动创作现象。在追求唱和往来、闲适消遣的文人意趣和次韵斗险的技巧方面,皮陆唱和受元白"元和体"影响较大;但联句诗受韩孟影响大。

到了晚唐人的眼里,孟郊与贾岛一样,以穷困的处境、苦吟的作诗态度、凄清硬峭的诗风而吸引了一批仿效者。胡震亨《唐音癸签》说:"晚季以五言古诗鸣者,曹邺、刘驾、聂夷中、于渍、邵谒、苏拯数家。其源似并出孟东野,洗剥到极净极真,不觉

---

① 〔唐〕杜牧:《樊川诗集注》,上海古籍出版社 1978 年版,第 297 页。

② 李庆甲:《瀛奎律髓汇评》,上海古籍出版社 1986 年版,第 427 页。

③ 〔清〕贺裳:《载酒园诗话又编》"李商隐"条,见《清诗话续编》,上海古籍出版社 1983 年版,第 374 页。

成此一体。初看殊难入,细玩亦各有意在。”①说明晚唐在诗歌创作上接受孟郊的人不在少数。试举例如:“促织灯下吟,灯光冷于水。乡魂坐中去,倚壁身如死。求名为骨肉,骨肉万余里。富贵在何时,离别今如此。出门长叹息,月白西风起。”(刘驾《秋夕》)“每念古人言,有得则有失。我命独如何,憔悴长如一。白日九衢中,幽独暗如漆。流泉有枯时,穷贱无尽日。惆怅复惆怅,几回新月出。”(邵谒《自叹》)②无论是题材、格调,还是艺术手法,都类似于孟郊。当然,他们作为寒士共同的穷困处境和人生体验,是这种影响接受的深层原因。

二、晚唐时期李贺诗风的影响与新变

李贺生前,其独特诗风就获得一部分人激赏,应该也有追随创作者。当时与李贺诗风类似的有刘言史、庄南杰(生卒年不详)。刘言史诗风凄艳幽深,与长吉诗颇类。刘卒于 812 年,当时李贺才 22 岁。他们元和四年到六年(809 ~ 811)在洛阳有过交集,或有诗歌切磋交流之举。不过当时刘言史年纪比较大,李贺尚年轻,李受刘影响的可能性更大一些。

晚唐时又有韦楚老、张碧等一批风格近似长吉的诗人,形成了一股追逐幽深奇艳之风的诗潮。钱锺书《谈艺录》云:“唐自张太碧……已濡染厥体。……学长吉者,当以斯人为最早矣。”③不确。张碧生卒年不详,但他极可能是唐末五代人。④

---

① 〔明〕胡震亨:《唐音癸签》,上海古籍出版社 1981 年版,第 78 页。

② 以上二诗分别见《全唐诗》(增订本),中华书局 1999 年版,第 6840、7048 页。

③ 钱锺书:《谈艺录》,中华书局 1984 年版,第 46 页。

④ 参见陈尚君《张碧生活时代考》,载《文学遗产》1992 年第 3 期;傅璇琮《唐才子传校笺》,中华书局 1995 年版,第 5 册,第 223 页。

钱锺书说张碧学长吉“最早”，是受误题孟郊的《读张碧诗集》一诗的误导。张碧学李贺作诗，应是他读到李贺诗集后之事①；而庄南杰在文宗大和初年就开始跟贾岛交往，并有意跟李贺学诗，应该早于张碧。

杜牧诗歌“豪而艳，宕而丽”的风格来源于李贺。南宋陈振孙认为“牧才高，俊迈不羁，其诗豪而艳，有气概，非晚唐人所能及也”②。明代杨慎也直接评杜牧诗风为“宕而丽”③。杜牧诗将瘦硬的风神与绮艳的气息结合到一起，确实深得李贺之趣。他描写妇女遭遇的诗如《杜秋娘诗》《张好好诗》，题材与白居易《琵琶行》相似，但白诗流易，杜诗硬峭密丽，显现出一些不同点。再如《少年行》：“连环羁玉声光碎，绿锦蔽泥虬卷高。春风细雨走马去，珠落璀璀白罽袍。”④也带有李贺诗的色彩，尤其是“声光碎”一语，正是李诗中常用的通感手法。冯集梧注此诗时加按语云：“‘声’字疑‘星’字之误，然各本非是声字。”似未窥其中密义所在。不过在这类诗中，杜牧常有俊朗高爽之境，李贺却多幽深怪诞之风，这种不同，盖与二人个性气质的差异有关。

韩孟诗派的重要特点之一是驱使万物，选裁物象，重视主观诗思，充分发掘内心情感，正如李贺所说的“笔补造化天无功”

---

① 参见《唐诗纪事》卷四五录张碧诗集自序：“碧尝读李长吉集……余尝锐志，狂勇心魄，恨不得摊文阵以交锋，睹拔戟挟鞙而已矣。”王仲镛：《唐诗纪事校笺》，中华书局2007年版，第1543～1544页。

② 〔南宋〕陈振孙：《直斋书录解题》，上海古籍出版社1987年版，第483页。

③ 〔明〕杨慎：《升庵诗话》，见《历代诗话续编》，中华书局1983年版，第738页。

④ 〔唐〕杜牧：《樊川诗集注》，上海古籍出版社1978年版，第152页。

(《高轩过》)、“宝枕垂云选春梦”(《春怀引》)。李商隐诗歌中也具有意象迷离、朦胧虚幻的主观化特点,在他的笔下,周围的景象仿佛都成为内心情感的附着物、表现物,这正是王国维所说“有我之境,物皆著我之色彩”的“主观诗”。[①] 从情感表现的角度来说,这种主观、朦胧与内心情感的真实状态更为接近,对心灵的挖掘、表现也更为充分彻底。不过,就整体的诗歌审美风貌而言,由于个性、时代审美情趣等因素的差别,李商隐诗中的主观化特征带有很强的幽深、艳丽色彩,较之李贺虽然少了些奇崛之气,但还算大致接近,如果与韩愈的奇险怪肆相比,就相距较远了。

李商隐、温庭筠的诗歌创作受李贺影响很大。[②] 李商隐有许多明确模仿李贺奇崛幽艳风格的诗,如《燕台诗四首》《河阳诗》《河内诗二首》。此外还有《效长吉》一诗明确标明效法李贺:“长长汉殿眉,窄窄楚宫衣。镜好鸾空舞,帘疏燕误飞。君王不可问,昨夜约黄归。”[③]从表现手法、语词运用到意境营造,都近似李贺。不过这种直接承袭李贺诗风的诗在李商隐诗集中并不占多数,作为一位熔铸各家、自成本色的诗人,李商隐的大部分诗篇具有才思绵密、意境迷离幽深、辞藻瑰丽等特征。李商隐在这些诗里对李贺诗风的接受是通过另一种途径实现的,即主观化的“师心”倾向,并从这个角度间接师法韩愈,成为李商隐接受韩孟诗派的主导方面。[④] 正如钱锺书所指出:“惟李义山

① 滕咸惠:《人间词话新注》,齐鲁书社 1986 版,第 36 页。

② 可参见房日晰《李贺诗派及余波》,载《文学遗产》2000 年第 3 期。

③ 刘学锴、余恕诚:《李商隐诗歌集解》,中华书局 2004 年版,第 2025 页。

④ 参见余恕诚《诗歌:从韩愈到李商隐——兼谈文学演进中的穿透与移位现象》,载《文学遗产》1999 年第 4 期。

才思绵密，于杜韩无不升堂嗜胾，所作如《燕台》《河内》《无愁果有愁》《射鱼》《烧香》等篇，亦步昌谷后尘。"①

晚唐五代时期，与李商隐诗风相似的还有温庭筠等诗人。在艺术思维上，身兼词人的温庭筠也受到了李贺歌诗主观化特点的一些影响，多以绮艳意象来表现幽微细腻的心境。由此可见，李贺歌诗进而影响了早期婉约词的发展。

第二节 欧阳修、梅尧臣对韩、孟的群体接受

作为北宋中叶诗歌革新的代表人物，欧阳修和梅尧臣在大力推进宋诗发展的同时，也表现出对前世诗歌的大力继承和突破。宋初诗歌中的白体、晚唐体、西昆体，都还沉浸在唐音的笼罩下，极尽仿真之能事，不见本朝气象。欧、梅虽也广泛学习中晚唐诗，却非一味模仿，而是有意汲取新变因素，承中求变，以确立一种新的文学风貌。欧、梅对中唐诗歌的接受，与其求变的意识是紧密相关的。"变"是中唐文学最可贵的精神，而其中最富于变革精神的又当属韩孟诗派，故而欧、梅多以韩、孟为旗帜。这在他们的诗歌创作和评论中多有显证，前人论述也颇多。从接受美学的角度看，北宋仁宗朝是韩孟诗派在中唐之后的第一个文学接受高潮，"唐后首学昌黎诗，升堂窥奥者，乃欧阳永叔"②，欧阳修堪称韩孟诗歌的"第一读者"。

进一层看，欧、梅对韩、孟的接受与推崇并不仅仅是一种个体行为。在欧阳修的周围，存在着包括梅尧臣、尹洙、苏舜钦、石

① 钱锺书：《谈艺录》，中华书局1984年版，第46页。
② 钱锺书：《谈艺录》，中华书局1984年版，第177页。

延年等人在内的一个文人群体，其中又以欧、梅二人关系最笃。欧、梅从洛阳时期开始，诗酒唱和长达三十余年，每以韩、孟自喻，并在评论和创作中不遗余力地推崇、模仿韩孟诗歌，对当时和后世都产生了深远影响。欧、梅等人这种文学接受活动，是以文人群体为接受对象、接受者同时也是文人群体的一种极为典型的群体接受现象。

一、明确的群体接受观念

从欧、梅与韩、孟两大诗歌创作群体的基本构成看，欧、韩为群体盟主，梅、孟虽常受推誉但实为附从。因而，作为主唱者，韩愈的诗风与欧阳修的态度最值得重视；作为附从者，孟郊的诗风与梅尧臣的意见也不宜轻易放过。这里，我们先从个体接受的角度，对欧、梅关于韩、孟的主要评说做一梳理。

欧阳修对韩诗的评论以《六一诗话》中的一则为代表：

> 退之笔力，无施不可，而尝以诗为文章末事，故其诗曰"多情怀酒伴，余事作诗人"也。然其资谈笑，助谐谑，叙人情，状物态，一寓于诗，而曲尽其妙。此在雄文大手，固不足论，而予独爱其工于用韵也。盖其得韵宽，则波澜横溢，泛入傍韵，乍还乍离，出入回合，殆不可拘以常格，如《此日足可惜》之类是也；得韵窄，则不复傍出，而因难见巧，愈险愈奇，如《病中赠张十八》之类是也。余尝与圣俞论此，以谓譬如善驭良马者，通衢广陌，纵横驰逐，惟意所之，至于水曲蚁封，疾徐中节，而不少蹉跌，乃天下之至工也。①

① 〔北宋〕欧阳修：《六一诗话》，见《欧阳修全集》，中国书店出版社1986年版，第1040～1041页。

这段具有总述意义的评论，涉及了韩诗的三个方面：“退之笔力，无施不可”，点明韩诗笔力雄浑恣肆、豪隽洒脱的总体风貌；“资谈笑，助谐谑，叙人情，状物态”，强调其世俗化特点和超强的表现力；“工于用韵”，突出其形式特征。在这三点中，第一点，由于晚唐司空图已说过韩诗“驱驾气势，若掀雷抉电，撑抉于天地之间，物状奇怪，不得不鼓舞而徇其呼吸”①的话，因而，算不得欧阳修的发明；而第二、三两点前人罕有提及，被欧阳修慧眼拈出，遂使韩诗此两特征昭然于天下。与此同时，欧阳修还对此两特征细加描述，一再申说，先谓“曲尽其妙”，继谓“因难见巧，愈险愈奇”，终谓“乃天下之至工”，层深层进，赏慕之情几无以复加。这种评说，实已标示了欧氏学韩的主要方向，也为后来的群体接受定下了基调。联系到欧阳修的诗歌创作，其中虽也有《菱溪大石》《石篆诗》《紫石屏歌》等有意效仿韩诗的搜奇抉怪之作，但受韩愈影响更大的则是“资谈笑，助谐谑，叙人情，状物态”，即将散文的手法有机地融合到诗歌中来，以文为诗，既极大地拓展了诗歌的表现力，也使欧诗如其散文一样具有迂徐含蓄、平易顺畅的特色。

此外，欧阳修的诗中还有一些对韩诗的零碎评价，如“卢仝韩愈不在世，弹压百怪无雄文”（《菱溪大石》）、“朝吟摇头暮蹙眉，雕肝琢肾闻退之”（《答圣俞莫饮酒》）②等，但缺乏系统性，内容也没有超出《诗话》所论范围。

再看欧阳修对孟郊的评论：

① 祖保泉、陶礼天：《司空表圣集编年笺校》，安徽大学出版社 2002 年版，第 196 页。

② 〔北宋〕欧阳修：《欧阳修全集》，中国书店出版社 1986 年版，第 21、43 页。

孟郊、贾岛，皆以诗穷至死，而平生尤自喜为穷苦之句。孟有《移居》诗云："借车载家具，家具少于车。"乃是都无一物耳。又《谢人惠炭》云："暖得曲身成直身。"人谓非其身备尝之，不能道此句也。(《诗话》)

唐之诗人，类多穷士。孟郊、贾岛之徒，尤能刻篆穷苦之言以自喜。(《试笔》)

下看区区郊与岛，萤飞露湿吟秋草。(《太白戏圣俞》)①

综合几种评说可知，欧阳修强调的是孟诗"喜为穷苦之句"和"刻琢穷苦之言"等特点，在态度上略含贬讽，这为后来苏轼对孟诗"寒虫号"的评价开了先声。

与上述对韩、孟的个体评论有所不同，欧阳修在将韩、孟并举时，更注重二人联手后的力量和群体气势。且看著名的《读蟠桃诗寄子美》诗：

韩、孟于文词，两雄力相当。篇章缀谈笑，雷电击幽荒。众鸟谁敢和，鸣凤呼其皇。孟穷苦累累，韩富浩穰穰。穷者啄其精，富者烂文章。发生一为宫，揪敛一为商。二律虽不同，合奏乃锵锵。天之产奇怪，希世不可常。寂寥二百年，至宝埋无光。郊死不为岛，圣俞发其藏。……诚知非所敌，

① 分别见《欧阳修全集》，中国书店出版社 1986 年版，第 1037、1050、37 页。

但欲继前芳。①

此诗主要篇幅虽在描述韩、孟诗风,但察其命意,则重在将韩、孟并举,以突出他们"众鸟谁敢和""合奏乃锵锵"的雄豪气势,并且有意将梅尧臣与之对应,呈现出强烈的群体标举意识。此诗后半又将苏舜钦引入:"安得二子接,挥锋两交芒。我亦愿助勇,鼓旗噪其旁",营造群体气势的用意就更明显了。从对韩、孟个体评价到群体并举,其意义重心已然发生了偏移。

梅尧臣对韩愈的评论,除了诸如"吾交评韩诗,险韵古莫双"(《古柳》)②、"文章革浮浇,近世无如韩"(《依韵和王平甫见寄》)等零句外,几乎都是与孟郊等人并论的,而没有像欧阳修那样系统表达对韩诗的态度。不过,他的两首拟韩诗《余居御桥南夜闻祅鸟鸣效昌黎体》和《拟韩吏部射训狐》,意象幽奇怪戾,用语粗豪狠重,与梅诗的一般风格大相径庭,足以显现出他心目中的韩诗特色。

梅尧臣对孟郊的态度似乎并不怎么积极,尽管他曾一再被欧阳修推誉为孟郊。今存梅集共有 11 处提及孟郊,其中两处是对欧阳修拟孟郊体诗的和作,6 处是韩、孟并举,其他也都在附

① 〔北宋〕欧阳修:《欧阳修全集》,中国书店出版社 1986 年版,第 15 页。另一版本有"偶以怪自戏,作诗惊有唐""嗟我于韩徒,足未及其墙。而子得孟骨,英灵空北邙"六句,更可为作者的群体标举意识提供佐证。此诗又见梅尧臣《宛陵集》,题为《读蟠桃诗寄子美永叔》。按:"永叔"二字应为作者名字,系衍误。可参见台湾谢佩芬《〈读蟠桃诗寄子美〉〈读蟠桃诗寄子美永叔〉作者初考》,载《故宫学术季刊》第 9 卷第 1 期。

② 朱东润:《梅尧臣集编年校注》,上海古籍出版社 1980 年版,第 524 页。

和、自嘲中提及,而未表现出特别的推赏。① 然而,梅尧臣那些将韩、孟并举的诗歌却为我们展现了另一种意义:

昔闻退之与东野,相与结交贱微时,孟不改贫韩渐贵,二人情契都不移。韩无骄矜孟无靦,直以道义为己知,我今与子亦似此,子亦不愧前人为。(《永叔寄诗八首并祭子渐文一首因采八诗之意警以为答》)

孟卢张贾流,其言不相昵,或多穷苦语,或特事豪逸,而于韩公门,取之不一律,乃欲存此心,欲使名誉溢。窃比于老郊,深愧言过实,然于世道中,固且异谤嫉。(《别后寄永叔》)

退之昔负天下才,扫掩众说犹除埃,张籍卢仝斗新怪,最称东野为奇瑰,当时辞人固不少,漫费纸札磨松煤。欧阳今与韩相似,海水浩浩山嵬嵬,石君苏君比卢籍,以我拟郊嗟困摧。公之此心实扶助,更后有力谁论哉。(《依韵和永叔澄心堂纸答刘原甫》)

犹喜共量天下士,亦胜东野亦胜韩。(《和永叔内翰》)②

---

① 如"宁从陶令野,不取孟郊新"(《以近诗贽尚书晏相公忽有酬赠之什称之甚过不敢辄有所叙谨依韵缀前日坐末教悔之言以和》),是附和晏殊的论诗观点;"已为贫孟郊,拼作瞎张籍"(《因目痛有作》),是自嘲之语。

② 分别见朱东润《梅尧臣集编年校注》,上海古籍出版社 1980 年版,第 287、468、800、926 页。

这些诗篇对韩、孟的评价，除了在诗歌特色上仍突出其雄浑、怪奇之外，还体现出了明确的群体标举意识，“孟卢张贾流”“石君苏君比卢籍”，以石曼卿、苏舜钦类比卢仝、张籍，更将群体范围扩大到韩孟、欧梅的外围成员。① 在评价中，梅氏注重的是韩、孟之间互为知己、道义扶助、齐名共誉等因素，这些因素虽然与诗歌创作及其特色的形成有一定联系，但整体上已属于人格道德方面的范畴。由此可见，这些评价的意义重心显然也发生了偏移。

值得注意的是，无论是欧阳修还是梅尧臣，其将韩、孟并举的诗歌都是赠答唱和诗。赠答唱和诗是诗友间传递信息的一种重要途径，具有很强的社会交往功能和联谊作用，正是在此意义上，这些诗作将欧、梅联结成一个接受者的群体。于是，群体性的接受者，加上韩、孟并举这一群体意义上的接受对象，即构成了群体接受中最重要的两极。

二、群体接受的形式：推名、唱和、联句、拟作

欧、梅对韩、孟的接受，主要有推名、唱和、联句、拟作等几种方式，其中展现了群体接受的典型特点和丰富形态。

（一）推名

推名即以推誉制造名声，是带有一定延誉目的的评价行为。其常见方式是将品评对象类比于诗史上某一名家，而被品评者也做出不同程度的响应。这种模拟一般以诗风相近为准则，因而可以从推名过程看出品评者对前代诗人的接受倾向。

① 欧梅文人集团的外围诗人，与欧阳修、石曼卿一起号称“三豪”的杜默，被许多宋人比拟为刘叉，也是群体接受的效应。

欧阳修和梅尧臣之间的推名主要是相互模拟孟郊和韩愈，其中不仅以诗歌特点为标准，而且结合了经历、思想、品格等多种因素。由于二人身份地位的差别，在推名的向度上，以欧对梅的推誉、梅对欧的响应为主。

欧阳修对梅诗的明确评价，最早当属明道元年(1032)的《书梅圣俞稿后》。此时二人步入诗坛都还不久，诗歌创作正处于学习提高阶段，其所做评价尚不成熟，但由中已可见出欧阳修评诗的大致倾向：

> 盖诗者，乐之苗裔与？汉之苏、李，魏之曹、刘，得其正始；宋齐而下，得其浮淫流佚；唐之时，子昂李、杜、沈、宋、王维之徒，或得其淳古淡泊之声，或得其舒和高畅之节，而孟郊、贾岛之徒，又得其悲愁郁堙之气；由是而下，得者时有而不纯焉。今圣俞亦得之，然其体长于本人情、状风物，英华雅正，变态百出，哆兮其似春，凄兮其似秋，使人读之，可以喜，可以悲，陶畅酣适，不知手足之将鼓舞也。斯固得深者邪！其感人之至，所谓与乐同其苗裔者邪！①

在这篇还稍带应试风格的文章里，欧阳修借与唐人的比较，强调梅诗的特别之处，以“与乐同其苗裔者”予以高度评价。值得注意的是，欧对梅的这段评价，竟与他在《六一诗话》中评韩愈诗“资谈笑，助谐谑，叙人情，状物态”的话颇为类似，二者都非常强调诗歌的世俗化特点和广泛深入的表现力；而且，在列举唐代诗人的不同风格时，欧阳修并没有提到韩愈，这恰好说明了韩愈

---

① 〔北宋〕欧阳修：《欧阳修全集》，中国书店出版社 1986 年版，第532 页。

在他心目中的特殊地位。对比这两段引文,我们可以看出,欧阳修正是以韩诗这一理想的诗歌标准来评价梅尧臣的。这一时期,欧阳修对韩、孟的群体接受意识尚未形成,故此处以韩诗特色称誉梅尧臣,与此后以孟比梅的情形颇有不同。

其后,欧阳修又于《书怀感事寄梅圣俞》(景祐元年,1034)中提到"圣俞善吟哦,共嘲为阆仙"①。这虽然只是回忆西京幕府诸友时的情景,但将梅尧臣比作贾岛,正展示了梅氏严谨、专注的创作态度和受晚唐体影响的一面。到了庆历四年(1044)作的《水谷夜行寄子美圣俞》中,欧阳修以苏舜钦为对比,对梅的诗风做了进一步的阐发:

> 梅翁事清切,石齿漱寒濑。作诗三十年,视我犹后辈。文词愈清新,心意虽老大。譬如妖韶女,老自有余态。近诗尤古硬,咀嚼苦难嘬。初如食橄榄,真味久愈在。苏豪以气铄,举世徒惊骇。梅穷独我知,古货今难卖。②

诗中道出梅诗风格向"古硬"转化,说明他已超越洛阳时期的清切诗风,开始向韩、孟学习,并取得了一定成效。这种"初如食橄榄,真味久愈在"的风格,已经接近了"有理致,然思苦奇涩"(《新唐书·孟郊传》)的孟郊诗;而"梅穷独我知"也显示出欧阳修已开始将对梅诗风格的批评与对其生平经历的感慨联系起来。庆历五年(1045)的《读蟠桃诗寄子美》则是欧阳修正式将梅尧臣比作孟郊的开始:

---

① 〔北宋〕欧阳修:《欧阳修全集》,中国书店出版社1986年版,第353页。

② 〔北宋〕欧阳修:《欧阳修全集》,中国书店出版社1986年版,第12页。

> 郊死不为岛，圣俞发其藏。患世愈不出，孤吟夜号霜。霜寒入毛骨，清响哀愈长。玉山禾难熟，终岁苦饥肠。我不能饱之，更欲不自量。引吭和其音，力尽犹勉强。诚知非所敌，但欲继前芳。①

欧阳修曾说："圣俞自天圣中，与余为诗友，余尝赠以《蟠桃诗》，有韩、孟之戏。"②他在这时以孟比梅，虽有梅诗风格向孟诗靠拢的原因，但更重要的则是因为梅尧臣迟迟不能应举，"患世愈不出"，身世也近似于孟郊。此后，欧、梅二人多以韩、孟自拟，相互推名、响应，如欧阳修《拟孟郊体秋怀二首示圣俞》、梅尧臣《和永叔内翰》《永叔寄诗八首并寄子渐文一首因采八诗之意警以为答》《依韵和永叔澄心堂纸答刘原甫》等诗即是。在赠答唱和的互动过程中，欧、梅分别对应于韩、孟的角色意识渐趋明显，由此逐渐完成了对韩、孟的群体接受的建构。

欧、梅因推名而模拟韩、孟的做法很快博得了广泛的认可。苏轼《六一居士集叙》说："士无贤不肖，不谋而同曰：'欧阳子，今之韩愈也。'"③可见北宋中期即已盛行将欧比之于韩的说法。此后历宋、元、明、清，类似的说法盛行不衰，如陈善《扪虱新话》："韩退之与孟东野为诗友，近欧阳公复得梅圣俞，谓可比肩韩、孟。"④

---

① 〔北宋〕欧阳修：《欧阳修全集》，中国书店出版社 1986 年版，第 12 页。

② 〔北宋〕欧阳修：《归田录》，见《欧阳修全集》，中国书店出版社 1986 年版，第 1031 页。

③ 〔北宋〕苏轼：《苏轼文集》，中华书局 1986 年版，第 316 页。

④ 〔南宋〕陈善：《扪虱新话》上集卷一，《丛书集成》初编本，商务印书馆 1935 ~ 1937 年版，第 5 页。

方回《瀛奎律髓》卷四评欧阳修："其人亦宋之昌黎也，出其门者皆宋文人巨擘焉。"李东阳《麓堂诗话》："今观梅之于孟，犹欧之于韩也。"①刘熙载《艺概·诗概》："欧阳永叔出于昌黎，梅圣俞出于东野。欧之推梅不遗余力，与昌黎推东野略同。"②这些意见可注意者有三：一是在后人眼中，欧之于韩，梅之于孟，已形成稳固的模拟关系；二是在欧、梅与韩、孟表层的模拟关系下，实已隐含有群体接受的深层意义；三是梅尧臣的诗名与欧阳修的推誉有极大关系。葛立方感叹说："圣俞诗佳处固多，然非欧公标榜之重，诗句亦安能至如此之重哉！"③即认识到了梅尧臣诗名与其实际成就的差距。

由此看来，欧、梅之间的推名对其创作具有正负两方面的影响。一方面，它可使被品评者更加自觉地学习某种诗风，逐渐形成特色，这在梅尧臣多样化的学诗历程中明显可见，另一方面也给被品评者的诗歌创作带来一定弊端，使其在外力导引下表里不一，名实不一，部分地背离了自己的性情和趣尚。贺裳《载酒园诗话》有言："梅诗诚有品，但其拙恶者亦复不少。又因其名太重，常有厚望之意，既所见不副所闻，益增鄙夷。……凡诗受累，大都不由于谤者，而由于誉者，类然耳"，"宋之诗文，至庐陵始一大变，顾有功于文，有罪于诗。其自为诗害诗犹浅，论人诗害诗实深。宛陵虽尚平淡，其始犹有秀气，中岁后始极不堪耳。苟非群儿之推奉，彼亦不敢毅然放恣、大伤雅道也。然非永叔之

① 〔明〕李东阳：《麓堂诗话》，见《历代诗话续编》，上海古籍出版社1983年版，第1386页。

② 袁津琥：《艺概注稿》，中华书局2009年版，第318页。

③ 〔南宋〕葛立方：《韵语阳秋》，见《历代诗话》，中华书局1981年版，第491页。

拥戴，固不能炫惑一世也”①。此话虽略有偏激，但确也道出了个中实情。②

（二）唱和、联句

从中唐到北宋，随着社会文化氛围的高涨和文人团体意识的增强，唱和与联句诗在文人创作中的比例也大为增加。

欧、梅诗集中即有不少唱和之作，其中虽难以避免地受到中唐以来元白、皮陆争奇斗巧、结盟造势等唱和习气的影响，但在很大程度上又超出某一具体诗派影响的范围，而构成一种新的诗歌传统。③ 欧、梅早年在盛行一时的白体、西昆体浸染下，主要通过与诗友的广泛唱和，博得名声，反过来又因名声而结交更多的诗友。但与此同时，他们对宋初白体的卑弱浅俗诗风却颇不以为然，在唱和诗中明显体现出了韩、孟诗歌求新求变意识的影响痕迹，并随着时间的延续和创新力度的强化，逐渐形成了宋诗新的特质。这主要体现在以下几个方面。

其一，在表现内容和形式技巧方面追求竞争和超越，用梅尧臣的话来说就是“意新语工”④。唱和诗在中唐之后向“和韵不和意”方向发展，给其内容和形式都带来了深刻影响。内容上，由于摆脱了原诗限制，可以独创新意、独抒己见，从而使议论成分更多地被引入诗歌。如欧、梅二人同为王安石《明妃曲》所作

---

① 〔清〕贺裳：《载酒园诗话》，见《清诗话续编》，上海古籍出版社1983年版，第414页。

② 参见钱锺书《谈艺录》（中华书局1984年版）第168～171页有关评说。

③ 参见赵以武《唐代和诗的演变论略》，载《社科纵横》1994年第4期。

④ 〔北宋〕欧阳修《六一诗话》引，见《欧阳修全集》，中国书店出版社1986年版，第1037页。

的和诗《和介甫明妃曲》(梅)、《明妃曲和王介甫作》(欧)、《再和明妃曲》(欧),就都具有这种倾向。形式上,由于受到和韵、依韵乃至次韵的严格限制,从而进一步激发了和者因难见巧、竞争求胜的创作冲动,在用韵上更趋精工。这种情况在不少欧、梅唱和诗中亦有突出的表现。

其二,在美学风格方面相互影响,尤其是和者力求对唱者模仿靠近,以期引来对方的称赏。如《石篆诗》(欧阳修)、《欧阳永叔寄琅琊山李阳冰篆十八字并永叔诗一首欲予继作因成十四韵奉答》(梅尧臣)、《和永叔琅邪山庶子泉阳冰石篆诗》(苏舜钦)与《紫石屏歌》(欧阳修)、《永叔石月屏图》(苏舜钦)两组唱和之作,便表现出了一种明显的趋同意识,以及和诗对原唱雄豪奇瑰特色的极力模仿。

其三,吸纳韩愈以文为诗的艺术特点,将散文的表现方法和行文技巧引入诗歌,从而形成宋诗的一大特色。在欧、梅唱和的三十年中,有很大一部分时间,二人是以异地寄赠的方式进行唱和的,这样,其唱和诗便起到了书信的作用。其中叙述思想行事,描摹山水景物,抒发感慨议论等,都接近了散文的功能。尤其值得注意的是,这种以诗代文的诗作自从出现后,就受到诗友们的热情鼓励,于是更加激发了作者的创作激情,以致欧、梅晚年的唱和诗中有相当多类似于书札的篇章。

其四,将诗友间的恩情道义、悲欢离合以及人伦物理、生命感悟融入唱和诗,既扩大了表现范围,也增强了表现力。在欧、梅唱和诗中,体现更多的是类似韩诗那样的"资谈笑,助谐谑,叙人情,状物态",具有突出的世俗化、日常化、生活化特点,而不是单纯地追求名声,或一味在形式上争奇斗巧。欧阳修曾在《礼部唱和诗序》中认为:唱和诗"时发于奇怪,杂以诙嘲笑谑,及其至也,往往亦造于精微","足以追惟平昔,握手以为笑乐。

至于慨然掩卷而流涕嘘唏者，亦将有之”①，这既是他对自己创作情形的总结，也表现出他对唱和诗的总体认识。

除上述四点外，对诗人个性与创作风格的评论应答，也是欧、梅唱和诗受韩、孟很大影响的一个方面。韩愈对同时诗人如孟郊、贾岛都以诗歌的形式做出贴切评价，如评孟郊的《荐士》《孟生诗》、评贾岛的《送无本师归范阳》，而孟郊也有《赠韩中郎愈二首》《答韩愈李观别因献张徐州》《汴州别韩愈》等响应性质的诗歌。这种互动性的品评议论方式被欧、梅所借鉴，二人诗集中有不少作品都具有这一特点。

与唱和诗相比，欧、梅的联句诗不多。在韩、孟那里，联句诗不仅数量多，而且达到了争奇斗胜的极点，长篇险韵，镂心钵肾，奇崛恣肆，特色极为突出。对此，欧阳修表现出了一定的兴趣。自己也曾作有《栾口遇风效韩孟联句体》一诗。不过，在欧集仅存四首、梅集仅存七首的联句诗中，没有一首是欧、梅二人同时参与的。而且这些联句，除了欧阳修与范仲淹、滕宗谅的《剑联句》《鹤联句》外，一般篇幅适中，语言和淡，无论是风格还是体制，都与韩、孟联句大为不同。究其原因，除了欧、梅二人在仕宦生涯中聚少离多、共同创作联句的机会不多这个因素外，也从侧面说明了欧、梅对那种一味险语僻字、炫耀才学的习气并不十分喜好，他们更推崇“涵演深远”“气完力余，益老以劲”②的风格。这反映出欧、梅在文学上对韩、孟的接受实际上是有所保留的。惟其如此，才可以成为一代新文学的开辟者。

---

① 〔北宋〕欧阳修：《欧阳修全集》，中国书店出版社 1986 年版，第 299 页。

② 〔北宋〕欧阳修：《梅圣俞墓志铭》，见《欧阳修全集》，中国书店出版社 1986 年版，第 235 页。

（三）拟作

拟作诗如同书法上的临帖，既是学习作诗属文的一种手段①，也表现了拟作者对某种风格的自觉追求。欧、梅的拟作，有的在诗题中即标明“拟（效）××体”，可称之为明拟；有的则是在内容风格上有意模仿某人，但诗题中并未注明，可称为暗拟。暗拟之诗，如欧阳修《答谢景山遗古瓦砚歌》《答梅圣俞寺丞见寄》《石篆诗并序》等，虽一看即知为效韩之作，但仍有见仁见智的问题；而明拟之诗，由于在诗题中即呈现了诗人的创作倾向和努力目标，所以，分析这类作品更有助于我们考察诗人的接受意识。

欧阳修的明拟诗作共九题：《秋怀二首寄圣俞》（一作《拟孟郊体秋怀》）、《弹琴效贾岛体》《刑部看竹效孟郊体》《寄题刘羲叟家园效圣俞体》《栾城遇风效韩孟联句体》《拟玉台体七首》《将至淮安马上早行学谢灵运体六韵》《春寒效李长吉体》《太白戏圣俞》（一作《读李白集效其体》）。可以看出，除了作于早期的《拟玉台体七首》《将至淮安马上早行学谢灵运体六韵》之外，其他六题拟作诗中，五首模仿韩孟诗派，一首学太白，一首模仿“圣俞体”。从《寄题刘羲叟家园效圣俞体》“凛凛心节奇，惟应松与竹”“颜色苟不衰，始知根性足”②等诗句不难发现，所谓“圣俞体”，实际是倾向于孟郊诗风的，同时这也是将梅推比于孟的一种方式。与欧阳修相比，梅尧臣的明拟诗共十五题，模拟的范围比较宽泛。其中三首拟韩孟一派，此外则是学习阮籍、陶

① 王瑶：《拟作与托伪》，见《中古文学史论》，北京大学出版社 1998 年版，第 216 页。

② 〔北宋〕欧阳修：《欧阳修全集》，中国书店出版社 1986 年版，第 59 页。

潜、王维、韦应物等人平淡、古朴诗风的作品。这种情形说明，梅氏除效法韩、孟外，还有着对多种诗风的自觉追求。

上述拟作诗有些同时又属于唱和诗，其中便包含有比试、共赏、竞争的因素。如欧阳修《秋怀二首寄圣俞》二诗在风格上凄清瘦硬，深得孟郊神韵："巉岩想诗老，瘦骨寒愈耸。诗老类秋虫，吟秋声百种。披霜掇孤英，泣古吊荒冢。"①将"诗老"梅尧臣比作"瘦骨寒愈耸"的"秋虫"，并向其发出邀唱；梅尧臣也有《依韵和欧阳永叔秋怀拟孟郊体见寄二首》应和，可惜反不如欧诗似孟。

综合比较以上几种文学接受方式，可以看出：推名一般是单向性的，态度明朗，目的直接，属于评论的范畴；唱和、联句是通过互动性的创作活动来显现自己的文学接受态度，其中包含的意义需要细致考察，整体上属于创作影响的范畴；拟作则是将诗学追求与创作实际有机结合的一种方式，最能见出拟作者的接受倾向，但有时流于形式，不一定能反映出诗歌创作的整体风貌。因而，在研究中，就需要对这几种方式及其反映的群体接受情形进行细致的考察，并联系下文将要论述的有关内容予以整体思考。

三、群体接受的内容与效应

欧、梅等人对韩孟诗派的群体接受有着丰富而复杂的内容，其中不仅包括诗歌表现方法、形式技巧等具体层面，而且包括美学风貌、创作态度、创作理论等宏观层面。在与中唐时代很不相同的社会文化环境中，在欧、梅等人追求"意新语工"的努力下，

---

① 〔北宋〕欧阳修：《欧阳修全集》，中国书店出版社 1986 年版，第 23 页。

这些层面各种要素集聚一起，相辅相成，产生了明显而深远的文学、文化效应。下面试从三个方面详述之。

（一）审美心理与美学风貌

我们知道，韩孟诗派在审美心理和诗歌风格上的共同特征是崇尚雄奇恣肆、险崛生新；而欧、梅、苏（舜钦）、石（延年）诸人对此则有着基本一致的追求，并在诗歌欣赏、评论、创作诸环节体现出不同程度的赞许和模仿。如“文章革浮浇，近世无如韩，健笔走霹雳，龙蛇奋潜蟠。扬风何端倪，鼓荡巨浸澜，明珠及百怪，容畜知旷宽”（梅尧臣《依韵和王平甫见寄》）①、“铁锁关连玉钩壮，曲处力可挂万钧。复疑蛟虬植爪角，隐入翠壁蟠未伸，近来俗眼苦不赏，惟有风月时相亲”（苏舜钦《和永叔琅邪山庶子泉阳冰石篆诗》）②，这些诗句便大抵体现了对韩孟一派美学风格的肯定。在创作方面，除了前文提到的拟作、唱和诗外，还有欧阳修的《菱溪大石》，梅尧臣的《青龙海上观潮》《日蚀》《古柳》《瘖痷谣》等，也都明显具有韩孟诗派的美学特点。

当然，在接受这些特点的同时，欧、梅等人也有创新超越之处。相比之下，欧阳修、梅尧臣与苏舜钦、石延年又是不尽一致的。

欧、梅二人侧重以韩孟诗派的豪迈气势与峭硬骨力来矫正浮靡浅俗诗风，他们在激赏、标榜中提倡或模拟韩诗，目的在于创造新的诗风，以达到变革的目的。从审美心理看，欧、梅将韩、孟等人的雄奇险崛加以发展、转化、糅合，确立了一种新的审美

① 朱东润：《梅尧臣集编年校注》，上海古籍出版社 1980 年版，第 833 页。

② 〔北宋〕苏舜钦：《苏舜钦集》，上海古籍出版社 1981 年版，第 40 页。

规范,此即《水谷夜行寄子美圣俞》评价梅尧臣的"古硬"(或作"苦硬")。在该诗中,欧阳修将梅诗的"近诗尤古硬,咀嚼苦难嘬"与苏诗的"苏豪以气铄,举世徒惊骇"作为并列的两种诗美范畴,分别给予了高度评价。对这种评价,梅尧臣显然非常中意,他在《偶书寄苏子美》中说道:"吾交有永叔,劲正语多要,尝评吾二人,放检不同调。其于文字间,苦硬与恶少,虽然趣尚殊,握手幸相笑。"①以"苦硬"作为自己的特色,而与苏诗区分开来。欧阳修《梅圣俞墓志铭》所说的"涵演深远,间亦琢刻以出怪巧,然气完力余,益老以劲",也近于这一含义。

这种"苦硬"的诗风,一方面与梅尧臣坎坷的身世与苦吟的创作态度相关联,另一方面则是作为一种理想的诗美范畴,将平淡的时代审美思潮与拗硬孤峭、奇崛不平之气糅合到一起的产物。所谓"因吟适性情,稍欲到平淡。苦辞未圆熟,刺口剧菱芡"(梅尧臣《依韵和晏相公》)②,便已透露了个中消息。从这个角度讲,梅尧臣对宋诗的影响是巨大的,他被尊为宋诗的"开山祖师",与他这种"苦硬"又古淡的诗风关系密切。其实,韩愈论诗即已注意到"硬语"与"平淡"的关系,如"横空盘硬语,妥帖力排奡"(《荐士》)、"奸穷怪变得,往往造平淡"(《送无本师归范阳》),力求将怪奇与猛力以和缓平淡的外貌表现出来。不过,韩愈本人的诗并未达到此种境界,而孟郊、贾岛之所以受韩愈推崇,或许就因为他们的某些作品与这一境界更为接近。大概受韩愈影响,欧、梅也认识到了这种诗境的可贵,努力提倡并向前发展,而且有意识地将这种"怪变"后的"平淡"与一般的浅

① 朱东润:《梅尧臣集编年校注》,上海古籍出版社 1980 年版,第 251 页。

② 朱东润:《梅尧臣集编年校注》,上海古籍出版社 1980 年版,第 368 页。

俗诗风区别开来。① 正如论者所言:“欧阳修对韩愈的接受构建了宋代以后文学的骨架,而同时又抑制了韩愈及其周围作家所含有的‘怪奇’要素、不合理的侧面,也就是说使韩愈的文学健全化,使它获得了位居文学中心的个性。”②

与欧、梅相比,苏舜钦、石延年的诗歌则将诗人的个性气质与韩诗的雄豪恣肆结合到一起,诗风因此也更显气势磅礴,多飞动流畅之趣而少艰涩拗硬之苦。他们无论在个性、思想还是诗歌特色上,都与欧、梅有一定差别。③ 欧阳修评价苏舜钦诗:“我独疑其胸,浩浩包沧溟。沧溟产龙蜃,百怪不可名。是以子美辞,吐出人辄惊。其于诗最豪,奔放何纵横。众弦排律吕,金石次第鸣。间以险绝句,非时震雷霆。两耳不及掩,百痫为之醒。”(《答苏子美离京见寄》)“子美气尤雄,万窍号一噫。有时肆颠狂,醉墨洒雾霈。譬如千里马,已发不可杀。盈前当珠玑,一一难柬汰。”(《水谷夜行寄子美圣俞》)认为他“笔力豪俊,以超迈横绝为奇”,与梅尧臣“诗体特异”(《诗话》)。④ 苏舜钦的代表作品如《和菱溪石歌》等,在韩派雄奇恣肆的风格中,更多了一些抑郁不平之气和寄托之意。

---

① 梅尧臣《读邵不疑学士诗卷杜挺之忽来因出示之且伏高致辄书一时之语以奉呈》:“作诗无古今,唯造平淡难。”欧阳修《诗话》:“圣俞平生苦于吟咏,以闲远古淡为意,故其构思极艰。”这些说法以及二人对浅俗诗风的嘲讽,皆可说明这一观念。

② 〔日〕川合康三著,刘维治、张剑、蒋寅译:《终南山的变容——中唐文学论集》,上海古籍出版社 2007 年版,第 34 页。

③ 〔北宋〕魏泰《临汉隐居诗话》载:“舜钦尝自叹曰:‘平生作诗,被人比梅尧臣,写字被人比周越,良可笑也。’”(《历代诗话》,中华书局 1981 年版,第 327 页。)可见苏也自认为其诗与梅大异。

④ 以上三篇作品分别见《欧阳修全集》,中国书店出版社 1986 年版,第 364、11、1037 页。

石延年(字曼卿)与苏舜钦有很多共同点,在当时也颇具声誉。石介《石曼卿诗集序》说其诗“独以劲语蟠泊,会而终于篇,而复气横意举,飘出章句之外,学者不可寻其屏阈而依倚之,其诗之豪者欤!”①欧阳修《哭曼卿》也说他“作诗几百篇,锦组联琼琚。时时出险语,意外研精粗。穷奇变云烟,搜怪蟠蛟鱼”②。石延年诗中有风格极其豪迈者,如《古松》:“直气森森耻屈盘,铁衣生涩紫鳞干。影摇千尺龙蛇动,声撼半天风雨寒。苍藓静缘离石上,绿萝高附入云端。报言帝座抡才者,便作明堂一柱看。”③无论气势、造语、诗境,均与韩诗相近。当然,在诗歌渊源上,曼卿非常注意向杜甫学习④,这与欧、梅已有所不同。

(二)创作态度与创作理论

就诗歌创作态度言,欧、梅有接受韩、孟的一面,也有自己的独到之处。《娱书堂诗话》载孙君孚云:“见圣俞吟诗,日成一篇,众莫能和,因密伺圣俞如何作诗。盖寝食游观,未尝不吟讽思索也。时时于座上忽引去,奋笔书一小纸,内算袋中,同舟窃取而观,皆诗句也。”⑤这里所说梅尧臣的作诗态度和方法,与李

---

① 文载《徂徕石先生文集》卷一八,中华书局 1984 年版,第 212 页;又见《苏舜钦集》。《文学遗产》2002 年第 4 期莫道才有文考辨,可参。

② 〔北宋〕欧阳修:《欧阳修全集》,中国书店出版社 1986 年版,第 7 页。

③ 北京大学古文献研究所编:《全宋诗》,北京大学出版社 1991 年版,第 3 册,第 2004 页。

④ 范仲淹《祭石学士文》:“曼卿之诗,气雄而奇,大爱杜甫,独能嗣之。”石介《郑师易秀才诗奔腾遒壮,殆有石曼卿学士风骨,作四韵以勉之》:“曼卿续得少陵弦,弦绝年来又一年。惊起听君讽新句,洒如开集味遗篇。”

⑤ 〔南宋〕赵与虤:《娱书堂诗话》,见《历代诗话续编》,中华书局 1983 年版,第 496~497 页。

贺以锦囊贮诗的方法非常近似，可见他也是呕心沥血、苦吟为诗的。总体来看，梅尧臣对孟郊、贾岛那种琐碎、狭窄的诗境虽有微词，但对其将生命融入诗歌的创作精神还是向往的。欧阳修《梅圣俞诗集序》所谓"非诗之能穷人，殆穷者而后工也"，就有鼓励他专精于诗的意味。梅氏晚年常以孟郊自嘲，以阮籍自喻，如"韩愈尝有言，百物皆能鸣。特称孟东野，贫篋文字盈。到死只冻馁，何异埋秦坑。今我已过甚，日醉希步兵"（《次韵答黄介夫七十韵》）①，"一日不饮情颇恶，一日不吟无所为。酒能销忧忘富贵，诗欲主盟张鼓旗。百觚孔圣不可拟，白眼步兵吾久师"（《缙叔以诗遗酒次其韵》）②，这些包含着自嘲、无奈的诗句，说明他是一个爱写诗却不甘专门写诗的人。既然怀才不遇，只好奋力于诗歌创作，以期"主盟张鼓旗"，这与孟郊、贾岛等人苦吟为诗的创作态度已很有相同之处。

就创作理论言，欧、梅对韩、孟最突出的接受和发展，便是从"不平则鸣"到"穷而后工"的演变。韩愈《送孟东野序》有言："大凡物不得其平则鸣"，"人之于言也亦然，有不得已者而后言。其歌也有思，其哭也有怀"③。《荆潭唱和诗序》亦谓："欢愉之辞难工，而穷苦之言易好。"肯定了内在情感的激荡、生命意志的磨炼对于抒情诗创作的重要性。承接韩氏余绪，梅尧臣有"少陵失意诗偏老，子厚因迁笔更雄"（《依韵和王介甫兄弟舟

① 朱东润：《梅尧臣集编年校注》，上海古籍出版社 1980 年版，第 1017 页。

② 朱东润：《梅尧臣集编年校注》，上海古籍出版社 1980 年版，第 1082 页。

③ 刘真伦、岳珍：《韩愈文集汇校笺注》，中华书局 2010 年版，第 3 册，第 982 页。

次芜江怀寄吴正仲》)①之说,欧阳修有"退之序百物,其鸣由不平。天方苦君心,欲使发其声"(《答苏子美离京见寄》)之言,更有"非诗之能穷人,殆穷者而后工"(《梅圣俞诗集序》)之论,都表现了对诗人命运与诗歌创作之关系的深入理解,而且较之韩愈,在理论的具体化和提纯度上又有所升进。

另外,欧、梅刻画事物力求切近事理,穷形尽相,以期掘尽天地间的诗思,这一创作理念也与韩孟诗派重主观、重胆力以裁夺物象的诗美追求有一定关系。欧阳修《感二子》评价苏、梅二诗友云:"二子精思极搜抉,天地鬼神无遁情。及其放笔骋豪俊,笔下万物生光荣。古人谓此觑天巧,命短疑为天公憎。"②这里的"觑天巧",便是韩愈在《答孟郊》中说的"规模背时利,文字觑天巧";这里的"骋豪俊",便是韩愈在《雨中寄孟刑部几道联句》中说的"研文较幽玄,呼博骋雄快"③。欧阳修在《紫石屏歌》中说自己:"嗟予不度量,每事思穷探。欲将两耳目所及,而与造化争毫纤。"④梅尧臣在《依韵和郭祥正秘校遇雨宿昭亭见怀》中评赏欧氏《庐山高》谓:"一诵《庐山高》,万景不得藏。出没望林寺,远近数鸟行。鬼神露怪变,天地无炎凉。设令古画师,极意未能详。"⑤在《胡公疏示祖择之卢氏石诗和之》中进一步说道:

---

① 朱东润:《梅尧臣集编年校注》,上海古籍出版社 1980 年版,第 725 页。

② 〔北宋〕欧阳修:《欧阳修全集》,中国书店出版社 1986 年版,第 60 页。

③ 钱仲联:《韩昌黎诗系年集释》,上海古籍出版社 1984 年版,第 466 页。

④ 〔北宋〕欧阳修:《欧阳修全集》,中国书店出版社 1986 年版,第 27 页。

⑤ 朱东润:《梅尧臣集编年校注》,上海古籍出版社 1980 年版,第 756 页。

“入探虎穴谁为难，辞通造化方能敌。”①所有这些，都是他们重主观、穷诗境之创作观念的明确体现。《邵氏闻见后录》载韩少师云：“梅圣俞学诗日，欲极赋象之工，作《挑灯杖子》诗尚数十首。”②说明梅尧臣的创作实践与其理论是一致的。其实，这些创作观念在韩、孟等人诗中也多有提到，如韩愈所谓“雕刻文刀利，搜求智网恢”（《咏雪赠张籍》）、“冥观洞古今，象外逐幽好”（《荐士》），孟郊所谓“天地入胸臆，吁嗟生风雷！文章得其微，物象由我裁”（《赠郑夫子鲂》），尤其是李贺所谓“笔补造化天无功”（《高轩过》），强调的都是创造性的诗思和创作主体的作用。就此而言，欧、梅与韩、孟等人本是后先承继、息息相通的。所不同的是，在实际创作中，韩孟诗派重在深度、力度上的挖掘和张扬，具有很强的艺术冲击力；欧、梅则重在厚度、广度上的积聚和拓展，具有较强的艺术渗透力。

（三）表现手法与形式技巧

在表现手法和形式技巧等方面，欧、梅受益于韩、孟处实在多多。这主要体现在以下几个方面：

一是以文为诗和以议论入诗。严羽《沧浪诗话》有言：“近代诸公……遂以文字为诗，以才学为诗，以议论为诗。”③这里指摘的实际上正是宋诗的特点所在。如果说，韩愈是自觉运用以文为诗手法的先行者，那么，欧、梅即为这种手法在宋诗中运用的奠定者。前面说过，欧、梅创作了许多纪游、书信、议论体的诗

---

① 朱东润：《梅尧臣集编年校注》，上海古籍出版社 1980 年版，第 818 页。

② 〔北宋〕邵博：《邵氏闻见后录》，中华书局 1983 年版，第 145 页。

③ 郭绍虞：《沧浪诗话校释 · 诗辨》，人民文学出版社 1961 年版，第 26 页。

歌，不仅以散文的字法、句法和章法入诗，更将“以文为诗”作为一种内在的诗歌精神意趣，融入到整体具有浓厚文人化气息的宋代诗歌中，开了宋诗的新生面。如梅尧臣的《送师厚归南阳会天大风遂宿高阳山寺明日同至姜店》、苏舜钦《游山》等，都直承韩愈《山石》，单行顺接，不事雕琢，似散文，却又极富诗意。与以文为诗相关，欧、梅等人诗中也存在着相当普遍的议论化倾向。欧阳修所谓“平生事笔砚，自可娱文章。开口揽时事，论议争煌煌”（《镇阳读书》），不啻夫子自道。

二是设语奇险，笔力狠重。如梅尧臣以“飞鸟厌其羽，走兽厌其毛”（《和蔡仲谋苦热》）来形容天气炎热；苏舜钦面对泄洪时奔腾而下的大水，竟然生出“又欲接之口，沃荡胸中愁”（《观放闸》）的奇异想法，又以“犬彘咋其骨，乌鸢啄其皮”（《城南感呈永叔》）来形容大灾之年饿殍遍野的惨状。凡此，均与韩、孟等人的险怪造语有一定的师承关系。

三是运用铺陈手法，细致摹画。欧、梅等人诗集中有大量写画诗、咏物诗，在这种文人气息浓重的诗歌中，他们学习韩孟诗派的表现手法，很注重摹形写物的细致、深入，铺陈渲染，奇想天外，这与其发掘事理、力求穷形尽相的创作精神是一致的。不同的是，韩、孟重在表现才力、宣泄情感，欧、梅重在挖掘事理、求其本源。

四是追求用韵上的精工。欧、梅在多处提到韩诗用韵的精妙，因此二人在唱和诗中也有意效仿韩诗的用韵特点。正如欧阳修《诗话》中说的那样，宽韵便横溢旁出，窄韵则因难见巧，借以显现才力。当然，这一特点在中唐时代并非韩孟诗派所独有，元稹、白居易的唱和诗也鲜明地体现出“韵剧辞殚，瑰奇怪谲”①

① 〔唐〕白居易：《和微之诗二十三首并序》，见《白居易集》，中华书局 1979 年版，第 477 页。

的特点。对此,欧、梅也有师益之处。

四、群体接受的文化背景与深层原因

欧、梅对韩孟诗派的群体接受有着多方面的原因,而其主因则体现于两大群体在社会文化背景、文学观念、人生经历等方面的类同上。

(一)社会文化背景:群体意识、古文创作和儒家道统思想

中唐时期社会文化发生了很大的转型,其中一个突出的方面就是文人群体意识的高涨。这时的唱和群体、自觉意义上的诗派比此前要繁盛许多,经晚唐到北宋,这一情形并没有大的改变。“宋初三体”的主要模仿目标就是中晚唐诗歌,而每一种诗歌风潮几乎都是伴随着群体性的诗人而产生的,如二李、九僧、西昆作家群等。这在社会上产生了一种团体依附、标举、赞誉的意识,也形成了一种诗酒唱和的风气。欧阳修与梅尧臣早年在洛阳就归属于一个以钱惟演、谢绛为首的文人集团,在当时声誉甚大,一时间“山东腐儒漫侧目,洛下才子争归趋”(梅尧臣《四月二十七日与王正仲饮》)①。欧、梅的群体意识在此时就已定下基调。

另一方面,欧、梅之所以在诗歌接受上选择韩孟诗派,也有特定的古文创作背景在发挥作用。韩愈、欧阳修作为两个文人群体的领军人物,在诗歌、古文两个领域都有着突出成就,其结交的友人中,有的专擅古文,如李翱、皇甫湜、尹洙;有的主要写

---

① 朱东润:《梅尧臣集编年校注》,上海古籍出版社 1980 年版,第 560 页。

诗，如孟郊、贾岛、梅尧臣、苏舜钦。《邵氏闻见后录》说："李习之、韩退之、孟东野善。习之于文，退之所敬也；退之与东野唱酬倾一时，习之独无诗，退之不议也。尹师鲁、欧阳永叔、梅圣俞善，师鲁于文，永叔所敬也；永叔与圣俞唱酬倾一时，师鲁独无诗，永叔不议也。"①虽则如此，但在一个文人集团中，散文与诗歌的学习、创作又是常常相关的，不同文体的特点不可能不发生渗透和影响。韩愈的诗文兼善既造成了他在中唐的大家地位，也使其部分诗歌具有了散文化的特点；而欧阳修对诗文的兼爱和兼善则不仅具有与韩愈相同的情形，而且在某种意义上，也是他向韩愈自觉靠拢的原因和结果。

欧阳修早在少年时即因一偶然机遇接触到韩文，并被其"深厚而雄博"之言吸引，喟然长叹："学者当至于是而止尔！"西京时期，又与"尹师鲁之徒……相与作为古文，因出所藏《昌黎集》而补缀之"。由于他的长期学习和大力提倡，遂使得"天下学者亦渐趋于古，而韩文遂行于世，至于今盖三十余年矣！学者非韩不学也，可谓盛矣！"（《记旧本韩文后》）②可以毫不夸张地说，欧阳修是使韩文在宋代发扬光大的功臣。当然，欧氏的学韩文，又绝非亦步亦趋，而是有所取舍、予以充分变化了的；而欧氏的学韩诗，既有对韩诗雄健恣肆之笔力和工于用韵等特点的欣赏，也委实受到酷爱韩文的影响。文与诗的交相影响和渗透，在欧阳修对韩愈的接受过程中原是不可分割的。前述欧、梅以文为诗、以议论入诗等创作方法的使用，便是这方面的显证。

与此相关，欧阳修等人对韩愈道统的接受也是其诗歌接受

① 〔北宋〕邵博：《邵氏闻见后录》，中华书局 1983 年版，第 150 页。

② 〔北宋〕欧阳修：《欧阳修全集》，中国书店出版社 1986 年版，第 536 页。

与革新的背景之一。宋初,柳开就已大力标榜韩愈对儒家道统的贡献。庆历年间,石介继承柳开余绪,捍卫韩氏道统更是不遗余力。石介在《寄明复熙道》一诗中将自己非常钦慕的孙复比作韩愈、孟郊,已可说明当时儒士对于韩愈的尊崇。欧阳修在古文运动中的巨大贡献以及在诗文创作上的成就,使他迎合了当时对韩愈式的思想文学革新领袖的历史召唤,因此被普遍地视为时代的韩愈。苏轼《六一居士集叙》说欧阳修"论大道似韩愈……此非余言也,天下之言也"①,可见,比起诗歌来,人们认为欧阳修在思想史上的贡献更类似韩愈。

(二)文学观念:革新诗风的强烈愿望

欧、梅步入诗坛之初,正是西昆体盛行之时;同时,宋初的白体、晚唐体都还有一定的影响。这几种诗风都是模仿唐诗,格调要么卑弱琐微,要么浮靡空洞,其缺点已经非常明显。正是出于变革诗风的需要,欧、梅将取法的目光投向了最富创新精神的中唐诗坛尤其是韩孟诗歌。对他们来说,韩孟诗派摧枯拉朽、振聋发聩的革新气势,以丑为美、怪怪奇奇的审美心理,天马行空、海底揽月的奇伟想象,无疑最富吸引力,最有现实针对性。"以奇矫薄骇群愚,用此犹得追韩徒"(《绛守居园池》),欧阳修的话,正道出了这种借追踪韩、孟以矫治时弊的心理。事实上,欧、梅在推名过程中以韩、孟自比,一方面固然是为了以韩孟诗派为学习对象,另一方面则是希冀造成一定的社会影响,以助诗文革新的进程,二者在本质上是一致的。清人赵翼所谓:"固知声名

① 〔北宋〕苏轼:《苏轼文集》,中华书局1986年版,第316页。

播，兼恃气类联。孤掌最难鸣，双飞乃易骞。”①便深刻地道出了这种推名唱和对制造声名、推动潮流的作用。

值得注意的是，欧、梅除了学习韩孟诗派的创作技巧之外，更重要的是对韩孟诗派大胆创造精神的汲取。如果仅是简单的诗风学习，那还没有跳出宋初以来模仿唐人的窠臼，正是因为他们在更深层次上对韩孟诗派创造精神的汲取和在实践中的发展，才开辟了有宋一代诗歌的新面貌。欧、梅二人中，又以梅尧臣的创造性更强。刘克庄称梅为宋诗的“开山祖师”②，叶燮也说：“开宋诗一代之面目者，始于梅尧臣、苏舜钦二人。……欧阳修极服膺二子之诗，然欧诗颇异于是。以二子视欧阳，其有‘狂’与‘狷’之分乎！”③不过，梅尧臣这种创造精神却与欧阳修的不断推誉有重要关系。于是，欧阳修作为诗坛领袖高呼创新诗歌，而梅尧臣又是诗歌创新的实际先行者这种看似矛盾的现象，也就可以理解了。

在欧、梅的文学观念中，还表现出对元和时代诗坛气象与诗歌成就的向往。梅尧臣说：“谢公唱西都，予预欧尹观。乃复元和盛，一变谁为难？”（《依韵和王平甫见寄》）就把洛阳钱惟演幕府时期的文人集团与元和时期的诗歌变革群体相对应，体现出明显的重“变”意识。其他如“岂特元和间，咳唾成珠玉”（《读毛秘校新诗》）④、“重见元和风，珠玉敌海舶”（《还吴长文

---

① 〔清〕赵翼：《稚存答诗嫌百年太少盖其才已独有千古也再简奉酬》，见《瓯北集》，上海古籍出版社1997年版，第1204页。

② 〔南宋〕刘克庄《后村诗话·前集》卷二云：“欧公诗如昌黎，不当以诗论。本朝诗，惟宛陵为开山祖师，宛陵出，然后桑濮之淫哇稍息，风雅之气脉复续，其功不在欧、尹下。”中华书局1983年版，第22页。

③ 〔清〕叶燮：《原诗》，人民文学出版社1979年版，第67页。

④ 朱东润：《梅尧臣集编年校注》，上海古籍出版社1980年版，第754页。

舍人诗卷》)①,也都对元和诗歌给予高度评价。联系梅诗上下文可以看出,这里的"元和"仍主要指韩孟诗派。

(三)人生经历:生命体验和知己之情

从人生经历看,欧阳修与韩愈、梅尧臣与孟郊的经历非常相似:欧、韩均少年丧父,刻苦求学,经历一番磨难后方求得功名,成为政治地位较高而又诗文兼善的文坛领军人物;同时,他们也都因耿直无忌屡遭贬谪。梅、孟皆一生清苦,抑郁不得志,走上了呕心作诗一途。韩愈年少孟郊十七岁,欧阳修也年少梅尧臣五岁,年龄结构相似;而且他们一经结交便生死不渝,韩愈举荐孟郊不遗余力,欧阳修推名梅尧臣更是殚精竭虑。元代贡奎诗云:"诗还二百年来作,身死三千里外官。知己若论欧永叔,退之犹自愧郊寒。"②虽略有抑扬,却得其大体。欧梅、韩孟的这种人生经历、知己之情及其对社会的相近态度,在一定程度上奠定了他们"规模背时利,文字觑天巧"的共同基础。

当然,欧、梅从朦胧到自觉地以韩、孟自喻,是在长久的生命体验和共同的创作追求中逐渐完成的。在洛阳时期,他们虽然学韩,但大多是学习韩文,尚未以韩、孟的关系来自比。此后,欧在仕途上虽屡遭贬谪,但总体上还算显达;梅却一生未中进士,仕途坎坷,怀才不遇。这种人生道路上的差异,加上历经数十年的深厚友情,使得他们在共同学韩的同时,对境遇非常类似的韩、孟二人产生了不同程度的共鸣。《邵氏闻见后录》载曾仲成言:"圣俞谓苏子美:永叔要作韩退之,强我作孟郊。虽戏语亦

---

① 朱东润:《梅尧臣集编年校注》,上海古籍出版社 1980 年版,第 909 页。

② 〔元〕贡奎:《题梅圣俞干越亭》,见《云林集》卷六,影印文渊阁《四库全书》本,第 1205 册,第 655 页,上海古籍出版社 1989 年版。

似不平。”①可见梅尧臣最初并不甘于以孟郊自比，但他后来在《别后寄永叔》《依韵和永叔澄心堂纸》等诗中又说：“乃欲存此心，欲使名誉溢。窃比于老郊，深愧言过实。”“石君苏君比卢籍，以我拟郊嗟困摧。公之此心实扶助，更后有力谁论哉！”后先相较，已可看出梅尧臣对自己被推名于孟郊的认识发生了较大的转变。钱锺书指出：“正谓欧以己‘拟郊’，非缘诗品相似，而‘嗟’己之身世‘困摧’相同。……世故多经，志气销减，不复恶欧言己之遇‘必’如东野，而感欧许己之才可比东野，知其语虽杀风景，而其‘心实扶助’。”②也正说明了这一点。所以，越到后来，他们在推名时对应韩、孟的意识就越是明确，越是自觉。其中一面是论诗文，一面是说人生；一面是欲借此制造声势，扩大影响，一面是对生命的浮沉深有体悟，相濡以沫。由此上升到诗学高度，形成“诗穷而后工”之说，形成群体接受中最具理论意蕴的深层关联，实在是合乎逻辑的一种发展。

以上，我们从几个主要方面对欧、梅之于韩、孟的群体接受做了论述。由中可知，欧、梅是韩孟诗派接受史上一个非常重要的环节，韩孟诗派之所以在宋代及以后能有广泛持续的影响，与欧、梅的“第一接受”不无关系。它给我们的主要启示是：其一，群体接受中的个体接受颇为重要，不可等闲视之。因为要形成大的气候和影响，则接受群体中必须有像欧阳修这样能振臂一呼应者云集的领军人物，否则，便难以取得大的成效。其二，群体接受中既需有创作层面的仿效，又需有理论层面的承接，更需有以创新为旨归的精神层面的融通。只有这样，才能使接受不只流于表层的相似，才能化旧为新，继往开来，承中有变，变承结

① 〔北宋〕邵博：《邵氏闻见后录》，中华书局1983年版，第145页。
② 钱锺书：《谈艺录》，中华书局1984年版，第506页。

合，创造出一代诗歌新的面目。其三，群体接受中的推名活动值得关注。它能化复杂为简单，变一般为特殊，使人易解易传，最符合传播接受中简单化、典型化的规律。倘若不是机缘凑泊，不是接受者眼光独具，欧、梅没能觑定韩、孟并借以自喻和张扬，便不易在当时和后世产生像现在这样的影响。其四，群体接受在给予作家正面影响的同时，也会给其创作带来一些始料不及的弊端。这主要表现在：由于群体接受往往出于某种目的或需要，如文学革新、营造声名等，因而在一定程度上会导致个体创作方向的改变乃至个性的扭曲，亦即被群体性、目的性遏制了个性的发展。前述梅尧臣因被欧阳修推誉过多而导致创作中的一些败笔，以及屡屡被后人訾议等情形，便是明证。其五，群体接受中的非文学因素较之个体接受更为显著。中国历史上文学群体的聚合，除了创作观念、风格近似等原因外，还有大量亲情、友情、地域、幕府、同年等因素掺杂其中。这样，在群体接受中就会造成一种文学要素与非文学要素混合在一起的现象，许多接受行为也自然会伴随着非文学因素进行，它们与文学上的创作、批评接受糅合在一起，很难完全区分。可见，群体接受的范围并不限于文学一个维度，其他如思想品格、思维习惯、个人嗜好、名誉意识、群体构成方式等，都可以成为群体接受的内容。这些因素虽不属于文学本身，但是文学赖以存在的重要条件，所以不应被忽略。

第三节 王安石、王令对韩孟诗派接受之异同

在欧阳修、梅尧臣等人进行庆历诗歌革新后，北宋诗坛发生了明显变化。五代宋初以来的卑陋浮靡之风渐渐消退，具有平

淡涵远、富含理趣、人文气息浓厚等特色的“宋调”不断地丰富发展，成为有别于“唐音”的另一种诗歌精神。到了元丰、元祐年间，以苏轼、黄庭坚为标志，“宋调”攀上了最高峰。从欧、梅到苏、黄的宋诗发展历程，都直接受到了韩愈诗歌散文化、议论化、才学化等特点的深刻影响。而在这一时期中，同样受到韩诗影响的还有一大批诗人，如李觏、黄庶、郑獬、吕南公等。但最值得注意的是王安石和王令。

众所周知，王安石对王令有识举之恩，尽管二人情谊甚笃，但年寿、仕职、经历、文学成就均有不同：王安石长王令11岁，是经历过仕宦浮沉、在政治上锐意革新的风云人物，诗、文、词成就都较高；王令则一生穷困潦倒，虽得王安石赏识提携，但享寿不永，未成大器，仅以诗歌名世。从诗歌创作的角度看，二人同有学韩愈诗的突出表现，这似乎又为其交谊增加了一项注脚。但在详察后我们发现，二人今存的往来诗文中，并无诗歌创作方面之交流，而且在接受韩诗中也体现出倾向上的差异。倘若将这种微妙的关系置于宋人接受韩诗的大背景下，便可从中发现一些较为深层的诗史演进规律。

一、矛盾表象下的暗中袭承：王安石对韩诗的接受

经过北宋诗文革新运动的推进，庆历至嘉祐年间，韩愈在思想、古文、诗歌各领域的影响已越来越大。接受者对韩愈的道统思想、政治品格、古文和诗歌创作进行了细密而多样的阐释，各持己见，褒贬不一。评韩、论韩、学韩甚至已经成为一种风气。作为在政治、思想和文学方面都有建树的人物，王安石对韩愈的接受，必定呈现出一种综合、交叉、复杂的接受情形，正如欧阳修和苏轼那样。钱锺书说：“韩昌黎之在北宋，可谓千秋万岁，名不寂寞者矣。……要或就学论，或就艺论，或就人品论，未尝概

夺而不与也。有之,则自王荆公始矣。”①意谓王安石全面否定了韩愈。从表面上看,王安石对韩愈诚然是贬责居多,但深入探究后可以发现,这种全面否定的背后,包含着一种在思想、人品、文艺各方面有所分隔、背离的接受规律。

王安石对韩愈的思想、品格多有不满之辞。虽然韩愈与宋代理学渊源颇深,但因王安石在儒学上属于锐意革新的事功一派,故而视韩愈道学为迂阔、陈腐、无补于世用。他不仅在《伯夷》《原性》《性说》等文中反对韩愈的观点,而且在《上人书》中认为韩、柳的文章“徒语人以其辞耳,作文之本意不如是其已也”②,显现了他重质轻文的功利性文学观。在《和董伯懿咏裴晋公平淮西将佐题名》一诗中,王安石讥讽韩愈“欲编诗书播后嗣,笔墨虽巧终类俳”③,表达了对韩愈诗文中求奇斗巧、炫耀才学习气的不满。另外,他在《韩子》诗中所谓:“纷纷易尽百年身,举世何人识道真。力去陈言夸末俗,可怜无补费精神”④,以及“他日若能窥孟子,终身何敢望韩公”(《奉酬永叔见赠》)⑤、“韩公既去岂能追?孟子有来还不拒”(《秋怀》)⑥、“不必移鳄鱼,诡怪以疑民”(《送潮州吕使君》)⑦等表述,都显现了他对韩

① 钱锺书:《谈艺录》,中华书局1984年版,第62页。

② 〔北宋〕王安石:《临川先生文集》卷七七,中华书局上海编辑所1959年版,第811页。

③ 李之亮:《王荆公诗注补笺》,巴蜀书社2002年版,第173页。

④ 李之亮:《王荆公诗注补笺》,巴蜀书社2002年版,第955页。

⑤ 李之亮:《王荆公诗注补笺》,巴蜀书社2002年版,第162页。欧阳修原诗《赠王介甫》云:“翰林风月三千首,吏部文章二百年。老去自怜心尚在,后来谁与子争先。”以自己平生最为倾慕的李白、韩愈来赞扬、鼓励王安石。

⑥ 李之亮:《王荆公诗注补笺》,巴蜀书社2002年版,第329页。

⑦ 李之亮:《王荆公诗注补笺》,巴蜀书社2002年版,第126页。

愈的挖苦与不满。

与在思想、人品和文风方面对韩愈进行诋毁形成鲜明对比的是，王安石的诗歌创作却对韩诗师承颇多。这一点，钱锺书在《谈艺录》里已有很全面的论述。钱先生认为，王安石对韩诗的学习除了"偷语、偷意"和"偷势"之外，"荆公五七古善用语助，有以文为诗、浑灏古茂之致，此秘尤得昌黎之传"①。并举了大量例证来说明，如"田背坼如龟兆出""遥闻青秧底，复作龟兆坼"②，都源于韩愈《南山》诗中形容山石荦确的"或如龟坼兆"一句；"微言归易悟，疾若髭赴镊"③的巧妙比喻则是仿袭韩愈《寄崔二十六立之》中的"连年收科第，若摘颔底髭"④，如此等等。王安石《用前韵戏赠叶致远直讲》《游土山示蔡天启》《再用前韵寄蔡天启》三首诗中连续多句用"或"字，系效法韩愈《南山》而来。这些都表现了荆公在字词、句式上的师韩效韩。

除了在表现方法层面学习韩诗外，王安石的诗论也颇多近韩之处。他在《灵谷诗序》中说："观其镵刻万物而接之以藻绘，非夫诗人之巧者，亦孰能至于此。"⑤可见他并不排斥穷形尽相、铺排弄巧的诗歌表现手法。《题张司业诗》云："看似寻常最奇崛，成如容易却艰辛。"⑥这与韩愈的"横空盘硬语，妥帖力排奡"

---

① 钱锺书：《谈艺录》，中华书局1984年版，第70页。

② 分别见《王荆公诗注补笺》卷一《元丰行示德逢》、卷二《寄德逢》，巴蜀书社2002年版，第1、25页。

③ 《再用前韵寄蔡天启》，见李之亮《王荆公诗注补笺》，巴蜀书社2002年版，第47页。

④ 钱仲联：《韩昌黎诗系年集释》，上海古籍出版社1984年版，第860页。

⑤ 〔北宋〕王安石：《临川先生文集》，中华书局上海编辑所1959年版，第881页。

⑥ 李之亮：《王荆公诗注补笺》，巴蜀书社2002年版，第867页。

"奸穷怪变得,往往造平淡"的审美理想亦有相通之处。另外,王安石诗歌创作中所表现出来的在用字押韵、对仗、用典等方面的精熟程度,以及好发议论的特点,都导源于杜、韩。这些手段的运用,贯穿在王安石从早期雄奇硬峭到后期雅丽精绝的诗风衍化中。总之,王安石在诗艺的各个层面中明显受到了韩诗的巨大影响,比照他在思想、人品方面对韩愈的态度,显然存在着一种分隔、背离的矛盾现象。

王安石对韩愈接受的这种矛盾态度,宋人即有明确认识,邵博《闻见后录》卷一八、陈师道《后山集》卷二三中都有所论及。其中的原因,钱锺书归结为王安石拗强、倔犟的性格:"荆公于退之学术文章以及立身行事,皆有贬词,殆激于欧公、程子辈之尊崇,而故作别调,'拗相公'之本色然欤。""荆公诗法,亦若永叔之本于昌黎;忖他人之同学,欲独得其不传,遂如逢蒙挽射羿之弓,康成操入室之戈耳。"①王安石接受韩诗与欧阳修等人走同一条道路,这一点是可信的,但是完全以"欲独得其不传"的狭隘心理和"'拗相公'之本色"来解释王安石的矛盾表现,则似欠妥。我们认为,王安石与韩愈儒道思想确有分歧,这是他的贬韩之源;他将接受韩诗遮掩于贬韩之下,则与他政治家的身份、将诗歌视为小道的态度有关。

二、旗帜鲜明、倾心模仿:王令对韩孟诗派的接受

王令与王安石在对韩愈思想人品的接受方面近似,对韩也有不满之辞。《说孟子序》云:"至于性命之际,出处致身之大要,而愈之与《孟子》异者,固多矣。"②但他在《韩吏部》诗中又

---

① 分别见钱锺书《谈艺录》,中华书局1984年版,第64、75页。

② 〔北宋〕王令:《王令集》,上海古籍出版社1980年版,第266页。

说韩愈“始信真儒能见用，可为邦国大皇威”，可见他对韩愈思想品格的看法存在着一定的矛盾。

作为北宋诗坛上诗境最为雄奇阔大的诗人，王令不但对韩愈的诗歌倾心之至，而且对孟郊、卢仝等韩派诗人有着同样的欣赏与赞叹。《四库全书总目》之《广陵集》提要评价王诗说：“令才思奇轶，所为诗磅礴奥衍，大率以韩愈为宗，而出入于卢仝、李贺、孟郊之间。虽得年不永、未能锻炼以老其材，或不免纵横太过。而视局促剽窃者流，则固倜倜乎远矣。”①刘承干《广陵先生文集跋》也说王令“所为诗，出入于东野、玉川之间。……文亦类其诗，刿目钵心，不袭陈言”②。都明确地指出了王令诗歌的渊源所自。

王令在诗歌中多次表达了自己对韩派诗人的尊崇和喜好，如：“吾于古人少所同，惟识韩家十八翁，其辞浩大无崖岸，有似碧海吞浸秋晴空。”(《还孟东野诗》)“卢仝不作韩愈死，天目虽盲未见嗟。坐叹清光无惜处，一将吞吐听虾蟆。”(《月蚀》)“努力排韩门，屈拜媚孟灶。惟此二公才，百牛饱怀抱。我如饿旁者，眄眄不得犒。不知去几多，穷行竟未到。无门隔藩篱，发罅窥堂奥。爱之不可人，抵触发狂噪。”(《答束徽之索诗》)③他还在《答问诗十二篇寄呈满子权序》中说：“令既爱卢仝《萧宅二三子》之诗，而犹恨其发之轻也。然忘其效而更重之，则得矣！”④由此可见，王令不但对韩愈、孟郊、卢仝其人其诗极度痴迷热爱，

---

① 〔清〕永瑢等：《四库全书总目》，中华书局 1965 年版，第 1325 页。

② 〔北宋〕王令：《王令集》附录，上海古籍出版社 1980 年版，第 453 页。

③ 以上分别见《王令集》，上海古籍出版社 1980 年版，第 132、155、45 页。

④ 〔北宋〕王令：《王令集》，上海古籍出版社 1980 年版，第 65 页。

更欲心摹手追、倾心效仿。

王令现存的480多首诗中，绝大部分是反映他穷困生活、高洁心志的古朴质直诗篇和抒胸中豪气的险怪恣肆之作，反映了他对韩孟诗派诗风的全面接受态度。具体来说，这种创作上的接受大致表现在如下几个方面：

（一）奇思妙想，气骨高远

作为青年的天才诗人，王令以李贺般的新奇想象力，在诗中营造了许多离奇、夸张的虚幻境界。如《暑旱苦热》一诗："清风无力屠得热，落日着翅飞上山。人固已惧江海竭，天岂不惜河汉干！昆仑之高有积雪，蓬莱之远常遗寒。不能手提天下往，何忍身去游其间？"①此诗在近乎童话般的奇特想象中，还包含了诗人的人间关怀和济世之志，而不是完全沉迷于个人的幻觉世界中，这与李贺又有所区别，刘克庄《后村诗话》说它"骨气老苍，识度高远"②，大概即有此义。再如《原蝗》《梦蝗》两首长诗，以丑俗的物象、奇特的构思、荦确的笔法、充沛的气势，表达了诗人内心剧烈的情感激荡，反映了他对民生疾苦的关心。"狂搜得无奇，猛吐复自吮。篇成若奴婢，气骨终凡贱。"（《对月忆满子权》）③以奇想、奇物来表达不平常的情感，提升了诗歌的品位、骨格，王令的这种创作心理与韩孟诗派具有很大的一致性。

---

① 〔北宋〕王令：《王令集》，上海古籍出版社1980年版，第108页。
② 〔南宋〕刘克庄：《后村诗话》，中华书局1983年版，第24页。
③ 〔北宋〕王令：《王令集》，上海古籍出版社1980年版，第49页。

(二)气势磅礴,险怪恣肆

“文章喜以怪自娱”“多为峭句不姿媚”(《赠慎东美伯筠》)①,王令旗帜鲜明地继承了韩孟诗派的美学追求。他虽然只活了28岁,但年少时“夜独诵书,往往达旦不眠”②的勤苦学习,赋予了他宏富的才学,再加上对险怪的美学追求,便使王令的诗歌具有了开阔博大的格局和惊风雨、泣鬼神的雄奇气势。试看以下几首诗:

又闻当世大手笔,磊砢诗句相撑支,手搏蛟龙拔解角,爪擘虎豹全脱皮。郓州溪堂遂寂寞,韩诗尘蔽人不吹,想应从此传万世,粹玉贯串珠萦累。(《寄题韩丞相定州阅古堂》)③

前日才能始谁播,一口惊张万夸和,雷公诉帝喘似吹,盛恐声名塞天破。文章喜以怪自娱,不肯裁缩要有余,多为峭句不姿媚,天骨老硬无皮肤。人传书染莫对当,破卵惊出鸾凤翔,间或老笔不肯屈,铁索缚急蛟龙僵。(《赠慎东美伯筠》)④

---

① 〔北宋〕王令:《王令集》,上海古籍出版社1980年版,第24页。

② 〔北宋〕刘发:《广陵先生传》,见《王令集》附录,上海古籍出版社1980年版,第384页。

③ 〔北宋〕王令:《王令集》,上海古籍出版社1980年版,第26~27页。

④ 此诗又见《王荆公诗注》卷二一,题下注“或云王逢原作”,再以陆游《老学庵笔记》卷四的记载为旁证,可知此诗确为逢原诗误入荆公集中也。

鲸牙鲲鬣相摩捽，巨灵戏撮天凹突，旧山风老狂云根，重湖冻脱秋波骨。我来谓怪非得真，醉揭碧海瞰蛟窟。不然禹鼎魑魅形，神颠鬼胁相撑挨。（《吕氏假山》）①

这类奇伟险怪之作，在王令诗集中尚有多篇，它们显然得到了韩诗艺术之真髓。与此相承的是，王令对韩愈后期诗风向流易、平滑一路的转变也表露了一些不满："退之昔裁诗，颇以豪横恃。暮年志气得，金玉多自慰。"（《采选示王圣美葛子明》）②这里的批评愈加凸现了他的美学追求。

（三）琢字炼句，苦吟成篇

王令出身寒苦，生活落魄，加上为人又孤傲古直，所以与当时诗坛上的主流人物交往不多。幸得王安石慧眼识才、推引举荐，才使他的生存境遇有所改善，诗名也渐为人知。不过，他的好友仍多是像满子权、慎东美这样一些清贫高洁、旷达洒脱之士。在这种环境之下，王令自然也如孟郊、贾岛一样，将诗歌作为倾注情感与生命的一种自我实现方式，以苦吟的创作态度锻炼字句，力求奇崛生新的艺术风貌。他描述自己的诗歌创作情景说："肝肠困寻搜，吻舌倦抟造，心灵无余多，为此日有耗。已勤尚无成，既苦每自劳，自笑如秋蝉，饥极不止噪。"（《答束徽之索诗》）"十日九自病，偶平还苦吟。万金无枉志，千古有遗心。"（《偶成》）"二十男儿面似冰，出门嘘气玉蜺横。未甘身世成虚老，待见天心却太平。狂去诗浑夸俗句，醉余歌有过人声。燕然

① 〔北宋〕王令：《王令集》，上海古籍出版社 1980 年版，第 25 页。
② 〔北宋〕王令：《王令集》，上海古籍出版社 1980 年版，第 115 页。

未勒胡雏在，不信吾无万古名。”（《感愤》）①

除对韩愈的接受外，王令还明确地表达自己对孟郊诗的喜好之情：“我生最迟暮，不识东野身。能得韩老低头拜，料得亦是无量文章人。前日杜子长，借我孟子诗，三日三夜读不倦，坐得脊折臀生胝。旁人笑我苦若是，何为竟此故字纸？童子请我愿去烧，此诗苦涩读不喜。吾闻旁人笑，叹之殊不已；又畏童子言，藏之不敢示。奈何天下俱若然，吾与东野安得不泯焉！”（《还东野诗》）②可见，王令对孟郊诗歌的痴迷，虽然开始是受到韩愈推崇孟诗的影响，但在他真正读了之后，才真正与之产生了深深的共鸣，并对当时孟诗遭受冷遇表示悲慨与感叹，这一切当然都源于王令对孟郊身世、遭遇、诗风的深切认同感。

从这种“苦吟”的创作态度出发，王令认为“苦嚼味不尽，穷思欲名状，百比无一近”（《寄满执中子权》）③是一种理想的诗歌审美境界，这与欧阳修评价梅尧臣的“咀嚼苦难嘬，初如食橄榄，真味久愈在”（《水谷夜行寄子美圣俞》）有相通之处。

三、二王交谊与接受韩诗

从至和元年（1054）王安石赴召入京、路过淮南时与王令结识，直到嘉祐四年（1059）年王令因病去世，二人交往虽仅五年多时间，交谊却已非常深厚，先后在高邮、常州、鄱阳等地盘桓共处过数次，往来的赠酬诗文、书札达数十篇。王安石在《王逢原墓志铭》中说：“始予爱其文章，而得其所以言；中予爱其节行，而得其所以行；卒予得其所以言，浩浩乎其将沿而不穷也。……

① 以上分别见《王令集》，上海古籍出版社 1980 年版，第 45、163、171 页。

② 〔北宋〕王令：《王令集》，上海古籍出版社 1980 年版，第 132 页。

③ 〔北宋〕王令：《王令集》，上海古籍出版社 1980 年版，第 43 页。

以为可以任世之重而有功于天下者。"①可见对王令之器重。王安石的赏识和推引给王令的生平际遇带来了很大影响，安石不但"妻以其夫人之女弟"（刘发《广陵先生传》），在生活上尽力帮助，而且通过推举引荐，使其才学、品行和诗歌广为世人所知。

王安石和王令都是诗人，交谊深厚，又都受韩诗影响，那么，二人的交谊是否与接受韩诗有关联？我们认为，思考这个问题的出发点应是二人交谊的内容和性质。王安石和王令之间的交谊，虽然主要表现为前者对后者的赏识器重、推引帮助和后者对前者的感遇之情，但其内在实质是一种互为知己、道义相助之交，这种交谊的基础便在于对古道的向往、对世俗的不满。这可以通过二人的交往诗文来证明。

王安石初见王令，便是因为王令向他进献《南山之田赠王介甫》诗："南山之田兮，谁为而芜？南山之人兮，谁教堕且？来者何为，而径者谁趾？草漫靡兮，不种何自？始吾往兮无耜，吾将归兮容我止！要以田兮寄我治，吾耕浅兮谷不穟，耕之深兮石挠吾耒。吾耒挠兮耕耨嗟难，雨专水兮日专旱。借不然兮颖以秀，螟悬心兮螣开口，我虽力兮功何有？虽然不可以已兮，时宁我违而我不时负。"②此诗于古朴无华的语句中寄托着深远抱负，充满了对现实不平的压抑和愤懑，因而博得了以功业为己任的王安石的赏识。王令给王安石的其他寄赠诗篇，也大多是古朴质直、含蓄深沉一类的风格，并不是那些带有奇险恣肆色彩之作。如："当世胸怀万古淳，平生才术老经纶。况逢尧舜登贤日，不复伊周望古人。得志定知移弊俗，闻风犹足警斯

---

① 〔北宋〕王安石：《临川先生文集》，中华书局上海编辑所 1959 年版，第 998 页。

② 〔北宋〕王令：《王令集》，上海古籍出版社 1980 年版，第 13 页。

民。九门无谒天旒邃，可惜长令仕为贫。"(《赠王介甫》)"天门帘陛郁巍巍，势利宁无淡泊讥。难与跖徒争有道，好思吾党共言归。古人踽踽今何取，天下滔滔昔已非。终见乘桴去沧海，好留余地许相依。"(《寄介甫》)又如"贤哲相望每千古，得逢犹说与时差"(《寄介甫》)、"谁知霧霈天飞雨，洗涤轻浮会有时"(《尘土呈介甫》)①等，大多是论及文章经术、世道人心的相互激勉之语。再如《噫田操四章章六句寄呈王介甫》《翩翩弓之张兮诗三章寄王介甫》《我策我马寄王介甫》等几首，也都是如此。

再从王安石对王令的寄赠、怀念诗文上看，也几乎没有直接夸赞王令诗歌的，大多是对其气节、才学、识见的赞扬与鼓励，也有惺惺相惜的知遇之感。如："蓬蒿今日想纷披，冢上秋风又一吹。妙质不为平世得，微言唯有故人知。庐山南堕当书案，湓水东来入酒卮。陈迹可怜随手尽，欲欢无复似当时。"(《思王逢原三首》之二)"自吾失逢原，触事辄愁思。岂独为故人？抚心良自悲。我善孰相我，孰知我瑕疵？我思谁能谋，我语听者谁？"(《思王逢原》)"庄韩百家爇火起，孔子大道寒于灰。儒衣纷纷欲满地，无复气焰空煤炱。力排异端谁助我？忆见夫子真奇材。"(《寄王逢原》)②在"儒衣纷纷欲满地""力排异端谁助我"的境况下，王安石想起了这位堪称"奇材"的友人。作为对好友一生的郑重评价，王安石在《王逢原墓志铭》中也是从道德文章品行方面写的，并没有提及王令的诗歌，这是深可注意的。在二人往来的书札中，也没有论诗一类的语句。这虽然可能与王安石早期全以道德功业为己任、不屑谈论诗歌"小道"的观念有

① 以上四诗分别见《王令集》，上海古籍出版社1980年版，第147、189、201、219页。

② 以上三诗分别见李之亮《王荆公诗注补笺》，巴蜀书社2002年版，第562、196、200页。

关,但二人的诗歌创作中少有在艺术上彼此明显影响的作品,却是事实。

考察王安石的诗歌创作道路,其早期诗歌多反映政治现实,在艺术上微有粗疏,并未形成自己的显著风格。旧题陈师道《后山诗话》云:"荆公诗云:'力去陈言夸末俗,可怜无补费精神。'而公平生文体数变,暮年诗益工,用意益苦,故知言不可不慎也。"①意即王安石"诗益工,用意益苦"的"暮年"时期创作的作品,才与他早年对韩愈的讽刺构成了矛盾。这也反证了王安石早年本是无意于专学韩诗的,他在各个层面对韩诗的暗中借鉴与接受,应与那时韩潮风涌的时代环境有关。② 王安石晚年时曾对早期诗风有过反悔之意。《苕溪渔隐丛话》引《高斋诗话》云:"荆公《题金陵此君亭》诗云:'谁怜直节生来瘦,自许高才老更刚。'宾客每对公称颂此句,公辄颦蹙不乐。晚年与平甫坐亭上,视诗牌曰:'少时作此题榜,一传不可追改。大抵少年题诗,可以为戒。'平甫曰:'此扬子云所以悔其少作也。'"③

综上所述,我们可以得出这样的结论:王安石与王令交谊的基础主要在于文章道义、品行才学等方面的共同点,而非一般意义上关系密切的诗友。因此二人的交谊对其诗歌创作的影响只局限于内容、主题、思想方面,在接受韩愈及其他韩派诗人的艺术特质方面并无深入、密切的交流和沟通。不过,从另一个角度

---

① 旧题〔北宋〕陈师道《后山诗话》,见《历代诗话》,中华书局 1981 年版,第 304 页。按:此条不应与前面论韩愈服硫磺的一条合并。郭绍虞《宋诗话考》有辨。

② 王安石于嘉祐元年(1056)回京任群牧司判官后,与欧阳修、梅尧臣、吴冲卿等人经常诗酒唱和,写了一系列近于韩诗的雄奇恣肆之作,比之以前诗风发生了较为明显的变化。

③ 〔南宋〕胡仔:《苕溪渔隐丛话·前集》,人民文学出版社 1962 年版,第 229 页。

讲，王安石与王令的道义相交，使他们对古风的向往、对世俗的批判方面同声相应、同气相求，愈加强化了其孤高拗强的个性，进而在审美心理上愈加倾向于高古、奇崛一路。这种潜在的心理因素，也许在某种程度上成为了王安石和王令在接受韩诗中潜在的相近之处。

四、王安石、王令接受韩诗之差异的诗史意义

进一步看，王安石和王令虽然都在诗歌创作上接受韩诗，但二人之间也存在着显著差异：王安石在理论上没有对韩诗的明确推崇，创作中却“偷语、偷意、偷势”，暗中承袭韩诗的创作手法，并且加以消化转变；王令既在理论上大张旗鼓地叹赏韩孟诗派的艺术魅力，又在实际创作中努力师法。一暗一明，差别甚大。但二者间更为重要的一点差异是：与王安石多在字句、修辞、语意等技法层面上向韩诗学习相比，王令从创作态度、表现手法、物象熔裁、审美风貌上更全面地汲取了韩孟诗派的精华，在精神内核的层面上与之取得了共鸣。

如果我们将王安石、王令置于北宋诗坛接受韩诗的宏观背景下来考察，就会发现他们实际上各自代表着一种接受倾向。王安石在以文为诗、议论化、以才学为诗等表现手法方面学韩，但其实质更在于创新。清人延君寿《老生常谈》认为王安石诗“古体学杜、韩而不袭，殊胜六一”①，堪称灼见。我们大致可以认为，王安石也加入了欧阳修、苏轼等人学习韩愈诗、开启“宋调”的行列，对黄庭坚的硬峭诗风更是产生了巨大影响，只是他晚年创作的“半山体”诗又重归于“唐音”。

---

① 〔清〕延君寿：《老生常谈》，见《清诗话续编》，上海古籍出版社1983年版，第1805页。

王令则与苏舜钦、石曼卿、释秘演等风格奇伟雄豪的诗人有更多的共通性。苏、石等人虽然在庆历诗歌革新中与欧、梅齐名，互为诗友，但是其内在的诗歌精神指向有所区别。他们的诗风以豪逸俊伟、激昂慷慨而著称，更多地将内心情感的激荡与诗歌中的奇险怪肆追求结合到一起，有时甚至有粗豪之弊。《宋诗钞·广陵诗钞序》认为王令"诗学韩孟而识度高远，非安石所及"，正反映了王令诗歌创作师法的起点、向度与荆公不同。王令的诗歌虽然也有散文化、多议论、富才学等特点，但与欧阳修、王安石、苏轼等人的诗歌相比，缺少一些深厚的学理和含蓄的韵致。

这种差异性的存在，一部分原因在于诗人的个体遭遇和性格差别，但从宏观上看，正是社会文化心理的发展变化和诗歌创新追求使然。韩愈、孟郊那种急躁、偏执的处世品格，在崇尚豁达、理智的宋代士大夫文人阶层里很难被接受，而在王令这样的下层文人中却可以得到一定的共鸣，所以王令诗歌中可以反映出与韩、孟类似的生命体验，在精神内核上与之达到一致。对于欧阳修、王安石、苏轼等士大夫诗人来说，他们在诗歌上的自觉创新追求，使得他们需要在表现手法上向"大变唐诗"的韩诗学习，其终极指归却是平淡、理趣、极富人文色彩的宋诗。北宋诗坛上这两种稍显模糊但又的确存在的学韩倾向，在王安石和王令这两位道义相交的挚友身上得到了典型的显现。

第四节　苏轼、黄庭坚、陈师道对韩孟诗派的创作接受

作为北宋后期诗坛最重要的诗人，苏轼、黄庭坚和陈师道不仅是韩孟诗派阐释史上的重点读者，而且在自己的诗歌创作实践中，融入了许多韩孟诗派的艺术元素，最终完成了由"唐音"

到“宋调”之转型。

一、苏轼:“唐音”到“宋调”的成功转型

从宋诗发展来看,苏轼作为欧阳修、梅尧臣学韩的继承者,既在许多具体方面沿承了学韩的传统,又在某些关节点上做了创新性的拓展推进,从而确立了“宋调”的新风貌。宋人经常论争的“以文为诗”和严羽《沧浪诗话》所谓“以才学为诗、以议论为诗”诸点,即是苏轼学韩的主要方面。①

关于“以文为诗”,从苏轼生活的时代直至近世都在争论。一般认为,“以文为诗”的手法萌芽于杜甫,到韩愈诗中始成为一种特色,经过宋人的发扬而成为宋诗的普遍特点。赵翼《瓯北诗话》有云:“以文为诗,自昌黎始,至东坡益大放厥词,别开生面,成一代之大观。今试平心读之,大概才思横溢,触处生春,胸中书卷繁富,又足以供其左旋右抽,无不如志。其尤不可及者,天生健笔一支,爽如哀梨,快如并剪,有必达之隐,无难显之情。”②苏轼对于韩诗的“诗格之变”是肯定的,故在创作中有意识地引入了散文的表现手法和意趣。“以文为诗”的表现非常广泛,既有在字法、句法、章法等技巧细节方面对散文奇句单行、前后有序、多用虚字等特点的汲取,又有内在气韵上对散文的挥洒自如、流畅磅礴等特点的借鉴。苏轼和韩愈同样是散文大家,他的散文本来就与韩愈存在着共通性,加上他有意识地创新,将不同文体特点融汇一途,故而形成新的特色。

至于“以才学为诗”,在韩诗中表现为争雄斗富、夸耀才学,

---

① 谷曙光《韩愈诗歌宋元接受研究》论之甚详。安徽大学出版社2009年版,109~130页。

② 〔清〕赵翼:《瓯北诗话》,见《清诗话续编》,上海古籍出版社1983年版,第1195页。

韩愈创作了大量联句诗和诸如《南山》《石鼓歌》一类长篇险韵、充满奇险意象和生僻字词的诗歌；而在苏轼诗歌创作中，表现得更为充沛，诸如书史典故的大量使用、人文意象的批量融入、字词语汇的奇巧翻新和无处不有的妙喻，等等，都具有突出的才学化的特点。

在"以议论为诗"方面，苏轼表现得尤为典型。诗歌中发表议论，由来已久。但到了韩愈，才形成明显的议论化特点。苏轼诗中的议论更加普遍，诸如《题西林壁》《饮湖上初晴后雨》《和子由渑池怀旧》等，都因为诗中巧妙深刻的哲理而脍炙人口。当然，这种特色在宋初以来许多诗人的诗中都有所显现，如梅尧臣、苏舜钦、王安石等，正是经过这些诗人的积累，到了苏轼手中，诗歌的议论才更为富赡，更有理趣，终至洋洋大观，成为一种特色、典范。

从宏观角度看唐宋诗歌史，苏轼尊杜甫、韩愈，自觉继承他们而对诗歌又有创新，促成"唐音"之外另一种古典诗歌范式——"宋调"，影响了此后近千年诗歌发展之走向，诗史意义极为重大。清代叶燮《原诗》将杜甫、韩愈、苏轼作为诗史关键人物，见识非常深刻。

除了诗歌之外，苏轼还继承了韩诗锐意创新的精神，在各种文体中大胆尝试。如其在词的领域创为豪放一派，有人即将之与韩愈的诗歌变革联系到一起："词自晚唐五代以来，以清切婉丽为宗。至柳永而一变，如诗家之有白居易；至轼而又一变，如诗家之有韩愈。遂开南宋辛弃疾等一派。寻源溯流，不能不谓之别格。然谓之不工则不可。"①这正是认识到了苏轼与韩愈在

---

① 〔清〕永瑢等：《四库全书总目》之《东坡词》提要，中华书局 1965 年版，第 1808 页。

“变格”方面的共通性而发的有识之论。

苏轼接受韩诗的背景建立在宋代文学发展的深厚土壤上。宋代学术发达,文化气氛浓郁,文人思想活跃,这些都促使诗歌向才学、议论一路转化,而这些变化倾向又上承中唐文化与元和诸家,因而苏轼以韩愈为接受目标,也就容易理解了。换句话说,韩愈在诗歌创作中的艺术手法和创新精神,与苏轼的新变祈向和诗美追求颇为吻合,故在苏轼的期待视野中,韩愈自然易于成为被接受对象的首选。

二、黄庭坚:因求新而好险趋奇

在接受韩孟诗派方面,黄庭坚、陈师道等江西诗派诗人与苏轼同中有异。黄、陈追求诗境生新、风格拗硬,讲究锻字炼句,得益于韩诗不少。但由于江西诗派以杜甫为宗,对韩愈的诗法之变颇多微词。陈师道情况更特殊一些。陈氏作诗虽然推崇杜甫的沉厚境界,但他生平寒俭、个性孤僻,将这种生活、情感自然真实地反映到诗歌中,就无形中也具有了孟郊、贾岛式的寒苦诗风。

黄庭坚在诗学理论上倡导学习杜甫“不烦绳削而自合”的境界,实际创作中虽然有些诗写得自然含蓄、富有理趣,但是更多诗歌片面地强调了形式因素,并未达到理得辞顺的完美境界。在刻意求奇生新的创作心理驱动下,黄庭坚喜欢在诗歌中押险韵、用拗律,用奇字僻典,琢字锻句,呈现出一副苦吟的创作姿态,这却与韩愈、孟郊的创作心理和方法有很大相通之处。具体表现在以下三点:

第一,刻意求新的创作心理。黄庭坚虽与韩、孟时距两百余年,时代文化背景大有不同,二者在诗歌创新的手段、成就上也有差别,但是其内在的避俗趋奇、刻意求新的创作心理十分类似。

第二，好押险韵，因难见巧，更兼次韵唱和、逞才斗学。如《子瞻诗句妙一世，乃云效庭坚体，盖退之戏效孟郊、樊宗师之比，以文滑稽耳。恐后生不解，故次韵道之》一诗："我诗如曹桧，浅陋不成邦。公如大国楚，吞五湖三江。赤壁风月笛，玉堂云雾窗。句法提一律，坚城受我降。"①这是次韵苏轼《送杨孟容》而作的一首诗，诗题中虽有自嘲、谦虚之意，诗作却有意与苏轼原诗作一比试，因此显得奇险硬峭。元人刘埙《隐居通义》评曰："只此一'降'字，他人如何押到此！奇健之气，拂拂意表。"②

第三，锻字炼句态度极为认真。如《题落星寺四首》（之一）中"诗人昼吟山入座，醉客夜愕江撼床"③一联，"入""撼"字用得新奇警动，极其高妙。此类例子在山谷诗中数不胜数，这是他"置一字如关门之键"创作态度的体现。

但是黄诗的这种创作风格产生了过于奇僻晦涩的弊端，当时人即指出了这一点。魏泰《临汉隐居诗话》云："黄庭坚喜作诗得名，好用南朝人语，专求古人未使之事，又一二奇字，缀葺而成诗，自以为工，其实所见之僻也。故句虽新奇，而气乏浑厚。吾尝作诗题其编后，略云：'端求古人遗，琢抉手不停。方其拾玑羽，往往失鹏鲸。'盖谓是也。"④苏轼曾说："鲁直诗文，如蝤蛑、江瑶柱，格韵高绝，盘飧尽废；然不可多食，多食则发风动气。"⑤这都

---

① 刘尚荣点校：《黄庭坚诗集注》，中华书局2003年版，第191页。

② 〔元〕刘埙：《隐居通义》，《丛书集成》初编本，商务印书馆1935～1937年版，第93页。

③ 刘尚荣点校：《黄庭坚诗集注》，中华书局2003年版，第1043页。

④ 〔北宋〕魏泰：《临汉隐居诗话》，见《历代诗话》，中华书局1981年版，第327页。

⑤ 〔北宋〕阮阅：《诗话总龟》后集，人民文学出版社1987年版，第237页。

说明黄诗奇僻晦涩而缺乏浑厚之气的弊端。

黄庭坚追求“不烦绳削而自合”的诗美境界，但创作中不免刻削雕琢，气乏浑厚；韩愈在追求“横空盘硬语”的同时也希望自然妥帖，但创作中往往奇险有余而妥帖不足。许顗《彦周诗话》谓：“韩退之云：‘横空盘硬语，妥帖力排奡。’盖能杀缚事实，与意义合，最难能之，知其难则可与论诗矣。”①许氏论诗往往持江西诗派论调，这里说的“杀缚事实，与意义合”，与黄庭坚“不烦绳削而自合”的诗学理想相比，一个强调“杀缚”，一个强调“自合”，看似有所不同，但其实质都是将雄博的才力、峭硬的语言以一种自然妥帖的形式表现出来，因此是相通的。许氏所引韩愈诗句所提出的这种诗歌境界，也为江西诗派所继承，但在实际的诗歌创作中，无论韩愈还是江西诗派诸人均很难做到。由此正可看出从韩孟诗派到江西诗派的一些共同点。

三、陈师道：“身作贾孟行诗图”

陈师道主观意识上并没有推崇韩愈、孟郊，实际上却因循了他们的创作风格。他这种特殊的诗学环境，决定着他的诗歌创作更倾向于孟郊一派：瘦硬孤峭，刻意苦吟，带有生涩的特点。他描述自己的生活窘境是“我贫无一锥，所向皆四壁”（《答张文潜》）、“齑盐度岁每无余，垂橐东归口未糊”（《简李伯益》），与孟郊一样过着穷苦的生活，也与孟郊一样坦率地将之表现在诗歌当中。在这种情形下，诗人难免也会发出“寒蛩鸣”，抒发自己的不满和牢骚。如《还里》一诗云：“旷士爱吾庐，游子悲故

---

① 〔北宋〕许顗：《彦周诗话》，见《历代诗话》，中华书局 1981 年版，第 399 页。

乡。慷慨四方志，老衰但悲伤。虚名自成误，失得略相当。暮年还家乐，未觉道里长。闾里喜我来，车马塞康庄。争前借言色，草木亦晶光。向来千人聚，一老独徜徉。手开南阳阡，松柏郁苍苍。永愿守一丘，脱身万里航。平生功名念，倒海浣我肠。"①此诗虽有杜甫《羌村三首》的风味，但所反映出的情感基调仍近于孟郊。陈师道曾在诗中说："一饥缘我不缘渠，身作贾孟《行诗图》。穷人乃工君未可，早据要路安肩舆。"(《嘲无咎文潜二首》之二)②虽然这话的用意是嘲弄对方肥胖的体态，却恰好反映了诗人"身作贾孟《行诗图》"的处境。

陈师道作为江西诗派的代表诗人，他的诗歌当然不会忘记字句上的锻炼之功，在诗歌境界上也刻意追求杜诗的沉郁浑厚。不过，这些创作上的努力似乎难以掩盖他生活寒俭困苦所带来的清寒之气，也难以填补他在才学上不如苏、黄深厚的不足，所以他的诗歌在内在意蕴上还是难以与苏、黄匹敌的。《四库全书总目》之《后山集》提要说他"五言古诗出入郊岛之间，意所孤诣，殆不可攀，而生硬之处则未脱江西之习。七言古诗颇学韩愈，亦间似黄庭坚，而颇伤謇直。篇什不多，自知非所长也。五言律诗佳处往往逼杜甫，而间失之僻涩。七言律诗风骨磊落，而间失之太快太尽。五七言绝句纯为杜甫遣兴之格，未合中声"③。程恩泽《题陈乃锡先生手稿应陈尧农吉士嘱》："明诗扫地钟谭出，谁挽颓风说建安？却爱闭门陈正字，清如郊岛创

① 冒广生：《后山诗注补笺》，中华书局 1995 年版，第 217 页。

② 冒广生：《后山诗注补笺》，中华书局 1995 年版，第 563 页。

③ 〔清〕永瑢等：《四库全书总目》，中华书局 1965 年版，第 1329 页。纪昀《后山集钞序》："平心而论，其(陈师道)五言古，劖削坚苦，出入于郊、岛之间，意所孤诣，殆不可攀，其生硬杈枒，则不免江西恶习。"与此字句稍异。

如韩。”①表扬明末陈乃锡诗风类似韩愈、孟郊、贾岛，挽明末诗坛颓风，以陈师道喻之，亦可见程恩泽心目中，陈师道也具如此之特点。由此可见，陈师道古体诗的渊源较之黄庭坚而言，与韩孟诗派有着更为密切的关系。

通过陈师道我们可以看出黄庭坚所提出的诗歌创新理论的弊端。“夺胎换骨”和“点铁成金”之法，在才学修养不甚高的诗人那里往往会显露出其负面影响；而真正有创作实绩的江西派诗人往往结合自己的生活经历，抒发内心的真情实感，并不仅仅从表面上做文章。

第五节 金元时期李贺、韩愈诗风的高涨

南宋后期（北方是金末元初）到元代这一时期，韩孟诗派创作影响史上最突出的现象是李贺诗风的盛行。

从北宋到南宋中期是李贺接受史的低谷，对李贺关注不多、评价不高，效仿者也是偶尔才能见之。宋初一些诗人受西昆体影响，对李贺诗的奇艳风格即有所师承，如萧贯、钱易等，后来欧阳修有《春寒效李长吉体》、秦观有《秋兴九首拟李贺》等拟作诗。尽管这些拟诗多偶然而作，有时只是为了展露诗艺才选择诗风颇为独特、公认难以效仿的李贺诗作为模拟对象的②，但就其仿效本身而言，无疑表现了对李诗的看重。南宋中后期，诗坛

① 〔清〕程恩泽：《程侍郎遗集》卷四，《续修四库全书》本，第1511册，第241页，上海古籍出版社2002年版。

② 李贺诗难以效仿，这种看法自五代以来就很普遍。刘昫等《旧唐书·李贺传》就说李贺诗“当时文士从而效之，无能仿佛者”。中华书局1975年版，第3772页。

崇李贺之风更盛①,许多诗坛地位较高、影响较大的诗人,如刘克庄、谢翱、萧立之,也加入了模仿李贺诗的行列。黄昇认为刘克庄《齐人少翁招魂歌》《赵昭仪春浴行》《东阿王纪梦行》三首诗"绝类长吉,其间精妙处,恐贺集中亦不多见也"②。学李贺最突出、成绩最高的是谢翱等南宋遗民诗人,他们对元代诗坛竞趋李贺风气的形成有直接影响。

一、南宋遗民谢翱对韩孟诗派的尊崇与模仿

在南宋后期崇尚中晚唐的诗歌风气中,一批宋末遗民诗人将丧家亡国之恨与这种诗歌意境有机结合在一起,在宋元之交的南方地区获得了广泛的声名。这批诗人对韩孟诗派的创作接受,最有成就的是谢翱。

谢翱(1249~1295)曾经追随文天祥抗元,宋亡之后,他成为江浙一带遗民诗人中比较有影响的一位,曾作《登西台恸哭记》哭祭文天祥,又有《书文山卷后》表达对文天祥的崇拜哀思:"魂飞万里程,天地隔幽明。死不从公死,生亦无此生!丹心浑未化,碧血已先成。无处堪挥泪,吾今变姓名。"③

谢翱虽然以其民族气节而著称于世,但其诗风亦有独特之

---

① 绍熙甲寅年(1194),张淏作一诗,风格极似李贺,时人徐公实评曰:"是篇置之李贺诗中,谁复能辨?君少年俊迈如此,我当退处一头地矣。"(张淏:《云谷杂记》卷首"识语",见《丛书集成新编》本,第12册,第361页,台湾新文丰出版公司1985年版。)值得注意的是,张淏、徐公实把接近李贺诗风作为奖励、炫耀的标准,说明在南宋初期的绍熙年间,李贺诗的艺术魅力已经为大多数人所认可。

② 〔南宋〕黄昇:《玉林诗话》,见《宋诗话辑佚》,中华书局1980年版,第506页。

③ 〔南宋〕谢翱:《晞发遗集》卷上,影印文渊阁《四库全书》本,第1188册,第333页,上海古籍出版社1989年版。

处，在宋末诗坛上地位较高。《四库全书总目》之《晞发集》提要云："南宋之末文体卑弱，独翱诗文桀骜有奇气，而节概亦卓然可观。"①谢翱胸中有抑郁不平之气，经历过战火的洗礼，更使他在主观情思上具有桀骜雄奇之思。宋亡之后，他基本上过着一种吟啸山林的生活，寄强烈的情感于诗歌中，这使他在诗学倾向上非常接近韩孟诗派。谢翱诗中多包含着强烈的沉郁悲恸之情，在他传世的两百余首诗中，"悲""哀"两个字眼出现 37 次，其中 7 首是在诗题中。此外，他著名的《登西台恸哭记》更是其痛苦心灵的写照。

谢翱诗中有《效孟郊体七首》《岩居效贾岛》等诗，明确表露了学习孟、贾的倾向。《全闽诗话》引《晞发集钞》曰："每执笔遐思，身与天地俱忘，语人曰：'用志不纷，鬼神将避之。'古诗颉颃昌谷，近体则卓炼沉着，非长吉所及也。"②可见，谢翱作诗讲求"用志"，精骛八极，以求交接"鬼神"，这种主观师心的创作方法与韩孟诗派相通。沈德潜云："宋末谢皋羽《晞发集》，意生语造，古体欲独辟町畦，方之元和时，在卢仝、刘叉之列。"③也道出了同样的看法。

谢翱在创作上接受李贺、孟郊、贾岛最大的成就便是将清苦幽峭的意境、奇特新奇的想象、色彩浓烈的词句与内在的充沛、强烈、真实的情感结合到一起，在幽僻清冷的意境中，寄寓沉痛的亡国哀思。如《效孟郊体》之三："闲庭生柏影，荇藻交行路。

① 〔清〕永瑢等：《四库全书总目》之《晞发集》提要，中华书局 1965 年版，第 1413 页。

② 〔清〕郑方坤：《全闽诗话》卷五，影印文渊阁《四库全书》本，第 1486 册，第 212 页，上海古籍出版社 1989 年版。

③ 〔清〕沈德潜：《说诗晬语》，人民文学出版社 1979 年版，第 235 页。

忽忽如有人，起视不见处。牵牛秋正中，海白夜疑曙。野风吹空巢，波涛在孤树。”清人陆蓥评之曰：“幽思险语，寒夜读之，如入深山，嗒焉忘返。”①《效孟郊体》之四：“落叶昔日雨，地上仅可数。今雨落叶处，可数还在树。不愁绕树飞，愁有空枝垂。天涯风雨心，杂佩光陆离。感此毕宇宙，涕零无所之。寒花飘夕晖，美人啼秋衣。不染根与发，良药空尔为。”在山河破碎、孤苦无依的状况下，诗人沉痛的“天涯风雨心”历历可见。谢翱近体诗“屈蟠沉郁，吐茹奇艳”②，在艺术风貌上也得韩孟诗派之沾溉。

除了小诗接近孟、贾外，谢翱的七言古诗受益李贺颇多。“谢皋羽为宋末诗人之冠，其学李贺歌诗入其室而不蹈其语，比之杨铁崖盖十倍矣。小绝句如：‘牵牛秋正中，海白夜疑曙。野风吹空巢，波涛在孤树。’绝妙可传。郊岛不能过也。”③

谢翱有《鸿门宴》诗云：“天云属地汗流宇，杯影龙蛇分汉楚。楚人起舞本为楚，中有楚人为汉舞。鹢鹈淬光雌不语，楚国孤臣泣俘虏。他年疽背怒发此，砼砀云归作风雨。君看楚舞如楚何，楚舞未终闻楚歌。”④杨慎认为“此诗虽使李贺复生，亦当心服。李贺集中亦有《鸿门宴》一篇，不及此远甚。可谓青出于蓝矣。元杨廉夫乐府力追李贺，亦有此篇，愈不及皋羽矣”⑤，极

① 〔清〕陆蓥：《问花楼诗话》，见《清诗话续编》，上海古籍出版社1983年版，第2308页。

② 〔清〕郑方坤：《全闽诗话》卷五引《晞发近稿钞》，影印文渊阁《四库全书》本，第1486册，第214页，上海古籍出版社1989年版。

③ 〔明〕杨慎：《丹铅余录·总录》卷二一，影印文渊阁《四库全书》本，上海古籍出版社1989年版。

④ 〔南宋〕谢翱：《晞发集》卷五，影印文渊阁《四库全书》本，第1188册，第301页，上海古籍出版社1989年版。

⑤ 〔明〕杨慎：《升庵诗话》，见《历代诗话续编》，中华书局1983年版，第916页。按：今本《李长吉歌诗》中，并无《鸿门宴》之诗。

尽颂扬之能事。王世贞也认为“谢皋羽微见翘楚,《鸿门行》诸篇,大有唐人之致”。又如《古钗叹》:“刑徒鬼火去飘忽,息妇堆前殡齐发。白烟泪湿樵叟来,拾得慈献陵中发。青长七尺光照地,发下宛转金钗二。持归熏沐置高堂,包裹恐为神所将。妻儿朝拜复暮拜,冉冉卧病不得瘥。省知天物厌凡庸,夜送白龙潭水中。叩头却顾祈免死,永入幽宫伴龙子。”①其中所反映的内容是南宋遗民收拾被元军挖掘开的宋帝陵墓遗物再偷偷下葬的事实,在这首诗中,阴森凄清的意境中浸透着强烈的哀凉、悲愤之情。这种民族之恨、臣子之痛,与李贺诗歌中极度主观化的个人恍惚情思有较大的差别,这也许就是诗之“理致”的所在。翁方纲云:“皋羽诸乐府,慷慨飞动,《骚》之裔也。然带巫觋气,故非盛世之音。”②所谓“巫觋气”,即是这种哀痛情怀的一种扭曲反映,这当然是身处乾嘉“盛世”的翁氏所不易理解的。再如《觅紫芝》一诗:“少微昏见觜觿中,山深夜气光流虹。青芝独产林下石,染根湿云如紫漆。天门梦断路初回,山鬼守根不敢食。银泥彻锁守者疲,老翁持咒取夜归。明当食之闻鬼哭,对尔洗肠还入腹。”③也极具李贺奇诡幽艳之风。钱锺书《谈艺录》:“惟谢皋羽《晞发集》能立意而不为词夺,文理相宣,唱叹不尽。”可谓确当之论。

谢翱对韩孟诗派尤其是李贺诗的接受,对元人竞趋学贺造成了一定的影响。“元诗所以一变乎宋者,谢皋羽之功

① 〔南宋〕谢翱:《晞发集》卷三,影印文渊阁《四库全书》本,第1188册,第289页,上海古籍出版社1989年版。

② 〔清〕翁方纲:《石洲诗话》,见《清诗话续编》,上海古籍出版社1983年版,第1442页。

③ 〔南宋〕谢翱:《晞发集》卷四,影印文渊阁《四库全书》本,第1188册,第296页,上海古籍出版社1989年版。

也。"①其实,在当时的遗民诗人中,学习贾岛、李贺的人不在少数。除谢翱外,还有萧立之等人。萧立之亦为宋末著名遗民,其七古风格全类李贺。如《颁春曲》《初见郴倅阮云心》《云心遣示雨凉古句,用旧韵再次奉答》等诗,在表面字句色彩效仿李贺的背后,蕴含着隐曲难言的故国遗恨,这一点与谢翱同出一辙。如《颁春曲》:"颁春亭上罗官斑,黛泥骨碎鞭影间。苍虬争走青帝敕,阊阖轧损玻璃环。花神谢事即□起,东畔赐绯南赐紫。细腰学舞圆□歌,旗亭竹根枯野水。防江战士卧不惊,风吹雨洗淮土青。街头父老说新事,城里倍放今年灯。"②

此外,刘辰翁对李贺诗集的整理评点,也是在亡国后"避地山中"时进行的。这既是在民族矛盾突出、世人心理被极度压制下的一种反映,也可看出韩孟诗派重主观、重"不平之鸣"的诗人要在后代获得较深层的接受,需要特定的创作主体情境和文化土壤。

二、金末怪奇诗派对韩孟诗派的群体接受

北地出现崇贺之风比南宋略早些。金朝贞祐二年(1214)南渡之后,赵秉文、李纯甫为文坛翘楚。为矫正当时诗坛上的卑弱之风,他们都崇尚豪迈、奇古。赵秉文学苏轼的豪迈不拘之气,李纯甫则学黄庭坚的刻意求奇,进而师法韩愈、李贺、卢仝。同为北宋元祐之流波,两派路数却有明显不同。

李纯甫,字之纯,号屏山居士。极爱奖掖后进、推誉晚辈诗人。刘祁《归潜志》:"(李纯甫)天资喜士,后进有一善,极口称

---

① 〔清〕郑方坤:《全闽诗话》卷五引《小草斋诗话》,影印文渊阁《四库全书》本,第1486册,第215页,上海古籍出版社1989年版。

② 北京大学古文献研究所编:《全宋诗》,北京大学出版社1998年版,第62册,第39136页。

推，一时名士，皆由公显于世。又与之拍肩尔汝，志年齿相欢。教育、抚摩，恩若亲戚。故士大夫归附，号为当世龙门。尝自作《屏山居士传》，末云：'雅喜推借后进。'如周嗣明、张瑴、李经、王权、雷渊、余先子姓名刘从益、宋九嘉，皆以兄呼。"①以李纯甫为核心，包括麻九畴、李经、雷渊、张瑴、宋九嘉、李夷、田紫芝、乌林答爽、王郁、王权等人，已形成一个特征明显、阵容颇壮的文人集团。他们诗文兼擅，皆有学古好奇的倾向，诗歌主要学习韩孟诗派尤其是李贺、卢仝，因此有人也称之为"怪奇诗派"。② 与欧阳修、梅尧臣文人集团一样，金代后期怪奇诗派也有明显的群体接受韩孟诗派的意识与行为。

李纯甫曾向王庭筠（1151～1202）学诗。王庭筠系米芾之甥，诗书画兼擅，"暮年诗律深严，七言长篇，尤以险韵为工"③。李纯甫很重视诗歌的个性色彩，认为"人心不同如面"，写诗也应该"字字皆以心为师"，反对模拟雷同。"李屏山教后学为文，欲自成一家，每曰：'当别转一路，勿随人脚跟。'故多喜奇怪。然其文亦不出庄、左、柳、苏，诗不出卢仝、李贺。……又云：'公谓男子不食人唾，后当与之纯、天英作真文字。'"④可见李纯甫极力推崇创新，观点与黄庭坚颇近。

李纯甫与诗友们的群体文学互动行为非常活跃、频繁，他们诗酒往来、唱和联句、品评推名，相互间的诗歌影响很明显。诗

① 〔金〕刘祁：《归潜志》，中华书局1983年版，第6～7页。

② 参见张晶《从李纯甫的诗学倾向看金代后期诗坛论争的性质》（载《文学遗产》1990年第2期），姜剑云、王岩峻《金源后怪奇诗派引论》（载《山西大学学报》1997年第4期）。

③ 〔金〕元好问：《王黄华墓碑》，见《元好问全集》，山西人民出版社1990年版，第471页。

④ 〔元〕刘祁：《归潜志》，中华书局1983年版，第87～88页。

派核心李纯甫对诗友常以李贺之名加以奖誉、推举，如他赞叹李经诗“自李贺死二百年无此作矣”①。以雄奇的审美标准称颂赵宜之诗：“二公正坐诗作祟，得句令人不敢书。先生有胆乃许大，落笔突兀无黄初。……暗中摸索出奇语，字字不减琼瑶琚。”（《赵宜之愚轩》）②

以李纯甫为核心的怪奇诗派，诗歌作品大多已佚，今存的少量作品，基本上都是靠元好问《中州集》保存下来，刘祁《归潜志》也载录了一些诗篇、散句。

李纯甫的七古《雪后》《为蝉解嘲》《赵宜之愚轩》《怪松谣》《虞舜卿送橙酒》诸篇，雄奇险怪颇似李贺、韩愈，而善谑处又似卢仝；《送李经》《灞陵风雪》雄奇之中又有飘逸，有几分李白风神。麻九畴《赋伯玉透光镜》主题、设语造境都奇幻特甚，为时人激赏、传写，元好问曾借唐人陆龟蒙“陵轹波涛，穿穴险固，囚锁怪异，破碎阵敌，卒造平淡”（《甫里先生传》）诸语，来评价麻九畴的七言长诗。雷渊其人状貌奇伟，性格激烈刚直，极具个性，其诗如《济南珍珠泉》写景状物务求殆尽，笔法雄奇恣肆而时有嘲谑意味，极类韩愈。刘祁《归潜志》记载：“雷（渊）则论文尚简古，全法退之。诗亦喜韩，兼好黄鲁直新巧。”③可见雷渊是从学黄一路进而奔趋于韩诗的。王郁为人尚气敢为，好议论，常以儒中侠自许，其诗奇丽似李贺而飘逸更似李白。诗派其他各位诗人，从现存作品中也不同程度地表现出李贺等韩孟诗派影响下的诗风特点。

---

① 〔金〕赵秉文：《答李天英书》引，见《闲闲老人滏水文集》卷一九，《四部丛刊》初编本。

② 〔金〕李纯甫：《赵宜之愚轩》，见《全金诗》，南开大学出版社 1995 年版，第 3 册，第 162 页。

③ 〔元〕刘祁：《归潜志》，中华书局 1983 年版，第 88 页。

值得一提的是，刘从益、刘祁父子与李纯甫诗派交游往来甚密，地位比较重要，尤其是刘祁，李纯甫等诗人的生平创作材料多赖刘祁《归潜志》记载留存至今，但刘氏父子现存诗篇中，难以见到雄奇险怪之类风格特点，这应与其多元化的诗学取向有关。

三、元代盛行的崇贺之风

元代诗坛风气先后继承金、南宋而来。元好问、方回、戴表元(1244～1310)等由金、宋入元的诗人，在将苏轼、江西诗派等引入元代的同时，也促成了元代诗人基于本朝诗风建设的方向抉择。从刘因到延祐时期的“元诗四家”，“崇唐得古”、恢复雅正传统的风气大涨，他们立一朝诗风、革诗坛流弊的志向虽高，但无力自创新风，只能从唐诗中寻求模仿，这样就造成了单一、刻板的弊病。在这种情况下，以萨都剌(约1272～1355)、杨维桢为代表的一批诗人勇于探索诗坛新路，尤其是杨维桢及其影响下形成的“铁崖体”，在学习李贺诗风的过程中，提倡性灵，既达到了元代诗歌发展的高峰，又为明代诗坛变迁开了先路。

金末崇尚怪奇的诗风，到了元代初期，仍不乏继承者，比较突出的有吕鲲、耶律铸等人。赵衍《李贺歌诗编后序》说：“龙山先生为文章，法六经，尚奇语，诗极精深，体备诸家，尤长于贺。……双溪中书君，诗鸣于世，得贺最深。尝与龙山论诗及贺，出所藏旧本，乃司马温公物也，然亦不无少异，龙山因之校定，且曰：喜贺者尚少，况其作者耶！意欲刊行，以广其传，冀有知之者。会病不起，余与伯成绪其志而为之。”①序中所称“龙山

① 〔元〕赵衍：《李贺歌诗编后序》，见《四部丛刊》初编本《李贺歌诗编》卷尾。

先生"即吕鲲,"双溪中书君"为耶律铸。二人诗趣相投,常研习李贺诗歌。吕鲲曾为耶律铸《双溪醉隐集》作序云:"见缰龙轭凤、鞭虬笞鳌,以求其变;极其所变,而发诸心思,则罗云縠月、纫秋藻春,以尽其情。"①可见耶律铸、吕鲲的诗歌趋好。赵衍序言中还说:"人虽欲为贺,莫敢企之者,盖知之犹难,行之愈难也。至有博洽书传,而贺集不一过目,为可惜也。"一方面描述了当时的崇贺诗风,另一方面也说明那时李贺诗集流传范围也不是很广,赵衍刊本出现后,更加促进了李贺诗风的传播和影响。

对于元代李贺诗的传播与普及,宋末的刘辰翁有一定的贡献。其子刘将孙(1257~?)说:"先君子须溪先生于评诸家诗最先长吉。盖乙亥辟地山中,无以纾思寄怀,始有意留眼目,开后来,自长吉而后及于诸家。尚恨书本白地狭,旁注不尽意,开示其微,使览者隅反神悟,不能细论也。自是传本四出,近年乃无不知读长吉诗,效昌谷体。然类展转讹脱。"②按:"乙亥"当为宋恭帝德祐元年(1275),此时距宋朝灭亡只有四年时间。可见,由于宋代大部分时间里对李贺的冷落,李贺诗集在社会上流传不广、影响不大,在刘辰翁作注释后,才"传本四出",为李贺诗的风行提供文本基础。但李贺天才高绝,其诗缥缈恍惚、诡艳奇丽,并非一般才力的诗人可以学好。正如辛文房《唐才子传》所说:"贺诗稍尚奇诡,组织花草,片片成文,所得皆惊迈,绝去翰墨畦径,时无能效者。"③许多诗人趋好时尚来学李贺,但很少有

---

① 〔金〕吕鲲:《双溪醉隐集序》,影印文渊阁《四库全书》本《双溪醉隐集》卷首,第1199册,第357页,上海古籍出版社1989年版。

② 〔元〕刘将孙:《刻李长吉诗序》,见《养吾斋集》卷九,影印文渊阁《四库全书》本,第1199册,第80页,上海古籍出版社1989年版。

③ 傅璇琮等:《唐才子传校笺》,中华书局1989年版,第2册,第289页。

诗人学到李贺的真正精髓。这种弊端在元代后期尤其明显。

元代学李贺比较著名的，除杨维桢及其诗派外，还有很多人。这里选择刘因、郝经、宋无、萨都刺四人略加论述。

刘因的歌行、乐府等古体诗深得韩愈、李贺雄奇之风。如《观雷溪》一诗气势雄浑、想落天外，其中有句曰："未补青天裂，谁凿浑沌胎。奇声猛状万万古，山根几许犹崔嵬。两山倒倾澜，百丈逢颠崖。先声动毛发，余爽开襟怀。"如果说这首诗的雄壮奇险侧重于韩孟诗派的共同特征，那么《登镇州龙兴寺阁》就更具有李贺的特色："太行鳞甲摇晴空，层楼一夕蟠白虹。天光物色惊改观，少微今在青云中。初疑平地立梯磴，清风西北天门通。又疑三山浮海至，载我欲去扶桑东。雯华宝树忽当眼，拍肩爱此金仙翁。金仙一梦一千载，腾掷变化天无功。"①天马行空，想落天外，极富奇思之妙，最后一句更与李贺的"笔补造化天无功"诗句有相通之处。这种设想奇特、纵横恣肆的诗在刘因诗集中还有一些。不过从总体上说，刘因并不只拘于李贺的藩篱，他的诗歌渊源是多方面的。

郝经论诗虽然推崇高古雅正，但是创作中不全如此。如《长歌哀李长吉》：

> 元和比出屠龙客，三断韦编两毛白。黄尘草树徒纷绋，几人探得神仙格？青衣小儿下玉京，满天星斗两手摘。胸中旁魄银河涌，驱出鳣鲸嗔霜雪。逸气似与秋天杳，辞锋忽划青云裂。劙空一剑断晴霓，齐梁妖孽皆泣血。上帝俄惊久不来，恐向尘寰覆迷辙。赤虬嘶入造化窟，千丈虹光绕明

① 以上二诗分别见〔元〕刘因《静修先生文集》，《丛书集成》初编本，商务印书馆 1935～1937 年版，第 138、129 页。

月。人间不复见奇才，白玉楼头耿孤洁。自此雄文价益高，翠华灼烁紫霓掣。我生不幸不同时，安得从衡骛清绝？①

这首诗可能是他后期经历了贾似道十多年的羁留，饱尝人生之苦后在创作上的反映，不但表达了对李贺的惋惜与崇敬，而且艺术风格上也深得李诗之精髓。郝经的古体歌诗多数承袭李贺的豪纵奇艳，与那些雅正的诗有所不同，反映了他的性情之真。这些诗歌中的意象、气势都与李贺相去不远：“一略精神随臭腐，眼前脂粉墓中血”（《古菱花镜词》），“肝肠烂漫发天藏，滔滔濯洗浇醽醁”（《梨花曲》）②，等等，都表现出这一特点。

元代早期学李贺并有成绩的还有宋无（1260～1340）。《四库全书总目》之《翠寒集》提要曰：“统观其集，七言古体纯学李贺、温庭筠，时有隽语；乐府短章，往往欲出新意，而反失之纤。”③在创作态度上，他如李贺般“诗草病多删枕上”（《答无功岁暮见寄》）④，力求锻造出新颖的诗意。他的七古如《乌夜啼》：

露华洗天天堕水，烛光烧云半空紫。西施夜醉芙蓉洲，金丝玉簧咽清秋。鼙鼓鞭月行春雷，洞房花梦酣不回。宫中夜夜啼栖乌，美人日日歌吴歈。吴王国破歌声绝，鬼火青

---

① 〔元〕郝经：《陵川文集》卷八，山西人民出版社 2006 年版，第 104 页。

② 以上二诗分别见《陵川文集》卷八，山西人民出版社 2006 年版，第 95、100 页。

③ 〔清〕永瑢等：《四库全书总目》，中华书局 1965 年版，第 1442 页。

④ 〔元〕宋无：《翠寒集》，影印文渊阁《四库全书》本，第 1208 册，第 333 页，上海古籍出版社 1989 年版。

荧生碧血。千年坏冢耕狐兔，乌衔纸钱挂枯树。髑髅无语满眼泥，曾见吴王歌舞时。乌夜啼，啼为谁？身前欢乐身后悲，空留瑟怨传相思。乌夜啼，啼别离。①

有李贺诗风的奇艳特点，但更富有精警之意。

萨都剌也是学李贺的诗人。他虽年长杨维桢24岁，但二人同为泰定四年(1327)进士。萨都剌倾慕李白、李商隐，诗风清丽，在当时别具一格。但也有刻意学贺之作，如《汉宫早春曲》：

女夷鼓吹招摇东，羲和驭日骑苍龙。金环宝胜晓翠浓，梅花飞入寿阳宫。寿阳宫中锁香雾，满面春风吹不去。鞭却灵鳌驾五山，芙蓉夜暖光阑干。鸡人一唱晓星起，四野天开春万里。②

设想奇特，设色浓艳，所用词语、意象，均深得李贺风致。此外，一些诗句如"铁腥惟带土花青，犹是将军战时血。前年又复铁作门，貔貅万灶如云屯"(《过居庸关》)③，也有李诗的痕迹。

元代学韩愈诗的也不乏其人，比较突出的有王恽、姚燧、杨载、吴莱等。

王恽(1228～1304)与众多学者、思想家一样，对韩愈的儒家道统地位、思想人格极为推重。《石鼎联句图》："海上游谈接大颠，鼎边联句托轩辕。不须苦泥中间事，二者看来

① 〔元〕宋无：《翠寒集》，影印文渊阁《四库全书》本，第1208册，第307页，上海古籍出版社1989年版。

② 〔元〕萨都剌：《雁门集》，上海古籍出版社1982年版，第149页。

③ 〔元〕萨都剌：《雁门集》，上海古籍出版社1982年版，第156页。

总大言。”①针对韩愈被后人争议的与大颠结交、假托轩辕弥明联句这两件事，为韩愈正名。王恽诗集中有多篇明显效法韩愈的诗篇，《苦热叹四十六韵》下注“效昌黎体”，效仿韩愈《苦寒》；《折齿吟二十四韵》《折齿吟自慰》《贤哉霍生行》《击训狐》《教授晋卿旬月间连失三孙》《题桃源图后》也都是全仿韩诗篇目而来。姚燧（1238～1313）以学韩愈古文著称，但其古诗也受韩诗影响，如《清明日陪诗僧悟柳山登落星寺》，写得颇有气势。

元代中期，诗坛上兴起了崇唐复古的风气，许多人在创作上学习韩诗。名列“元诗四家”之一的杨载（1271～1323），有一篇模仿韩愈的诗《梦读退之诗颇奇诡已觉记其大旨作此篇》：“自闻蓬莱山，大林夹长峦。上生瘿藤萝，下生荆榛菅。仰不见天日，藏蓄雾雨寒。仙圣常所处，沮洳亦少干。虽云夸凤凰，出入伤羽翰。哀音起空洞，令人鼻准酸。我欲诉上帝，为施铁凿钻。琢落石侧裂，化为千丈磐。琼楼与玉殿，玲珑相通宽。日月交户牖，光射青琅玕。而我从吾师，来游乐且般。呼吸养元气，华腴生肺肝。万劫永不死，如循环无端。窃为仙圣虑，炳然心若丹。上帝如许我，致此亦何难。”②这首诗明言效法韩愈，意境幽丽奇诡，用语险崛，章法错落有致，的确近似韩诗风貌。

吴莱（1297～1340）的许多长诗风格险怪、以文为诗、晦涩难读，如《观秦丞相斯刻石墨本碑》《问五脏》《北方巫者降神歌》等，明显带有学韩的痕迹。他在《早秋偶然作寄宋景濂》诗中说“自来闲作诗，瘦岛与穷郊”③，由此可见他在整体上崇尚韩孟诗

---

① 〔元〕王恽：《石鼎联句图》之二，见《秋涧先生大全集》卷三四，《四部丛刊》初编本。

② 〔清〕顾嗣立编：《元诗选·初集》，中华书局1987年版，第2册，第940页。

③ 〔元〕吴莱：《渊颖吴先生文集》卷二，《四部丛刊》初编本。

派的意识。

四、杨维桢"铁崖体"受李贺诗风的影响

杨维桢(1296～1370),字廉夫,号铁崖,绍兴会稽人。他思想中有奉南宋为正统之意,曾作《正统辩》一文。虽然在泰定四年(1327)中进士,但仕途不畅,元末兵乱时曾避地富春山,晚年颇有行为放荡之讥。入明后卒于洪武三年(1370)。

(一)杨维桢的诗学思想

杨维桢的诗学思想,主要是认为诗歌应当抒发性情之真,反对形式上的模拟之风。他在多处强调了这种观点:"诗得于言,言得于志。人各有志有言,以为诗,非迹人以得之者也。"(《张北山和陶集序》)"诗者,人之情性也。人各有情性,则人各有诗也。得于师者,其得为吾自家之诗哉!"(《李仲虞诗序》)"然诗之情性神气,古今无间也。得古之情性神气,则古之诗在也。然而面目未识,而得其骨骼,妄矣;骨骼未得,而谓得其情性,妄矣;情性未得,而谓得其神气,益妄矣!"(《赵氏诗录序》)①从中可以看出,杨维桢强调诗人自己的"情性"应是诗歌的立足所在,这是不能通过师承而获取的;在向古人学习的时候,面目、骨骼、情性、神气是一个不断趋高的顺序,最高的境界便是得到"古今无间"的"情性神气",这可以说是明清诗论中"性灵"说的先导。

杨维桢并不排斥师法前人,但学诗的目标必须取法乎上。他说:"学诗于晚唐、季宋之后,而欲上下陶、杜、二李,以薄乎

---

① 以上三文皆见〔元〕杨维桢《东维子文集》卷七,《四部丛刊》初编本。

《骚》《雅》,亦落落乎其难哉!”(《赵氏诗录序》)在唐代诗人中,他对李白、李贺最为赞赏,但对如何学习其诗风,却有自己精辟的见解:“天仙快语为大李,鬼仙吃语为小李。故袭贺者贵袭势,不袭其词也。袭势者,虽蹴贺可也;袭词者,其去贺日远矣。今诗人袭贺者多矣,类袭词耳。”①内在气势与表面词句,属于诗歌的两层境界,在这里,杨维桢从其“情性”诗论的立场出发,认为应从内在气势承袭李贺,以达到“古今无间”的情性上的沟通。在给门生吴复作的诗序中,他再一次指出:“后之人执笔呻吟,模朱拟白以为诗,尚为有诗也哉!故摹拟愈逼,而去古愈远。”(《吴复诗录序》)②这一诗学观点,是对元代中期宗唐风气中出现的大量“诗格”“诗法”一类倾向的不满,也可视作他学李贺诗的基本规则。

(二)“铁崖体”与李贺诗

杨维桢的诗歌创作数量较多,各种体裁中,他最重视的是乐府。其作品集今传有《东维子集》《铁崖古乐府》《复古诗集》《铁崖文集》等,其中最受重视的当属《铁崖古乐府》。他的门人吴复在《辑录铁崖先生古乐府序》中也称:“会稽铁崖先生为古杂诗,凡五百余首,自谓乐府遗声。夫乐府出《风》《雅》之变,而悯时病俗,陈善闭邪,将与《风》《雅》并行而不悖,则先生诗旨也。是编一出,使作者之集遏而不行。”③

以“铁崖”为诗之一体,在杨维桢当时就已经出现。他在

① 〔元〕杨维桢:《铁崖古乐府》卷二《大数谣》注引,《四部丛刊》初编本。

② 〔元〕杨维桢:《东维子文集》卷七,《四部丛刊》初编本。

③ 〔元〕杨维桢:《杨维桢诗集》附录,浙江古籍出版社 2010 年版,第447 页。

《沈氏今乐府序》中说："余数年前客太湖上，赋《铁龙引》一章，子厚速和余四章，皆效《铁龙》体，飘飘然有变云气，心已异之。"①冯班《钝吟杂录》说："杨铁老作乐府，其源出二李、杜陵。有古题者，有新题者，其文字自是'铁体'。"②"铁龙体""铁体"，皆与"铁崖体"内涵一致，大致指那些风格雄奇、意象特征鲜明、富有个性的古乐府诗。《明史·杨维桢传》说"维桢诗名擅一时，号铁崖体"③，清代田雯《古欢堂集》中也有以"放歌效铁崖体"为题之作，可见这一称呼获得了普遍接受。

杨维桢的诗歌创作道路经历过一番取舍变化，才走上创作"铁崖体"乐府的道路。吴复《辑录铁崖先生古乐府序》中说："先生在会稽时，日课诗一首，出入史传，积至千余篇。晚年取而读之，忽自叹曰：'此岂有诗哉？'亟呼童焚之，不遗一篇。"这种"日课诗一首，出入史传"的创作方法，以及对才学、典故的讲求，都表明他早年曾受宋诗派别的影响。杨维桢的"铁崖体"古乐府诗篇学李白、李贺，有雄奇恣肆的特点，这是他诗歌创作中的精华。如《鸿门会》："天迷关，地迷户，东龙白日西龙雨。撞钟饮酒愁海翻，碧火吹巢双猰貐。照天万古无二乌，残星破月开天余。座中有客天子气，左股七十二子连明珠。军声十万振屋瓦，拔剑当人面如赭。将军下马力排山，气卷黄河酒中泻。剑光

① 〔元〕杨维桢：《东维子文集》卷一一，《四部丛刊》初编本。

② 〔清〕冯班：《钝吟杂录·古今乐府论》，见《清诗话》，上海古籍出版社1999年版，第39页。

③ 〔清〕张廷玉等：《明史》，中华书局1974年版，第24册，第7308页。杨维桢生活年代主要在元朝，入明后三年就去世了。他被收入《明史》，而明初宋濂等人修《元史》却未将杨维桢列入，反映了宋濂视杨为本朝人的观念，他另有为杨作的墓志铭，见《铁崖先生古乐府》卷首。从中可见出后人的接受态度。

上天寒彗残，明朝画地分河山。将军呼龙将客走，石破青天撞玉斗。"①这首诗所选取的"鸿门宴"题材，宋末谢翱也曾以之作过诗，所以杨维桢此诗可能有争胜出奇之意。其门人吴复说："先生酒酣时，常自歌是诗。此诗本用贺体，而气则过之。"②较之谢翱的同题之作，杨诗确实在表面气势上要更胜一筹，内在情感的强度却不如谢。另如《皇娲补天谣》一诗：

盘皇开天露天丑，夜半天星堕天狗。璇枢缺坏奔星斗，轮鸡环兔愁飞走。圣娲巧手炼奇石，飞廉鼓鞲虞渊赤。红丝穿饼补天空，太虚一碧玻璃色。辐旋毂转四极正，高盖九重县水镜。三光不凋河不泄，天上神仙宅金阙。当时坤母亦在旁，下拾残灰补地裂。③

在题材、意象、构思、气势上也颇肖李贺诗风貌。在杨维桢的古乐府歌诗中，类似的效仿李贺的作品是很多的。

杨维桢的近体诗也常具豪迈不拘之风。如《感时一首》："壮志凌云气食牛，少年何事苦淹留？狂歌鸣凤聊自慰，旧学屠龙良已休。台阁故人俱屏迹，闾阎小子尽封侯。愁来按剑南楼坐，寥落江山万里愁。"④但在奇艳的风格上，与其古乐府诗是无法相比的。

---

① 〔元〕杨维桢：《杨维桢诗集》，浙江古籍出版社2010年版，第9页。

② 〔清〕顾嗣立：《元诗选·初集·铁崖古乐府》，中华书局1987年版，第3册，第1978页。

③ 〔元〕杨维桢：《杨维桢诗集》，浙江古籍出版社2010年版，第31页。

④ 〔元〕杨维桢：《杨维桢诗集》，浙江古籍出版社2010年版，第390页。

杨维桢虽然主张学习诗歌的气势而不是简单地模仿辞藻，但是他的诗歌里面更多的还是在辞藻与外在气势上承袭李贺。在具体的诗歌创作过程中，感性因素往往大于理性认知，又常常出于一种表现、夸耀的心理，因此在效仿李贺时，就很容易在词句方面趋于精工诡艳。正如明代许学夷讽刺有些学韩诗者时所说："退之五七言古，字句奇险，皆有所本，然引用妥帖，殊无扭捏率意之态。其论孟郊诗云：'横空盘硬语，妥帖力排奡。'盖自况也。后世贪多骋博者，往往用事填塞，不惟句法臃肿，文气支离，而措置无方，如暴富儿夸靡斗奢，适足露其寒俭相耳。"①以此来观杨维桢一派诗人的学贺之风，大概也犯有此病。不过，这种"求奇而流于诡"或"求博而流于赘"之类的现象，在唐以后许多讲求复古模拟的诗人那里是普遍存在的；由于受周围诗歌氛围潜移默化的影响，在诗歌理论上提出的号召，并不能很好地贯彻在实际创作中，这在诗歌潮流变幻的时代里也是很常见的。

杨维桢的"铁崖体"诗风不但风行一时，而且在后世也有较大影响。他的人生和诗歌创作在早年和晚年差别较大，有些诗中过分追求奇诡，所以后人对其评价较为复杂。杨维桢和"铁崖体"所遭受的褒贬，折射出了由元入明之际诗学思想的变迁状况。② 如明初宋濂在杨维桢的墓志铭中说："元之中世有文章钜公起于浙河之间，曰铁崖君。声光殷殷，摩戛霄汉，吴越诸生多归之，殆犹山之宗岱、河之走海，如是者四十余年乃终。"③即

① 〔明〕许学夷：《诗源辨体》，人民文学出版社 1987 年版，第 252 页。

② 参见陈书录《杨维桢——明代诗文逻辑发展的起点》，载《南京师范大学学报》1995 年第 3 期。

③ 〔明〕宋濂：《杨铁崖墓铭》，见《明文海》卷四二九，影印涵芬楼藏钞本，第 4492 页，中华书局 1987 年版。

是从崇尚雅正的角度做出的正面评价。反面批判者如王彝所谓:“余观杨之文以淫辞怪语裂仁义、反名实,浊乱先圣之道,顾乃柔曼倾衍、黛绿朱白,而狡狯幻化,奄焉以自媚,是狐而女妇,则宜乎世之男子者之惑之也。余故曰:会稽杨维桢之文,狐也,文妖也!”①则主要是针对杨维桢晚年不拘礼法的个性和艳冶的诗风做出的评判,显现了王氏的正统儒学立场。《四库全书总目》之《王常宗集》提要认为这段诋毁杨维桢的话太过激烈:“其言矫枉过直,而诟厉亦复伤雅,虽石介作《怪说》以诋杨亿,不至于是。”②这些评价都显现了明代初期理学复炽的巨大影响;不过到了明代后期,被压抑的人性又开始了更大的反弹,出现了李贽、汤显祖、徐渭等崇尚个性的文艺家。相比之下,倒是钱谦益说得较为客观:“余观廉夫,问学渊博,才力横轶,掉鞅词坛,牢笼当代。古乐府其所自负,以为前无古人。征诸句曲,良非夸大。以其诗体言之,老苍奡兀,取道少陵,未见脱换之工;窈眇娟丽,希风长吉,未免刻画之诮。承学之徒,流传沿袭,槎牙钩棘,号为铁体,靡靡成风,久而未艾。”③

元代学习李贺歌诗者极众,但真正将崇贺风气推上高潮的当属杨维桢。胡应麟说:“元末诸人竞师长吉”,李诗乃“元人一代尸祝,流至国初,尚有效者”④。可见元代后期效仿李贺诗歌的热烈情形。纵观元代崇贺之风,前期学李贺者多侧重于“艳

① 〔明〕王彝:《文妖》,见《王常宗集》卷三,影印文渊阁《四库全书》本,第1229册,第423页,上海古籍出版社1989年版。

② 〔清〕永瑢等:《四库全书总目》,中华书局1965年版,第1469页。

③ 〔清〕钱谦益:《列朝诗集小传》甲前集《铁崖先生杨维桢》,上海古籍出版社1959年版,第20页。

④ 〔明〕胡应麟:《诗薮·内编》,上海古籍出版社1979年版,第56～57页。

丽”的一面，主体风格仍向往雅正；但到了后期杨维桢一派，则在“艳丽”之外，又融入“奇诡”的成分，体现出一定的变化。

第六节 明代诗人对韩孟诗派的创作接受——以徐渭为中心

一、明代诗人因承韩孟诗派概观

明代前期的大部分时间里，诗坛上占主导地位的是平正典雅的“台阁体”诗风，李东阳等茶陵诗派诗人虽然渐渐走出“台阁体”的影响而另辟新境，但是一时难以形成鲜明的诗歌特色。对于诗风雄奇诡丽的韩孟诗派来说，“台阁体”所倡导的歌功颂德、粉饰太平的创作方向完全是相背而行的，但受元代崇贺风潮的影响，这一时期仍有一些诗人倾慕李贺、韩愈的雄奇诗风，并在创作中有所体现，其中较为突出的是高启和罗玘。

高启（1336～1374）的诗风呈多元化的特点。其诗有多首色彩奇幻，风格类似李贺，如《玉波冷双莲》：“金风暮剪双头蕊，啼脸辞秋嫣血紫。宫女三千罢笑喧，锦云障冷鸳鸯死。满江烟玉流古香，寻魂吊影愁茫茫。吴天坠露衰红湿，一夜波凉小龙泣。”①再如《神弦曲》《待月词》《尝蒲萄酒歌》《月支王头饮器歌》等诗，学李的痕迹都很明显。《四库全书总目》之《大全集》提要云：“启天才高逸，实据明一代诗人之上。其于诗拟汉魏似汉魏，拟六朝似六朝，拟唐似唐，拟宋似宋，凡古人之所长，无不兼之。”②这与元末杨铁崖等人出于性灵之好而学李贺已有不

① 〔明〕高启：《高青丘集》，上海古籍出版社1985年版，第6页。

② 〔清〕永瑢等：《四库全书总目》，中华书局1965年版，第1471～1472页。

同，而更重视艺术技巧上对前人的模拟，昭示了诗坛风向的变化。

罗玘（1447～1519）与李东阳关系较为密切，被视为“李门六君子”之一，名列茶陵诗派中，但罗玘的诗风并不全是茶陵派清新淡然的平雅风格。孙绪说他“奇崛如樊宗师，然不艰于句读；神变如李长吉，然不涉于怪诞；横空硬语，务去陈言如韩退之；至其得意处，散入韩集，具眼者莫辨”①。在其《圭峰集》中，罗玘有多篇诗歌学习韩孟诗派雄奇险怪的风格，如《戏赠杨蕲邵三君子》有如下之句：“直追那颂置我籔，冥搜罔象归笼牢。火炮铁柱沃以膏，灼肤燔骨焦皮毛。镢天大斧斩鬼刀，支祈可系百丈绦。”②此诗不但设词命意奇险狠重，而且句句用韵，造成了一种气势磅礴、妥帖排奡的艺术效果，与韩愈《陆浑山火和皇甫湜用其韵》等诗最为接近。

此外，明代前期学韩孟诗派者较典型的还有杨基（1326～?）。杨基与高启、张羽、徐贲号称“吴中四杰”。其《铁笛歌为铁崖先生赋》一诗系在杨维桢席上所赋，为杨维桢所激赏。宋长白《柳亭诗话》曰：“韩昌黎有十三字为句者，元人喜效之，杨孟载《铁笛歌》中凡四见。”③可见杨基在诗歌句式方面的有意好怪求奇，较之韩愈更过。不过，杨基诗更多的是像杨维桢一样学习李贺诗风，因而多被讥讽为纤巧诡艳之习。

到了明代中期，在前七子“文必秦、汉，诗必盛唐”的复古主义诗学思想笼罩下，诗坛上充斥着一片模拟之风。这种只求形

---

① 转引自吴文治《韩愈资料汇编》，中华书局1983年版，第734页。

② 〔明〕罗玘：《圭峰集》卷二七，影印文渊阁《四库全书》本，第1259册，第330页，上海古籍出版社1989年版。

③ 〔清〕宋长白：《柳亭诗话》，《丛书集成续编》本，第201册，第486页，台湾新文丰出版公司1989年版。

似而丧失自我抒情本体的创作方法，很快招致了一些人的反对，即使是“后七子”中的王世贞也认为那种“痕迹宛露”的模拟是“诗之大病”。这种反对倾向的出现，是诗歌复古弊端所导致的必然结果，在思想背景上也受到心学的巨大影响。以“独抒性灵，不拘格套”为口号的公安派和竟陵派，崇尚独抒个体性灵，在明代后期声势颇为壮大。公安派核心人物袁宏道认为诗歌“代有升降，而法不相沿，各极其变，各穷其趣，所以可贵”①，有意纠正拟古派的谬论。反对模拟，必然追求新奇，正如陶望龄所说：“偏师必捷，偏嗜必奇。”（《马曹稿序》）②因此，袁宏道作诗也曾学过以诗风奇险而著称的李贺。竟陵派钟惺、谭元春编选了《唐诗归》，“大旨以纤诡幽渺为宗，点逗一二新隽字句，矜为元妙”③，其目的“在借古人之奇以压服今人耳”④。因具有针对性，颇能中当时诗坛之弊端，所以风行一时。这个选本的多处评语中表现了钟、谭对韩孟诗派的推崇，如：“诗家变化，自盛唐诸家而妙已极，后来人又欲别寻出路，自不能无东野、长吉一派。”⑤从创作上看，竟陵派更从艺术风格上学习韩孟诗派的怪奇幽峭诗风，但师之无法，导致了一些余弊，为人所讥诟。

而在此之前，为公安派起先导作用的作家还有徐渭、屠隆、

---

① 〔明〕袁宏道：《叙小修诗》，见《袁宏道集笺校》，上海古籍出版社1981年版，第187页。

② 〔清〕黄宗羲：《明文海》卷二四一，影印涵芬楼藏钞本，第2491页，中华书局1987年版。

③ 〔清〕永瑢等：《四库全书总目》之《诗归》提要，中华书局1965年版，第1759页。

④ 〔明〕许学夷：《诗源辨体》，人民文学出版社1987年版，第370页。

⑤ 〔明〕钟惺、谭元春编：《唐诗归》卷三一，《续修四库全书》本，第1590册，第199页，上海古籍出版社2002年版。

汤显祖等人，其中，尤以徐渭能将奇僻癫狂的个性与奇肆险怪的诗风有机结合在一起，成就较高。

二、徐渭的生平、人格精神和创作态度

徐渭是明代后期一位个性极其鲜明的文艺大家，他在诗、文、书、画、戏曲各方面都有突出的成就。他对自己文艺创作的自我评价是“书第一，诗二，文三，画四”①，尽管大多数人认为他的绘画艺术成就更高一筹，但对于他的这种评判次序，我们应给予充分的重视。总体来看，徐渭的诗歌多是对其心灵极为真实的记录反映；他对韩孟诗派的接受，其核心便是对“师心”创作精神的继承与发扬。在韩孟诗派的创作接受史中，很少有像徐渭这样从生平际遇、人格精神、诗歌审美风貌方面如此整体贴近韩孟诗派诗人的接受者。

徐渭(1521～1593)，字文长，别号田水月、天池山人、青藤道士等，浙江山阴人。他虽然年少即有文名，但成年后屡次参加科举不中。后来加入胡宗宪幕府，受到胡的器重，但后因胡宗宪被捕下狱，徐渭也连带受到影响，忧狂成疾，曾数次企图自杀而未遂。在这种拗变的心态下，他又因杀妻而下狱，出狱后浪迹各地，生活极为寒迫，最后潦倒终生、抑郁而死。这种特殊的生活经历，给徐渭的人格精神中带来了忧愤、狂狷、畸变等成分，甚至是精神分裂病症，有时直接表现为一种极度的自虐行为。从内在心理结构与特质来说，这种愤激、扭曲、畸变的特点，与李贺的个性心理有很多相似之处。他曾经向王阳明的门人季本求学，受到心学的很大影响，还曾为《庄子》等书作注，可见他的思想

① 参见〔明〕陶望龄《徐文长传》，见《徐渭集》附录，中华书局1983年版，第1341页。

是非常复杂的。

徐渭的思想、经历导致他在文艺观点上自然倾向于性灵一派。在《肖甫诗序》中,徐渭认为诗歌应该是“本乎情,非设以为之者也”,而对于后世“本无是情,而设情以为之”的诗歌不屑一顾。① 他反对当时的模拟风气说:“人有学为鸟言者,其音则鸟也,而性则人也。鸟有学为人言者,其音则人也,而性则鸟也。此可以定人与鸟之衡哉?今之为诗者,何以异于是。不出于己之所自得,而徒窃于人之所尝言,曰某篇是某体,某篇则否,某句似某人,某句则否,此虽极工逼肖,而已不免于鸟之为人言矣。”②对那些讲究形式主义、取悦普通读者的诗风,徐渭也深感不满:“然有一种直展横铺,粗而似豪,质而似雅,可动俗眼,如顽块大脔,入嘉宴则斥,在屠手则取者,不可不慎之也。”③他对那些“矫真饰伪之物”深恶痛绝,自感“渭之学为诗耶,矜于昔而颓且放于今也,颇有类于是,其为娣姒哂也多矣”④。

徐渭崇尚的是能展露真我面目、无虚伪矫饰的作品,他说:“迨终身涉境触事,夷弗悲愉,发为诗文骚赋,璀璨伟丽,令人读之喜而颐解,愤而眦裂,哀而鼻酸,恍若与其人即席挥麈,嬉笑悼唁于数千百载之上者,无他,摹情弥真则动人弥易,传世亦弥远。”⑤可见,徐渭对“真”的追求,既有作品中的“真情”,更有

---

① 〔明〕徐渭:《徐渭集》,中华书局 1983 年版,第 534 页。

② 〔明〕徐渭:《叶子肃诗序》,见《徐渭集》,中华书局 1983 年版,第 519 页。

③ 〔明〕徐渭:《答许口北》,见《徐渭集》,中华书局 1983 年版,第 482 页。

④ 〔明〕徐渭:《书草玄堂稿后》,见《徐渭集》,中华书局 1983 年版,第 579 页。

⑤ 〔明〕徐渭:《选古今南北剧序》,见《徐渭集》补编,中华书局 1983 年版,第 1296 页。

“终身涉境触事”中的“真我”，这种“真”，需要通过“璀璨伟丽”的艺术面貌表现出来，以形成极强的艺术感染力。在实际创作中，徐渭的独特个性和“璀璨伟丽”的审美主张，不仅表现于诗歌，也体现在他的书画作品里，清代王士禛就曾多次以“奇肆”“奇恣”一类的话来评价徐渭的书画。①

徐渭迥异于常人的生平际遇和忧愤、狂狷、畸变的人格精神，以及尚情求真、璀璨伟丽的创作追求，都成为接受韩孟诗派的前提和基础。

三、徐渭学韩派的创作体现

徐渭创作态度上的这种特性，使他对韩孟诗派的诗歌特色赞赏有加。他在《与季友》一文中说：“韩愈、孟郊、卢仝、李贺诗，近颇阅之，乃知李杜之外，复有如此奇种，眼界始稍宽阔。不知近日学王、孟人，何故伎俩如此狭小？在他面前说李杜不得，何况此四家耶？殊可怪欤！菽粟虽常嗜，不信有却龙肝凤髓，都不理耶？”②以“龙肝凤髓”来比喻韩、孟、卢、李的诗歌，可见他初读其诗时审美感受之强烈。

徐渭赞赏韩孟诗派的诗美特色，却没有细致阐发。不过，在其诗歌创作中却可见到他对韩孟诗派的诠释与承传。清代田雯说：“夫文长之为诗也，似学昌黎、长吉，而好奇过之，盘空硬语，稍失之傲兀诡异，而含英咀华、光焰万丈，真有浩浩落落、不可一世之概，陶石篑、袁中郎所以叹美不置也。”③不论评价尺度如

---

① 参见〔清〕王士禛《池北偶谈》卷一七“谈艺七”、《香祖笔记》卷一二等处相关记载。

② 〔明〕徐渭：《徐渭集》，中华书局1983年版，第461页。

③ 〔清〕田雯：《干臣诗序》，见《古欢堂集》卷二四，影印文渊阁《四库全书》本，第1324册，第240页，上海古籍出版社1989年版。

何，论者对徐渭学韩孟诗派的这一倾向几乎是公认的。具体来说，徐渭在创作中对韩孟诗派的接受主要体现在以下两个方面。

（一）独立师心的创作精神

韩愈《与冯宿论文书》有言："仆为文久。每自则，意中以为好，即人必以为恶矣。小称意，即人亦小怪之；大称意，即人必大怪之也。时时应事作俗下文字，下笔令人惭。及示人，人以为好矣。小惭者亦蒙谓之小好，大惭者即必以为大好矣。"[①]对这样一种反常情形，徐渭深有同感，并在《胡公文集序》中有过明确表露。[②] 固然，徐渭为了生计，也曾写过一些应景附和的诗篇，但他认为真正的好诗应当是挖掘内心真实情感、不带任何矫饰的作品。在实际创作中，他极重主体情感的表达，与韩孟诗派息息相通，也受到金末李纯甫一派、元末杨维桢"铁崖体"的一定影响。

（二）怪奇横纵的审美风貌

徐渭的诗歌在审美风貌上也带有怪奇横纵的特点。陶望龄《徐文长传》说："渭为诸生时，提学副使薛公应旗阅所试论，异之，置第一，判牍尾曰：'句句鬼语，李长吉之流也。'"[③]可见他早期作品便有怪奇色彩。袁宏道说他后期"走齐鲁燕赵之地，穷览朔漠，其所见山奔海立，沙起云行，风鸣树偃，幽谷大都，人物

---

① 刘真伦、岳珍：《韩愈文集汇校笺注》，中华书局 2010 年版，第 816 页。

② 〔明〕徐渭：《徐渭集》，中华书局 1983 年版，第 518 页。

③ 〔明〕徐渭：《徐渭集》附录，中华书局 1983 年版，第 1341 页。

鸟鱼,一切可惊可愕之状,一一皆达之于诗”①。可见徐渭对怪奇的事物比较敏感,常将之表现在诗歌中,抒发自己抑郁愤懑之情。这与韩愈自阳山之贬后怪奇诗风的增长有近似之处。

徐渭有两首标明效法李贺、韩愈的诗。一是《阴风吹火篇呈钱刑部君附书》,在附言中说此诗是“兼乞览观,率戏效李贺体,不审少有似否?”②但这首诗显然是有意为之的应景之作,末句的“谁言堕地永为鬼,宰官功德不可议”正明确显现了这一点。另外一首《吴使君马》,题下注曰“戏效韩体”,也是戏谑之作。③ 虽然这两首拟作体现了徐渭对韩愈、李贺诗的学习效仿态度,但其精华之处并不在此。

徐渭的七言古诗最能表现出怪奇恣肆的特点。如《赠吕正宾长篇》:

> 海气扑城城不守,倭奴夜进金山口,铜签半傅鹘鹈膏,刀血斜凝紫花绣。天生吕生眉采竖,别却家门守城去,独携大胆出吴关,铁皮双裹青檀树。楼中唱罢酒半醺,倒着儒冠高拂云,从游泮水践绳墨,却嫌去采青春芹。吕生固自有奇气,学敌万人非所志,天姥中峰翠色微,石榻斜支读书处。④

这是徐渭参加抗倭斗争时期写的诗,虽是酬赠之作,但还是将抗敌志气表现得淋漓尽致,奇丽壮阔,风格极似李贺。在命意方面此诗也有意追求峭折,如说吕生“学敌万人非所志”,化用项羽

① 〔明〕袁宏道:《徐文长传》,见《徐渭集》附录,中华书局 1983 年版,第 1343 页。

② 〔明〕徐渭:《徐渭集》,中华书局 1983 年版,第 113 页。

③ 〔明〕徐渭:《徐渭集》,中华书局 1983 年版,第 116 页。

④ 〔明〕徐渭:《徐渭集》,中华书局 1983 年版,第 113 页。

"剑一人敌,不足学;学万人敌"的典故并将意义翻出一层,以表现吕生的"奇气"所在。再如《正宾以日本刀见赠,歌以答之》《摩诃庵括子松下听弦上人弹琴》《谑雪》《张旭观公孙大娘舞剑器》等七言古诗,模仿韩愈、李贺的痕迹也很重,只是有时略露粗砺之气,字句、意境锤炼欠佳。

徐渭奇险恣肆的诗风并不仅仅体现在古体诗中,他也有极类韩愈、李贺的七律。如《蚊声》一诗:"露筋秋草糜闺秀,撼帐春雷窃帝权。栩栩一番为蝶夜,薨薨万翅蔽蝗天。群呼不怕闻蝙蝠,稍咽时应中燎烟,世上好鸣鸣不得,几行仗马玉阶前。"① 以调侃的口吻描写令人厌恶的蚊虫之声,且善用典故、嬉笑怒骂,深得韩诗之趣。其他如《电》一诗虽为五言排律,但气势磅礴,纵横恣肆,想出天外,胸中郁闷之气一扫而光;《次夕降抟雪,径满鹅鸭卵,余睡而复起,烧竹照之,八十韵》一诗为七言排律,长篇险韵,怪奇豪肆,审美风貌也极似韩诗。

徐渭出于自己独抒性灵的创作观点,反对以"似某人某体"来论诗,其目的是为了强调自己真情实感的重要性,避免本末倒置、重视形式的弊端。而就实际来说,徐诗在艺术上的确向韩孟诗派师承不少,审美风貌上实可比拟,但他这种审美风格并非仅为形似而作,激荡于其内在情感深处的是仍然是"性灵"。

四、徐渭在韩孟诗派接受史上的意义

在徐渭之前,以杨维桢为代表的元代后期文人曾经风行韩愈、李贺之风,徐渭虽然在诗论观点上反对复古模拟、提倡写性灵,与杨维桢有一定相通之处,但在韩孟诗派接受史的意义上,徐渭与他们有所不同。徐渭最内在的诗歌精神便是真正用自己

---

① 〔明〕徐渭:《徐渭集》,中华书局1983年版,第294页。

的人生和创作实践了反对模拟、抒写心灵的创作主张，并取得了很高的成就，这一点恐怕是之前的“铁崖体”和之后的竟陵派都比不上的。

徐渭最反对模拟，包括对韩孟诗派诗歌的效仿；而这种反对模拟、独抒性灵、力求创新的创作精神恰恰又深得韩孟诗派的精髓。他主张“用其髓，弃其皮”，“师心横从，不傍门户，故了无痕凿可指”（《书田生诗文后》）①，可见他的学习仿效是有一定指导原则的。在学习的过程中，必须有自己的新意所在，这是他对文艺创作的主张，如他论书法临摹说：“凡临摹直寄兴耳，铢而较，寸而合，岂真我面目哉？临摹《兰亭》本多矣，然时时露己笔意者，始称高手。”（《书季子微所藏摹本兰亭》）②这里论的是书法，但与诗歌创作是一脉相通的。

对于明代后期公安派和竟陵派的反对模拟、提倡性灵的诗论和奇峭诗风的创作，徐渭具有领潮流之先的意义。袁宏道曾评价徐渭诗曰：“其胸中又有一段不可磨灭之气，英雄失路托足无门之悲，故其为诗，如嗔如笑，如水鸣峡，如种出土，如寡妇之夜哭，羁人之寒起。当其放意，平畴千里，偶尔幽峭，鬼语秋坟。”（《徐文长传》）③有如杜牧以博喻方式形容李贺诗风，可谓得其真致。徐渭正是在袁中郎的大力鼓吹下，才名声大噪的。明人毕自严《刻曹长庚诗序》云：“当嘉靖中，骚坛奇人，首推徐文长。然使海内知文长之奇者，则余年友袁中郎为表章也。”④

---

① 〔明〕徐渭：《徐渭集》，中华书局 1983 年版，第 976 页。

② 〔明〕徐渭：《徐渭集》，中华书局 1983 年版，第 577 页。

③ 〔明〕袁宏道：《徐文长传》，见《徐渭集》附录，中华书局 1983 年版，第 1343 页。

④ 〔明〕毕自严：《石隐园藏稿》卷二，影印文渊阁《四库全书》本，第 1293 册，第 414 页，上海古籍出版社 1989 年版。

反过来看，袁宏道也在徐渭的影响下有意识地学习李贺诗风。① 清代四库馆臣怀有成见，说徐渭“诗欲出入李白、李贺之间，而才高识僻，流为魔趣。选言失雅，纤佻居多。譬之急管幺弦，凄清幽渺，足以感荡心灵。而揆以中声，终为别调。观袁宏道之激赏，知其臭味所近矣”②。虽然语气过于刻薄，但所述事实大致不差。综而言之，徐渭受时代思潮和个体处境的影响，以求真尚奇的论诗观点和实际创作接受韩孟诗派，在明清时期产生了巨大的影响。

竟陵派有感于公安派平庸浅俗之弊，欲以思理深厚之内容和幽深孤峭之境界矫之，集中多有效法韩愈、孟郊、贾岛之诗，但由于钟惺、谭元春才力不济，诗歌观念又剑走偏锋，所以创作成就不高，陷入了一种误区和困境。

第七节 清代诗人对韩孟诗派的创作接受

清人对韩孟诗派的接受不仅体现在诗艺的阐释评论方面，而且体现在诗歌创作的师承模仿中。有清一代的诗人和现存诗歌数量都极为庞大。据李灵年、杨忠《清人别集总目》③的统计，清代别集传世的数量有 4 万种左右，作者 2 万人左右。众所周知，从诗歌的风格与类型角度来看，清诗在广泛继承、汲取

① 江盈科《解脱集引》：“中郎为诗，最耻摹拟，其于长吉，非必有心学之。”（《雪涛阁集》卷八）虽是为中郎辩解，却道出其学长吉的事实；其实与徐渭一样，这种“最耻摹拟”的本身，便与长吉风神相通。

② 〔清〕永瑢等：《四库全书总目》之《徐文长集》提要，中华书局 1965 年版，第 1606 页。

③ 李灵年、杨忠：《清人别集总目》，安徽教育出版社 2001 年版。

前代诗歌艺术的基础上，更趋向于多样化、复合化，堪称中国古典诗歌艺术发展的总结期。在这样的背景之下，作为具有显著审美特色、“天地间自欠此体不得”（严羽语）的韩孟诗派诗歌，在清代诗歌创作中也产生了极大的影响，沾其遗泽者大有人在。这种影响约略可从两个层面来看：一是直接以韩孟诗派的诗人与作品为标榜旗帜、师承对象，推崇其某一方面的艺术精神和诗美特质，并力求在自己的诗作中做到形神兼似，代表者如胡天游、钱载、黎简、王昙、舒位、郑珍等诗人；另一个层面则是将韩孟诗派诗歌作为众多诗美风格类型之一种，将之与其他风格熔为一炉，并形成自己新的诗歌风貌。由于后一层面属于那种不着痕迹、宽泛化意义上的创作接受，而以此种方式接受韩孟诗派影响者人数又极为众多，难以一一细考，因此我们主要从前一个层面来勾勒、梳理清代韩孟诗派创作接受史的概貌。

进一步来讲，清代诗歌创作中对韩孟诗派的明确、集中接受，从选择性和侧重点来看，大致又包括两种倾向：一是以胡天游、黎简、王昙、舒位为代表的诗人，倾向于学习韩孟诗派雄豪险怪、瑰奇诡谲诗风；一是以钱载、程恩泽、郑珍、“同光体”为代表的诗人，常以黄庭坚等宋代诗人为中介，在表现技法方面广泛采取“以文为诗”的手法，以学力取胜，风格奥衍富赡，有时亦流于枯燥晦涩。细加比较，这两种倾向诗人的创作处境、诗歌命意和艺术风格都有其各自的具体特色，对韩孟诗派的接受程度也不相同，但他们总体上构成了清代在诗歌创作中延续韩孟诗派艺术生命力的两大代表性诗人群体。当然，这仅是就其大致而言，两种倾向之间常有互通相融之处，而非孤立、隔绝之关系。以下便分别来讨论这两种创作接受倾向。

一、接受韩孟诗派雄豪险怪、瑰奇诡谲诗风的寒士诗人

（一）清代前期兼学韩、孟的诗人胡天游

胡天游(1696～1758)，字云持，又字稚威，浙江山阴人。他秉性刚直，一生蹭蹬科场，仕途极为不顺，但其诗歌创作有非常鲜明的特色，主要以韩愈、孟郊为倾心学习模仿的对象，诗风奇崛险怪。后人对胡天游诗歌的学韩特点有明确的认识："移文法以入诗歌，境与昌黎为近"(《石笥山房集》杨以增序)，认为胡天游在"以文为诗"方面接受了韩愈的影响；"(退之)诗则《南山》《陆浑山火》联句诸什，真险语破鬼胆已。征君刻意求似，唯琢句险易交错为异，其在当时，诚为间出"(《石笥山房集》包世臣序)，认为胡天游在求奇求险方面刻意向韩愈学习，以矫当时诗风之弊；"诗学韩、孟，过于涩拗"(《石笥山房集》强溱序)，"涩拗"则是对胡天游学习结果的评价。这些评论的角度和着眼点不同，但都认为胡天游的诗歌艺术是来自于韩孟诗派的。胡天游自觉、全面地继承韩愈、孟郊等诗人的创作风格，反对当时诗坛上的软熟俗媚之风，可谓独树一帜，奠定了他在清代前期诗坛上的重要地位。在清代的韩孟诗歌创作接受史中，胡天游可以说是在整体艺术风貌方面师承韩孟之诗并取得重要成就的第一人，为整个清代的"崇韩"之习起到了开风气之先的作用。

1. 步趋韩孟、求奇求变的诗歌创作主张

胡天游在许多序记和诗歌作品中都表达出他追求韩孟诗派怪奇之美的创作主张。如："古于诗其独至者，冥入遐纵，超越变化，空蹈凌行，不可迹搦。众皆守夫町域，彼独寄寥廓，绝而去

之，视俗甚远焉。”①认为诗美的最高境界是雄奇恣肆、不守町域的绝俗之境。樊宗师的《绛守居园池记》，历代文人都认为晦涩难懂，因而多有贬抑之辞，胡天游却说：“予既珍爱其文，方且惜其见于人者少，又惧其辞之古而不悦于世，或遂并弃之，以与刻于石者之同其泯没为可叹也。”②表现其好古求奇之风。胡天游在其诗中极力推崇杜甫、韩愈和孟郊：“杜韩诗在六丁收，滚滚江河不尽流。留乞何人生羽翼，可无儿子更蚍蜉。”“竦骨持将敌涌涛，未堪颜谢与孤高。青空磨刮天声脆，鲍照前头得孟郊。”③这种推崇的背后，胡天游是在有意追求韩孟诗派那种雄奇豪壮、孤峭狠戾的诗美意境，并借以表达对熟俗时风的强烈不满。胡天游的《石笥山房诗集》中有许多刻意效仿韩愈、孟郊的诗，一些诗歌在题目中即标榜出效仿之意，如《古词效东野》：“东风暖九州，不春湘水波。湘水倚湘竹，千载啼二娥。至今洞庭上，流得红泪过。楚女漂白雪，朱弦染成搓。”④《读孟郊诗效东野二首》其一：“灵象古人共，独许夫子诗。收来浑得最，变出只教奇。吟得一生尽，果将大造亏。佞心合佞耳，听乐不听悲。”⑤“独许夫子诗”说明他对孟郊的特别偏爱，而“听乐不听悲”则是对俗媚之风的嘲讽。

---

① 〔清〕胡天游：《符员外诗序》，见《石笥山房文集》卷二，《续修四库全书》本，第1425册，第363页，上海古籍出版社2002年版。

② 〔清〕胡天游：《跋绛守宫园池记》，见《石笥山房文集》卷五，《续修四库全书》本，第1425册，第402页，上海古籍出版社2002年版。

③ 〔清〕胡天游：《风诗》，见《石笥山房文集》卷一〇，《续修四库全书》本，第1425册，第561页，上海古籍出版社2002年版。

④ 〔清〕胡天游：《石笥山房诗集》卷一，《续修四库全书》本，第1425册，第457页，上海古籍出版社2002年版。

⑤ 〔清〕胡天游：《石笥山房诗集》卷一，《续修四库全书》本，第1425册，第461页，上海古籍出版社2002年版。

2. 形神毕肖的学韩诗歌创作

胡天游更多的诗歌是学习韩诗雄奇恣肆的风格。一些长篇赋体诗如《汉杜陵五凤铜行镫槃歌》《蜀冈瓦暖砚歌》等，以咏物为切入点，融入对历史典故的描写和议论，以文为诗，长篇铺排，奇肆瑰谲，深得昌黎《石鼓歌》之风。再如以下几首诗：

帝乐时莛阕，洪撞𫓧钟镈。蛟螭摄潜听，奸怪远束驯。万里削瑶镜，倒射扶桑垠。翥鸦全霍错，掷碎玻璃盆。铱铱搜云络，烂掣珊瑚根。三山擢天外，细插碧玉簪。（《晓渡安东观海市已骤风雨》）

连龙烧不及，凛然嘘朔风。朔风萧条来，惨挟冰雪重。日月暗南纪，云山转迷濛。谡彼霜霰割，峻于刀刃攻。僵龟绝怪语，缩马增疲聋。颇怪蚯蚓结，养温厚土中。嵌若迸严宵，豹弟号虎兄。万里一凄杀，烈烈飘沙蓬。呜呼！君不见今朝老乌冻折足，当时魂释不可触。（《苦寒行》）

齿牙病起顿目落，数个连拾痛不知。以龈抵舌少阒阖，扇扉閪割东西开。或言精气败肾胃，摧剥刻苦伤于诗。进前果饼咽卤莽，蚤虱扛扪不得糜。（《齿落》）①

《晓渡安东观海市已骤风雨》以丰富的想象力、诡怪多姿的意象，描绘出一幅雄奇瑰丽、壮阔激荡的海上风雨画卷；《苦寒行》

---

① 以上三诗分别见〔清〕胡天游《石笥山房诗集》卷一、卷三、卷三，《续修四库全书》本，第 1425 册，第 462、485、485 ~ 486 页，上海古籍出版社 2002 年版。

则以夸张的命意、奇崛险涩的字句来形容严寒的天气，显然脱胎自韩诗《苦寒》;《齿落》一诗在选材上明显受到了韩愈《落齿》的影响,“摧剥刻苦伤于诗”一句,则是胡天游对自己苦吟作诗情状的最佳写照。

胡天游师法韩诗,并没有仅停留在模仿、效法表面形式上。他的人格精神中充满反抗和叛逆思想,对现实的强烈不满构成了他打破既有秩序、冲破一切牢笼的气魄,从而在诗中运用奇险怪异的境界来表现这种情感。严迪昌认为:“胡天游的‘怪’,首先怪在口无忌惮,其次是不趋热而专好以‘冷’色调表现世情或景观。”①“口无忌惮”,是绝世独立精神的自由显现,在常人看来,即是“怪”;爱好冷色调的笔触,则是在周围严酷压抑的环境中追求自我人格完善的一种方式。

胡天游的诗也常遭到一些指责和诟病,但这并不影响其诗坛地位。朱庭珍《筱园诗话》云:“山阴胡天游稚威,幽峭拗折,笔锐而奇,虽法郊、岛、山谷,取径僻狭,有生涩、晦僻、枯硬诸病,然笔力较为沉着深刻,亦足以成一家,又非樊榭、谷人、仲云辈所及矣。”②这种“法郊、岛、山谷”“取径僻狭”的指责虽然有些片面,但是“足以成一家”的评论也道出了胡天游在当时诗坛上的独特地位。

(二)倾心李贺、韩愈诗的狂狷诗人黎简

与胡天游相似,晚生半个世纪的岭南诗人黎简,亦倾心韩、孟诗风,在创作中屡屡追摹。黎简(1747～1799),字简民,一字

① 严迪昌:《清诗史》,浙江古籍出版社2002年版,第840页。

② 〔清〕朱庭珍:《筱园诗话》,见《清诗话续编》,上海古籍出版社1983年版,第2368页。

未裁，自号二樵，广东顺德人。其人个性以狂狷著称，淡于功名仕进，一生的活动范围主要在岭南、云贵一带，其诗名却传之甚远。黎简诗歌的渊源颇杂，从整体取向来看，当与韩孟诗派中的韩愈、孟郊、李贺、贾岛都有密切关联，正如《清史列传·黎简传》所云："其诗由山谷入杜，而取炼于大谢，取劲于昌黎，取幽于长吉，取艳于玉溪，取僻于阆仙，取瘦于东野，锤凿锻炼，自成一家。"①

黎简对李贺诗十分倾心，他给李贺的诗集作了批注，其中多有独到之见，给予后世很大影响。黎简认为李贺的诗歌"体未纯而情有余"，"从来琢句之妙，无有过于长吉者。细读长吉诗，下笔自无庸俗之病。昌谷于章法，每不大理会，然亦有井然者，须细心寻绎始见。每首工于发端，百炼千磨，开门即见，至其骨力劲险，则温、李两家俱当敛手"②。可以看出，黎简称誉长吉之诗，非但从"情"的传统方面着眼，而且从章法、骨力之角度入手，这显现了黎氏受黄庭坚诗论影响的另一面。

黎简对李贺歌诗心摹手追，不但对其做出精彩的阐释，而且也在创作中极力模仿。他在《批点李长吉集题记》中自信地说："余幼好长吉，非长吉诗不读，且学为之，甚肖也。"此言并非过矜。在黎简诗集《五百四峰堂诗钞》中，类似李贺诗风的作品俯拾即是。如：

年无几梦十九恶，昨夜何人媚魂魄？长爪诸孙秀眉绿，围玉神麐腰一束。鸣弦古寒动秋屋，陇山月黑叫孤鹦。昌

① 王钟翰点校：《清史列传》，中华书局1987年版，第18册，第5958页。

② 《黎二樵批点黄陶庵评本李长吉集》卷一，光绪十八年羊城刊本。转引自吴企明《李贺资料汇编》，中华书局1994年版，第357页。

谷云深啼老竹,红丝剩血弹涩吟。千年以还吾识音,车行确确雷碾心。行云已去银浦浅,出门独愁碧海深。(《昨梦李昌谷弹琴》)

鹅潭烟平月如梦,云车轧波玉颜冻。贝宫宴罢夜来归,神鸦衔火照空帏。绿波映髻迎桃叶,桃叶渡江不用楫。灵衣生暖烘香丝,夫人有心谁得知?红巾裹谶得好语,春风醉人难自持。妾家南隔碧城中,花深梦妥曲屏风。人间茫茫夜气浓,踏云行雨遥相通。晓来江白天一幅,庙门柳树含情绿。(《金花庙仿李长吉》)

墙头暮鸦飞不起,鸦背松声冷于水。如山北风压破屋,拍枕太江浮两耳。窗竹偃蹇欲折杈,急雨落瓦寒有棱。饥鹘嚆嚆状啸鬼,纸窗琅琅如裂冰。(《寄黄药樵》)①

前两首在题目中明确标示为效仿李贺,后一首虽未明言,然诗境之奇诡幽深、意象之艳冶惊怖、语词之奇崛瘦硬,均一以贯之。

一般认为,黎简诗主要是继承了李贺的诗歌艺术特点,但其长篇诗歌中也常能发现韩愈影响的痕迹。钱仲联云:"黎简诗风雕刻,长篇似韩愈,短篇似李贺,五律有杜工部韵味。"②洵非虚言。例如:

---

① 以上三诗分别见〔清〕黎简《五百四峰堂诗钞》卷一三、卷一七、卷五,《续修四库全书》本,第1473册,第603、642、527页,上海古籍出版社2002年版。

② 魏中林整理:《钱仲联讲论清诗》,苏州大学出版社2004年版,第61页。

元冥一角塞雷雨,虚壁动荡风吹衫。怪君终岁坐阴磴,不许白日窥元谈。高摩神霄出盘屈,窅刮鬼窟搜嵚嵌。天池丈人未饮酒,真气索索如春蚕。洒然一醉眼屼嵂,撒手绝壑笑掀髯。大呼外乘数分足,呼得矫矫龙移潭。铁嶂汹裂无留行,上逼真宰翔帝骖。腾踔欲上不可上,其尾掉脱厥首衔。裴旻仰天剑堕面,白霓千尺投空函。天低地昂向落日,鲁韩之战方痴酣。天池有笔力如此,樵也有臂犹能担。(《徐天池怪石松树歌》)

不知今有陈湘舟,一日费尔几掉头。君知近有二樵子,一世人传几回死。惟君青眼见我生,读诗首肯让我名。高歌险语走万里,山作其骨江作声。美人空山怨幽草,细入于发抽柔情。不能使世挠所好,亦不以我能挠卿。君家绝才弃依傍,柳绵愁人水荡荡。光风动日转兰蕙,仙客吹笙隔云壤。君谓声名太鞅掌,我坐饥寒惭偃仰。看君微笑谁寄身,花里维摩病无恙。(《调陈湘舟》)

壮岁常不饱,此生谁与狂?东南海云中,茫然还故乡。鱼山昨南归,忆我病在床。纡回寄君诗,三十残三章。周令为之帙,钞者其两郎。支床一览竟,天水生清光。化作海上峰,三十三剑铓。吁维百年来,新城剩秕糠。遂使灶下姬,竟为时世妆。得此手巨刃,为我摩天扬。君为天上谣,笙鹤空翱翔。众人仰而和,引声绝其吭。庶几闻钟鼓,和声奏陶唐。嗟予海隅士,三十犹面墙。读书走八蛮,乞食归五羊。贫贱好咏歌,踪迹集谤伤。甘心守性命,窜之沧海旁。积书二万卷,昔被大火殃。不得耳目新,陈笥腐我肠。郁郁欲有语,抱叶鸣寒

> 蜇。(《药房北行因之寄黄上舍仲则》)
>
> 简也于为诗,刻意轧新响。当其跨阔步,语亦颇倜傥。试复虚自举,得失如指掌。霜警钟候鸣,悲壮秋清爽。草暖虫细吟,幽咽春骀荡。劳或蚕抽心,辍食入罗网。静或女怀春,有怨言惝恍。以兹撄其生,作苦时技痒。一世取自毕,千秋敢延想。方寸抱冰雪,万里在俯仰。吾希御风返,谁与恃源往。自非骏马骨,焉得蒙上赏。倘诚虓虎姿,老死气腾上。(《答同学问仆诗》)①

以上几首诗整体上都具有韩诗雄奇恣肆、奇崛生新之特点,而于细处也各自显现出受韩诗影响的痕迹。《徐天池怪石松树歌》一诗想象奇特、意境诡异,极力强调怪石、松树形象之奇崛。“天池有笔力如此,樵也有臂犹能担”,是对自己笔力雄健、才学宏富的自信,深得韩孟诗派“笔补造化天无功”之旨趣。《调陈湘舟》《药房北行因之寄黄上舍仲则》二诗借与陈湘舟、黄仲则的唱酬答对,表现自己的人格追求与诗歌创作主旨,“高歌险语走万里,山作其骨江作声”“得此手巨刃,为我摩天扬”,是其诗美追求的集中展示。从渊源上讲,这两首诗应是受韩愈《调张籍》的影响。至于《答同学问仆诗》之“刻意轧新响”,正说明黎简追求险怪、生新的诗学宗旨是与韩孟诗派前后因承的。值得一提的是,黎简除了广为人知的批点李贺诗集以外,还曾批点韩愈诗集,提出了许多精辟之见,由此足见其于韩孟诗派诗歌的用

---

① 以上四诗分别见〔清〕黎简《五百四峰堂诗钞》卷六、卷一〇、卷一〇、卷一二,《续修四库全书》本,第1473册,第529、564、570、591页,上海古籍出版社2002年版。

心态度。①

除了雄奇险怪一面外，黎简诗中也多有“以文为诗”的作品，显示了受韩诗影响的另一倾向，如《四月二日》等诗。这种以文为诗的特点，应与黎简受钱载的巨大影响有关。

（三）寒士诗人王昙、舒位对韩孟诗派的接受

与黎简同时稍后，学韩孟诗派的诗人还有王昙、舒位等寒士诗人。王昙（1760～1817），字仲瞿，号蠡舟，浙江秀水人，乾隆五十九年（1794）举人。舒位（1765～1816），字立人，号铁云，原籍直隶大兴，出生于苏州，乾隆五十三年（1788）恩科举人。王、舒二人在诗歌创作方面寄赠唱和，往来频繁，因而其诗风有一定的相互影响。作为生活于“万马齐喑”社会环境下的诗人，王昙、舒位的共同点是将寒士生活、梗概不平之气通过诗歌艺术表现出来，接受韩孟诗派的倾向十分明显。他们二人与孙原湘一起被法式善称作“江左三君”，在当时诗坛上具有较大影响。

首先值得注意的，是王昙、舒位“百年心血苦雕肝”与“美恶无定形，甘苦有独嗜”的诗歌创作观念。这样一种创作观念，明显存在韩孟诗派诗歌主张的因子。如王昙《题法梧门祭酒诗龛》：“十笏团蕉面壁存，推敲人影认黄昏。诗家香火然镫古，名士门堂祭酒尊。厦以千间为老杜，地方一丈当龙门。就中狮座容多少，瘦岛郊寒一屋温。”②这里的“瘦岛郊寒”，是对那种倾注全部生命精力到诗歌创作中的人生境界的肯定。王昙在其他的一些诗篇中也曾表露出类似的诗歌创作态度，如《读云伯大令

---

① 参见周兴陆《黎简手批〈昌黎先生诗集注〉》，载《文献》2004年第1期。

② 〔清〕王昙：《烟霞万古楼诗选》卷一，《续修四库全书》本，第1483册，第566页，上海古籍出版社2002年版。

新写颐道堂集》:“如来结集待阿难,刘向传经冯道邗。半世功名甘刻楮,百年心血苦雕肝。文能寿世须三写,身是传人只一官。多少古人皆不死,一编原是古金丹。”①“百年心血苦雕肝”虽是赞叹别人,但也显现了他自己以诗歌立命、苦心孤诣进行创作的态度。

舒位也有许多诗篇呈现出对韩孟诗派的倾慕。如《读三李二杜集竟岁暮祭之各题一首》:“一赋《高轩》自有情,惊才绝艳少年行。倾囊别撰元和体,协律兼工乐府声。天上宫楼征著作,人间场屋避嫌名。幽兰泣露香兰笑,长爪通眉肯再生?”②表现的是对李贺的追怀。“萧条孟东野,当日少人知。怅望千秋泪,横陈一卷诗。寒山归客梦,春雨落花期。作序送君者,惟应韩退之。”(《读孟郊集》)③抒发的则是对孟郊的戚戚同感。在创作主张方面,舒位有很高的学诗志向:“作诗如用兵,虚实极其致。末学诚茫茫,始愿恒惴惴。或以一句奇,难割终篇累。或以一时讹,遂袭千古伪。流水必有原,登山每自地。敢云穷则工,渐觉陈可弃。美恶无定形,甘苦有独嗜。别才吾不凭,佳句儒为戏。魔入《沧浪话》,妖载《瓠芦志》。伪体纷莫裁,好音竟谁嗣!”(《杂兴六首·论诗》)④既重视师法目标的选择,又强调自我个性的张扬;既认定“穷而后工”的理念,又服膺“惟陈言务去”的观点。就整体来说,则表明了舒位求新思变的诗美追求。法式

① 〔清〕王昙:《烟霞万古楼诗选》卷二,《续修四库全书》本,第1483册,第598页,上海古籍出版社2002年版。

② 〔清〕舒位:《瓶水斋诗集》,上海古籍出版社2009年版,第35页。

③ 〔清〕舒位:《瓶水斋诗集》,上海古籍出版社2009年版,第109页。

④ 〔清〕舒位:《瓶水斋诗集》,上海古籍出版社2009年版,第113~114页。

善在《三君咏》中咏“舒铁云”道:“临行仰视天,遗我诗一卷。中有万古心,事穷道不变。”①由此评说,也可以大致了解舒位创作的基本情形。

其次,在王昙、舒位的诗歌中,表现出对韩孟诗派既融汇又创新的接受特点。王昙、舒位创作了大量具有韩愈怪奇恣肆风格的诗歌作品。如王昙的以下三首写景摹物诗:

舟中之指血可熬,舟中之血橹可漂。流星火矢鸦焚巢,长兵跃百高者超,短兵裸斗刀者跳。瓜棱小炮云中骁,旋风高悬当者号。郎机一震兜底抛,环枪一千烟火高。小船齑碎飘如瓢,大船肉糜撞其腰。桅高斗大摧折标,连环舴艋留其艄。(《松门望海观都督李将军水师大战》)

上不见巨灵大掌劈开两华势,下不见五丁脚迹凿地道流银浆。不过吾辈未生一斧一凿之手笔,乃能千气万力相支撑。天孙欲夺此桥去,私唤羯磨天匠七月七夜来偷量。左量右丈不满几百寸,谓此石梁材小无用随弃将。(《石梁观瀑》)

或随红云飞,或化青烟胃。或如乌毛堕,或如猛火煽。或飘摇而不下,或徘徊而中旋,吹如尘来,落如珠溅。失势一落注为溅。天穿地破,心惊肉颤,耳聋三日,予不能恋。(《龙湫观瀑》)②

---

① 〔清〕舒位:《瓶水斋诗集》,上海古籍出版社 2009 年版,第 428 页。

② 以上三诗分别见〔清〕王昙《烟霞万古楼诗选》卷二,《续修四库全书》本,第 1483 册,第 586、587、588 页,上海古籍出版社 2002 年版。

这三首诗以水战、瀑布这些壮观的场面为描写对象，极尽夸张、想象之能事，结构跌宕起伏、回环往绕，气势雄壮、下语狠重，加之"以文为诗"和用韵方面的特点，取得了奇险恣肆的艺术效果，较之韩愈的同类诗作有过之而无不及。《石梁观瀑》尝试用十三字、十一字、九字一句的各种奇特句式，与明人杨基一样，是对韩愈特有的十三字句式的刻意效仿。《龙湫观瀑》则连用"或"字句，比喻、形容瀑布之雄壮气势，有《南山》的痕迹。对王昙的诗歌创作成就，舒位曾经高度评价道："王仲瞿七言古诗别有天地，以余所见，侪辈之作，罕遇其敌。"①所谓"别有天地"，正是师法韩愈的雄奇险怪之特色，从而有别于当时诗坛上的主流诗风。

实际上，舒位本人也有许多神似韩诗的诗篇，如《鲊虎行》：

> 鬼门关前人似海，猛虎捉人如捉鬼。……划然一啸当一叉，一叉虎口开血花。抽叉摔虎四山响，月破风腥一虎仰。双杖椎鼓雨点尘，沉沉九地追虎魂。②

好似李逵杀虎的血腥场面，中间充溢着一股郁怒之气。不过，此诗并非只于夸张恣肆的描写中逞其快意，诗的最后写道："慎勿消息传入城，县官来收虎皮税。官来收税尚犹可，吏食尔虎如食菜，尔有虎皮何处卖！"隐含了"苛政猛于虎"的寓意，讽刺现实的力度极强。此类诗歌较之韩诗那些只注重于艺术表现、追求形式与谐趣的长篇，自有其超越之处。舒位的拟韩之作还有

① 〔清〕舒位：《瓶水斋诗话》，见《瓶水斋诗集》附录，上海古籍出版社 2009 年版，第 836 页。

② 〔清〕舒位：《瓶水斋诗集》，上海古籍出版社 2009 年版，第 4 页。

《太学石鼓歌用韩石鼓歌韵》《破被篇》《宋文丞相论语题文歌》《雪珠》《苦热行》等。萧抡《舒铁云孝廉墓志铭》评价舒位道："好为诗，尤工歌行体。兴酣落笔，往往如昆阳之战，风雨怒号，当者无不披靡。玉川《月蚀》、昌黎《陆浑山火》不能过也。余尝疑立人内行醇备，庶几庸德之君子，而诗才奇伟恣肆，殊不类其为人。既而思之，君惟性情沉挚，故诗笔不苟同人，其终成就，亦卓然为独行传中人也，可谓难已。"①对照舒位的为人和诗风，这种评价是符合实际的。

除了学韩之外，王昙也有许多效法李贺的诗篇。如《奉和舒铁云姨丈见赠之作》："戎鼓喧天一柱铜，蛮乡兵幕瘴乡风。书生汗马髀留肉，妖女囊仙血尚红。才子文章山鬼泣，妇人茶火大王雄。"《落花诗》："如此飘零怨也迟，斜阳肯照未残时。生成一树桃花命，冷落终年后土祠。陇水人吹三弄月，孤山魂葬半坟诗。寒鸦齿冷秋烟笑，死若能香那得知。"②其中既有李贺诗诡异幽森的意境特征，又隐然透出一股回荡之气，带有韩愈诗歌的豪宕特点，由此可见王昙从深层次上把握了韩孟诗派整体美学特质所形成的艺术效果。

综而言之，王昙、舒位的诗歌尽管在形貌和神气上都极似韩诗，但这并非只是简单的承袭模仿，而是结合当时的具体社会环境和诗人的人生遭际，将韩、孟诗歌的雄奇险怪之风与其创作经验等诗学元素熔为一炉，借以宣泄胸中的郁怒不平之气；意之所至，往往打破了诗艺渊源的藩篱，因此也常常突现出韩孟诗派以外的诗歌风格。钱泳《烟霞万古楼诗选序》说王昙之诗能够"决

① 〔清〕舒位：《瓶水斋诗集》附录，上海古籍出版社2009年版，第804页。

② 二诗分别见〔清〕王昙《烟霞万古楼诗选》卷一，《续修四库全书》本，第1483册，第567、572页，上海古籍出版社2002年版。

汝汉淮泗而注入江，合金银铜铁为一炉”，便是对其融会各体、求变生新特点的褒扬。但又如严迪昌评价舒位所云：“诗，到了舒位的时代，技艺手法以及学养根柢都已臻于烂熟程度，审美特征的差异全看个性渗入多少而始得标定，诗的价值亦每由此而见及。”①从接受学的角度来看，这应是接受者对被接受对象艺术生命力的再创造过程。

二、钱载和清代“宋诗派”诗人对韩诗“以文为诗”的创作接受

清代诗歌创作中对韩孟诗派的接受，除了承袭其雄奇险怪之风以外，还有另一路从“以文为诗”或曰“襞積奥衍”的角度对韩愈诗歌表现手法的继承。清代诗人对韩愈“以文为诗”的接受，与其对宋诗的推崇是分不开的。从创作层面看，“宋诗派”“学人之诗”可以钱载为其先导，而集中出现在清代中后期，形成以程恩泽、郑珍、江湜、莫友芝、何绍基等以及“同光体”诗人为前后沿承之统系；对韩愈“以文为诗”的接受，情形也大致如此。钱锺书曾下过极为精彩的论断：“清人号能学昌黎者，前则钱萚石，后则程春海、郑子尹，而朱竹君不与焉。萚石实非学人，诗佳处亦都在放笔直干，非以襞積奥衍开生面。程、郑皆经儒博识，然按两家遗集，挽硬盘空，鳌呿鲸掣，悟无本‘胆大过身’之旨，得昌黎以文为诗之传，堪与宋之王广陵鼎足而三；妙能赤手白战，不借五七字为注疏考据尾闾之泄也。”②钱锺书所谓“能学昌黎”，主要就是从“以文为诗”的角度来说的。相较于胡天游、黎简、王昙、舒位等寒士诗人，钱载、程恩泽、郑珍、陈衍、陈三立、

① 严迪昌：《清诗史》，浙江古籍出版社2002版，第993页。

② 钱锺书：《谈艺录》，中华书局1984年版，第177~178页。

沈曾植等诗人的生平道路大致都较为平顺，因而其诗歌题材范围也相对稳定，更引人注目的是其诗歌表现手法方面的努力创新。

（一）钱载：清代"以文为诗"之典范

钱载（1708～1793），字坤一，号萚石，乾隆十七年（1752）进士，官至礼部侍郎。他是浙江"秀水诗派"的领军人物，诗名甚盛。钱载的诗风较为复杂。按照严迪昌的说法，"钱载诗最大的特点是造语奇崛而又不多用僻典；韵语却多用虚词助字，甚而不避俚词、凡近语，拗折清削如古文辞，但又不失机趣，极似将韩愈的文法与杨万里的诗法有机糅合一起"①。简单地说，钱载最主要的诗歌特点即是"以文为诗"。钱锺书有言："萚石诗多有学东野者，如《古琴》《雪夜》两五古。""然心摹手追，实在昌黎之妥帖排奡，不仅以古文章法为诗，且以古文句调入诗。清代之以文为诗，莫先于是，莫大于是，而亦莫滥于是。"②钱载以古文章法句调入诗的作品的确非常普遍。如：

> 永安山破蔡叟锄，寄我古墓砖尺余。咸和四年八月立，七字我识非虎鱼。谓叟颇知廷尉否？其年小马饿归走。吴兴水溢月书七，西北天裂岁在丑。瓦灯荧荧愁篆文，啖薤留白彼护军。八州都督四公子，绩麻乐土方云云。邑虽已改山犹昔，筮吉龟凶落斯甓。泉生日见总心嗟，香郁玉深谁泪滴。遐年可讨名不留，砖兮砖兮发一丘。余不半露直输孔，咸康并时应识刘。烧之不坚异石

① 严迪昌：《清诗史》，浙江古籍出版社2002版，第897页。
② 钱锺书：《谈艺录》，中华书局1984年版，第176页。

> 性，制研不良况成镜。圹中倘有古钱遗，乞我一枚明日更。（《咸和砖歌》）①

此诗显然在模仿韩愈《石鼓歌》，但文字间少了些奥衍恣肆之气，更主要的是平铺直叙、散句单行的“以文为诗”之体。

钱载学孟郊的诗，除了钱锺书所举的《古琴》《雪夜》之外，还可举出多例，如：

> 茕茕寒岁身，不随百役休。戚戚中夜心，不逐万籁收。大雄自言春，小雄亦知秋。风刀割窗纸，忽此凭衾裯。鼠出灯光青，尘落壁角幽。壁复识我谁？我与灯何求？匆匆鸡唱去，去则为白沟。月色照瘦马，冰棱生曲辀。（《宿雄县效孟贞曜体》）

> 刺眼伤心树奈何，高天落日为公歌。槐花岁更官街植，举子身曾驿马驮。骤雨征衣零萼糁，新凉旅馆碎阴罗。素冠况对离家乍，红蜡偏闻苦语多。（《槐花》）②

前诗明言效孟郊体，极具寒古瘦硬之气；后诗虽为七言近体，但诗境亦近孟诗，惟用词造语略欠自然。总体而言，钱载的《萚石斋诗集》中虽然有许多学韩孟诗派的诗篇，但也较多地融入了其他诗歌艺术风格的元素，其纪游、咏物题材之诗非常多，带有陆放翁的气息。他的学韩，更多只是从“以文为诗”的角度表现

① 〔清〕钱载：《萚石斋诗集》卷七，《续修四库全书》本，第1443册，第129页，上海古籍出版社2002年版。

② 以上二诗分别见〔清〕钱载《萚石斋诗集》卷一〇、卷三五，《续修四库全书》本，第1443册，第145、283页，上海古籍出版社2002年版。

出来。正如陈衍所说:"《萚石斋诗》,造语盘崛,专于章句上争奇,而罕用僻字、僻典,盖学韩而力求变化者。"①需要指出的是,在钱载此类诗歌中,也存在一些文字散碎凌乱的篇章,如前举诗例之"乞我一枚明日更""素冠况对离家乍",其中"更""乍"等字均滞碍诗意,令人感觉不畅。用钱锺书的话说,是"诗用虚字,殊多滥恶。古体中每以语助凑足一句字数,阘茸支离,偃卧纸上;施之近体,一不得当,尤刺目棘喉","近体起结处亦好用语助,腐气中人可呕"②,个中原因,大概与钱载长期"奉和御制"的作诗环境不无关联。③

(二)由"宗宋"而"宗韩"的宋诗派诗人程恩泽、郑珍

狭义的"宋诗派"诗人主要是指道光、咸丰年间诗坛上的程恩泽、祁寯藻、何绍基、郑珍、莫友芝等诗人,其中接受韩孟诗派最为典型、突出的应属程恩泽、郑珍二人。

程恩泽(1785~1837),字云芬,号春海,安徽歙县人。嘉庆十六年(1811)进士,官至户部右侍郎。程恩泽在诗学观点上尊崇韩愈、黄庭坚,他的诗歌中有时表现出其诗歌主张,如"却爱闭门陈正字,清如郊岛创如韩"(《题陈乃锡先生手稿应陈尧农吉士属》),"譬若韩杜诗,横逸任所为"(《题吴兰雪庐山纪游诗后》)④,可见他宗尚的是韩孟诗派的独创特点和江西诗派拗硬

① 陈衍:《石遗室诗话》,人民文学出版社2004年版,第56页。

② 钱锺书:《谈艺录》,中华书局1984年版,第180页。

③ 钱锺书《谈艺录》:"清高宗亦以文为诗,语助拖沓,令人作呕。萚石既入翰林,应制赓歌,颇仿御制,长君恶以结主知,诗遂大坏。"(中华书局1984年版,第179页)说得切中肯綮。

④ 〔清〕程恩泽:《程侍郎遗集》卷四、卷六,《续修四库全书》本,第1511册,第241、274页,上海古籍出版社2002年版。

的风格。

程恩泽在诗歌创作方面的学韩表现在多个方面：首先是以文为诗的句式，如"遂磨洪泽而东镜，似筑深江以外墙"（《渡淮即事》）、"避秦即避宋，渊明寓言耳"（《桃源行》）、"儿童闻之捩犬耳，云有黑祥将降耳"（《夜闻鬼车啼有感一友》）①，多用虚词助字，追求排奡险峭的语言风格，而其表现的内容却是豪壮雄放的。其次是用典宏富。因多用僻典，以至常常需要在诗中加上自注，如"淮汉背流收乱水，申黄自古斗雄才。果然谈笑能擒贼，合向牛医酎一杯"（《武胜关》）②，自注曰："黄叔度擒司马龙故事，见《天禄阁外史》。"此一特点正如郑珍所云："我读先生古体诗，蟠虬咆熊生蛟螭。我读先生古文词，商敦夏卣周尊彝。其中涵纳非涔蹄。若涉大水无津涯。捣烂经子作醯醬，一串贯自轩与羲。"③总之，"以文为诗"和"以才学为诗"，这些都是程恩泽作为宋诗派诗人接受韩诗的典型表现。

程诗有时在语言方面也表现出夸张、狠重、谐趣的审美特色，呈现出接受韩诗影响的另一面。如"海畔乖龙呼不起，潢中女魃怒相干"（《苦旱》）、"老龙群飞抗而争，半空使风如使兵"（《嘲北风》）④，但相比起"以文为诗"的接受来说，只能居于次要地位。

郑珍（1806～1864），字子尹，号柴翁，又号"巢经巢主"，贵

---

① 分别见〔清〕程恩泽《程侍郎遗集》卷三、卷二、卷三，《续修四库全书》本，第1511册，第231、200、233页，上海古籍出版社2002年版。

② 〔清〕程恩泽：《程侍郎遗集》卷二，《续修四库全书》本，第1511册，第213页，上海古籍出版社2002年版。

③ 〔清〕郑珍：《留别程春海先生》，见白敦仁《巢经巢诗钞笺注》，巴蜀书社1996年版，第46页。

④ 〔清〕程恩泽：《程侍郎遗集》卷二，《续修四库全书》本，第1511册，第202页，上海古籍出版社2002年版。

州遵义人。道光十七年(1837)举人。郑珍师从程恩泽,与何绍基、莫友芝、江湜等人同为清代后期“宋诗派”的代表。郑珍博学多才,以经学、小学而著称,其诗亦多具学力,莫友芝曾说他“经训第一,文章第二,歌诗第三”(《巢经巢诗集序》)。但他不是一味卖弄。郑珍学习的虽然是苏、黄一派之宋诗,但能够避免掉书袋的毛病,把经学结合于诗歌之中,又能将其人生流离、家境寒窘的坎坷处境融入于诗,带有沉郁俊伟之气。在当时的诗坛风气下,一位学者诗人能做到这点,的确难得。

郑珍对韩愈诗非常喜好,曾对韩集做过系统而深入的研究。他曾说:“余年十五六,始见国初顾侠君《韩诗补注》,酷嗜之,钞而熟读焉。继而聚宋之五百家注,朱子《考异》,吕、程、洪、方四家年谱,洎明凌稚隆所刊宋廖莹中世彩堂韩集,以及国朝朱竹垞、何义门朱墨批本,方扶南之笺注,莫不取而参稽之、互证之,几无一字一句不用心钩索者,至今垂三十年矣。”(《柴翁说》)① 虽然清代中后期学韩之风大炽,但如郑珍这般因“酷嗜”韩诗而一字一句都“用心钩索”者,并不多见。郑珍《巢经巢文集》卷五有十余则为韩诗作的跋文,考证事实、辨析诗义,包含了许多独到、精审的见解,对韩诗的学术研究有一定贡献,但未涉及诗歌艺术方面的评骘与阐发。另外,从《钞东野诗毕书后二首》诗中,还可以看出郑珍对孟郊的态度:“东野力可韩,憨憨奏苦弹。经巢能得书,得恐无我观。草草略可识,十卷亦完完。与待购善编,一字不及看。孰若孟为孟,尚抗韩之韩。始知作者心,千载同肺肝。”“峭性无温容,酸情无欢踪。性情一华岳,吐出莲花峰。草木无余生,高寒见巍宗。我敬贞曜诗,我悲贞曜翁。长安

① 〔清〕郑珍:《巢经巢文集》卷五,《续修四库全书》本,第1534册,第353页,上海古籍出版社2002年版。

千万花，世事难与同。一日即看尽，明日安不穷？贞曜如有闻，听然囚出笼。”①这是身处乱世的文士从内心深层发出的悲鸣之音，“始知作者心，千载同肺肝”一句下语尤为沉痛。

郑珍诗带有浓重的学韩色彩。他不但有多首诗歌步和韩诗之韵，更重要的是，他的许多咏物摹形、叙事纪游之作，既体现出强烈的对怪异、奥衍之风的审美追求，又具有韩诗“以文为诗”的特点：多用虚词、铺排直叙，写事分明，有时夹杂一些议论。这类作品数量很多，如《浯溪游》《五盖山砚石歌赠曾石友刺史》《正月陪黎雪楼恂舅游碧霄洞》《玉蜀黍歌》《白水瀑布》《安贵荣铁钟行》《与儿子登云中山取间出绝顶由石屏山后入城憩四官殿周览而归》《两洞诗》《白崖洞》《瘿木诗》等，在郑珍诗集中可占十之三四。其中《正月陪黎雪楼恂舅游碧霄洞》一诗，追求险怪意境，多有铺叙之语，其奥衍恣肆之处极似韩愈《南山》，陈衍即称其为“效昌黎《南山》而变化之”②。除了这些险怪奥衍之诗，郑珍亦有相当数量诗风平易和缓者，其中也常能见到接受韩诗的痕迹，如《武陵烧书叹》，“句法皆由韩愈《寄卢仝》诗而来”③。

在炼字琢句、修辞手法等具体诗艺层面，郑珍诗歌中师法韩孟诗派诗歌之处也常常可见，如：“长船大炬无留影，斗硕波澜有余潴”（《游北湖怀昌黎公》）④化自“大炬然如昼，长船缚似桥”（韩愈《叉鱼》），“兰叶萧萧泣露凉，芙蕖花覆黄鸳鸯”（《阑

① 白敦仁：《巢经巢诗钞笺注》前集卷五，巴蜀书社 1996 年版，第 369～370 页。

② 陈衍：《石遗室诗话》，人民文学出版社 2004 年版，第 57 页。

③ 魏中林整理：《钱仲联讲论清诗》，苏州大学出版社 2004 年版，88 页。

④ 白敦仁：《巢经巢诗钞笺注》，巴蜀书社 1996 年版，第 36 页。

干曲》)①化自"芙蓉泣露香兰笑"(李贺《李凭箜篌引》),"瘦蛟叫沉潭,波心吟老龙"(《酷热吟》)②化自"老鱼跳波瘦蛟舞"(李贺《李凭箜篌引》)。诸如此类,不一而足。

与程恩泽、郑珍等诗人之学韩相似,此一时期"宋诗派"诸人对韩派诗人尤其是韩愈诗大多表现出了浓厚的兴趣。细究其意,一方面固然源自对韩派诗人心性特点和创作方法的心仪,但另一方面,又不无借韩诗上溯杜甫、下接苏黄的意图。钱基博《现代中国文学史》指出:"道光而后,何绍基、祁寯藻、魏源、曾国藩之徒出,益盛倡宋诗。而国藩地望最显,其诗自昌黎、山谷入杜,实衍桐城姚鼐一脉。鼐每诏人,谓:'学诗,须先读昌黎,然后上溯杜公,下采东坡,于此三家,得门径寻入,于中贯通变化,又系各人天分';及其自为诗,则以清刚出古淡,以遒宕为雄;由韩学杜,已开晚清同光体之先河,与文之萧然高寄者异趣;而特为文所掩抑不甚著。"③这段话大致概括了晚清宋诗派诸人学韩的原因和具体路径,并勾勒出他们对此后同光体诗人的影响。

(三)"同光体"诗人对韩孟诗派的创作接受

与晚清"宋诗派"前后相承,从"以文为诗"角度接受韩诗的还有活跃于清末民初诗坛的"同光体"诗人。"同光体"诗人是一个涵盖范围比较广阔的概念:从时期来讲,虽以同治、光绪年号为名,但许多重要诗人的主要创作时期是在光宣之世和民国初期;从风格来讲,其内部分成几种不同的倾向,而且按照钱仲

---

① 白敦仁:《巢经巢诗钞笺注》,巴蜀书社 1996 年版,第 2 页。

② 白敦仁:《巢经巢诗钞笺注》,巴蜀书社 1996 年版,第 55 页。

③ 钱基博:《现代中国文学史》,中国人民大学出版社 2004 年版,第 21 页。

联的说法，还可按地域分为三个诗人群体。① 以陈衍、陈三立、沈曾植、郑孝胥等为代表的“同光体”诗人，深受晚清“宋诗派”的影响，由“宗宋”而“宗韩”，在诗歌创作方面延续了接受韩孟诗派的主流。大致来说，“同光体”在诗论方面的代表人物是陈衍，创作方面较有代表性的是陈三立、沈曾植。

从诗论的角度看，陈衍的“三元”说、沈曾植的“三关”说对元和诗坛的重视，固然是其整体诗史发展观的显现，但作为“诗到元和体变新”代表者的韩孟诗派，受到陈、沈的特别重视是不言而喻的。陈衍曾说过：“自咸、同以来，言诗者喜分唐、宋，每谓某也学唐诗，某也学宋诗。余谓唐诗至杜、韩而下，现诸变相。”②这一观点上源清初叶燮，下启钱锺书“诗分唐宋”之论，充分展现出韩愈“大变唐诗”进而开山宋诗的作用。

在创作中学韩，是清代中叶“宋诗派”昌炽以来所流行的风气。陈衍曾在诗话中记述当时在京城诗坛群体创作活动中学韩的情形：“忆庚戌在都，仁先与苕雪、治芗、季湘、仪真诸君，亦建诗社。各有《和昌黎感春诗》甚佳。……昌黎所以不同李、杜者，语较生涩。仁先服膺昌黎甚至，如‘众人熙熙’二句、‘我闻先圣’二句、‘深衣玉几’四句、‘不知有冬’二句、‘清晨坐起’二句，皆善于肖韩者。”③

“同光体”诗人以诗歌创作接受韩诗，最具代表性的是陈三立、沈曾植。陈衍在论及晚清以来诗坛派别时曾指出：“前清诗学，道光以来一大关捩。略别两派：一为清苍幽峭……其一派生涩奥衍，自《急就章》《鼓吹词》《铙歌十八曲》以下，逮韩愈、孟

① 参见钱仲联《论“同光体”》，载《文学评论丛刊》第9辑。

② 陈衍：《石遗室诗话》，人民文学出版社2004年版，第226页。

③ 陈衍：《石遗室诗话》，人民文学出版社2004年版，第155～156页。

郊、樊宗师、卢仝、李贺、黄庭坚、薛季宣、谢翱、杨维桢、倪元璐、黄道周之伦，皆所取法，语必惊人，字忌习见。郑子尹之《巢经巢诗抄》，为其弁冕，莫子偲足羽翼之。近日沈乙庵、陈散原，实其流派；而散原奇字，乙庵益以僻典，又少异焉，其全诗亦不尽然也。"①陈氏认为郑珍是"生涩奥衍"一派最高成就的代表，沈曾植、陈三立属于其派别又各自发展了某一方面的特色，这是独具眼光的。钱仲联、严明认为"把沈曾植和陈三立列入一大流派主要是着眼于他们的诗作都着意于刻意雕镂，力求奇奥，多奇语奇想，意象光怪陆离，寓意深沉隐晦"②，也与陈氏的见解一致。

陈三立(1853～1937)，字伯岩，号散原，江西义宁(今修水)人。光绪十五年(1889)进士，授吏部主事。其诗宗江西派，推尊黄山谷，兼学东坡。他对于韩愈诗的接受，也正是经由江西派宋诗而入手的。陈三立论诗主张"雕搜物象写奇情"(《次韵酬曹范青舍人》)，追求奇字、奇语、奇象、奇境。如《雨中望西山》一诗形容雨雾笼罩山峦的奇幻之境云："西山隐天表，恍褁百重纸。飞光接微茫，走势失迤逦。金蛇掣云海，蛟璃角嶷嶷。腾踔攫虎豹，万怪在其里。亦有列仙人，冠帔跨騄駬。拥簇千芙蓉，仪卫鹄而俟。贝阙陵虹梁，环泻银河水。"③虽有明显的才学质实之特点，但也雄健、奇崛、灵动，没有凝重滞涩之感，这正是由山谷而通昌黎的效果。当然，陈三立的学韩更多地是融入自成一体的诗风当中，正如李渔叔所云："散原精舍诗，其得力固在昌黎、山谷，而成诗后，特自具一种格法，精健沉深，摆脱凡庸，转

---

① 陈衍：《石遗室诗话》，人民文学出版社2004年版，第41页。

② 钱仲联、严明：《沈曾植诗歌论》，载《文学遗产》1999年第2期。

③ 陈三立：《散原精舍诗文集》，上海古籍出版社2003年版，第67页。

于古人全无似处。”①

沈曾植(1850～1922),字子培,号乙盦,晚号寐叟,浙江嘉兴人。沈氏博学多才,是“同光体”中“学人之诗”的代表。作为钱载的同乡,沈曾植在诗歌方面受其影响较大,同时也很喜好黎简的诗。他的诗作具有才学化的倾向,如《寒雨积闷杂书遣怀》《病僧行》《遨游在何所行》《陈庸庵尚书水流云在图册》之类的长篇,皆杂糅子史、以文为诗、奥衍恣肆,可谓深得韩诗之趣。此外,沈曾植的短篇诗歌也多有承韩之处。陈衍《重刻晚翠轩诗叙》:“吾友沈子培,谓其近体杂之《广陵集》中,或未能辨者,可信也。广陵天下才,瑰奇绝律,力追韩孟,次者乃侪山谷。”②可见,沈氏自己也常以此自矜,说明他作此类诗是刻意而为之的。

总而言之,清代诗歌创作中对韩孟诗派的接受呈现出缤纷多彩、纷繁多样的面貌,这一方面是因为中国古典诗歌已经发展到了极致,各种风格、表现手法趋向融通共存,另一方面则是因为诗歌理论批评也到了成熟阶段。对于韩孟诗派而言,求新求变的创作精神、倾吐胸中块垒的创作动机、探奇抉怪的美学追求,对晚清诗人产生了尤为重要的影响。

① 李渔叔:《鱼千里斋随笔》,见钱仲联《清诗纪事》,凤凰出版社2004年版,第4册,第3316页。

② 陈衍:《陈石遗集》,福建人民出版社2001年版,第505页。

第七章 “郊岛”与韩孟群体接受史离合关系之嬗变

在韩孟诗派的群体接受中，孟郊常被归属于两组不同的并称：“韩孟”“郊岛”。同样，贾岛也有“郊岛”“贾姚”之并称。尽管有时与姚合并称，但贾岛属于韩孟诗派，则应当是没有疑问的，原因有三：一是韩愈对之充分认可，二是孟郊与其很类似，后世常并称，三是现存贾诗的确也能反映韩孟诗派的部分共同之处。当然，贾岛与韩孟诗派其他人的区别也显而易见。韩孟诗派元和年间活动高峰时，贾岛也才三十岁左右，后来他虽又在长安追随韩愈多年，但诗歌创作渐渐走上了独立发展的道路，诗风也随之发生了一些变化。所以，后世贾岛或“郊岛”有时会独立、游离在韩孟诗派群体接受的阵营之边缘，形成了一道独特景观。

第一节 晚唐五代时期对贾岛的接受及其社会文化原因

在韩孟诗派诗人中，贾岛在晚唐五代的影响最大，而且这种影响相对于整个诗派来说是比较独立、游离的。明人杨慎曰："晚唐之诗分为二派：一派学张籍，则朱庆余、陈标、任蕃、章孝标、司空图、项斯其人也；一派学贾岛，则李洞、姚合、方干、喻凫、周贺、九僧其人也。"①俨然以张、贾两派划分晚唐诗坛。不过从在晚唐五代的影响力来看，张籍是远不如贾岛的。闻一多认为："由晚唐到五代，学贾岛的诗人不是数字可以计算的，除极少数鲜明的例外，是向着词的意境与词藻移动的，其余一般的诗人大众，也就是大众的诗人，则全属于贾岛。从这观点看，我们不妨称晚唐五代为贾岛时代。"②彼时诗坛上的确多为成就一般、风格不甚鲜明的"大众诗人"，但说他们"全属于贾岛"，则有过于绝对之嫌。贾岛的苦吟作诗方式和诗境狭窄、情感内敛、意境幽独、意象琐碎、琢句炼字等诗歌特点，与晚唐五代纷乱的社会环境、被挤压以至扭曲的文人心态相契合，因而获得很多中下层诗人追捧。贾岛在晚唐五代直至宋初的影响力之大，在中国诗史上是非常罕见的。

一、接受贾岛的诗人群体与接受内容概观

从贾岛生活的晚唐文宗大和、开成和武宗会昌年间，直到宋初真宗朝后期"晚唐体"诗人渐渐退出诗坛③，在近二百年的时间里，推崇贾岛诗名、模仿贾岛诗风、受到贾岛影响的人不计其

① 〔明〕杨慎：《升庵诗话》卷一一"晚唐两诗派"条，见《历代诗话续编》，中华书局 1983 年版，第 851 页。杨氏的观点乃是承袭张洎《项斯诗集序》、方回《瀛奎律髓》卷二〇评朱庆余《早梅》的说法。清人李怀民《重订中晚唐诗主客图》列张籍为"清真雅正主"、贾岛为"清真僻苦主"，也是沿此路而来。

② 闻一多：《唐诗杂论》，上海古籍出版社 1998 年版，第 36 页。

③ 宋初"晚唐体"的提出最早是南宋严羽《沧浪诗话》，而具体诗人成员的界定，则见于元代方回《送罗寿可诗序》（《桐江续集》卷三二）。

数,形成了一个“贾岛时代”①。按时代先后顺序,这些诗人大致可划分为以下几批:

首先,唐文宗大和至宣宗大中年间的一批诗人。主要有姚合及其追随者方干、李频、马戴、周贺、喻凫、刘得仁等人。贾岛和姚合交游较多,在诗坛上齐名,其幽僻枯淡诗风有一致之处。以姚合诗风为代表的“武功体”,与贾岛有极深的渊源关系。对于后世的接受者来说,姚合是接受贾岛的一座非常重要的桥梁。这一时期里的张祜、林宽、顾非熊、司空图、尚颜、曹松、于邺、李中等人也都受到贾岛一定的影响。

其次,唐僖宗咸通年间至唐末的一批诗人。主要是“咸通十哲”,包括许棠、张乔、喻坦之、剧燕、任诗、吴罕、张蠙、周繇、郑谷、李栖远、温宪、李昌符等十二人,其中以郑谷成就最高。

再次,五代时期主要有李洞、唐求、裴说、齐己、孙晟、陈贶、刘洞、夏宝松、江为、皮光禹、刘昭禹、王元、扈载、孟贯等人学习贾岛②,其中以李洞、齐己效法贾诗为多。

最后,宋代初期的“晚唐体”。包括魏野、潘阆、林逋、“九僧”、寇准等人。

以上只是就大致时段而言,实际上,不但同一时期的诗人之间联系密切,而且不同时段的诗人们也常有前后影响关系。作为一种诗歌风潮,贾诗所影响的诗人、读者是很难被准确地一一列举出来的。

学贾既已形成时代风潮,则涉及面必然宽泛。总起来看,中

---

① 李嘉言《贾岛诗之渊源及其影响》(《长江集新校》附录)根据多家古人所论,统计晚唐学贾岛者共 22 人。囿于文献的限制,实际数字肯定远大于此。

② 参见张兴武《五代作家的人格与诗格》第八章第二节《苦吟诗风》,人民文学出版社 2000 年版。

晚唐五代崇贾者大致从以下三个方面接受贾岛：

一是苦吟的创作精神。关于诗歌创作中的苦吟，曾有不少学者进行过研究。[①] 苦吟本为对待诗歌创作的严格态度，要求凝结诗思、锤炼字句，取得完美的艺术效果。诗歌发展到唐代，对声律、诗格愈加讲究，创作过程也日趋于“苦”。如杜甫即多次称自己作诗是“为人性僻耽佳句，语不惊人死不休”（《江上值水如海势聊短述》）[②]、“陶冶性灵存底物，新诗改罢自长吟。熟知二谢将能事，颇学阴何苦用心”（《解闷》之七）[③]。这种苦心为诗的态度，与近体诗的日趋精密化的走向是相对应的：在自然天成、浑然无迹的审美理想之外，人工之美也成为一种追求。到了中唐时期，苦吟在韩孟诗派这里得到了全方位的落实，孟郊苦吟，李贺苦吟，贾岛更集苦吟之大成。人所熟知的因揣摩“推敲”而撞驾的故事，因构思“落叶满长安”上句而撞驾的故事，尽管不尽属实，却都“被”发生在贾岛身上，说明在接受者心目中贾岛就是苦吟的化身。在贾岛诗中，“苦吟”及与吟诗相关的“苦”字频频出现，如“默默空朝夕，苦吟谁喜闻？”（《秋暮》）“沟西吟苦客，中夕话兼思。”（《雨夜同厉玄怀皇甫荀》）“一日不作诗，心源如废井。……书赠同怀人，词中多苦辛。”（《戏赠友人》）[④]对他来说，一天不作诗，心灵就像源泉枯竭了的井，一片空洞，一片黑暗。而由于将全副精力用于吟诗，其结果自然是

---

① 专门的论文如王南《“苦吟”诗论》（载《首都师范大学学报》1995年第2期）、吴在庆《略论唐代的苦吟诗风》（载《文学遗产》2002年第4期）等，在其他相关论著中涉及的更多。

② 〔清〕仇兆鳌：《杜诗详注》，中华书局1979年版，第810页。

③ 〔清〕仇兆鳌：《杜诗详注》，中华书局1979年版，第1515页。

④ 以上三诗分别见齐文榜《贾岛集校注》，人民文学出版社2001年版，第156、155、71页。

"风光别我苦吟身"(《赠刘评事》)了。在著名的《送无可上人》诗之腹联"独行潭底影,数息树边身"句下,贾岛这样自注道:"二句三年得,一吟双泪流。知音如不赏,归卧故山秋。"①两句与三年,何等悬殊!这一方面是在极状苦吟之情状,另一方面显示出期待知音赏识的迫切心理,这是苦吟创作精神的最佳演绎。渴求诗歌上的知音,其实更是希望自己苦心为诗的精神能够得到理解与共鸣。贾岛的这种希冀并未落空,他的不少诗友和后辈既同情他的遭遇,又赞赏他的诗篇。如王建《寄贾岛》:"尽日吟诗坐忍饥,万人中觅似君稀。……傍暖旋收红落叶,觉寒犹着旧生衣。"②方干《寄普州贾司仓岛》:"乱山重复叠,何路访先生。岂料多才者,空垂不世名。闲曹犹得醉,薄俸亦胜耕。莫问吟诗石,年年芳草平。"③都对贾岛寄予深切的同情和理解。

晚唐五代推崇贾岛者多为苦吟诗人。如姚合"负石听苦吟"(《买太湖石》),李频"苦吟身得雪"(《及第后归》),方干"至学不得力,至今犹苦吟"(《贻钱塘路明府》)、"吟苦鬼神知不知"(《赠进士章碣》),齐已"故人犹忆苦吟劳"(《谢人自钟陵寄纸笔》)等,诸如此类,不胜枚举。苦吟精神是韩孟诗派的一个重要共性,但因贾岛的心态较之韩愈等人要枯淡清寂得多,与晚唐五代的士人心态有更多契合之处,所以才引得众人趋之若鹜,并对贾岛寄予一瓣心香。

二是将诗歌作为人生价值实现的心理寄托。

---

① 齐文榜:《贾岛集校注》,人民文学出版社 2001 年版,第 119 ~ 120 页。

② 〔清〕彭定求等:《全唐诗》(增订本),中华书局 1999 年版,第 3410 页。此诗一作张籍赠项斯诗。

③ 〔清〕彭定求等:《全唐诗》(增订本),中华书局 1999 年版,第 7508 页。

晚唐五代的诗人们不但对贾岛的人生心路历程有深切的同情与理解，而且由此生发开去，将贾岛的诗歌价值观渐渐内化演变成为一种自发的生活样态，成为落魄寒酸诗人的一种基本生活方式和精神寄托，于是苦吟便具有了更为深层的人生价值意义。

李洞《晰上人贾岛诗卷》云："贾生诗卷惠休装，百叶莲花万里香。供得年年吟不足，长须字字顶司仓。"①晰上人供贾岛诗如佛经，李洞感佩不已，而对贾岛的崇奉更有过之，他铸贾岛铜像，每天持珠念贾岛佛。《唐才子传》说李洞念贾岛佛一日千遍。遇上喜欢贾岛的人，李洞必亲手抄录贾岛诗相赠，并叮咛再三说：此无异佛经，回家后要焚香礼拜它。郑谷有哭李洞诗说："若近长江死，想君胜在生。"(《哭进士李洞二首》其二)南唐人孙晟对贾岛的崇拜程度仅次于李洞，他请人画贾岛像挂于墙壁，早晚跪拜。② 由此可见，许多晚唐诗人对贾岛已经到了狂热崇拜的地步，其意义早已超越了单纯的诗歌创作技巧甚至是诗歌思想的层面。

三是追求枯寂寒瘦的诗歌美学境界。贾岛本人的诗风属于韩孟诗派的范畴，但因贾岛有过出家为僧的经历，在怪奇、瘦硬的基本特点之外，其诗更带有一种枯寂、寒瘦的情调，更能表现出末世士人的一种典型情思。如其《题李凝幽居》："闲居少邻并，草径入荒园。鸟宿池边树，僧敲月下门。"《原上秋居》："关西又落木，心事复如何。岁月辞山久，秋霖入夜多。"《送贺兰上人》："野僧来别我，略坐傍泉沙。远道擎空钵，深山蹋落花。"在

---

① ［清］彭定求等：《全唐诗》(增订本)，中华书局1999年版，第8381页。

② 参见孙猛《郡斋读书志校证》，上海古籍出版社1990年版，第946页。

这些诗中,主人公或闲居而少邻,或幽处而落寞,常与"草径""荒园""落木""秋霖""深山""落花"为伴,展示出一种在主题、意象、造语诸方面迥异他人的独特境界。就主题而言,多表现寒士清贫落魄的生活内容,寄托或清苦哀怨、或寂寥闲淡的情思意趣。就意象而言,多倾向于清冷、细微、瘦硬一路,如秋景、雨雪、寒蝉、孤鹤、野僧、荒寺、流萤、冷松等,寄托着诗人孤寒、幽峭的审美意趣。就造语而言,努力锤炼,刻意求工,或精警奇特,或平淡率意,无不具有自家面目。

中晚唐时期的苦吟诗人多有过往,有些还是交情不浅的朋友。姚合与贾岛就来往频繁,交谊颇笃。从贾岛《宿姚合少府宅寄张司业籍》可知道贾在姚家住过,从姚合《喜贾岛至》《喜贾岛雨中访宿》可知姚对贾的态度。二人无论在哪里相遇,都要吟诗唱和。贾岛《酬姚合校书》有言:"因贫行远道,得见旧交游。美酒易倾尽,好诗难卒酬。"说明贾、姚二人在诗风上声气相投,在诗美境界上颇为相近。南宋永嘉四灵中的赵师秀就看出了贾、姚的共同处,因而选贾、姚二人诗合为《二妙集》。实际上,由于贾、姚联手,更增加了贾岛在晚唐诗人中的影响力,而贾岛创作中展示的主题、意象、造语等特点,也自然成为后辈诗人效法的榜样。

二、"贾岛现象"的社会文化原因

晚唐五代崇尚贾岛的风潮一直延续到宋代初年才渐为新诗风所取代,但在此之后,每到朝代末叶,诗坛上便出现向贾岛回归的趋势,"宋末的四灵,明末的钟谭,以至清末的同光派,都是如此"①,这就超越了"贾岛的时代"而升格为中国文学史上少有

① 闻一多:《唐诗杂论》,上海古籍出版社 1998 年版,第 37 页。

的“贾岛现象”。

闻一多认为贾岛、姚合“做一种阴黯情调的五言律诗”，其原因是“阴黯由于癖好，五律为着出路”①，这从审美情趣和功利追求方面道出了贾、姚诗歌的两种成因。但对于如此持久而广泛的贾岛现象来说，其背后更有着深层的社会文化原因，对此闻一多也有提及：“休息，这政治思想中的老方案，在文艺态度上可说是第一次被贾岛发现的。……可见每个在动乱中灭毁的前夕都需要休息，也都要全部的接受贾岛，而在平时，也未尝不可以部分的接受他，作为一种调济，贾岛毕竟不单是晚唐五代的贾岛，而是唐以后各时代共同的贾岛。”②将接受贾岛的现象上升为一种宏观的历史文化规律，与末世心态联系在一起，这是闻氏的精辟之处，但仅仅如此还是过于简略。对于历代末世的崇贾风潮，其社会文化原因大致可归结为几点：

一是末世心态、内敛心理。这是在王朝末期诗坛上出现追趋贾岛现象的主要原因，对此论家们已多有关注。在一个朝代的各种弊端积重难返、士人群体心态趋于绝望的时候，他们就只好独善其身，退守自己的心灵家园。这与唐代以来士人群体层次结构的发展变化有关。中唐以后，庶族士人的政治活跃性大为提高，但封建制度长期发展带来的弊端难以得到彻底根除，所以常出现乱而治、治而衰、衰而乱的历史循环，这种循环给士人的心灵带来难以承受的冰与火的双重刺激，在末世中往往选择归隐之路。在一般的时代里，归隐与出仕总是保持着一种动态的平衡，但到了衰飒的末世，归隐心态便占了上风。贾岛正代表了这类地位不高的庶族士人的末世心态和归于个人精神家园的

① 闻一多：《唐诗杂论》，上海古籍出版社1998年版，第32页。

② 闻一多：《唐诗杂论》，上海古籍出版社1998年版，第36~37页。

内敛心理,这成为"文学贾岛"被广泛接受的基础。

二是儒释道互补心态的日渐成熟。接受贾岛的诗人群体总体上看是社会底层士人,其中相当一部分是僧人、隐士。在中唐以后士人的思想中,儒释道的互补心态渐渐走向成熟。出入于儒释道而在晚年尽享闲适人生的白居易,在唐末五代也有不小的影响,继而通过苏轼等宋代士人的发扬,建立了封建士大夫的典型互补心态模式。贾岛与白居易同在晚唐五代风行,就此而言二者是共通的。这可以解释唐以前的末世何以未出现类似的"贾岛现象"。

三是在苦吟中追求精神价值的实现。士人在退守心灵时为了体现自己的个体价值,往往通过苦吟的方式来展现。这种展现并非带有功利性目的,而单纯是为了满足自己的精神需要。

四是文艺意趣向小、巧、淡、闲方向发展。学贾一派的诗歌艺术风貌的形成,固然与上述社会原因有关,但也有文艺本身的因素。就文人审美意趣而言,唐以后在诗歌、绘画、雕塑、书法等艺术的发展中都体现出在小、巧、淡、闲方面的发展,恢弘开张的气魄已经不是主流,如诗歌中对王、孟山水田园一派的趋好,绘画中水墨画的发达,雕塑中淡雅洁净之风的扩展,书法中对晋、唐法度的超越与笔墨意趣的追求等,都展现出了这一倾向。这种审美趋好与其他因素结合到一起,很容易导致向贾岛寒瘦、精巧、枯淡一路的学习,而其流弊则在于琐碎、卑弱。

五是出于矫正其时诗弊的需要。贾岛本身的创作即有矫正诗风的因素。五代王定保《唐摭言》云:"元和中,元白尚轻浅,岛独变格入僻,以矫浮艳;虽行坐寝食,吟味不辍。"①由于历史

① 〔五代〕王定保:《唐摭言》,古典文学出版社 1957 年版,第 121 页。

的演进和文学的发展具有某种相似性,遂导致各相似时代必然会有一批人学习贾岛,借以抵制和矫正当时的诗坛流弊。如宋末四灵反对江西诗派的滞重呆板,以贾姚轻灵闲淡矫之;明末竟陵派反对前后七子模拟盛唐、手足被缚和公安派的浅率,以韩孟诗派主观师心、幽峭的创作倾向来矫正。这种意识明确的创作观念,往往也会带来矫枉过正的弊端。元初方回、清初钱谦益分别对宋末永嘉四灵、江湖诗人以及明末竟陵派的批判,便是针对这些学贾过度所形成之弊端而发的针砭。

以上各种因素,实际上是融合在一起、难以分割的。对于贾岛接受史而言,除了能够反映出其诗歌的艺术价值,这种社会文化原因的探讨,也展示出贾岛的另一种价值所在。明代许学夷在评论晚唐五代的“贾岛现象”时说:“晚唐人卑陋,于岛辈倾心向慕,于退之、东野,茫乎无得也。”①虽然指出了这种现象的存在,但对晚唐人为何“卑陋”、为何“于退之、东野茫乎无得”的深层文化原因,却没能给予足够的关注。

第二节　宋代:“郊岛”与“贾姚”的分合嬗变

一、“郊岛”说的产生与定型

孟郊、贾岛的生平经历、性格处境和诗风都有很多类似之处,因而常被后人并称“郊岛”。但在韩孟诗派交游活动时,甚至是整个中晚唐时期,孟郊、贾岛并未被并称在一起。这可能是

① 〔明〕许学夷:《诗源辨体》,人民文学出版社1987年版,第258页。

因为，孟郊、贾岛年龄相差较大，在韩愈文人群体中的地位不一样，他们二人甚至终生未曾见面，仅有诗歌唱酬往来（郑珍《跋韩诗送无本师归范阳》有考辨）。而且，贾岛去世晚于孟郊近三十年，因而得以与许多后辈诗人交游往来，获得了更高的知名度。

唐末五代时期开始出现“郊岛”并举现象。五代时期韦庄编选的诗歌选本《又玄集》卷中录有题名韩愈的一首诗《赠贾岛》：“孟郊死葬北邙山，从此风云得暂闲。天恐文章浑断绝，更生贾岛著人间。”今本韩愈集中并无此诗（以“集外诗”录存），此诗在《又玄集》中是首次出现。苏轼辨其为伪作，现代学界对此已基本形成定论。这首诗从文笔气格上看，似乎是晚唐五代人所伪托。此诗并未直接将“郊岛”并称，但认为孟郊、贾岛风格接近、前后相继，共同标举的意思已比较明显。唐末五代诗僧齐己《览延栖上人卷》云：“贾岛苦兼此，孟郊清独行。”该诗将贾、孟并举，时间也大致在此前后。

北宋时期，欧阳修多次明确将孟郊、贾岛并称。如欧阳修《读蟠桃诗寄子美》：“郊死不为岛，圣俞发其藏。”《太白戏圣俞》：“下看区区郊与岛，萤飞露湿吟秋草。”《书梅圣俞稿后》：“而孟郊、贾岛之徒，又得其悲愁郁堙之气。”《六一诗话》：“孟郊、贾岛皆以诗穷至死，而平生尤自喜为穷苦之句。”①可见，欧阳修将“郊岛”并称的原因一方面是他们诗歌的“悲愁郁堙之气”“穷苦之句”，另一方面则是孟、贾二人“皆以诗穷至死”“穷而后工”，即其人生穷苦命运、苦吟作诗态度的相似处。欧阳修的好友梅尧臣，各方面均与孟郊、贾岛极其相似，这是欧阳修时

① 〔北宋〕欧阳修：《六一诗话》，见《欧阳修全集》，中国书店出版社1986年版，第1037页。

常并称“郊岛”的又一重要原因。

苏轼在欧阳修之后，提出“郊寒岛瘦”之论，评价精要得当，深得孟郊、贾岛诗歌况味，对后世接受贾岛的方向有极大影响。“郊岛”并称亦随之基本定型。①

当然，对于将孟郊、贾岛并称，笼统对之进行阐释评论的做法，不少人提出过异议。张戒《岁寒堂诗话》指出世人对孟郊评价的不公：“世以配贾岛而鄙其寒苦，盖未之察也。郊之诗，寒苦则信矣，然其格致高古，词意精确，其才亦岂可易得。”②张戒对苏轼“郊寒岛瘦”的权威论断提出不同意见，认为孟郊远高于贾岛。这并非出于简单的个人好恶，而是一种建立在诗歌特色分析基础上的理性审视。刘克庄也认为“郊寒岛瘦”之说不妥：“唐诗人以岛配郊，又有郊寒岛瘦之评。余谓不然。郊集中忽作老苍古硬语，禅家所谓一句撞倒墙者。退之崛强，亦推让之，岛尤敬畏。”③以孟郊诗语言方面的古硬特点来说明孟高于贾，与苏轼从审美风格方面讲的“郊寒岛瘦”其实是两个不同的向度。

---

① 东坡之后，沿袭“郊寒岛瘦”者极多。如：“东坡《祭柳子玉文》：‘郊寒岛瘦，元轻白俗。’此语具眼。”（许顗《彦周诗话》）“诗以意为主，又须篇中炼句，句中炼字，乃得工耳。……元轻白俗，郊寒岛瘦，皆其病也。”（张表臣《珊瑚钩诗话》卷一）“人之为诗要有野意。盖诗非文不腴，非质不枯……至于郊寒岛瘦，去之益远。”（陈知柔《休斋诗话·诗贵有野意》）“君诗高处古无师，岛瘦郊寒讵足差。”（朱熹《次韵谢刘仲行惠笋二首》）宋代之后相似论述更多。

② 〔北宋〕张戒：《岁寒堂诗话》，见《历代诗话续编》，中华书局 1983 年版，第 459 页。

③ 〔南宋〕刘克庄：《后村诗话新集》，中华书局 1983 年版，第 204 页。

二、北宋时期对贾岛诗歌价值之论说

贾岛在宋代的传播接受情形非常富有规律性。在宋代初期、末期，学贾风气盛行于诗坛，而在宋代中间的大部分时间里，他与孟郊一样，因其寒瘦诗风而不为大部分文人喜好。

宋初学贾之风的代表是“晚唐体”，这一派诗人大多是隐士、僧侣，代表诗人有魏野、潘阆、林逋、寇准、“九僧”等。他们继承晚唐五代以来的崇贾之风，从诗论和创作上都显现出对贾岛一派诗风的热衷。“晚唐体”的诗歌题材狭窄，意境幽僻，讲究锻字炼句，体裁多为五律，常存在“有句无篇”的弊病。可见，“晚唐体”诗人从内容到形式都极力模拟贾岛、姚合一派。

王禹偁《还扬州许书记家集》诗云“因思贾孟数家一何苦，诗鬼嗷嗷馁无主”，感叹“可怜诗道日已替，风骚委地何人收”①，对贾、孟等人的幽僻寒苦诗风表示不满，认为其有悖风骚之旨。在摆脱晚唐五代卑陋浮靡的诗风方面，王禹偁成为北宋诗歌革新的先行者。

欧阳修虽然对韩孟诗派整体上较为推崇，却并不喜好孟、贾的寒苦之风。但欧、梅对贾岛诗中炼句造意的功夫还是表示了一定程度上的肯定：“贾岛‘怪禽啼旷野，落日恐行人’，则道路辛苦、羁旅愁思，岂不见于言外乎？”②张耒的论调颇似欧阳修：“唐之晚年，诗人类多穷士，如孟东野、贾浪仙之徒，皆以刻琢穷苦之言为工。”对孟、贾诗歌不无讥嘲，但也稍加肯定：“然及其

---

① 北京大学古文献研究所编：《全宋诗》，北京大学出版社 1991 年版，第 2 册，第 781 页。

② 〔北宋〕欧阳修：《六一诗话》，见《欧阳修全集》，中国书店出版社 1986 年版，第 1037 页。

至也,清绝高远,殆非常人可到。"①蔡居厚(?~1125)也认为晚唐五代诗坛的"贾岛格""每使人拊掌不已"②,讥讽之意自不待言。

北宋也有人肯定贾岛诗。吕南公《书长江集后》曰:"岛之诗约而覃,明而深,杰健而闲易,故为不可多得。韩退之称岛为文'身大不及胆',又云'奸穷怪变得,往往造平淡'者。予考于集,信然。"③吕氏以"约而覃,明而深,杰健而闲易"总括岛诗,是对"寒瘦"之论的反拨。他看到了贾诗平淡外表下也有深邃、雄健之处,对贾诗艺术特质的挖掘深入了一层。

三、"贾姚"说的盛行以及南宋后期对贾岛的接受

南渡以降,江西诗派末流的弊端已为越来越多的人所唾弃,诗人们又开始寻找创新的途径。在诗歌理论上,人们开始思考以江西诗派为代表的"本朝诗"与唐诗的异同,以致产生了绵延千年之久的"唐宋诗之争",对"以文为诗"这一问题的争论,就是其集中显现。从魏泰《临汉隐居诗话》、叶梦得《石林诗话》到张戒《岁寒堂诗话》,都可以看到对这一问题的思考。到了中兴四大家,尤其是陆游和杨万里,已经能自觉摆脱江西诗派的笼罩,向唐诗中汲取创作营养,体悟到一种"功夫在诗外"(陆游《示子遹》)、"学诗须透脱,信手自孤高"(杨万里《和李天麟二

---

① 〔南宋〕胡仔:《苕溪渔隐丛话·前集》引,人民文学出版社 1981 年版,第 125 页。

② 〔南宋〕蔡启:《蔡宽夫诗话》"晚唐诗格"条,见《宋诗话辑佚》,中华书局 1980 年版,第 410 页。

③ 〔北宋〕吕南公:《书长江集后》,见《全宋文》,上海辞书出版社、安徽教育出版社 2006 年版,第 109 册,第 279 页。

首》)①的境界,但对于大多数才力平平的诗人来说,标举崇尚目标仍然是不可避免的事,所以自从南宋中期以后,诗坛上"崇唐抑宋"的倾向渐渐占据了上风。

南宋后期,以永嘉四灵、江湖诗派为代表的一批学习晚唐的诗人,崇尚贾岛、姚合的清僻闲淡诗风,意图矫正江西诗派带来的艰涩、滞重之弊,但总体创作成就不高。他们取法于贾岛、姚合,更多带有一种文学、文化象征的意味,而不仅仅是倾心于其诗歌特色。但不管怎样,以这批诗人为主体,南宋中后期对韩孟诗派的整体接受呈现出上扬的态势。

南宋后期以学习唐人诗风来重构诗坛气象的有一大批诗人,其中最富代表性的便是永嘉四灵和江湖派诗人。在向唐诗的学习过程中,他们实际接近的对象是被严羽称作"声闻辟支之果"的贾岛、姚合一派,这是由其所处的社会文化环境以及个人心路历程所决定的。宋代末年,由于惨烈的时代风雨和崇尚唐代的诗学根基,一些遗民诗人也对韩孟诗派的诗风有所接受,创作成就较突出的是谢翱。

(一)永嘉四灵的崇"贾姚"之风

永嘉四灵即徐照、徐玑、赵师秀和翁卷,他们的诗歌创作主要标尚晚唐律诗。方回《送罗寿可诗序》中说:"嘉定而降,稍厌江西,永嘉四灵复为九僧旧,晚唐体非始于此四人也。"②其实,四灵的崇贾看似与宋初的晚唐诗派是一种回复循环,而在实际上却是螺旋式的前进。他们对诗风的改变是主动做出的,有明

---

① 周汝昌:《杨万里选集》,上海古籍出版社 1979 年版,第 42 页。

② 〔元〕方回:《桐江续集》卷三二,影印文渊阁《四库全书》本,第 1193 册,第 662 页,上海古籍出版社 1989 年版。

确的针对性，而且在经历了"宋调"对诗歌经验的积累之后，诗歌精神、创作手法都在潜层次上有了一定的提高。四灵对贾岛一派的接受主要体现在：

在诗歌主张上，提出向"贾姚"学习。"贾姚"并称，其实在唐末就偶有出现。如齐己《还黄平素秀才卷》："冷淡闻姚监，精奇见浪仙。"①但以"冷淡""精奇"分论姚合、贾岛的诗歌，说明在齐己眼里，贾、姚诗风差别还比较明显。自"四灵"赵师秀编《二妙集》始盛称"贾姚"。然后世称"贾姚"者，大多扬贾而抑姚。

"四灵"主张学习贾岛、姚合一派的五律，反对江西诗派的"资书以为诗"，提倡"捐书以为诗"（刘克庄《韩隐君诗序》）。这里一"资"一"捐"两种相反做法，反映了两种截然不同的创作意识。葛天民《访紫芝回与子舒集》："君参唐句法，亲得浪仙衣。薄宦因吟苦，高风与世违。"②"亲得浪仙衣"是对四灵学贾的极好写照。

"四灵"还通过选辑诗歌选本来体现自己的诗歌主张。时至南宋后期，诗歌选本已经成为非常普及的一种传播手段。赵师秀曾选编贾岛诗 81 首、姚合诗 121 首为《二妙集》，又选唐代 76 位诗风清淡涵远作者的 228 首诗，为《众妙集》，绝大部分是晚唐人的五律，可见他在这一方面的用力所在。由于四灵在当时诗坛的声名有地区局限，又主要赖叶适推扬才成名，时后不久便因创作弊病而受到一些江湖诗人的不满，因此，这两部选本在

① 〔清〕彭定求等：《全唐诗》（增订本），中华书局 1999 年版，第 9542 页。

② 《江湖小集》卷六七，影印文渊阁《四库全书》本，第 1357 册，第 525 页，上海古籍出版社 1989 年版。

当时流传似乎并不广①,这种选辑活动只是为了体现编选者的诗学倾向而已。

从实际创作来看,四灵的诗歌的确如其所主张的那样,钟情于贾岛姚合,写个人幽微之情和田园山林之趣。意境清瘦,在形式上也讲求苦吟,炼字极为认真,但与所模拟的贾、姚诗风的诗人一样,他们也往往存在着"有句无篇"的弊端。赵汝回《瓜庐诗序》称四灵的诗"治择平炼,字字玉响,杂之姚、贾中,人不能辨也。"②如徐玑《黄碧》:"水清知酒美,山瘦知民贫。"③赵师秀《薛氏瓜庐》:"野水多于地,春山半是云。"④赵师秀《月夜怀徐照》:"寒入吹城角,光凝宿竹禽。"⑤即反映了此一情形。

四灵崇尚贾、姚诗风,既有变革诗坛旧貌的动机,也有哲学思想上的根源。在诗歌创作意识上,他们认为"近世乃连篇累牍,汗漫而无禁"(叶适《徐文渊墓志铭》)⑥,变革江西诗派末流的用意非常明显。在哲学思想上,他们受到叶适的巨大影响,反

① 《四库全书总目》之《众妙集》提要云:"此本明季出自嘉兴屠用明家,寒山赵灵均以授常熟冯班,班寄毛晋刊之,始传于世。其书晚出,故谈艺家罕论及之。"(中华书局1965年版,第1701页)至于《二妙集》,陈振孙《直斋书录解题》未加收录;孙琴安《唐诗选本提要》据乾隆时期《温州经籍志》卷三二所载"《二妙集》一卷,未见",断言此书"在当时就极为罕见"。

② 《瓜庐集》卷首,影印文渊阁《四库全书》本,第1171册,第206页,上海古籍出版社1989年版。

③ 〔南宋〕徐玑:《永嘉四灵诗集·二薇亭诗集》,浙江古籍出版社1985年版,第129页。

④ 〔南宋〕赵师秀:《永嘉四灵诗集·清苑斋诗集》,浙江古籍出版社1985年版,第242页。

⑤ 〔南宋〕赵师秀:《永嘉四灵诗集·清苑斋诗集》,浙江古籍出版社1985年版,第236页。

⑥ 〔南宋〕叶适:《叶适集》,中华书局1961年版,第410页。

对程朱理学。也正是因为叶适的推崇,四灵才获得巨大的诗名。叶适评价四灵说:“发今人未悟之机,回百年已废之学,使后复言唐诗自君始,不亦词人墨卿之一快也!”(《徐道晖墓志铭》)①“往岁徐道晖诸人,摆落近世诗律,敛情约性,因狭出奇,合于唐人,夸所未有,皆自号四灵云。”(《题刘潜夫南岳诗稿》)②很明显这是在为四灵革除江西诗派余弊、取法唐人制造声名。叶适曾编选《四灵诗选》五百首并刊行,这为四灵诗歌的传播起到了很大的作用。③ 叶适《徐师垕广行家集定价三百》:“徐照名齐贾浪仙,未多诗卷少人看。惜钱嫌贵不催买,忽到鸡林要倍难。”④从这首诗可以见出,当时四灵诗集定价三百,因价贵而买者不多,流传也不是很广。

但是,叶适在《徐斯远文集序》也说:“庆历、嘉祐以来,天下以杜甫为师,始黜唐人之学,而江西宗派章焉。然而格有高下,技有工拙,趣有浅深,材有大小,以夫汗漫广莫,徒枵然从之而不足充其所求,曾不如脰鸣吻决,出豪芒之奇,可以运转而无极也。故近岁学者,已复稍趋于唐而有获焉。曷若斯远淹玩众作,凌暴偃蹇,情瘦而意润,貌枯而神泽,既能下陋唐人,方于宗派,斯又过之。”⑤这段话对四灵的创作动机和意义分析得十分具体,在指出其“脰鸣吻决,出豪芒之奇”之仄径旁出的运思特点和“情瘦而意润,貌枯而神泽”的艺术形貌时,也隐约透露了四灵矫枉过正所导致的仄狭、幽细、单薄、枯瘦的缺失。方回《秋晚杂书

① 〔南宋〕叶适:《叶适集》,中华书局1961年版,第322页。

② 〔南宋〕叶适:《叶适集》,中华书局1961年版,第611页。

③ 参见〔南宋〕许棐《跋四灵诗选》,《梅屋集》卷五,影印文渊阁《四库全书》本,第1183册,第210页,上海古籍出版社1989年版。

④ 〔南宋〕叶适:《叶适集》,中华书局1961年版,第135页。

⑤ 〔南宋〕叶适:《叶适集》,中华书局1961年版,第214页。

三十首》中说“永嘉有四灵,词工格乃平”①,也触及了四灵诗歌的短处。

(二)江湖派诗人的态度

江湖派诗人大多是一些江湖游士,成分非常复杂。这些人处于社会底层,饱尝人间冷暖,但又不甘于没落,常有依人成事之想。这个诗派的形成,归因于临安书商陈起。陈起素来与这些江湖诗人交往密切,他本人又喜欢作诗,也算是江湖诗人之一,又加上作为书商的经营需要,就把自己周围的江湖诗人的诗作集结成《江湖集》《江湖前集》《江湖后集》《江湖续集》等陆续刊行②,于是“江湖诗人”得以成名。究其实质,却少有明确一致的创作理论,各诗人的诗风也有一定的差别。

江湖诗人中成就最高、影响最大的是戴复古、刘克庄。刘克庄着重效法贾岛、姚合,但也兼学其他中晚唐诗人。他的《后村诗话》作于晚年,多有精辟独到的见解,《四库全书总目》说它“要其大旨则精核者多,固迥在南宋诸家诗话上也”③,其中论韩孟诗派者颇多。江湖诗派虽然受到了四灵的一些影响,但在取法上并不仅限于贾、姚的五律,加上他们的生活经验较为丰富,因此诗歌境界要开阔一些。对于江西诗派虽也持批判态度,但潜在里还是受到其一定的影响。因此就其主导面来说,江湖诗人把对江西诗派的接受与效法中晚唐诗两个方面给予了一定程

---

① 〔元〕方回:《桐江续集》卷二,影印文渊阁《四库全书》本,第 1193 册,第 234 页,上海古籍出版社 1989 年版。

② 《江湖集》因在“江湖诗难”中被毁板而失传,《小集》《后集》均为后人所辑,已非原貌。可参胡念贻《南宋〈江湖前、后、续集〉的编纂和流传》(《文史》第 16 辑)。

③ 〔清〕永瑢等:《四库全书总目》,中华书局 1965 年版,第 1789 页。

度的结合。

严羽在时代上与江湖派诗人同时，也与他们有比较密切的联系，就其诗学思想和诗歌创作来说，反对江西诗派对才力学识的讲求，具有江湖派诗风。但是，严羽在诗论上明确提倡初盛唐诗，反对中晚唐诗的。其《沧浪诗话》云："近世赵紫芝、翁灵舒辈，独喜贾岛、姚合之诗，稍稍复就清苦之风，江湖诗人多效其体，一时自谓之唐宗。不知只入声闻、辟支之果，岂盛唐诸公大乘正法眼者哉！"①这里，严羽一方面客观地描述了四灵、江湖诗人为反江西而学晚唐贾、姚，因学贾、姚而带来的不无新意的"清苦之风"，另一方面则明确指出，与盛唐诸公的博大气象比，晚唐诗人的格局未免狭小了些，以之为师法对象，并不能振起诗道。同样的意见，也见于同时代的俞文豹。俞氏《吹剑录》指出："近世诗人好为晚唐体，不知唐祚至此，气脉浸微，士生斯时，无他事业，精神伎俩，悉见于诗。局促于一题，拘挛于律切，风容色泽，轻浅纤微，无复浑涵气象。"②这段话，既是对晚唐士人、晚唐诗风的批评，也是对南宋后期四灵、江湖诗人之学晚唐的批评。

当然，从总体来看，在对韩孟诗派的评论中，刘克庄、戴复古、严羽等人都对孟郊、贾岛、李贺的诗歌持理性的分析态度，尤其是严羽"天地间自欠此体不得"的观点，更是充分肯定了这一诗派的个性价值。但严羽《沧浪诗话》又谓"李杜数公如金鳷擘海、香象渡河，下视郊岛辈，直虫吟草间耳"③，以"虫吟草间"比

---

① 郭绍虞：《沧浪诗话校释 · 诗辨》，人民文学出版社 1961 年版，第 27 页。

② 吴文治主编：《宋诗话全编》，江苏古籍出版社 1998 年版，第 9 册，第 8831 页。

③ 郭绍虞：《沧浪诗话校释 · 诗评》，人民文学出版社 1961 年版，第 177 页。

喻郊岛，虽有批判南宋后期崇贾风潮的泛滥之意，但也过于偏激，与他对李贺、卢仝“天地间自欠此体不得”的评价亦相矛盾。

此外，受四灵很大影响的临海人方岳在《深雪偶谈》中评论贾岛诗歌曰：“诚不欲以才力气势，掩夺情性。特于事物理态，毫忽体认，深者寂入仙源，峻者迥出灵岳。古今人口数联，固于劫灰之上，冷然独存矣。至以其全集，经岁逾纪，沉咀细绎，芊葱佳气瘦隐，秀脉徐露，其妙令人首肯，无一可以厌斁。”①既肯定贾岛诗的“才力气势”，又认为其中有“性情”“事理物态”，评价极高，大力为贾岛诗风张目，与四灵的崇贾之风气息相通。

第三节　金元明清时期对郊、岛的接受

一、金元时期对郊、岛寒苦诗风的冷落

金元时期，在崇尚豪迈雄奇的时代风气下，孟郊、贾岛因其诗风寒瘦苦涩，故少有人喜。元好问除了《论诗三十首》中多处表达对郊、岛的贬抑之意外，类似的还有《放言》一诗：“韩非死《孤愤》，虞卿著穷愁。长沙一湘累，郊、岛两诗囚。”②相比之下，卢仝诗的奇古诡怪之风却与李贺诗一样成为众人趋摹的对象，但学习李、卢之风过于粗疏的弊端也已显露。元好问《论诗三十首》：“万古文章有坦途，纵横谁似玉川卢。真书不入今人眼，儿辈从教画鬼符。”对当时竞相学习奇诡的风气大为不满。

---

① 〔南宋〕方岳：《深雪偶谈》，《丛书集成》初编本，商务印书馆1935～1937年版，第1～2页。

② 〔金〕元好问：《元好问全集》，山西人民出版社1990年版，第33页。

元好问虽然不满孟、贾诗风，但并不排斥孟郊抒发人生感受、具有真情实感的部分诗篇。如他写丧子之痛："孟郊老作枯柴立，可待吟诗哭《杏殇》。"(《清明日改葬阿辛》)即直接借鉴了孟郊的哭子诗。同时，元氏对孟郊、贾岛那种专力为诗的创作态度也是推崇的。他在《陶然集序》中称赞杨飞卿是"死生于诗者"，在《杨叔能小亨集引》中说杨氏"其穷虽极，其以诗为业者不变业"。这种创作精神与孟郊、贾岛极为类似。在具体创作方法上，元好问反对从书本中寻找诗思："诗肠搜苦白头生，故纸尘昏枉乞灵。不信骊珠不难得，试看金翅擘沧溟。"(《论诗三首》之二)①针对的目标是江西诗派"资书以为诗"的创作方法。

元代对孟郊、贾岛的接受基本上与北宋苏轼确立下来的"郊寒岛瘦"倾向保持着一致，对二人的偏隘个性和寒苦诗风多有讥讽之语。如："郊一踬踣，便尔忿怼欲死，又自以至宝至音，非人耳目所能及，因之缀缉语言，布露当世，则郊之为丈夫也何其浅也。人言郊及第后有'一日看尽长安花'之句，知其必不远到。然何待已第时语，但观此未第时语，已足以见其人矣。"②"而孟郊、贾岛之徒，抉肝斸肺、务为险艰奇苦以角其能，既以穷其身，又以愁于人，使读者忾然不愉，如处呻冤号痛者之侧，则亦何乐？"③这些偏激之语，较之苏轼等宋人的观点还有过之。

---

① 〔金〕元好问：《元好问全集》，山西人民出版社 1990 年版，第 428 页。

② 〔元〕李治：《敬斋古今黈》，《丛书集成》初编本，商务印书馆 1935～1937 年版，第 94 页。

③ 〔元〕释圆至：《淦明甫诗集序》，见《牧潜集》卷四，影印文渊阁《四库全书》本，第 1198 册，第 130 页，上海古籍出版社 1989 年版。

二、明清时期对郊、岛地位高下的重视

明清时期评论孟郊、贾岛，存在两种倾向。一种是沿承苏轼"郊寒岛瘦"之评，总体持贬斥立场，并没有体现时代性和新意。如王世贞《艺苑卮言》："'元轻白俗，郊寒岛瘦'，此是定论。岛诗：'独行潭底影，数息树边身。'有何佳境？而三年始得，一吟泪流。"①吴乔《围炉诗话》："'郊寒岛瘦，元轻白俗'，病总在乎俗。酸陋亦是俗。"②屈复《论诗绝句三十四首》之十八："吏部文章不可攀，新诗盘硬咏《南山》。惟将郊岛名寒瘦，今日吾其季孟间。"③焦袁熹《论诗绝句五十二首》之十九："元轻白俗真能事，岛瘦郊寒并绝伦。"④另一种倾向，是在前人观点的基础上，关注孟郊、贾岛诗歌艺术的不同点和他们诗史地位的高下，几乎是一边倒地倾向于扬孟抑贾。这与明清大部分时间里"重初盛、抑中晚尤其是晚唐"的唐诗观有一定关系。

理论层面上的扬孟抑贾倾向，始自宋代张戒《岁寒堂诗话》，后经刘克庄、刘辰翁等人推波助澜，影响日益扩大。明清时期持类似观点者如："孟之于韩，庶几相匹。或称郊、岛，则非其伦矣"⑤，"孟东野诗，亦从《风》《骚》中出，特意象孤峻，元气

① 〔明〕王世贞：《艺苑卮言》，见《历代诗话续编》，中华书局 1983 年版，第 1012 页。

② 〔清〕吴乔：《围炉诗话》，见《清诗话续编》，上海古籍出版社 1983 年版，第 567 页。

③ 〔清〕屈复：《弱水集》卷一四，《续修四库全书》本，第 1424 册，第 59 页，上海古籍出版社 2002 年版。

④ 转引自卞孝萱主编《中华大典 · 文学典 · 隋唐五代文学分典》第三册，江苏古籍出版社 2000 年版，第 104 页。

⑤ 〔明〕许学夷：《诗源辨体》，上海古籍出版社 1987 年版，第 257 页。

不无斫削耳。以郊岛并称，铢两未敌也”①，“孟东野诗瘦骨棱嶒，不幸令人以贾岛匹之”②，“郊岛并称，岛非郊匹”③，“孟郊、贾岛并称，谓之郊寒岛瘦，然贾万不及孟，孟坚贾脆，孟深贾浅故也”④，“郊则犹可附列名家，岛则小家”⑤。所举诸家之论，都明确认为孟胜于贾，孟来路更正，且骨力、格局亦颇可观。但这些看法大部分并未列出切实的根据、展开具体的分析，还带有印象式批评的色彩。沈德潜倒是讲出了一些理由：“东坡目为‘郊寒岛瘦’，岛瘦固然，郊之寒过求高深，邻于刻削，其实从真性情流出，未可与岛并论也。”⑥将是否有“真性情”目为孟、贾之不同，虽不能适用于二人的全部诗篇，却也十分有道理。持与此相反论调者极少。陆时雍《诗镜总论》勉强算得一例：“自古诗人，未有拙于（孟）郊者。……贾岛衲气终身不除，语虽佳，其气韵自枯寂耳。余尝谓读孟郊诗如嚼木瓜，齿缺舌敝，不知味之所在；贾岛诗如寒齑，味虽不和，时有余酸荐齿。”⑦虽然陆氏此处对孟、贾都有不满，然抑孟更甚。不管评价孟郊、贾岛的论调如何，就以上这些论断的目的性而言，大多是针对其时诗学思潮的弊

---

① 〔清〕沈德潜：《说诗晬语》，人民文学出版社 1979 年版，第 207 页。

② 〔清〕牟愿相：《小澥草堂杂论诗·杂论诗》，见《清诗话续编》，上海古籍出版社 1983 年版，第 919 页。

③ 〔清〕潘德舆：《养一斋诗话》，见《清诗话续编》，上海古籍出版社 1983 年版，第 2015 页。

④ 〔清〕施补华：《岘佣说诗》，见《清诗话》，上海古籍出版社 1999 年版，第 983 页。

⑤ 〔清〕朱庭珍：《筱园诗话》，见《清诗话续编》，上海古籍出版社 1983 年版，第 2371 页。

⑥ 〔清〕沈德潜：《唐诗别裁集》，中华书局 1975 年版，第 64 页。

⑦ 〔明〕陆时雍：《诗镜总论》，见《历代诗话续编》，中华书局 1983 年版，第 1421 页。

端而发的,因而都有一定的现实意义。

三、明清时期对贾岛幽僻诗风的不同评价

明清时期对贾岛诗的阐释评论,大致沿袭了宋元以来的论调,认定寒瘦枯寂、奇僻蹇涩为贾诗的艺术风貌,否定之论居多。但一些标榜中晚唐诗的流派,对贾岛评价颇高。

明代许学夷认为贾岛五言律诗“气味清苦,声韵峭急”,“其他句多奇僻,即变体,不可为法”①。黄子云(1691～1754)不能理解贾岛诗名何来,认为是靠韩愈的推奖:“阆仙得名,偶为退之一吹奖耳。考其平生所作,何足流传。”②施补华把贾岛和刘叉相比:“刘叉、贾岛,粗率荒陋,殊少可取,古之依附草木者也。”③贬意甚明。

在清代前期崇尚中晚唐的诗人群体中,贾岛受到一定重视。如贺裳《载酒园诗话》即针对明代杨慎《升庵诗话》中对贾岛一派“不读古而徒事苦吟,捻断筋骨亦何益哉?真处裈之虱也”的讥讽,说:“阆仙古诗虽气格不靡,时多酸陋,短律推敲良具苦心,学之者专务于此,故时有出蓝之美。”④肯定了贾岛及其后学的苦吟炼句之功,认为其五律小诗要优于古体。而在后学诗人中,“有善学不善学之分”,单纯地将诗派中的缺点强加于诗派宗主身上,不符合实际,也是不公平的。

---

① 〔明〕许学夷:《诗源辨体》,人民文学出版社 1987 年版,第 257 页。

② 〔清〕黄子云:《野鸿诗的》,见《清诗话》,上海古籍出版社 1999 年版,第 865 页。

③ 〔清〕施补华:《岘佣说诗》,见《清诗话》,上海古籍出版社 1999 年版,第 983 页。

④ 〔清〕贺裳:《载酒园诗话》卷一“升庵诗话”条,见《清诗话续编》,上海古籍出版社 1983 年版,第 263 页。

李怀民(1738～1793)作为清代高密诗派"三李"之一,出于对贾岛寒瘦幽僻诗风的追慕,在其《重订中晚唐诗主客图》中仿照唐人张为的《诗人主客图》,将贾岛补为"清真奇苦主",并加按语云:"浪仙诗无七古,其五古、五七言律以及绝句,皆生峭险僻,锤炼之功不遗余力。"①着眼点虽也在律诗、炼字方面,但将其诗史地位提高不少。当然,李氏也还指出了后世学贾者"流为寒酸"的弊病。延君寿《老生常谈》称贾岛"耳目乃鄘井,肺肝即岩峰"(《延寿里精舍寓居》)等句"语语有真气,有真性灵。人于读王、孟、韦、柳后,不读郊、岛,犹是缺典",评价颇高。此书对当时的山左诗坛影响巨大,如延君寿所说"山东学者多为此本所囿"(《老生常谈》)。卢文弨(1717～1796)《题贾长江诗集后》认为:"长江诗虽不合雅奏,然尚有古意,读之可以矫熟媚绮靡之习。"《再题贾长江诗集后》谓:"昔人以瘦评岛,夫瘦岂易几也。彼臃肿蹣跚者,正苦不能瘦耳。贾以瘦,故能成一家格。然此决非馆阁中之所尚也。"②这两段话不但从矫正诗弊的意义上肯定了贾岛诗风的个性所在,而且对贾诗特殊的接受对象有了明晰的认识。

从创作影响角度看,明末竟陵派、清乾隆年间高密诗派、清末同光体,是明清时期与贾岛诗风比较类似的诗人群体。竟陵派钟惺、谭元春诗歌主张标举"幽深孤峭",其诗歌特色有接近贾岛的一面,这与钟、谭的生活背景和当时的诗歌环境有密切关系,并非主动学习贾岛的结果。高密诗派李怀民等人为"盛世"下的寒士群体,诗歌多表现其困苦生活与心态,也带有寒气。同

---

① 〔清〕李怀民:《重订中晚唐诗主客图》,退思轩刻本。

② 二文皆见〔清〕卢文弨《抱经堂文集》,中华书局1990年版,第182页。

光体诗歌中的幽峭寒瑟之气和易代之际的避世情怀，也类似贾岛。这些例子，都从另一个向度证实了末世诗坛中常见的“贾岛现象”的存在。

综而观之，明清时期对韩孟诗派代表诗人韩愈、孟郊、李贺、贾岛诗歌艺术的阐释评论，虽然在大的方面未能偏离前人所确立的接受走势，但在对许多具体问题的看法上明显深化、细致一层，并带有不同程度的理论化色彩，使这种接受走势得以强化。同时，也有一些具有特别意义的接受者，其新颖独到的阐释内容，进一步扩大了韩孟诗派的艺术内涵。诗歌创作中，明清许多诗人从不同角度继承发展了韩孟诗派的诗歌艺术基因，并结合自身处境、人生体验与诗歌主张，融汇创新，彰显自家面目，呈现新的诗歌发展样貌。

余论

韩孟诗派千年群体接受史正如一条大河一般，从中唐源头出发，在蜿蜒曲折、纵横交错的历史接受过程中，韩孟诗派的重要美学特质如雄奇、奥衍、险怪、高古、瘦硬、寒苦，以及诗派成员间人事交往、人格品质、个性趋好等要素，在经历了一番混杂、淘洗、沉淀后，渐趋清晰、稳定，进而对文学史、文化史产生一种范式意义的影响。在这一行进过程中，既有如杜牧、欧阳修、苏轼、刘辰翁、叶燮等发挥巨大导向作用的“地标式”重要接受者，也有无数不知名的一般读者。经过对韩孟诗派群体接受史的梳理讨论，笔者有如下几点零碎思考，不妨在这里作为余论。

一、群体文学接受研究的重要性。韩孟诗派其人其诗，都有较强的群体化倾向，因此后世围绕他们的阐释评论和创作沿承，也相应有较强的群体观照色彩。韩愈、孟郊、贾岛的诗歌阐释评论材料，十之七八都带有群体观照的痕迹。在中国古代文学中，绝不仅韩孟诗派的接受注重群体性，实际上这是一种比较普遍的特点。因此，群体文学接受研究有其不可忽视的重要性。

二、韩孟诗派美学风格的价值评判问题。为避免研究的主观性，接受史研究者一般不应对研究对象持有过于明显的价值偏向,但需要有某种程度的理解同情。韩孟诗派在雄奇险怪的共同风格下,尽管各家自具面目,但总体属于一种“非主流”审美类型,因此在历代接受中受到的评价冷热不均、起伏不定,差别很大,经常引起争议。平心而论,怪奇一类的诗歌作品,犹如电影中的恐怖片,它很难成为大众共同的主流喜好,但总有一些小众群体对之痴迷有加,因此不能站在主流立场上对其一概抹杀。这是一种不可或缺的诗美类型,正如严羽所说“天地间自欠此体不得”。

三、关于接受史这一研究范式的思考。正如本书引言所说,当下的接受史研究遭到了质疑,已经不再“时髦”。但学术研究需要在沉静、理性中进行,某种研究范式的固有价值,并不随一时之风尚而改变。20 世纪 80 年代古代文学研究中的“方法热”,在经历了退热、沉淀过程之后,如今学界已经形成共识:要避免一味讲求方法,甚至把研究方法当成本体,但并未否定学术研究中方法的重要性。方法要为研究本体服务,而不能本末倒置。对于接受史研究,也可作如是观。可以否定接受史研究中的“时髦”“过热”成分和一些粗糙的做法,但它作为一种研究视角、范式,价值不容否定。正如刘勰所说:“有同乎旧谈者,非雷同也,势自不可异也。有异乎前论者,非苟异也,理自不可同也。”①学术观点是这样,学术方法、范式也同样如此。当然,要尽力避免接受史研究中的庸俗化倾向。接受史研究的门槛似乎很低,形成了一套稳定的研究套路,可操作性很强。正如黄山谷的诗歌,因其有径可循、容易上手,所以博得很多诗人尤其是青年诗人的喜爱和追趋,但青年诗人们的才力又远不如黄,因此创作效果并不好。

---

① 范文澜:《文心雕龙注》,人民文学出版社 1958 年版,第 727 页。

在具体研究方法上，文学接受材料往往极其浩繁，很难穷尽，加之材料的碎片化、孤立化倾向又很严重，不容易连缀起来，有时容易产生盲人摸象的弊病。因此要注意识别、选择，准确把握接受主流。我们认为，接受史研究中的见识很重要，要有问题意识，抓住主要线索，不能为研究而研究、陷入大量琐碎又无新意的接受材料的分析，正如刘知几所强调的，“史才、史学、史识”三者不可或缺。当然，本书距离上述目标和要求也还很远。学术研究需要在探索、失败、总结中不断前进，愿与学界同道们一起共勉。

主要参考书目

《白居易集》,〔唐〕白居易撰,顾学颉点校,中华书局1979年版。

《白居易集笺校》,〔唐〕白居易撰,朱金城笺注,上海古籍出版社1988年版。

《抱经堂文集》,〔清〕卢文弨著,中华书局1990年版。

《北梦琐言》,〔唐〕孙光宪撰,中华书局2002年版。

《沧浪诗话校释》,〔南宋〕严羽著,郭绍虞校释,人民文学出版社1961年版。

《昌黎文录辑校》,〔唐〕赵德编,刘真伦辑校,华中科技大学出版社2002年版。

《昌黎先生集考异》,〔南宋〕朱熹撰,上海古籍出版社、安徽教育出版社2001年版。

《长江集新校》,〔唐〕贾岛撰,李嘉言校,上海古籍出版社1983年版。

《晁氏客语》,〔北宋〕晁说之撰,岳麓书社2005年版。

《巢经巢诗钞笺注》,〔清〕郑珍撰,白敦仁注,巴蜀书社1996年版。

《巢经巢文集》,〔清〕郑珍撰,《续修四库全书》本,上海古籍出版社 2002 年版。

《陈石遗集》,陈衍著,福建人民出版社 2001 年版。

《陈与义集》,〔宋〕陈与义撰,吴书荫等点校,中华书局 1982 年版。

《程侍郎遗集》,〔清〕程恩泽撰,《续修四库全书》本,上海古籍出版社 2002 年版。

《池北偶谈》,〔清〕王士禛撰,勒斯仁点校,中华书局 1982 年版。

《重编琼台稿》,〔明〕丘濬撰,影印文渊阁《四库全书》本,上海古籍出版社 1989 年版。

《重订中晚唐诗主客图》,〔清〕李怀民撰,退思轩刻本。

《春渚纪闻》,〔南宋〕何薳撰,《宋元笔记小说大观》本,上海古籍出版社 2007 年版。

《徂徕石先生文集》,〔北宋〕石介撰,陈植锷点校,中华书局 1984 年版。

《翠寒集》,〔元〕宋无撰,影印文渊阁《四库全书》本,上海古籍出版社 1989 年版。

《带经堂诗话》,〔清〕王士禛撰,张宗柟纂集,戴鸿森校点,人民文学出版社 1963 年版。

《道园学古录》,〔元〕虞集撰,《四部丛刊》初编本。

《定宇集》,〔元〕陈栎撰,影印文渊阁《四库全书》本,上海古籍出版社 1989 年版。

《东坡题跋》,〔北宋〕苏轼撰,《丛书集成》初编本,商务印书馆 1935 ~ 1937 年版。

《东坡志林》,〔北宋〕苏轼撰,王松龄点校,中华书局 1981 年版。

《东维子文集》,〔元〕杨维桢撰,《四部丛刊》初编本。

《杜牧集》,〔唐〕杜牧撰,岳麓书社 2001 年版。

《杜诗详注》,〔唐〕杜甫撰,〔清〕仇兆鳌注,中华书局 1979 年版。

《对床夜语》,〔南宋〕范晞文撰,《知不足斋丛书》本。

《钝吟杂录》,〔清〕冯班撰,《丛书集成》初编本。

《樊川诗集注》,〔唐〕杜牧撰,冯集梧集注,上海古籍出版社 1978 年版。

《樊川文集》,〔唐〕杜牧撰,上海古籍出版社 1978 年版。

《甫里先生文集》,〔唐〕陆龟蒙撰,《四部丛刊》初编本。

《高青丘集》,〔明〕高启撰,上海古籍出版社 1985 年版。

《古欢堂集》,〔清〕田雯撰,影印文渊阁《四库全书》本,上海古籍出版社 1989 年版。

《灌园集》,〔北宋〕吕南公撰,文渊阁《四库全书》本。

《归潜志》,〔元〕刘祁撰,中华书局 1983 年版。

《圭峰集》,〔明〕罗玘撰,影印文渊阁《四库全书》本,上海古籍出版社 1989 年版。

《海日楼札丛》,〔清〕沈曾植著,中华书局 1962 年版。

《寒夜录》,〔明〕陈宏绪撰,《丛书集成新编》本,台湾新文丰出版公司 1985 年版。

《韩昌黎诗集编年笺注》,〔唐〕韩愈撰,〔清〕方世举笺注,中华书局 2012 年版。

《韩昌黎诗系年集释》,〔唐〕韩愈撰,钱仲联集释,上海古籍出版社 1984 年版。

《韩昌黎文集校注》,〔唐〕韩愈撰,马其昶校注,上海古籍出版社 1986 年版。

《韩集举正汇校》,〔南宋〕方崧卿撰,刘真伦汇校,凤凰出版社 2007 年版。

《韩孟诗派研究》，毕宝魁著，辽宁大学出版社 2000 年版。

《韩孟诗派研究》，肖占鹏著，南开大学出版社 1999 年版。

《韩愈和孟郊的诗歌》，〔美〕斯蒂芬·欧文著，田欣欣译，天津教育出版社 2004 年版。

《韩愈集宋元传本研究》，刘真伦著，中国社会科学出版社 2004 年版。

《韩愈全集校注》，〔唐〕韩愈撰，屈守元、常思春等校注，四川大学出版社 1996 年版。

《韩愈文集汇校笺注》，〔唐〕韩愈撰，刘真伦、岳珍校注，中华书局 2010 年版。

《韩愈资料汇编》，吴文治编，中华书局 1983 年版。

《河东先生集》，〔北宋〕柳开撰，《四部丛刊》初编本。

《河南穆公集》，〔北宋〕穆修撰，《四部丛刊》初编本。

《鹤林集》，〔宋〕吴泳撰，文渊阁《四库全书》本，上海古籍出版社 1989 年版。

《鸿苞》，〔明〕屠隆撰，《四库存目丛书》本，齐鲁书社 1997 年版。

《后村诗话》，〔南宋〕刘克庄撰，王秀梅点校，中华书局 1983 年版。

《后村先生大全集》，〔南宋〕刘克庄撰，《四部丛刊》初编本。

《后山居士文集》，〔北宋〕陈师道撰，上海古籍出版社 1984 年版。

《后山诗注补笺》，〔北宋〕陈师道撰，〔南宋〕任渊注，冒广生补笺，中华书局 1995 年版。

《话说民间文化》，钟敬文著，人民日报出版社 1990 年版。

《黄氏日钞》，〔南宋〕黄震撰，影印文渊阁《四库全书》本，上海古籍出版社 1989 年版。

《黄庭坚诗集注》,〔北宋〕黄庭坚撰,〔南宋〕任渊、史容、史季温注,刘尚荣点校,中华书局 2003 年版。

《黄庭坚诗学体系研究》,钱志熙著,北京大学出版社 2003 年版。

《鸡肋集》,〔北宋〕晁补之撰,《四部丛刊》初编本。

《己畦集》,〔清〕叶燮撰,《四库存目丛书》本,齐鲁书社 1997 年版。

《贾岛集校注》,〔唐〕贾岛撰,齐文榜校注,人民文学出版社 2001 年版。

《贾岛研究》,齐文榜著,人民文学出版社 2007 年版。

《江湖诗派研究》,张宏生著,中华书局 1995 年版。

《江湖小集》,〔南宋〕陈起编,影印文渊阁《四库全书》本,上海古籍出版社 1989 年版。

《接受反应文论》,金元浦著,山东教育出版社 1998 年版。

《接受美学》,朱立元著,上海人民出版社 1989 年版。

《接受美学与接受理论》,〔德〕姚斯、〔美〕R·C. 霍拉勃著,周宁、金元浦译,辽宁人民出版社 1987 年版。

《鲒埼亭集》,〔清〕全祖望撰,《续修四库全书》本,上海古籍出版社 2002 年版。

《金明馆丛稿初编》,陈寅恪著,生活·读书·新知三联书店 2001 年版。

《金圣叹全集》,〔清〕金圣叹撰,江苏古籍出版社 1985 年版。

《金史》,〔元〕脱脱等撰,中华书局 1975 年版。

《荆川先生文集》,〔明〕唐顺之撰,《四部丛刊》初编本。

《景定建康志》,〔南宋〕马光祖修,〔南宋〕周应合撰,《宋元方志丛刊》本，中华书局 1990 年版。

《敬斋古今黈》，〔元〕李冶撰，《丛书集成》初编本，商务印书馆 1935～1937 年版。

《静修先生文集》，〔元〕刘因撰，《丛书集成》初编本，商务印书馆 1935～1937 年版。

《旧唐书》，〔后晋〕刘昫等撰，中华书局 1975 年版。

《郡斋读书志校证》，〔南宋〕晁公武撰，孙猛校证，上海古籍出版社 1990 年版。

《孔尚任诗文集》，〔清〕孔尚任撰，中华书局 1962 年版。

《懒真子》，〔北宋〕马永卿撰，《宋元笔记小说大观》本，上海古籍出版社 2007 年版。

《冷斋夜话》，〔北宋〕惠洪著，陈新点校，中华书局 1988 年版。

《礼部集》，〔元〕吴师道撰，影印文渊阁《四库全书》本，上海古籍出版社 1989 年版。

《李白诗歌接受史》，杨文雄著，台湾五南图书出版有限公司 2000 年版。

《李长吉歌诗编年笺注》，〔唐〕李贺撰，吴企明笺注，中华书局 2012 年版。

《李纲全集》，〔北宋〕李纲撰，岳麓书社 2004 年版。

《李贺诗歌渊源及影响研究》，李德辉著，凤凰出版社 2010 年版。

《李贺资料汇编》，吴企明编，中华书局 1994 年版。

《李商隐诗歌集解》，〔唐〕李商隐撰，刘学锴、余恕诚集解，中华书局 1988 年版。

《李商隐文编年校注》，〔唐〕李商隐撰，刘学锴、余恕诚注，中华书局 2002 年版。

《李太白全集》,〔唐〕李白撰,〔清〕王琦注,中华书局1977年版。

《历代诗话》,〔清〕何文焕辑,中华书局1981年版。

《历代诗话续编》,丁福保编选,中华书局1983年版。

《列朝诗集小传》,〔清〕钱谦益撰,上海古籍出版社1959年版。

《林景熙诗集校注》,〔南宋〕林景熙撰,陈增杰校注,浙江古籍出版社1995年版。

《临川先生文集》,〔北宋〕王安石撰,《四部丛刊》初编本。

《陵川文集》,〔元〕郝经撰,影印文渊阁《四库全书》本,山西人民出版社2006年版。

《刘辰翁集》,〔南宋〕刘辰翁撰,江西人民出版社1987年版。

《刘克庄集笺校》,〔南宋〕刘克庄撰,辛更儒笺校,中华书局2011年版。

《刘禹锡集》,〔唐〕刘禹锡撰,中华书局1990年版。

《刘禹锡全集编年校注》,〔唐〕刘禹锡撰,陶敏、陶红雨校注,岳麓书社2003年版。

《柳亭诗话》,〔清〕宋长白撰,《丛书集成续编》本,台湾新文丰出版公司1989年版。

《柳宗元集》,〔唐〕柳宗元撰,中华书局1979年版。

《龙城录》,〔唐〕柳宗元撰,《唐五代笔记小说大观》本,上海古籍出版社2000年版。

《罗隐集》,〔唐〕罗隐撰,雍文华校辑,中华书局1983年版。

《漫塘集》,〔宋〕刘宰撰,影印文渊阁《四库全书》本,上海古籍出版社1989年版。

《梅尧臣集编年校注》,〔北宋〕梅尧臣撰,朱东润校注,上海古籍出版社 1980 年版。

《扪虱新话》,〔南宋〕陈善撰,《丛书集成》初编本,商务印书馆 1935 ~ 1937 年版。

《孟郊诗集校注》,〔唐〕孟郊撰,华忱之等校注,人民文学出版社 1995 年版。

《梦溪笔谈校证》,〔北宋〕沈括撰,胡道静校证,上海人民出版社 2011 年版。

《明代文学思想史》,罗宗强著,中华书局 2013 年版。

《明诗话全编》,吴文治主编,江苏古籍出版社 1997 年版。

《明史》,〔清〕张廷玉等撰,中华书局 1974 年版。

《明文海》,〔清〕黄宗羲编,影印涵芬楼藏钞本,中华书局 1987 年版。

《牧潜集》,〔元〕释圆至撰,影印文渊阁《四库全书》本,上海古籍出版社 1989 年版。

《牧斋初学集》,〔清〕钱谦益撰,上海古籍出版社 1985 年版。

《牧斋有学集》,〔清〕钱谦益撰,《四部丛刊》初编本。

《南部新书》,〔北宋〕钱易撰,《宋元笔记小说大观》本,上海古籍出版社 2007 年版。

《南齐书》,〔梁〕萧子显撰,中华书局 1972 年版。

《南宋群贤小集》,〔北宋〕陈起编,影印文渊阁《四库全书》本,上海古籍出版社 1989 年版。

《能改斋漫录》,〔北宋〕吴曾撰,中华书局 1960 年版。

《廿二史札记校证》,〔清〕赵翼撰,王树民校证,中华书局 1984 年版。

《欧阳修全集》,〔北宋〕欧阳修撰,中国书店出版社 1986 年版。

《瓯北集》,〔清〕赵翼撰,上海古籍出版社 1997 年版。

《瓯北诗话》,〔清〕赵翼撰,人民文学出版社 1963 版。

《匏翁家藏集》,〔明〕吴宽撰,《四部丛刊》初编本。

《皮子文薮》,〔唐〕皮日休撰,萧涤非、郑笃庆整理,上海古籍出版社 1981 年版。

《瓶水斋诗集》,〔清〕舒位撰,上海古籍出版社 2009 年版。

《钱仲联讲论清诗》,钱仲联讲述,魏中林整理,苏州大学出版社 2004 年版。

《秦观集编年校注》,〔北宋〕秦观撰,周义敢等编注,人民文学出版社 2001 年版。

《青琐高议》,〔北宋〕刘斧撰,《宋元笔记小说大观》本,上海古籍出版社 2007 年版。

《青阳集》,〔元〕余阙撰,影印文渊阁《四库全书》本,上海古籍出版社 1989 年版。

《清容居士集》,〔元〕袁桷撰,《丛书集成》初编本,商务印书馆 1935～1937 年版。

《清诗话》,〔清〕王夫之等撰,上海古籍出版社 1963 年版。

《清诗话续编》,郭绍虞编选,上海古籍出版社 1983 年版。

《清诗纪事》,钱仲联主编,凤凰出版社 2004 年版。

《清诗史》,严迪昌著,浙江古籍出版社 2002 年版。

《清史列传》,王钟翰点校,中华书局 1987 年版。

《秋涧先生大全集》,〔元〕王恽撰,《四部丛刊》初编本。

《全金诗》,薛瑞兆主编,南开大学出版社 1995 年版。

《全金元词》,唐圭璋编,中华书局 1979 年版。

《全宋诗》,北京大学古文献研究所编,北京大学出版社 1998 年版。

《全宋文》,曾枣庄、刘琳主编,上海辞书出版社、安徽教育出版社2006年版。

《全唐诗》(增订本),〔清〕彭定求等编,中华书局1999版。

《全唐文》,〔清〕董诰等编,中华书局1983年版。

《全元文》,李修生主编,江苏古籍出版社1998年版。

《人间词话新注》,王国维撰,滕咸惠校注,齐鲁书社1986年版。

《弱水集》,〔清〕屈复撰,《续修四库全书》本,上海古籍出版社2002年版。

《三家评注李长吉歌诗》,〔唐〕李贺撰,〔清〕王琦等注,上海古籍出版社1998年版。

《散原精舍诗文集》,陈三立撰,上海古籍出版社2003年版。

《苕溪渔隐丛话》,〔南宋〕胡仔纂集,人民文学出版社1981年版。

《少室山房类稿》,〔明〕胡应麟撰,《丛书集成续编》本,新文丰出版公司1989年版。

《邵氏闻见后录》,〔北宋〕邵博撰,中华书局1983年版。

《沈下贤集校注》,〔唐〕沈亚之撰,肖占鹏校注,南开大学出版社2003年版。

《审美的游离——论唐代怪奇诗派》,姜剑云著,东方出版社2002年版。

《审美经验与文学解释学》,〔德〕汉斯·罗伯特·耀斯著,顾建光等译,上海译文出版社1997年版。

《诗话总龟》,〔北宋〕阮阅编,周本淳校点,人民文学出版社1987年版。

《诗人玉屑》,〔南宋〕魏庆之编,王仲闻校勘,上海古籍出版社1978年版。

《诗薮》,〔明〕胡应麟撰,上海古籍出版社 1979 年版。

《诗源辩体》,〔明〕许学夷撰,杜维沫校点,人民文学出版社 1987 年版。

《石笥山房文集》,〔清〕胡天游撰,《续修四库全书》本,上海古籍出版社 2002 年版。

《石遗室诗话》,陈衍撰,人民文学出版社 2004 年版。

《石隐园藏稿》,〔明〕毕自严撰,影印文渊阁《四库全书》本,上海古籍出版社 1989 年版。

《书林清话》,叶德辉撰,辽宁教育出版社 1998 年版。

《书目答问补正》,〔清〕张之洞撰,范希曾补正,上海古籍出版社 2001 年版。

《蜀中广记》,〔明〕曹学佺撰,影印文渊阁《四库全书》本,上海古籍出版社 1989 年版。

《顺宗实录》,〔唐〕韩愈撰,中华书局 1985 年版。

《说郛》,〔元〕陶宗仪编,影印文渊阁《四库全书》本,上海古籍出版社 1989 年版。

《说诗晬语》,〔清〕沈德潜撰,人民文学出版社 1979 年版。

《司空表圣集编年笺校》,〔唐〕司空图撰,祖保泉、陶礼天笺校,安徽大学出版社 2002 年版。

《四库全书总目》,〔清〕永瑢等撰,中华书局 1965 年版。

《四溟诗话》,〔明〕谢榛撰,人民文学出版社 1961 年版。

《宋代文学思想史》,张毅著,中华书局 1995 年版。

《宋诗:融通与开拓》,张宏生著,上海古籍出版社 2001 年版。

《宋诗钞》,吴之振等编,中华书局 1986 年版。

《宋诗话辑佚》,郭绍虞辑,中华书局 1980 年版。

《宋诗话考》,郭绍虞著,中华书局 1979 年版。

《宋诗话全编》,吴文治主编,江苏古籍出版社 1998 年版。

《宋诗史》,许总著,重庆出版社 1997 年版。

《宋诗选注》,钱锺书选注,人民文学出版社 1989 年版。

《宋史》,〔元〕脱脱等撰,中华书局 1977 年版。

《宋元笔记小说大观》,本社编,上海古籍出版社 2007 年版。

《苏轼诗集》,〔北宋〕苏轼撰,王文诰辑注,孔凡礼点校,中华书局 1982 年版。

《苏轼文集》,〔北宋〕苏轼撰,中华书局 1986 年版。

《苏舜钦集》,〔北宋〕苏舜钦撰,上海古籍出版社 1981 年版。

《隋唐五代史》,吕思勉著,上海古籍出版社 1984 年版。

《隋唐五代文学思想史》,罗宗强著,中华书局 2003 年版。

《随园诗话》,〔清〕袁枚撰,人民文学出版社 1982 年版。

《岁寒堂诗话》,〔北宋〕张戒撰,《历代诗话续编》本,中华书局 1983 年版。

《他山的石头记》,〔美〕宇文所安著,田晓菲译,江苏人民出版社 2003 年版。

《太平广记》,〔北宋〕李昉等编,中华书局 1961 年版。

《谈艺录》,钱锺书著,中华书局 1984 年版。

《唐才子传校笺》,傅璇琮主编,中华书局 1987 ~ 1995 年版。

《唐代诗歌的多元观照》,尚永亮著,湖北人民出版社 2005 年版。

《唐甫里先生文集》,〔唐〕陆龟蒙撰,《四部丛刊》初编本。

《唐国史补》,〔唐〕李肇撰,上海古籍出版社 1979 版。

《唐会要》,〔北宋〕王溥撰,中华书局 1955 年版。

《唐集叙录》，万曼著，中华书局1980年版。

《唐人选唐诗新编》，傅璇琮编撰，陕西人民教育出版社1996年版。

《唐诗别裁集》，〔清〕沈德潜编，中华书局1975年版。

《唐诗鼓吹》，〔金〕元好问编，韩成武等点校，河北大学出版社2000年版。

《唐诗归》，〔明〕钟惺、谭元春编，《续修四库全书》本，上海古籍出版社2002年版。

《唐诗汇评》，陈伯海主编，浙江教育出版社1995年版。

《唐诗纪事》，〔南宋〕计有功撰，中华书局1965年版。

《唐诗品汇》，〔明〕高棅编，上海古籍出版社1982年版。

《唐诗三百首新注》，〔清〕孙洙编选，金性尧注，上海古籍出版社1993年版。

《唐诗书录》，陈伯海、朱易安著，齐鲁书社1988年版。

《唐诗选本提要》，孙琴安著，上海书店出版社2005年版。

《唐诗学史稿》，陈伯海等著，河北人民出版社2004版。

《唐诗杂论》，闻一多著，上海古籍出版社1998年版。

《唐五代笔记小说大观》，本社编，上海古籍出版社2000年版。

《唐学与唐诗》，查屏球著，商务印书馆2000年版。

《唐音》，〔元〕杨士弘编，文渊阁《四库全书》本，上海古籍出版社1989年版。

《唐音癸签》，〔明〕胡震亨撰，上海古籍出版社1981年版。

《唐语林校证》，〔北宋〕王谠撰，周勋初校证，中华书局1987年版。

《唐摭言》，〔五代〕王定保撰，古典文学出版社1957年版。

《铁崖古乐府》，〔元〕杨维桢撰，《四部丛刊》初编本。

《桐江集》,〔元〕方回撰,影印《宛委别藏》本,江苏古籍出版社 1988 年版。

《萚石斋诗集》,〔清〕钱载撰,《续修四库全书》本,上海古籍出版社 2002 年版。

《晚唐:九世纪中叶的中国诗歌(827～860)》,〔美〕宇文所安著,贾晋华、钱彦译,生活·读书·新知三联书店 2011 年版。

《王常宗集》,〔明〕王彝撰,影印文渊阁《四库全书》本,上海古籍出版社 1989 年版。

《王建诗集》,〔唐〕王建撰,中华书局 1959 年版。

《王荆公诗注补笺》,〔北宋〕王安石撰,李壁注,李之亮校点补笺,巴蜀书社 2002 年版。

《王闿运诗文集》,〔清〕王闿运撰,岳麓书社 1996 年版。

《王令集》,〔北宋〕王令撰,上海古籍出版社 1980 年版。

《温飞卿诗集笺注》,〔唐〕温庭筠撰,曾益等笺注,上海古籍出版社 1980 年版。

《文化建构文学史纲(中唐—北宋)》,林继中著,海峡文艺出版社 1993 年版。

《文史通义》,〔清〕章学诚撰,辽宁教育出版社 1998 年版。

《文史通义校注》,〔清〕章学诚撰,叶瑛校注,中华书局 1994 年版。

《文心雕龙注》,〔南朝梁〕刘勰撰,范文澜注,人民文学出版社 1958 年版。

《文学概论》,童庆炳主编,北京大学出版社 2007 版。

《文学理论》,〔美〕勒内·韦勒克、奥斯汀·沃伦著,刘象愚等译,江苏教育出版社 2005 年版。

《文苑英华》,〔北宋〕李昉等编,中华书局 1966 年版。

《文忠集》,〔南宋〕周必大撰,文渊阁《四库全书》本,上海古籍出版社 1989 年版。

《吴郡志》,〔南宋〕范成大撰,文渊阁《四库全书》本,上海古籍出版社 1989 年版。

《五百四峰堂诗钞》,〔清〕黎简撰,《续修四库全书》本,上海古籍出版社 2002 年版。

《五代作家的人格与诗格》,张兴武著,人民文学出版社 2000 年版。

《五台山志》,〔明〕乔世宁辑,《中国地方志集成·陕西府县志辑》,凤凰出版社 2007 年版。

《庑堂集》,〔清〕黄之隽撰,《四库存目丛书》本,齐鲁书社 1997 年版。

《晞发遗集》,〔南宋〕谢翱撰,影印文渊阁《四库全书》本,上海古籍出版社 1989 年版。

《先秦汉魏晋南北朝诗》,逯钦立辑校,中华书局 1983 年版。

《闲闲老人滏水文集》,〔金〕赵秉文撰,《四部丛刊》初编本。

《现代中国文学史》,钱基博著,中国人民大学出版社 2004 年版。

《小畜集》,〔北宋〕王禹偁撰,《四部丛刊》初编本。

《新唐书》,〔北宋〕欧阳修、宋祁撰,中华书局 1975 年版。

《徐渭集》,〔明〕徐渭撰,中华书局 1983 年版。

《烟霞万古楼诗选》,〔清〕王昙撰,《续修四库全书》本,上海古籍出版社 2002 年版。

《揅经室集》,〔清〕阮元撰,《四部丛刊》初编本。

《雁门集》,〔元〕萨都剌撰,上海古籍出版社 1982 年版。

《杨万里选集》,〔南宋〕杨万里撰,周汝昌选注,上海古籍出版社 1979 年版。

《杨维桢诗集》,〔元〕杨维桢撰,浙江古籍出版社2010年版。

《养吾斋集》,〔元〕刘将孙撰,影印文渊阁《四库全书》本,上海古籍出版社1989年版。

《叶适集》,〔南宋〕叶适撰,中华书局1961年版。

《猗觉寮杂记》,〔南宋〕朱翌撰,《丛书集成新编》本,台湾新文丰出版公司1985年版。

《艺风藏书续记》,〔清〕缪荃孙撰,中华书局1993年版。

《艺概注稿》,〔清〕刘熙载撰,袁津琥注,中华书局2009年版。

《艺术哲学》,〔法〕丹纳著,傅雷译,人民文学出版社1963年版。

《因话录》,〔唐〕赵璘撰,上海古籍出版社1979年版。

《隐居通义》,〔元〕刘埙撰,《丛书集成》初编本,商务印书馆1935~1937年版。

《瀛奎律髓汇评》,〔元〕方回撰,李庆甲汇评,上海古籍出版社1986年版。

《永嘉四灵诗集》,〔南宋〕徐玑等撰,浙江古籍出版社1985年版。

《永乐大典》,〔明〕解缙等编,中华书局1986年版。

《幽闲鼓吹》,〔唐〕张固撰,中华书局1991年版。

《御选唐宋诗醇》,〔清〕爱新觉罗·弘历编,影印文渊阁《四库全书》本,上海古籍出版社1989年版。

《渊颖吴先生文集》,〔元〕吴莱撰,《四部丛刊》初编本。

《元次山集》,〔唐〕元结撰,孙望校,中华书局1960年版。

《元好问论诗三十首小笺》,〔金〕元好问撰,郭绍虞笺释,人民文学出版社1978年版。

《元好问全集》,〔金〕元好问撰,山西人民出版社1990年版。

《元诗选》,〔清〕顾嗣立编,中华书局 1987 年版。

《元稹集》,〔唐〕元稹撰,冀勤点校,中华书局 1982 年版。

《元稹集编年笺注》(诗歌卷),〔唐〕元稹撰,杨军编年笺注,三秦出版社 2002 年版。

《原诗》,〔清〕叶燮撰,人民文学出版社 1979 年版。

《袁宏道集笺校》,〔明〕袁宏道撰,钱伯城笺校,上海古籍出版社 1981 年版。

《云林集》,〔元〕贡奎撰,影印文渊阁《四库全书》本,上海古籍出版社 1989 年版。

《云麓漫钞》,〔南宋〕赵彦卫撰,古典文学出版社 1957 年版。

《云仙杂记》,〔唐〕冯贽撰,《丛书集成新编》本,台湾新文丰出版公司 1985 年版。

《韵语阳秋》,〔南宋〕葛立方撰,上海古籍出版社 1984 年版。

《张籍集系年校注》,〔唐〕张籍撰,徐礼节、余恕诚校注,中华书局 2011 年版。

《张耒集》,〔北宋〕张耒撰,中华书局 1990 年版。

《章学诚遗书》,〔清〕章学诚撰,文物出版社 1985 年版。

《昭昧詹言》,〔清〕方东树撰,汪绍楹校点,人民文学出版社 1961 年版。

《照隅室古典文学论文集》,郭绍虞著,上海古籍出版社 1983 年版。

《真理与方法》,〔德〕伽达默尔著,洪汉鼎译,上海译文出版社 1999 年版。

《直斋书录解题》,〔南宋〕陈振孙撰,上海古籍出版社 1987 年版。

《中古文学史论》,王瑶著,北京大学出版社 1998 年版。

《中国古代阐释学研究》,周裕锴著,上海人民出版社 2003

年版。

《中国古代接受诗学》,邓新华著,武汉出版社2000年。

《中国古代文人集团与文学风貌》,郭英德著,北京师范大学出版社1998年版。

《中国古代文学批评方法研究》,张伯伟著,中华书局2002年版。

《中国古典诗歌接受史研究》,陈文忠著,安徽大学出版社1998年版。

《中国古典文学接受史》,尚学锋、过常宝、郭英德著,山东教育出版社2000年版。

《中国古典文学研究史》,郭英德、谢思炜、尚学锋、于翠玲著,中华书局1995年版。

《中国诗史》,〔日〕吉川幸次郎著,章培恒等译,复旦大学出版社2002年版。

《中国诗学》,叶维廉著,上海三联书店1991年版。

《中国文学流派意识的产生和发展——中国古代文学流派研究导论》,陈文新著,武汉大学出版社2003年版。

《中国选本批评》,邹云湖著,上海三联书店2002年版。

《中唐诗歌之开拓与新变》,孟二冬著,北京大学出版社1998年版。

《中州集》,〔金〕元好问编,中华书局1959年版。

《终南山的变容——中唐文学论集》,〔日〕川合康三著,刘维治、张剑、蒋寅译,上海古籍出版社2007年版。

《朱子语类》,〔南宋〕朱熹撰,〔南宋〕黎靖德编,王星贤点校,中华书局1986年版。

《朱自清古典文学论文集》,朱自清著,上海古籍出版社1981年版。

后　记

时光易逝,2005 年博士毕业至今,转眼已经十个年头了。这本以博士学位论文为基础的书,从酝酿出版到现在,也有七八年了。虽不敢说“十年磨一剑”,但总觉得“文章千古事,得失寸心知”,不愿留下一些存在缺憾的文字,当然更主要的原因还是我的疏懒。

2002 年博士入学之初,业师尚永亮教授征询我关于学位论文选题的想法。因为我硕士阶段从事欧阳修、梅尧臣文人集团的研究,感觉唐、宋两代的文学文化虽然各具面貌,但有一种内在元素贯穿其中,故而萌生了想将唐、宋两代打通,探讨由唐入宋诗美范式转变问题的想法。恰好此时尚师正在主持题为“元和诗歌双向接受史的文化学考察”的国家项目,遂把我和两位同门一并吸收进课题团队,由我承担韩孟诗派接受史的研究。虽然事先已有困难思想准备,但真正展开研究后,才发现这项研究的体量之大、难度之高,远超预期。原始材料极其繁富,搜集、阅读、爬梳、分析、整理,然后再形成观点体系,这对学识基础本就不佳的我,是极大的挑战。在尚师耳提面命之下,最后总算顺利完成了学位论文,按时通过答辩。参加工作后,继续在尚师指导下对原稿进行补充修订，我们承担的项目也在2007年以“优秀”的成绩通过鉴定，顺利结题。然后又经过新一轮修订，2010年以《中唐元和诗歌传播接受史的文化学考察》之名出版。此书出版后得到了学界的认可和好评，荣获“第六届高等学校人文社会科学优秀成果三等奖”“武汉大学第十二届人文社会科学研究优秀成果一等奖”。但回头来看我承担的那部分内容，由于我本人的原因，还存在一些不足和失察之处。尤其是在“群体接受”这一视角下，还有很多问题需要进一步探讨。所以，在征得尚师同意后，我又下决心从研究思路与重心、框架结构、材料观点等方面，做了不少补充修订，与原稿相比已有较大不同。尽管仍有不尽如人意处，但也只能告一段落了。

此书出版之际，最该感谢的是恩师尚永亮教授。我在古代文化艺术方面基础薄弱，但一直很有兴趣。1997年，我由东鲁负笈西上，到古都长安求学攻读硕士学位，蒙尚师不弃，得列门墙。当年懵懂无知的毛头小子，根本不知学问为何物，但尚师仍对我勉励有加，寄予很高期望。记得我复试结束，要离开长安东归的时候，去尚师家辞行，出门之际尚师与我握手道别，目光坚毅，宽大的手掌沉稳有力，我能体会到老师极大的爱护鼓励之意。入学不久，尚师移砚南下，我继续跟随张学忠教授读书，又得到了张师的教导指点，得以顺利完成硕士阶段的学业。毕业后，出秦赴吴，到江南一所高校工作。2002年，得知武汉大学获得古代文学博士点，遂决定离吴入楚，继续跟随尚师求学。珞珈山那段清苦而充实的求学时光令我非常难忘。我当时住在枫园，与尚师家所在的九区仅隔珞珈山的一角，距离很近。每次去尚师家问学求道，都要来往于珞珈山上一条清幽的林中小路。在尚师家的客厅、书房，无数次听老师讲学传道，如沐春风。师生有时登山临湖、诗酒唱酬，情景至今记忆犹新。尚师和师母还给予我生活上无微不至的关怀。2005年博士毕业后,我自楚归鲁,来到济南大学担任教职,尚师多有勉励。我曾以一首小诗表达对老师的感激之情:"西上负笈近十年,茫茫世事似云烟。师门遥望以心叩,处处天涯是梦山。"尚师赐和一首:"几番回首忆当年,渭水秋风动紫烟。黄鹤白云留远客,此情长驻珞珈山。"回首近二十年立雪尚门的经历,对老师的恩情,绝非一声"感谢"所能容纳!只是多年来学业无成,有辱恩师厚望,深感惭愧。求学武汉大学期间,王兆鹏教授、李中华教授、熊礼汇教授、陈文新教授等老师也给予我很多教导,在此一并致谢。

来济南大学之后,我一直从事教学科研工作。近几年又转到了行政管理岗位,在繁忙的行政工作之余,仍一直坚持学术研究。我很幸运能够成为济南大学中国古代文学学科这一朝气蓬勃学术团队中的一员,学科带头人崔海正教授、蔡先金教授给我很多关怀、指导和帮助,从他们那里我受益良多。文学院潘晓生院长、刘传霞院长和其他领导,学科建设与发展处岳云龙处长在工作上给我很大支持、提携和包容。社科处的李光红处长等领导也一直在关心我的学术成长。文学院、学科建设与发展处一起共事过的很多同仁,尤其是郭浩帆教授、张兵教授,多年来在各方面给予我很多关心、支持和帮助。在此谨向他们一并表示衷心感谢!

本书的撰写和出版,受到了山东省社会科学规划研究项目、济南大学出版基金的资助,并被列入"济南大学古典文学研究丛书"。书中的部分章节,曾先后在《东南大学学报》《四川大学学报》《古代文学理论研究》《湘潭大学学报》《江海学刊》等学术期刊发表。借此机会,向上述刊物表示谢意!

感谢齐鲁书社的陈修亮先生、刘玉林先生,他们严谨认真的敬业态度令我钦敬。作为多年好友,他们也给予过我很多关心帮助。

最后感谢我的家人对我事业的理解与支持，他们为我付出了很多。愿今后能有更多时间陪伴他们。

由于本人学识水平所限，书中可能还存在很多不足和谬误，敬请方家批评指正！

2015年9月9日晨

于济南青龙山麓寓所

图书在版编目(CIP)数据

韩孟诗派群体接受史论/刘磊著. —济南:齐鲁书社,2015.12
ISBN 978-7-5333-3434-5

Ⅰ.①韩… Ⅱ.①刘… Ⅲ.①唐诗—文学流派研究 Ⅳ.①I207.22

中国版本图书馆 CIP 数据核字(2015)第 273930 号

韩孟诗派群体接受史论
刘 磊 著

主管单位	山东出版传媒股份有限公司
出版发行	齊魯書社
社　　址	济南市英雄山路 189 号
邮　　编	250002
网　　址	www.qlss.com.cn
电子邮箱	qilupress@126.com
营销中心	(0531)82098521　82098519
印　　刷	山东新华印务有限责任公司
开　　本	850mm×1168mm　1/32
印　　张	13.625
插　　页	2
字　　数	342 千
版　　次	2015 年 12 月第 1 版
印　　次	2015 年 12 月第 1 次印刷
标准书号	ISBN 978-7-5333-3434-5
定　　价	**48.00 元**